Loreth Anne White
Mädchentaufe

Das Buch

Ein junges Mädchen wird grausam zugerichtet mit einem Kreuz auf der Stirn aufgefunden. Detective Angie Pallorino erkennt sofort die Handschrift eines psychopathischen Triebtäters, der ihr Jahre zuvor entkommen ist. Doch die Ermittlungen gestalten sich schwierig, denn ihr neuer Partner ist ausgerechnet James Maddocks, mit dem sie vor Kurzem einen One-Night-Stand hatte. Erste Indizien führen die Detectives auf die Spur des Täters, den die Medien »den Täufer« nennen. Nach dem Fund einer weiteren Leiche ist klar, dass er sein nächstes Opfer schon im Visier hat …

Die Autorin

Loreth Anne White ist eine mehrfach preisgekrönte Autorin, die sowohl Thriller als auch Mystery- und Romantic-Suspense-Romane schreibt. Sie stammt ursprünglich aus Südafrika, lebt jedoch mittlerweile mit ihrer Familie in den Coast Mountains an der Westküste Kanadas. An diesem Ort sagenhafter Abenteuer und Romantik kam sie auf den Gedanken, ihre Karriere bei der Zeitung aufzugeben und sich in die Welt der Romane zu begeben, in eine Welt der gefährlichen Männer und abenteuerlustigen Frauen.

Wenn sie nicht schreibt, findet man sie beim Schwimmen, Ski- oder Radfahren und beim Wandern oder Joggen mit ihrem schwarzen Labrador. Im Sommer ist sie häufig mit ihrem Mann unterwegs, sucht nach abgelegenen Campingplätzen und den besten Plätzen zum Fliegenfischen.

LORETH ANNE WHITE

MÄDCHEN TAUFE

EIN ANGIE-PALLORINO-THRILLER

Aus dem Amerikanischen von Diana Bürgel

Die amerikanische Ausgabe erschien 2017 unter dem Titel »The Drowned Girls« bei Montlake Romance, Seattle.

Deutsche Erstveröffentlichung bei
Edition M, Amazon Media EU S.à r.l.
38 Avenue John F. Kennedy, L-1855, Luxembourg
Juni 2020

Die Übersetzung dieses Buches wurde durch Amazon Crossing ermöglicht.

Umschlaggestaltung: semper smile, München, www.sempersmile.de
Umschlagmotiv: © Mark Mawson / Getty Images ; © Groundback Atelier / Shutterstock ; © juliecat / Shutterstock
Lektorat: Cathérine Fischer
Korrektorat: Manuela Tiller/DRSVS
Gedruckt durch:
Amazon Distribution GmbH, Amazonstraße 1, 04347 Leipzig /
Canon Deutschland Business Services GmbH, Ferdinand-Jühlke-Straße 7, 99095 Erfurt /
CPI Books GmbH, Birkstraße 10, 25917 Leck

ISBN: 978-2-49670-018-3

www.edition-m-verlag.de

Dieses Buch ist für Marlin. Danke, dass du Angies Stadt Victoria Leben eingehaucht hast, und danke dafür, dass du die beste Testleserin aller Zeiten bist.

Jane Doe

Spieglein, Spieglein an der Wand, wer bist du, die Unbekannte im ganzen Land?

TAG 1

Wir alle lügen.

Wir alle hüten Geheimnisse – manchmal schreckliche Geheimnisse. Da ist etwas so Dunkles, so Schändliches in uns, dass wir rasch die Augen abwenden, aus Angst vor dem Schatten, den wir im Spiegel sehen könnten.

Stattdessen sperren wir unsere dunklen Seiten tief in den Keller unserer Seele und arbeiten an der Oberfläche unseres Lebens emsig daran, die öffentliche Darstellung unser selbst zu entwerfen. Wir rufen: »Schau her, Welt, *das* bin ich.« Wir posten Fotos in den sozialen Medien … *Seht mal, dieses köstliche Mittagessen, das ich mit meinen besten Freunden in diesem angesagten Restaurant genieße. Seht mal, meine sexy Schuhe, mein süßes Hundebaby, mein Freund, mein Knackarsch in diesem Bikini. Schaut euch mein herrliches, perfektes Leben an … Seht euch an, was für eine verdammt geile Zeit ich betrunken auf dieser Party hatte. Meine Brüste sprengen fast das Dekolleté dieses Glitzertops, und überall diese heißen Typen, die mich umschwirren. Seid ihr nicht neidisch?*

Und dann wartet man darauf, wie viele Leute diese gefälschte Version des eigenen Selbst liken. Unsere Stimmung hängt von der Anzahl der Klicks ab. Von den Kommentaren. Davon, wer kommentiert.

Doch die Dunkelheit sickert immer durch die Ritzen. Sie sucht das Licht …

Dann kommt die Fantasiegeschichte langsam ächzend zum Stehen. Oder manchmal ist das Ende auch brutal und plötzlich … Und dann ist die Wahrheit da, sie steht dir ins Gesicht geschrieben, hässlich im harten Neonlicht. Es gibt nichts mehr, was du tun kannst, um sie vor den Ermittlern zu verstecken, die kommen werden, um danach zu suchen.

Ich liege in einem Krankenhausbett …

Ich kann die Maschinen hören.

Sie helfen mir beim Atmen und versuchen, mich am Leben zu halten. Ich höre die Krankenschwestern flüstern. Zwei Cops unterhalten sich, aber ich kann ihnen nicht antworten. Ich kann mich nicht bewegen und nichts fühlen. Ich kann ihnen nicht sagen, was passiert ist. Ich bin nicht tot. Noch nicht. Aber ich spüre, wie ich auf Silberfäden davongleite.

Ein Arzt kommt herein und spricht leise mit den Polizisten. Wortfetzen strömen durch mich hindurch. *Sexuelle Gewalt … forensische Beweise sammeln … Krankenhausregeln … Ethik … Einverständniserklärung in Abwesenheit der nächsten Verwandten …*

Sie wissen nicht, wer ich bin. Sie haben meine Mutter noch nicht gefunden.

Es tut mir leid, Mom. Es tut mir so leid. Ich wollte nicht, dass du es je herausfindest … Aber *sie* werden es herausfinden. Sosehr ich dich auch davor schützen möchte, vor der Schande, die du empfinden wirst, vor dem Schmerz – ich will trotzdem, dass sie es erfahren. Sie müssen die ganze Geschichte kennen. Sie müssen den finden, der das getan hat. Um die anderen zu retten. Besonders Lara.

Er hat gesagt, Lara würde die Nächste sein. Er will uns alle. Ich muss Lara warnen …

Ich drifte kurz davon, dann höre ich wieder die Maschinen, das Ein- und Ausatmen und das Piepsen. Ich begreife, dass ich Weihnachten nicht mehr erleben werde. Ich denke an den winzigen Weihnachtsbaum im Wohnzimmer unserer Wohnung, und ich frage mich, ob meine Mutter das Geschenk wohl finden wird, das ich schon gekauft habe. Es liegt in meinem Zimmer unter dem Bett. Ich wollte so gern ihr Gesicht beim Auspacken sehen.

Erst werden sie sagen, dass ich einfach zur Arbeit gefahren bin – wie jeden Samstagabend, zu meiner Schicht in der Blue Badger Bakery unten am Wasser, im Westen der Stadt, um alles für den großen Sonntagsbrunch vorzubereiten. Ganz egal, wie das Wetter ist, am Sonntag bilden sich vor der Bäckerei immer endlos lange Schlangen. Sie ist eine der beliebtesten Brunch-Locations in einer Stadt, die sich gerade rasant zur Brunch-Hauptstadt ganz Kanadas entwickelt. Im Badgers werden das Brot und alle Backwaren selbst hergestellt. Wir machen sogar unseren eigenen Speck.

Wie die meisten Menschen bin ich ein Gewohnheitstier und nehme samstags immer den Bus um 18:07 Uhr von Fairfield aus. Die Route führt mich quer durch die Stadt, über eine blaue Eisenbrücke in ein Viertel, in dem sich rauer Hafenindustriecharme und trendige Gentrifizierung mischen – ein heiliger Gral der Millenials, bestehend aus winzigen kastenförmigen, bunten, haustierfreundlichen Eigentumswohnungsbauten im Loft-Style, mit Blick auf den Gorge und den Inner Harbour. Das ganze Viertel ist durchzogen von Radwegen, Joggingstrecken und Promenaden, und überall stolpert man über Bootshäuser, in denen man sich Kajaks und Kanus und Stand-up-Paddle-Boards ausleihen kann.

Nur bin ich nie bei der Arbeit angekommen. Ich hatte so ein Gefühl, dass ich verfolgt wurde. Während der vergangenen sechs Wochen hatte ich ständig den Eindruck, jemand würde mich beobachten. Dieser Mann im Bus letzte Woche kam mir irgendwie bekannt vor, aber immerhin war dies hier Victoria – keine Großstadt. Wir alle sind über höchstens sechs Ecken miteinander verbunden. Wahrscheinlich war ich ihm irgendwo in der Stadt schon einmal über den Weg gelaufen. Er trug eine dunkle Wollmütze und hatte den Kragen seiner Jacke gegen die Dezemberkälte hochgeklappt.

Aber er war es. Er hatte mich gestalkt, sein Opfer und seine Gewohnheiten ausgespäht, während er im selben Bus gefahren war. Er hatte seine Falle aufgestellt. Dann hat er seinen Engpass gefunden: die kleine, dunkle Gasse, durch die ich immer eine Abkürzung nahm.

Ich versuche mich zu erinnern, die Ereignisse durchzugehen und in eine chronologische Reihenfolge zu bringen. Erinnerungen, so schneidend wie die Scherben eines zerbrochenen Spiegels … Es war ein windiger Abend. Eiseskälte und dichter Nebel.

Es hatte zu schneien begonnen …

Kapitel 1

Da ist keiner, der gerecht ist, auch nicht einer.
Römer 3,10

Samstag, 9. Dezember

Angie Pallorino sah durch die deckenhohen Fenster hinaus, die im Wohnzimmer ihrer Eltern eine komplette Wandseite einnahmen. Dahinter erstreckte sich eine gepflegte Rasenfläche bis hinab zu einem Kiesstrand, wo das kleine Bootshaus ihres Vaters stand und von wo aus sich ein Steg in den Haro Strait erstreckte. Allerdings war es draußen dunkel und sie konnte den Strand nicht sehen – nur ihr eigenes verzerrtes Spiegelbild und das Aufblitzen weißer Wellenkämme auf dem schwarzen, windgepeitschten Ozean.

Der Verlauf der pazifischen Wasserstraße bildete die Grenze zwischen Kanada und den Vereinigten Staaten, und bei Tag konnte man die blauen Umrisse der Berge von San Juan Island über dem Meer erkennen. Bei klarem Wetter bildete der Mount Baker einen weißen Kontrast dahinter.

Es war kalt. Bitterkalt für Dezember auf der Insel. Seit neun Tagen strömte nun schon arktische Luft aus dem Norden herab und bescherte den Einwohnern von Vancouver Island einen kristallklaren Himmel und Temperaturen deutlich unterhalb des Gefrierpunktes. Doch nun drängte eine mächtige feuchte Front vom Pazifik herein, kollidierte mit der eisigen Luft, und das Ergebnis war Niederschlag in Form von Schnee.

Zu Eis erstarrte Flocken klickten gegen die Fensterscheiben.

Angie verabscheute Schnee – sie mochte den Geruch nicht. Diesen leicht metallischen Geruch, der sie auf einer tiefgreifenden Ebene beunruhigte. Es war ein Gefühl, das sie nie hatte benennen können, aber es war da. Immer wenn es schneite. Und an Weihnachten wurde es noch schlimmer. Sie rieb sich über die Arme, als ihre Gedanken zu ihrem Versagen an jenem schwülheißen Juliabend zurückkehrten – an dem sie es nicht geschafft hatte, das Leben eines dreijährigen Kindes zu retten. Sie dachte daran, dass ihre Verbissenheit bei dem Versuch, das Mädchen zu reanimieren, vielleicht auch ihren Partner das Leben gekostet hatte.

Tiffy Bennett war in ihren Armen gestorben, während ihr Mentor und Partner »Hash« Hashowsky eine Kugel in den Hals bekommen hatte und verblutet war, bevor der Rettungswagen kam. Tiffys Vater hatte über der Leiche von Tiffys Mutter gestanden. Dann hatte er sich die Waffe an den Kopf gesetzt und sich das Hirn rausgepustet. Er hatte seine kleine Tochter ihr ganzes Leben lang missbraucht, und auch das Kontaktverbot hatte Tiffy und ihre Mutter nicht beschützen können.

Manchmal waren es nur die Menschen, die den Unterschied zwischen Himmel und Hölle ausmachten. Und manchmal konnte man den Lauf der Dinge einfach nicht ändern, ganz egal, wie sehr man es versuchte.

»Du siehst müde aus«, sagte ihr Vater, der sich ihr von hinten genähert hatte.

Sie straffte die Schultern und drehte sich zu ihm um.

»Und die vielen neuen Fältchen um deine Augen«, fuhr er fort. »Dieser Job, er macht dich alt, merkst du das?«

»Du siehst auch nicht gerade umwerfend aus, Dad. Wir hatten es alle nicht leicht. Komm, gib her.« Sie nahm ihm die Kiste ab, die er in den Händen hielt, und stellte sie neben die Haustür. Darin befanden sich einige der Sachen ihrer Mutter, von denen ihr Vater geglaubt hatte, Angie würde sie gern behalten. Sie hatten den Morgen damit verbracht, Miriam Pallorino in eine psychiatrische Klinik zu bringen und sie dort einzurichten. Am Nachmittag hatten sie Miriams Homeoffice und die Schränke ausgeräumt. Das Haus fühlte sich riesig und leer an.

»Warum kündigst du nicht, Angie? Besonders, nachdem …«

»Nachdem was? Nachdem ich dieses Mädchen und meinen Partner verloren habe?«

»Du könntest in eine andere Abteilung wechseln. Ständig mit diesen Perversen zu tun zu haben, die durch die Special Victims Unit laufen … andauernd von Abgründen der menschlichen Seele umgeben zu sein … das dringt in deine Gedanken ein. Es hat dich verändert.«

Sie spürte ein heißes Gefühl von Zorn aufwallen. Es war die Art von Wut, die nach körperlicher Gewalt verlangte – mit einer Heftigkeit, für die es keine Rechtfertigung gab, die Angie aber schon bei der geringsten Provokation zu überfallen drohte. Unter der kühlen und scheinbar distanzierten Miene musste sie sich alles abverlangen, um sich im Griff zu behalten. Sie starrte ihren Vater an. Da stand er, in seinem zu großen Pullover mit den Lederflicken an den Ellbogen. Sein dichter, einst rabenschwarzer Haarschopf war mittlerweile weiß geworden. Hinter ihm knisterte ein Feuer im Kamin, an den Wänden reihten sich Bücherregale. Auch Kunstwerke hingen dort. Ein Leben voller Privilegien. Dr. Joseph Pallorino, Professor für Anthropologie an der University of Victoria, Spross einer Familie italienischer Immigranten, die sich ihr Vermögen hart in der Bergbauindustrie verdient hatte. Ihm waren die nötigen Mittel, um sich seiner akademischen Leidenschaft widmen zu können, auf dem Silbertablett serviert worden. Angies Eltern hatten schon immer ein sehr exklusives Leben geführt, in das sie selbst nie richtig gepasst hatte.

»Ich habe mit den Opfern zu tun«, entgegnete sie leise. »Mit den Überlebenden. Unschuldige und verletzliche Frauen und Kinder, die nie jemandem einen Grund gegeben haben, ihnen wehzutun. Ich sperre die Bösen ein.« Sie hielt seinen Blick. »Darin bin ich gut, Dad. Verdammt gut. Ich kann etwas bewirken.«

»Ach, wirklich?«

»Ja, wirklich.« Sie wandte den Blick ab und betrachtete den unbeleuchteten Weihnachtsbaum in der Wohnzimmerecke, dessen Spitze ein goldener Engel zierte. Ein Schauer rieselte ihr über den Rücken. »Manchmal. Ja. Manchmal schon.«

»Deine Mutter dachte immer, du würdest aus dieser Phase wieder herauswachsen. Sie meinte, du bist zur Polizei gegangen, um zu rebellieren.«

Sie sah ihn wieder an. »Denkst du das auch? Dass ich, wenn ich meinen Kick hatte und nicht mehr weiter danach suchen muss, einfach in ein nettes viktorianisches Häuschen mit einem Lattenzaun und Narzissen im Vorgarten ziehe?«

»Angie, du hast einen Master in Psychologie. Du warst die Beste deines Jahrgangs. Du hättest in die Forschung gehen können, du hättest eine akademische Laufbahn einschlagen können – du könntest es immer noch …« Unter ihrem lodernden Blick geriet er ins Stocken. Er räusperte sich und schob die Hände tief in die Hosentaschen. Dann zuckte er resigniert mit den Schultern. »Wir … wollen nur … dass du glücklich bist.«

»Lass gut sein, ja? Jetzt ist nicht der richtige Moment dafür. Ich bestelle uns Pizza, dann können wir noch zusammen essen, bevor ich fahre.« Während sie das sagte, steuerte sie das Telefon an der Küchenwand an. Sie hatte sich das ganze Wochenende freigenommen, damit ihr und ihrem Vater noch der Sonntag blieb, um mit allem fertig zu werden. Um umzuräumen und noch einmal nach ihrer Mom zu sehen. Um sicherzustellen, dass sie sich gut einlebte. Angie hob den Hörer ab. »Willst du Anchovis?«

* * *

Die Pizza zu bestellen und den gemeinsamen Abend damit zu verlängern, war ein Fehler gewesen. Angie und ihr Dad aßen in angespanntem Schweigen, beide verloren in ihrer eigenen Welt, ohne die lebhafte Anwesenheit von Miriam Pallorino. Draußen heulte der Wind, und Zweige schlugen gegen die Traufen. Angie dachte an das kleine Zimmer, in dem sie ihre Mutter am Morgen zurückgelassen hatten. In der Einrichtung wurden die Türen abgeschlossen. Die weiß gekleideten Krankenwärter. Die Verwirrung und, ja, die Angst, die sie in den Augen ihrer Mutter gesehen hatte.

Sie griff nach ihrem Glas Saft, nippte daran und räusperte sich. »Wie lange weißt du schon, dass es ihr nicht gut geht? Wie lange weißt du es wirklich schon?«

Ohne aufzusehen, antwortete ihr Vater: »Eine Weile.«

»Wie lange … Wie alt war sie, als dir die ersten Symptome aufgefallen sind?«

Ein Schulterzucken. Er zupfte eine Olive von seiner Pizza.

»Die Krankheit hat eine erbliche Komponente, weißt du?«, sagte sie. »Weniger als ein Prozent der Gesamtbevölkerung ist von ihr betroffen, aber sie tritt bei zehn Prozent der Menschen auf, die einen Angehörigen ersten Grades haben, der unter der Störung leidet. Wie zum Beispiel ein Elternteil.« Sie wartete. Ihr Vater schwieg. Angie beugte sich vor. »Ich möchte wissen, wann dir die ersten Anzeichen aufgefallen sind, wann dir klar geworden ist, dass etwas … nicht stimmt.«

Er schob die Olive an den Tellerrand.

»Dad?«

Er wischte sich den Mund ab und faltete dann die weiße Leinenserviette mit den orangeroten Käse- und Tomatenflecken sorgfältig zusammen, bevor er sie unter den Teller schob. »Sie nimmt schon seit sehr langer Zeit Medikamente, Angie. Um die Situation unter Kontrolle zu halten. Zum ersten Mal habe ich daran gedacht, dass sie vielleicht unter Halluzinationen oder Wahnvorstellungen leidet, als sie Mitte dreißig war.« Er sah auf. »Erst dachten wir, es wäre eine PTBS nach dem Autounfall in Italien.« Er schwieg eine lange Zeit. Das Feuer im Kamin flackerte. »Bilder, Geräusche, Gerüche – all das kann Flashbacks auslösen, die wie psychotische Halluzinationen aussehen, weißt du? Die emotionale Abgestumpftheit, die Apathie, der soziale Rückzug, der Mangel an Energie … der Arzt meinte, das alles könnten Anzeichen einer posttraumatischen Belastungsstörung sein.« Er sah traurig aus, gebrochen, so als wäre sein Knochengerüst auf einmal ein kleines bisschen in sich zusammengesunken. Er holte tief Luft. »Als sie zweiundvierzig geworden ist, wurde bei ihr offiziell eine Schizophrenie diagnostiziert. Eine milde Form, die man mit Medikamenten erfolgreich behandeln konnte. Und so war es auch.« Er hielt inne, seine Augen blickten seltsam distanziert in die Ferne. »Aber jetzt, zusammen mit der früh einsetzenden Demenz …« Seine Stimme verklang. Ihre Mutter hatte plötzlich jeden Kontakt zur Realität verloren. Darum hatte man sie eingewiesen. Damit sie nicht zu einer Gefahr für sich selbst wurde.

Angie wartete, bis ihr Vater ihr wieder in die Augen sah. »Kannst du mir von den frühen Halluzinationen erzählen?«

»Sie waren auditiv und visuell«, antwortete er.

»Dann hat sie also Stimmen gehört? Und Dinge gesehen, die nicht da waren?«

»Nur … ganz unbedeutend, am Anfang. Sie wusste nicht einmal, dass diese Dinge nicht real waren. Es gab nichts, worüber man sich hätte Sorgen machen müssen.«

Angies Herz schlug schneller. »Und du hast mir nichts davon erzählt? Obwohl sie so viele Jahre gelitten hat?«

Er schob seinen Teller beiseite. »Tja, du hast es auch nicht gemerkt. Du bist in letzter Zeit ja auch nicht allzu oft hier gewesen.«

Sie biss die Zähne zusammen. »Du hättest es mir sagen sollen.«

»Und was hättest du tun können?«

»Ich weiß es nicht! Vielleicht hätte ich verstehen können, was in ihrem Kopf vor sich ging. Vielleicht hätte ich geduldiger mit ihr sein können, und mit dir. Ich hätte öfter hier sein können. Vielleicht hätte ich Moms emotionale Distanziertheit nicht so persönlich genommen, als ich noch ein Teenager war. Und vielleicht hätte ich dann verstanden, warum ich mich als Kind oft so ausgeschlossen gefühlt habe.«

»Ausgeschlossen?«

»Von dir und von ihr.«

»Das ist doch Unsinn, alle Kinder …«

»Worüber hast du mich noch belogen?«

»Es war keine Lüge, Angie …«

»Du hast etwas verschwiegen, das ist wie lügen.«

Er sprang auf, und sein italienisches Temperament zeigte sich in seiner herausgestreckten Brust, den roten Wangen und dem Blitzen in seinen dunklen Augen. »Ich weiß nicht, warum du immer so wütend wirst … so verdammt wütend wegen allem!« Er streckte den Arm aus und deutete auf sie. »Es liegt an deinem Job. An der Arbeit mit der sexuellen Gewalt. Das hat dich misstrauisch gemacht, bei allem und jedem.«

Kühl erhob sie sich und begann, die Teller und das Besteck zusammenzuräumen. »Ich muss gehen. Vorher wasche ich noch ab.«

Sie trug die Teller in die Küche und stellte sie in die Spüle. Dann stützte sie sich mit beiden Händen auf die Arbeitsplatte und senkte einen Moment lang den Kopf. Ein Schraubstock aus Angst schien sich um ihren Kopf zusammenzuziehen. Was sollte ihr Vater jetzt tun, ganz allein in dieser leeren Haushülle am Meer? Was war mit Weihnachten? Sie hasste diese Zeit im Jahr – und sie verabscheute den Gedanken daran, so tun zu müssen, als wäre es nicht so. Diese ganze Farce.

Plötzlich drückte das schlechte Gewissen schwer auf ihre Schultern. Weil sie so egoistisch gewesen war. Weil sie es versäumt hatte, ihren Vater öfter zu besuchen, und weil sie nie Zeit hatte. Oder Lust dazu. Sie *wollte* nicht hören, wie er sich über ihre Arbeit als Polizistin ausließ. Aber er würde sie brauchen.

Und was war mit seinem Hochzeitstag im Januar?

Es war nie leicht, wenn die eigenen Eltern alt wurden. Da war immer so viel Liebe, so viel Schmerz. Reue. Alles zusammen. Dazu kam das Gefühl, die Zeit vergeudet zu haben. Irgendwie hatte sie während der letzten Jahre einfach alles dahintreiben lassen, ohne zu bemerken, wie die Zeit verstrich. Ohne sie wirklich zur Kenntnis zu nehmen. Und nun war es vorbei. Ihre Mutter war fort. Sie lebte, aber sie war fort.

Sie atmete tief durch und ließ Wasser über einen der Teller laufen. Mit dem Daumen strich sie über das blaue Blumenmuster am Rand. Eine Erinnerung zuckte wie ein hellgelber Sonnenstrahl durch ihre Gedanken. Wie sie und ihre Mutter dieses Service an einem Herbstnachmittag in einem großen alten Kaufhaus in der Stadt gefunden hatten. Die Hudson's Bay Company. Ihre Mutter hatte dieses Kaufhaus geliebt. Vielleicht tat sie das in ihren klaren Momenten noch immer. War ihre Mutter überhaupt noch in der Lage, sich an jenen Nachmittag zu erinnern? An dieses Service mit dem Kornblumenmuster, das sie zusammen gekauft hatten?

Acht Jahre waren seither vergangen. Angie hatte versprochen, ihre Mutter in die Stadt zu fahren, weil deren Auto in der Werkstatt gestanden hatte. Angie war von einem Fall abgelenkt gewesen – sie war erst seit kurzer Zeit Detective gewesen. Doch ihre Mutter hatte an nichts anderes denken können als daran, ob das zweiunddreißigteilige Service noch immer im Sonderangebot sein würde. Das hatte Angie geärgert – ihre Fixiertheit auf solche unwichtigen, dummen Dinge.

Und dann hatte das Leben sie auf einmal überholt. Sie war eines Morgens aufgewacht und ihre Mutter war fort gewesen – verloren in ihrem eigenen Kopf. Ein Leben voller kostbarer Erinnerungen, einfach gelöscht von der Festplatte ihres Verstandes. Was sagte das über das Selbstkonzept des Menschen aus? Die Erinnerungen waren es, die eine Person definierten. Ohne autobiografische Erinnerungen war das eigene Gesicht im Spiegel nur das eines Fremden. Man wurde zu einem Alien, umhertreibend in einer konstanten, unerbittlichen Gegenwart, ohne Fixpunkte, die einen aus der Vergangenheit in die Zukunft führen konnten.

Angie verscheuchte den Gedanken, spülte den zweiten Teller und stellte ihn ins Abtropfgitter. Dann trocknete sie sich die Hände ab und kehrte ins Wohnzimmer zurück, um ihren Mantel zu holen.

Sie fand ihren Vater vor dem Kamin sitzend, seine breitschultrige Gestalt war tief in einem ausklappbaren Sessel versunken, den ihm Angies Mutter jahrelang auszureden versucht hatte. Doch da stand er nun immer noch in seiner Ecke neben dem Kamin, wie ein Relikt aus der Vergangenheit zwischen den cremefarbenen Samtsofas und Sesseln ihrer Mom. Ihr Dad hatte die Lichter des Weihnachtsbaums eingeschaltet, neben ihm auf dem Beistelltisch stand ein großes Glas Whiskey. Die

Flammen zerfielen im Kamin zu glühenden Kohlen. Er blätterte mit gesenktem Kopf in einem alten Fotoalbum.

Angie trat an seine Seite. Legte ihm die Hand auf die Schulter und drückte sie leicht. »Kommst du zurecht?«

Er nickte. Er starrte ein altes Foto von ihnen dreien an, das an Weihnachten nach dem Autounfall aufgenommen worden war. Es war während seines Sabbaticals passiert, als Angie vier gewesen war. Der Unfall hatte seine Spuren hinterlassen, wie man an der frischen rosa Narbe an Angies linker Seite des Mundes sehen konnte. Das Foto war vor der Schönheitsoperation aufgenommen worden, die Angies Mund wieder eine regelmäßigere, wenn auch nicht perfekte Form verliehen hatte.

Ihr Dad blätterte um. Ein weiteres Foto von Angie und ihrer Mutter. Darauf war Angie etwa sechs gewesen. Frühling. Saftig grünes Gras. Kirschblüten. Die Sonne stand tief und hüllte den erdbeerblonden Schopf ihrer Mutter in einen goldenen Kupferschein. Angies dunkleres Haar schimmerte wie gebranntes rotes Zedernholz. Das irische Erbe der O'Dells, die Gene ihrer Mutter.

Angie spürte einen stärker werdenden Druck auf der Brust.

Ihr Vater sah auf und ein seltsamer und undeutbarer Ausdruck trat in sein Gesicht. »Nimm es mit«, sagte er, schloss das Album und sah fort.

»Ich … Lieber nicht, Dad.« Sie hatte keine Zeit, herumzusitzen und in alten Erinnerungen zu blättern. In diesen kleinen Stücken ihres Lebens, gefangen in der Zeit, geschützt von Plastikfolien zwischen den dicken Albumseiten. Sie musste eine weitere Prüfung beim Justice Institute ablegen. Sie schrieb sich bei so vielen Kursen wie möglich ein, um ihre Bewerbung bei der Elite der Mordkommission des Metropolitan Police Department zu unterfüttern.

»Bitte«, sagte er mit belegter Stimme. »Nimm es mit. Mit den anderen Kisten. Nur für eine Weile. Dann kann ich es mir nicht mehr ansehen, Kätzchen.«

Angies Herz schlug ein wenig schneller, als er ihren alten Kosenamen verwendete. Seit sie etwa zehn gewesen war, hatte ihr Vater sie nicht mehr so genannt. Sie trat um den Sessel herum und setzte sich auf die Ottomane an seiner Seite. Dann nahm sie ihm das ledergebundene Buch voller Erinnerungen aus den großen Händen und schlug es am Anfang auf. Ihre schwangere Mutter. Der wachsende Bauch. Der Tag, an dem Angie geboren worden war.

»Sie hat es für dich gemacht. Dein Leben von der Minute an, in der sie von dir erfahren hat. Es ist … zu … schmerzlich im Moment für mich, mir diese Dinge anzusehen, verstehst du?«

Angie betrachtete das Bild ihrer Mutter in einem Krankenhausbett. Sie trug ein blaues Nachthemd und hielt ihr Neugeborenes in den Armen. Auf Baby Angies Kopf war bereits ein dunkelroter Flaum zu erkennen.

»Du warst so winzig«, flüsterte er und wandte sein Gesicht den ersterbenden Kohlen zu. Sie hörte, wie die Gefühle ihm die Kehle zuschnürten. Sie wusste, dass ihm Tränen in den Augen standen. Die Enge in ihrer Brust zog sich weiter zusammen.

Sie blätterte um. Der Tag ihrer Taufe – ihre Mom und ihr Dad und sie selbst als Baby in einem langen weißen Spitzenkleidchen. Der Priester in seiner prunkvollen Robe an ihrer Seite. Ein weiteres Foto zeigte sie alle zusammen am Strand. Sie blätterte mehrere Seiten vor und strich sanft über das Bild. Fast konnte sie die Stimme ihrer Mutter an jenem Tag hören und die warme Sommerbrise auf den Wangen fühlen. Der Geschmack saftiger, dicker Okanagan-Kirschen lag ihr auf der Zunge. Langsam blätterte sie weiter. Da waren Bilder von Familienausflügen, Angies erster Schultag, ihre Kommunion, ein Foto, das sie beim Segelnlernen zeigte, ihr Abschlussball, die Zeugnisverleihung.

Dann ein Foto von Angie in ihrer brandneuen Polizeiuniform. Ihre Mutter stolz an ihrer Seite, Angies langes Haar wehte im Wind.

Zärtlich zeichnete Angie die Konturen des Gesichts ihrer Mutter nach.

»Sie wird mir fehlen.«

»Mir fehlt sie jetzt schon«, antwortete ihr Vater.

Sie klappte das Buch zu. »Ich leihe es mir aus«, sagte sie. »Und an Weihnachten bringe ich es zurück, wie wäre das? Was machst du überhaupt an Weihnachten, Dad? Soll ich uns einen Truthahn besorgen?« Mist. Jetzt hatte sie es gesagt. Sie hatte sich zu etwas verpflichtet, und das zu einer der hektischsten Zeiten des Jahres auf dem Revier. Perverse nahmen sich nie frei, auch nicht über die Feiertage. Tatsächlich wurde es dann nur noch schlimmer.

Er rieb sich über die Stirn. »Ich denke darüber nach.«

Ein vergessenes Holzscheit fing nun doch noch Feuer und die Flammen loderten knisternd auf. Der Wind seufzte ums Haus.

Sie nickte. »Ich finde allein raus.« Sie stand auf, dann zögerte sie. »Mach langsam mit dem Whiskey, ja? Geh früh schlafen.«

Er nickte, sah sie jedoch noch immer nicht an.

»Gute Nacht, Dad.«

Angie lud die Kisten und das Album in ihr Auto. Der Wind zerrte an ihrem Haar und dicker Nebel trieb vom Meer heran. Sie hörte das Donnern der Wellen unten auf den Felsen.

Der Schnee fiel immer dichter und trieb fast waagerecht über die Landschaft.

Kapitel 2

Angie umrundete eine Ecke und fuhr auf das ungeschützte Stück der Dallas Road, die an der Ross Bay entlangführte. Der Wind traf das Auto mit voller Wucht, und der Schnee wirbelte um sie herum. Wellen krachten donnernd gegen die Betonmauer an der Seite der Straße, und Nebel trieb durch die Bucht. Angie beugte sich vor, um besser sehen zu können, und bremste ihren unmarkierten Crown Vic ab, während die Scheibenwischer vergeblich gegen die Schneemassen kämpften und Schlieren auf der Windschutzscheibe hinterließen.

Als sie sich der tiefsten Stelle der Straße näherte, gerieten die Reifen in ein Rinnsal Meereswasser, das über die Mauer geschwappt war. Schaum spritzte auf die Scheibe. Das Scheinwerferlicht wurde vom Nebel und den silbrigen Flocken zurückgeworfen. Sie fuhr um eine Kurve, und auf einmal jagte etwas in einem Wirbel aus Nebel und Schaum auf die Straße hinaus. Ein verwischter rosa Streifen blitzte im Scheinwerferlicht auf. Angie trat die Bremse durch und der Crown Vic brach seitlich aus, da die Reifen auf dem Wasser in der Senke keinen Halt fanden.

Ein kleines Mädchen in einem rosa Kleid blieb direkt vor dem Wagen stehen, dann drehte es sich um und verschwand in dem dichten laublosen Geflecht aus Wurzeln und Zweigen, das sich neben der Straße erhob.

Mit hämmerndem Herzen starrte Angie ihr nach. Ihre Haut brannte. Kurz rissen die Nebelschwaden auseinander, aber das Kind war verschwunden. Keine anderen Fahrzeuge – keine Menschenseele in Sicht. *Was zum …*

Sie fuhr an den Straßenrand, schaltete das Blaulicht ein, schnappte sich ihre Taschenlampe und nahm die Smith & Wesson 5906 aus dem Schließfach in der Mittelkonsole. Sie lud die Waffe. Blau-rotes Licht pulsierte durch den Nebel, als sie die Tür öffnete und ausstieg. Sie schlug die Kapuze ihrer Jacke gegen den schneidenden Wind und die Schneeflocken hoch.

»Hallo!«, rief sie in die Nebelsuppe. »Ist da jemand?« Der Wind schnappte sich ihre Worte und warf sie hinauf in das Dickicht aus Baumstämmen und Ästen, die den alten Friedhof dort oben abschirmten. Ein seltsames, unheimliches Gefühl erfüllte sie.

Sie ging ein paar Meter die Straße entlang und leuchtete mit der Taschenlampe durch die Zweige. »Hallo!«

Eine Stimme wisperte, weich und leise: *Komm spielum dum Wald … komm runter dem …*

Angie blieb wie gelähmt stehen.

Sie wirbelte herum.

Komm spielum dum … komm …

Das unheimliche Gefühl wurde zu Eis in ihrer Brust. Sie schluckte, ging noch ein wenig weiter die Straße entlang und duckte sich, als ihr der Wind den Schnee ins Gesicht wehte. Keine Spur von dem Mädchen.

Sie stieg wieder ins Auto und rieb sich hart mit beiden Handflächen übers nasse Gesicht. Eine Weile blieb sie einfach sitzen und starrte in den Nebel hinaus, während das Blaulicht noch immer durch den Sturm pulsierte. Aber das Kind tauchte nicht wieder auf.

Ein rosa Kleid? Etwa fünf Jahre alt? Schwachsinn. Kein Kind würde bei diesem Wetter allein draußen sein. Besonders nicht in einem rosa Kleid. Und wie hätte sie über das Heulen des Windes und das Donnern der Wellen ein Flüstern hören können? Ihre Hände zitterten.

Die Worte ihres Vaters sickerten in ihren Verstand.

Zum ersten Mal habe ich daran gedacht, dass sie vielleicht unter Halluzinationen oder Wahnvorstellungen leidet, als sie Mitte dreißig war … Erst dachten wir, es wäre eine PTBS nach dem Autounfall in Italien.

Ihr war nur kalt, sagte sie sich. Sie war durchnässt und ausgekühlt. Und erschöpft – ihre Schlafstörungen wurden seit Juli immer schlimmer und forderten ihren Tribut. Seit vier Nächten hatte sie gar nicht mehr geschlafen. Deshalb zitterte sie so. Sie schaltete das Blaulicht aus, legte den Gang ein, stellte die Scheibenwischer auf volle Stärke und fuhr langsam los.

Ein Drink. Sie brauchte einen starken Drink.

Sie musste diesen ganzen Mist aus dem Kopf kriegen. Ihr Blick fiel auf die Uhr am Armaturenbrett. Sie hatte sich geschworen, kürzerzutreten – deshalb hatte sie sich freigenommen. Deshalb hatte sie sich an diesem Wochenende um ihre Mom und ihren Dad gekümmert. Sie hatte geglaubt, wenn sie sich auf Familienangelegenheiten konzentrierte, würde ihr das helfen, den inneren Druck abzumildern. Doch sobald der Gedanke einmal in ihren Kopf gelangt war, wusste Angie, wohin sie gehen würde. Was sie tun würde.

Sie würde das tun, was sie immer tat, wenn sie vor einer schweren Aufgabe stand und irgendwie damit zurechtkommen musste – um Dampf abzulassen. Allein bei dem Gedanken daran fühlte sie sich schon etwas besser.

Kapitel 3

Wir alle lügen … Wir alle sind über höchstens sechs Ecken miteinander verbunden.

In dem Moment, in dem Angie die Bar betrat, wusste sie, dass er der Richtige war.

Langsam nippte sie an ihrem Drink, ohne ihn dabei aus den Augen zu lassen, während er sich durch die sich windende Menge schob, die sich unter der funkelnden Discokugel vor ihm teilte wie das Rote Meer vor Moses. Er bewegte sich mit einer zwingenden Präsenz. Sie spürte den Technobeat der Musik, und ihr Puls nahm den Rhythmus auf, während sie ihn betrachtete.

Kurz blieb er stehen und ließ den Blick über die Leute an der Theke schweifen, so als suchte er nach jemandem. Er war einen guten Kopf größer als die meisten anderen, seine Schultern waren auffallend breit. Lichtreflexe tanzten in seinem Haar, das zerzaust und schwarzblau wie eine Rabenschwinge war. Seine Haut war blass. Seine Augen … Aus dieser Entfernung konnte sie die Farbe nicht erkennen, aber sie standen weit auseinander und dichte Brauen schwangen sich darüber. Kräftige Gesichtszüge, irgendwo zwischen schön und interessant. Er hatte etwas Andersartiges an sich, eine leicht verlebte, aber dennoch unglaublich wachsame Ausstrahlung.

Er fing ihren Blick auf.

Ein Gefühl von Beklommenheit erwachte in ihr. Er gehörte nicht hierher. Nicht in diesen Club. Irgendetwas an seiner Anwesenheit wirkte unpassend. Aber das befeuerte ihr Interesse und den Adrenalinrausch nur noch weiter. Einen Moment lang hielt er ihren Blick, und als sie nicht wegsah, kam er auf sie zu. Tief in ihr begannen die Alarmglocken zu läuten, während er sich näherte. Hitze stieg in ihr auf. Sie schluckte.

Nicht nachdenken. Nur fühlen. Behalte die Kontrolle. Regel Nummer eins: Behalte immer die Kontrolle.

Der Foxy Club war Angies Jagdrevier. Er lag direkt am Highway 1, der Straße, die aus der Stadt und über einen Bergpass ins Innere der Insel führte. Von außen war das Foxy ein unscheinbares rechteckiges Gebäude, das auf einem rissigen Parkplatz kauerte. Eine große Werbetafel mit Blitzlichtern versprach den Vorbeifahrenden Unterhaltung für Erwachsene. An diesem Abend war zufälligerweise »Siebzigerjahre-Nacht« mit »Big Bad John«, der basslastige Hits auflegte. Auf der langen und schmalen Bühne hinter der Bar wanden sich Stripperinnen in weißen Kunstlederstiefeln, knappen Stringtangas und Silberflügeln lasziv um ihre Poles. Heute Abend wurden sie von einem männlichen Tänzer unterstützt, der seinen muskulösen Körper in einen engen weißen Discoanzug gegossen hatte. Er schritt zwischen den Stripperinnen hindurch, wiegte sich zum Takt in den Hüften und hob den Finger zum Himmel, als entstammte er einem alten Saturday-Night-Fever-Film … *stayin' alive … ah ha ha ha … stayin' alive …*

Tja, so war das. Alle versuchten nur, am Leben zu bleiben – ein bisschen leben und mit ein paar der Menschen am Wegesrand ins Bett steigen.

Denn Angie wusste nur zu genau, dass im Zentrum allen Lebens und Sterbens der Sex stand. Sie wusste, dass es die sexuellen Vorlieben waren, die den Unterschied zwischen

»normal«, abartig und tödlich ausmachten. Das Foxy stellte Sex in seinen vielen unterschiedlichen Ausprägungen dar. Hierher kamen Männer, um Sex zu kaufen. Die Frauen hier bekamen ihn umsonst. Ihr persönliches Russisch Roulette. Ihre Art, der Sterblichkeit den Stinkefinger zu zeigen, der manchmal nur zu offensichtlichen Sinnlosigkeit.

Ihre eigene Art, am Leben zu bleiben. *Stayin' alive … ah ha ha ha …*

Das zum Club gehörende Motel auf der anderen Seite des Parkplatzes vermietete die Zimmer stundenweise. Sie hatte schon bei ihrem Eintreffen hier im Voraus eines davon gebucht. Auf einmal wurden die Lichter dunkler und aus dem hitzigen Rot wurde ein gedimmtes Blau, als der Song wechselte. Sie kippte den Rest ihres Drinks hinunter, erleichtert, endlich ein angenehmes Rauschen in den Adern zu spüren. Mit einem Handzeichen bestellte sie sich beim Barkeeper ein weiteres Getränk, während ihr Zielobjekt immer näher kam.

Er lächelte, und Angie holte scharf Luft, als sie einen Stich im Bauch spürte. Von Nahem sah er sogar noch besser aus. Schöne weiße Zähne mit etwas verlängerten Eckzähnen, was ihm etwas herrlich Raubtierhaftes verlieh. Leichte Fältchen fächerten von seinen Augen aus, die so dunkelblau waren, dass sie in diesem Licht beinahe lila aussahen. Scheiße, was für ein schöner Mann. Trotzdem wirkte er seltsam mitgenommen. Gerade genug, um nicht perfekt zu sein.

Er raubte ihr den Atem, schlicht und einfach.

Irgendwo in weiter Ferne schrillten die Alarmglocken noch lauter und in den Resten ihres Bewusstseins hörte sie die Worte: *Nicht berühren.*

Nicht den. Zu attraktiv für dich. Er gehört nicht zu deinem Profil. Nimm niemals einen, der dich auf irgendeine Art verletzlich macht …

»Hey«, sagte er.

Sie nickte und trank einen großen Schluck von ihrem neuen Wodka Tonic, den der Barkeeper gerade vor sie hingestellt hatte. *Bleib cool. Geh als Erste. Geh früh. Keine Namen.*

»Darf ich Ihnen einen Drink ausgeben?«, fragte er und stützte sich mit der rechten Hand gegen die Bar. Er beugte sich zu ihr vor und brachte den Mund nah an ihr Ohr, damit sie ihn über die Musik hinweg hören konnte.

Sie hob ihr Glas. »Ich bin versorgt.«

»Wie wäre es dann mit einem Tanz?« Er hielt ihren Blick. Sie blinzelte nicht. Langsam stellte sie das Glas auf dem Tresen ab und stand auf und schloss die Distanz zwischen ihnen. Er richtete sich auf, wich aber nicht zurück. Sie musste zu ihm aufsehen. Er war sogar noch größer, als sie erwartet hatte. Breiter.

»Wie wäre es mit einem Zimmer?«, fragte sie.

Nun blinzelte er doch. Sie erkannte ein verlegenes Flackern in seinem Blick. Angie lächelte, berauscht von ihrer eigenen Macht und dem Funken von Misstrauen in den Augen dieses großen Mannes. Damit hatte sich das traditionelle Machtverhältnis verschoben. In ihrem Beruf waren die Opfer fast immer weiblich. Oder es waren Kinder. Unschuldige Kinder. Und die Täter waren fast immer Männer. Sie sah ihm weiter in die Augen und wartete darauf, dass er ihre Frage begriff. Als er nichts erwiderte, schnappte sie sich ihre Lederjacke von der Lehne ihres Barhockers und schlängelte sich durch die wogende Menge der Tänzer in Richtung des roten Exit-Schilds über der Hintertür.

Er traf seine Entscheidung schnell. Als er sie eingeholt hatte, packte er sie am Arm, wobei er ein wenig zu fest zudrückte. Große Hände. Stählerner Griff. Ein Anflug von Furcht erfasste sie, und das gefiel ihr. Es weckte sie auf. Langsam holte sie Luft, um sich zu beruhigen, dann drehte sie sich zu ihm um. Ihr Herz setzte einen Schlag aus, als sie die Lust in seinen harten Zügen erkannte. Seine Augen wurden noch dunkler.

»Wie meinst du das?«, fragte er.

»Was glaubst du denn?«

Er lockerte den Griff um ihren Oberarm nicht, während er sie abschätzte – ihren gesamten Körper. Die Brüste, Hüfte, die langen Beine, die schwarzen Bikerboots. Seine Halsschlagader begann zu pulsieren. Er hob die freie Hand und berührte ihr Haar, das sie heute offen trug. Sanft strich er darüber und hob es dann an, um ihren Hals zu entblößen. Er schob ihr die Hand in den Nacken und fuhr mit dem Daumen die Linie ihres Kinns nach. Ihre Sicht verschwamm und ihre Beine drohten nachzugeben. Er senkte den Kopf, bis sein Mund ihrem ganz nah war. »Ganz umsonst?«, flüsterte er. »Warum?«

Ihre Lider flatterten. »Du … misstraust mir, nur weil du mich haben kannst, ohne dafür bezahlen zu müssen?«

»Ich vertraue niemandem.«

»Wenn du dein Geld lieber zum Fenster rauswirfst, dann versuch's mal bei den Damen auf der Bühne.« Sie wandte sich zum Gehen, aber er hielt sie nur noch fester.

»Na gut«, raunte er ihr ins Ohr. »Gehen wir.«

* * *

Das Motelzimmer war in pulsierendes rotes Licht getaucht, das von dem Neonschild über dem Parkplatz kam. Es ließ die dünnen Vorhänge aufglühen wie ein schlagendes Herz, wie ein Schmelztiegel in den Tiefen der Hölle. *Bumm. Bumm. Bumm.* Man hörte den Bass der Musik aus dem Club durch die Wände, man fühlte ihn in den Bodendielen, passend zum pochenden Neonlicht. Irgendwo in weiter Ferne heulte eine Sirene. Ein Krankenwagen, die Polizei vielleicht oder die Feuerwehr. Die Gesellschaft, die sich um ihre Bürger kümmerte und sie überwachte.

Das Kopfteil des Bettes schlug im Rhythmus des Basses an die Wand, während sie ihn ritt, im Takt der Musik. Ihr Blut war heiß, ihre Haut feucht. Nackt lag er unter ihr. Sie hatte ihm die Handgelenke über dem Kopf ans Bett gefesselt. Ihre Kleider lagen auf dem alten Teppich, die Stiefel waren im ganzen Zimmer verstreut. Sie grub ihm die Nägel in die Haut und hielt nichts zurück. Sie keuchte und schwitzte, ihre Brüste hüpften, sie wollte die Gedanken der letzten Monate aus ihrem Kopf fegen … dass sie das Kind nicht hatte retten können … ihre Grenzen, ihre Verletzlichkeit. Das, was diese Einheit ihren Polizisten abverlangte. Die Verdorbenheit, die sie im Laufe der Jahre hatte mit ansehen müssen. Und immer, wenn sie glaubte, nun alles gesehen zu haben, tischte der Job ihr etwas Neues auf.

Er war mit einem verdammt großen Schwanz gesegnet, und das gefiel ihr. Sie ließ sich von ihm ausfüllen. Die Härchen auf seiner Brust waren rau und dunkel, sein Körper war wie gemeißelt. Weiße Alabasterhaut, geschwungener Marmor. Ein Michelangelo, ein Meisterwerk. Die tief vergrabene Stimme erwachte wieder in ihrem Bewusstsein. *Hier stimmt etwas nicht. Wer ist er? Warum will er das? Warum ist er hierhergekommen, obwohl ihm die Frauen doch sicher zu Füßen liegen?* Kein Ring am Finger, dafür eine kaum wahrnehmbare, aber umso verräterische blassere Stelle dort. Hatte er gerade eine Beziehung beendet? Versteckte er den Ring? Wie auch immer, dies war kein Mann ohne Geschichte. Ohne Beziehungen. Was war falsch an ihm? Was war anders …?

Angie verschloss die Ohren vor der Stimme, öffnete die Schenkel weiter und ließ sich noch tiefer auf seinen Schwanz hinabsinken. Sie stieß immer schneller mit der Hüfte vor, bis es wehtat. Sie war nah dran, so nah, dass sie es schon fühlen konnte. Er bockte unter ihr, wilder, immer wilder stieß er in sie hinein. Sie versuchte, sich zurückzuziehen, ihm die Erfüllung der Lust zu verweigern, doch dann wurde ihr ganzer Körper steif, wie in einem Schockzustand. Der Atem stockte ihr in der Brust, und sie hielt ganz still, pulsierendes rotes Licht, wummernder Bass.

Und dann kam sie. Alles verschwamm ihr vor den Augen, ein Schrei steckte ihr in der Kehle, während sich ihre Muskeln in rhythmischen, heißen Wellen zusammenzogen. Sie brach auf ihm zusammen, spürte die rauen Härchen auf den Brüsten. Er war immer noch hart in ihr, sie spürte ihn in sich, während das Beben allmählich verebbte.

Ein Geräusch kam aus ihrer Jacke am Boden. Ihr Handy – der Klingelton, den sie für Holgersen eingestellt hatte. Verdammt.

Angie versuchte sich zu konzentrieren. Sie hatte keinen Bereitschaftsdienst.

Wieder klingelte es. Sie beugte sich hinunter und tastete auf dem Boden nach ihrer Jacke.

»Lass es.« Sein Befehl klang heiser. Samt auf Felsen. Überraschend gebieterisch. »Binde mich los«, sagte er. »Jetzt bin ich dran.«

Kurz schloss sie die Augen. Der Anruf wurde auf die Mailbox weitergeleitet.

»Binde mich los.«

Angie sah ihm in die Augen. Irgendetwas darin flüsterte »Gefahr«. Das Handy begann wieder zu klingeln. Es musste ein Notfall sein. Holgersen, ihr neuer Partner, würde sie andernfalls nicht an ihrem freien Abend anrufen. Angie stieg von dem schönen Fremden herunter und ging zu ihrer Jacke. Sie holte das Handy heraus, schob sich das dichte feuchte Haar aus dem Gesicht und nahm ab.

»Ja«, meldete sie sich, ohne ihren Namen zu nennen. Sie hatte Mr Big Dick nicht verraten, wie sie hieß, und sie hatte es auch nicht vor.

»Die Party ist vorbei, Pallorino«, hörte sie Holgersens Stimme mit dem seltsamen Akzent. »Wir zwei haben eine Unbekannte, eine Jane Doe, wie wir das hier bekanntlich nennen, drüben bei Saint Jude's. Jung – Mitte bis Ende zwanzig. Sexuelle Gewalt. Der Rettungswagen hat sie oben beim Ross

Bay Cemetery eingesammelt. Ihr Zustand ist kritisch. Sie ist nicht ansprechbar.«

Angie warf Mr Big D. einen Blick zu. Er ließ sie nicht aus den Augen. Lauschend. Seine Hände waren noch immer gefesselt. Sie drehte ihm den Rücken zu und trat nackt ans Fenster. »Was ist mit den anderen?«, fragte sie leise. »Dundurn und Smith? Sie haben heute Bereitschaft.«

»Dundurn will aussetzen. Smith und er sind seit zweiundsiebzig Stunden am Stück im Einsatz wegen dieser Grippewelle auf dem Revier. Und außerdem wickeln sie gerade noch einen anderen Anruf ab.« Pause. »Er meinte, du hättest den Fall vielleicht gern. Könnte der Typ aus den Fernyhough- und Ritter-Fällen sein. Nur hat er sein Zeichen dieses Mal auf ihrer Stirn hinterlassen.«

Alles an ihr wurde starr wie Stein. Hashs und ihr Cold Case. Es war Hash ein Dorn im Auge gewesen. Ein Wiederholungstäter und Vergewaltiger, auf den sie erstmals vor vier Jahren aufmerksam geworden waren, als er die sechzehnjährige Sally Ritter angegriffen hatte. Dann, ein Jahr später, ein weiterer Angriff auf Allison Fernyhough, vierzehn. Sie hatten ihn nie gefunden. »Ich bin in zwanzig Minuten da.«

»Bist du in den Staaten oder was? Oder kommst du mit dem Fahrrad?«

»Tu, was du kannst, bis ich da bin. Zwanzig Minuten.«

Sie legte auf, schnappte sich ihre Jeans und wand sich hinein. Dann streifte sie sich rasch ihr Shirt über und band sich das Haar zu einem festen Pferdeschwanz im Nacken. Sie stieg in ihre Boots, schnappte sich die Lederjacke und hielt inne. Sie sah auf den Mann, der noch immer an das Motelbett gefesselt war. Sein aufgerichteter Penis glänzte und sah ganz und gar nicht so aus, als würde er bald schlappmachen. Nett. Eine warme Woge stieg in ihr auf. Sie ließ den Blick an seinem Körper hinaufwandern. Er musterte sie – analysierte sie. Merkwürdig gelassen und beherrscht für einen Mann, den man nackt ans Bett gefesselt hatte. Sie sah ihm in die Augen.

Mit dem Kinn ruckte er in Richtung seiner Lenden. »Wir haben da noch was vor«, sagte er.

Sie leckte sich über die Lippen. Aus der Gesäßtasche ihrer Jeans zog sie ein Sebenza 25, ein Carbonmesser, das sie immer bei sich hatte. Eine schärfere Klinge fand man nirgends. Sie klappte es auf, beugte sich über ihn und durchtrennte die Kabelbinder an seinen Handgelenken. Er senkte die Arme, hielt sie aber weiter mit seinen Augen fest. Die Haut an seinen Handgelenken war abgeschürft.

»Gibst du mir deine Nummer?«, fragte er. »Fürs nächste Mal.«

Wieder spürte sie dieses ungute Wispern – eine schwache Warnung ihres sechsten Sinns, der ihr einflüsterte, dass sie sich dieses Mal vielleicht etwas zu viel zugemutet hatte. Mehr, als sie kontrollieren konnte. Denn sie wollte es wieder mit ihm tun. Es war wie die erste Begegnung mit einer starken, süchtig machenden Droge. Und sie mochte dieses Gefühl nicht. Sie wollte ihn nicht brauchen – diesen Fehler hatte sie schon einmal gemacht.

Tu es. Tu es wieder. Er ist wie Medizin. Er hat dir all deine Sorgen genommen …

Sie zögerte, ihre Gedanken spielten alle Möglichkeiten durch. Nur noch einmal? Das konnte doch nicht schaden – oder? Rasch trat sie an das Tischchen neben dem Bett und schrieb ihre private Handynummer auf den Notizblock, der dort lag. Sie konnte ihn jederzeit wieder loswerden. Sie streifte ihre Jacke über und ging zur Tür.

Er rief ihr nach. »Hast du auch einen Namen, Kriegerprinzessin?«

Sie hielt inne, die Hand am Türknauf, und der Teufel auf ihrer Schulter flüsterte: *Ja, du hast das im Griff. Du kannst jederzeit aussteigen …* Außerdem war sie auch nur ein Mensch. Sie durfte ein Leben haben. Es war schließlich nicht verboten, eine Beziehung zu führen. Solange sie die Zügel in der Hand behielt.

»Angie«, sagte sie.

Stille.

»Und du?«, fragte sie.

Langsam lächelte er, wobei sich ein Mundwinkel etwas höher hob als der andere. »Ich habe deine Nummer.« Er hielt inne. »Angie.«

Kapitel 4

Überall dort, wo er geht, was er berührt, was er hinterlässt, auch unbewusst, all das dient als stummer Zeuge gegen ihn.
Locard'sche Regel

Sonntag, 10. Dezember

Der Schnee fiel in großen, dicken Flocken, wirbelte zwischen den Gebäuden umher und legte sich auf die nächtlichen Straßen. Es war drei Uhr morgens, als Angie von der Douglas Street abbog. Die Scheibenwischer malten Bögen auf die Windschutzscheibe. Eine unartikulierte Sorge erfüllte sie, als sie die glitzernden Schaufenster mit der Weihnachtsdekoration betrachtete. In den älteren, touristischeren Teilen der Stadt hatte man funkelnde Lichterketten über die Straßen gespannt. Auf der anderen Seite des Inner Harbours schimmerten die Verwaltungsgebäude wie der in Feenlicht getauchte Disneypalast. Im Radio lief Bing Crosbys »Silver Bells« … *city sidewalks … dressed in holiday style …*

Ärgerlich schaltete Angie auf einen anderen Sender um. *Der neu gewählte Bürgermeister Jack Killion und seine Ratsversammlung werden am kommenden Dienstag vereidigt …*

Sie schaltete das Radio aus.

Ab und zu sah man noch immer ein »Wählt Killion«-Plakat von der Bürgermeisterwahl vor zwei Wochen. Killion hatte die amtierende Bürgermeisterin Patty Markham um gerade mal neunundachtzig Stimmen geschlagen. Mehr brauchte es offenbar nicht, um eine harte Kriminalitätspolitik und eine Säuberungsaktion der Polizeikräfte anzuberaumen. Es lebe die Demokratie. Wenn Killion seinen Wahlversprechen treu blieb, dann würde er den Ball ins Rollen bringen, sobald er und sein Regierungsrat am Dienstag vereidigt waren.

Macht diese Stadt wieder groß.

Was auch immer das heißen sollte. Für Angie und ihre Kollegen beim Victoria Metro Police Department hieß es, dass ihr jähzorniger Chief Constable immer gereizter auf Killions Androhung eines radikalen Wandels reagierte. Das hatte zu einem unguten betriebsinternen Klima geführt, in dem über Kriminalitätsraten, Budgets, Überstunden, Personalkosten und Aufklärungsraten getuschelt wurde. Außerdem wurde spekuliert, dass Chief Gunnars eigener Kopf schließlich rollen würde, damit Killion ihn durch einen seiner Lakaien ersetzen konnte.

Angie fand eine Parklücke vor der gotischen Saint Auburn's Cathedral, die sich dunkel in den Himmel reckte, neben dem angrenzenden katholischen Krankenhaus. Sie holte ihre Dienstwaffe aus dem Schließfach, steckte sie unter der Lederjacke ins Holster, zog sich ihre schwarze Wollmütze über und stieg aus dem Auto. Die steinernen Wasserspeier der Kathedrale beobachteten sie, während sie durch den Schnee auf den rot beleuchteten Eingang der Notaufnahme zueilte.

Holgersen saß zusammengesunken auf einem orangeroten Plastikstuhl neben dem Empfangsbereich und sah mehr nach einem Straßenjunkie aus, der selbst medizinische Versorgung brauchte, als nach einem Major Crimes Detective. Als er Angie erblickte, kam er auf die Beine und richtete sich zu seinen schlaksigen eins neunzig auf.

»Warum hat das so lang gedauert, Pallorino?«

»Wer ist sie?«

Er musterte sie kurz und deutete dann unter sein Auge. »Deine Wimperntusche ist verlaufen.«

»Wo ist sie, Holgersen? Was haben wir? Wissen wir schon, wer sie ist?«

»Als ich angekommen bin, wurde sie noch operiert. Gerade wird sie auf die Intensivstation verlegt. Die Uniformierte oben wird uns ins Bild setzen. Sie und ihr Partner waren die ersten Polizisten am Fundort. Sie sind beim Friedhof angekommen, als die Sanitäter gerade angefangen haben, sie zu verarzten.«

»Ist sie noch einmal zu Bewusstsein gekommen?«

»Nein.« Er ging auf den Aufzug zu und salutierte im Vorbeigehen mit zwei Fingern vor den Krankenschwestern. Angie hielt Schritt. Der antiseptische Geruch des Krankenhauses machte sie merkwürdig nervös – vor allem an diesem Abend.

Holgersen drückte den Rufknopf für den Lift. »Einer der Ärzte meinte, sie hätten sie in der Notaufnahme tatsächlich ein paar Minuten lang verloren.«

»Verloren?«

»Sie war tot. Sie haben sie zurückgeholt. Zweimal.«

Während der Fahrstuhl nach oben fuhr, betrachtete Angie ihr verschwommenes Spiegelbild an den Metallwänden und versuchte, sich die verschmierte Mascara unter den Augen wegzuwischen. Holgersen sah ihr schweigend zu.

»Was?«, fragte sie. »Es schneit draußen. Ich bin nass geworden. So was passiert.«

»Hab nichts gesagt, Detective.«

Wenn er etwas gesagt hätte, dann vermutlich: »Klar, in den drei Wochen, in denen wir jetzt schon Partner sind, habe ich dich noch kein einziges Mal geschminkt gesehen.« Er mochte aussehen wie ein abgewrackter Junkie, aber Holgersen entging nichts. Sein Verstand war messerscharf, und nun maß er sie, setzte Stück für Stück die Puzzleteile zusammen, die er seit ihrer ersten Begegnung sammelte, um sich ein Bild von ihr zu machen.

Er war bei der Drogenfahndung gewesen, sowohl oben im Norden, woher er kam, als auch hier, inklusive mehrerer Undercover-Einsätze. Seine träge Sprechweise und die eigenwillige Syntax führten die meisten in die Irre, und Angie schätzte, dass er genau das auch wollte. Jedenfalls konnte man mit ihm besser auskommen als mit diesem Arschloch, mit dem man sie vorher hatte zusammenstecken wollen. Außerdem hörte Holgersen auf sie. Meistens jedenfalls. Das gefiel ihr. Abgesehen davon wusste sie nicht viel über ihn – ein Buch mit sieben Siegeln. Und sie bohrte nicht nach, weil auch sie selbst ihr Privatleben lieber privat hielt.

Als sie den Fahrstuhl verließen, sprang eine uniformierte Polizistin auf, die weiter hinten im Gang auf einem Stuhl gesessen hatte. Manchmal kam es Angie wie gestern vor, dass sie selbst noch auf Streife gegangen war. Manchmal schienen ihr dagegen Jahrzehnte vergangen zu sein.

»Detective Pallorino – Sexualverbrechen«, stellte sie sich vor. »Und das ist Holgersen.«

»Constable Tonner«, entgegnete die Polizistin und klappte ihr Notizbuch auf. »Mein Partner Hickey und ich waren die Ersten am Tatort. Ich bin mit dem Opfer im Krankenwagen mitgefahren und seitdem hier im Krankenhaus. Hickey ist am Tatort geblieben, um das Gebiet zu sichern und Zeugen zu vernehmen.«

Immerhin. »Wo ist unsere Überlebende jetzt?«

»Sie wurde gerade auf die Intensivstation verlegt.«

»Wer hat sie gemeldet?«

»Der Führer einer Geistertour.« Tonner sah auf ihre Notizen. »Er heißt Edwin Liszt. Er und eine Gruppe von vier Touristen haben sie auf einem der Gräber liegend gefunden. Sie haben den Notruf gewählt.«

»Eine Geistertour?«, hakte Holgersen nach. »Bei *dem* Wetter?«

Angie sah ihn an und dachte an das, was sie auf der Straße unterhalb des Friedhofs zu sehen geglaubt hatte.

»Angeblich taucht eine bestimmte weibliche Gestalt immer um Mitternacht bei solchem Wetter auf«, antwortete Tonner. »Wir sind nach dem Krankenwagen eingetroffen, als sich die Sanitäter schon um sie gekümmert haben. Das Opfer war völlig durchnässt und unterkühlt. Sie hat nicht reagiert. Eine blutende Wunde im Gesicht und eine weitere im Intimbereich. Ihr Rock war hochgeschoben worden, ihre Strumpfhose wurde im Beckenbereich entweder zerrissen oder zerschnitten, und ihre Beine waren gespreizt. Ihre Stiefel hatte sie noch an.«

Stille hing in der Luft.

Angie räusperte sich. »Wir brauchen die Kontaktdaten der Sanitäter und die von Liszt und seinen Kunden.«

»Die habe ich. Hickey hat offiziell die Daten aller Zeugen aufgenommen, während ich sie befragt habe.«

»Was ist mit der Kleidung des Opfers?«, fragte Angie.

»Sichergestellt und eingetütet.« Constable Tonner nickte zu den Beweismitteltüten auf dem Stuhl hinter ihr. »Die Stiefel da drin sind von Francesco Milano. Der Rock ist auch ein Designerstück.«

»Aber keine ID? Kein Geldbeutel, kein Handy?«

»Negativ.«

»Kam das Spurensicherungsset für Vergewaltigungsfälle bereits zum Einsatz?«

Hinter ihnen erklang eine scharfe weibliche Stimme: »Unsere Priorität galt dem Überleben der Patientin.« Sie alle fuhren herum. Eine Ärztin in grünem OP-Kittel kam auf sie zu. Sie war groß und hatte ein starkes, sauber wirkendes Gesicht. Helle Augen, aber umgeben von einem Schatten der Müdigkeit.

»Dr. Ruth Finlayson.« Sie streckte die Hand aus. Angie ergriff und schüttelte sie. Fester Händedruck.

»Angie Pallorino. Und das hier ist Kjel Holgersen.«

»Es gibt immer ethische Schwierigkeiten, wenn eine bewusstlose Patientin Anzeichen sexueller Gewalt zeigt«, erklärte Dr. Finlayson. »Eine forensische Untersuchung ohne die Einwilligung der Patientin durchzuführen, kann ihr nach dem Erwachen das Gefühl weiteren Kontrollverlusts bescheren. Allerdings bin ich für forensische Untersuchungen ausgebildet, und unsere Krankenhauspolitik gestattet es, Beweise zu sammeln, wenn dies während einer notwendigen medizinischen Versorgung geschieht. Also haben wir getan, was wir konnten. Normalerweise bewahren wir das Spurensicherungsset auf, bis wir die Erlaubnis haben, es weiterzugeben, sei es seitens des Opfers oder eines Entscheidungsbevollmächtigten, wie ein Familienangehöriger, ein Vormund oder ein Richter.«

»Ich kenne die Richtlinien«, entgegnete Angie. »Wie geht es ihr? Können wir sie sehen?«

Die Ärztin hielt einen Moment lang ihren Blick, dann holte sie tief Luft. »Kommen Sie.« Sie führte sie einen Gang entlang und sah dabei über die Schulter zurück. »Schalten Sie bitte Ihre Handys aus, sie könnten die medizinischen Geräte stören.« Angie und Holgersen stellten die Handys ab, als sie die Intensivstation betraten, und die Ärztin führte sie zu einem Zimmer. Sie schob eine Glastür auf.

Alle traten ein. Maschinen piepsten und zischten. Angies Blick flog zu dem Mädchen im Bett. Ein Beatmungsschlauch steckte in ihrem Mund und diverse Nadeln verschwanden in ihren Adern. Messgeräte waren an ihren Armen und auf ihrer Brust befestigt. Ein Verband bedeckte ihre Stirn. Sie hatte braunes Haar, sie war jung und ihre Haut wies einen merkwürdigen Farbton auf.

»Sie ist … blau«, stellte Holgersen fest. »Warum diese Farbe? Kommt das von der Kälte?«

»Zyanose«, antwortete Dr. Finlayson leise, ohne den Blick von der Patientin zu nehmen. »Das kann vorkommen, wenn der Sauerstoffgehalt im Blut zu tief absinkt. Als sie eingeliefert wurde, hatte sie keinen Herzschlag mehr. Es ist ein Wunder, dass sie überhaupt noch am Leben ist. Die kommenden vierundzwanzig Stunden werden entscheidend sein. Falls sie es allerdings schafft, wird sie wahrscheinlich mit permanenten neurologischen Schäden zu kämpfen haben. Von den Patienten, die beinahe ertrunken sind und ohne Herzschlag eingeliefert werden, sterben fünfunddreißig bis sechzig Prozent in der Notaufnahme, während fast alle von denen, die durchkommen, mit Folgeschäden rechnen müssen.«

Angie und Holgersen drehten sich ruckartig zu der Ärztin.

»Beinahe *ertrunken*?«, hakte Angie nach. »Was soll das heißen?«

»Sie wurde untergetaucht. Normalerweise schließt sich der Kehlkopf unwillkürlich, wenn ein Mensch zu ertrinken beginnt, sodass weder Luft noch Wasser in die Lungen kommen. In zehn bis zwanzig Prozent der Fälle kommt es zu einer Hypoxämie – zu einer verringerten Sauerstoffkonzentration im Blut –, weil der Kehlkopf verkrampft und sich nicht wieder löst. Das nennt man mittelbares Ertrinken. In ihrem Fall war es allerdings unmittelbar. Ihr Kehlkopf hat sich gelöst, und eine kleine Menge Wasser ist ihr in die Lunge gedrungen.«

Angie starrte die Ärztin an und wandte sich dann Holgersen zu. »Wurde sie in der Nähe von Wasser gefunden?«

»Beim Ross Bay Cemetery gibt es, soweit ich weiß, keine Gewässer. Nur das Meer auf der anderen Straßenseite ganz am Ende des Friedhofs.«

»Es war kein Salzwasser«, sagte die Ärztin. »Die physiologischen Mechanismen, die bei unmittelbarem Ertrinken eine Hypoxämie auslösen, sind bei Salzwasser anders als bei Süßwasser. Süßwasser in der Lunge wird durch Osmose in den pulmonalen Kreislauf gezogen. Wenn das Blut auf diese Weise verwässert wird, platzen die roten Blutkörperchen. Der Kaliumwert schießt in die Höhe und der Natriumwert sinkt rapide ab, was die elektrische Aktivität des Herzens stört und normalerweise zu Kammerflimmern führt. Das kann nach zwei bis drei Minuten einen Herzstillstand auslösen. Salzwasser verhält sich dagegen hyperton zu Blut. Es bewirkt das Gegenteil von Süßwasser. Durch Osmose wird Wasser aus dem Blutkreislauf in die Lunge gezogen, und das Blut wird dicker. Was mehr Arbeit vom Herzen erfordert und nach etwa acht bis zehn Minuten zum Herzstillstand führt. Aber ganz gleich, wie hoch der Salzgehalt des Wassers ist, sie könnte aus rein theoretischer Sicht immer noch ertrinken«, erklärte Dr. Finlayson.

Angie trat näher an das Bett heran, und die Brust wurde ihr eng. Sie ist noch ein Kind. Das Mädchen konnte nicht viel älter als fünfzehn sein. Wie Alison Fernyhough. Wie Sally Ritter. Doch dieses Opfer war etwas rundlicher. Das Haar war ihr aus der Stirn gestrichen worden, und getrocknetes Blut klebte darin. Die Haut um ihren Mund war wund und rot.

Langsam ließ Angie den Blick über den Körper des Mädchens wandern. Violette Druckspuren an Hals und Handgelenken. Die Nägel waren abgebrochen, ein paar davon wurden anscheinend herausgerissen. Einer ihrer Finger steckte in einer Metallhülle. Ihre Unterarme waren voller Schnitte und Prellungen. Sie hatte gekämpft. Um ihr Leben.

»Kann ich ihre Stirn sehen?«, fragte Angie leise.

Die Ärztin zögerte, dann presste sie die Lippen aufeinander und löste vorsichtig den Verband.

Man hatte die Wunde gesäubert und genäht. Sie bildete ein perfektes christliches Kreuz, es endete direkt zwischen den Augenbrauen des Mädchens.

»Mit einer scharfen Klinge in die Haut geschnitten«, sagte Dr. Finlayson. »Wie von einem Skalpell oder einem Teppichmesser. Er hat fest zugedrückt, der Schnitt geht bis auf den Knochen.«

Angie starrte das Kreuz an und ihr wurde heiß. Fernyhough und Ritter hatte man ebenfalls ein Kreuz auf die Stirn gesetzt. Form und Größe stimmten überein – alle Kreuze endeten zwischen den Brauen. Aber bei den beiden anderen war das Kreuz mit rotem Filzstift auf die Stirn gemalt worden. Man hatte es ihnen nicht ins Fleisch geritzt.

Angie beugte sich vor, um die Stirn und den Haaransatz des Mädchens besser sehen zu können. Ihr Puls beschleunigte sich, als sie fand, was sie suchte. »Man hat ihr eine Haarsträhne abgeschnitten, genau in der Mitte der Stirn.«

»Dundurn hatte recht«, flüsterte Holgersen. »Er ist zurück, und er eskaliert.«

»*Falls* er es ist«, gab Angie leise zurück. »Mir ist es lieber, wenn wir die Spekulationen so lange sein lassen, bis wir eindeutige Beweise haben.«

»Dann behalte ich meine unwissenden Kommentare eben lieber für mich«, murmelte er.

»Irgendwelche Anzeichen für Geschlechtsverkehr?«, fragte Angie an die Ärztin gewandt. »Hat er uns eine Visitenkarte hinterlassen?«

»Wir haben keine Samenspuren gefunden, was wegen des Bluts aber auch schwierig gewesen wäre.« Sie sah Angie an. »Ihre Genitalien wurden mit einer Klinge verstümmelt.« Die Ärztin zögerte und ihre Augen wurden noch etwas heller. »Sie wurde beschnitten.«

Angie spürte, wie ihr alles Blut aus dem Gesicht wich. »Was bedeutet das?«

»Man hat die Klitorisvorhaut, die Klitoriseichel und die inneren Schamlippen entfernt.«

Angies Herz begann zu hämmern. »Wir werden eine detaillierte forensische Untersuchung brauchen«, sagte sie mit gehetzter Stimme. »Fotos …«

»Wir haben die Verstümmelung während der Operation fotografisch dokumentiert, Detective. Wir haben Proben der Körperflüssigkeiten genommen. Blutproben, einen Vaginalabstrich, Speichel und das Gewebe unter den Fingernägeln. Jetzt müssen Sie Ihren Job machen und ihre nächsten Angehörigen finden, bevor wir das Mädchen verlieren.« Ihre Züge wurden hart, während sie sprach, und Angie erkannte die Emotion im Gesicht der Ärztin als das, was es war: eine stille, aber kaum beherrschbare Wut. Ein Gefühl, das Angie mit ihren eigenen Schwierigkeiten, was die Bewältigung von Zorn betraf, nur allzu gut nachempfinden konnte. Es war dieselbe aggressive Energie, die auch sie selbst antrieb. Das war es, was sie zur Special Victims Unit gebracht hatte. Deshalb hatte sie es auf eine Beförderung in die Mordkommission abgesehen. »Versprechen Sie es mir«, sagte die Ärztin so leise, dass man es kaum hörte. »Versprechen Sie mir, dass Sie diesen Scheißkerl festsetzen.«

Angies Mund wurde trocken. Sie hatte einen miesen Geschmack auf der Zunge, von dem Wodka, den sie früher am Abend getrunken hatte.

Auf einmal glitt die Tür hinter ihnen auf und eine Krankenschwester schaute herein. »Dr. Finlayson, Dr. Nassim muss Sie dringend sprechen.«

»Wenn Sie mich bitte entschuldigen würden«, sagte die Ärztin.

Angie und Holgersen nickten, und Dr. Finlayson verließ den Raum.

Angie wandte ihre Aufmerksamkeit wieder ihrer Unbekannten zu. Sanft berührte sie die Hand des Mädchens. Ihre Haut war eiskalt. Angie drehte die Hand um. Auf der Handfläche und dem Unterarm waren Abwehrwunden zu sehen – sie sahen aus wie von einer Klinge. Einer scharfen Klinge. Die tieferen Schnitte waren genäht worden.

Wer hat dir das angetan, Süße? Wie bist du hier gelandet? Was wolltest du in dieser stürmischen Nacht auf dem Friedhof?

»Auf dem, was von den Nägeln übrig ist, kann man noch erkennen, dass sie Gelnägel getragen hat«, sagte Holgersen an ihrer Seite. »Die Strähnchen in ihren Haaren sind frisch. Sie achtet auf sich, sie ist eitel. Und diese Stiefel – Francesco Milanos –, dafür legt man locker einen Tausender hin.«

Angie sah ihn an. »Woher weißt du das?«

»Ich weiß gewisse Dinge eben, Pallorino.«

Sie musterte ihn. Sein Ziegenbärtchen. Die blassen, eingesunkenen Wangen. Der gehetzte Ausdruck in den Augen. *Wie gut kennen wir die anderen überhaupt? Wie gut* können *wir irgendjemanden kennen?*

»Ich mein ja nur, dass unser Mädchen hier einen richtig teuren Geschmack hat. Und dass sie sich das auch gönnt. Das da ist kein heimatloser Junkie. Irgendjemand wird sie vermissen.«

Angie nickte, wandte sich ab und steuerte die Tür an.

»Gehen wir irgendwohin, Pallorino?«, fragte er und folgte ihr auf den Gang hinaus.

Sie zog ihr Handy aus der Tasche. Sobald sie die Intensivstation hinter sich gelassen hatten, rief sie auf dem Revier an. Tonner wartete immer noch im Gang bei den Stühlen. Angie drückte sich das Handy ans Ohr und steuerte die Polizistin an.

»Pallorino!«, rief Holgersen ihr nach. »Hey, was'n los? Wohin gehen wir?«

»Zum Friedhof«, gab sie knapp über die Schulter zurück. »Ich will ein Forensikteam da draußen haben.«

»Im Dunkeln?« Er holte sie ein und passte sich ihrem Tempo an.

»Beim ersten Tageslicht. Je mehr Zeit vergeht, desto mehr Spuren werden bei diesem Wetter zerstört.« Während sie darauf wartete, dass ihr Anruf durchgestellt wurde, wandte sie sich an Tonner. »Bringen Sie die Beweismittelbeutel ins Labor, sofort«, sagte sie. »Achten Sie auf die Beweismittelkette, da darf nichts schiefgehen.« Ihr Anruf wurde entgegengenommen.

Sie wies an, dass ein Forensikteam sich so bald wie möglich am Ross Bay Cemetery mit ihnen treffen sollte. Dann rief sie in der Abteilung für vermisste Personen bei der Metro PD an, hinterließ eine Beschreibung ihrer Unbekannten, ihrer Jane Doe, und erkundigte sich, ob bereits jemand als vermisst gemeldet worden war, der zu der Opferbeschreibung passte. Anschließend gab sie eine Nachricht an den befehlshabenden Sergeant der Metro's High-Risk Offender Unit, der Abteilung für Hochrisikotäter, durch und erkundigte sich, ob irgendwelche neuen Sexualstraftäter in das Gebiet gezogen waren. Falls es derselbe Angreifer war, den Hash und sie während der Kreuz-Fälle gejagt hatten, hatte er sich während der vergangenen drei Jahre zurückgehalten oder möglicherweise waren seine Angriffe auch nicht gemeldet worden. Sobald sie wieder auf dem Revier war, würde sie seinen Modus Operandi ein weiteres Mal durch ViCLAS laufen lassen müssen – das Violent Crime

Linkage System, eine Datenbank, mit deren Hilfe landesweit Verbindungen zwischen Gewaltverbrechen ausgemacht werden konnten. Während sie ins Handy sprach, ging sie auf den Fahrstuhl zu, das Klacken der Absätze ihrer Bikerboots hallte von den sterilen Krankenhauswänden wider. Adrenalin und aufgestaute Wut trieben sie an.

Dieses Mal würde sie ihn kriegen. Sie würde diesen Dreckskerl an die Wand nageln. Sie würde es für Hash tun. Für die Ärztin. Für all die Jane Does da draußen. Sie schlug auf den Druckknopf für den Fahrstuhl.

»Also, sind wir noch Partner oder was, Pallorino?«, fragte Holgersen und stellte sich neben sie.

»Was?« Die Tür öffnete sich.

Sie trat ein, aber Holgersen legte die Hand über die Türkante und hielt sie auf. »Wir sind doch Partner, oder nicht?«

»Kommst du jetzt oder was?«

Er inspizierte ihr Outfit, trat dann langsam in den Fahrstuhl und ließ die Türen zugleiten.

Er verfolgte das Aufleuchten der Knöpfe für die Stockwerke, während sie hinabfuhren, dann sagte er: »Deine Wimperntusche – ist immer noch verschmiert.« Die Andeutung eines Lächelns zupfte an seinem Mundwinkel. »Alice Cooper für Arme – steht dir. Besonders für einen Friedhofsbesuch. Die dunkle Seite und so.« Er sah sie an. »Wir haben doch alle eine dunkle Seite, oder, Pallorino?«

Angie begegnete seinem Blick, und ein subtiles Kräftemessen spielte sich zwischen ihnen ab.

»Wenn unsere Überlebende doch noch ertrinkt, dann was?«, fragte er. »Geht die Sache dann zur Mordkommission?«

Sie antwortete nicht.

»Soweit ich weiß, läuft es so: Wenn akute Lebensgefahr besteht, ist es versuchter Mord, und die Mordkom…«

»Der Fall gehört uns«, fauchte sie. »Die Ärztin hat nicht gesagt, dass akute Lebensgefahr besteht. Sie hat nur gesagt, dass die kommenden vierundzwanzig Stunden entscheidend sein werden, das ist alles.«

Der Fahrstuhl summte und kam dann rumpelnd zum Stehen.

»Er gehört uns«, wiederholte sie.

Holgersen sah sie von der Seite an. »Wieso glaube ich nicht, dass die Arbeit mit dir sonderlich spaßig für mich wird?«

* * *

Ein grelles Aufblitzen ließ die Schneeflocken silbern leuchten und blendete Angie und Holgersen, als sie das Krankenhaus verließen. Darauf folgte ein weiteres Blitzen.

»Scheiße«, sagte Holgersen und beschattete die Augen, als eine zierliche Frau in einem voluminösen Regenmantel aus dem Dunkeln auftauchte. In der Hand hielt sie eine große Kamera. »Das ist der Mini-Pitbull von diesem miesen Klatschblatt.«

»Detectives«, rief die Frau atemlos. Ihre Wangen waren gerötet und ihr Gesicht unter dem Schirm des schwarzen Basecaps war nass vom Schnee. »Merry Winston, *City Sun* Verbrechensreport…«

»Was wollen Sie?«, blaffte Holgersen.

Sie hob die Kamera und es klickte.

»Herrgott.« Holgersen schob die Kamera vor seinem Gesicht beiseite. »Was stimmt mit euch Zeitungsleuten nicht?«

»Sie haben eine junge Frau, die ins Saint Jude's eingeliefert wurde – ein Opfer einer brutalen Sexualtat, so wie ich das verstanden habe. Sie wurde heute Nacht bewusstlos auf dem Ross Bay Cemetery gefunden. Können Sie mir Details geben?«

Angie und Holgersen tauschten einen Blick.

»Und Sie? Sind Sie so zufällig herumgesessen und haben um drei Uhr an einem Sonntagmorgen den Polizeifunk abgehört? Haben Sie kein Leben oder was?«

»Ich bin zum Ross Bay gefahren und habe gesehen, wie die Sanitäter eine Frau versorgt haben, dann ist ein Streifenwagen der Metro PD eingetroffen, und ich habe gesehen, wie sich zwei Polizisten mit den Teilnehmern einer dieser Geistertouren unterhalten haben. Ich habe Fotos. Ich weiß, dass man das Opfer hierhergebracht hat. Jetzt sind Sie hier – aus der Abteilung Sexualstraftaten. Wissen Sie schon, wer sie ist? Wie alt ist sie? Was ist passiert? Befindet sich der Angreifer noch auf freiem Fuß? Besteht Gefahr für andere?«

Angie funkelte sie an, wandte sich dann ab und eilte zu ihrem Wagen.

»Wie geht es ihr?«, rief die Frau ihr nach. »Da die Sanitäter sie versorgt haben, muss sie am Leben gewesen sein! Was wollte sie auf dem Friedhof? Irgendwelche Vermutungen? Irgendwelche Worte für den neuen Bürgermeister darüber, welchen Einfluss ein solcher Angriff auf die Stadt und seine neue Kriminalitätspolitik haben wird?«

Angie erreichte den Crown Vic und entriegelte ihn per Knopfdruck.

Merry Winston kam ihr nachgeeilt. »Hören Sie, ich werde einfach mit dem weitermachen, was ich schon habe, also …«

Angie fuhr herum und machte einen Schritt auf die Frau zu. Die Reporterin verstummte und wich zurück.

»Halten Sie die Fotos zurück«, sagte Angie ruhig, ganz nah vor dem Gesicht der Frau. »Halten Sie die Geschichte zurück, okay? Wenn Sie das tun … geben wir Ihnen exklusive Informationen.«

»Wie lange soll ich die Story zurückhalten?«

»Bis wir ihre nächsten Angehörigen verständigt haben. Mindestens.«

»Dann wissen Sie also, wer sie ist?«

»Ja«, log Angie.

»Ist es Annelise Janssen, die Studentin, die seit zwei Wochen vermisst wird?«

»Kommst du, Holgersen?« Angie stieg in ihren Wagen, schlug die Tür zu und zog sich die nasse Mütze vom Kopf. Holgersen rutschte neben sie auf den Beifahrersitz und zog fluchend die Tür zu.

»Scheiß Krankenwagenjägerin. Glaubst du, sie lässt die Geschichte wirklich noch eine Weile stecken?«

»Nein.« Angie ließ den Motor an, legte den Gang ein und fuhr aus der Parklücke.

»Tja, unsere Jane Doe passt jedenfalls nicht zu den Fotos und der Beschreibung von Annelise Janssen, das ist mal sicher … Das hättest du ihr sagen können.«

»Ich spreche nicht mit der Presse.«

»Du hast ihr gerade gesagt, wir wüssten, wer das Mädchen ist, und dass der Pitbull eine Exklusivstory bekommt.«

»Nur damit sie die Klappe hält.«

Wieder fluchte Holgersen vor sich hin und ließ den Kopf gegen die Kopflehne sinken, während Angie fuhr. Die Scheibenwischer quietschten. Nach einer Weile sagte er: »Ist aber schon irgendwie süß, die kleine Reporterin. Mit den schwarzen Stachelhaaren und der hellen Haut und so. Wenn die Zähne nicht so schlecht wären …«

Angie warf ihm einen Blick zu. »Woher weißt du das mit den Stachelhaaren? Sie hatte ein Basecap auf.«

»Hab sie schon mal gesehen.«

»Ich wusste nicht, dass du auf solche Frauen stehst, Holgersen.«

»Ach, wirst du jetzt etwa neugierig?«

Ärgerlich umfasste sie das Lenkrad noch fester. »Irgendjemand hat ihr einen Tipp gegeben. Ohne eine Insiderquelle könnte sie unmöglich so viel wissen.«

»Was? *Ich* bin das jedenfalls nicht. Du hast sie doch gehört. Sie lauscht beim Polizeifunk mit.«

»Ich habe gehört, wie *du* gesagt hast, sie würde beim Polizeifunk lauschen.«

Kapitel 5

Heilige Maria, Mutter Gottes, bitte für uns Sünder, jetzt und in der Stunde unseres Todes. Amen.

Einer der Uniformierten reichte Angie einen Kaffee aus dem rund um die Uhr geöffneten Supermarkt auf der anderen Straßenseite.

»Mit Milch, ohne Zucker«, sagte der Officer.

Sie nahm den Kaffee und nippte geistesabwesend daran, während sie versuchte, sich ein Bild davon zu machen, was in der vergangenen Nacht hier passiert war. Der Tag zog düster und bitterkalt herauf, die Wolken hingen tief und der Nebel wehte vom Meer heran und trieb durch die knorrigen Friedhofsbäume. Gelbes Polizeiband war an den zahlreichen Eingängen zum Friedhof gespannt und flatterte im Wind.

Den Ross Bay Cemetery gab es seit dem späten neunzehnten Jahrhundert, und er stellte die älteste von Menschen erschaffene Landschaft in der ganzen Provinz dar. Das wusste Angie von ihrem Vater. Er hatte ihr erzählt, dass der Friedhof ein Musterbeispiel für die viktorianische Epoche war, mit den gewundenen Kutschpfaden, der ungewöhnlichen Flora und den faszinierenden Monumenten aus Marmor, Sandstein und Granit, die über die Toten wachten.

Angie hatte auf einen überdachten Sammelplatz knapp außerhalb der Steinmauern bestanden. Hier konnten sich die Kriminaltechniker und das andere Personal absprechen, außerdem konnte die Ausrüstung hier gelagert werden.

Darüber hinaus hatte sie einen gesicherten Aufbewahrungsbereich errichten lassen, falls Beweise gefunden wurden, streng nach den Regeln der Beweismittelkette. Dies war ihr Fall und sie beeilte sich damit, das klarzumachen. Wie Holgersen so lapidar festgestellt hatte, konnte genauso gut eine Mordermittlung daraus werden, und falls es so kam, würde sie darauf bestehen, auch weiter an diesem Fall mitzuarbeiten.

Sie hatte Matthew Vedder, den leitenden Sergeant der Sex Crimes Unit, zu Hause angerufen und ihm die Fakten dargelegt. Er hatte ihr sein Okay dafür gegeben, dass sie eventuell würde Überstunden machen müssen, und er hatte genehmigt, dass sie so viele Officer wie nötig einsetzte. Er wollte einen vollständigen Bericht, sobald sie in ein paar Stunden wieder auf dem Revier war. Sie hatte bereits ein paar Streifenpolizisten losgeschickt, um an den umliegenden Häusern zu klingeln und die Anwohner zu befragen. Die meisten der Geschäfte auf der anderen Straßenseite waren noch immer geschlossen, aber sobald sie öffneten, würde Angie ihre Officer auch dorthin schicken. Je nach den Ladenöffnungszeiten hatte einer der Angestellten vielleicht etwas gesehen. Jemanden, der sich seltsam benahm. Ein Fahrzeug. Einen Mann, der etwas Schweres trug. Vielleicht hatte auch jemand etwas gehört. Das Schreien einer Frau. Einer ihrer Männer erkundigte sich gerade im Supermarkt nach dessen Überwachungssystem. Angie hatte eine Kamera vor dem Eingang bemerkt, und es war immerhin möglich, dass etwas Interessantes auf den Aufnahmen zu sehen war.

Holgersen telefonierte mit dem Krankenhaus und fragte nach Jane Does Zustand. Er legte auf und kam zu ihr.

»Sieht nicht gut aus«, sagte er. »Sie ist immer noch bewusstlos und mit den Vitalwerten geht es bergab.«

Verdammt. Sie durfte jetzt nicht sterben. Nicht bevor sie den Fall fest im Griff hatte.

»Und wir wissen immer noch nicht, wer sie ist?«

»Nein. Sie passt zu keiner aktuellen Vermisstenmeldung, und bisher sind noch keine neuen Meldungen reingekommen. Ihre Fingerabdrücke und ihre DNS werden uns auch nicht weiterhelfen, wenn sie nicht registriert ist. Dasselbe gilt für das Zahnschema. Alles nutzlos, solange man keine Vergleichswerte hat.«

»Es ist immer noch früh. Ihre Eltern oder Freunde haben vielleicht noch gar nicht bemerkt, dass sie nicht da ist. Sobald die Schulen öffnen und der Tag richtig anrollt, könnten die ersten Anrufe reinkommen.«

»Oder wenn die Nachricht unseres verstümmelten komatösen Friedhofsmädchens auf der Titelseite der City Sun erscheint.«

Sie sah zu ihm auf und warf dann einen Blick auf die Uhr. Ein Gefühl von Dringlichkeit erfasste sie. Einer der Forensiker, ein Techniker, kam auf sie zu. »Wir haben einen begehbaren Weg eingerichtet«, sagte er. »Sind Sie bereit für die Führung?«

»Legen wir los.« Sie reichte ihren nur halb ausgetrunkenen Kaffee an einen der Uniformierten weiter, streifte sich Schutzüberzüge über die Boots und stellte den Kragen gegen den Wind auf. Dann verließen sie ihren provisorischen Unterstand und marschierten in den beißend kalten, salzigen Wind hinaus. Angie war dankbar, dass sie in der Innenstadt wohnte und deshalb einen kurzen Abstecher in ihr Apartment hatte machen können, um sich umzuziehen. Außerdem hatte sie sich das Make-up abgewaschen.

Constable Hickey – Tonners Partner bei der Streife – wartete am steinernen Eingang auf sie. Zitternd stand er in seinem wasserdichten Poncho da, der im Wind flatterte. Er trug einen Plastikschutz über der Mütze. Der junge Mann war fast die ganze kalte Nacht lang im Freien gewesen. Angie hatte ihn bereits befragt, genau wie die Sanitäter. Die Teilnehmer der Geistertour und deren Guide Edwin Liszt würden später aufs Revier kommen.

Sie trugen sich in der Liste ein, die eine Polizistin ihnen reichte, und betraten das Friedhofsgelände. Hickey und der Forensiker führten sie einen Pfad entlang. Der Schnee knirschte unter ihren Schuhen. Sie kamen an weißen Marmorengeln auf Plinthen vorbei. Die milchigen Augen der Statuen schienen ihnen nachzublicken.

»Wenigstens hält der Poncho das Schlimmste noch ab«, sagte Hickey, als der Wind ihm die Reste eines Tannenzapfens ins Gesicht wehte.

»Erderwärmung«, kommentierte der Forensiker. »So was wird es immer öfter geben. Zunehmend unwetterartige Zustände.«

»Nur dass die Erde dann doch *wärmer* werden müsste, nicht kälter und stürmischer.«

Der Forensiker zuckte mit den Schultern.

»Glaubst du, unser Täter hat sich die letzte Nacht wegen des Sturms ausgesucht?«, fragte Holgersen. »Weil er ihm Deckung geboten hat? Weil alle gemütlich zu Hause geblieben sind?«

Angie antwortete nicht. Stattdessen blieb sie kurz stehen und versuchte, alles in sich aufzunehmen. Die dunklen, nassen Grabsteine. Ein Mausoleum zu ihrer Rechten. Tote Blumen in Plastikkegeln, die durch die Schneedecke lugten. Ein schwarzer Steinengel spähte auf sie herab, er ließ die Flügel hängen wie ein Geier. Die Bäume um sie herum waren knorrige und verwachsene Riesen. Ein paar Koniferen, ein paar Laubbäume, von deren nackten Ästen grünes Rankengeflecht hing. Da der

Friedhof mehrere Eingänge hatte, hätte Jane Does Angreifer aus unterschiedlichen Richtungen kommen können.

»Bei diesem Dreckswetter wäre ich jedenfalls nicht auf Geistertour gegangen«, sagte Holgersen und drehte sich neben ihr langsam um die eigene Achse. »Wann hat es hier denn das letzte Mal so einen Schneesturm gegeben?«

»Das liegt daran, dass das Tiefdruckgebiet gegen die arktische Luft prallt, die seit Ende November über uns hängt«, antwortete sie leise. »Der Schnee wird nicht lange liegen bleiben, weil die Warmluftfront weiter vorrückt.«

Officer Hickey und der Forensiker gingen den Pfad weiter entlang und führten sie auf eine kahle Baumhecke zu, die den Friedhof von der Dallas Road und dem Meer dahinter trennte. Hier war der Wind noch eisiger und wütender, und das Donnern der Wellen wurde immer lauter. Angies Mantel schlug ihr um die Waden. Ihre Augen tränten in der Kälte. Sie dachte an das kleine Mädchen in Rosa, das sie in der vergangenen Nacht auf der Straße gesehen hatte. Unwillkürlich erschauerte sie.

»Hier haben Constable Tonner und ich die Sanitäter gefunden, die sich gerade um das Mädchen gekümmert haben«, berichtete Hickey und blieb vor einem Grab stehen. »Die Geistertourleute sind von dem Eingang dort drüben gekommen.« Er deutete darauf. »Sie sind über unser Opfer gestolpert, das hier lag.«

Der Boden war schlammig, übersät von Spuren und rot von Blut. Forensiker in weißen Tyvek-Overalls hatten begonnen, den Bereich um den Fundort abzusuchen. Sie strichen den Schnee beiseite, suchten nach Spuren, fotografierten und skizzierten alles.

Der Techniker sagte: »Der gesamte Fundort ist von den Sanitätern, den Geisterleuten, den ersten Officers am Tatort und einer Reporterin der City Sun, die offenbar später eingetroffen ist, verunreinigt worden. Wir müssten schon großes Glück haben, um überhaupt noch etwas Brauchbares zu finden.«

Angie ließ den Blick von dem blutigen Schlamm zu dem Steinpodest wandern, auf dem eine große Steinstatue thronte. Angie las die Inschrift auf dem Podest:

Mary Brown, 1889–1940

Ob ich schon wanderte im finstern Tal,
fürchte ich kein Unglück,
denn du bist bei mir.

Dann betrachtete sie die Statue selbst. Die leeren Steinaugen der Muttergottes blickten auf die Stelle hinab, wo das Opfer gelegen hatte. Gemeißelte Stofffalten umgaben ihren Körper, und sie hielt die Arme mit nach oben gerichteten Handflächen leicht erhoben. Flehend. Angie wurde kalt bei dieser Symbolik.

»Unsere beschnittene Jane Doe wurde zu Füßen der Jungfrau Maria zurückgelassen«, sagte sie leise und wandte sich an Hickey: »Wie genau hat sie dagelegen?«

»Auf dem Rücken mit dem Gesicht nach oben. Ihr Kopf lag dort, direkt bei dem Podest, und die Arme waren über ihrer Brust gefaltet, eine Hand lag auf der anderen, etwa so.« Er legte sich die Hände aufs Herz.

Wie im Gebet …

»Ihre Beine waren gespreizt und man konnte ihren blutigen Schritt sehen.« Er räusperte sich. »Sie war klitschnass. Und der Schnee ist schon auf ihr liegen geblieben. Ich … ich weiß nicht, wie sie das überleben konnte.« Er hustete und räusperte sich ein weiteres Mal.

»Man hat sie drapiert«, flüsterte Holgersen und starrte den blutigen Schnee an.

Es knallte hinter ihnen wie von einem Gewehrschuss. Sie zuckten zusammen. Ein Ast krachte zu Boden und traf auf einen der Grabsteine. Rindenstücke und Moos flogen umher.

»Scheiße«, rief Holgersen, sichtlich erschrocken.

Hickey war ganz blass und er zitterte nun noch heftiger.

»Und hier gibt es keine Teiche oder Ähnliches in der Nähe?«, fragte Angie, deren Aufmerksamkeit wieder von dem abgebrochenen Ast zum Fundort vor ihr wanderte.

»Negativ«, antwortete Hickey.

»Also hat man sie irgendwo anders in Süßwasser getaucht und dann hierhergebracht und alles sorgfältig arrangiert, sodass sie wie im Gebet zu Füßen der Heiligen Jungfrau lag.« Sie dachte an die Ritter- und Fernyhough-Fälle, an die Kreuze, die man den Opfern auf die Stirn gemalt hatte, nachdem sie von einem maskierten Angreifer vergewaltigt worden waren. In beiden Fällen waren die Mädchen betrunken und deshalb angreifbar gewesen. Beide hatten einen belebten Ort allein verlassen. Beide waren von hinten attackiert, zu Boden geworfen und mit dem Gesicht nach unten vergewaltigt worden, ein Messer am Hals. Beide hatten danach einen Schlag auf den Kopf erlitten. Beide erinnerten sich an die Worte, die ihr Angreifer geflüstert hatte, während er die Faust in ihrem Haar vergraben und ihnen die Klinge in die Haut gedrückt hatte.

Entsagst du dem Teufel, dem Vater der Sünde, dem Prinzen der Dunkelheit?

Entsagst du dem Teufel und all seinem Werk und Wesen …

Er hatte sie dazu gezwungen, »Ich entsage ihm …« zu antworten, bevor er von hinten in sie eingedrungen war.

Hash und sie hatten herausgefunden, dass diese Worte Teil des katholischen Taufrituals waren. Während die Mädchen bewusstlos gewesen waren, hatte man ihnen das rote Kreuz auf die Stirn gemalt und ihnen eine Haarsträhne abgeschnitten.

Diese Worte, das Kreuz auf der Stirn, die fehlende Strähne – das alles war Täterwissen gewesen, das nicht veröffentlicht worden war, woraus man schließen konnte, dass dieser neue Angriff nicht die Tat eines Nachahmers war.

Er war zurück – es war ihr Mann. Der Kerl, hinter dem Hash und sie her gewesen waren. Sie fühlte es in den Knochen.

Angie hob zwei Finger und berührte damit ihre Stirn. »Im Namen des Vaters« – sie legte die Finger auf ihr Brustbein – »des Sohnes« – sie tippte sich erst auf die linke, dann auf die rechte Schulter – »und des Heiligen Geistes«, murmelte sie und wandte sich dann an Holgersen. »Er hat sie untergetaucht und mit einem Kreuz markiert. Er hat sie erst attackiert, dann hat er ihr ihre Weiblichkeit und Sexualität genommen, und schließlich hat er sie hier abgelegt, damit sie in der Obhut der Jungfrau Maria stirbt. Hier geht es nicht um Vergewaltigung. Hier geht es um ein Ritual – er hat sie getauft.«

Die anderen starrten Angie an.

Auf einmal heulte der Wind auf und wechselte die Richtung. Eiskörner fielen vom Himmel.

»Scheiß Freak«, flüsterte Holgersen. »Dann hätten wir hier also einen Täufer. Und das hier … das war nicht sein erstes Rodeo, nee, ganz sicher nicht. Er hat es schon mal getan und er wird es wieder tun.«

Kapitel 6

»Immer noch keine Veränderung, was den Zustand unserer Jane Doe angeht«, sagte Holgersen nach seinem zweiten Anruf im Krankenhaus. »Und wir wissen auch immer noch nicht, wer sie ist.«

Angie umfasste das Lenkrad fester, als sie um eine Kurve der Fairmont fuhr. Sie waren unterwegs zurück zum Revier, und das Adrenalin rauschte durch ihre Adern. Sie konnte es kaum erwarten, die Akten der Fälle Fernyhough und Ritter wieder in die Finger zu bekommen. Ihre Jane Doe musste einfach lange genug durchhalten, bis sie sich richtig in den Fall verbissen hatte, und je früher sie herausfanden, wer sie war, desto besser, denn ohne dieses Wissen waren ihre ermittlerischen Möglichkeiten sehr eingeschränkt.

Einer der wichtigsten Faktoren bei solchen Fällen war die Viktimologie, das Wissen über das Opfer. Welchen Charakter hatte ihre Jane Doe? Wo ging sie zur Schule? Hatte sie einen Job oder Hobbys? Wo lebte sie? Das alles lief auf eines hinaus: Was hatte sie zur Zeit der Attacke getan? Was hatte sie in die Umlaufbahn ihres Angreifers gebracht?

»Willste wetten, wie lange es dauert, bis der Fall an die Mordkommission geht?«, fragte Holgersen. »Sexuell motiviert, das schon, aber dass unser Täter unsere Jane so zurückgelassen hat … Er *wollte* sie töten. Das ist versuchter Mord. Vielleicht hat er sie sogar schon für tot gehalten. Aber sie hatte Glück.«

»Von wegen Glück.« Sie warf ihm einen scharfen Blick zu. »Ich will diesen Fall. Versau mir das nicht.«

»Schwachsinn, Pallorino. Wir wollen ihn beide, klar? Ich sage nur …«

»Ich will ihn für Hash, okay? Es hat ihm keine Ruhe gelassen, dass wir diese Vergewaltigungen nicht aufklären konnten. Wenn es derselbe Kerl wie in den beiden anderen Fällen ist …«

»Ooooh, schon verstanden. Es ist was Persönliches.« Er blickte aus dem Fenster. »Gefährlich, Pallorino«, fuhr er leiser fort. »Seeehr gefährlich. Wenn es persönlich wird, verliert man seine Objektivität.«

Sie biss die Zähne zusammen und trat aufs Gas.

»Fahr ran«, sagte er plötzlich. »Gleich da drüben, die Shoppingmeile da.«

»Was? Warum?«

»Ich brauche einen Kaffee. Einen anständigen.«

»Im *Ernst*?«

»Ich bin wach seit … jep, schon die ganze Nacht, also brauche ich Koffein.«

»Bist du immer so?«

»Und du?«

Fluchend bog sie auf den Parkplatz einer kleinen Mall ein, an deren Ecke sie einen Starbucks erkannte. »Beeil dich«, sagte sie. »Vedder wartet.«

Während Holgersen auf seine schlaksig merkwürdige Art zum Coffeeshop lief, umklammerte sie das Lenkrad. Erschrocken bemerkte sie, dass sie leicht zitterte, am ganzen Körper. Sie ließ den Kopf gegen die Lehne sinken, schloss für einen Moment die Augen und versuchte, sich auf ihren Atem zu konzentrieren. Stattdessen pulsierte rotes Licht in ihren Gedanken auf und sie saß wieder nackt auf Mr Big D. Das rhythmische Wummern des

Basses aus dem Club. Das rote Glühen hinter den Vorhängen … dann auf einmal ein kleines Mädchen in Rosa, das durch den Nebel rannte, während ihr Auto auf sie zurutschte. Angie riss die Augen auf. Ihr Atem ging schnell und flach.

Nicht gut, nicht gut. Konzentrier dich … Sie ließ die Tür des Coffeeshops nicht aus den Augen und wartete ungeduldig darauf, dass Holgersen wieder herauskam. Der Wind frischte auf. Graupel prasselte auf die Windschutzscheibe. Auf einmal erkannte sie ihn durch das beschlagene Fenster, er bewegte sich vor und zurück. Es sah aus, als würde er telefonieren. Da sah sie sein Handy auf dem Beifahrersitz neben sich liegen.

Sie runzelte die Stirn. Hatte er nur anhalten wollen, damit er einen dringenden Anruf erledigen konnte? Von seinem Privathandy aus?

Holgersen verließ den Starbucks und kehrte mit zwei Pappbechern und einer braunen Tüte zum Wagen zurück. Er stieg ein, stellte die Becher in die Halter und fischte dann in der Tüte herum. Der Geruch nach Essen und Kaffee breitete sich aus. »Hier«, sagte er und hielt ihr etwas hin.

»Was ist das?«

»Eier und Speck auf einem Muffin. Ich dachte, du hast vielleicht Hunger.«

Ihr Magen zog sich zusammen. Sie nahm den Muffin, woraufhin er sein Sandwich auspackte und hineinbiss.

»Also los, du kannst fahren«, murmelte er um einen Mundvoll Sandwich herum und griff nach dem Kaffee.

Sie versuchte, in seinem Gesicht zu lesen.

Kauend sah er sie an. »Was? Bist du Vegetarierin? Veganerin? Glutenintolerant?«

»Wen hast du da drin angerufen?«

Er hörte auf zu kauen, und langsam wurden seine Augen schmal. Dann schluckte er, räusperte sich und antwortete: »Ich habe niemanden angerufen. Ich habe mein Handy im Auto gelassen.«

Sie hielt seinen Blick.

»Und selbst wenn, Pallorino, dann geht dich das einen Scheiß an. Ich habe ein Leben, auch wenn du keins hast.«

Sie fluchte leise, warf den noch verpackten Muffin auf das Armaturenbrett, ließ den Motor an und fuhr so abrupt los, dass Holgersen sich den Kaffee über die Hose schüttete.

»Hast du das auch mit diesem anderen Typ gemacht?«, knurrte er und betupfte sich die Jeans mit einer Papierserviette.

»Mit welchem anderen Typ?«

»Dein vorheriger Partner, wie lang hat er's mit dir ausgehalten? Ganze drei Monate?«

»Er hat's nicht gepackt. Was kann ich dafür?«

»Weil er eben nicht Hashowsky war. Hab's kapiert, Angie.«

»Für dich immer noch Pallorino.«

»Jaja, schon klar, Pall-or-iii-no.« Er sah aus dem Fenster und nippte an seinem Kaffee. Dann sagte er leise: »Ich werde diesen Job behalten, Pallorino. Ich will Sergeant werden, okay? Im Gegensatz zu dem anderen Typ habe ich Durchhaltevermögen. Also bleib locker.«

Kapitel 7

James Maddocks schüttelte den Schirm aus und stellte ihn zu all den anderen nassen Schirmen in den Eimer neben der Tür der Blue Badger Bakery. Endlich hatten sie einen Tisch bekommen. Der Laden war gestopft voll, und trotz des lausigen Wetters wurde die Schlange draußen immer noch länger.

Ihre Bedienung trug einen flippigen kurzen Rock und hohe rote Stiefel. Sie führte Ginny und ihn an einen winzigen Tisch mit Stühlen, die eindeutig nicht für jemanden von Maddocks Größe gemacht waren. Durch die Fenster sah man weitere Tische und Stühle auf der Holzterrasse, die jedoch leer waren und nass glänzten. Jenseits der Terrasse lag das kabbelige, stahlgraue Wasser.

Ginny hatte auf Brunch bestanden und auf Badger. *Das ist das Coolste, was man in Victoria machen kann, Dad … es gibt richtig gute Eier Benedict hier.* Maddocks hätte sich so einige viel coolere Unternehmungen mit Ginny vorstellen können, bei denen sie nicht eine halbe Stunde in Wind und Graupelschauern hätten herumstehen müssen. Und bei denen er nicht ein Vermögen für ein paar Eier hinblättern musste, die er in seiner Schiffskombüse auch selbst hätte zusammenrühren können. Reservieren konnte man hier auch nicht. Was war so toll an Eier Benedict? Aber bei seinem Umzug nach Victoria war es schließlich nur um Ginny gegangen und darum, das bisschen Familie, das ihm geblieben war, zu retten. Maddocks wollte eine zweite Chance mit seiner Tochter, bevor er sie endgültig verlor, also hatte er sich nach einem Job in der Stadt umgesehen, nachdem man Ginny an der University of Victoria angenommen hatte.

Ginny streifte sich den Regenmantel von den Schultern und hängte ihn über ihre Stuhllehne, bevor sie sich setzte. Maddocks tat es ihr nach und fragte sich, ob Jack-O vielleicht mal zum Pinkeln rausmusste. Sein alter Hund wartete nun schon seit fast einer Stunde im Auto. Nachdem auch er sich gesetzt hatte, bemerkte er eine dunkle Linie, die unter dem T-Shirt seiner Tochter verschwand.

»Ist das ein Tattoo?«, fragte er.

Sie sah auf und hielt seinen Blick. »Und wenn?«

»Wann hast du dir das denn stechen lassen?«

»Mom hat nichts dagegen, und ich wüsste nicht, warum du etwas dagegen haben solltest. So was haben doch jetzt alle.«

Er war nicht spießig. Er hatte nichts gegen Tattoos. Er wollte nur keine unauslöschliche Tinte an seinem kleinen Mädchen sehen.

»Jetzt gefällt es dir vielleicht, aber in ein paar Jahren …«

»Dad.«

Er atmete tief durch, und dann studierten sie schweigend die Karte, während an den Tischen um sie herum eifrig geplaudert wurde. Maddocks stieß fast mit den Ellbogen gegen den Typ, der neben ihm saß. Pflichtschuldig bestellte er Eier Benedict mit Schinken und Würstchen. Ginny entschied sich für die Low-Carb-Version ohne Bagel. Er fragte lieber nicht nach. Seine Kleine hatte schon immer mit ihrem Gewicht zu kämpfen gehabt, obwohl er sie schön fand, wie sie war. Die Kellnerin brachte ihnen Kaffee.

»Wie läuft es mit dem Studium?«, fragte er, nachdem die Kellnerin wieder gegangen war.

»Gut.«

Er goss Sahne in seine Tasse und rührte um. Ginny trank ihren Kaffee schwarz. Er fragte sich, wie lange sie das schon tat und ob es zu ihren beständigen Bemühungen gehörte, abzunehmen. Schuldgefühle streiften ihn. Seit er hergezogen war, wurde ihm immer deutlicher bewusst, wie wenig er über seine Tochter wusste. Wie viel von ihrer Kindheit und ihrem Heranwachsen er versäumt hatte.

»Willst du mir von deinen neuen Kursen erzählen?«

Sie stieß die Luft aus.

»Ich gebe mir Mühe, Ginn. Sei ein bisschen nachsichtig mit mir.«

Sie strich sich das dunkle Haar aus dem Gesicht. »Es ist nur … es ist so offensichtlich, Dad. So aufgesetzt.«

»Hey, ich bin hier, oder?« Er lächelte. »Wie viele Väter siehst du da draußen bei dem Mistwetter in der Schlange stehen?«

Widerwillig musste sie lächeln. »Okay, du hast gewonnen.«

Schrittchen für Schrittchen. Mit kleinen Schrittchen würde er letztendlich zum Ziel kommen. Leicht würde es nicht werden – seine Tochter reagierte immer noch auf so viele alte Trigger, und ihre Mutter hatte ihr beständig Gift in die Ohren geträufelt –, aber er war hier. Er bekannte Farbe. Ja, ein Psychologe hätte seine helle Freude an ihm und all seinen Gründen für diesen Umzug. Und an dem heruntergekommenen alten Boot, das er gekauft hatte und nun zu renovieren versuchte und das unten bei der West Bay Marina lag. Ein Psychologe würde es vermutlich auch sehr vielsagend finden, dass Maddocks die Scheidungspapiere, die der Anwalt seiner Frau ihm geschickt hatte, weder ansehen noch unterschreiben konnte. Aber immerhin hatte er einen Job hier bekommen, und das war keine

Kleinigkeit, denn es war eine begehrte Position. Morgen würde er anfangen.

Er würde arbeiten. Er würde alles wieder auf die Reihe kriegen. Irgendwie.

Während sie auf das Essen warteten – was ewig dauerte –, erzählte Ginny vom Semesterbeginn und davon, dass sie irgendwann im Rechtssystem arbeiten wollte. Er war stolz auf sie und sagte ihr das auch. Sie taute weiter auf und plauderte über den Chor, dem sie vor Kurzem beigetreten war, und darüber, dass sie nun donnerstagabends in der Kathedrale in der Innenstadt sangen. Herrliche Akustik, Buntglasfenster. Und am vergangenen Donnerstag waren sie alle zum Üben in einen Karaoke-Club gegangen. »Eigentlich ist es ja eine Schwulenbar«, sagte sie. »Die Besitzer sind ein schwules Pärchen.«

Maddocks nickte und trank seinen Kaffee aus. Obwohl Ginny sich zusehends entspannte, war da doch immer der unterschwellige Drang, ihren Vater zu provozieren. Er biss nicht an.

»Unsere Sänger haben den Laden gerockt«, sagte sie. »Wir haben Standing Ovations bekommen. Ich bin dann allein noch ein bisschen geblieben, nachdem die anderen gegangen waren, weil ich noch ein Solo singen wollte. Das aus *Les Miserables*. Du weißt schon, das, wo …«

»Ich? Ich soll irgendwas über ein Musical wissen?« Er lachte.

Sie schwieg, und er wusste, dass sie an diesen Arsch dachte, mit dem ihre Mutter seit Kurzem zusammen war und der sich offenbar für die Oper begeisterte. Sie senkte den Blick und zupfte an ihrer Serviette. Unter dem Tisch drehte er an seinem Ehering herum, den er hauptsächlich Ginnys wegen trug, um ihr einen Anflug von Hoffnung zu geben und ihr zu zeigen, dass er an so etwas wie Familiensinn festhielt. Daran und an vor langer Zeit gegebene Versprechen.

»Wie bist du dann vom Karaoke-Club nach Hause gekommen, wenn du allein warst?«

Sie zuckte mit den Schultern. »Gelaufen. Es sind nur fünf Blocks oder so.«

»Wie spät war es da?«

Sie sah ihn an und der Trotz tauchte wieder in ihren Augen auf. Augen, die seinen so ähnlich waren. Dunkelblau zu ihrer hellen Haut. Sein walisisches Erbe, das sich nicht verheimlichen ließ. Die Brust wurde ihm eng vor Beschützerinstinkt, vor unverhohlener väterlicher Liebe.

»Es ist eine total sichere Stadt, Dad.«

»Nein, ist es nicht. Keine Stadt ist ›total sicher‹, Ginny.«

»Im Vergleich zu Surrey oder Downtown im Osten von Vancouver schon.«

»Ich weiß genau, was in dieser Stadt passiert. Deshalb habe ich einen Job hier.«

»Genau das ist das Problem mit deinem Job, weißt du das? Du siehst so viel Mist – du siehst ständig eine so hässliche Seite der Menschheit, dass du vergessen hast, dass es auch Güte und Freundlichkeit gibt.«

»Ginny …«

»Es ist mir egal, was du sagst. Du glaubst, alle sind schlecht. Du hast zu Hause nie gelacht. Du hast nie einfach ein Wochenende mit Mom und mir genossen. Wir sind nie Wandern oder Campen gegangen oder haben die Nachbarn einfach mal zum Grillen eingeladen. *Das* sind die Dinge, die sich Mom von dir gewünscht hat. Das habe ich von dir gebraucht. Wenn du dann irgendwann mal nach Hause gekommen bist, hast du mich kaum angelächelt …«

Sein Handy summte. Sie verstummte und starrte ihn an. Es summte wieder. Er achtete nicht darauf. Der Anruf landete auf der Mailbox. Und fast sofort begann sein Handy wieder zu summen.

Er zog es aus der Tasche und überprüfte das Display. Es war sein neuer Boss. Er runzelte die Stirn. Eigentlich sollte er erst Montagmorgen anfangen.

»Da muss ich rangehen«, sagte er leise.

Ginny funkelte ihn an.

»Maddocks«, meldete er sich.

»Hier ist Jack Buziak«, erklang eine Stimme. »Tut mir leid, Sie am Sonntag zu stören, aber die Mordkommission hat sich gerade einen Fall eingefangen, und der hat das Zeug dazu, politische Dimensionen zu erreichen, wenn man an das Getue unseres neuen Bürgermeisters denkt. Ich möchte, dass Sie von Anfang an die Leitung übernehmen.«

Maddocks sah seine Tochter an. Sie musterte ihn intensiv. »Was haben Sie?«

»Eine Wasserleiche. Im Gorge unter der Johnson Street Bridge. Anscheinend weiblich. Sie ziehen sie gerade raus – der Coroner, der Pathologe und die angeforderte Mannschaft sind bereits mit Detective Harvey Leo am Fundort. Ein paar Uniformierte sichern den Bereich ab …« Eine kurze Pause entstand, in der Buziak mit jemand anderem sprach, dann war er wieder dran. »Sieht aus, als hätte unsere Leiche eine Weile in Süßwasser gelegen. Man spekuliert, ob es die vermisste Studentin von der UVic, Annelise Janssen, sein könnte. Können Sie kommen? Kann ich Leo wissen lassen, dass Sie auch da sein werden? Ich habe ihm schon gesagt, dass Sie die Ermittlungen leiten werden.«

Das Essen kam. »Ein Ranch Benny?«, fragte die Kellnerin und hielt die schweren weißen Teller hoch. Maddocks drehte sich leicht von ihr weg und sprach noch leiser ins Handy. »Wo genau ist es?«

»Johnson Street Wharf, direkt unter der Brücke.«

»Ich bin in zehn Minuten da.«

»Du wirst doch jetzt nicht gehen, oder?«, fragte Ginny, nachdem er aufgelegt hatte.

»Ginn. Es … es tut mir leid. Wir holen das ein anderes Mal nach.«

Die Kellnerin stand immer noch da. »Ranch Benny?«, fragte sie, lauter dieses Mal.

»Bleib doch einfach hier und frühstücke fertig …«, versuchte es Maddocks.

»Vergiss es.« Ginny wandte sich an die Kellnerin. »Nehmen Sie es wieder mit. Wir wollen es nicht.«

»Soll … soll ich es Ihnen einpacken?«, fragte die Kellnerin.

»Nein«, fauchte Ginny und stieß so heftig den Stuhl zurück, dass er gegen die Frau hinter ihr stieß. Sie schnappte sich ihren Mantel. »Genau das … Siehst du? Genau das hat Mom einfach nicht mehr ertragen. Wann immer sie versucht hat, ein bisschen Familienzeit zu organisieren, hat sich irgendjemand umbringen lassen. Es ist deine Schuld, dass sie jetzt mit Peter zusammen ist. Es ist deine Schuld, dass sie sich einen anderen gesucht hat. Irgendwelche Toten sind dir wichtiger als deine eigene Familie!«

Die Gäste um sie herum verstummten.

Ginny rammte die Arme in ihre Mantelärmel, zog sich den Riemen ihrer Tasche über die Schulter und eilte auf den Ausgang zu. Sie stieß die Tür auf. Maddocks warf ein paar Geldscheine auf den Tisch, schnappte sich seine Jacke und folgte ihr nach draußen.

»Ginny!«, rief er. »Ich fahre dich …«

»Ich will nicht, dass du mich fährst. Ich treffe mich noch mit jemandem.«

Er sah seiner Tochter nach, die den mit nassem Laub bedeckten Gehweg entlangeilte. Der Wind zerrte an ihrem Mantel. Sie umrundete eine Ecke, wo an einem Laternenmast noch immer ein Wahlplakat hing. Er holte tief Luft, schob die Hände tief in die Taschen und kehrte zu seinem Wagen zurück.

Er schloss auf und öffnete die Fahrertür. Sofort stieg ihm der Geruch nach Hundeurin in die Nase.

»Ach, Jack-O, was soll denn das?«

Der alte Jack Russel, der auf der Rückbank geschlafen hatte, hob den Kopf und sah ihn freundlich an. Die Narbe, wo man ihm eines der Hinterbeine amputiert hatte, war noch immer rosa nach der zweiten Operation. Der Hund hatte auf die Zeitung im Fußraum der Beifahrerseite gepinkelt. Maddocks fluchte, stieg ein und ließ trotz der Kälte und des Graupelschauers die Fenster herunter. Er hatte jetzt keine Zeit, die nasse Zeitung irgendwo zu entsorgen. Er legte den Rückwärtsgang ein. »Du hättest nicht noch ein, zwei Minuten warten können, Jack-O Boy?«

Der Hund seufzte leise, schloss die Augen und schlief auf seiner Decke weiter.

Während Maddocks zu einem Leichenfundort fuhr.

Kapitel 8

Die Metro PD Sex Crimes Unit war in einem Großraumbüro angesiedelt, das man mithilfe von Metallschreibtischen in vier kleinere Arbeitsbereiche unterteilt hatte. In mehreren Regalen, die sich in der Peripherie der Arbeitsplätze reihten, wurden die Aktenordner und Unterlagen aufbewahrt. Angie war eine der sechzehn Ermittler dieser Einheit, die wiederum zu vierköpfigen Teams zusammengestellt worden waren. Die Detectives, ein Training Officer, ein ViCLAS Coordinator, ein Analyst und zwei Projektassistenten arbeiteten unter Sergeant Matt Vedder, dessen verglastes Büro eines von vielen war, die sich am Gang reihten, der an den Großraumbüros entlangführte.

Als Angie ihren Arbeitsbereich betrat, war außer ihr niemand dort. Dundurn und Smith – die mit Holgersen und ihr ein Viererteam bildeten – waren nach ihrer Nachtschicht bereits gegangen. Angie hängte ihren Mantel auf, zog sich die nasse Mütze vom Kopf, warf sie auf ihren Schreibtisch und steuerte dann direkt das Regal mit den Akten der Fernyhough- und Ritter-Fälle an. Sie fand den richtigen Aktenkarton, trug ihn zu ihrem Tisch und öffnete ihn.

»Pallorino!«

Sie sah auf. Sarge Vedder, ihr Vorgesetzter, stand in seiner Bürotür, eine Zeitung in der Hand.

»Wo ist Holgersen?«, fragte er.

»Auf der Toilette, oder vielleicht raucht er eine, keine Ahnung.«

»Rein mit Ihnen.« Er ruckte mit dem Kopf. »Bringen Sie mich auf den neuesten Stand.«

Sie ließ die Akten liegen und folgte Vedder. Er schloss die Tür hinter ihr und knallte die Ausgabe der City Sun auf seinen Schreibtisch.

»Sie haben den Fall erst letzte Nacht übernommen. Es ist noch nicht mal halb zehn, aber Sie stehen schon auf der Titelseite. Fitz sitzt mir im Nacken, weil Singh ihm im Nacken sitzt, und das geht direkt so weiter, bis zu Chief Gunnar. Haben Sie mit der Sun gesprochen?«

Angie betrachtete die Zeitung. Auf der Titelseite verkündeten große schwarze Lettern:

Brutale Vergewaltigung auf dem Ross Bay Cemetery – Junge Frau liegt im Koma

Darunter war ein Foto abgebildet, das die beiden Sanitäter zeigte, die Jane Doe gerade in den Krankenwagen luden. Daneben war ein weiteres Foto von ihr und Holgersen zu sehen, wie sie das Saint Jude's verließen. Angie mit ihrer schwarzen Wollmütze, das Haar zurückgebunden, mit harten, vom Lichtblitz gespenstisch weißen Gesichtszügen. Die verschmierte Mascara und die zu roten Lippen verliehen ihr das Aussehen einer gehetzten Drogensüchtigen. Holgersen machte auch keine bessere Figur. Er sah mit seinen eingefallenen Wangen, dem knochigen Gesicht und den zornigen Augen wie ein Straßenfixer aus. Sie schnappte sich das Boulevardblatt und überflog die Story.

Zwei Detectives der Einheit für sexuelle Gewalt bei der Metro haben das Opfer identifiziert und sind dabei, die nächsten Angehörigen zu benachrichtigen. Noch gibt es keine Aussage dazu, ob es sich bei der jungen Frau um Annelise Janssen handeln könnte – eine Studentin und die Tochter des prominenten Industriellen aus Victoria, Steve Janssen. Sie ist vor zwei Wochen auf mysteriöse Weise vom Campus verschwunden … Teil der wachsenden Kriminalitätsrate, der unser frisch gewählter Bürgermeister Jack Killion den Kampf angesagt hat …

»Soll das ein Scherz sein?« Sie sah von der Zeitung auf. »Sie zieht Killion da mit rein?«

»Die anderen Nachrichtenmedien werden die Meldung aufnehmen. In einer Stunde ist hier der Teufel los. Wer hat dieser Reporterin überhaupt gesagt, dass es ein Sexualverbrechen ist?«

»Offenbar hört sie den Polizeifunk ab. Sie ist zum Friedhof gefahren und hat es selbst gesehen. Vielleicht hat sie auch mit den Sanitätern oder mit irgendjemandem aus dem Krankenhaus gesprochen, ich weiß es nicht.«

Vedder seufzte schwer und fuhr sich durchs Haar, das im Laufe der vergangenen sechs Monate recht schütter geworden war. »Okay, also, was haben wir und was brauchen Sie? Wer ist das Opfer?«

»Wir haben sie noch nicht identifiziert.«

»Warum behauptet diese Reporterin das dann? Haben Sie ihr gesagt, Sie wüssten, wer das Opfer ist?«

»Ich habe es nicht abgestritten.«

Vedder fluchte. »Das ist keine Art, wie die Angehörigen davon erfahren sollten, Pallorino. Sie hat Eltern. Vielleicht Geschwister …«

»Als ob ich das nicht wüsste«, fauchte sie.

»Und ich sage Ihnen noch was.« Er stieß mit dem Finger auf das Foto von Holgersen und ihr. »Sie können Ihren Hintern darauf verwetten, dass Gunnar nicht sonderlich glücklich darüber sein wird, *Ihr* Gesicht schon wieder auf der Titelseite zu sehen. Ich bin es jedenfalls nicht. Sie werden allmählich zum

Aushängeschild dafür, was bei der Metro PD falschläuft, ganz besonders in *meiner* Einheit.«

Wut packte sie und sie biss die Zähne zusammen. »Nicht. Wagen Sie es ja nicht, Vedder. Was mit Hash passiert ist … das war nicht meine Schuld. Ich wurde von jeder Schuld freigesprochen …«

»Okay, okay.« Ergeben hob er beide Hände. »Sie haben recht. Es tut mir leid.« Dann fluchte er und strich sich wieder durchs Haar, bevor er sich zum Fenster wandte. Schweigend stand er einen Moment lang da, mit dem Rücken zu ihr, und sah zu, wie der Graupel gegen die Scheiben prasselte. Die Spannung hing zwischen ihnen in der Luft. Angies Herz hämmerte. Die Muskeln an ihrem Hals waren straff gespannt.

»Bei allem Respekt, Sir«, sagte sie mit mühsam beherrschter Stimme. »Ich habe diese Story nicht zu verantworten. Die Frau hat uns vor dem Krankenhaus aufgelauert. Ich verstehe ehrlich gesagt auch nicht, warum es so eine große Sache ist. Die Hälfte von dem Mist, den dieses Klatschblatt verbreitet, ist entweder frei erfunden, verzerrt oder unbewiesen, und alle wissen es.«

Langsam nickte er und drehte sich wieder zu ihr um. Er sah sie an. »Es tut mir leid, Angie«, sagte er und seine Stimme wurde weicher. »Wir alle vermissen Hash. Es … ist gerade eine recht angespannte Zeit. Alle warten nur darauf, dass Gunnars Kopf rollt, und wer weiß schon, wer mit ihm gehen muss – vielleicht bin ich der Nächste.« Er hielt inne. »Alles klar bei Ihnen? Klappt es mit Holgersen?«

»Dafür ist es noch recht früh.«

»Er ist gut. Sorgen Sie dafür, dass es klappt.«

Sie holte tief Luft. »Okay.«

»Also, was haben Sie? Bringen Sie mich auf den neuesten Stand.«

»Dieser Angriff könnte in Verbindung mit den alten Fernyhough- und Ritter-Fällen stehen.« Knapp erklärte sie ihm alles, wies auf die Übereinstimmungen hin, aber bevor sie fertig war, klopfte es an der Tür.

»Herein«, rief Vedder.

Die Tür schwang auf. Es war einer der Uniformierten. »Wir haben Jane Does Mutter gefunden«, sagte der Cop, er wirkte aufgeregt. »Sie ist jetzt im Saint Jude's. Lorna Drummond. Sie hat heute Morgen die Schlagzeile in der Zeitung gesehen und ist sofort rübergefahren, völlig außer sich, weil ihre Tochter nach ihrer Samstagabendschicht in der Bäckerei nicht nach Hause gekommen ist.«

Herzlichen Dank auch, Merry Winston …

»Welche Bäckerei?«, fragte Angie knapp.

»Blue Badger. Auf der anderen Seite der Johnson Street Bridge. Die Angestellten sagen, sie ist nie bei der Arbeit aufgetaucht und auch nicht ans Handy gegangen, als sie sich nach ihr erkundigen wollten.«

Rasch schob sich Angie an dem Polizisten vorbei aus dem Büro. »Holgersen!!«, rief sie laut und schnappte sich ihren Mantel vom Haken. »Wo zum Teufel ist Holgersen?« Gehetzt zog sie den Mantel über und griff nach ihrer Schultertasche.

»Er wollte draußen eine rauchen«, kam eine weibliche Stimme von der anderen Seite des Großraumbüros.

Verdammt. Sie sah auf die Uhr und wandte sich an den Uniformierten. »Wenn Sie ihn sehen, dann sagen Sie ihm, er soll sich im Krankenhaus mit mir treffen.«

Sie verließ das Gebäude ohne ihren Partner. Als sie ins Auto stieg, klingelte ihr Handy. Sie nahm via Freisprechanlage ab und legte den Gang ein.

»Pallorino«, blaffte sie.

»Angie?«

Ihr Vater. Mist. Das hatte sie ganz vergessen – sie wollten heute die restlichen Sachen ihrer Mutter umziehen. Sie hätte vor einer Stunde bei ihm sein sollen.

»Dad, ich … ich schaffe es heute nicht. Wirklich nicht. Ich habe gerade einen wichtigen Fall …«

»Schon gut«, sagte er. »Ich habe sowieso nicht mit dir gerechnet. Du rennst mal wieder. Immer bist du auf der Jagd nach irgendetwas, Angie.«

Ihre Augen brannten, als sie auf die Straße abbog.

Kapitel 9

Maddocks hielt vor der Polizeiabsperrung.

Entlang der Wharf Street reihten sich die Autos der Metro PD. Blaulichter pulsierten. Eiskörner prasselten hart auf die Cops in grellgelben Warnwesten herab, die den Verkehr umleiteten. Eine Gruppe von Gaffern hatte sich bereits entlang der Barrikaden gebildet.

Er zeigte dem Polizisten seine neue Marke der Metro PD, die er sich in der vergangenen Woche abgeholt hatte, als er den Papierkram unterschrieben hatte. Jack-O bellte. Der Officer spähte ins Auto und sah den Hund.

»Ein neuer Spürhund, der sich zum Dienst meldet, Sir?«

»Nur mein Maskottchen. Entschuldigen Sie den Geruch.«

Der Officer lächelte unsicher, trat zurück und rückte die Absperrung beiseite. »Da runter, Sir.« Er zeigte ihm den Weg. »Der kleine Parkplatz vor der Abbiegung zur Johnson Street. Er wurde von den Kriminaltechnikern abgeriegelt. Der Zugang zum Kai liegt am Fuß der Uferböschung hinter den Backsteingebäuden da.«

Bei der Absperrung vor dem Parkplatz zeigte Maddocks wieder seine Marke, und ein weiterer Officer trug seinen Namen auf der Liste ein. Maddocks parkte hinter einem Kleinbus der Forensik und sah Jack-O an.

»Sei brav, ja? Ich komme bald wieder und lasse dich raus, okay? Morgen haben wir einen Babysitter für dich.«

Keine Antwort.

Er ließ die Fenster einen Spaltbreit offen und suchte im Handschuhfach nach einer Mütze. Seinen Schirm hatte er im Ständer des Blue Badgers vergessen. Er zog die Mütze über und stieg aus. Sofort zerrte der Wind an seiner Jacke. Eiskristalle trafen sein Gesicht. Er ging an einem dunklen Sedan vorbei, auf dessen Armaturenbrett der Ausweis des Coroners lag, neben einer halb leeren Schachtel Schmalzgebäck. Siegerfrühstück. Was ihn daran erinnerte, dass er noch nichts gegessen hatte. So viel also zum Brunch mit seiner Tochter.

Er umrundete die Backsteingebäude. Sie wirkten verlassen – verbretterte Fenster, Moos, das die Wände hinaufkroch, Graffiti, große »Zu-verkaufen«-Schilder. Abfall in den Türbögen, den vermutlich Obdachlose zurückgelassen hatten. Glasscherben, eine leere Wodkaflasche, Bierdosen, Zigarettenstummel, Karton, ein undefinierbares Kleidungsstück.

Er hielt kurz inne und nahm die Szene in sich auf. Das kabbelige Wasser. Zwei Feuerwehrboote – grellgelb mit schwarzem Rumpf – trieben auf der anderen Seite eines L-förmigen Docks, das in den Gorge hinausragte. Officer in Allwetterausrüstung und mit Basecaps, die sich über die Brüstungen beugten und mit Enterhaken nach etwas angelten. Ein weiterer Officer hielt ein Seil, das ins Wasser führte. Da unten war ein Taucher, vermutete Maddocks. Im Wasser auf der Strandseite des Docks trieben Stämme in einem Baumausleger.

Die große, blaue Johnson Street Bridge erhob sich aus dem Nebel wie ein eisernes Meeresungeheuer. Der Verkehr rauschte darüber.

Ein großer, schlanker Mann und eine gedrungene Frau – beide in schwarzen Jacken mit der Aufschrift »Coroner« – standen auf dem Dock. Sie trugen ebenfalls Basecaps, um sich vor dem Graupelschauer zu schützen, der allmählich in heftigen Schneeregen überging. Neben ihnen stemmte sich ein Mann mit hochgezogenen Schultern gegen den Wind. Die Hände tief in den Taschen, ein weißer Haarschopf auf einem quadratischen Schädel. Detective Harvey Leo, nahm Maddocks an.

Die Uferböschung fiel steil zum Wasser ab, und Maddocks musste aufpassen, dass er auf dem nassen Gras nicht ausrutschte, während er sich nach unten kämpfte. Ein Nebelhorn erklang und ein großes, mit scharfkantigen Metallteilen beladenes Schiff fuhr unter der Brücke hindurch und schickte eine Reihe von Wellen zum Dock, das unter dem Aufprall ins Wanken geriet. Die Stämme im Baumausleger wogten auf und ab und stießen gegeneinander. Das Wasser schlug an den Strand.

»Herrgott noch mal!«, bellte der Weißhaarige und gestikulierte in Richtung des Schiffs. »Kann mal jemand ein Polizeiboot auf den Gorge schicken und diesen verdammten Schiffsverkehr aufhalten! Wir hatten sie fast – jetzt wurde sie wieder nach unten gedrückt.« Er drehte sich um und sah Maddocks entgegen, der sich dem Dock näherte.

Als Maddocks bei der Gruppe ankam, sagte der Mann: »Dann sind Sie also der neue von der Reitertruppe?«

»Reitertruppe?« Maddocks tat so, als würde er den Seitenhieb nicht verstehen, während er den Blick weiter über die Szenerie schweifen ließ.

»Mounties – Mounted Police, berittene Polizei. Dieses kleine blaue Pferdelogo auf euren Streifenwagen.«

»Stimmt. Ich bin Sergeant James Maddocks.« Er streckte die Hand aus. »Sie müssen Harvey Leo sein?«

Der ältere Cop musterte ihn einen Moment lang aus seinen klaren blauen Augen. Dann schlug er langsam ein und schüttelte Maddocks die Hand.

»Genau der bin ich.« Seine Haut war kalt und rau. Eiserner Griff, der zu seinem verwitterten Gesicht passte.

»Das da ist Charlie Alphonse, der City Coroner.« Leo deutete auf den großen, schlaksigen Kerl. »Und die Pathologin Barb O'Hagan. Wir wollten O'Hagan für die Sache hier persönlich herholen.«

Auf Alphonses schmalen Schultern thronte ein kleiner Kopf mit Hakennase. O'Hagan schien Ende sechzig zu sein. Sie war gebaut wie ein kleines Fass, und ihr grau meliertes Haar lugte unter dem Basecap hervor. Wache braune Augen. Maddocks begrüßte die beiden.

»Was haben wir hier?«, fragte er und wandte sich den nahenden Rettungsbooten zu, die um das Dock herum in das ruhigere Gewässer im Uferbereich steuerten, wo die Stämme immer noch hin und her rollten.

»Unsere Wasserleiche ist auf der anderen Seite des Piers aufgetaucht, und gerade als wir sie mit den Haken fast erwischt hatten, kam ein Schlepper vorbei, und sie ist wieder untergetaucht. Wir mussten einen Taucher rufen. Jetzt hat dieses Schrottschiff sie unter dem Dock hindurch in die ruhigeren Gewässer getrieben. Wir glauben, dass sie irgendwo unter den Baumstämmen da ist. Außerdem kommt die Flut rein.« An der Strömung im Kanal erkannte Maddocks, dass Leo recht hatte.

»Sind Sie sicher, dass es eine weibliche Person ist?«

»Negativ. Unsere Leiche treibt mit dem Gesicht nach unten, aber sie hat langes Haar. Braun. Deshalb haben wir angenommen, dass es eine Frau ist«, antwortete Leo und sah zu, wie der Partner des Tauchers vorsichtig Leine gab, die bei den Baumstämmen im stahlgrauen Wasser verschwand. »Scheißgefährlich, unter den Stämmen herumzutauchen. Noch schlimmer als unter Eis. Deshalb brauchten wir ein Team. Einer muss aufpassen, dass der Taucher nicht im Baumausleger auftaucht. Diese Stämme könnten ihn glatt zerquetschen.«

»Und da unten ist die Schlamm- und Müllschicht vermutlich meterdick«, fügte Alphonse hinzu. Sein Handy klingelte.

»Tschuldigung.« Er marschierte das Dock entlang bis in den Schutz der Brücke und nahm den Anruf entgegen. Nach einer kurzen Unterhaltung rief er: »Barb! Wir haben einen Massenunfall auf der Malahat wegen des Schnees am Hang. Mehrere Todesopfer – ich muss da raus, sofort. Kommst du hier allein klar?«

»Geh schon, wir haben es im Griff«, rief sie zurück.

Maddocks ließ sich auf Hände und Knie sinken und spähte unter das Dock. Die Holzmaste waren mit schleimigem Schlamm, Muscheln und Austern verkrustet. Scharfkantig.

»Angeblich ist der Gorge inzwischen wieder so sauber, dass man darin schwimmen kann«, berichtete O'Hagan, während sie ihm zusah.

»Von wegen.« Leo winkte ab. »Die pumpen das Abwasser immer noch ungefiltert raus ins Meer. Woher wollen die wissen, dass es nicht auf direktem Weg wieder zurück in den Gorge fließt? So ist vermutlich auch unsere Wasserleiche hier gelandet.«

Maddocks stand wieder auf. Er trat an den Rand des Docks und ließ den Blick über die Umgebung schweifen. Hinter ihm erstreckte sich die Stadt. Der Hafen mit den Marinas und dem Wasserflugzeugterminal lag links von ihm, die Brücke und der Kajakclub befanden sich rechts. Auf der anderen Seite des Kanals erhoben sich Wohnungsbauten aus dem dichten Nebel.

»Sie sind also nicht nur ganz vorn in der Warteschlange zur Mordkommission eingestiegen, jetzt will Buziak auch noch, dass Sie bei diesem Fall die Leitung übernehmen«, kommentierte Leo und stellte sich neben ihn.

»Ich wusste nicht, dass es da eine Warteschlange gibt.« Maddocks besah sich die Brücke, deren gewaltiges Ausgleichsgewicht hoch in den Himmel ragte.

»Mindestens sechs Männer auf dem Revier brennen darauf, sich diesen Posten in der Mordkommission zu angeln, alle sechs sind von hier und kennen die Stadt wie ihre haarigen alten

Handrücken. Dazu noch eine Polizistin aus der Abteilung für Sexualverbrechen, die schon ewig mit den Hufen scharrt.«

Was wussten die schon?

Das hier war kein Karrieresprung für ihn. Es war nicht einmal eine seitliche Verschiebung. Eigentlich hatte er aufsteigen und nur noch vom Schreibtisch aus Aufgaben verteilen sollen. Auf dem Festland war er in etwa auf Buziaks Position gewesen. Trotzdem hatte er diesen Job angenommen, um bei Ginny sein zu können. Um eine neue Seite aufzuschlagen. Um wegzukommen von der Misere wegen der Affäre seiner Frau, weg von den hässlichen Scheidungsvorgängen. Um sich die Hände wieder schmutzig zu machen. Vielleicht war es Vermeidungsverhalten oder einfach nur Selbstzerstörungstrieb. Wie auch immer, er *brauchte* das hier.

Barb O'Hagan meldete sich zu Wort. »Nicht dass sie eine Chance hätte, bei dem ganzen Totholz, das da in eurer Abteilung herumhängt. Ihr sitzt doch alle nur noch an euren Schreibtischen, spitzt Bleistifte, löst Kreuzworträtsel, trinkt schlechten Kaffee und kratzt euch die dicken Hintern, was, Leo?«

Leo schnaubte und neigte der gedrungenen kleinen Pathologin den Kopf zu. »Das muss unsere verwitterte alte Leichenärztin gerade sagen. Wann gehst du eigentlich in den Ruhestand, Barb?«

»Und was würdet ihr dann tun, wenn ich keine Morde mehr für euch aufkläre? Ich denke, Pallorino würde euch ganz schön in den Arsch treten, wenn sie auch nur die Spur einer Chance bekommt.«

»Ja, klar. Sie ist aber nun mal nicht teamfähig, klar? Sie ist eine … eine Misanthropin. Aber deshalb versteht ihr zwei euch ja auch so gut, was, Barb?«

»Große Worte, Leo, große Worte. Hast du das für dein Kreuzworträtsel heute Morgen nachgeschlagen?«

Maddocks prägte sich den Tonfall dieses Geplänkels ein. Diese beiden gaben ein interessantes Paar ab. Aber so etwas konnte auch problematisch werden. Er ging auf die Brücke zu und sah nach oben. Im Westen war sie etwa neun Meter hoch, aber auf der riesigen Ausgleichsgewichtsseite ragte sie mehr als zwanzig Meter in die Höhe. »Wer hat die Leiche gemeldet?«

»Ein Obdachloser, der am Ufer unter der Brücke campiert hat«, antwortete Leo. »Er hat sie vorbeitreiben sehen, ist komplett durchgedreht und hat den Brückenaufseher alarmiert, der da oben von diesem Kasten aus arbeitet.« Er hob einen deutenden Zeigefinger. »Er ist dafür zuständig, die Brücke für den Schiffsverkehr hochzuziehen. Wir haben seine Aussage und auch die von dem durchgeknallten Obdachlosen. Er sitzt oben auf dem Parkplatz in einem Wagen.«

»Glauben Sie, da ist jemand gesprungen?«

»Auf keinen Fall. Sie ist eingewickelt wie ein Würstchen in der Pelle – warten Sie, bis Sie sie sehen.«

»Hey!« Ein scharfer Pfiff von einem der Officer auf dem Boot. »Wir haben sie! Der Taucher bringt sie hoch!«

Sie drehten sich alle um und sahen zu, wie das Boot des Taucherteams um die Baumstämme herummanövrierte, während der Partner des Tauchers sorgfältig auf dessen Leine achtete. Weiche Nebelschwaden trieben über das Wasser. Inzwischen regnete es wie aus Eimern. Ein weiteres Schiff tuckerte unter der Brücke hindurch, und wieder rollten die Wellen heran. Die Stämme krachten rollend gegeneinander.

»Dämliche Idioten!«, brüllte Leo. »Wo ist unsere Verstärkung im Hafen? Können die nicht dafür sorgen, dass der Scheiß aufhört? Unser Taucher da unten wird noch umgebracht.«

Auf einmal tauchte ein neoprenbedeckter Kopf außerhalb des Baumauslegers aus dem quecksilbernen Wasser auf. Die Taucherbrille glänzte. Der Mann zog eine in Plastik gewickelte Gestalt neben sich an die Oberfläche und begann, auf das Dock zuzuschwimmen. Maddocks, O'Hagan und Leo traten an den Rand. Stille senkte sich über sie. Ihre Wasserleiche trieb noch immer mit dem Gesicht nach unten. Sie rollte und schwankte auf den Wellen, und das Haar trieb ihr um den Kopf. Seegras hatte sich darin verfangen. Als der Taucher sie näher herangebracht hatte, konnten sie zwei parallele Streifen – tiefe Einschnitte – am Hinterkopf der Leiche erkennen. So als hätte man ihr den Schädel mit einer Axt gespalten. Vom Hals abwärts war sie in etwas gewickelt, das wie eine dunkle Abdeckplane aussah. Festgezurrt mit einem Seil. Ein weiteres langes Seilstück hing um ihren Hals und trieb mehrere Meter weit im Wasser.

»Das mit dem eingewickelten Würstchen war kein Scherz, hm?«, sagte Maddocks leise und zog sich Latexhandschuhe über. Er ging in die Hocke, als der Taucher fast bei ihnen war. O'Hagan, die sich ebenfalls Handschuhe überstreifte, hockte sich neben ihn. Leo blieb etwas abseits stehen, die Hände nachdrücklich in den Hosentaschen. Ein Schauer überlief Maddocks, als sie die Wasserleiche von Nahem sahen.

Unter der Plane war sie nackt, ihre Haut war weiß wie ein Fischbauch und wirkte seltsam fremdartig. Wie eine Larve.

»Wir brauchen einen Fotografen hier unten«, sagte Maddocks zu Leo, der wiederum laut nach dem Fotografen rief. Der Mann, der unter dem Schutz der Brücke gewartet hatte, kam über das Dock gerannt, rutschte beinahe aus, fing sich aber wieder.

»Dämliche Anfänger«, murmelte Leo, der die Hände noch immer nicht aus den Taschen genommen hatte. Der Fotograf begann, Aufnahmen von der Leiche im Wasser zu schießen. Zwei Mitarbeiter der Leichenhalle eilten nun ebenfalls mit einer Metalltrage und einem Leichensack herbei.

»Machen Sie auch eine Nahaufnahme von ihrem Hinterkopf«, wies Maddocks den Fotografen an und deutete auf die blutlosen Kerben im Schädel.

Blitzlicht flammte auf. Wieder erklang ein Nebelhorn.

»Vielleicht hat eine Schiffsschraube sie erwischt«, sagte O'Hagan und beugte sich vor, um besser sehen zu können. »Nicht unüblich bei Ertrunkenen, besonders nicht, wenn sie über die Reling gestürzt und hinten in die Schraube geraten sind. Falls es so war, dann war es kein sehr großes Boot, sonst wäre sie zerstückelt worden. Bei schlepperähnlichen Schiffen liegen die Wunden üblicherweise weiter auseinander.« Weitere Fotos wurden geschossen – eine Nahaufnahme von dem Seil um den Hals des Opfers und von dem Seil, das um die Plane gewickelt war.

»Vielleicht ist sie auch nicht über Bord gegangen, sondern nach einer Weile unter Wasser aufgrund der Gasbildung wiederaufgetaucht«, fuhr O'Hagan fort. »Und dann hat sie die Schiffsschraube eines vorbeifahrenden Boots erwischt. Bei einem solchen Ablauf taucht die Leiche üblicherweise mit dem Gesicht nach unten wieder auf, wie diese hier, was bedeutet, dass die Wunden der Schiffsschrauben fast immer am Kopf, am Hals, den Schultern oder am Gesäß entstehen. Okay, holen wir sie raus.«

»Wir brauchen noch ein paar Helfer hier, bitte«, rief Maddocks. Die Mitarbeiter des Coroners legten den Leichensack auf dem Dock aus und halfen dabei, den Körper aus dem Wasser zu hieven. Vorsichtig legten sie die Leiche auf den Sack. Wasser sammelte sich um sie. Das Seil um ihren Hals war etwa drei Meter lang und am Ende ausgefranst und geschwärzt von etwas, das aussah wie Maschinenöl.

Weitere Fotos. Dann rollten sie den Körper herum.

»Heilige *Scheiße*«, fluchte Leo und wich hastig einen Schritt zurück.

Ein Schädel, der gerade noch von einer Schicht rohen, zerfledderten Fleisches bedeckt war, sah ihnen entgegen. Trübe Augäpfel traten aus eingefallenen Höhlen hervor. Das

Gewebe darum herum war verschwunden. Gefressen. Die Nase fehlte. Löcher klafften in den Wangen. Keine Lippen, die das Totenschädelgrinsen abmildern konnten.

»Verfluchter Mist, ich hasse Wasserleichen«, murmelte Leo.

»Tierfraß«, erklärte O'Hagan leise. Sie kauerte noch immer in der Hocke und musterte das Gesicht genau. »Der Verzehr eines menschlichen Körpers durch mehrzellige Organismen: Fische, Reptilien, Krustentiere, Säugetiere, Wirbellose. Es ist ein natürliches Phänomen, aber für einen unerfahrenen Taucher kann ein solcher Fund wirklich schockierend sein.«

Eine kleine Kreatur glitt aus dem Mund der Leiche.

»Scheiße«, fluchte Leo.

»Wie lange dauert es, bis ein solcher Schaden entstanden ist?«, fragte Maddocks. »Haben Sie irgendeine Vermutung, wie lang sie da unten gewesen ist?«

»Das hängt von mehreren Faktoren ab – wo ist sie ins Wasser gelangt? Von wo ist sie hergetrieben? Temperatur, Strömung. Welche Art von Meereslebewesen gibt es dort? Fischläuse sind beispielsweise äußerst gefräßig. Sie dringen durch eine Körperöffnung ein – Anus, Mund, Ohren, Nase, offene Wunden, wie die an ihrem Schädel – oder sie machen sich über weiches Gewebe her und fressen sich um die Augäpfel herum, durch die Augenlider, Lippen, Ohren oder die Nase. Sobald sie erst einmal im Körper sind, fressen sie immer weiter, bis die Nahrungsquelle aufgebraucht ist oder bis sie gestört werden. Krabben könnten so einen Schaden binnen sechzehn Stunden anrichten. Nach einer Woche lassen sie von einer Leiche nur noch die Knochen zurück. Um es genauer sagen zu können, muss ich sie auf dem Tisch haben. Außerdem könnte etwas mehr Kontext nicht schaden.«

Das zerstörte Gesicht ließ keinen Schluss darauf zu, ob es sich bei der Leiche um einen Mann oder eine Frau handelte, aber durch das Plastik erkannte Maddocks die Wölbung einer nackten Brust. Mit dem Ärmel wischte er sich den Regen aus der Stirn.

»Sieht so aus, als wäre sie unter der Plane weitestgehend unversehrt geblieben«, sagte er.

»Die Kleidung dient normalerweise mindestens vierundzwanzig Stunden lang als Schutz«, antwortete O'Hagan. »Ihr Torso scheint von der Kunststoffplane recht gut isoliert worden zu sein. Sie ist um den Hals sorgfältig zusammengebunden worden. Ich schätze, sie hat nicht allzu lang im Wasser gelegen.«

»Warum sollte man den Körper so gründlich einwickeln, den Kopf aber ungeschützt lassen?«, fragte Maddocks, mehr zu sich selbst als zu jemand anderem, während er mit den behandschuhten Händen über die Plastikplane strich, in dem Versuch, besser zu erkennen, was sich darunter befand.

O'Hagan leuchtete mit einer kleinen Maglite in den geöffneten Mund. »Umfangreiche kosmetische Korrekturen – all ihre Zähne tragen Veneerkronen, einige sofort erkennbare Brückenarbeiten«, sagte sie. »Keine Leichenstarre. Ich muss ein Stück der Plane herausschneiden oder ein Loch hineinbohren, um die innere Temperatur zu messen.«

»Diese Plane, die Seile, alles, was darin ist – das gehört alles zum Tatort«, antwortete Maddocks. »Mir wäre es lieber, alles unangetastet zu lassen, bis wir sie ins Leichenschauhaus gebracht haben.«

O'Hagan spitzte die Lippen und überdachte ihre Optionen. Leo sah weiter schweigend zu. Der Regen prasselte auf sie herab.

»Können wir eine weitere Nahaufnahme vom Ende des Seils um den Hals haben?«, wies Maddocks den Fotografen an. »Sieht aus, als wäre es vielleicht auch in eine Schiffsschraube geraten oder Ähnliches. Vielleicht wurde sie in den inneren Hafen geschleppt, bevor das Seil ausgefranst und durchgerissen ist. Die Strömung und die Flut haben dann den Rest erledigt.«

»In diesem Fall hätte sie überall ins Wasser gelangt sein können, sie könnte von überallher kommen«, sagte Leo. »Wenn sie wieder aufgestiegen ist und sich dann in einer Schiffsschraube verfangen hat …«

»Okay«, sagte O'Hagan und schloss ihre Tasche. »Die Leichenliegezeit zu bestimmen wird so oder so ein Mistjob, ganz egal, wie man es betrachtet. Jedenfalls ohne weiteres Wissen.«

»Okay, Leute, bringen wir sie rein.« Maddocks kam auf die Füße. Die Helfer des Coroners zogen den Leichensack über dem Planenkokon und dem zerstörten Schädel zu und hoben den Leichnam auf die Edelstahlbahre. Dann trugen sie ihre Last das Dock entlang.

»Dann sehen wir uns in der Leichenhalle, wenn ich sie aufmache«, sagte O'Hagan und stand auf. Sie nahm ihre Tasche hoch und folgte der Bahre.

Leo sah ihr nach, die Hände immer noch in den Taschen. »Das ist mal ein perfekter erster Tag, was, Boss?«

Maddocks sah auf ihn herab. Seine kalten blauen Augen lösten in ihm den nagenden Verdacht aus, dass er in diesem Department als Sündenbock fungieren würde, falls es ihnen nicht gelang, den Fall zu lösen. Und zwar schnell, dem Gebaren des neuen Bürgermeisters nach zu urteilen. Vielleicht war das der Grund, warum Buziak gewollt hatte, dass der Neue die Ermittlungen von Anfang an leitete. Er wurde als potenzieller Prügelknabe in Position gebracht.

»Besorgen Sie sich einen vollständigen Bergungsbericht vom Taucherteam, Leo«, sagte er kühl. »Alles, was der Taucher da unten gesehen hat. Auch persönliche Meinungen sind wichtig, aber sie sollten als solche markiert und nur als Anhang dazugefügt werden.« Er zog sich die Latexhandschuhe aus, und ein brennender Schmerz an seinen aufgescheuerten Handgelenken erinnerte ihn unvermittelt an die Sexeskapade im Foxy. Daran, wie die mysteriöse Fremde namens Angie ihn erst gefesselt und dann gevögelt hatte. Er bekam sie einfach nicht aus dem Kopf. Das war so weit gegangen, dass er sie als erste Tat an diesem Morgen angerufen hatte, noch vor seinem Treffen mit Ginny. Sie hatte nicht abgehoben. Er hatte ihr eine Nachricht hinterlassen, womit er sich vermutlich zum Trottel machte. Er wusste nicht einmal, warum er überhaupt in den Club gegangen war. Auch dazu hätte ein Seelenklempner vermutlich so einiges zu sagen. Wie auch immer. Leo hatte recht. Seine Tage – und Nächte – waren fürs Erste anderweitig verplant. Er schob die Gedanken an Angie beiseite und ging eiligen Schrittes das Dock entlang.

»Ich sag's Ihnen, ich kann Wasserleichen nicht ausstehen«, wiederholte Leo und kam ihm hinterher. »Einmal haben wir eine Familie einbestellt, die für uns eine Leiche identifizieren sollte, die voller Fischläuse war. Ein paar von den Viechern sind direkt auf dem Tisch aus den Körperöffnungen geflutscht. Ich sag's Ihnen … man sollte in solchen Fällen sämtliche Körperöffnungen zukleben, bevor man die Familien ruft. Die Mutter ist sofort umgekippt und hat sich den Kopf am Leichenhallenboden aufgeschlagen. Gott, ich hasse Wasserleichen.«

Kapitel 10

Durch die Scheibe beobachtete Angie die Frau im Zimmer der Intensivstation. Sie saß vornübergebeugt mit dem Rücken zur Tür und hielt die Hand ihres Kindes, das dunkle, wellige Haar zu einem wirren Pferdeschwanz gebunden.

Angie dachte an ihre eigene Mutter, an die Sorgen, die alle Mütter hatten, weil sie ihre Kinder beschützen wollten, und dass ihre Mutter sich ihr ganzes Leben um sie gekümmert hatte. Schuldgefühle überkamen sie. Sie sollte jetzt bei ihrer Mutter sein, sich um sie kümmern – jetzt, wo sich die Vorzeichen geändert hatten. Wieder spürte Angie die Leere der verlorenen Zeit, der Jahre, die ins Land gegangen waren. Das Bild der Marienstatue kam ihr in den Sinn. Eine Madonna, die der Überlieferung nach unberührt war, rein, und doch in gesegneten Umständen – was für eine Farce. Es machte sie wütend, die gemischten Botschaften, mit denen die Gesellschaft Frauen überschüttete, diese Vorstellung, dass Sex, der Akt der Fortpflanzung, die Freude am Geschlechtsverkehr, irgendwie schmutzig war und aus der Gosse stammte. Verdorbenes Mädchen. Schmutzige Literatur. Ein roter Blitz durchzuckte sie. Blut – plötzlich konnte sie es schmecken. Schmerz schoss ihr in die Lippe. Und auf einmal stand das kleine Mädchen im rosa Kleid neben der Mutter in der Intensivstation. Angies Herz stolperte. Das Mädchen drehte sich langsam um und sah Angie direkt an, aber es hatte kein Gesicht. Nur einen leuchtend weißen Fleck, eingerahmt von langem, dunkelrotem Haar. Das Kind zeigte auf Angie und das Flüstern in ihrem Kopf begann …

Komm spielum dum Wald … komm runter dem …

Die Halluzination verschwand. Angst hielt Angies Herz umklammert. Sie musste sich einen Augenblick sammeln, bevor sie durch die Schiebetür in das Krankenzimmer trat. Das Zischen und Piepen der Maschinen begrüßte sie.

»Kannst du mich hören, Schatz?«, sagte die Frau. »Bitte, drück mir die Hand, falls du mich hören kannst. Gracie. Bitte.«

Angie trat neben sie und räusperte sich. »Mrs Drummond, ich bin Detective Angie Pallorino vom Metro Police Department.«

Die Frau sah auf, bleich und erschöpft vor Schock und Trauer. Diesen Zustand kannte Angie aus ihrer Arbeit nur zu gut. Das Entsetzen, die Zweifel, die Erniedrigung und die Hilflosigkeit, die auftraten, wenn Gewaltverbrechen das alltägliche Leben kreuzten. Plötzlich musste sich eine ganz normale Person mit Polizisten, Ärzten, Gerichtsmedizinern, Reportern, Strafverteidigern und anderen Leuten auseinandersetzen, mit Fragen, die sie niemals als Teil ihres Lebens betrachtet hätte.

»Ich … ich wusste nicht, dass sie gestern Abend nicht bei der Arbeit war, bis ich heute früh die Nachrichten gesehen habe. Ich bin in ihr Zimmer gegangen, nur um sicherzugehen, dass sie … dass sie auch wirklich da ist. Wie konnte das nur passieren? Wieso habe ich nichts gemerkt?«

Angie bekam Mitleid, gefolgt von einem brennenden, wütenden Zorn. Sie würde diesen Serientäter fassen, der ihr und Hash offensichtlich durch die Lappen gegangen war. Wenn sie ihn vor drei, vier Jahren geschnappt hätten, wären diese Frau und dieses Mädchen nicht hier im Krankenzimmer.

»Es tut mir sehr leid«, sagte sie.

»Die Ärzte haben mir gesagt, was dieses Monster … meinem Baby angetan hat …« Die Emotionen schnürten ihr die Kehle zu und sie bekam feuchte Augen.

»Die Schwestern haben mir gesagt, dass Ihre Tochter Gracie heißt.«

Die Frau führte eine zitternde Hand zum Mund. »Meine Gracie – wir nennen sie Gracie«, sagte sie, als ihr die ersten Tränen über die Wangen kullerten. »Gracie Marie Drummond. Sie ist sechzehn. Und sie wird …« Ein Schluchzen ergriff ihren ganzen Körper.

»Ist schon gut.« Angie legte ihr zaghaft eine Hand auf die Schulter.

Aber die Mutter kämpfte sich voran. »Siebzehn. Sie wird siebzehn am neunundzwanzigsten Dezember. Als sie im Badger anfing, musste ich ihr noch eine Einverständniserklärung schreiben, damit sie den Job überhaupt bekommt. Sie … wollte das Geld. Ich meine, wir kommen gerade so über die Runden. Ich hätte ihr das nie erlauben dürfen, die Nachtschicht, und dann mit dem Bus ganz allein nach Hause. Aber unsere Stadt ist doch sicher, und der Bus hält gleich vor unserer Wohnung, gegen sechs Uhr abends. Das ist doch gar nicht so spät, und in der Bäckerei kann nichts passieren bis um fünf Uhr morgens, und dann fährt sie mit dem Bus nach Hause. Eine Mutter wünscht sich doch für ihre Tochter, dass sie schöne Sachen hat, oder? Ich kann ihr keine schönen Sachen kaufen, geschweige denn mir selbst. Ich dachte, das wird schon gut gehen, und das ging es ja auch, über ein Jahr lang …« Sie presste sich die Hand auf den Mund, als wollte sie alles drinbehalten und sich selbst davon abbringen, an Ort und Stelle zusammenzubrechen.

»Möchten Sie vielleicht einen Kaffee, Mrs Drummond? Etwas Wasser?«

Lorna Drummond schüttelte den Kopf.

»Ich muss Ihnen einige Fragen stellen. Es gibt eine Nische auf dem Gang, wo wir hingehen können. Es ist besser, wenn wir uns dort unterhalten.«

»Ich will nicht so weit von Gracie weg. Sie musste schon so viel alleine durchstehen.«

»Wir sind gleich auf dem Gang. Sie können sogar die Tür von dort sehen.«

Die Mutter stand auf und bewegte sich steif und hölzern aus dem Raum. Angie begleitete sie zu einer Sitzgruppe unter einem Fenster und half ihr beim Hinsetzen. Dann nahm sie gegenüber Platz und holte ihr Notizbuch heraus. »Können Sie mir sagen, wann Sie Gracie das letzte Mal gesehen haben?«

Lorna Drummond strich sich verirrte Strähnen aus dem Gesicht. »Das war am Freitagmorgen. Bevor ich zur Arbeit gegangen bin. Ich arbeite in Vierundzwanzig-Stunden-Schichten in einem Pflegeheim. Von vier Uhr nachmittags am Freitag bis vier Uhr am Samstag.« Sie schürzte die Lippen. »Also sehe ich Gracie normalerweise vor ihrer Schicht in der Blue Badger Bakery am Samstagabend, aber ich … ich hatte gestern ein Date, ich habe gerade jemanden kennengelernt, und ich bin erst früh am Sonntag nach Hause gekommen und gleich schlafen gegangen. Ich habe heute länger geschlafen als sonst, und dann … dann habe ich die Nachrichten gesehen. Also bin ich in Gracies Zimmer gegangen. Sie war nicht da. Ihr Bett war noch gemacht. Ich … Sie halten mich bestimmt für eine furchtbare Mutter. Ich hätte nicht auf dieses Date gehen sollen. Aber ich hatte endlich das Gefühl, wieder zu leben.« Sie kramte in ihren Taschen nach einem Taschentuch und putzte sich laut die Nase. Sie war rot und geschwollen. Ihre Augen waren verquollen. »Da glaubt man, man hat alle Zeit der Welt, und dann … dann wünscht man sich einfach nur …« Ein Schluchzen ergriff ihren Körper und verschluckte den restlichen Satz.

»Ich weiß«, sagte Angie. Sie wartete, bis Lorna Drummond sie wieder ansehen konnte. »Also arbeitet Gracie jeden Samstag in der Bäckerei?«

»Im Blue Badger, ja. Die Nachtschicht.«

»Und kennen Sie jemanden, der regelmäßig mit demselben Bus fährt wie Gracie? Vielleicht jemand, der gesehen hat, wie Gracie gestern ein- und an der Bäckerei wieder ausgestiegen ist?«

»Nein. Da … kenne ich niemanden. Aber sie fährt fast immer mit demselben Busfahrer. Das hat sie erwähnt. Gary heißt er, glaube ich.«

»Wieso hat sie Gary erwähnt?«

»Weil er so nett ist. Er grüßt sie immer mit Namen.«

»Auf welche Schule geht Gracie?«

»Duneagle Secondary.«

»Hat sie von irgendwelchen Sorgen gesprochen? Dass ihr jemand in letzter Zeit gefolgt ist oder sie belästigt hat?«

»Nein, ich … glaube nicht. Ich hätte sie nicht die Nachtschicht übernehmen lassen dürfen. Das hätte ich nicht tun dürfen. Sie musste arbeiten, weil ich eine alleinerziehende Mutter bin, verstehen Sie?«

»Und ihr Vater? Wo ist er?«

»Wir sind geschieden. Er ist wieder verheiratet. Ist irgendwo auf die Insel gezogen, aber wo genau, weiß ich nicht. Kann mich nicht erinnern, wann ich die letzte Unterhaltszahlung bekommen habe.«

»Sind Sie schon länger getrennt?«

»Seit Grace neun war.«

»Arbeitet sie noch woanders?«

»Nur einmal pro Woche, in der Bäckerei.«

»Hat ihr Vater ihr vielleicht auf direktem Weg Geld zukommen lassen?«

Sie sah kurz mit großen Augen auf. »Nein, wieso?«

Angie hielt dem Blick stand. »Ihre Tochter trug gestern ein Paar sehr teure Designerstiefel.«

»Die … hat sie bestimmt selbst bezahlt. Mit ihrem eigenen Geld – deswegen geht sie ja arbeiten. Wie ich gesagt habe. Damit sie sich schöne Sachen kaufen kann.«

»Wissen Sie, wie viel ein Paar Stiefel von Francesco Milano kostet?«

»Nein, aber warum ist das so wichtig?«

»Ab eintausend Dollar aufwärts, glaube ich.«

Lorna Drummond wurde blass. Ihre Lider flatterten. »Vielleicht hat sie die auf Kommission bekommen. Sie kauft vieles gebraucht. Vielleicht waren sie nur geliehen. Oh Gott, ich habe das alles nicht mitbekommen.«

»Wer ist denn Ihr neuer Partner? Ihr Date?«

»Sie glauben doch nicht …«

»Nur für die Akten.«

»Kurt Shepherd. Ich habe ihn vor vier Monaten kennengelernt, als seine Mutter im Pflegeheim starb, wo ich arbeite. Er wohnt in Esquimalt. Ist Mechaniker bei Barney's, ein lieber Kerl. Er ist so nett zu mir.«

»Wir müssen uns in Gracies Zimmer bei Ihnen zu Hause umsehen. Ist das in Ordnung?«

»Jaja, natürlich.«

»Hat Gracie ein Mobiltelefon?«

»Ein iPhone. Ich habe in einem fort angerufen, als ich das in den Nachrichten gesehen habe. Aber es ging immer sofort die Mailbox ran.«

»Wir brauchen ihre Nummer und den Namen ihres Anbieters.«

»Ich … äh … Sie ist bei ClearWave, glaube ich.« Sie gab Angie die Nummer ihrer Tochter. Während Angie sie noch notierte, bemerkte sie im Augenwinkel eine schnelle Bewegung.

Sie sah auf. Vor Gracie Drummonds Zimmer herrschte hektische Betriebsamkeit.

Eine ruhige Stimme erklang in der Lautsprecheranlage. »Code Blue, Zimmer zwölf. Code Blue, Zimmer zwölf.«

Angies Herz schlug schneller. Lorna Drummond fuhr herum. »Was ist das? Was bedeutet das?«

Die Doppeltür am Ende des Flurs wurde aufgestoßen. Schwestern und Ärzte im grünen Kasack rannten durch den Flur. Dr. Finlayson folgte ihnen auf dem Fuß.

Lorna Drummond sprang auf. »Oh mein Gott – das ist Gracies Zimmer! Sie gehen in ihr Zimmer!« Sie stürzte in Richtung der Schwestern.

»Mrs Drummond!« Angie lief ihr nach. »Lorna! Warten Sie!« Angie bekam vor dem Sichtfenster ihren Arm zu fassen. Durch das Glas konnte man sehen, wie eine Schwester bei Gracie eine Herzdruckmassage durchführte, während bereits die Elektroden des Defibrillators vorbereitet wurden.

»Treten Sie zurück!«, rief eine Schwester. Die Elektroden wurden an Gracies Körper gehalten. Ihr ganzer Körper ruckte, als die Ärzte versuchten, sie per Schock ins Leben zurückzuholen. Aber nichts geschah. Die Linie im Bildschirm war flach, nicht mal ein Pieps. Sie versuchten es wieder. Und noch einmal. Nichts.

Lorna riss sich los und platzte ins Zimmer. »Gracie, nein …« Eine Schwester hielt sie auf.

»Bitte«, schluchzte Lorna Drummond. »Bitte sagen Sie mir, was hier los ist!«

Die Schwester legte einen Arm um sie und führte sie wieder auf den Flur hinaus. »Sie müssen hier warten, Mrs Drummond. Lassen Sie uns unsere Arbeit machen. Sie sind dort drin nur im Weg. In Ordnung?«

»Kommen Sie, Mrs Drummond«, sagte Angie und versuchte sie vom Sichtfenster wegzuführen. Aber Gracies Mutter riss sich wieder los und presste beide Handflächen an die Scheibe. »Gracie! Oh Gott, Gracie … Bitte, du darfst nicht sterben. Nicht jetzt.«

Im Krankenzimmer trafen sich die Blicke von Dr. Finlayson und der Schwester, die die Elektroden in der Hand hielt. Die Schwester schüttelte den Kopf. Dr. Finlayson sah nach der Patientin, dann auf die Uhr und sagte etwas. Angie sank das Herz. Die Ärztin hatte den Todeszeitpunkt benannt.

Ein seltsames dünnes Wehklagen kam aus Lorna Drummonds Kehle. Sie fuhr herum und griff Angie an. Mit bloßen Händen schlug sie auf Brustkorb, Arme und Gesicht ein. »Sie – Sie waren das! Sie haben mich von meinem Kind getrennt! Sie haben zugelassen, dass sie ohne ihre Mutter sterben musste!«

Angie schützte sich gegen den kraftlosen Angriff. Einen Moment lang war sie unfähig, sich zu bewegen, unfähig, Lornas Handgelenke zu packen und den verzweifelten Schlägen Einhalt zu gebieten. Es war, als müsste Angie geschlagen und von dieser Mutter bestraft werden. Als bräuchte sie es. Weil sie ihre eigene Mutter so vernachlässigt hatte. Für alle Fehler, die sie im Leben begangen hatte.

Lorna Drummond hatte sich schließlich verausgabt und glitt an Angie herunter, bis sie nur noch ein schluchzendes Häufchen Elend vor Angies Bikerboots war. Zwei Krankenschwestern eilten Angie zu Hilfe.

Angie schluckte und trat beiseite. Sie war dankbar, dass das Krankenhauspersonal übernahm. Erschüttert ging sie den Flur hinab und verließ die Station. Draußen verschnaufte sie kurz, dann wählte sie mit trockenem Mund Vedders Nummer.

»Sie ist verstorben – sie ist tot«, sagte sie, als er ans Telefon ging. »Sie hieß Gracie Marie Drummond. Sechzehn Jahre alt. Letztes Schuljahr an der Duneagle Secondary. Wäre in ein paar Tagen siebzehn geworden.« Während sie noch sprach, entdeckte sie Holgersen, der wütend und mit großen Schritten auf sie zukam.

»Was soll der Scheiß, Pallorino?«, dröhnte er, als er sie erreicht hatte. Er fuchtelte mit dem Finger vor ihrem Gesicht herum. »Mach das noch einmal, und ich …«

»Sie ist tot.«

Er verstummte und ließ die Hand langsam sinken.

»Sie ist ertrunken. In ihrem Krankenbett.« Angie hielt seinem Blick stand. »Manche Dinge warten nicht, bis man pinkeln oder mal eben eine rauchen war.«

Kapitel 11

Es war 11:15 Uhr, als Merry Winstons Mobiltelefon in der Nachrichtenredaktion klingelte. Sie sah aufs Display. Unbekannter Anrufer. Sie nahm ab.

»Hallo, hier ist Merry.«

»Sie wurde identifiziert, und sie ist gerade gestorben.« Die Stimme klang verzerrt, elektronisch. Weder männlich noch weiblich.

Merrys Puls beschleunigte sich. Sie ließ den Blick durch die Redaktion schweifen. Nichts los. Sonntagmorgen – der Großteil der Kollegen war im Wochenende, machte Pause oder jagte irgendeiner Story nach. Merry arbeitete auch am Wochenende. Sie musste sich noch beweisen und hatte neben ihrer Arbeit eigentlich kein Leben. Ihre nassen Regensachen hingen über einem Stuhl am Nachbarschreibtisch. Sie war völlig durchnässt worden beim Versuch, unten am Kai Informationen zu bekommen, aber dieses Mal kam sie nicht an der Polizeiabsperrung vorbei. Die Beamten verrieten nichts. Irgendein Schaulustiger hatte jedoch gemeint, eine Leiche sei im Gorge gefunden worden, unter der Johnson Street Bridge. Merry war ins Büro gegangen, um einige Anrufe zu tätigen.

»Sie meinen die nicht identifizierte Frau aus dem Saint Jude's?« Merry startete die Aufnahme auf ihrem Telefon.

Schweigen.

Adrenalin und Anspannung knisterten in ihr. Das war nicht das erste Mal, dass sich ihr geheimnisvoller Informant mit Insiderinformationen gemeldet hatte. Er – sie war davon überzeugt, dass die verzerrte Stimme zu einem Mann gehörte, obwohl sie nicht sagen konnte, wieso; die Verzerrung war gut gemacht – hatte ihr schon früher Tipps gegeben, die nur aus dem Metropolitan Police Department stammen konnten.

»Wer ist sie?«

»Gracie Marie Drummond. Sechzehn. Ging auf die Duneagle Secondary.«

»Was können Sie mir noch sagen? Todesursache?«

»Ertrinken.«

»Wie bitte? Im Krankenhaus?«

»Sie wurde außerdem verstümmelt. Die Genitalien. Und ein Kreuz wurde in ihr Gesicht geritzt.«

Merry erstarrte zur Eissäule. Einen Augenblick lang konnte sie nicht sprechen. Sie räusperte sich. »Können Sie das bitte wiederholen?«, flüsterte sie.

»Sie hatte ein Kreuz auf der Stirn. Außerdem wurde sie mit einer scharfen Klinge beschnitten. Und ihr Angreifer hat eine Haarsträhne entwendet.«

»Woher … woher haben Sie diese Informationen?«

Es klickte.

»Warten Sie! Arschloch.« Sie sah zum Schreibtisch des Chefredakteurs. Der Redakteur fürs Wochenende war auch nicht da. Mist. Sie stand auf, ging auf und ab, setzte sich und stand wieder auf. Ein Zittern setzte ein. Mistmistmist. Sie musste die Informationen verifizieren.

Ertrunken? Was meinte er damit?

Beschnitten?

Die Haare.

Und das Kreuz …

Will er mich auf den Arm nehmen? Woher weiß er davon? Eine Stimme aus der Vergangenheit schlüpfte aus einer zugesperrten Zelle tief im Keller ihrer Seele und wand sich an die Oberfläche …

Entsagst du Satan, dem Vater der Sünde und dem Herrn der Finsternis?

Und allen seinen Werken?

Entsagst du dem Pomp des Bösen und der Herrschaft der Sünde?

Ihr wurde heiß. Schnell wählte sie die Nummer der Pressestelle des Metro Police Department. Ihr Anruf landete beim Anrufbeantworter. Sie hinterließ eine Nachricht und rief im Krankenhaus an. Wie erwartet gaben sie keinerlei Informationen heraus. Sie suchte im Internet nach »Gracie Marie Drummond«, fand eine Facebookseite, aber die war auf privat gestellt – Merry konnte nicht sehen, wer ihre Freunde waren. Auch keine Postings. Es gab ein paar Treffer zu Gracie Marie Drummond in Verbindung mit Chorauftritten der Duneagle Secondary School, aber das war es auch schon.

Sie versuchte es erneut bei der Pressestelle der Polizei. Wieder der Anrufbeantworter. Sie hinterließ eine weitere Nachricht.

Ungeduldig ging sie auf und ab.

Niemand rief zurück. Die Zeit lief ihr davon.

War er wieder da? War das möglich? Sie musste diese Story veröffentlichen. Die Story musste nach draußen, unbedingt. Eigentlich durfte sie das erst, wenn sie die Informationen ihres Kontaktmannes bestätigt hatte. Aber dieser Kontaktmann hatte sie noch nie belogen. Welcher Agenda er folgte, wusste sie nicht, aber bisher waren seine Informationen zu einhundert Prozent korrekt gewesen.

Verzweiflung stieg in ihr auf. Die Sorte zappeliger Verzweiflung, die stets dem Drang nach Befriedigung vorausging. Sie hatte sie seit Jahren nicht mehr verspürt, und sie verstärkte nur noch den körperlichen und geistigen Strudel, den die Erwähnung des Kreuzes in ihr ausgelöst hatte. Die Haare. Sie setzte sich an ihren Schreibtisch und kaute auf der Lippe.

Mit wippendem Fuß öffnete sie Twitter. Auf ihrem privaten Account postete sie regelmäßig Links zu ihrem persönlichen Kriminalblog – die Winston Files. Hier bohrte sie nach, mutmaßte und warf Fragen auf, die sie unter der Federführung der City Sun nicht stellen durfte. Eines Tages wollte sie ihren eigenen Podcast starten. Sie wollte eine Reihe über echte Kriminalfälle machen, wie der berühmte Podcast *Serial*. Es war ein sehr schmaler Grat, auf dem sie sich bewegte, aber bisher hatte die Führungsetage der Sun sie gewähren lassen, weil ihr Blog reißerisch war. Er führte die Leser direkt zur Sun. Und ein Teilauftrag der kränkelnden City Sun bestand darin, sich selbst zu retten und die Leserschaft zu vergrößern, indem sie noch reißerischer und sensationslüsterner wurde. Inzwischen folgten auch andere Journalisten Merrys Blog und ihrem Twitteraccount – Reporter angesehener Radio- und Fernsehnachrichtensendungen. Sie wurde verdammt noch mal zu einem unabhängigen Star der Kriminalszene in den sozialen Medien. So weit hatte sie es von ihrem Leben in Pflegefamilien und auf der Straße gebracht. Das war es, was sie der Welt beweisen musste. Das war ihre Agenda. Einst war sie gezwungen gewesen, sich zu verkaufen, ihren Körper. Für Crystal Meth.

Entsagst du Satan, dem Vater der Sünde und dem Herrn der Finsternis?

Nach der Vergewaltigung hatte sie die Kurve gekriegt. Es war ihr allerletzter Weckruf gewesen. Pastor Markus vom Harbor House hatte ihr geholfen, eine neue Richtung einzuschlagen, und er hatte sie aufgefangen, wenn sie einen Rückfall erlitt. Vermisste Kinder, missbrauchte Frauen, Drogenabhängige, Prostituierte – ja, sie hatte Geschichten zu erzählen und Dinge zu beweisen. Heute verkaufte sie das Unglück anderer Leute. Sie rieb es der Masse der Gesellschaft unter die Nase. Es war ihr Stinkefinger an die Welt, und je aktueller und anzüglicher die Storys waren, desto besser. Sie bezahlten ihre Rechnungen.

Trotzdem zögerte sie …

Entsagst du Satan, dem Vater der Sünde und dem Herrn der Finsternis? Sag es! Sag ja, ich tue es!

Sie schluckte, biss die Zähne aufeinander und fing an, den Tweet zu schreiben.

#FRIEDHOFSMÄDCHEN Gracie Marie Drummond, 16, Schülerin der Duneagle, vergewaltigt @Friedhof, ist verstorben.

Merry zögerte. Schweißperlen standen ihr auf der Oberlippe. Sie fügte hinzu:

Beschnitten. Kreuz im Gesicht. Haarsträhne abgeschnitten.

Sie kniff die Augen zu und versuchte die bruchstückhaften Erinnerungen zu verdrängen, die diese Worte in ihr auslösten. Sie erinnerte sich an seine Augen, die sie durch die Schlitze einer Skimaske gesehen hatte. Und an diese Worte. Er hatte sie genau so gesagt, die Klinge an ihrer Kehle, sein ganzes Gewicht auf ihr. Und sie war zwischen Unkraut und Müll auf dem Boden eines Abhangs aufgewacht, mit einem roten Kreuz auf der Stirn. Mit höllischen Schmerzen. Ohne Hosen. Und eine Haarsträhne direkt über der Stirn hatte gefehlt.

Wut und Angst durchrauschten sie. Sie öffnete die Augen, holte tief Luft und drückte auf ENTER.

Der Tweet war online.

Sie setzte sich an einen neuen Blogeintrag.

Kapitel 12

Der neue Flachbildfernseher an der Wand in Zach Raddisons Büro zeigte den lokalen Nachrichtensender. Zachs Büro lag neben dem des Bürgermeisters, und er hatte die Lokalnachrichten im Blick, während er die Sonntagslieferung des neuen Schreibtischs für den Bürgermeister überwachte. Die City Sun hatte heute auf der ersten Seite einen schockierenden Artikel über einen Angriff auf eine unbekannte weibliche Person auf dem Ross Bay Cemetery gebracht, und die Reporterin – diese kampflustige kleine Merry Winston – hatte bereits das Büro des Bürgermeisters mit hineingezogen, indem sie Killion und die Kriminalstatistik erwähnte und natürlich die vermisste Studentin der University of Victoria, Annelise Janssen. Es war Boulevardschrott und sensationslüsterne Angstmache vom Feinsten, aber Zach wusste aus eigener Erfahrung, wie mächtig diese Sorte angstmachender Schund sein konnte. Er hatte Merry Winston selbst während der Wahlkampagne benutzt und ihr Informationen gesteckt, die den Gegnern schadeten.

Aber jetzt passierte es, während er im Amt war. Und das war ein Problem.

Außerdem hatte es am Morgen einen Polizeieinsatz am Johnson-Street-Kai gegeben, der den Berufsverkehr fast zum Erliegen gebracht hatte. Eine Frauenleiche war im Gorge gefunden worden. Diese Nachricht bereitete Zach besonders Sorgen. Das konnte nicht sie sein, sagte er sich. Trotzdem war er merklich angespannt, während er die hereinkommenden Nachrichten verfolgte.

»Dort drüben, in die Nähe vom Fenster bitte«, instruierte er die Männer, die den Schreibtisch wuchteten.

Der gewählte Bürgermeister Jack Killion würde in gerade einmal zwei Tagen als oberster Gesetzesmacher vereidigt werden, und als sein erfolgreicher Wahlkampfmanager war Zach zum »Sonderberater« ernannt worden, eine Art rechte Hand, deren Hauptaufgabe darin bestand, dafür zu sorgen, dass die Marke Killion sich weiter etablierte und wuchs. Es war eine speziell auf ihn zugeschnittene Aufgabe, die sich im Laufe der Zeit verändern würde.

Sie nannten seinen Vater – Jim Raddison von Raddison Industries – den Königsmacher, und Zach war der Sohn des Königsmachers. Mit Killion hatte er seinen ersten großen Sieg eingefahren. Er hatte sich in den Schützengräben des Wahlkampfs die Hände schmutzig gemacht, und er hatte jede Minute genossen. Er war achtundzwanzig Jahre alt und hatte maßgeblich dazu beigetragen, jemanden ins Amt zu hieven.

Eines Tages würde er der Königsmacher sein.

»Nein, nein, weiter links, wegen des Lichts«, korrigierte Zach. Die Möbelpacker schoben den Schreibtisch herum.

Die von der Macht verdrängte Patty Markham hatte das Büro mit einer weiblichen Note eingerichtet. Zach tat etwas dagegen. Er wollte Killion als echten Kerl zeigen. Als Macher. Als Geschäftsmann und Innovator, der kein Blatt vor den Mund nahm.

Das Büro war gestrichen worden und es hingen neue Bilder an den Wänden – klare Schwarz-Weiß-Fotografien von Victorias Architektur aus dem 19. Jahrhundert bis hin zu Gebäuden, die sich wie Ray Norton-Wells' Hafenkomplex noch im Bau befanden. Die Aufnahmen waren von einem sehr guten Fotografen gemacht worden und sie demonstrierten Macht. Die Vergangenheit und die Zukunft. Kontrolle. Wachstum. Jobs. Das und Killions Null-Toleranz-Strategie in Sachen Kriminalität hatte sie hinter diese Bürotüren befördert. Jetzt hatten sie vier Jahre Zeit, um sich zu beweisen und die Ergebnisse zu verbessern, denn Killions Ziel war weit mehr als das Bürgermeisterbüro. Er schielte nach den politischen Bällen der Provinz, später auf Bundesebene, und Zach hatte vor, ihn den ganzen Weg über zu begleiten.

Auf einmal lief BREAKING NEWS als Laufschrift über den unteren Bildschirmteil. Das Bild schaltete zur Moderatorin im Studio. Zach wurde still und merkte, wie sein Herz schneller schlug.

»Vorsicht, liebe Zuschauer: Die folgenden Informationen sind nichts für schwache Nerven. Sie könnten auf manche Zuschauer verstörend wirken«, sagte sie. »Die junge Frau, die letzte Nacht Opfer eines sexuellen Übergriffs auf dem Ross Bay Cemetery wurde, ist an ihren Verletzungen gestorben. Sie wurde als die sechzehnjährige Gracie Marie Drummond aus Fairfield identifiziert, eine Schülerin der Duneagle Secondary.«

Was zum Teufel …?

Zach schnappte sich die Fernbedienung und stellte lauter. Das war nicht gut, überhaupt nicht gut. Er bekam kaum mit, wie sich die Möbelpacker verabschiedeten. Seine ganze Aufmerksamkeit galt den Nachrichten.

»Die Todesursache ist laut ihrer Mutter Lorna Drummond, die nach einer irritierenden Twitter-Nachricht einer Kriminalreporterin von VNN-Reportern kontaktiert wurde, seltsamerweise Ertrinken. Die Metro Police kommentiert das Geschehen mit Hinweis auf die laufenden Ermittlungen nicht weiter. Lorna Drummond hat VNN gegenüber jedoch bestätigt, dass ihre Tochter unter Wasser gedrückt wurde, im

Genitalbereich verstümmelt oder genauer gesagt beschnitten wurde und dass ihr der oder die Täter mit einer Klinge ein Kreuz in die Stirn geritzt haben. Außerdem hat der Täter Haare des Opfers abgetrennt.« Ein Schulfoto von Gracie Drummond wurde oben rechts eingeblendet.

Zach starrte auf den Fernseher. Sein Magen krampfte sich zusammen.

»Drummond wurde bewusstlos und blutend auf dem Ross Bay Cemetery unter einer Statue der Jungfrau Maria abgelegt, und das alles in einer der kältesten Nächte seit Beginn der Wetteraufzeichnungen …«

Zachs Mobiltelefon klingelte. Er nahm ab, während er auf den Fernseher starrte. »Ja?«

»Siehst du die Nachrichten?« Es war Killion.

»Ich sehe es.«

»Wir müssen die Sache erledigen. Bevor sie uns erledigt. Bevor uns dieses ganze Null-Toleranz-Ding gleich am ersten Tag um die Ohren fliegt. Was ist dieser Leak auf Twitter, von dem sie faseln?«

»Ich … weiß es nicht.« Zach ging zu seinem Computer und rief seine Twitter-Lesezeichen auf. Scheiße.

»Sie ist das«, sagte er leise. »Merry Winston von der Sun. Heute Vormittag um Viertel vor zwölf hat sie den Tweet abgesetzt.«

Kapitel 13

Der Tod, der große Gleichmacher.

»Da draußen tobt ein richtiger Medienshitstorm«, murmelte Leo an seinem Zimtkaugummi vorbei, während die Laborassistenten die Wasserleiche wogen. Er sah Maddocks an. »Das haben Sie mitbekommen, oder?«

Maddocks nickte.

Es war noch keine sechs Stunden her, dass die Leiche aus dem Gorge gezogen worden war, und trotzdem waren sie schon hier im Leichenschauhaus, um vier Uhr nachmittags an einem Sonntag. Der Raum war kalt und fensterlos, überall gefliest und hatte Tische, Waschbecken und Fliesenspiegel aus Edelstahl. Unbarmherzige Neonleuchten summten über ihren Köpfen. An der Wand standen reihenweise Vitrinen mit Glastüren, in denen die nötigen Instrumente für diese Tätigkeit lagerten – Knochensägen, Einmalschutzmasken, Ausrüstung. Einst weiße und mittlerweile mit rotbraunen Flecken übersäte Kittel hingen an einer Garderobe neben der automatischen Tür, die mit einem Zischen aufging.

Der Geruch in diesem Raum war typisch für alle Leichenschauhäuser, fand Maddocks. Es roch nach rohem Fleisch, Blut, Formaldehyd und Desinfektionsmittel und erinnerte ihn an eine Schlachterei, die er als Junge mit seinem Großvater besucht hatte.

In diesem Zuständigkeitsbereich wurde eine Obduktion üblicherweise innerhalb von achtundvierzig Stunden nach Todeseintritt durchgeführt. Aber bei diesem Fall wurde Druck gemacht. Das Büro des Rechtsmediziners unterstand dem Generalstaatsanwalt, und wegen der Berichte im Fernsehen, des möglichen Lecks im Metro Police Department, eines nervösen Polizeichefs und des Drucks seitens des neuen Bürgermeisters und des Police Boards hatte die stellvertretende Generalstaatsanwältin persönlich angeordnet, diese Obduktion so schnell wie möglich durchzuführen.

Wenn sie behördlich angeordnet war, musste kein Verwandter sein Einverständnis für die Obduktion geben. Außerdem wussten sie sowieso noch nicht, wen sie informieren sollten. Nicht, bis sie die Plane öffneten und auspackten, was im Grunde ein Tatort war. Maddocks und Leo waren als Zeugen anwesend und um die Beweise in Empfang zu nehmen, die bei der Obduktion zutage traten. Allerdings wussten sie bereits, dass es sich bei der Leiche nicht um die vermisste Studentin Annelise Janssen handelte, wie die Zeitung spekuliert hatte.

Die Janssens hatten der Polizei Kopien ihrer zahnärztlichen Unterlagen sowie DNS-Proben zur Verfügung gestellt, als sie ihre Tochter als vermisst gemeldet hatten. Annelise Janssen, das zeigten die Unterlagen, hatte bisher nur sehr wenige zahnärztliche Behandlungen gebraucht und keine kosmetischen Eingriffe gehabt. Die lippenlose Leiche mit ihrem freigelegten Kiefer hatte hingegen intensive Zahnbehandlungen hinter sich, sowohl kosmetischer Art als auch Zahnersatz – eine Brücke, Implantate der Schneidezähne und Keramikfüllungen in fast allen Zähnen. Ihr Gebiss war einst eine Baustelle gewesen.

Dr. Barb O'Hagan stellte Musik an. Sanfte Celloklänge erfüllten den sterilen Raum, während sie am Untersuchungstisch ihr Mikrofon testete und Notizen machte. Sie verglich die Daten auf dem Leichensack mit der Genehmigung, um sicherzugehen, dass sie die richtige Leiche hatte. Unter ihrer Einmalschürze aus Folie trug sie große grüne OP-Kleidung, dazu Überziehschuhe. Die Sektionsassistenten hatten sich Atemgeräte aufgesetzt. O'Hagan nicht. Maddocks kannte Pathologen wie sie – alte Schule. Sie wollten ihre Nase benutzen. Geruch war ein wichtiger Faktor bei einer Obduktion. Er sagte einem viel.

»Jeder könnte das Leck sein«, sagte Leo, als O'Hagan mit einem Schnappen die Gummihandschuhe anzog.

Der Reißverschluss des Leichensacks wurde heruntergezogen. Sie sahen zu, wie die Assistenten den in Plastikfolie gehüllten Leichnam mit dem zerfetzten Kopf und den langen, nassen Haaren anhoben und auf den Edelstahltisch legten, der leicht geneigt und mit fließend Wasser ausgestattet war, um austretende Flüssigkeiten in den Abfluss an seinem Ende wegzuspülen. Leo wandte den Blick von dem Kopf ab und rieb sich Wintergreen-Öl unter die Nase. Er bot Maddocks das Fläschchen an.

»Danke.« Maddocks tupfte sich die Flüssigkeit an die Nasenlöcher. O'Hagan musste die Leiche vielleicht riechen, er aber nicht. Er gab das Fläschchen zurück.

In den dunklen Haaren des Opfers hingen noch Algen. Alles wurde fotografiert, bevor jemand es berührte.

»Vielleicht ja einer der Rettungssanitäter«, meinte Leo. »Oder jemand in der Rettungsstelle, eine der Schwestern. Oder sogar einer der Ärzte. Scheiße noch mal, selbst die Mutter hätte irgendjemandem erzählen können, dass ihre Tochter so verstümmelt wurde. Das macht einen fertig. Man muss es jemandem sagen, verstehen Sie?«

Er war die reinste Quasselstrippe. Maddocks vermutete, dass das Detective Harvey Leos Copingstrategie war, sein Abschottungsmechanismus. Jeder hatte ein, zwei solche

Werkzeuge in seinem Arsenal, aber Maddocks wollte nur, dass Leo endlich die Schnauze hielt.

»Es könnte natürlich auch ein internes Leck sein«, hielt Maddocks kühl dagegen und sah zu, wie die Assistenten den leeren Leichensack darauf überprüften, ob auch nichts beim Transport herausgefallen war.

»Stimmt«, sagte Leo. »Und genau zu dieser Schlussfolgerung werden alle kommen. Schön den Cops eins überbraten. Pallorinos und Holgersens Fall, ich sage Ihnen, die hat voll ins Klo gegriffen. Zuerst die Hashowsky-Schießerei vor fünf Monaten, dann der Tod von diesem Kind und seinen Eltern, und jetzt das? Ich sage Ihnen, wenn Gunnar Köpfe rollen lassen muss, wenn der Ausschuss ein Bauernopfer sucht, dann ist ihr kleiner Knackarsch ein ziemlich gutes Ziel. Sie ist erledigt, vermute ich mal.«

Maddocks sah Leo an. War da ein schadenfrohes Glitzern in seinen Augen? Detective Leo konnte die Kollegin am Friedhofsfall offensichtlich nicht ausstehen. Oder er nutzte sie als Ablenkung von dem schaurigen Anblick vor ihnen auf dem Seziertisch. Oder beides.

O'Hagan sah auf. »Gentlemen, können wir dann anfangen?« Sie hielt Leos Blick stand. Maddocks konnte die Blitze fast sehen. Offensichtlich mochte sie die Ermittlerin. Sie schaltete das Mikrofon über dem Tisch ein, diktierte Zeitpunkt und Datum und kündigte an, dass sie nun mit der vorläufigen äußerlichen Beschau anfing.

Laut äußerte sie ihre Beobachtungen, angefangen beim Kopf, während ihr Assistent den Leichnam aus allen möglichen Perspektiven fotografierte.

»Das recht vertikale Gefälle der Stirn und der Umfang des Kopfes lassen darauf schließen, dass es sich um eine weibliche Person handelt. Ober- und Unterkiefer sind ebenfalls eher klein. Bei Bedarf wird sich der Odontologe die Zahnbehandlungen ansehen, aber auf den ersten Blick sind intensive kosmetische Zahnbehandlungen erkennbar. Der Tierfraß im Gesicht ist ausgeprägt. Vom Fraßbild her vermutlich Salzwasserkrabben, möglicherweise andere Schalentiere und Wirbellose. Der erste Angriffsort war augenscheinlich das weiche Gewebe von Lippen, Augenlidern, Ohren.«

Maddocks trat näher heran, um besser sehen zu können. Leo hinter ihm nestelte herum. Man hörte ein weiteres Mal Kaugummipapier knistern. O'Hagan zog ihre Lupe an einem ausziehbaren Arm heran und betrachtete die trüben, knollenartigen Augen der Leiche genau. Das Cello wechselte in höhere Lagen.

»Petechien«, sagte sie leise und zog die beleuchtete Lupe noch näher. »Winzige Pünktchen. Ganze Ansammlungen.«

Maddocks kannte das Fachwort für die kleinen roten oder violetten Pünktchen – im Grunde Blutungen –, die auftraten, wenn Blut aus den winzigen Kapillargefäßen im Auge austrat. Der Grund für das Platzen der Gefäße war meist erhöhter Druck auf die Halsvenen, wenn die Luftröhre abgedrückt wurde. Petechien waren ein starkes Indiz für Ersticken als Todesursache, ob nun durch Erwürgen, Erhängen oder Ersticken.

»Sieht mir nach mehreren Episoden aus«, sagte sie.

»Sie meinen Zudrücken, Lockerlassen und wieder Zudrücken?«, fragte Maddocks. »Also wie bei Asphyxiophilie, oder wie das heißt? Wie bei Atemkontrolle zur sexuellen Stimulierung?«

»Möglich«, erwiderte O'Hagan. »Petechien allein beweisen keine Strangulierung, und ihre Abwesenheit beweist nicht das Gegenteil. Sie sind einzig und allein ein Hinweis auf erhöhten kephalischen Venendruck. Aber in fünfundachtzig Prozent der Fälle manueller Strangulierung treten petechiale Blutungen auf. Etwa dreißig Sekunden kontinuierlicher Druck genügen.«

Sie justierte das Licht und sah in das andere Auge. »Wenn die Halsschlagadern abgedrückt werden, kann das plötzliche Ausbleiben sauerstoffreichen Bluts im Gehirn und der erhöhte Kohlendioxidgehalt zu Schwindelgefühl und Lustempfinden führen, was die sexuelle Erregung erhöht. Kombiniert mit einem Orgasmus sagt man, der Rausch sei genauso stark wie bei Kokain und ebenso suchterzeugend.«

Das Cello spielte ein Crescendo und wechselte dann zu sinnlichen Flüstertönen, während die Assistenten der Leiche die Haare kämmten. Sie entfernten Algen, andere Pflanzenteile, kleine Tierchen und sonstige Partikel. Alles wurde sorgfältig in Tüten verpackt und dokumentiert. Die Fauna und Flora in ihrem Haar konnte hilfreich sein, um das Postmortemintervall, kurz PMI, zu bestimmen. Außerdem gaben sie Hinweise darauf, wo sie ins Wasser gelangt und wo sie entlanggetrieben war.

»Hier sind Haare abgeschnitten worden«, sagte einer der Assistenten auf einmal. »Sehen Sie? Gleich vorn am Haaransatz, in der Stirnmitte.«

Maddocks warf Leo einen vielsagenden Blick zu. Sie wussten beide von Gracie Drummonds Haarsträhne. Man hörte überall in den Medien davon. Die Haarstoppeln wurden mehrfach fotografisch festgehalten.

O'Hagan wandte sich dem Hals des Opfers zu.

»Das Seil, mit dem die Plane an ihrem Hals befestigt war, scheint von derselben Machart zu sein wie das Seil, mit dem der Rest des Körpers verschnürt wurde. Die Knoten sind übereinstimmend.« Sie maß die Länge des losen Endes. »Drei Meter fünfundneunzig vom Sammelknoten an ihrer Kehle.«

»Sieht aus wie Polyesterseil, wahrscheinlich drei Kardeele«, warf Maddocks leise ein. »Typisches Schifffahrtsseil, kriegt man überall zu kaufen. Ich habe erst letztens selbst ein paar Meter davon gekauft. Und die Knoten sehen aus wie Weberknoten.

Jeder Seemann, Kletterer, Pfadfinder und Fischer weiß, wie man mit diesen Knoten Seile verbindet.«

»Sie haben ein Boot?«, fragte Leo.

»Mh-hm.« Maddocks konzentrierte sich auf O'Hagan, die sich der Plane gewidmet hatte und nach äußerlichen Spuren suchte – Haare oder Fasern. Auf einmal griff sie nach einer Pinzette und entfernte vorsichtig etwas Winziges aus einer Seilfaser an einem der Knoten.

»Sieht aus, als steckten einige Haare in den Knoten und den groben Fasern des Seils.« Sie holte ihre Lupe heran und fing an, jedes einzelne Haar zu entfernen und zu begutachten. »Einige bis zu zwei Zentimeter lang. Manche eher blond, andere dunkelbraun. Ein weißes Haar. Gröber.« O'Hagan schwieg eine Weile. »Ziemlich viele. Nicht menschlich. Eher äußeres Fellhaar eines Tieres. Und dann noch weiches, feineres Fellhaar.«

»Von Hunden? Katzen?«

»Das wird uns das Labor sagen«, meinte O'Hagan. »Haare bestehen hauptsächlich aus dem Protein Keratin. Jede Tierart hat eine charakteristische Länge, Färbung, Form und Wurzelbeschaffenheit und andere mikroskopische Eigenschaften, anhand derer unsere Forensiker die Art bestimmen können.«

Die Haare wanderten einzeln in Papierumschläge und wurden von den Assistenten beschriftet.

»Könnte helfen, den Tatort zu bestimmen«, überlegte Maddocks. »Zumindest scheint er an Land zu sein. Ich vermute mal, dass es sich nicht um Haare eines Wasserlebewesens handelt.«

Das Cello wurde immer leiser, verstummte fast und ließ vor dem nächsten Crescendo eine Anspannung im Raum entstehen. Die Minuten tickten vorüber. Maddocks fing trotz der Kälte an zu schwitzen. Edelstahlinstrumente klackerten im Waschbecken.

»Hier sind einige Kratzer in der Plane«, sagte O'Hagan. »Könnten Abschürfungen durch das Treiben in der Strömung sein.« Die Kratzer wurden fotografiert und notiert. »Dann drehen wir sie mal um, ja?«

Die Assistenten halfen O'Hagan, die eingewickelte Leiche auf den Bauch zu drehen.

»Die Verletzungen an der Kopfrückseite sind fast vier Zentimeter tief, im Abstand von neun Zentimetern.« O'Hagan zog eine kleine, sich windende Krabbe aus einer der Wunden. Sie war vollgefressen.

»Bis ins Gehirn, verflucht«, kam es von Leo.

Maddocks atmete langsam ein, um ruhig zu bleiben, bereute es aber sofort, weil sich seine Nase mit dem salzigen Todesgeruch dieser Frau und dem der Leichenhalle füllte.

Wieder wurden Fotos gemacht. O'Hagan arbeitete sich erneut von Kopf bis Fuß vor. Tiefviolette Stellen zeichneten sich unter der Plane ab.

»Leichenflecke?«, fragte Leo.

»Oder Prellungen«, mutmaßte O'Hagan. »Wir werden es gleich wissen, wenn wir sie auspacken.«

Als die äußerliche Beschau beendet war, rollten die Assistenten den Leichnam wieder auf den Rücken.

»Also könnte sie womöglich in ein sexuelles Atemkontrollspiel verwickelt gewesen sein, das gründlich schiefgegangen ist«, sagte Leo leise. »Oder sie wurde einfach nur erwürgt, dann in die Plane gewickelt und irgendwo ins Wasser geworfen. Dann trieb sie mit der Strömung am Boden des Flusses, bis sich schließlich Gase bildeten. Sie kam nach oben, wurde von einer Schiffsschraube ergriffen, ging wieder unter und tauchte erst unter der Johnson Street Bridge wieder auf.«

»Wieso warten wir nicht ab, bis wir sie ohne Plane untersucht haben?«, hielt Maddocks dagegen.

Leo beäugte ihn und schwieg.

»Okay, dann wollen wir mal«, sagte O'Hagan.

Das Cello spielte wütende Missklänge und wurde immer schriller.

»Wenn sie dieses Gejaule nur ausmachen würde«, murmelte Leo und angelte nach dem nächsten Kaugummi. »Yo-Yo Moo oder Ma oder was weiß ich. Sie lässt jedes Mal denselben Schrott laufen.«

Vorsichtig schnitt O'Hagan die dicke, undurchsichtige Plane auf und schlug sie zurück, als würde sie einen Schmetterlingskokon öffnen, um an die Puppe zu gelangen. Eine Puppe, die sich nie in einen Schmetterling verwandeln würde. Die Haut der Toten war weiß und fast durchsichtig, die blauen Venen zeichneten sich ab, ihre Brustwarzen waren klein und dunkelrosa. Durch die linke Brustwarze ging ein goldener Ring.

»Ziemlich gut erhalten, gemessen am Ausmaß des Tierfraßes am Kopf«, stellte O'Hagan fest und legte einen flachen Bauch frei, auf dem die Hände des Opfers gefaltet lagen. O'Hagan schnitt weitere Seilwindungen durch und zog die Plane zurück.

Das Tattoo sprang sofort ins Auge.

Stille breitete sich aus.

»Meine Fresse«, murmelte Leo und trat unwillkürlich näher an den Sektionstisch heran.

Sich windende Schlangen kreuzten sich über dem Unterleib des Opfers – Schlangen aus dem Kopf einer schreienden Medusa, deren offener Schlund mit Reißzähnen direkt über dem rasierten Schamhügel platziert war, als ob sich ihr Mund zur Vagina öffnete und alles, was in ihre Kehle eingeführt wurde, bei lebendigem Leibe verschlang. O'Hagan zögerte und runzelte die Stirn. Eine düstere Vorahnung machte sich breit.

Die Rechtsmedizinerin beugte sich vor und schob vorsichtig mit zwei Fingern die äußeren Schamlippen auseinander, als wollte sie das rosige Fleisch im Mund der Medusa aufdecken.

Die Cellotöne schwanden zu einem Flüstern.

O'Hagan sah mit ernstem Gesicht auf. »Die Klitorisvorhaut, die Klitoriseichel und die kleinen Schamlippen wurden herausgetrennt«, sagte sie leise. »Das Opfer wurde beschnitten.«

Alle starrten die Medizinerin an.

Die Türen gingen zischend auf, was alle zusammenzucken ließ.

»Hey, Doc. Jemand Lust auf einen kleinen Imbiss?« Leo und Maddocks fuhren herum und sahen eine Blondine mit Engelsbäckchen, die einen Snackwagen schob. Die Detectives starrten sie an, als stünde sie für die Außenwelt, die gerade in ihre außerirdische Realität aus Horror, Kälte und Tod gedrungen war.

Der Täufer

Siehe, in Schuld bin ich geboren, und meine Mutter hat mich in Sünde empfangen.
Psalm 51,7

Es ist Sonntagabend, als er drei Rollen Panzerband und eine Schachtel extradünne blaue Latexhandschuhe in den Einkaufswagen im Druggie Mart in James Bay legt. Ihm sind die Handschuhe ausgegangen, dabei hat er gern immer ein Paar in der Hosentasche, wie ein Detective. Früher wollte er Polizist werden. Aber im Bewerbungsverfahren fand er heraus, dass er an einer Rot-Grün-Sehschwäche litt. Normales Farbsehvermögen ist eine der Mindestvoraussetzungen für den Polizeidienst beim Metro Police Department. Bis zu seiner Bewerbung hatte er nicht einmal gewusst, dass er teilweise farbenblind war.

Aber trotzdem hat er gelernt, wie ein Cop zu denken, so wie Polizisten lernen, sich in Verbrecher hineinzuversetzen. Er bleibt vor dem Regal mit den Proteinpulvern stehen und wählt seine Lieblingsmischung. Teuer, aber jeden Cent wert. Sein Körper ist sein Tempel.

Selbstpflege ist ein Zeichen für Selbstachtung, Johnny, mein Junge …

Er läuft mindestens vierzig Wochenkilometer und trainiert an den Fitnessgeräten im Park. Es hilft ihm, scharfsinnig zu bleiben. Konzentriert. Stark. Es gefällt ihm, wie er durch das Training aussieht. Auch den Frauen fällt es auf. Er sieht, wie sie ihn angucken, wenn er mit freiem Oberkörper in der Sonne trainiert.

Er geht zum Kosmetikgang und sucht den Lippenstift, den er haben will – Cherry Blush Red. Dann geht er mit seinen Einkäufen zur Kasse. Der Laden ist gleich an der nächsten Ecke von ihrem Haus, und er geht gern zu Fuß dorthin. Das Auto ist für seine eher privaten nächtlichen Aktivitäten, wenn er größere Dinge transportieren muss, und er hält es sicher in der Garage unter Verschluss.

»Wie geht's der Mutter?«, fragt der Inhaber, Oliver Tam, und fängt an, die Einkäufe zu scannen. Der Druggie Mart ist ein kleines Familienunternehmen, und Tam steht oft selbst an der Kasse. Seine Mutter mag Tam und unterstützt gern die kleinen Geschäfte, die noch nicht von den großen Ketten geschluckt worden sind.

»Gut«, sagt er und legt den Lippenstift auf die Theke, dann das Eiweißpulver. »Schon viel besser.« Aber seine Aufmerksamkeit gilt plötzlich der Schlagzeile auf der Zeitung im Ständer neben der Kasse. Seine Hand bleibt mitten in der Luft stehen.

Gewaltsamer sexueller Übergriff auf Ross Bay Cemetery – junge Frau im Koma

Das ist das erste Mal, dass er die Schlagzeile liest.

Er war gestern bis spät wach. Seine Arbeit hat ihn so geschafft, dass er den größten Teil des Tages verschlafen hat und erst gegen fünf Uhr nachmittags aufgewacht ist. Tam nickt in Richtung City Sun. »Furchtbarer Überfall auf das Mädchen«, sagt er. »So steht es in der Morgenausgabe, aber im Radio haben sie gesagt, dass sie gestorben ist. Sie war erst sechzehn. Ertrunken. Und jetzt verrate mir mal einer, wie das im Krankenhaus geht.« Er schiebt die erste Tüte mit Einkäufen auf das Kassenband. »Sie meinten im Radio, sie sei verstümmelt worden und hätte ein Kreuz mitten auf der Stirn eingeritzt gehabt. Und dann haben sie eine Leiche im Fluss unter der Johnston Street Bridge gefunden. In Plastik gewickelt oder so. Wahrscheinlich diese Vermisste von vor zwei Wochen. Schöner Einstieg in die Weihnachtszeit. Der neue Bürgermeister sollte seine Versprechen lieber halten.«

Er sieht von der Zeitung auf. »Welche Vermisste?«

»Studentin der UVic. Achtzehn. Ist vor zwei Wochen spurlos vom Campus verschwunden. Annelise … Janssen, glaube ich.«

Er nimmt die Zeitung aus dem Ständer, liest den ersten Absatz und betrachtet das Schwarz-Weiß-Bild der zwei Ermittler der Abteilung für Sexualverbrechen genau. Sie sehen im Schneetreiben und im Schein des Kamerablitzes aus wie Gespenster. Hinter ihnen ist ein schemenhafter Wasserspeier in die Wand gemeißelt.

»Die Detectives sehen so gruselig aus wie die Verbrecher, die sie jagen, stimmt's?«, sagt Tam. »Wollen Sie eine?«

»Ja.« Er legt die Zeitung auf den Tresen. »Und eine Packung Menthol Light.«

»Sagen Sie ihr, sie sollte lieber damit aufhören«, schilt Tam lächelnd und greift hinter sich nach der Zigarettenschachtel.

Er erwidert Tams Blick mit seinem breiten, dynamischen Lächeln – ein Lächeln, das Vertrauen in den Leuten weckt. Ob echt oder nicht, sein Lächeln wird von Grübchen begleitet, die in den Köpfen mancher junger Frauen den Verstand ausschalten. Er hat ein eingebautes Radar für diese Sorte Frau. Sie haben irgendetwas … Bedürftiges an sich. »Ich mache drei Kreuze an dem Tag, an dem sie auf mich hört«, antwortet er. »Oh, und ich nehme noch einen Lottoschein mit Zufallszahlen.« Das Schild vor dem Laden besagt, dass der Hauptgewinn diese Woche bis zu fünfzehn Millionen beträgt. Er könnte ein paar Millionen gut gebrauchen, vor allem bei seinem aktuellen Job.

Tam nennt die Endsumme und reicht ihm den Lotterieschein. »Und schöne Grüße an Ihre Mutter.«

»Richte ich aus.« Er nimmt die Einkaufstüten.

Der Weg nach Hause ist stürmisch und kalt. Als er das hübsch angemalte Häuschen seiner Mutter erreicht, das aus dem frühen zwanzigsten Jahrhundert stammt, schüttelt er den Mantel aus und hängt ihn sorgfältig an einen der Haken bei der Tür, bevor er die Tüten auspackt. Dann macht er Feuer, startet eine aufgenommene Folge Coronation Street und setzt sich mit der Zeitung hin.

Also hatte man sie lebend gefunden.

Das hätte nicht passieren dürfen. Er gerät ein bisschen in Panik, weil er dachte, sie wäre tot, als er sie auf dem Friedhof abgelegt hat. Er muss beim nächsten Mal besser aufpassen.

Johnny, Johnny, Schluderjan, kleiner Spanner, Dummerjan, dummes, dummes Kind …

Er steht auf, geht auf und ab und ballt immer wieder die Fäuste. Dann nimmt er wieder die Zeitung und liest den Artikel weiter. Er achtet genau auf die Namen der Ermittler. Angie Pallorino und Kjel Holgersen. Er versucht, ihre Namen laut auszusprechen. *Kjell? Ke-jel? Kjehl?*

Angie. Der ist einfach.

Ein Machtgefühl durchströmt ihn, Erregung.

Dann wollen wir mal, ihr Detectives … Johnny kriegt ihr nicht, Johnny ist zu schnell, keiner kriegt Johnny, Spanner-Johnny, weil Johnny schon seit Jahren seinen Spaß hat …

Aber mittlerweile ist mehr daraus geworden als nur Spaß. Es ist eine Berufung. Er verfolgt nun ein höheres Ziel.

Rette die bösen Mädchen, Johnny … mach gute Mädchen aus ihnen, Tommy …

Er greift nach dem neuen Lippenstift, zieht die Kappe ab und trägt ihn sorgfältig auf seine Lippen auf. Dann entfernt er das Plastik vom neuen Päckchen Mentholzigaretten, steckt eine in den Mund, zündet sie an und legt sie auf dem Rand des Aschenbechers auf dem Tisch ab, wo sie vor sich hin qualmt und ihr schmaler Rauchfaden zur Decke steigt. Atmosphäre schaffen. Sie erregt ihn. Er holt die Nähkiste von unten und stellt sie auf den Küchentisch. Dann setzt er sich davor und öffnet sie. Es sind Rollen mit buntem Nähgarn darin, Nadeln und Knöpfe. Ein kleines Fläschchen mit Kunstharz. Seine Taschenlampe mit UV-Licht.

Unter dem untersten Kasten liegt die Haarsträhne, für die er gestern zu müde war.

Er holt sie heraus. Ein hübsches Walnussbraun.

Leise summt er vor sich hin und schraubt das Fläschchen mit dem UV-Harz auf. Dann taucht er das Ende des schmalen Büschels darin ein. Der beißende Geruch brennt in der Nase und treibt ihm die Tränen in die Augen. Er leuchtet mit der UV-Taschenlampe auf das Harz, und nach drei Sekunden ist die Spitze der Strähne glatt und glänzend hart. So bleiben die Haare schön zusammen. Bis vor Kurzem hat er seine Trophäen mit Nagellack fixiert, aber dann musste er die Haare irgendwo befestigen, bis der Lack getrocknet war. Das dauerte, und manchmal ging es schief und alles klebte irgendwo fest. Dann hat er im Sportkanal eine Dokumentation über das Fliegenbinden gesehen, wo die Angler UV-Harz für ihre Fliegen benutzten. Mit UV-Harz läuft es wie geschmiert.

Der Geruch des Kunstharzes wird allmählich selbst zum Trigger, ein süßer neuronaler Blitz direkt von seiner Nase in die Leistengegend. Es regt sich bereits etwas dort, und er spreizt die Beine ein wenig, um die Empfindung mehr genießen zu können. Dann nimmt er die Rolle mit hellviolettem Stickgarn aus dem Nähkästchen seiner Mutter und bindet eine winzige Schleife um die fixierte Haarsträhne.

Er streicht die Haare zärtlich über seine Oberlippe. Es kitzelt und fühlt sich seidig an. Er schließt die Augen und ihr Duft erfüllt ihn. Es ist, als wäre sie wieder bei ihm. Er kann sie schmecken, kann ihre dunklen Wimpern sehen, wie sie sanft auf den Wangenhügeln liegen, kann die seidige Beschaffenheit ihrer Haut fühlen. Er stöhnt leise auf. Sein Penis schmerzt fast schon, so steif ist er. Ein zartes Mädchen. Das bestraft werden musste, bevor es gerettet werden konnte …

Der Klang ihrer Stimme vermischt sich mit dem Mentholgeruch der Zigarette und der Musik zu Coronation Street im Fernsehen …

Du musst die Mädchen retten, Johnny …

Johnny ist ein böser Junge. Kleiner Lüstling, Johnny, kleiner Spanner … böser Junge, Johnny, guckt den guten Mädchen was ab, will die Mädchen … da müssen wir wohl schrubben, Johnny …

Sein Atem wird flach. Sein Gesichtsfeld engt sich ein. Ihm wird schwindlig, so schnell pocht sein Herz. Er springt auf, wirft dabei den Küchenstuhl um und eilt ins Bad, wo er nach dem Peelinghandschuh greift. Er streift ihn sich über, öffnet seine Hose und legt die Hand auf sein bestes Stück. Dabei betrachtet er seine Augen im Spiegel. Fotos der nackten Gracie kleben am Rand des Glases. Er fängt an, den Handschuh auf und ab zu schieben, auf und ab, passend zu ihren Worten, fester, fester, schneller, aus Schmerz wird unerträgliche Lust … *Schrubben, schrubben, schrubben … bis Johnny sauber ist …* Seine Augen füllen sich mit Tränen vor Schmerzen, vor Lust. Wie eine Eisenfaust. *Schrubben, schrubben, schrubben …* Er verliert sich im Violett …

Kapitel 14

»Schlechter Zeitpunkt?«, fragte die Apfelbäckchenfrau mit dem Snackwagen.

Maddocks räusperte sich und sah O'Hagan an. Der unausgesprochene Subtext – das Echo des sogenannten Friedhofsmädchen-Falls – lag schwer in der Luft. Die Ärztin sah auf die Uhr und schaltete ihr Mikrofon ab.

»Das hier wird ein Weilchen dauern«, sagte sie. »Wie wäre es mit einer kleinen Pause, bevor wir sie öffnen? Fortsetzung in, sagen wir, einer Dreiviertelstunde?«

»Gute Idee«, sagte Maddocks leise und sah auf die Uhr. Heißes Adrenalin pochte ihm in den Adern. »Ich muss Buziak auf den neuesten Stand bringen. Leo, versuchen Sie jemanden aufzutreiben, der ein paar Überstunden machen und in den Datenbanken nach einem Treffer zur Medusa fahnden will. Es könnte sein, dass dazu etwas im System steht.«

Und Jack-O war noch im Auto. Er musste unbedingt einen Hundesitter finden, solange er an diesem Fall war. Der, den er extra für seinen Arbeitsbeginn engagiert hatte, war nicht aufgetaucht.

»Was für Sandwiches haben Sie, Hannah?«, fragte O'Hagan die Frau am Snackwagen, während sie ihre Handschuhe mit einem Schnappen von den Fingern zog und entsorgte. Dann drehte sie den Hahn auf, um sich die Hände zu waschen. Der Wasserstrahl trommelte gegen das Edelstahlbecken.

»Hühnchen mit Mayo, Truthahnsalami und Käse, alles mit Weißbrot. Und einen vegetarischen Wrap, glutenfreies Hummus. Tut mir leid, das ist alles.«

»Immer kommt die Leichenhalle als Letzte dran, was?«, sagte die Ärztin und trocknete sich die Hände ab. »Der Abschaum eben. Der Bodensatz im Keller.«

»Hey, das ist Krankenhausessen. Sie können es sowieso nicht ausstehen, sagen Sie doch immer.«

»Kann ich auch nicht. Ich komme bloß nie hier heraus.«

»Soll ich Ihnen ein Sandwich hier auf den Tresen legen?« Hannah hielt ein verschweißtes Brot hoch.

»Danke, und einen Kaffee. Mit Kaffeesahne und zweimal Zucker. Und ein Snickers. Haben Sie Snickers?«

Leo, der mit seinem Mobiltelefon schnell einige Fotos der Medusa machte, die er ans Revier schicken konnte, runzelte die Stirn. »Da sind jede Menge Kalorien in so einem Riegel, Doc.«

»Es wird eine lange Nacht. Und dieser Job ist körperlich anstrengend, vor allem, wenn man zur Säge greift.«

»Und wie ist es mit den anderen?«, fragte die Snackfrau. »Was darf's sein, Detectives?«

Maddocks zögerte am Wagen. »Äh, ja. Ich nehme die Truthahnsalami.«

Sie reichte ihm ein eingeschweißtes Sandwich. »Geht aufs Haus. Hätte ich sowieso wegwerfen müssen. Und wie sieht's bei Ihnen aus, Detective Leo?«

»Nein danke«, sagte Leo schnell und steckte sein Telefon weg. Er war im Gesicht etwas grün, als er am Snackwagen vorbei in Richtung Ausgang ging. »Ich esse was Warmes oben in der Cafeteria.« Die Automatiktüren glitten zischend beiseite und Maddocks und Leo gingen hindurch.

»Wie kann sie da drin nur essen?«, fragte Leo.

»Geben Sie Bescheid, falls es zur Medusa einen Treffer gibt«, erwiderte Maddocks und lief auf einen Notausgang am Ende des sterilen Kellerflurs zu. Die Leuchtstoffröhren flackerten. Man hörte das Brummen der Klimaanlage und anderer Maschinen.

»Wo wollen Sie denn hin?«, rief ihm Leo nach.

»Zum Treppenhaus. Muss kurz mit dem Hund Gassi gehen. Ich rufe Buziak vom Parkplatz aus an.«

»Sie haben einen Hund? Im Auto?«

Maddocks reagierte nicht darauf und drückte die Türen des Notausgangs auf. Er nahm zwei Stufen auf einmal. Er musste seine Muskeln bewegen und mit jedem tiefen Atemzug den süßlichen Geruch des Todes loswerden. Die Krankenhaustüren entließen ihn in die kühle Luft. Der Schneeregen hatte aufgehört, und Maddocks sog begierig den frischen Sauerstoff ein, während er auf seinen Chevy Impala zuhielt. Er betätigte den Knopf am Schlüssel, öffnete die Tür und spähte hinein. Jack-O hob sein graues Köpfchen.

»Na, alter Mann«, sagte Maddocks und kraulte Jack-O das Fell. »Komm her. Raus mit dir.« Er hakte die Hundeleine ans Geschirr und setzte das Tier in den glitzernden Schneematsch.

Der Hund hoppelte unbeholfen auf drei Beinen voran und pinkelte an den linken Vorderreifen des Impalas.

Maddocks schnaubte. »Siehst du? Jetzt musst du nicht einmal mehr das Bein heben. Hat doch alles sein Gutes.«

Er holte sein Telefon heraus und rief seinen Vorgesetzten an, während Jack-O ihn auf einer kleinen Schnüffelexpedition über den Parkplatz zog.

»Ich bin's, Maddocks, Sir. Könnte sein, dass wir es mit einem Serientäter zu tun haben.« In Kurzform brachte er seinen Chef auf den neuesten Stand, was die seltsamen Ähnlichkeiten zwischen seiner Wasserleiche und dem überall durch die Medien geisternden Friedhofsfall betraf.

Buziak schwieg lange. Maddocks sah an der Krankenhausfront hinauf. In einem Fenster flackerte eine Lichterkette.

»Irgendein Hinweis auf ein Kreuz?«, fragte Buziak.

»Kann ich bisher weder ausschließen noch bestätigen. Die vorläufige äußerliche Beschau hat nichts ergeben. Das Gesicht war zu zerfressen. Vielleicht ergibt die innere Beschau etwas oder die Röntgenbilder.«

Buziak trug Maddocks auf, ihn sofort über neue Erkenntnisse zu informieren, egal zu welcher Tageszeit. In der Zwischenzeit wollte er sich um die Erlaubnis bemühen, eine Sondereinheit einzurichten, und gleich am Morgen einen Einsatzraum besorgen.

Maddocks legte auf und war zum ersten Mal seit langer Zeit wieder voller Energie. Er sah auf die Uhr und hob Jack-Os pummeligen Körper aus dem Schnee. Dann trug er ihn zurück zum Impala und stieg mit ihm ins Auto, legte eine Jacke auf den Beifahrersitz und setzte den Hund dort ab. Der Abend ließ die Temperaturen sinken. Maddocks griff nach der Wasserflasche und der Schüssel, die er am Morgen in den Wagen geworfen hatte, und füllte sie. Dann stellte er sie in den Fußraum vor dem Beifahrersitz. Er wickelte das Sandwich mit Truthahnsalami aus und riss kleine Stückchen ab, mit denen er Jack-O fütterte. Der Hund hatte Mundgeruch und war sichtlich hungrig.

»Also, was ist deine Geschichte?«, fragte Maddocks das Tier zum hundertsten Mal, als würde der dreibeinige Hund eines Tages tatsächlich antworten. »Ich hätte dich John Dog nennen sollen. Wie John Doe, verstehst du?« Der Hund rülpste.

»Ach, vergiss es. So, und jetzt bleibst du ganz brav, ja? Und machst ein schönes Nickerchen?« Maddocks streichelte dem Hund über den Kopf. Verdammt, wenn da nicht sein lustiger kleiner Hundeschwanz gegen den Sitz schlug! Maddocks lächelte. Das war das erste Mal, dass Jack-O mit dem Schwanz wedelte, und es ging ihm näher, als er gedacht hatte. Er hatte eigentlich nicht vorgehabt, einen Hund zu retten, aber eines Nachts hatten sich ihre Wege nun mal gekreuzt, und man konnte sagen, was man wollte, es war ein gutes Gefühl, etwas bewirkt zu haben und zu sehen, wie Jack-O mit dem Schwanz wedelte. Vielleicht war das alles, was man brauchte, um sich als Mensch zu fühlen – die Gewissheit, im Leben eines anderen Wesens etwas bewirkt zu haben.

Er schloss Jack-O ein und ließ die Fenster einen Spalt offen. Noch hatte er genug Zeit, um sich zu Leo in die Cafeteria zu setzen, wo es hoffentlich etwas Wärmeres und Sättigenderes gab als ein altes Sandwich.

Der Gedanke an einen Happen zu essen beschleunigte seinen Schritt in Richtung Krankenhauseingang. Erster Tag in einem neuen Job und er hatte gleich einen Bombenfall erwischt, womöglich sogar einen Serientäter. Inklusive Mediengewitter. Fälle wie dieser konnten einen echten Karriereschub bedeuten, das wusste er aus Erfahrung. Oder einen Karriereknick, aber das würde er nicht zulassen. Hierherzukommen war die richtige Entscheidung gewesen. Das spürte er.

Er würde dafür sorgen, dass das hier lief. Mit Ginny. Mit allem.

Auf dem Weg ins Krankenhaus rief er bei Ginny an, landete aber nur auf der Mailbox. »Hey, Kleine, wollte nur hören, wie dein Tag so war. Tut mir leid wegen heute Morgen. Habe einen richtig heftigen Fall erwischt. Aber wir kriegen das schon hin. Wir ... sollten über Weihnachten, also ... über Weihnachtspläne reden. Ruf mich an, ja?«

Kapitel 15

Angie und Holgersen überquerten auf der blauen Stahlbrücke den Gorge und bogen in das bereits gentrifizierte Viertel am Wasser ein.

Es war 18.07 Uhr abends am Sonntag, und sie waren jetzt seit sechzehn Stunden im Einsatz und durch Koffein und Junkfood völlig aufgedreht. Angie hatte seit Donnerstag kaum geschlafen. Ihr Kopf fühlte sich seltsam an – so leicht und wirr wie ein Bienenstock. Sie bremste ihren Crown Victoria ab, als sie das Wartehäuschen erreichten, wo Gracie Marie Drummond laut dem Busfahrer wie üblich am Samstagabend für ihre Schicht in der Blue Badger Bakery ausgestiegen war.

Zuvor hatten Angie und Holgersen dem Busdepot einen Besuch abgestattet. Sie hatten sich mit dem Leiter unterhalten und den Fahrer der Samstagsroute ausfindig gemacht und ihn anschließend zu Hause aufgesucht. Gary Vaughan, ein altgedienter Fahrer, war schockiert und hilfsbereit gewesen. Angie erinnerte sich an seine Worte, als sie vor dem Wartehäuschen zum Stehen kamen.

Gracie war so ein netter Mensch, immer freundlich, immer ein Lächeln auf den Lippen. Fairfield ist eine meiner ersten Stationen. Ich fahre samstags die erste Nachthälfte. Ja, sie ist gestern an der Bakery ausgestiegen. Doch, ich bin mir sicher.

»Hier ist es«, sagte Holgersen und spähte aus dem regennassen Fenster. »Vaughan meinte, er war gegen 18.37 Uhr am Samstag hier.«

Ich war zu spät. Bin ich hier meistens. Der Fahrplan ist fast nicht zu schaffen bei dem ganzen Verkehr und den ständigen Baustellen. Oder dem Wetter. Bald ist Weihnachten – da sind die Straßen um diese Zeit und am Wochenende besonders voll.

»Also«, sagte Holgersen. »Gracie Marie steigt in den Bus vor ihrem Haus in Fairfield. Sie sitzt auf ihrem gewohnten Platz auf der rechten Seite, in der Nähe der vorderen Tür. Sie hat weiße Ohrhörer im Ohr und hört Musik mit ihrem Handy, wie sonst auch, laut dem Busfahrer.« Holgersen sah Angie an. »Unser Gary Vaughan scheint Gracie ziemlich genau beobachtet zu haben. Was hältst du von ihm?«

»Bin mir noch nicht sicher.« Sie dachte wieder an die Befragung zurück.

Ist noch jemand mit ihr ausgestiegen am Samstag?

Zwei Typen. Nein, es war nur einer. Das mit den zweien war eine Woche davor.

Und der Mann, der am Samstag ausgestiegen ist, ist das ein regelmäßiger Fahrgast?

Ja. Er steigt meistens mit Gracie Marie aus. Scheint von der Arbeit zu kommen. Aber er bleibt für sich. Guckt niemanden an. Klein ist er. Vielleicht fünfzig. Asiatisches Aussehen.

Und der andere Mann von vor zwei Wochen, wie sah der aus?

Eher groß. Durchtrainiert. Dunkle Kleidung. Mütze ins Gesicht gezogen … Ich konnte es nicht richtig sehen.

»Da stehen Laternen – der Bürgersteig ist ziemlich gut beleuchtet.« Holgersen zupfte an seinem Kinnbart. »Irgendetwas ist Gracie zwischen dieser Haltestelle und der Tür vom Badger zugestoßen. Hier ist plötzlich ihr Telefon tot. Die Mitarbeiter rufen an und können niemanden erreichen. *Niente.* In Luft aufgelöst. Bis sie im Ross Bay Cemetery wieder auftaucht, zu Füßen der Statue der Jungfrau Maria.«

Die Techniker hatten den ganzen Nachmittag über versucht, Drummonds Mobiltelefon zu orten, aber ohne Erfolg. Der Akku war entweder leer oder entfernt worden. Sie hatten mittlerweile ihre Anrufliste vom Telefonanbieter bekommen, der sehr kooperativ gewesen war. Ein Techniker sah sie gerade durch. Der nächste Schritt war ein Besuch bei den Drummonds, um zu sehen, welche anderen elektronischen Geräte sie benutzte. Aber die Uhr tickte. Angie ging davon aus, nur noch bis zum Abend Zeit zu haben, um einen Durchbruch zu erzielen, denn am nächsten Morgen würde der Fall vermutlich der Mordkommission zugeteilt werden.

Technisch gesehen war der primäre Tatort der Ort, wo das Opfer gefunden worden war. In diesem Fall war das der Friedhof. Aber eine Tat begann, wo der Verdächtige anfing, seine Absichten in eine Tat umzusetzen, und das schloss alle Orte ein, an denen man Beweisstücke oder Spurenmaterial sichern konnte. Sie hoffte, hier etwas zu finden.

Angie stellte den Motor ab und setzte ihre Mütze auf. Als sie schon die Hand am Türgriff hatte, klingelte ihr Mobiltelefon. Sie sah aufs Display. Ihr Vater. Sie ließ die Mailbox übernehmen und stieg aus.

»Gut, gehen wir es durch.« Angie drehte sich langsam um die eigene Achse und nahm die Umgebung in Augenschein. Es herrschte dichter Nebel, und aus den tiefen Wolken fiel Schneeregen. »Sie steigt hier aus. Und der Bäckerladen ist dort unten am Wasser, um die Backsteingebäude herum.«

»Steht leer«, sagte Holgersen und beleuchtete mit dem Taschenlampenkegel das nächste Gebäude. »Verlassene Gasanstalt aus dem neunzehnten Jahrhundert. Soll bald saniert werden, zumindest laut diesen Plakaten zur Flurneuordnung.«

»Woher weißt du, dass das eine Gasanstalt war?«, fragte Angie.

»Hab ich dir doch gesagt. Ich bin nicht dumm.«

Sie runzelte die Stirn und ließ ihre eigene Taschenlampe alte Schienen beleuchten, die um das Gebäude führten. Die Schwellen waren mit Unkraut bewachsen und teilweise mit Schneematsch bedeckt.

»Drummond läuft also in diese Richtung.« Angie setzte sich auf dem Bürgersteig in Bewegung. Holgersen folgte ihr. »Ihre Schicht fängt um halb sieben an. Der Bus hatte Verspätung, also muss sie sich beeilen. Es ist kalt und windig. Es schneit. Sie hält den Kopf geduckt, hat Kopfhörer drin. Bekommt nichts von ihrer Umgebung mit.«

»Jede Menge Verkehr um die Zeit«, warf Holgersen ein.

»Aber es war stürmisch«, hielt Angie dagegen. »So ein Wetter kehrt die Aufmerksamkeit der Leute nach innen. Die Autofahrer waren vermutlich nur auf die Straße vor ihnen konzentriert.« Sie sah auf die Uhr, als sie die Straßenecke erreichten. »Drummond braucht knapp zwei Minuten von der Bushaltestelle bis hierher.« Sie gingen um die Ecke und standen auf einem sauber asphaltierten Parkplatz mit Laternen, die an die Gaslaternen von früher erinnern sollten. Vor ihnen war der Bäckerladen mit Café und seiner Dachfigur aus blauen Neonröhren im Fenster. Helles, warmes Licht beleuchtete die Kunden an ihren kleinen Tischen. »Und da wären wir.« Sie stiegen die Stufen zur Terrasse hinauf und gingen auf den Eingang zu.

Angie blieb vor den Glastüren stehen. »Außer dass Drummond hier nicht angekommen ist. Irgendetwas ist davor passiert.«

Als Holgersen nach dem Türgriff fasste, hatte sie auf einmal den Impuls, sich umzudrehen und in die Schatten hinter dem Parkplatz zu sehen. Die zwei Backsteingebäude ragten dunkel und unheimlich auf, direkt nebeneinander, die Fenster waren mit Brettern vernagelt. Ein Windstoß wirbelte dichten Nebel vom Fluss auf, und da war sie. Am Eingang der schmalen Gasse zwischen den beiden Gebäuden. Das kleine Mädchen in Rosa. Leuchtend, fast schwebend. Es stand mit dem Rücken zu Angie.

Langsam drehte es den Kopf und sah über die Schulter. Sein weißes Gesicht strahlte im Dunkeln. In seiner linken Hand trug es einen kleinen Korb.

Komm spielum dum Wald … komm runter dem …

Das Kind winkte Angie zu sich. Sie konnte den Sog spüren, als würden unsichtbare Fäden an ihrem Brustkorb ziehen, in Richtung der Schatten. Fast gegen ihren Willen machte sie einen Schritt auf die Erscheinung zu.

»Pallorino? Kommst du?« Holgersen stand da, die Türklinke in der Hand. Musik und Gelächter drangen nach draußen in die Kälte.

»Äh, sofort … Geh ruhig schon mal vor und frag nach, ob jemand Drummond gestern gesehen hat. Du weißt schon, das Übliche – hatte sie irgendwelche Schwierigkeiten, hat sie Ängste geäußert, sich über Kunden beschwert, persönliche Probleme, Querelen mit Kollegen. Ich will nur kurz … dort was überprüfen.« Sie stieg schnell die Treppe hinunter.

»Pallorino!«, rief er noch und fluchte, als sie in der Mischung aus Nebel und Schneeregen verschwand. Sie rannte auf die Gasse zu.

Komm, komm spielum

Das Flüstern in ihrem Kopf wurde lauter, der Sog stärker. Sie wurde immer schneller und rannte schließlich auf den schwarzen Spalt zwischen den Gebäuden zu, während jede Faser ihres Körpers nach Flucht schrie.

Lauf … lauf! … Uciekaj, uciekaj!

Die seltsamen Wörter hallten in ihr wider. Manche hörten sich wie undeutliches Englisch an, wie das Gebrabbel eines Kleinkinds, und sie wollten sie zum Spielen rufen, zu etwas

Schönem. Die anderen waren in einer Fremdsprache, aber sie verstand instinktiv, was sie bedeuteten – *Lauf! So schnell du kannst! Lauf!*

Sie erreichte mit hämmerndem Puls die Gasse. Und blieb wie angewurzelt stehen. Das Kind war auf einmal am anderen Ende – ein weiches, verwaschenes Flimmern in Rosa. Es streckte den Arm erneut aus.

Der Nebel wurde aufgewirbelt, verweht, und das Mädchen war fort.

Angie schluckte. Ihr standen Schweißperlen auf der Oberlippe. Die Schatten wirkten in der Backsteingasse wie Tinte; Ruß und Flechten hatten die Wände geschwärzt. Sie knipste ihre Taschenlampe wieder an. Alte Gleise. Glitzernde Glasscherben. Eine Flasche. Alles teilweise von einer dünnen Schneeschicht bedeckt. Sie ging langsam voran, und Schotter und gefrorener Schneematsch knirschten unter ihren Stiefeln.

Der Lichtkegel der Taschenlampe glitt über Wände und Spalten und ließ die Schatten tanzen. Irgendetwas huschte ihr über den Fuß. Sie schnappte erschrocken nach Luft, leuchtete und ließ instinktiv die Hand zum Pistolenhalfter schnellen. Ein kleines Lebewesen verschwand in einem Abwasserrohr, das in einer Wandnische steckte. Nur irgendein Nagetier. Angie sammelte sich und ging langsam bis zum Ende der Gasse vor, wo sie das kleine Kind gesehen hatte. Der Gang führte auf ein breites, leeres Grundstück. Grasbüschel und Gestrüpp ragten aus dem Schnee. Ein Nebelhorn war vom Wasser her zu hören. Sie ließ den Lichtkegel schweifen. Kein Kind.

Natürlich war da kein Kind.

Jetzt halluzinierte sie schon wie ihre Mutter. Verdammt! Es ging also los. Sie wurde verrückt. Wieso war sie überhaupt etwas hinterhergerannt, von dem sie von vornherein wusste, dass es nur eine Erscheinung war, ein Trugbild ihres Gehirns? Das machte ihr wirklich Angst. Die Tatsache, dass Halluzinationen ihren logischen Verstand so außer Kraft setzen konnten. Sie drehte sich um und wollte schnell in die Wärme und zu den Lichtern des Blue Badger flüchten. Da fiel ihr Blick auf das hintere Ende der Bushaltestelle, wo ihr Auto stand.

Sie machte kehrt und sah in die Gasse hinein. Das hier war eine Abkürzung. Drummond war vielleicht zwischen den Gaswerken hindurchgelaufen. Und hier auf dem leeren Grundstück stand womöglich ein Auto, das über die Nebenstraße am Wasser entlanggekommen war. Nirgendwo gab es Laternen.

Angie ließ den Lichtkegel über den Boden wandern. Wenn hier frische Reifenspuren waren, dann hatte sie der Schnee zugedeckt. Sie ging langsam in ihren eigenen Fußspuren zurück in Richtung der Gasse und begutachtete Zentimeter für Zentimeter des Bodens mit ihrer Taschenlampe. Aber ihr fiel nichts ins Auge. In der Gasse blieb sie kurz stehen und stellte sich vor, sie wäre Drummond, die gerade aus dem Bus gestiegen und von der Haltestelle aus am Flussufer entlanggeeilt war. Die Kleine hatte vermutlich wegen des Wetters den Kopf eingezogen und sich in ihre Jacke gehüllt, den Kragen bis zu den Wangen hochgeschlagen. Die Mütze tief ins Gesicht gezogen. Sie hörte Musik. Wahrscheinlich hatte sie schnell durch diese Gasse gewollt, angesichts der Busverspätung und weil man an so einem dunklen und einsamen Ort instinktiv Angst verspürte.

Wahrscheinlich hatte sie diese Abkürzung jede Woche genommen, schließlich war der Bus laut Vaughans Aussage immer zu spät. Vielleicht wusste das jemand und hatte gestern Abend auf sie gewartet. Also kein Zufallsverbrechen, sondern eine geplante Tat.

Angie senkte den Kopf, als wäre sie Drummond, und ging los. Dabei nahm sie den Boden mit der Taschenlampe genau in Augenschein. Als der Strahl etwas aufglänzen ließ, blieb sie stehen. Ihr Fußabdruck von eben hatte einen kleinen Gegenstand freigelegt. Angie hockte sich hin, streifte Handschuhe über und zog kleine weiße Ohrhörer mit einem abgerissenen Kabel aus dem Schnee. Sie sah auf. Die Wandnische, in die vorhin die Ratte verschwunden war, befand sich genau auf ihrer Höhe. Sie war groß genug für einen Angreifer, wenn er sich gegen die Steine drückte. Er wäre nicht zu entdecken. Vielleicht war er Drummond entgegengetreten oder hatte sie überfallen, nachdem sie vorbeigegangen war. Die Kopfhörer hatte er ihr im darauffolgenden Kampf aus den Ohren gerissen, und dabei war das Kabel kaputtgegangen. Den Verteidigungswunden an Drummonds Leiche nach hatte sie um ihr Leben gekämpft. Aber sie hatte doch bestimmt um Hilfe geschrien?

Angie stand auf und schrie, um die Akustik in dieser Backsteinschlucht zu testen. Ihr Schrei war seltsam flach und wurde von Moos, Flechten und Schnee geschluckt. Selbst wenn Drummond geschrien hatte, im gestrigen Schneesturm und in der Dunkelheit hatte sie niemand gehört. Sie war ganz auf sich allein gestellt. Und vollkommen wehrlos.

»Pallorino!« Holgersens Stimme drang an ihr Ohr. »Hey! Wer ist da?« Eine Taschenlampe hüpfte am Ende der Gasse. Schnelle Schritte, Laufgeräusche waren zu hören. Der Lichtkegel leuchtete ihr ins Gesicht und Angie sah, dass ihr Partner die Waffe gezogen hatte.

Sie hielt die baumelnden Kopfhörer hoch. »Der Busfahrer hat gesagt, dass sie die da eingestöpselt hatte. Und ihre Mom meinte, sie hätte ein iPhone. Das hier sind die Standardkopfhörer von Apple. Wenn man hier durch die Gasse geht, kommt man auf eine brachliegende Stelle, groß genug für ein Auto. Er hat das womöglich geplant. Und hat hier in dieser Nische gewartet. Er wusste, dass sie kommt. Hat sich auf sie gestürzt, ihr die Kopfhörer rausgerissen. Er hat Drummond nicht zufällig ausgewählt, Holgersen. Er hat sie gejagt und in die Falle gelockt.

Sie passte zu seinen Fantasien, und wir müssen herausfinden, wieso.«

»Hast du sie noch alle?« Er steckte seine Waffe weg. »Du hast geschrien! Ich dachte, du wärst in Gefahr. Verfluchte Scheiße. Ich hab dich gesucht, und dann höre ich …«

»Achte mal auf die Akustik hier«, unterbrach sie ihn und sah an den Wänden hinauf. »Klingt alles sehr dumpf. Geh bloß genau auf dem Weg zurück, auf dem du gekommen bist. In deinen Fußspuren, damit hier nicht noch mehr kontaminiert wird. Wir müssen diese Gasse absperren und bewachen lassen, bis die Forensiker morgen früh kommen können. Das hier ist der Tatort der Entführung. Da verwette ich mein letztes Hemd! Los!«

Er fluchte leise und machte kehrt. Sie folgte direkt hinter ihm in seinen Fußstapfen.

»Was haben die Mitarbeiter in der Bäckerei gesagt?«, rief sie ihm nach. »Hast du irgendwas herausgefunden?«

Er blieb stehen, drehte sich um und funkelte sie verärgert und noch voller Adrenalin an. »Ihre Schichtkollegen waren nicht da. Aber der Leiter meinte, dass Gracie ein stilles, freundliches Mädchen gewesen ist. Einfühlsam. In sich gekehrt. Hat nicht viel über Freunde, Dates oder was auch immer geredet. Fleißig. Hat keine Ängste geäußert oder von irgendwelchen Problemen mit Kollegen gesprochen, soweit sie wussten. Sie hat regelmäßig die Abkürzung hier durch die Gasse genommen. Der Schichtleiter für die Nachtschicht ist ein Verfechter der Pünktlichkeit, also nimmt sie lieber diesen Weg anstelle des beleuchteten Bürgersteigs, um drei Minuten zu sparen.«

»Gut. Also können wir …«

»Gut? Verdammt noch mal, Pallorino. Du hast mir einen Riesenschreck eingejagt.«

»Los. Geh weiter.«

Sie erreichten das Ende der Gasse. »Hol das Flatterband aus dem Wagen«, befahl sie ihm. »Ich gebe das hier durch.« Als sie nach ihrem Mobiltelefon griff, klingelte es.

»Pallorino, Metro PD.«

»Vedder hier.«

»Ich wollte Sie gerade anrufen.« Sie formte »Vedder« lautlos mit den Lippen in Richtung Holgersen und scheuchte ihn mit einer Handbewegung fort.

»Wir haben hier etw...«

»Lassen Sie dort alles stehen und liegen.«

»Was?«

»Ich sagte, lassen Sie dort alles stehen und liegen, und ...«

»Aber, Sir. Wir haben hier einen echten Fund gemacht. Ich ...«

»Pallorino, Stopp. Sofort. Hören Sie mir zu?«

»Ja. Sir.«

»Die Mordkommission hat heute Morgen einen neuen Fall bekommen. Eine junge Frau, nackt und in eine Plane gewickelt, schwamm im Gorge. Sie wurde verstümmelt. Und eine Haarsträhne wurde ihr abgetrennt.«

Angie stellte sich schnell unter einen Dachvorsprung. »Kreuz auf der Stirn?«, fragte sie.

»Kann man noch nicht sagen, aber ...«

»Dieser Fall und Gracie Drummond könnten beide mit den Fällen Fernyhough und Ritter zu tun haben«, sagte sie schnell. »Sie können mich jetzt nicht abziehen, Vedder. Ich habe beide sexuelle Übergriffe mit Hash bearbeitet. Ich kenne sie in- und auswendig. Sie dürfen mich einfach nicht abziehen.«

»Verdammt, Pallorino, darf ich mal ausreden? Buziak stellt gerade eine Sondereinheit zusammen.«

»Scheiße«, flüsterte sie und gab einigen Steinen unter dem Schneematsch einen Tritt. Die Mordkommission riss alles an sich.

»Und Sie gehören vorübergehend zu dieser Sondereinheit.«

Durch Angie ging ein Ruck.

»Buziak sieht es genauso: Drummond, Fernyhough und Ritter – sie alle könnten mit dieser Wasserleiche zusammenhängen, und weil Sie die Fälle genau kennen, möchte er, dass Sie sofort zur Obduktion fahren, beobachten und die Einheit über alle Ähnlichkeiten zu den anderen Fällen informieren, die Ihnen auffallen.«

Adrenalin und Aufregung rauschten durch ihre Adern. Ihr Griff um das Telefon wurde fester.

»Chefermittler im Fall mit der Wasserleiche ist Sergeant James Maddocks. Sie werden vorübergehend seine Partnerin sein. Er ist jetzt gerade bei der Obduktion. Die Drummond-Obduktion ist gleich für morgen früh angesetzt.«

»Wer ist Maddocks? Habe ich noch nie gehört.«

»Der Neue.«

»Der Neue? In der Mordkommission?« Ihr Kopf hatte Schwierigkeiten, nachzukommen. »Was soll das heißen, der Neue? Die Stelle wurde bereits vergeben? Wann ist das denn passiert?«

»Es ist nicht meine Einheit, Pallorino. Ich weiß es nicht.«

»Sie haben meine Formulare auf dem Tisch, Vedder, meine Bewerbung. Haben Sie sie weitergeleitet? Ich habe alle vorgeschriebenen Kurse im Justice Institute absolviert und noch mehr. Ich …«

»Jetzt ist der falsche Zeitpunkt, um …«

»Jetzt ist genau der richtige Zeitpunkt. Ich kann mich in diesem Fall beweisen. Das ist meine Chance, einen Fuß in die Tür zu bekommen.«

»Angie.«

Die Erwähnung ihres Vornamens ließ sie ruhig werden.

»Hören Sie, ich halte Sie nicht künstlich hin. Ich habe Ihnen gesagt, dass ich die psychologische Beurteilung sehen muss, bevor ich die Bewerbung weiterleiten kann. Sie müssen einen Polizeipsychologen besuchen, um den Verlust Ihres Partners aufzuarbeiten. Das ist MVPD-Vorschrift, und Buziak wird nicht eine Sekunde darüber nachdenken, Sie permanent in sein Team aufzunehmen, solange der Psychologe nicht grünes Licht gibt. Also, wenn Sie das wollen, dann klemmen Sie sich dahinter. Besorgen Sie sich die Beurteilung.«

Aufregung wurde zu Unbehagen. Eine psychologische Beurteilung – ein Seelenklempner, der herausfand, dass sie Visionen mit einem Kleinkind hatte und süchtig nach anonymem Sex als Bewältigungsstrategie war –, das war das Letzte, was sie gebrauchen konnte. Sie würde ihren Job verlieren, endgültig. Holgersen tauchte mit dem Absperrband auf.

Konzentrier dich.

Sie räusperte sich und bemühte sich, ruhig zu klingen. »Ich glaube, wir haben den Tatort gefunden, wo Drummond zuerst angegriffen wurde. Eine Gasse zwischen dem Blue Badger und der Bushaltestelle, wo sie ausgestiegen ist.«

»Okay, gut. Lassen Sie Holgersen den Tatort absichern und fahren Sie zur Obduktion. Die erste Besprechung der neuen Sondereinheit ist morgen früh um halb acht. Viel Glück. Und Angie …« Er machte eine Pause. »Seien Sie nett. Wenn Sie nett sind, könnte Maddocks vielleicht ein gutes Wort für Sie einlegen, wenn es so weit ist.« Noch eine Pause. »Mord ist nichts für Einzelkämpfer.«

Vedders Warnung war deutlich. Er kannte sie gut und wusste, wie aufbrausend sie sein konnte. Er kannte ihr Temperamentsproblem bis hin zu grenzwertiger Rage. Ihren Hang dazu, allein zu arbeiten. Sie war sich im Klaren darüber, dass ein guter Detective in der Mordkommission ein Teamplayer sein musste und dass Teamarbeit immer ein Problem für sie gewesen war. Schon in der Schule. Im College. Bei ihrem Termin heute bei Vedder hatte sie auch erfahren, dass sie bereits für die ganze Abteilung eine dicke Zielscheibe auf dem Rücken trug.

Sie konnte alles verlieren.

Oder alles gewinnen.

Und irgendein Typ namens Maddocks hatte da ein Wörtchen mitzureden.

Kapitel 16

Das Klackern von Angies Stiefelabsätzen hallte von den Wänden des Kellerkorridors wider. Als Erstes würde sie der Geruch treffen, wenn sie die Leichenhalle betrat, das wusste sie. Der Geruch würde sie nervös machen. Das war mit Krankenhausgerüchen immer so, auch wenn sie nicht wusste, warum. Sie hatte noch nie persönlich schlechte Erfahrungen mit Krankenhäusern gemacht.

Im Handschuhfach hatte sie ein kleines Döschen Eukalyptussalbe gefunden, von damals, als Hash einen schlimmen Husten gehabt hatte. Bisher hatte sie es einfach nicht übers Herz gebracht, Hashs Sachen aus dem Wagen zu räumen. Während sie sich der Tür zur Leichenhalle näherte, öffnete sie das Döschen und rieb sich etwas von der Salbe unter die Nase.

Böser Fehler.

Das Zeug brannte wie die Hölle, und als die Doppeltüren zischend beiseiteglitten, begannen Angies Augen zu tränen. Blinzelnd trat sie ein. Cellomusik untermalte das Klappern und Klingen der ärztlichen Instrumente und das Plätschern des Wassers im Waschbecken. Die Verstorbene lag nackt auf dem Rücken auf dem Edelstahltisch. Ihr Körper war gespenstisch weiß, ihr Kopf war nur noch eine blutige Masse. Die

Kieferknochen lagen bloß, die Augen traten hervor und dunkles Haar hing strähnig herab.

Trotz aller mentaler Vorbereitung traf sie der Anblick wie ein Schock.

Barb O'Hagan war die zuständige Pathologin, was Angie immerhin freute. Die Ärztin sah auf, ein Skalpell in der Hand. Zwei Detectives standen mit dem Rücken zu Angie da. Leos stämmige Gestalt und der weiße Haarschopf waren unverwechselbar. Der Kerl neben ihm war viel größer, etwa eins neunzig, und seine Schultern waren gut doppelt so breit wie Leos. Sein Haar war dicht und glänzte blauschwarz im harschen Neonlicht. Etwas in Angie wurde stockstarr.

»Detective Pallorino hat sich zu uns gesellt«, sagte O'Hagan in ihr Mikrofon und nickte Angie zu.

Die beiden Detectives drehten sich um. Der Blick der indigoblauen Augen traf ihren. Ihr Herz geriet ins Stolpern.

Mr Big Dick!

Groß, dunkel und fast schon schön. Der Mann, den sie letzte Nacht an ein Motelbett gefesselt und nach Herzenslust gevögelt hatte. Er war der Neue bei der Mordkommission? Er hatte, was ihre Zukunft betraf, etwas mitzureden? Ein lautes Klingeln setzte in ihren Ohren ein.

Sie holte tief Luft, musste von der Eukalyptussalbe aber sofort husten. Ihre Augen tränten immer schlimmer, und ihre Nase begann zu laufen. Sie schniefte und hustete wieder.

»Leo, Barb«, brachte sie zwischen zwei Hustenanfällen heraus.

Leo runzelte die Stirn. »Was wollen *Sie* denn hier?«

O'Hagan hob die Hand und schaltete das Mikrofon aus.

Angie wischte sich mit dem Daumen über die Augen. »Tschuldigung. Ich, ähm … habe … was im Auge.« Sie räusperte sich und schniefte wieder. »Ich wurde diesem Fall zugeteilt. Buziak hat mich gerade dem Ermittlerteam zugewiesen.«

Die Musik steigerte sich zu einem Donnern.

Ausdruckslos beobachtete Leo sie. »Das hier ist James Maddocks«, sagte er. »Er leitet die Mordermittlung fürs Erste.«

»Angie Pallorino.« Sie sah auf und begegnete erneut diesen tiefblauen Augen. Hitze strich über ihre Haut. Ihre Sexregeln huschten durch ihre Gedanken.

Schlaf nie mit einem Kollegen. Niemals küssen. Geh zuerst … Behalte die Kontrolle …

Verdammt, im Moment war Kontrolle das Letzte, was sie hatte.

»Der Drummond-Fall ist meiner«, brachte sie heraus und wischte sich mit dem Ärmel über die Nase. »Der Angriff auf sie könnte mit zwei früheren ungelösten Sexualverbrechen in Verbindung stehen, an denen ich mit meinem damaligen Partner Hashowsky gearbeitet habe. Vor drei und vor vier Jahren. Dieselbe Handschrift in allen drei Fällen. Man hat mich gebeten, bei der Obduktion zuzusehen, damit ich eventuelle weitere Übereinstimmungen, basierend auf den älteren Fällen, feststellen kann.«

Detective James Maddocks ließ sie noch immer nicht aus den Augen und hob nun langsam die Hand. Angie ergriff sie. Fester – sehr fester – Händedruck. Große Hände. Die Erinnerung daran, wie er sie in der vergangenen Nacht im Club gepackt hatte, kam hoch. Darauf folgte ein Bild, wie er nackt auf dem Bett lag, die Hände über dem Kopf gefesselt. Die Härchen an Brust, Achseln und zwischen den Beinen waren schwarz wie die Nacht, die Haut weiß wie gemeißelter Marmor. Wie Alabaster … Sein Schwanz, aufgerichtet und bereit. Sie schluckte.

»Freut mich … Sie kennenzulernen, Detective«, sagte er und hielt ihre Hand ein paar Sekunden zu lang fest. Um seinen Mund spielte der Anflug eines Lächelns, doch sein Blick blieb todernst. Nachdem er sie losgelassen hatte, wischte sie sich erneut mit dem Ärmel über die Nase.

O'Hagan sah den beiden zu, tauschte dann einen Blick mit Leo und sagte: »Unter dem Tresen da liegt eine Packung Taschentücher.«

Angie zog eine Handvoll Kleenex aus dem Karton. »Danke. Ich habe eine Salbe benutzt, die Hash in meinem Wagen liegen gelassen hat. Brennt wie die Hölle.« Sie versuchte sich an einem fröhlichen Lachen. »Sein letzter Scherz geht auf meine Kosten, wie immer.«

Scheiße, Scheiße, Scheiße …

Sie stellte sich neben Mr Big D. und bemerkte bei dieser Gelegenheit, dass er einen Ehering trug. Hatte sie es sich doch gedacht. Ihr Magen verkrampfte sich noch mehr. Männer. Da draußen in der Dunkelheit jagten sie im Stillen nach der Befriedigung ihres grundlegendsten Verlangens, über das sie nur wenig oder gar keine Kontrolle hatten. Aber sie konnte sich in diesem Punkt kein Urteil erlauben. Sie jagte schließlich selbst im Stillen.

Die Tatsache, dass er verheiratet war, konnte sich sogar zu ihren Gunsten auswirken.

Es war ein Druckmittel. Sie klammerte sich an diesen Gedanken, versuchte, einen klaren Kopf zu bekommen, und konzentrierte sich auf die Leiche vor ihr. Verblüfft bemerkte sie das Tattoo auf dem Unterbauch und dem rasierten Intimbereich der Frau.

»Du kommst gerade rechtzeitig«, sagte O'Hagan. »Wir wollten sie gerade aufmachen.« Daraufhin schaltete sie ihr Mikrofon wieder ein.

Kapitel 17

Jack Killion schob den Schlüssel ins Schloss und öffnete die Tür. Die Lichter waren gedimmt worden. Kerzen flackerten neben einer offenen Flasche Wein und zwei Gläsern, die auf einem Kaffeetischchen vor den deckenhohen Fenstern standen. Jenseits der Fenster war es dunkel, und die Lichter der Legislaturgebäude funkelten von jenseits der Bucht herüber. Leise Jazzmusik war zu hören.

Er zögerte und spürte, wie sich Spannung zwischen seinen Schulterblättern zusammenballte. Vielleicht sollte er einfach wieder gehen. Diese Sache beenden. Aber dann trat er doch ein und schloss leise die Tür hinter sich.

»Hey.« Sie kam um die Ecke und er fuhr leicht zusammen. Sie nahm ihm die Aktentasche ab, legte sie auf einen Sessel und umfasste dann seine Handgelenke, um ihn für einen Kuss an sich zu ziehen. Sie schmeckte nach Wein.

Als er nicht so reagierte, wie er es sonst immer tat, löste sie sich von ihm, und ihre Augen wurden schmal. »Alles in Ordnung?«

»Ja. Ja, es ist nur …«

»Die Vereidigung am Dienstag? Die Schlagzeilen?«

»Tolles Timing, hm? Dieser ganze verdammte Kram darüber, dass ich die Kriminalität hart bekämpfen werde, könnte sich jetzt rächen.«

»Komm, setz dich. Der Kamin ist an und der Wein offen.« Auf Strümpfen ging sie ins Wohnzimmer voraus und setzte sich aufs Sofa. Sie klopfte auf den Platz neben sich. »Rede mit mir.«

»Joyce, vielleicht sollten wir eine Weile aufhör…«

»Setz dich.« Ihre Miene wurde ernst. »Ich kann helfen, Jack.« Im Bruchteil einer Sekunde konnte sie in den Geschäftsmodus schalten. Hin und her, ganz wie sie gerade wollte. Manchmal fragte er sich, wer wohl die echte Joyce Norton-Wells war und was wirklich in ihrem berechnenden Verstand vor sich ging. »Chief Gunnar hat mich zu Hause angerufen, um mich über die Geschehnisse zu informieren«, sagte sie und griff nach ihrem Weinglas. »Scheint etwas Ernstes zu sein.«

»Verdammt, ja …«

»Nein, ich meine, das ist etwas Großes, Jack.« Sie holte tief Luft und schlug die herrlichen Beine übereinander. »Wir haben es hier vielleicht mit einem Serienmörder zu tun.«

Langsam ließ er sich in einen Sessel beim Fenster sinken. Er wollte – er *brauchte* jetzt etwas Abstand von ihr. Sie beugte sich vor. »Wie du weißt, hat das Büro des Justizministers das Recht, im Voraus über potenziell wichtige oder schwierige Strafverfolgungen informiert zu werden.«

Eine ungute Vorahnung stieg in ihm auf, als er Joyce in die dunklen Augen blickte. Ein Hauch von Erregung funkelte darin. Sie fand durchaus Gefallen an hässlichen Schlachten. Er wusste, dass das, was sie gleich sagen würde, einen Kampf beträfe, der sich drohend vor ihm erhob. Etwas, das er nicht wollte, da er sein Amt mit einer nur sehr knappen Mehrheit antrat.

»Sprich weiter.«

»Wir haben eine schnelle gerichtsmedizinische Autopsie der Leiche angefordert, die heute Morgen im Gorge gefunden wurde. Gerade wird die Leiche untersucht …«

»So spät noch? An einem Sonntag?«

»Es sind außergewöhnliche Umstände.« Sie zögerte. »Bei der vorläufigen äußerlichen Untersuchung ist etwas aufgefallen.«

Sein ungutes Gefühl wurde stärker.

»Ihr wurde eine Haarsträhne abgetrennt.« Sie zögerte. »Und sie wurde beschnitten.«

Er starrte sie an, sein Puls beschleunigte sich.

»Das Metro PD vermutet, dass dieser Fall mit dem der jungen Frau in Verbindung steht, die auf dem Friedhof gefunden wurde, und vielleicht auch mit zwei früheren Sexualverbrechen, von denen die Polizei weiß.« Sie ließ ihn nicht aus den Augen, versuchte seine Reaktion abzuschätzen, sein Stehvermögen angesichts einer solchen Entwicklung. »Ein Triebtäter, ein Ritualmörder, Jack. Jemand, der von Vergewaltigung zu Mord übergegangen ist und der angesichts der beiden letzten, fast gleichzeitig aufgetretenen Fälle sehr schnell voranschreitet.«

»Ich kann so etwas nicht brauchen.«

»Vielleicht doch. Wenn die Polizei den Kerl schnappt – und das wird sie –, dann wird das eine Sensation. Es wird internationales Aufsehen erregen. Gunnar schließt mein Büro von Anfang an mit ein, also wird die Staatsanwaltschaft gut vorbereitet und über alle Fakten der Ermittlung in Kenntnis gesetzt sein. Wir wollen sicherstellen, dass nichts schiefgeht und dass keine Justizlöcher genutzt werden können. Ich arbeite gerade daran, ein Team von Topanwälten für diese Sache zusammenzustellen. Wir können uns keinen Fehler erlauben.«

Er sprang auf, trat ans Fenster und sah hinaus über die Lichter des Hafens. *Seine Stadt.*

»Jack?«

»Das gefällt dir, was? Du *willst* das tatsächlich. Du findest es gut, dass junge, weiße Mädchen in dieser Stadt sexuell missbraucht und ermordet werden, weil du glaubst, es wird deine Karriere pushen und dein Büro ins Rampenlicht rücken, wenn es zum Prozess gegen ihn kommt.«

»Jack …«

»Neunundachtzig Stimmen«, sagte er, noch immer mit dem Blick aus dem Fenster. »Das ist mein Mandat. Das ist mein ›Sieg‹ über Patty Markham. Mehr habe ich nicht. Und den Umfragen zufolge war es meine Null-Toleranz-Politik, was die Kriminalität angeht, die mir diesen kleinen Vorsprung verschafft hat.« Er wandte sich ihr zu.

Sie hatte die Beine unter den Hintern gezogen und betrachtete ihn intensiv. Ihr Aussehen erinnerte ihn ein wenig an Rene Russo. Verdammt sexy auf eine reife Art und Weise, die von Erfahrung und Vertrauen in die eigene Sexualität sprach. Und von Macht. Assistant Deputy Attorney General Joyce Norton-Wells wusste, wie sie Männer mit einem Lächeln und mithilfe ihres Intellekts kleinkriegen konnte. Und manchmal auch mithilfe eines sehr kalkulierten Einblicks in ihr Dekolleté.

Äußerlich gab sie einen gebildeten und unterkühlten Anschein, aber darunter brodelte es. Sie war eine hochintelligente Anwältin, eine Führernatur, eine Aktivistin. War es der Halbschatten ihrer Macht und ihrer Intelligenz, in den er sich so gern hüllte? War es das Gefühl, Teil eines geheimen Teams zu sein? Das Gefühl, dass er zu einem inneren Kreis gehörte und dass sie beide in dieser Stadt noch gewaltig aufsteigen würden? War es der Sex? Der Kitzel, das Skandalöse einer geheimen Beziehung?

Was auch immer es war, es erregte sie beide. Er war ihr schlicht und einfach verfallen.

»Warum glaubst du, dass sie ihn bald schnappen werden?«

»Weil er süchtig ist. Er *muss* diese Sexfantasien in seinem Kopf ausleben. Und sein Verlangen wächst. Wenn die Metro recht hat, dann ist seine Abkühlungsfrist unglaublich kurz. Was bedeutet, dass er schnell weitermachen wird. Und deshalb wird er Fehler machen, die ihn zu Fall bringen werden.« Lächelnd legte sie den Kopf schief. Ein zorniger Stich durchfuhr ihn. »Komm her.«

»Joyce …«

»Nein, hör mir zu. Das hier ist etwas Gutes, Jack. Es ist ein mächtiges Werkzeug. Denk darüber nach. Bring Zach und sein Team dazu, diese furchtbaren Verbrechen so hinzustellen, als wären sie das Erbe von Markhams laxer Kriminalitätspolitik. Sie war zu freundlich zu Obdachlosen, nicht hart genug gegenüber Straßendealern. Sag ihnen, dass genau das dabei herauskommt, wenn der Polizeiapparat korrupt und unfähig ist. Vier Jahre …« Sie hielt vier Finger hoch. »Vor vier Jahren hat die Metro von dem ersten Vergewaltigungsfall erfahren. Dann, ein ganzes Jahr später, der nächste Fall, und immer noch wurde niemand festgenommen. Und jetzt hat man es demselben Wiederholungstäter – falls er es denn wirklich ist – dadurch ermöglicht, zu töten, und das nicht nur einmal, sondern gleich zweimal. Schlechte Aufklärungsraten, die zu weiteren und schwereren Verbrechen führen. Sag deinen Unterstützern, dass genau das der Grund ist, warum sie dich gewählt haben. Du wirst das Chaos, das Markham und Gunnar angerichtet haben, wieder in Ordnung bringen. Das ist deine Rechtfertigung, hart und schnell durchzugreifen und im Polizeiapparat aufzuräumen. Um neue Leute einzustellen, die mit deiner Politik konform gehen. Dann, wenn das Police Department nahe dran ist, den Täter zu fassen, findest du einen Vorwand, um Gunnar abzusägen, und setzt stattdessen Antoni Moreno an seine Stelle, wie du es eigentlich schon die ganze Zeit willst.« Sie schob sich eine dichte Locke hinters Ohr und lächelte. »Dann kann eine MVDP unter Morenos Leitung den Serienmörder festnehmen.«

Er sah weg und atmete tief durch.

»Es ist ein Schlachtplan, Jack«, sagte sie weich. »Man muss einen Schlachtplan haben. So können wir die Dinge anpacken, bevor sie uns überrollen.«

Er drehte sich wieder zu ihr um.

Uns.

»Wir passen gut zusammen«, sagte sie.

Er gab ein abfälliges Schnauben von sich, aber dennoch zupfte ein Lächeln an seinen Mundwinkeln. »Und dann …«, sagte er langsam. »Dann wird ein berüchtigter Triebtäter während deiner Amtszeit als ADAG, als oberster Rechtsberaterin der Regierung, verurteilt.«

Sie neigte den Kopf und grinste ihn verschlagen an.

»Du legst es wirklich darauf an«, fuhr er fort. »Justizministerium. Vielleicht sogar das Ministerpräsidentenamt.«

»Nein, Jack, der Ministerpräsident wirst du werden.« Sie stand auf, kam zu ihm und raffte ihren Rock. Dann setzte sie sich rittlings auf seinen Schoß, legte beide Hände um sein Gesicht und sah ihn mit schief gelegtem Kopf an. »Der Supreme Court reicht mir vollkommen.« Sie drückte ihm ihren warmen, geöffneten Mund auf die Lippen. Hitze sammelte sich in seinen Lenden. »Wir haben noch eine Stunde, bevor ich nach Hause muss«, murmelte sie.

Er strich über die Innenseite ihrer Oberschenkel und traf auf nackte Haut. Er hielt in der Bewegung inne. Sie trug Strapse. Keine Unterwäsche. Er schob die Hand zwischen ihre Schenkel und streichelte über die glatt rasierte Haut. Als sie stöhnte und rhythmisch das Becken wiegte, verschwamm alles vor seinen Augen. Mit zwei Fingern teilte er ihre Schamlippen. Sie waren glatt und warm und feucht, und der kleine Knoten ihrer Klitoris war hart und erregt. Er ließ einen Finger in sie gleiten, massierte sie und suchte nach dem schwer zu findenden G-Punkt, nach der Stelle, die sie sofort zum Explodieren bringen konnte. Sie ließ den Kopf nach hinten sinken, bog den Rücken durch und öffnete die Schenkel noch weiter. Sie beugte die Hüfte, damit er noch tiefer in sie eindringen konnte, und stöhnte vor Lust.

Kapitel 18

Maddocks trat mit Leo und Pallorino in die kalte Nacht hinaus. Seine Gedanken rasten, und das Adrenalin pumpte noch immer durch seine Adern. Und da war noch etwas – eine knisternde sexuelle Spannung, ausgelöst von der Frau, die da so einfach in die Leichenhalle spaziert war und ihn zu Tode erschreckt hatte. Verdammt, wie standen die Wahrscheinlichkeiten für so etwas? Angie war Polizistin? Die Frau, die er unbedingt noch einmal vögeln wollte, die Frau, die er sofort an diesem Morgen angerufen hatte, arbeitete nun mit ihm an einem Fall, den er nicht vermasseln durfte.

Es war schon fast elf Uhr, und die Welt hatte etwas Stilles, Abwartendes. Während sie zu ihren Autos gingen, formten sich Atemwolken vor ihren Mündern. Trotz der frischen Luft hing der Tod noch in ihren Kleidern, in ihrem Haar. Er klebte ihnen in der Nase und auf der Haut. Es war ein Geruch, den die Nacht unmöglich vertreiben konnte, wie Maddocks aus Erfahrung wusste. Unten packten O'Hagan und ihre Assistentin gerade alles zusammen. Nachdem die Pathologin das, was vom Gesicht des Opfers noch übrig gewesen war, von den Knochen geschält hatte, waren auf der Stirn die eingeritzten Spuren eines Kreuzes sichtbar geworden. Dazu kamen die Fesselungsspuren am Hals sowie an den Hand- und Fußgelenken – ante mortem – und schwere vaginale und anale Verletzungen, die dem Opfer offenbar sowohl ante mortem als auch post mortem zugefügt worden waren. Die junge Frau hatte Schlimmes durchgemacht, bevor sie schließlich durch Strangulation gestorben war.

In dem Kokon der Plane hatte O'Hagan darüber hinaus Fragmente von trockenen Blättern und ein paar Erdkörnchen gefunden und etwas, das wie Grassamen aussah. Außerdem hatte man Larven der Goldfliege nachweisen können, was nahelegte, dass die Frau an Land gestorben war und vielleicht auch eine Weile im Freien gelegen hatte, vielleicht unter einem Dach, bevor man sie ins Wasser geworfen hatte. Das alles konnte dabei helfen, den Tatort ausfindig zu machen.

Es war allerdings nach wie vor schwierig, einen genauen Todeszeitpunkt festzulegen, ohne zu wissen, wo sie gestorben war, wegen der extrem kalten Temperaturen in den vergangenen Tagen und Wochen, die den Verwesungsprozess aufgehalten haben könnten. O'Hagan hatte ihnen erklärt, dass es sogar möglich war, dass bei zwei Opfern mit ein und derselben Todesursache unter identischen Umwelteinflüssen eine Leiche fortgeschrittene Anzeichen der Verwesung zeigte, wohingegen die andere kaum Veränderungen aufwies. Fliegenlarven konnten sogar in einen scheintoten Zustand verfallen, wenn die Umstände eine weitere Entwicklung nicht ermöglichten.

Sobald sie den Körper geöffnet hatten, war während der folgenden drei Stunden der Autopsie alles mehr oder weniger nach Protokoll verlaufen. Tox, Serologie, Entomologie, Odontologie und weitere forensische Labortests, mit deren Hilfe die Fragmente untersucht wurden, die nach dem Auskämmen des Kopf- und Schamhaars gefunden worden waren, würden noch etwas dauern, aber sie wurden auf Anfrage des ADAGs beschleunigt durchgeführt. O'Hagan würde bei Tagesanbruch mit Drummonds Untersuchung beginnen und ihnen später am Tag einen vorläufigen Bericht zukommen lassen.

»Hat noch jemand Lust auf ein spätes Bier und ein Steak im Pig?«, fragte Leo und blieb stehen, um sich eine Zigarette anzuzünden. Er sog den Rauch tief in die Lunge, und Maddocks wünschte sich, er hätte nicht mit dem Rauchen aufgehört. Das war immer noch besser als der Gestank nach Tod. Außerdem war er nervös und brauchte ein Gegenmittel.

»Ich nicht«, antwortete Pallorino. »Ich bin seit über zwanzig Stunden wach. Ich brauche Schlaf.« Im schwachen Licht des Parkplatzes sah sie Maddocks an, wandte den Blick dann aber gleich wieder ab. Sie wusste, dass er genau wusste, warum sie so lange nicht geschlafen und was sie getan hatte, als die Meldung vom Friedhofsmädchen reingekommen war. Sie hatte ihn im Foxy Motel geritten.

»Ich muss das auch auf ein anderes Mal verschieben«, sagte er zu Leo.

»Dann sehen wir uns morgen in aller Herrgottsfrühe«, antwortete Leo. »Mein Wagen steht da hinten.« Er zog den Wollmantel noch enger um sich und ging um das Gebäude herum zu einem weiteren Parkplatz.

Pallorino ging auf einen Crown Vic zu, der allein unter einer Straßenlaterne stand.

»Angie?«, rief er ihr nach.

Sie blieb stehen und verharrte einen Moment lang vollkommen bewegungslos mit dem Rücken zu ihm. Die Autoschlüssel klingelten leise in ihrer Hand.

»Wir müssen reden.«

Sie drehte sich zu ihm um. »Ach, wirklich?« Ihre Haut wirkte blass im kalten Laternenschein und sie hatte sich eine enge schwarze Mütze über das dunkelrote Haar gezogen. Die Narbe an der linken Seite ihres Mundes wurde in diesem Licht noch betont und sie wirkte tatsächlich sehr erschöpft. Eine seltsame Mischung aus harter Attraktivität und Verletzlichkeit. Zum Teufel, er stand auf sie.

»Wird das ein Problem werden?«, fragte er und ging auf sie zu.

»Das?«

»Du, ich.« Er zögerte. »Dieser Club.« Der eisige Wind wirbelte feine Eiskristalle umher.

»Es gibt kein du und ich, Detective«, antwortete sie leise. »Das ist nie passiert, okay? Und ich heiße Pallorino.« Sie hielt seinen Blick. Unverwandt.

Er schluckte. Ja, sie machte ihn auf allen Ebenen platt. Womit er seine Antwort hatte – es würde ein Problem werden.

Betont langsam wanderte ihr Blick hinab zu seiner linken Hand. Erschrocken stellte er fest, dass er mit dem Daumen über seinen Ehering gerieben hatte.

»Verheiratet«, sagte sie. »Habe ich mir gedacht.«

»Es ist … nicht so, wie du denkst.«

Sie schnaubte und kam noch einen Schritt näher, sodass sie fast Zeh an Zeh standen. »Wenn du nicht willst, dass deine Frau von deinen außerehelichen Aktivitäten erfährt, Detective Maddocks, dann solltest du die Sache mit ›uns‹ lieber vor niemandem auf dem Revier erwähnen. Oder auch sonst vor niemandem.«

Er sah auf ihren Mund. Er wollte sich vorbeugen, sie küssen und die Narbe mit der Zunge erkunden. Seine Lenden machten sich bemerkbar bei der Erinnerung daran, wie sie nackt auf ihm gesessen hatte, mit hüpfenden Brüsten, zurückgeworfenem Kopf und dem langen Haar, das ihr über die Schultern geflossen war. Langsam und tief holte er Luft. »Ist das eine Drohung?«

»Nenn es, wie du willst.«

Langsam breitete sich ein Lächeln auf seinem Gesicht aus, und er legte den Kopf schief.

»Mach dich nicht über mich lustig«, sagte sie. »Und leg es nicht darauf an – du würdest es bereuen.« Damit wandte sie sich ab und entriegelte ihr Auto. »Ich hätte erkennen müssen, dass du ein Cop bist«, sagte sie noch, als sie die Tür öffnete. »Es war dumm von mir, es nicht zu sehen.« Sie stieg ein und streckte den Arm aus, um die Fahrertür zu schließen, aber er legte die Hand auf den Rahmen.

»Trotzdem hast du mir deine Nummer gegeben. Und deinen Namen.«

Sie sah hoch und begegnete seinem Blick. »Wir sehen uns morgen, Detective.« Dann entriss sie ihm die Tür und schlug sie zu. Der Motor röhrte auf und Auspuffdämpfe stiegen weiß in die Nacht empor.

Maddocks wich zurück, als sie den Motor aufheulen ließ und losraste, wobei sie auf dem Eis leicht ins Rutschen geriet. Sein Atem wölkte ihm um das Gesicht. Er bemerkte, dass ihm das Herz bis zum Hals schlug. Er strich sich übers Haar. Jep, es würde mehr als ein Problem werden.

Kapitel 19

Angie fuhr nach Hause, ihre Nervenenden knisterten wie Elektrokabel. Erst die Halluzinationen und diese seltsamen Worte in ihrem Kopf, die von dem Kind zu kommen schienen. Und jetzt auch noch Mr Big Dick – ihr Vorgesetzter. Ihr zeitweiliger Partner. Ein verdammter Bulle. Ein wütender Drang überkam sie, sofort kehrtzumachen und über den Highway zum Club zurückzurasen, obwohl sie vollkommen erschöpft war. Sie wollte sich das Hirn rausvögeln und bei jemand anderem als Maddocks Dampf ablassen. Sie wollte ihre sexuelle Erfahrung mit ihm überschreiben, frische neuronale Vernetzungen bilden. Ihn aus ihrem Kopf vertreiben, mit jemand Heißerem, Wilderem. Besserem.

Doch da war eine hartnäckige kleine Stimme in ihrem Kopf, die ihr zuflüsterte, dass es niemand Besseren gab als James Maddocks.

James – was war das überhaupt für ein Name?

Hi, ich bin James ... James Bond. Sie machte Musik an. AC/DC. Sie drehte voll auf, spürte den Bass. *You ... shook me ... all night long ...* Sie schlug im Takt mit der Handfläche aufs Lenkrad und spürte das Wummern im Schädel, als sie auf die Wharf abbog.

Sie wohnte in einem dieser neuen »loftigen« Mietswohnhäuser direkt am Gorge, am Rand von Chinatown. »Loftig« war ein Maklerausdruck, der es ihnen erlaubte, ein Vermögen für diese Streichholzschachteln mit gerade mal einem Zimmer einzustreichen. Aber für sie war es okay – sie hatte es nicht weit zur Arbeit, es war eine gute Vermögensanlage, neu, ohne Schnickschnack, leicht wieder zu verkaufen. Außerdem würde sie die Wohnung gut vermieten können, falls sie einmal auf Reisen gehen wollte. Oder … ein eigenes Leben führen oder … so was.

Als sie auf die Dock Street einbog, die zum Wasser hin steil abfiel, traf sie die Erinnerung an Vedders Worte.

Seien Sie nett. Wenn Sie nett sind, könnte Maddocks vielleicht ein gutes Wort für Sie einlegen, wenn es so weit ist … Mord ist nichts für Einzelkämpfer …

Toll. Ganz toll. Sie wartete darauf, dass sich das Tor zur Parkgarage öffnete.

Nach all den Jahren, in denen sie versucht hatte, Teil der Eliteeinheit zu werden, lief es darauf hinaus? Und sie hatte keine andere Wahl als zu kooperieren, denn die Mordkommission war ihr großes Lebensziel – ihr heiliger Gral, hinter dem sie seit sechs Jahren her war, seit sie es zu den Sexualverbrechen geschafft hatte. James' dunkelblaue Augen und das, was er gesagt hatte, fielen ihr wieder ein, während sie in die Garage fuhr.

Wird das ein Problem werden? … Du, ich … Dieser Club …

Sie ballte die Hände um das Lenkrad zu Fäusten. Wahrscheinlich würde in nicht allzu ferner Zukunft der Tag kommen, an dem sie freundlich lächelnd seine Frau begrüßen musste. Diesen Fehler hatte sie in nicht lange zurückliegender Vergangenheit schon einmal gemacht – sie hatte mit einem verheirateten Mann geschlafen. Mit jemandem, der in Beziehung zu ihrer Arbeit stand. Für Angie war es ein Ausrutscher gewesen. Für ihn nicht. Es war schlecht gelaufen, ganz schlecht.

Und viele Menschen waren dabei verletzt worden. Es hatte ihn seine Ehe gekostet. Sie hatte sich geschworen, dass so etwas nie wieder vorkommen würde. Dieser grässliche Fehltritt war der Grund für ihre Sexregeln. Deshalb hatte sie damit angefangen, in den Club zu gehen. Ein guter Fick. Keine Verpflichtungen. Dann war sie zunehmend süchtig nach diesem Kick geworden, nach der latenten Gefahr, dem Geschmack von Macht, sowohl körperlich als auch geistig. Männer auf diese Art zu benutzen fühlte sich irgendwie gut an. Es war eine Art Abrechnung für all ihre perversen Fälle, in denen Männer hilflose Frauen und Kinder verletzten, missbrauchten und benutzten. Es gab ihr Kontrolle. Es war ihr kleines Geheimnis, das sie stark machte.

Aber nun war sie aus dem Gleichgewicht geraten.

Angie parkte in der Lücke, die zu ihrem Apartment gehörte, und fuhr mit dem Lift hinauf in ihre Eckwohnung im obersten Stock.

Ihre Einrichtung war steril. Schwarz, Chrom. Nackte Holzböden. Leicht sauber zu halten. Kein Krimskrams. Keine Haustiere, um die man sich sorgen musste. Keine Pflanzen, die an Vernachlässigung sterben konnten. Sie drehte die Heizung auf und zog Mantel und Mütze aus. Dann die Stiefel. Sie legte ihre Dienstwaffe, das Holster und die beiden Handys auf den Tisch und zog sich das Haargummi heraus.

Sie massierte sich die Kopfhaut, während sie in die Küche ging, ein Glas aus dem Schrank nahm und die Wodkaflasche aus dem Tiefkühlfach zog. Dann goss sie sich einen Schluck des eiskalten Schnapses ein und kippte ihn herunter, bevor sie ihr Glas ein weiteres Mal füllte. Ein, zwei Drinks – oder vielleicht auch vier – würden sie vielleicht so weit betäuben, dass sie ein paar Stunden schlafen konnte, bevor sie sich am Morgen wieder ihrer neuen Aufgabe und Detective Big D. stellen musste. Sie schaltete den Fernseher ein und hörte sich die Nachrichten an, während die Reste der Pasta vom Take-away in der Mikrowelle warm wurden. Es lief eine weitere Berichterstattung über den Drummond-Fall. Als sie sich ihren Teller aus der Küche holte, fiel Angie etwas ins Auge.

Irgendjemand hatte ein Aktenfoto von ihr aufgetrieben, das man im vergangenen Juli aufgenommen hatte. An einem schwülen Abend. Auf dem Bild trug sie ein schlaffes und blutüberströmtes totes Kleinkind in den Armen. Ihr Gesicht war zu einer schmerzverzerrten Miene erstarrt. Ihre Kleider waren blutverschmiert, ihre Hände … Es war der Abend gewesen, an dem Hash gestorben war.

Langsam stellte Angie den Teller ab und ging mit hölzernen Bewegungen zum Fernseher. Sie griff nach der Fernbedienung und drehte den Ton auf.

MVDP Detective Angela Pallorino und ihr neuer Partner Kjel Holgersen haben den Fall des Angriffs am vergangenen Abend übernommen, bei dem Gracie Marie Drummond leblos und blutend auf dem Ross Bay Cemetery gefunden wurde. Die sechzehnjährige Schülerin war sexuell missbraucht und verstümmelt worden … Pallorino, die bereits im vergangenen Sommer in den Nachrichten erwähnt wurde, als …

Sie schaltete aus. Warum zum Teufel musste das sein? Warum verdammt musste die ganze Sache mit Hash wieder hervorgezerrt werden? Bei diesem beschissenen Vierundzwanzig-Stunden-Nachrichtensender ging es doch nur darum, die Rund-um-die-Uhr-Bestie zu füttern. Die Journalisten suchten verzweifelt nach verwertbarem Material. Sie kramten allen alten Mist hervor und versuchten, aus vollkommen unzusammenhängenden Bruchstücken eine Geschichte zu basteln. Vedder hatte recht. Wenn es so weiterging, würde sie tatsächlich als Paradebeispiel für alles fungieren, was beim MVPD schieflief.

Sie hatten jetzt schon ein ernstes Problem mit dem Informationsleck, durch das Daten sickerten, die eigentlich geheim gehalten werden sollten. Und das bei *ihrem* Fall.

Angie kippte den nächsten Wodka und schenkte sich einen doppelten nach. Sie trug ihren Teller und ihr Glas zum Computer, wobei sie an Holgersen dachte – an den Anruf, bei dem sie ihn im Starbucks gesehen zu haben glaubte. Sie dachte daran, wie er es geleugnet und behauptet hatte, Merry Winston würde den Polizeifunk abhören. *Ist aber schon irgendwie süß, die kleine Reporterin. Mit den schwarzen Stachelhaaren und der hellen Haut und so … Hab sie schon mal gesehen …*

Sie hatte einen widerwärtigen Geschmack im Mund. Sie wollte ihre Kollegen nicht verdächtigen, schon gar nicht ihren eigenen Partner. Sie wollte lieber glauben, dass das Informationsleck im Krankenhaus oder unter den Sanitätern oder bei einem ihrer Familienangehörigen zu finden war. Aber es beunruhigte sie alle bei der MVPD, und es weckte ein schwelendes Misstrauen – das Letzte, was sie jetzt brauchen konnten, solange Killion und sein Team den Polizeiapparat im Visier hatten.

Sie würde vorsichtig sein müssen.

Sie fuhr ihren Rechner hoch, schob sich eine Gabel voll Pasta in den Mund und kaute, während ihre E-Mails geladen wurden. Sie ging sie durch. Nichts Interessantes.

Dann googelte sie Gracie Marie Drummond und fand eine Social-Media-Seite. Kluges Mädchen, sie hatte ihre privaten Daten geschützt. Angie konnte weder ihre Posts sehen noch ihre Freunde. Sie würde die Techniker darauf ansetzen müssen. Aus einem Impuls heraus startete sie eine Internetsuche nach »Sergeant James Maddocks«.

Ein paar Bilder und mehrere Nachrichtenmeldungen erschienen: Maddocks bei Pressekonferenzen, Maddocks vor dem RCMP-Revier in Surrey, Maddocks in seiner formellen roten Uniform bei der Beerdigung eines Kollegen. Er sah adrett aus mit dem Stetson und den hohen braunen Strathcona-Boots mit Sporen. Sie scrollte durch die Treffer und nippte dabei an ihrem Drink. Offenbar war er ein hohes Tier bei der Mordkommission auf dem Festland gewesen. In Sachen Rang und Position etwa auf Buziaks Höhe. Er schien unter anderem in einer großen, ressourcenübergreifenden Task Force gearbeitet zu haben, die schließlich die Festnahme eines von Vancouvers berüchtigtsten Serienmördern – dem Schweinefarmer Robert Pickton – erreicht hatte. Angies Neugierde wurde noch weiter angestachelt. Dann war er also vertraut mit großen Verbrechensserien. Und nun war er hier, bei der MVPD, einer kleineren Jurisdiktion, an der Front unter Buziak. Sein Wechsel zum Metro PD war offenbar ein Abstieg.

Sie aß ihre Nudeln auf, während sie ihn in seiner formellen Uniform betrachtete. Es machte ihr zu schaffen, dass sie ihn anziehend fand. Ärgerlich schloss sie die Seite und sah dann nach, ob sie Nachrichten auf ihrem Festnetzanrufbeantworter hatte.

Eine. Von ihrem Vater. Sie drückte auf PLAY.

»Angie, ich versuche schon den ganzen Tag, dich auf dem Handy zu erreichen. Vielleicht bekommst du ja diese Nachricht, wenn du nach Hause kommst. Du musst deine Mutter besuchen. Bald.« Eine Pause. »Sie … ähm … sie *muss* dich sehen. Es fällt ihr sehr schwer, sich einzugewöhnen, und die Krankenschwestern … Versuch einfach, morgen bei ihr vorbeizuschauen, ja?« Ein Räuspern. »Bitte.« Dann ein Klicken, als ihr Vater auflegte.

Sie rieb sich über die Stirn. Es war fast Mitternacht. Zu spät, um ihn zurückzurufen. Sie hoffte, dass es ihrer Mutter gut ging. Sie sah zu der Kiste mit den Besitztümern ihrer Mutter hinüber, die sie neben die Tür gestellt hatte, bevor sie zum Club aufgebrochen war.

Seither schien eine Ewigkeit vergangen zu sein.

Sie stand auf, nahm das Fotoalbum aus der Kiste und trug es zum Sofa. Sie zog die besockten Füße unter sich, als sie sich setzte und den großen Lederband voller Erinnerungen auf der Seite ihres ersten Geburtstags aufschlug. Dann blätterte sie ein paar Seiten vor, zu den Aufnahmen aus Italien. Sie sah auf das Bild von ihnen dreien – ihre kleine Familie vor einem geschmückten Baum. Das Bild, das sich auch ihr Vater gestern angesehen hatte. Es war an ihrem ersten Weihnachten nach dem Autounfall entstanden, der ihr Gesicht entstellt hatte.

Sie berührte sachte die Narbe an ihren Lippen. Auf einmal blitzte es rot in ihrer Erinnerung auf und Schmerz durchzuckte ihren Mund. Sie hörte das Kreischen von Reifen, das Knirschen von Metall. Sie schmeckte Blut. Scharf sog sie die Luft ein – die Bilder, die Gefühle waren so klar, so lebendig, dass sie sich vollkommen echt anfühlten. Mit hämmerndem Herzen stand sie auf und begann, auf und ab zu laufen. War es eine Erinnerung? An den Unfall? Bis zum jetzigen Moment hatte sie im Grunde nichts mehr davon gewusst. Kamen die Erinnerungen nun wieder hoch? Vielleicht getriggert durch den Verlust von Hash und dem Kleinkind vor fünf Monaten? Oder übertrug sie Bilder und Gefühle von diesen schrecklichen Geschehnissen auf die Fotos und die Dinge, die man ihr erzählt hatte? Sie schlang die Arme um sich und zitterte, obwohl die Heizung in ihrer Wohnung auf Hochtouren lief. Angie trat zum Spiegel neben der Tür und starrte ihr Abbild an. Wieder berührte sie mit den Fingerspitzen die Narbe. Ein alter Kinderreim kam ihr in den Sinn.

Spieglein, Spieglein an der Wand …

Dann brachen andere Worte, Geräusche und Bilder über sie herein.

Lauf … Lauf! … Uciekaj, uciekaj! … Ein schriller Schrei … Kämpfen. Dunkelheit. Kälte. Schneeflocken. Eine Frau … Eine Frau, die sie kannte … Wskakuj do srodka, szybko! Sie schrie … Ein Silberblitz … Dann Schwärze …

Angies Atem ging schnell und flach. *Was zum …?* Fühlte sich so eine PTBS an? Oder, schlimmer, wurde sie verrückt? Forderten ihre Gene ihren Tribut?

Sie kehrte zum Fotoalbum zurück und klappte es zu. Doch während sie das tat, rutschte eines der Italienfotos aus der Plastikhülle und segelte zu Boden. Angie hob es auf und wollte es gerade wieder zurückschieben, als ihr die Schrift ihrer Mutter auf der Rückseite auffiel.

Rom. Januar. 1984.

Angie runzelte die Stirn. Sie zog das Weihnachtsfoto heraus – das Bild, das im Dezember nach dem Unfall entstanden war, nachdem sie aus Europa zurückgekehrt waren. Sie drehte es um.

Weihnachten 1987. Victoria.

Das konnte nicht stimmen. Man hatte ihr erzählt, dass sie im Jahr 1986 in Italien gewesen waren. Das war das Jahr, in dem ihr Vater sein Sabbatical genommen hatte. Im März 1986 war es zu dem Unfall gekommen, bei dem ihr Mund aufgeschlitzt worden war. Das Jahr ihres fünften Geburtstags. Soweit sie wusste, waren sie noch vor Weihnachten nach Kanada zurückgekehrt. Auf diesem Bild müsste also »Weihnachten 1986« stehen. Sie nahm ein weiteres der Italienfotos aus der Hülle und drehte es um.

Neapel. Februar. 1984.

Sie brauchte Schlaf. Nichts ergab mehr einen Sinn. Sie ließ das Album und die Fotos auf dem Kaffeetisch liegen, leerte ihr Glas und wollte das Licht ausschalten, doch als sie nach ihrer Smith & Wesson griff, um sie wegzuschließen, sah sie, dass das Handy daneben blinkte. Sie runzelte die Stirn und hörte die Nachricht ab.

»Angie«, sagte eine männliche Stimme. Tief, voll. Samt auf Felsen.

Er.

»Wegen unserer unerledigten Dinge … ich würde sie gern noch erledigen.« Eine Pause. »Ich kann einfach nicht aufhören, an dich zu denken. Ruf mich an.« Er hatte seine Nummer hinterlassen.

Ihr Mund wurde trocken. Sie drückte sich die Hand auf die Stirn. Dann sah sie nach, wann der Anruf eingegangen war. Um 8:35 Uhr an diesem Morgen. Nur Stunden nachdem sie ihn mitsamt seiner Erektion im Foxy Motel sitzen gelassen hatte. Er hatte sie wiedersehen wollen, um wieder mit ihr zusammen zu sein … um zu Ende zu bringen, was sie angefangen hatten …

Und dann hatten sie sich im Leichenhaus wiedergesehen.

KAPITEL 20

Montag, 11. Dezember

Angie betrat die Einsatzzentrale mit ihren Fallakten. Sie trug immer noch Mantel und Mütze. Sie war durchnässt und spät dran. Sie war im Berufsverkehr stecken geblieben, und ihr Kopf dröhnte von zu viel Wodka und zu wenig Schlaf.

»Danke, dass Sie sich auch zu uns gesellen, Pallorino«, rief Buziak, als sie die Tür hinter sich zukickte. Er stand auf der anderen Seite des Raums vor einem Whiteboard, das die gesamte Wandseite einnahm. Er sah aus wie ein kleiner Al Pacino, was Maddocks, der neben ihm stand, nur noch größer wirken ließ.

Eine Gruppe von zwölf Detectives saß vor Buziak, Maddocks und dem Whiteboard. Alle Köpfe wandten sich zu ihr um, und Stille breitete sich im Raum aus. Alles Männer, bemerkte sie. Und alle älter als sie. Ein paar mit Bierbäuchen und müde wirkenden Shirts, mit Ausweiskarten, die ihnen an Tragebändern um den Hals hingen. Die einzige andere Frau, die sie sah, war Bettina, eine ViCLAS-Koordinatorin. Es war Bettinas Job, die Infos durch das Violent Crime Linkage Analysis System laufen zu lassen, um landesweit Verbindungen zwischen Gewaltverbrechen ausfindig zu machen. Sie war Ende fünfzig. Ebenfalls anwesend waren ein Projektassistent und ein junger Analyst.

Angie nickte Holgersen kurz zu, der sich in der Nähe der Tür neben Leo gegen eine Säule lehnte. Der weißhaarige Cop musterte sie lang und unverfroren und murmelte Holgersen dann leise etwas zu. Sie ignorierte ihn und legte ihre Akten auf einen freien Tisch ganz hinten. Nachdem sie sich einen Stuhl herangezogen hatte, streifte sie ihren nassen Mantel ab, hängte ihn über die Stuhllehne und setzte sich.

Die Spannung im Raum war fast greifbar. Bis Weihnachten waren es noch dreizehn Tage, morgen würde eine neue Bürgermeisterregierung vereidigt werden, und von oben wurde Druck gemacht. Sogar Inspector Frank Fitzsimmons, der Major-Crimes-Leiter, war anwesend. Er saß ganz vorn ein wenig auf der Seite. Angie hoffte, dass er nur beobachten wollte, denn sich in eine Ermittlung einzumischen, bedeutete immer Ärger. Fitz fing ihren Blick auf, doch seine Miene blieb ausdruckslos. Er hatte sie nach Hashs Verlust und dem Tod von Tiffy Bennett und ihren Eltern persönlich ins Verhör genommen. Offiziell hatte man sie zwar von jeder Schuld freigesprochen, da man ihr keinerlei Protokollverstoß vorwerfen konnte, aber sie glaubte nicht, dass Fitz das auch so sah. Er gab ihr die Schuld daran, dass einer der besten und dienstältesten Detectives des MVPDs im Einsatz gestorben war. Und damit war er nicht allein. Wahrscheinlich dachte er gerade an das Informationsleck, an das Medienfiasko und an ihr Gesicht auf der Titelseite. Eine ungute Vorahnung senkte sich auf ihre Brust. Sie unterbrach den Blickkontakt und konzentrierte sich auf Buziak.

Er war damit beschäftigt, Fotos der letzten beiden Morde an das Whiteboard zu heften. Dazu gesellten sich auch Aufnahmen von Fernyhough und Ritter. Dann schrieb er mit schwarzem Filzstift »Napfschnecke« auf das Whiteboard und unterstrich das Wort.

»Operation Napfschnecke«, sagte er und wandte sich an die Gruppe. »So nennen wir die Ermittlungen. Dieses Wort hat absolut keine Relevanz für den Fall, und es wird in den Medien nicht erwähnt werden. Es ist unser Team-Kennwort. Detective Maddocks leitet die Ermittlung. Salinger wird als Aktenkoordinator fungieren. Angesichts der sich entwickelnden Medienhysterie und aufgrund der Tatsache, in welch kurzem zeitlichen Abstand die beiden Mordopfer gefunden wurden, müssen wir hart und schnell vorgehen, bevor der Täter ein weiteres Mal tötet.«

Er hielt inne und sah jedem Mitglied der Task Force in die Augen. »Ich will nicht glauben, dass es ein Informationsleck bei uns gibt, doch in Anbetracht der vertraulichen Details, die ihren Weg zur Presse gefunden haben, muss gewährleistet sein, dass nichts, und ich meine nichts, diese Einsatzzentrale verlässt, das nicht direkt durch mich zur Veröffentlichung freigegeben wurde. Niemand spricht mit der Presse, aus welchen Gründen auch immer. Alle Anfragen werden an unseren Pressesprecher weitergeleitet. Die MVPD wird heute Morgen eine Pressekonferenz geben, um Ängste zu zerstreuen und um zu versuchen, den bereits angerichteten Schaden einzudämmen. Habe ich mich klar ausgedrückt?«

Einvernehmliches Murmeln und Nicken.

»Wir folgen einer strikten Befehlskette. Alles landet bei mir, und ich werde Informationen weitergeben und die nötigen Aufgaben verteilen. Wann immer es möglich ist, werden wir morgens um sieben ein tägliches Briefing in diesem Raum abhalten. Dazu wird es ein abendliches Debriefing geben, ebenfalls in diesem Raum, bei dem alle Informationen an die Nachtschicht weitergegeben werden. Ich habe Anweisungen, die Überstundenzahl so gering wie möglich zu halten, ohne dabei die Ermittlungsfortschritte aus den Augen zu verlieren. Was bedeutet, dass wir eine koordinierte Rund-um-die-Uhr-Rotation mit den hier Anwesenden in Gang setzen müssen. Wir werden weitere Ermittler anfordern, falls es nötig wird. Die Uhr tickt, Leute, und die Zeit arbeitet gegen uns.«

Toll, dachte Angie. *Einsparen, aber schnell liefern.* Gunnars Handschrift schimmerte bei dieser Ansprache durch. Ihr Chief knickte unter dem Druck von Killions Wahlversprechen ein, der die Kosten reduzieren, aber gleichzeitig die Aufklärungsraten erhöhen wollte.

»Okay, wir haben zwei Leichen. Weiblich.« Buziak deutete auf das erste Foto am Board. »Gracie Marie Drummond, sechzehn, weiße Hautfarbe, ein Meter siebenundsechzig groß, schulterlanges braunes Haar.« Er ging alle Details durch, die es bisher zu ihrem Fall gab. »Bei Drummond gehen wir vorläufig davon aus, dass sie in Süßwasser untergetaucht wurde, was zu ihrem späteren Ertrinken im Krankenhaus geführt hat. Während wir hier sprechen, wird eine Autopsie durchgeführt.« Er tippte mit dem Filzstift auf das zweite Bild. »Faith Hocking, neunzehn, weiß, ein Meter siebzig, schlank. Ebenfalls langes braunes Haar.«

Was war das denn? Die Wasserleiche war identifiziert worden?

Angie warf Holgersen einen Blick zu, dann Leo und Maddocks. Doch sie waren alle drei auf Buziak konzentriert. Spannung baute sich in ihr auf und das ungute Gefühl verstärkte sich.

Buziak nahm ein weiteres Foto vom Tisch und heftete es an das Whiteboard. »Hocking wurde letzte Nacht anhand dieses Tattoos identifiziert.« Das Bild zeigte die Medusa mit dem Schlangenkopf.

»Scheiße«, fluchte jemand.

»Da würde ich meinen Schwanz nicht reinstecken wollen«, flüsterte jemand anderes in Angies Nähe. Sie fuhr herum und sah ihn scharf an. Er hob nur eine Braue.

»Hocking ist im System. Vor drei Jahren wurde sie wegen Methbesitzes verhaftet, als sie gerade sechzehn war. Der Akte zufolge war sie eine Ausreißerin und lebte, seit sie zwölf war, auf der Straße. Crystal-Meth-Abhängige und Teilzeitprostituierte, um sich ihre Sucht zu finanzieren. Wo sie sich zuletzt aufgehalten oder wo sie gewohnt hat, ist nicht bekannt. Doch damals bei ihrer Verhaftung kam heraus, dass sie öfter in einer Herberge für heimatlose Kinder und jugendliche Drogensüchtige geschlafen hat, einer Einrichtung namens Harbor House auf der Songhee Street. Sie wird von einem Freiwilligen geleitet, Markus Gilani, bekannt unter dem Namen Pastor Markus. Die vorläufige Todesursache für Hocking lautet Ersticken aufgrund von Strangulation. Der offizielle Autopsiebericht und die Laborergebnisse stehen noch aus, aber es gibt bisher einige wichtige gemeinsame Nenner in beiden Mordfällen: Beweise für brutale vaginale und anale Vergewaltigung, gefolgt von präziser genitaler Verstümmelung. Die Klitorisvorhaut, die Klitoriseichel und die inneren Schamlippen wurden in beiden Fällen auf dieselbe Weise entfernt.« Er hielt kurz inne. »Weibliche Beschneidung.«

Ein Raunen erhob sich in der fast ausschließlich männlichen Gruppe.

»Außerdem wurde beiden Opfern mit einer scharfen Klinge das Zeichen eines Kreuzes in die Stirn geritzt und ihnen wurden in der Mitte der Stirn Haare abgeschnitten.« Er tippte sich mit dem Filzstift gegen die Handfläche. »Ein Andenken, eine Trophäe.« Eine weitere Pause. »Wir glauben, dass wir es mit einem Serientäter zu tun haben.«

Weiteres Raunen.

»Dann sind zwei Morde schon eine Serie?«, kam es von einem der Detectives.

»Sucht euch dafür die offizielle Bezeichnung aus, die euch am besten gefällt«, antwortete Buziak. »Aber wir haben es hier mit sexuell motivierten Morden zu tun, die offenbar von ein und demselben Täter ausgeführt wurden. Jemand mit einer sehr einzigartigen Handschrift und mit starken religiösen Andeutungen. Es sind Rituale, die für ihn über bloße sexuelle Gewalt hinausgehen. Außerdem ist es möglich, dass die Fälle Drummond und Hocking mit zwei Vergewaltigungsfällen in Verbindung stehen, die sich vor drei beziehungsweise vor vier Jahren ereignet haben. Allison Fernyhough, vierzehn, und Sally Ritter, sechzehn, wurden beide vergewaltigt, vaginal und anal, beide im Großraum Victoria. Detective Pallorino hat gemeinsam mit dem verstorbenen Hash Hashowsky an diesen Fällen gearbeitet.«

Einige der Männer drehten sich zu ihr um. Angie rutschte etwas auf ihrem Platz hin und her und fragte sich, ob sie da Schuldzuweisungen in einigen Gesichtern erkannte oder ob sie sich das nur einbildete, weil sie sich immer fragen würde, ob Hash vielleicht noch leben könnte, wenn sie die Situation anders eingeschätzt und einen kühlen Kopf bewahrt hätte.

»Was verbindet denn die Drummond- und Hocking-Morde mit den Angriffen auf Fernyhough und Ritter?«, wurde Leos schroffe Stimme von hinten laut.

»An dieser Stelle möchte ich das Wort an Pallorino übergeben. Pallorino?«

Angie stand auf und ging mit den Akten nach vorn. Sie legte sie auf dem Tisch ab, räusperte sich und deutete auf das Foto von Ritter am Whiteboard. Ein attraktives Mädchen mit langem braunem Haar und einer zarten Figur. »Sally Ritter wurde im August vor vier Jahren überfallen, nachdem sie ein Open-Air-Konzert verlassen hatte, um sich im nahe gelegenen Wald zu erleichtern. Nach eigener Aussage war sie stark betrunken. Sobald sie zwischen den Bäumen aus dem Sichtfeld der anderen Konzertbesucher verschwunden war, wurde sie von hinten gepackt. Ihr Angreifer schlang ihr den Arm fest um den Hals und hielt ihr ein Messer an die Kehle. Sie erinnert sich an eine männliche Stimme, an dunkle Kleider und an eine Skimaske. Sie glaubt, dass ihr Angreifer weiß war, etwa ein Meter achtzig groß, schlank und sehr stark. Wahrscheinlich in den Zwanzigern oder Anfang dreißig. Er hat sie tiefer ins Unterholz gezerrt, wo er sie mit dem Gesicht nach unten zu Boden drückte. Während er ihr weiterhin das Messer an den Hals hielt, schob er ihren Rock hoch, riss ihr die Unterwäsche herunter und befahl ihr, nicht zu schreien, weil er ihr sonst die Kehle aufschlitzen würde. Dann fragte er sie: ›Entsagst du dem Teufel, dem Vater der Sünde, dem Prinz der Dunkelheit?‹, und zwang sie dazu, mit ›Ich entsage ihm‹ zu antworten. Dann ist er mit dem Penis von hinten in sie eingedrungen, sowohl vaginal als auch anal, wobei Risswunden entstanden. Ritter war damals sechzehn.«

Angie hielt kurz inne und fühlte Maddocks Blick auf sich. Sie widerstand dem Drang, ihn anzusehen, und konzentrierte sich stattdessen auf die Männer vor ihr. »Dann versetzte er ihr einen Schlag auf den Kopf, mit einem Stein, glaubt sie, woraufhin sie vorübergehend das Bewusstsein verlor. Nachdem sie wieder zu sich gekommen war, ging sie zum Konzert zurück, wo ihre Freunde sie fragten, was sie da im Gesicht hätte. Ihr Angreifer hatte ihr mit rotem, wasserfestem Filzstift ein Kreuz auf die Stirn gemalt und ein Büschel Haare herausgeschnitten.«

Angie heftete ein Foto des roten Kreuzes auf Ritters Stirn an das Board. »Dieses Bild wurde von ihrer Schwester aufgenommen – Ritter hat den Vorfall drei Tage nach dem Konzert gemeldet. Größe, Form und Position des Kreuzes passen zu denen auf Drummonds und Hockings Stirn. Die Haare wurden an der gleichen Stelle abgeschnitten.«

Sie deutete auf das Bild von Fernyhough. »Allison Fernyhough war vierzehn zur Zeit des Angriffs. Sie hat die Tudor Bar in der Innenstadt Anfang September vor drei Jahren verlassen, wo sie mithilfe eines falschen Ausweises Alkohol getrunken hatte. Auf einer ausgestorbenen Straße wurde sie überfallen, ebenfalls von hinten. Der Angreifer schlang ihr den Arm um den Hals und setzte ihr ein Messer an die Kehle. Sie wurde in eine Gasse hinter einen Müllcontainer gezerrt und mit dem Gesicht nach unten auf das Straßenpflaster gedrückt. Auch ihr wurde gesagt, dass sie nicht schreien solle, da ihr Angreifer ihr sonst die Kehle durchschneiden würde. Er riss ihr die Kleider herunter und wiederholte dieselben Worte wie beim letzten Mal: ›Entsagst du dem Teufel, dem Vater der Sünde, dem Prinz der Dunkelheit?‹ Er zwang sie dazu, mit ›Ich entsage ihm‹ zu antworten, und vergewaltigte sie dann auf dieselbe Weise wie zuvor Ritter, bevor er sie bewusstlos zurückließ. Fernyhough konnte sich nicht mehr an viel über ihren Angreifer erinnern – sie räumt ein, dass sie zu viel getrunken hatte und sich nicht wehren konnte. Erst als sie später am Abend wieder zu Hause war und in den Badezimmerspiegel schaute, entdeckte sie, wie er sie gebrandmarkt hatte.« Angie heftete ein Foto des Kreuzes auf Fernyhoughs Stirn an das Board. »Wieder dieselbe Form, Größe und Position. Das Foto wurde von ihrer Freundin aufgenommen. Ritter meldete den Angriff sechs Tage später, vom Haus ihrer Freundin aus, auf das Drängen von deren Mutter hin. Weder Ritter noch Fernyhough wurden nach der Vergewaltigung untersucht. In beiden Fällen war die Kleidung bereits gewaschen worden, und sie glauben beide, dass ihr Angreifer ein Kondom verwendet hat. Wir haben keine Zeugen gefunden, nichts, abgesehen davon, dass beide Opfer aussagten, das Gefühl gehabt zu haben, in den zwei Wochen vor den Angriffen ›von einem Mann verfolgt‹ worden zu sein. Es wurden keine weiteren Überfälle gemeldet. Der Modus Operandi lieferte keine Treffer in ViCLAS, nichts von der Abteilung für Hochrisikotäter, das hätte passen können.«

»Wenn es also derselbe Täter war, wo ist er dann gewesen?«, kam eine Frage aus der Gruppe.

»Vielleicht im Gefängnis. Oder er hat seine Taten woanders begangen, oder es gibt noch weitere Verbrechen, die jedoch nie gemeldet wurden.« Sie sah jedem der Männer und der einen anderen Frau im Raum in die Augen. »Diese speziellen Worte sind Teil des katholischen Taufrituals. Diesen Worten nach zu urteilen, der Kreuze, der Andeutungen auf Sünder, der Tatsache, dass man Drummond ertränkt und dann der Jungfrau Maria zu Füßen gelegt hat, und der Tatsache, dass zwei der Opfer beschnitten wurden – wobei man den Teil der weiblichen Anatomie entfernt hat, der keinem anderen biologischen Zweck dient als dem Erleben von sexueller Lust –, ist es möglich, dass unser Angreifer glaubt, dass er die Mädchen für die Sünde ihrer weiblichen Sexualität bestraft. Oder dafür, dass sie Lustgefühle in ihm wecken. Er …«

Buziak erhob sich mit einer schnellen Bewegung. »Danke, Detective. Lassen Sie uns erst einmal die Fakten sammeln und nicht zu Spekulationen übergehen.« Er schaute auf die Uhr. »Das alles ist noch sehr vorläufig. Wir warten auf die endgültigen Autopsie- und Laborergebnisse. Darunter auch die Ergebnisse, ob das, was man an Hockings Leiche gefunden hat, wirklich Tierhaare und Samenkörner sind. Wir suchen noch nach weiteren entomologischen, botanischen und odontologischen Interpretationen dieser Spuren. Außerdem haben wir Expertenmeinungen über meteorologische Umstände und die Meeresströmung angefordert. Unsere Kriminaltechniker werten die Ergebnisse der Befragungen aus, die um den Ross Bay Cemetery durchgeführt wurden. Dazu gehört auch Bildmaterial einer Sicherheitskamera eines 7-Eleven-Supermarkts auf der gegenüberliegenden Straßenseite. Und wir befragen die Belegschaft des Blue Badger und die Anwohner der Region.«

Stühle wurden zurückgeschoben und die Detektives sammelten sich um Buziak, während dieser die Aufgaben verteilte.

»Leo, Sie und Holgersen gehen zum Harbor House. Prüfen Sie nach, ob uns irgendjemand mehr über Faith Hocking erzählen kann. Und nehmen Sie die hier mit.« Buziak reichte Holgersen einen Stapel Flyer mit Faith Hockings Fahndungsfoto. »Vielleicht hat sie ja irgendjemand in letzter Zeit gesehen. Maddocks, Sie und Pallorino machen sich auf zur Leichenhalle und sehen nach, was O'Hagan über Drummond hat.« Wieder warf er einen Blick auf seine Uhr. »Danach statten Sie Drummonds Zuhause einen Besuch ab und finden heraus, was ihre Lebensumstände uns verraten. Ich werde Streifenpolizisten mit Fragebögen schicken, damit sie die Anwohner der Gegend befragen. Vielleicht finden sie jemanden, der mit demselben Bus gefahren ist.«

Fitz sagte nichts, überwachte nur alles wie ein dunkler Falke von seiner Ecke aus.

Stimmengewirr wurde laut.

Buziak klopfte mit einem leeren Wasserglas auf den Tisch. »Zuhören.« Die Stimmen verstummten.

»Wir klären etwa fünfundachtzig Prozent der Mordfälle in diesem Land auf, und dafür gibt es einen einfachen Grund: Die meisten Menschen werden von jemandem getötet, den sie kennen. Wenn wir es aber mit einem fremden Täter und einem fremden Opfer zu tun haben, dann ist die Verknüpfung von Täter und Opfer gekappt. Finden Sie diese Verknüpfung, dann finden wir ihn.«

Fitz erhob sich von seinem Platz und trat zu Buziak ans Whiteboard. Er war zwar so groß wie Maddocks, aber genauso schmal wie Buziak. Hakennase. Langes Gesicht. Sinnlicher Mund. Überschattete, schwermütige Augen, hinter denen sich ein messerscharfer Intellekt verbarg.

Eine schwere Stille senkte sich herab.

»Statistisch gesehen wird dieser Täter noch einmal zuschlagen, und zwar bald, wenn das Zeitschema der Hocking- und Drummond-Fälle etwas zu sagen hat«, erläuterte Fitz in seiner merkwürdig hohen Stimme. »Das werden wir nicht zulassen.« Er hielt inne. »Ich will, dass der Täter noch vor Weihnachten verhaftet wird.«

Um das zu unterstreichen, klatschte Buziak einmal in die Hände. »Also, worauf warten Sie noch? Auf eine Umarmung zum Abschied? Na los, fangen Sie an.«

Kapitel 21

Angie trat ins Freie und duckte sich unter einen Unterstand, um ihren Vater anzurufen. Während sie darauf wartete, dass er abnahm, beobachtete sie Leo und Holgersen, die das Gebäude verließen und davongingen. Holgersen zog die Schultern hoch und Leo zündete sich eine Zigarette an. Sie wandte sich ab, als der Anruf entgegengenommen wurde.

»Dad, ich bin's.«

Ihr Vater seufzte schwer. »Es wird nicht besser, Angie, eher schlimmer. Der Umzug hat sie vollkommen verwirrt und aufgeregt. Im Moment steht sie unter starken Beruhigungsmitteln.«

Ihr tat das Herz weh. Er klang so geschlagen. Einsam. Über die Schulter sah sie zu den Männern hinüber, die rauchten und lachten. Was tat sie hier mit ihrem Leben? Was bedeutete ihr die Familie? Auf einmal waren diese Fragen sehr groß und real. Ihre Gedanken wanderten zu Lorna Drummond und ihrer brutal ermordeten Tochter. Dem Gefühl von verlorener Zeit.

»Ich versuche, zu ihr zu fahren …« Sie zögerte. »Nein. Ich *werde* sie heute besuchen. Versprochen. Sobald ich einen Moment Zeit habe.«

»Ja, Angie. Ist gut.«

Sie biss sich auf die Lippe und ließ die Autoschlüssel klimpern. »Übrigens, Dad, wann war dein Sabbatjahr in Italien?«

»Warum?«

»Ich … habe mir die ganzen alten Fotos angeschaut, die du mir gegeben hast, und mich das gefragt.«

Er schwieg einen Moment. »Das müsste ich nachsehen, ich weiß es nicht mehr genau.«

»Aber es war doch in dem Jahr, in dem wir den Autounfall hatten, oder? Wir waren nicht noch ein anderes Mal in Italien, richtig?«

Wieder dieses Schweigen. »Was ist los, Angie?« Sie bemerkte seinen veränderten Tonfall.

»Es ist nichts. Mom hat 1984 auf die Rückseite des Fotos aus Rom geschrieben und auf das Bild aus Neapel auch, aber ich dachte, wir wären 1986 dort gewesen und dass ich mir in diesem Jahr auch das Gesicht zerschnitten hätte.«

Ein weiteres Zögern. »Deine Mutter war vielleicht verwirrt. Es … die Symptome – sie hatten damals schon eingesetzt.«

Angie verabschiedete sich, legte auf und starrte einen Moment lang in den Regen hinaus, beunruhigt von dem Unterton in der Stimme ihres Vaters. Aber es klang plausibel. Ihre Mutter hatte bereits Schwierigkeiten mit der Einordung von Zeit und Realität gehabt.

Maddocks verließ das Revier, und Angies Konzentration wurde auf ihn gelenkt. Er wirkte sowohl arrogant als auch unheimlich anziehend in dem schwarzen Wollmantel, dem frischen weißen Hemd und der burgunderroten Krawatte. Er bewegte sich mit jener bezwingenden Präsenz, die im Club ihre Aufmerksamkeit – und ihre Libido – geweckt hatte. Ja, sie hätte diesen energetischen Gang erkennen müssen, der ihn eindeutig als Gesetzeshüter oder als Angehörigen des Militärs oder etwas Ähnliches verriet.

»Doc O'Hagan erwartet uns«, sagte er, während er auf sie zukam.

»Wir treffen uns dort.« Sie trat in den Regen hinaus und ging auf ihr Auto zu.

»Wir können mit meinem Wagen fahren!«, rief er ihr nach.

Sie zögerte und drehte sich dann um. »Ich fahre immer.«

»Okay«, sagte er und reichte ihr die Schlüssel. »Du kannst mein Auto fahren.«

»Was stimmt nicht mit meinem Auto?«

»Willst du, dass dir ein Hund reinpinkelt?«

»Was?«

»Mein Hundesitter ist ausgefallen, und vor heute Abend habe ich keinen anderen, also muss Jack-O bis dahin im Auto warten. Manchmal pinkelt er rein. Außerdem habe ich seine Decke und seine Schüssel und so weiter dabei.«

»Das soll doch ein Witz sein.«

Er warf ihr die Schlüssel zu. Sie fing sie auf. »Es ist der Chevy Impala da drüben.« Er steuerte das Auto an.

Ungläubig sah sie ihm nach. Holgersen tauchte hinter ihr auf und lachte leise. »Viel Glück mit deinem Kontrollfimmel, Pallorino.«

»Ach, leck mich doch.«

»Bist du sicher, dass ihr euch nicht von irgendwoher kennt?«, fragte Holgersen. »Unser Leo da hinten glaubt, dass es da eine Geschichte zwischen euch gibt. Er meint, du hättest ausgesehen, als hätte man dir mit dem Vorschlaghammer eine verpasst, als ihr euch in der Leichenhalle getroffen habt.«

Angie fluchte und ging zu Maddocks hinüber, der neben seinem Wagen wartete, die Hände in den Taschen, Regentropfen im rabenschwarzen Haar. Sie entriegelte den Wagen und warf ihm die Schlüssel wieder zurück. »Schon gut«, fauchte sie. »Du fährst.« Sie stieg auf der Beifahrerseite ein. Ein kleiner Mischling knurrte von hinten.

»Reizend. Stinkt ja wirklich ganz schön hier drin«, kommentierte sie und drehte sich nach der Töle um. Hässlicher

Köter. Irgendein Jack-Russel-Mischling. Offenbar war ihm erst vor Kurzem das rechte Hinterbein amputiert worden. Wieder knurrte er und bleckte die gelben kleinen Zähne.

»Wie gesagt, nur bis ich einen Sitter habe«, entgegnete Maddocks und stieg ebenfalls ein. »Dann kann ich das Auto gründlich reinigen lassen.« Er zog die Tür zu und legte den Sicherheitsgurt an. Im geschlossenen Wagen war Maddocks ihr zu nahe, die Situation zu intim. Er fing ihren Blick auf, und die Bilder der gemeinsamen Sexnacht stiegen in ihr hoch. Seine Augen verdunkelten sich, und sie wusste, dass auch er daran dachte.

Wegen unserer unerledigten Dinge … Ich würde sie gern noch erledigen … Ich kann einfach nicht aufhören, an dich zu denken …

Schnell räusperte sie sich und sagte: »Was hat denn der Hund? Was ist mit seinem Bein passiert?«

Maddocks ließ den Motor an und parkte aus.

»Fahrerflucht. Direkt vor meinen Augen. Ein Truck hat ihm das Bein zerquetscht. Ich habe angehalten und ihn buchstäblich von der Straße gekratzt. Dann habe ich ihn zum Tierarzt gebracht. Sie konnten das Bein nicht retten, also haben sie es abgenommen. Niemand ist ihn abholen gekommen.« Maddocks zuckte mit den Schultern. »Vielleicht wollte sein Herrchen die Rechnung nicht zahlen oder konnte es nicht. Oder vielleicht war der Kleine auch einfach nur ein Streuner. Ich habe die Rechnung bezahlt, und danach konnte ich nicht zulassen, dass sie ihn einfach im Tierheim abladen, den armen Kerl.« Er sah sie an. »Also habe ich ihn behalten. Er brauchte sowieso noch eine zweite OP. Von der erholt er sich gerade.«

»Was ist Jack-O denn für ein Name?«

Er lächelte kaum merklich, als er auf die Straße bog. »Das ist die Kurzform für Jack O'Lantern. Wie diese Kürbislaternen. Er wurde an Halloween angefahren, als er gerade einen zerplatzten

Kürbis auf der Straße fressen wollte.« Sein Lächeln wurde breiter und erreichte endlich auch seine Augen. »Außerdem sieht er wirklich gruselig aus, meinst du nicht? Und er hat orangebraune Flecken, eine Kürbisfarbe. Ich finde, der Name passt.«

Alles, was sie über ihn gedacht hatte, wurde durcheinandergewirbelt. Dann rettete der gut aussehende, mit einem so schönen Schwanz gesegnete Ermittler der Mordkommission also auch noch heimatlose Tiere.

Er drehte die Heizung auf. Die Scheibenwischer quietschten, während er fuhr. Ihr Blick wanderte zu seinen Handgelenken. Die Ärmel waren ein Stück hochgerutscht und entblößten die Fesselungsspuren, die ihr heißer Sex hinterlassen hatte. Ihr Mund wurde trocken und sie betrachtete den Ehering.

»Warum passt deine Frau denn nicht auf Jack-O auf? Arbeitet sie auch den ganzen Tag oder was?«

Etwas blitzte in diesen Augen auf. Sein Mund wurde schmal. Aha, offenbar hatte sie einen wunden Punkt getroffen. Ihre Neugier wuchs.

»Sie lebt auf dem Festland. Ich bin hergezogen, weil ich bei meiner Tochter sein wollte. Ginny hat gerade an der UVic angefangen.« Er hielt an einer roten Ampel und tippte mit den Fingern auf das Lenkrad. »Genau genommen war ich gerade mit Ginn in der Blue Badger Bakery, als die Meldung von der Wasserleiche reinkam. Trendiger Arbeitsplatz.«

Weitere Fragen über diesen Mann, seine Frau und seine Tochter trieben durch ihre Gedanken. Sie sah aus dem regenstreifigen Fenster. Sie wollte sich keine Fragen stellen, sie wollte kein Interesse haben und sie wollte nicht wissen, dass er trotz des Eherings vielleicht zu haben war.

»Buziak hat sich da drinnen wie ein Arsch benommen, als er dir so ins Wort gefallen ist«, sagte er, als die Ampel auf Grün schaltete und er auf die Kreuzung fuhr. »Tut mir leid.«

Das überraschte sie. »Dafür musst du dich nicht entschuldigen.« Dann packte sie der Stolz. »Außerdem hat es mir nichts ausgemacht. Buziak ist eben so.«

»Was wolltest du denn noch sagen?«

»Willst du mir Honig ums Maul schmieren?«

»Glaubst du das? Hör mal, wenn wir Partner sind, dann will ich alle deine Theorien hören. Alle. Und du wirst dir auch alle meine Theorien anhören müssen.« Er bog auf den Zubringer zum Highway ab, der sie zur Leichenhalle bringen würde. »Außerdem habt Hash und du schon an den früheren Vergewaltigungsfällen gearbeitet. Ich habe die Akten gelesen, aber nichts geht über einen Bericht aus erster Hand.«

»Wann hast du denn die Akten gelesen? Gestern Nacht?«

»Sehr früh heute Morgen.«

Allmählich beschlich sie das Gefühl, dass man ihr die alten Fälle und dazu alles, was sie mit Holgersen bereits im Drummond-Fall erarbeitet hatte, unter den Füßen wegziehen wollte. »Warum habt ihr mich nicht angerufen, als ihr Hocking identifiziert habt?«, wollte sie wissen.

Er lächelte. »Weil du deinen Schönheitsschlaf gebraucht hast.«

»Du kannst mich mal, Maddocks, wenn du mich bevormunden willst …«

»Hey, wenn du mit einem Minderwertigkeitskomplex zu kämpfen hast und immer nur glaubst, dass man dich entweder bevormunden oder dir Honig ums Maul schmieren will, weil du eine Frau bist oder weil du Männer einfach nicht leiden kannst, dann ist das dein Problem, nicht meins.« Seine Miene wurde ernst. »Bei solchen Spielchen mache ich nicht mit, verstanden?«

»Erklär mir mal eins«, gab sie kühl zurück. »Da wir schon die Karten auf den Tisch legen. Warum hast du diesen Job angenommen? Soweit ich das sagen kann, ist das für dich ein Abstieg. Du warst bei der RCMP so was wie Buziak hier, und trotzdem lässt du dich jetzt von ihm herumkommandieren und machst dir deine schicke Krawatte und den Wollmantel an der Front schmutzig. Hast du bei deinem früheren Job Mist gebaut oder was?«

»Wie schon gesagt, ich bin hier, weil ich bei meiner Tochter sein wollte.«

»Und deine Frau hast du einfach zurückgelassen? Trotzdem trägst du deinen Ring.«

Er sah sie scharf an. »Es ist kompliziert.« Es lag eine Warnung in seiner Miene, und sein Tonfall forderte sie dazu auf, es gut sein zu lassen. »Und persönlich.«

Sie besah sich sein Profil – die energisch gewölbte Stirn, die dunklen Brauen, die kräftige Nase. Breite, scharf gezeichnete Lippen. Lange, dichte schwarze Wimpern. Sie dachte an sein dunkles Scham- und Brusthaar, und unwillkürlich spürte sie, wie sich Wärme in ihrem Unterbauch sammelte. Sie drehte sich weg. Klar. Persönlich. Im Club waren sie auch ziemlich persönlich geworden.

Das würde kompliziert werden.

Sogar gefährlich, wenn sie diesen Job bei der Mordkommission haben wollte.

Kapitel 22

»Jayden? Was ist los? Du bist ja kreidebleich.«

Er schaltete die Nachrichten aus, die im Fernseher in der Küche gelaufen waren. Das Herz schlug ihm bis zum Hals. Sie hatten das Friedhofsmädchen identifiziert. Gracie. Das musste ein Fehler sein. Wie zum Teufel konnte es Gracie sein? Er glaubte sich übergeben zu müssen. »Nichts.«

»Sicher?«

»Mir geht's gut«, schnauzte er und schob sein unangetastetes Frühstück beiseite.

Der Blick seiner Mutter huschte von ihm zum Fernseher zur Küchenuhr. Sie runzelte die Stirn. »Solltest du heute Morgen nicht in der Uni sein?«

Ohne zu antworten, stand er auf und verließ eilig die Küche, wobei er beinahe mit seinem Vater zusammengestoßen wäre. Als sein Dad hinter ihm in die Küche ging, mit dem Aktenkoffer schon in der Hand, hörte Jayden ihn sagen: »Ich weiß nicht, warum der Junge überhaupt noch bei uns wohnt. In zwei Jahren wird er dreißig, Herrgott noch mal.«

Jayden blieb stehen und lauschte, während seine Eltern über ihn sprachen.

»Damit er sich auf seinen Juraabschluss konzentrieren kann, ohne sich um eine Wohnung kümmern und Essen kochen zu müssen«, antwortete seine Mutter.

»Er ist zu weich und zu schlicht für einen Anwalt. Zu … ich weiß auch nicht. Er sollte Sozialarbeiter oder Künstler werden. Keine Ahnung, woher der Junge das hat. In dem Punkt hat er überhaupt nichts von dir oder von mir.«

»Ein rechtswissenschaftliches Diplom wird ihm helfen, Ray, genau wie sein Abschluss in Anthropologie.«

Jayden hörte, wie der Fernseher wieder eingeschaltet wurde. Der Nachrichtensprecher redete immer noch über das Friedhofsmädchen und über eine noch nicht identifizierte Leiche, die man im Gorge gefunden hatte.

Er begann zu zittern, als die Angst näher schlich.

»Irgendetwas Neues in diesen Fällen?«, fragte sein Vater, der offensichtlich die Meldung verfolgte.

»Das MVPD gibt heute Morgen eine Pressekonferenz«, antwortete seine Mutter. »Sie haben mittlerweile beide Opfer identifiziert und halten mein Büro auf dem Laufenden. Die Sache wird außer Kontrolle geraten, wenn das MVPD sie nicht schnell in den Griff kriegt und die aufkommende Hysterie im Keim erstickt.« Eine Pause, dann das Klappern von Geschirr in der Spüle. »Ich habe heute Abend ein Meeting.« Die Stimme seiner Mutter. »Bist du zum Essen zu Hause?«

»Ich habe noch einen späten Geschäftstermin wegen der Bebauungsplanung am Wasser. Gegen zehn müsste ich wieder da sein.« Eine weitere Pause. Dann das Klicken, mit dem sein Vater den Aktenkoffer schloss. »Hab einen schönen Tag – bis später.«

Schnell trat Jayden um die Ecke. Er hörte die Schritte seines Vaters auf den Steinfliesen, dann die Haustür, die ins Schloss fiel. Er eilte den langen Gang entlang zu seiner Suite im Westflügel des Hauses seiner Eltern, das viel zu groß für sie drei war.

In seiner Suite angekommen stellte er sich ans Fenster und sah zu, wie der bronzefarbene Jaguar seines Vaters die gewundene Auffahrt hinabfuhr. Jayden nahm sein Handy und wählte eine Nummer.

Nach dem dritten Läuten wurde abgenommen.

»Dann hast du es also gehört«, sagte eine Stimme. »Hast du die Nachrichten gesehen?«

Das reichte, um Jayden den Rest zu geben. Sein Zittern verwandelte sich in ein heftiges Beben und kalter Schweiß brach ihm aus. Er strich sich über die Stirn, versuchte sich wieder in den Griff zu bekommen, dann presste er sich die Hand auf den Scheitel, als ob er damit alles hinabdrücken könnte. Als ob einfach alles wieder verschwinden würde, solange es nur in seinem Kopf blieb. »Was … was ist mit Gracie passiert?«, brachte er heraus. »Wie?«

»Woher zum Teufel soll *ich* das wissen?«

Jayden schluckte und seine Stimme brach, als er weitersprach: »Und die Leiche im Gorge – wer ist das?«

Eine kurze Stille in der Leitung. »Herrgott, Jay, woher soll ich das denn wissen? Komm schon, was ist denn los mit dir?«

»Ich … ich habe mich nur gefragt, ob das … zusammenhängt. Ich meine, mit …«

»Hör zu. Das hat nichts mit uns zu tun. Keiner dieser Morde hat etwas mit uns zu tun.«

»Was sollen wir denn jetzt machen?«

»Nichts, Jayden, nichts. Ich habe dir doch gesagt, dass es *nichts* mit uns zu tun hat.«

»Aber wenn …«

»Hörst du mir überhaupt zu? Das hängt *nicht* zusammen. Verstanden?«

»Was, wenn die Polizei anfängt, Fragen zu stellen?«

»Warum sollte sie?«

»Ich wollte mit Gracie zusammen sein. Ich … ich … ich wollte ihr helfen. Als sie genug hatte. Wir hatten Pläne …«

»Jayden, hör mir jetzt gut zu. Gibt es irgendeinen Nachweis dafür, dass du ihr geholfen hast? Irgendwas? Finanzbelege? Hast du ihr irgendetwas über deine Kreditkarte gekauft?«

»Nein. Ich … ich glaube nicht.«

»Dann wird die Polizei auch nicht zu dir kommen. Falls sie es aber doch tut, falls du Mist baust und redest, dann gehen wir *alle* unter. Hast du das verstanden? Du wirst deine Mutter mit ins Unglück stürzen. Deinen Vater. Alle anderen. Ein Skandal von epischen Ausmaßen. Du wirst im Gefängnis landen. So ernst ist die Lage. Also halt die Klappe und bleib unter dem Radar. Fahr weg, wenn es sein muss. Mach irgendwo Urlaub im Ausland.«

»Ich habe Examen. Ich will diesen Abschluss schaffen.«

»Dann konzentrier dich darauf. Und hör mal, ich weiß zwar nicht, warum du dich überhaupt mit dem Mädchen eingelassen hast – du hast was Besseres verdient –, aber es tut mir leid für dich. Mein herzliches Beileid. Und jetzt lass es – lass *sie* los.«

* * *

Mehrere Reporter sahen Merry an, als sie den Nachrichtenraum betrat. Sie hatten eindeutig über sie gesprochen, über ihren schamlosen Tweet, ihren Blog.

»Alles klar, Merry?« Das war Dwaine, ein Kollege, dessen Schreibtisch an Merrys grenzte.

»Alles okay«, sagte sie, hängte ihre Jacke über die Stuhllehne und setzte sich an den Computer.

Aber es war nicht okay.

Zum ersten Mal seit Jahren sehnte sie sich ernstlich nach einer Dosis Amphetamin, und das jagte ihr eine Heidenangst ein. Bei der Vorstellung, dass *er* vielleicht wieder da war, hatte sie gespürt, wie etwas in ihr zerbrochen war – und offensichtlich war sie immer noch nichts weiter als ein Speed-Junkie. Es warf sie aus der Bahn. Sie brauchte Schlaf. Sie hatte keinen Appetit mehr. Sie trank zu viel Kaffee und das Koffein brachte sie zum Zittern.

Ein anderer Reporter kam um die Trennwand herum. »Willst du wetten, dass sie dich noch in dieser Stunde feuern, Winston? Karriereselbstmord via Twitter.« Er lachte trocken auf. »Du wärst nicht die Erste. Wer war noch mal dieser Politiker, der ein Foto von seinem Schwanz auf Twitter gepostet hat? Oder dieser MVPD-Chief, der dieser Frau irgendwelches Gesülze getwittert hat, weil er dachte, das wäre privat. Nur leider war es die Ehefrau eines seiner Officer. *Das* wird Killion benutzen, wenn er Chief Gunnar endlich abserviert. Dahinter steckt dieselbe Psychologie. Wie wenn man sich ins Auto setzt … Man steht den anderen nicht mehr von Angesicht zu Angesicht gegenüber und glaubt deshalb, dass die echte Welt einen nicht mehr am Arsch kriegen kann.«

»Verpiss dich, Steve.«

»Merry!« Der Chefredakteur kam rotgesichtig in den Nachrichtenraum geeilt und ruckte mit dem Kinn in Richtung Tür. »In mein Büro.«

»Uuuuh«, sagte Steve hinter der Trennwand. »Was habe ich dir gesagt?«

Eilig kopierte Merry ihre Dateien auf einen USB-Stick. Sobald alles drüben war, löschte sie ihre gesamte Arbeit auf dem Computer.

Dwaine sah ihr zu. »Sie werden die Dateien trotzdem finden. So was hinterlässt digitale Spuren.«

»Da ist nichts, was sich zu finden lohnt«, fauchte sie und steckte den USB-Stick ein, auf dem sich auch die Aufnahmen ihrer anonymen Anrufe befanden. Sie würde die Ergebnisse ihrer harten Arbeit und ihre Kontaktdaten nicht zurücklassen, falls man sie wirklich feuerte.

Dann stand sie auf, straffte die Schultern und machte sich auf den Henkersweg, wobei sie halb erwartete, dass einer der Sicherheitsleute gleich mit einem Karton auftauchen würde, um ihre Sachen zu packen, während sie im Büro des Chefredakteurs war.

»Machen Sie die Tür zu«, sagte ihr Boss, als sie eintrat. Sie schloss die Tür und setzte sich langsam ihm gegenüber an den Schreibtisch.

»Ich hatte heute Morgen von zwei MVPD-Officers Besuch zu Hause. Sie wollen wissen, wer Ihre Quelle ist.«

Merry räusperte sich. »Meine Quellen sind gut. Ich habe die Informationen, die sie mir gegeben haben, überprüft«, log sie. »Bitten Sie mich nicht, meine Quellen zu enthüllen, denn dann hören sie auf zu reden.«

»Das MVPD sucht nach einem möglichen internen Leck.«

»Das ist deren Problem, nicht meines und auch nicht Ihres.«

Er durchbohrte sie mit seinem Blick. »Was Sie getan haben – solche Informationen einfach auf Twitter zu stellen, auf Ihren Blog ...«

»Die Info stimmt – ich habe alles nachgeprüft. Das MVPD hält heute Morgen eine Pressekonferenz, und sie haben bisher nichts von dem abgestritten, was ich gesagt habe.«

»Sie bewegen sich da auf einem sehr schmalen Grat, Merry. Wenn sie mit einem Gerichtsbeschluss zurückkommen ...«

»Dann sollen sie doch. Bei allem Respekt, Sir, aber für die Pressefreiheit lohnt es sich zu kämpfen. Und sehen Sie sich nur mal die Publicity an, die mein Blog und mein Tweet der Sun eingebracht haben. Jeder Reporter, jeder Nachrichtensender da draußen hat es aufgegriffen und seine eigene Version davon gebracht. Es läuft sogar über Kabel. Falls ich mich irre, dann muss ich persönlich für das geradestehen, was ich veröffentlicht habe, nicht die Sun. Sie bekommen nur den ganzen Ruhm mitsamt meiner Follow-up-Storys. Und falls mich das MVPD wegen meiner Quellen befragt, dann werden *wir* zur Nachrichtenmeldung. Das ist sogar noch besser.« Ihr Mund war trocken und ihr Puls raste, aber so wie sie die Reaktion ihres Bosses einschätzte, würde sie dieses Gefecht gewinnen.

Er seufzte schwer. »Okay. Sie bewegen sich auf dünnem Eis. Seien Sie vorsichtig. Wenn die Redaktionsleitung beschließt, Sie fallen zu lassen, dann sind Sie weg vom Fenster, Winston. Keine Zusatzleistungen, kein Empfehlungsschreiben, *nada.* Und ich werde Sie nicht decken. Ich bin schon ein Risiko eingegangen, als ich Sie überhaupt eingestellt habe, und die Sun ist ein Risiko eingegangen, als sie Ihnen erlaubt hat, nebenbei Ihren Verbrechensblog zu schreiben – wir tasten uns in dieser neuen und sich ständig verändernden digitalen Landschaft vor.«

»Wissen Sie, warum mich die Redaktionsleitung *nicht* fallen lassen wird? Weil ich die Printmedien verändere. Ich bringe neue Leser. War das nicht der Plan, als Raddison Industries die Truppe gekauft hat? Eine Leserschaft aufbauen? Niveaulos und billig?«

»Seien Sie vorsichtig«, wiederholte er leise. »Mir gefällt, was Sie in die Zeitung bringen, Merry – Ihre Methoden haben etwas von einem Rattenfänger. Ihre Energie gefällt mir. Aber falls es jemanden im MVPD gibt, der Sie mit Informationen füttert, dann werden Sie ebenso benutzt, wie Sie die benutzen. Sie führen irgendetwas im Schilde.« Schweigend musterte er sie einen Moment. »Sie könnten sich tief in den Sumpf reiten, und ich werde Ihnen nicht wieder raushelfen.«

* * *

Gracie Drummonds Leiche war in ein weißes Laken gewickelt, ihr Kopf war enthüllt. Ihr Gesicht wirkte beinahe heiter. Sie erinnerte Angie an eine Puppe, mit der genähten Kreuzwunde auf der Stirn und der dicken schwarzen Naht dort, wo Barb O'Hagan die Kopfhaut durchschnitten und abgezogen hatte, um Gracies Gehirn aus dem Schädel nehmen zu können.

Angie stand wieder neben Maddocks, während O'Hagan ihnen den vorläufigen Bericht vortrug.

»Die Todesursache ist Ertrinken in Süßwasser«, sagte O'Hagan und schlug das Laken zurück, um den oberen Teil des Y-Schnitts auf der jungen Brust zu enthüllen. »Sehen Sie diese Quetschungen hier? Seitlich des Halses und an den Schultern? Und die Linie unten an den Rippen?« Die Pathologin deutete auf eine Reihe dunkler Verfärbungen.

»Vielleicht ist sie über den Rand von irgendetwas gedrückt worden, wie von einer Badewanne«, sagte Angie. »Oder von einem Trog. Ihr Kopf und ihre Schultern wurden unter Wasser gedrückt, während sie darum gekämpft hat, sich zu befreien.«

O'Hagan nickte. »Drummond weist außerdem vaginale und anale Verletzungen auf, die auf brutale sexuelle Penetration hindeuten. Darüber hinaus habe ich Spuren eines Pulvers in ihrem Scheidengewölbe gefunden – genau wie bei Hocking.«

»Also hat er ein Kondom verwendet«, folgerte Maddocks. »In beiden Fällen.«

»Drummonds Beschneidung ist ante mortem erfolgt, soweit wir wissen, bei Hocking war es post mortem«, fuhr O'Hagan fort.

Angie und Maddocks wechselten einen Blick. »Dann hat er seinen Modus Operandi also verändert?«, fragte Angie.

»Oder verfeinert«, warf Maddocks ein. »Oder er hat Drummond für tot gehalten, als er es getan hat.«

»Die Beschneidung wurde in beiden Fällen eindeutig vom selben Täter ausgeführt. Die Klingengröße und die Richtung der Schnitte stimmen überein. Außerdem wurden dieselben Teile entfernt.« Kopfschüttelnd sah sie auf Drummonds ruhiges totes Gesicht hinab. »Was die Menschen einander im Namen sexueller Befriedigung antun. Das Gehirn ist das größte Sexualorgan – was auch immer man sich vorstellen kann, kann man auch durchführen. Und oft kommt es tatsächlich so weit. Und nichts bestärkt einen Gedanken positiver als ein Orgasmus.«

Angie war heiß und sie war sich Maddocks Gegenwart neben ihr nur allzu bewusst. »Und das Kreuz auf ihrer Stirn?«, fragte sie.

O'Hagan führte sie zu einem Lichtkasten in der Ecke, an dem Röntgenaufnahmen hingen. »Das ist Hockings Schädel. Man kann die leichten Einritzungen auf dem Knochen erkennen.« Die Ärztin deutete auf sehr dünne Linien, die auf dem Stirnknochen ein Kreuz bildeten. »Und das hier ist Drummonds Schädel. Dieselbe Schnitttiefe, dieselbe Form.«

»Scheint also wieder von derselben Hand ausgeführt worden zu sein«, sagte Maddocks. »Er hat in beiden Fällen denselben Druck auf die Klinge ausgeübt.«

»Drummond war körperlich in guter Verfassung«, fuhr O'Hagan fort. »Was auch immer es sonst noch für Spuren an ihrem Körper gegeben hat, sie sind wohl während des Krankenhausaufenthalts verloren gegangen.«

»Ihre Kleider werden noch im Labor aufbewahrt«, warf Angie ein. »Vielleicht finden wir etwas, das die beiden Opfer in Sachen Tatort verbindet – vielleicht gibt es irgendeinen Hinweis darauf, wo die Verbrechen stattgefunden haben.«

»Was gibt es zu ihren Zähnen zu sagen?«, fragte Maddocks.

»Die Zähne sind in sehr gutem Zustand. Kein Nachweis auf kosmetische Verschönerungen. Der Odontologe wird sich später Hockings Gebiss näher ansehen. Es gibt Hinweise auf schlechte Mundhygiene und ernste Schäden in Hockings Vergangenheit, die aber durch ziemlich hochwertige Dentalzauberei beseitigt wurden.«

»Wir wissen, dass Hocking mehrere Jahre Crystal Meth konsumiert hat«, erklärte Maddocks. »Der schlechte Zustand ihrer Zähne passt zu ihrem Drogenmissbrauch.« Er zögerte »Es scheint, als hätte sie sich wieder auf Vordermann gebracht.«

»Und als hätte sie die nötigen finanziellen Mittel dafür gehabt«, fügte O'Hagan hinzu.

»Oder, was wahrscheinlicher ist, jemand hat dafür bezahlt, dass sie wieder auf Vordermann gebracht wurde«, sagte Angie.

KAPITEL 23

»Hey, haste 'n bisschen Kleingeld?« Eine stockdürre junge Frau mit verschorftem Gesicht, verfaulten Zähnen und Zahnlücken näherte sich Detective Kjel Holgersen und Harvey Leo, als sie an einem Secondhandladen mit einem Plastikweihnachtsbaum und verknotetem Lametta im Schaufenster vorbeigingen. Kjel streifte die armselige Kreatur mit einem kurzen Blick. Sie trug fingerlose Handschuhe, Jeans und eine schmutzige Jeansjacke. Ihr nasses Haar klebte ihr in fransigen braunen Strähnen an den eingefallenen Wangen, und der Blick ihrer Augen, in denen der Wahnsinn schimmerte, huschte die Straße hinauf und hinunter.

Sie fasste Leo an der Jacke. »Kommt schon, Mann, ihr habt doch Geld. Spendet was davon in der Weihnachtszeit, das ist eine Zeit des Gebens.« Gehetzt sah sie über die Schulter und ihre Zunge schnellte zwischen den Lippen hervor.

»Finger weg von mir, du Methjunkie«, knurrte Leo, schüttelte die Frau ab und ging schneller.

»Arschloch!«, kreischte sie ihm nach. »Scheißkerl. Mann, du … ich rede mit dir, Opa! Komm zurück. Schau mich an. Schau mir ins Gesicht. Ich hab dich schon mal gesehen. Ich kenn dich. Willst du eine Muschi, Mann? Frohe Scheiß-Weihnachten!«

»Sie stinkt«, murmelte Leo, als Kjel ihn eingeholt hatte. Eisiger Regen prasselte immer heftiger auf ihre Schultern herab.

Pfützen bildeten sich um bräunliche Schneematschhaufen. »Drecksjunkie. Bis oben hin voll mit Crystal Meth, da kommen die Chemikalien aus allen Poren.«

Kjel warf ihm einen Seitenblick zu. Aber er verbiss sich jeden Kommentar. Fürs Erste. Er hatte sich kaum an Pallorino gewöhnt, und jetzt war er mit diesem Idioten zusammengespannt worden. Harvey Leo hatte mit einem etwas anderen Komplex zu kämpfen als Pallorino, aber er war ein waschechtes Mitglied des Old Boys Clubs auf dem Revier. Mit denen wollte es sich Kjel nicht verscherzen.

»Kennst du den Unterschied zwischen einem Crack- und einem Methjunkie?«, fragte Leo, als sie um eine Ecke bogen. »Ein Crackjunkie klaut dir dein Geld und rennt weg, ein Methjunkie klaut dir dein Geld und hilft dir dann, danach zu suchen.« Er stieß ein kehliges Lachen aus, das in einen Anfall von Raucherhusten überging. »Können stundenlang bumsen wie die Karnickel, diese Methjunkies.«

Kjel schwieg.

»Was ist das überhaupt für ein Name? Kell Holgersen? Klingt skandinavisch, nordisch oder so?«

»Es heißt Kjel.«

»Hab ich doch gesagt.«

»Nein, du hast ›Kell‹ gesagt. Man spricht es wie Ch-yell aus. Wie das ›Ch‹ in ›ich‹. Aber die meisten englischsprachigen Leute können das nicht aussprechen, also sagen sie stattdessen ›Sh-yell.‹«

»Ja. Wie gesagt. Und was ist das jetzt für ein Name?«

»Die Familie meines Vaters kommt aus Norwegen.«

»Redest du deshalb so komisch?«

Er lächelte, wobei er den Blick über die Hauseingänge schweifen ließ, in denen die Obdachlosen kauerten. Victoria war voll von ihnen. Und ja, manchmal glaubte er immer noch, dass ihm eines Tages aus irgendeinem Pappkarton die Augen seines Vaters entgegensehen würden. Deshalb war Kjel Polizist geworden. Deshalb hatte er oben im Norden undercover bei der Drogenfahndung gearbeitet. Er arbeitete gern auf der Straße. Ging wie die Menschen dort. Sprach wie sie. Wenn er kein Cop geworden wäre, dann hätte er irgendwann vielleicht tatsächlich wie sein Vater geendet. Seine Dienstmarke trennte ihn von der anderen Seite. Oder … vielleicht auch nicht.

»Ich komme aus einem Ort in der Nähe von Bella Coola, an der Grenze zu Alaska. Norwegische Fischer haben sich vor einer Ewigkeit dort angesiedelt. Nachdem die Fischindustrie den Bach runtergegangen ist, wurde es dort oben aber ziemlich einsam und mühselig.«

»Also … bist du was? Ins sonnige Victoria runtergekommen, um Karriere als Cop zu machen?«

»Von wegen sonnig.« Er wischte sich den Regen von der Stirn.

»Aber immerhin wärmer. Genau deshalb landen alle Obdachlosen hier. Sie nennen es das San Diego von Kanada. Hab gehört, du hast undercover gearbeitet?«

»Du hast aber viele Fragen, Leo.«

»Deshalb bin ich ein so guter Detective.« Er grinste.

»Aber zum Sergeant hat es nie gereicht? In deinem Alter und so.«

Ein Schatten huschte über das Gesicht des alten Cops.

»Hey«, sagte Kjel schulterzuckend. »Ich habe eben auch Fragen.« Sie kamen beim Harbor House an. Kjel schlug mit dem unteren Teil der Faust an die Tür. Nach dem dritten Klopfen wurde die Tür geöffnet, und ein dunkelhäutiger Mann in einer schlabbrigen braunen Cordhose und mit einem Ziegenbärtchen kam zum Vorschein. Er ließ die Hand an der Tür, hielt sie halb geschlossen, während er sie aus sanften dunklen Augen ansah.

»Pastor Markus Gilani?«, fragte Kjel.

»Wer will das wissen?«

Die Detectives zeigten ihre Marken vor. »Kjel Holgersen und Harvey Leo, Metro PD. Können wir Ihnen ein paar Fragen stellen?«

»Worüber?«

»Kennen Sie diese junge Frau?« Kjel nickte Leo zu, der einen feuchten Flyer mit Hockings Polizeifoto hochhielt.

Gilani starrte Hockings Foto an. Kjel sah, wie die Augen des Mannes schmal wurden. An seiner Schläfe begann eine kleine Ader zu pochen.

Mit der Hand noch an der Tür sagte Gilani: »Hören Sie, die Kids, die herkommen, die wollen nicht gefunden werden. Sie schlafen nur hier und holen sich eine warme Mahlzeit ab. Vertrauen fällt ihnen nicht leicht. Sie vertrauen nicht auf das System, aber sie vertrauen darauf, dass sie hier sicher sind, weil wir keine Informationen rausgeben.«

»Dann kennen Sie sie also?«, folgerte Kjel.

Die Muskeln am Kiefer des Pastors spannten sich.

Kjel kratzte sich über den nassen Kopf. »Ich sag Ihnen was, Pastor Gilani … Sind Sie übrigens echt ein Pastor?«

Stille.

Kjel nickte. »Alles klar, die Sache ist die, Ihre Kids wollen vielleicht nicht gefunden werden, aber Faith Hocking hier wurde schon gefunden. Tot. Und wir wollen jetzt rauskriegen, wie's dazu gekommen ist.«

Der Mann wurde blass unter seiner braunen Haut, und er kniff die Augen leicht zusammen. »Was … was ist mit ihr passiert?«

»Also jep, Sie kennen sie«, sagte Kjel.

»Sie war lang nicht mehr hier. Etwa drei Jahre.« Der Mann warf Leo, der noch immer den inzwischen durchweichten Flyer hochhielt, einen nervösen Blick zu.

»Können wir reinkommen, Pastor?«, fragte Kjel. »Ist ’n bisschen nass hier draußen. Schauen Sie mal, mir läuft der Siff schon hinten in den Kragen.«

Widerstrebend öffnete der Pastor die Tür weiter und ließ sie herein. »Hier entlang. Wir machen den Kids erst um Punkt sechs Uhr abends auf, dann gibt es hier eine Suppenküche. Dank der freiwilligen Helfer und der Spenden haben wir fast immer genug Essen für alle, aber die Betten reichen nie, also verlosen wir die freien Plätze, solange die Kids essen, und diejenigen, die nicht gewinnen – die müssen wir wieder in die Kälte rausschicken.«

Er führte sie in einen Aufenthaltsraum mit einer Küche. An den Wänden hingen Weihnachtsgirlanden aus Papier. Sie erinnerten Kjel an die Dekoration, die er früher im Kindergarten gebastelt hatte. In einer Ecke neben einem leeren Kamin leuchtete ein mit allem Möglichen geschmückter Christbaum, und auf einem Banner über der Essensausgabe stand in Großbuchstaben:

BEREUE, UND DIR WIRD VERGEBEN

DER HERR LIEBT ALLE SEINE KINDER

Eine Sammlung religiöser Pamphlete lag auf einem Wandbord, neben einigen Ausgaben der heutigen Zeitungen. Leo überließ weiter Kjel das Wort, während er selbst durch den Raum schlenderte, mit den Händen in den Taschen, und die religiösen Slogans an der Wand las.

»Was ist mit Faith geschehen?«, fragte der Pastor noch einmal, und Kjel fiel auf, dass der Mann dabei schnell zu den Zeitungen rübersah.

»Lesen Sie die Morgennachrichten, Pastor?«

Der Mann schluckte, er sah nicht gut aus. »Sie … sie war doch nicht die … die man im Gorge gefunden hat, oder?«

»Genau die. Nackt. In Plastik gewickelt. Mit einem Mordstattoo auf dem rasierten Schambereich. Eine Medusa mit

Schlangenhaaren.« Kjel machte eine kreisende Geste vor seinem Becken.

Der Pastor stützte sich auf eine Stuhllehne, und Kjel schloss daraus, dass er das Tattoo entweder selbst schon einmal gesehen oder von jemand anderem davon gehört hatte.

Leo pflückte eines der Pamphlete vom Stapel. »Welcher Konfession gehören Sie hier eigentlich an?«

»Wir sind ökumenisch, eine auf christlichen Werten basierende Freiwilligenorganisation. Wir bieten den Verlorenen nicht nur eine warme Mahlzeit und wenn möglich einen Platz zum Schlafen an, sondern wollen ihnen auch einen Weg zum Herrn eröffnen. Ein paar haben sich bereits für diesen Weg entschieden und sind clean geworden. Haben die Straße hinter sich gelassen.«

»Aber welcher Kirche gehören *Sie* an?« Leo hielt inne, doch der Ausdruck in seinen klaren blauen Augen wirkte einschüchternd. »Pastor.«

Der Mann räusperte sich. »Ich bete in der Fairfield United – meine Frau und ich tun das beide.«

»Beten? Nicht predigen oder die Kommunion erteilen oder was Pastoren sonst eben tun?«

»Im Grunde bin ich kein echter Pastor. Die Kids nennen mich nur so. Das tun sie seit Jahren, seit ich hier als Freiwilliger angefangen habe.«

»Und wann war das?«

»Vor acht Jahren.«

Da nun Leo damit an der Reihe war, den Pastor zu löchern, ging Kjel zu einer Pinnwand hinüber, die voller Fotos steckte, die offensichtlich im Laufe der Jahre aufgenommen worden waren. Diverse saisonale und religiöse Feiertage. Viele von ihnen zeigten den Pastor, wie er sich lächelnd mit den Jugendlichen unterhielt. Auf manchen der Bilder hatte er auch einen Arm um die Kids gelegt. Beinahe alle Straßenkinder auf dieser

Pinnwand waren Mädchen. Jung. Es gab sogar ein Foto von einer jungen Frau, die auf dem Schoß des »Pastors« saß, der sich als Weihnachtsmann verkleidet hatte. Eines der Bilder weckte Kjels besondere Aufmerksamkeit. Sein Puls beschleunigte sich. Er betrachtete es genauer.

»Sie mögen junge Mädchen, was, Pastor?«, fragte er leise.

»Wie bitte?«

Kjel trat von der Pinnwand zurück und griff nach einer Zeitung. Pallorino und er zierten die Titelseite. Er sah selbst wie ein verdammter Junkie aus. Das Problem mit Meth war, dass man, wenn man es zu lange nahm, selbst dann noch völlig zerstört war, wenn man die Droge längst hinter sich gelassen hatte. Die typischen Merkmale eines Methsüchtigen verließen einen nie wieder. Unruhe, Nervosität. Paranoia.

»Auf der Straße sind alle verwundbar, Jungen wie Mädchen.«

»Aber die Mädchen, die sind … speziell.«

»In unserer Gesellschaft sind es leider vor allem die jungen Mädchen, die besonders angreifbar sind. Sie sind sehr gefährdet und brauchen einen sicheren Hafen …«

»Und Sie woll'n sie retten, was?« Er nickte zu einem Slogan an der Wand hinüber: DIE SÜNDER SOLLEN ERLÖST WERDEN. »Sie bringen sie dazu, Satan zu entsagen und so.«

»Was wollen Sie von mir?« Der Pastor schob die Hände tief in die Taschen seiner braunen Cordhose und seine Nackenmuskulatur verriet seine Nervosität.

»Faith Hocking. Ich will wissen, wohin sie gegangen ist, nachdem sie nicht mehr hergekommen ist.«

»Sie ist clean geworden. Hat sich einen Job besorgt.«

»Was für einen Job?«

»Im McDonald's auf der Main Street. Eine Weile lang.«

»Und wie ist es nach der Frittenbude weitergegangen?«

»Das weiß ich nicht.«

»Was ist mit den anderen Kids – haben die sie mal wiedergesehen? Vielleicht über sie gesprochen? Oder mal erwähnt, wie hübsch ihre teuren, perlweißen neuen Beißerchen aussehen?«

»Wie bitte?«

»Ihre Zähne.«

»Ich …« Es klopfte an der Tür. »Hören Sie, jetzt müssen Sie aber wirklich gehen. Ich habe Vorbereitungen zu tref…«

»Ist das ein Ja oder ein Nein?«

»Ich habe sie *nicht* gesehen. Und ich kenne niemanden, der sie gesehen hat.« Während er sprach, ging er zur Tür, die in den Flur führte, und machte sich auf den Weg zum Eingang.

»Aber Sie würden es uns auch nicht sagen, wenn Sie etwas wüssten«, rief Kjel und folgte dem Mann, während Leo ihnen langsam hinterherging.

Pastor Markus entriegelte und öffnete die Haustür. Feuchte Luft kam hereingeweht. »Ich habe Ihnen doch gesagt, dass diese Kids die Behörden meiden. Das System hat sie im Stich gelassen. Die meisten sind von einem Pflegeheim ins nächste gewandert, bevor sie schließlich auf der Straße gelandet sind. Sie wollen nicht wieder zurück. Sie wollen nicht einmal ins Krankenhaus, wenn sie müssen, weil sie dadurch wieder im System landen könnten.« Er hielt inne. »Und die Polizei mögen sie am allerwenigsten.« Einen Moment lang erwiderte er Leos stählernen Blick. »Nicht alle Cops sind gute Cops, und das wissen sie.«

»Ihnen ist schon klar, dass das hier eine Mordermittlung ist, oder?«, fragte Kjel. »Vielleicht halten Sie Informationen zurück, die uns helfen könnten. Es könnte weitere Opfer geben. Es könnte sogar noch mehr von Ihren Kids treffen.«

»Dann machen Sie Ihre Arbeit, Detectives, und lassen Sie mich meine machen.« Er schob sie hinaus, schloss die Tür und sah ihnen durch ein Fenster nach.

Kjel blieb unter dem Dachvorsprung stehen, um sich den Kragen hochzustellen und eine Zigarette anzuzünden, wobei er die Flamme mit der Hand gegen den Wind abschirmte. Regen prasselte in die Pfützen und tropfte vom Dach.

»Was hältst du von ihm?«, fragte Leo, der sich ebenfalls eine Zigarette anzündete. »Falscher Pastor. Der ganze religiöse Mist über Sünder und Mädchen, die gerettet werden müssen. Ich traue solchen Spinnern nicht.«

Kjel sah einen Moment lang in den Regen hinaus. »Hast du die Pinnwand da drin gesehen?«, fragte er leise und blies den Rauch in den Wind. »Auf zwei Fotos war Faith Hocking abgelichtet. Auf dem ersten sah sie aus wie auf ihrem Polizeifoto. Kaputte Zähne, schäbig. Dürr. Auf dem anderen hatte sie ein hübsches Zahnpastalächeln, und sie war mit dieser jungen Frau zusammen, die wir vorhin gesehen haben.«

»Diese Junkietussi?«

»Genau die.« Er ging los.

Kapitel 24

»Das hier ist Gracies Zimmer«, sagte Lorna Drummond und öffnete die Tür.

Maddocks ließ Pallorino vor sich eintreten und die Fragen stellen, während er selbst alles beobachtete. Er wollte sich ein besseres Bild von dieser Polizistin machen, die ihn so unverblümt aufgerissen, ins Bett geschleppt und dann beinahe in Handschellen ans Motelbett gefesselt zurückgelassen hatte. Außerdem hatte Buziak ihn gebeten, sie im Auge zu behalten, wegen ihrer Bewerbung bei der Mordkommission. Da würde ihr allerdings ein scharfer Wind entgegenschlagen – so viel hatte er von seinen Kollegen bereits mitbekommen, besonders von Harvey Leo.

Im Grunde wollte auch er sie nicht bei der Mordkommission haben. Warum? Weil er irgendwo immer noch hoffte, sie vielleicht wieder ins Bett zu bekommen. Aber mit einer Kollegin zu schlafen, ganz zu schweigen von der eigenen Partnerin, war ein absolutes No-Go. Beziehungen versauten jede Objektivität, was das Urteilsvermögen in Hochrisikosituationen beeinträchtigen konnte. Wenn ihr der Job bei der Mordkommission wirklich so wichtig war, würde sie das wohl kaum durch eine weitere Runde Sex mit ihm gefährden.

Sie zu beobachten gefiel ihm. Schlanke Gliedmaßen, katzenhafte elegante Bewegungen, langes und glattes dunkelrotes Haar, das sie zu einem Pferdeschwanz gebunden hatte. Blasse, durchschimmernde Haut. Und dann diese kühlen grauen Augen, die nichts preisgaben. Sie faszinierte ihn – eine sehr attraktive und kompetente Frau, die am Tag gefährliche Sexualverbrecher jagte und in der Nacht nach anonymer Befriedigung suchte. Wie oft ging Angie Pallorino wohl in diesen Club? Wie gefährlich war eine solche Gewohnheit? Was zum Teufel hatte er selbst eigentlich dort gewollt? Als sein Kumpel nicht aufgetaucht war, hätte er einfach gehen sollen, statt sie ins Motel zu begleiten.

Er schob die Hände tief in die Taschen und blieb in der Nähe der Tür stehen, während er sich in Drummonds Zimmer umsah.

Es war ein sehr ordentlicher und weiblicher Raum, in Grüntönen gehalten, mit einigen dunkelrosa Akzenten. Auf ihrem Bett türmte sich ein Berg bunter Kissen, gekrönt von einem Teddybären. Über dem Bett hingen Poster mit motivierenden Slogans, und an der Wand neben dem Schreibtisch entdeckte er einen Kalender neben einem hölzernen Kreuz mit einem Bronzejesus daran. Der Erlöser hatte das Haupt unter der Dornenkrone gesenkt. Auf dem Tisch lagen ein gebundener Roman, ein MacBook, ein iPad und etwas, das wie eine Perlenkette aussah, nebst einem schmalen Goldkettchen mit einem Anhänger daran. Die Schranktüren waren Schiebespiegel, und die eine Seite war mit Fotos vollgeklebt.

Pallorino trat zum Schreibtisch, berührte den Goldanhänger und strich dann sacht über die Perlen, wobei ein perlweißes Kreuz zum Vorschein kam. Da erkannte Maddocks, dass es ein Rosenkranz war. Die Aufmerksamkeit seiner Partnerin wanderte vom Rosenkranz zum Kreuz mit dem Jesus an der Wand, dann zu den Slogans. Sie trat zu einer Karte, die über einem Bücherbord am Fußende des Betts hing.

Gracies Mutter schlang sich ihre Strickjacke enger um die Brust. Sie trug Jeans, kein Make-up. Sie schien sich weder geduscht noch die Haare gekämmt zu haben. Ein weiteres Opfer des Verbrechens. Es gab auch immer noch diejenigen, die zurückgeblieben waren.

»Gracie wollte reisen«, sagte Lorna Drummond, als sich Pallorino näher zu der Karte vorbeugte. »Sie hat Stecknadeln in all die Orte gesteckt, die sie besuchen wollte. Sie … sie wollte die ganze Welt sehen. Sie hatte Pläne. So viele …« Lorna Drummond schniefte und wischte sich mit dem Daumen über die Nase. »So viele Pläne.«

Pallorino ließ die Fingerspitzen über die Buchrücken auf dem Bord wandern. »Alphabetisch sortiert«, sagte sie. »Und fast alles Hardcoverbände. Gracie hat wohl gern gelesen.«

Lorna Drummond räusperte sich und nickte. »Sie liebt … ich meine, sie hat ihre Bücher geliebt. Sie hat sehr darauf geachtet. Manchmal hat sie ein ganzes Buch an einem einzigen Tag verschlungen – besonders richtig dicke Fantasyromane. Die hat sie immer wieder gelesen.«

»Haben Sie ihr diese Bücher gekauft?«

»Nein, sie hat sie sich selbst gekauft.«

Pallorino ging zu dem iPad und klappte den Schutzdeckel zurück. »Das ist eines der neueren mit Fingerprint-ID.« Sie sah Lorna Drummond an. »Wir müssen diese Elektrogeräte zur Beweissicherung mitnehmen …«

»Warum? Wofür brauchen Sie die Sachen?«

»Persönliche Aufzeichnungen, darunter auch Anrufe, E-Mails, Adressen, Voicemails, Kontaktlisten, Kalendereinträge und besuchte Websites – das alles könnte von entscheidender Bedeutung sein. Es könnte uns verraten, was Gracie getan hat, wohin sie gegangen ist, wie sie mit der Person in Kontakt gekommen ist, die beschlossen hat, ihr wehzutun.« Pallorino öffnete und schloss die Schreibtischschubladen, dann trat sie an den Schrank und schob die Spiegeltür auf.

Sie ging die an Bügel gehängten Kleider des Opfers durch. »Ihre Tochter mochte Designer-Outfits, Mrs Drummond. Hier sind einige sehr teure Stücke dabei, und an manchen hängen noch die Preisschilder.« Sie sah über die Schulter zurück. »Woher hat sie diese Kleider bekommen?«

»Ich … ich weiß es nicht. Hauptsächlich aus dem Internet?«

»Sie war erst sechzehn. Haben Sie ihr eine Kreditkarte bewilligt?«

»Nein. Ich … ich weiß nicht, wie sie bezahlt hat. Sie hatte einen Job. Sie hat sich Dinge gekauft.«

»Sie haben ihr nie Fragen zu ihrer Kleidung gestellt?«

»Eigentlich nicht.«

»Und das iPad, der Laptop – hat sie sich das auch selbst gekauft?«

Maddocks bemerkte, dass Drummond panisch zu werden drohte. Sie rieb sich über den Arm.

»Sie haben gesagt, sie hätte nur eine Schicht pro Woche im Blue Badger gearbeitet.«

»Ja.«

»Sind Sie sicher, dass Gracie nicht noch von irgendwo anders als von ihrem Job in der Bäckerei Geld bekommen hat?«

»Ich weiß nicht, warum Sie überhaupt hier sein müssen. Das hier ist das Zimmer meiner Tochter. Ihre Privatsphäre. Sollten Sie nicht da draußen ihren Mörder jagen, anstatt ihre Sachen zu durchwühlen und mich als Mutter zu verurteilen?«

Pallorinos Blick wurde weich, als sie sich Lorna Drummond zuwandte. »Es tut mir leid, Mrs Drummond. Ich weiß, wie schwer das ist.« Ihre Stimme war auf einmal sanft, ihre ganze Erscheinung schien sich vor Maddocks Augen zu verwandeln. Ein Chamäleon. Die meisten guten Ermittler waren Gestaltwandler, sie konnten sich jeder Situation und allen Menschen anpassen, von der High Society bis zu den Obdachlosen auf der Straße. Aber wer, fragte er sich, war die echte Angie Pallorino? Die heiße Braut im Club? Die kalte und leidenschaftslose Polizistin? Die versierte Ermittlerin – eine berechnende Befragerin, die versuchte, für ihre eigenen Zwecke das meiste aus den Befragten herauszuholen?

»Ich weiß, dass Sie ausgesagt haben, sie habe ihren Vater schon eine ganze Weile nicht mehr gesehen, aber könnte es sein, dass er, oder irgendjemand sonst, ihr eine Kreditkarte besorgt hat? Ohne es mit Ihnen abzusprechen?«

»Nein. Nein …« Lorna Drummond ließ den Kopf in die Hände sinken und rieb sich über die Stirn. »Ich weiß es nicht. Ich … ich weiß es nicht.« Als sie wieder aufsah, war ihr Gesicht rot und fleckig. »Gracie hat hart gearbeitet. Ich arbeite hart. Ich habe sie durch die Schule gebracht. Sie hatte gute Noten. Sie ist sonntags in die Kirche gegangen. Sie konnte singen wie ein Engel. Sie ist … sie war ein gutes, anständiges Mädchen.«

»Die Dinge sind nicht immer so, wie sie scheinen, Mrs Drummond. Sehr wahrscheinlich gibt es Dinge, die Sie nicht über Ihre Tochter wissen.« Pallorino hielt inne. »Wir alle haben Geheimnisse.«

»Das ist es also, was Sie tun? Sie kommen in die Häuser der Menschen, zerpflücken ihr Leben und decken ihre Geheimnisse auf?«

»Kommen Sie, setzen wir uns doch einen Moment.« Pallorino ließ sich auf Gracies Bett nieder und widerstrebend folgte Lorna Drummond ihr und setzte sich ebenfalls. Maddocks ergriff die Gelegenheit, um die Fotos am Spiegel zu betrachten.

»Wann sind Ihnen diese ganzen hübschen Sachen zum ersten Mal aufgefallen?«, fragte Pallorino mit entspannter, beruhigender Stimme. »Die schicken Kleider, der Laptop, das iPad?«

»Das ging langsam los, glaube ich. Vor etwa sechs oder acht Monaten. Oder … erst später. Aber ganz sicher erst, nachdem sie angefangen hatte, im Badger zu arbeiten.«

»Und wann war das?«

»Vor etwas über einem Jahr.«

»Sind Ihnen an Gracie in den vergangenen sechs bis acht Monaten irgendwelche Veränderungen aufgefallen? In ihrer Erscheinung oder ihrer Stimmung?«

»Sie kam mir fröhlicher vor als sonst. Sie hat ein wenig abgenommen. Sie war schon als Kind eher rundlich und hat sich ständig mit Diäten abgemüht.«

Maddocks dachte an Ginny, und ihm wurde die Brust eng. Gracie sah seiner Ginn auf einigen der Fotos tatsächlich verdammt ähnlich. Er hatte seine eigenen Schuldgefühle zu tragen, weil er so wenig für seine Tochter dagewesen war. Wäre es *ihm* aufgefallen, wenn sie plötzlich hübschere Klamotten getragen hätte?

»Gracie wurde in der Schule immer ein bisschen gehänselt, aber allmählich hat sich da eindeutig etwas getan. Sie war selbstbewusster und hat angefangen, sich zu schminken. Ich dachte, sie würde einfach erwachsen werden und aus dieser Unbeholfenheit herauswachsen.« Drummond putzte sich die Nase.

»Hatte sie einen Freund?«

»Sie war mal mit einem Jungen aus der Schule zusammen, mit Rick Butler. Aber sie haben sich getrennt.«

»Wann?«

»Ich … ähm, vor etwa acht Monaten. Oder neun. Oder … ich weiß es nicht mehr genau.«

Pallorino zog ihr Notizbuch aus der Tasche und schrieb sich den Namen des Jungen auf. »Haben sie sich im Guten getrennt?«

»Nein, es war ziemlich hässlich. Gracie war am Boden zerstört Aber dann hat sie im Oak Bay Country Club jemand Neuen kennengelernt, da nimmt Rick Tennisstunden. Er ist ein hervorragender Spieler, aber er könnte sich eine solche Mitgliedschaft niemals leisten. Ein europäischer Coach, ein gewisser Serge Radikoff, finanziert seine Mitgliedschaft. Er ist Rickys Coach und gleichzeitig eine Art Mentor. Gracie ist oft mitgegangen und hat Ricky beim Training zugeschaut.«

»Dann war sie also mit diesem Neuen aus dem Club zusammen?«

Drummond atmete tief durch. »Ich weiß nicht genau, was für eine Beziehung das war. Sie hat ihn ganz am Anfang einmal erwähnt, dann aber eigentlich nicht mehr über ihn gesprochen. Einmal hat er sie von zu Hause abgeholt. Er fährt einen kleinen schwarzen BMW.«

Pallorino und Maddocks wechselten einen Blick. War das die Quelle für Gracies Geld und all die hübschen Dinge?

»Und wie heißt er?«, fragte Pallorino.

Lorna Drummond schien mit ihren Schuldgefühlen zu ringen. »Herrje, ich weiß es nicht. Ich arbeite zu viel. Jack. John. Nein, John Jacks, das ist es.«

Pallorino notierte sich den Namen.

»Ist er auf einem der Fotos hier?«, fragte Maddocks.

Schwerfällig kam Drummond auf die Füße und trat zu ihm. Pallorino tat es ihr nach. Drummond betrachtete die Bilder und ein Schluchzen drang aus ihrer Kehle. Entkräftet schlug sie sich die Hand über den Mund, und Tränen sammelten sich in ihren Augen. Sie schüttelte den Kopf, fasste sich etwas und sagte dann: »Nein, ich sehe ihn nirgends. Aber das da ist Rick Butler.« Sie deutete auf eines der Fotos.

»Und wer ist auf den anderen Bildern zu sehen?«

»Das da wurde bei einem Picknick am Strand für die Belegschaft vom Blue Badger letzten Sommer aufgenommen.

Das dort ist Gracie mit ihrer Chorgruppe aus der Schule, der Duneagle Secondary. Sie haben letztes Jahr einen Gruppenausflug nach Toronto gemacht.«

Es gab noch weitere Bilder von Gracie mit einer Brünetten mit wilden Locken, einem sanften Lächeln und Grübchen in den Wangen. Sie schienen schon seit vielen Jahren Freundinnen gewesen zu sein.

»Und dieses Mädchen? War sie eine enge Freundin?«

»Lara. Eine Stimme wie eine Nachtigall. Sie ist eineinhalb Jahre älter als Gracie und studiert inzwischen an der UVic. Sie haben sich im Schulchor kennengelernt, als Gracie in der dritten Klasse war, und seither waren sie Freundinnen. Lara hat Gracie mit zu einem Collegechor genommen, und seitdem hat sie dort gesungen.«

Maddocks warf Lorna Drummond einen prüfenden Blick zu. »Sie ist zwar nicht auf dem College, singt aber trotzdem mit im Chor?«

»Der Chorleiter nimmt manchmal Highschoolschüler auf, wenn sie außergewöhnlich talentiert sind. Besonders, wenn sie im kommenden Jahr auch aufs College gehen wollen.«

»Proben sie zufälligerweise in der katholischen Kathedrale in der Innenstadt?«, fragte er. »Donnerstagabends?«

Drummond wirkte überrascht. »Sie wissen davon?«

Eine unbestimmte Angst schnürte Maddocks die Brust zu, als seine Gedanken zu Ginny und ihrer Unterhaltung im Blue Badger zurückkehrten. »Ich habe vor Kurzem davon gehört. War Gracie letzten Donnerstag bei der Chorprobe?« Er fragte sich, ob die Wege seiner Tochter vor vier Tagen tatsächlich die von Gracie Drummond gekreuzt hatten.

»Nein, nicht letzten Donnerstag, da wollte sie sich stattdessen mit einem Freund treffen.«

»Mit John Jacks?«, hakte er nach.

»Tut mir leid«, sagte sie leise. »Ich … weiß es nicht. Ich war an diesem Abend mit Kurt aus.«

»Kurt?«

»Kurt Shepherd, mein neuer Lebensgefährte. Ich wollte selbst ein bisschen Glück abhaben. Ich dachte, mit Gracie wäre alles prima und sie wäre inzwischen alt genug, um öfter mal allein gelassen zu werden …« Ihre Stimme brach. Wieder putzte sie sich die Nase. Ihr Taschentuch war schon ganz zerrissen.

»In welche Kirche ist Gracie sonntags immer gegangen, Mrs Drummond?«, fragte Pallorino von der anderen Seite des Zimmers. Sie ging zurück zum Schreibtisch und nahm den Goldanhänger genauer in Betrachtung.

»In die katholische Kathedrale in der Innenstadt, da wo sie auch singt. Unsere Familie war früher recht religiös, als Gracie noch klein war, aber nachdem ihr Vater uns verlassen hat, haben wir die Dinge etwas schleifen lassen, wegen der Scheidung und so weiter.« Zittrig holte sie Luft. »Gracie hat wieder zum Glauben zurückgefunden, nachdem sie mit dem Singen angefangen hatte. Der Chor ist zwar nicht religiös aufgebaut, aber sie ist dadurch wieder in ein kirchliches Umfeld gekommen, und das hat ihr gefallen.«

»Ihr Beitritt zum Chor und ihre Rückkehr zur Religiosität – ist das vielleicht mit ihrem positiven Stimmungswechsel zusammengefallen, von dem Sie uns gerade erzählt haben?«, wollte Pallorino wissen.

Drummond strich sich eine Haarsträhne aus der Stirn. »Vielleicht. Dem Chor ist sie letzten Juni beigetreten, im Sommer vor ihrem letzten Jahr auf der Highschool.«

Pallorino hielt den Anhänger hoch, der auf dem Tisch gelegen hatte. Die Goldkette war zerrissen. »Es ist ein Medaillon des heiligen Christophorus«, sagte sie. »Der Schutzpatron der Reisenden. Man trägt so etwas oft an einer Kette oder einem

Armband. Manchmal auch in einer Tasche, oder man legt es sich ins Fahrzeug, um auf Reisen geschützt zu sein.«

»Den hat sie oft getragen. Am Samstag wahrscheinlich nicht, weil die Kette kaputt ist.«

»Auf der Rückseite ist etwas eingraviert«, fuhr Pallorino fort und drehte das Medaillon um. »Da steht: ›Für Gracie, in Liebe, J. R.‹« Sie sah auf. »Wer ist J. R.?«

»Ich … Mir fällt niemand mit den Initialen J. R. ein.«

»Wie lang trägt sie die Kette schon?«

»Eine ganze Weile.«

»Sie wissen es nicht genau?«

Sie schüttelte den Kopf. »Ein paar Monate. Mindestens.«

»Und am Wandkalender hier ist der letzte Dienstag eingekreist. Da steht: ›Lara P., Amanda R., B. C. um acht.‹ Ist sie am vergangenen Dienstag ausgegangen?«

»Ja. Sie ist zu Lara gefahren. Sie hat gesagt, dass sie zusammen kochen und sich einen Mädchenfilm anschauen wollten. Sie hat dort übernachtet.«

»Wer ist Amanda R.?«

»Ich weiß es nicht.«

»Und B. C.?«

Sie schüttelte den Kopf.

»In der Woche davor ist noch so ein Termin mit Lara, Amanda und B. C. eingetragen, auch am Dienstag. Macht sie das öfter? Bei Lara übernachten?«

»Recht regelmäßig. Wie gesagt, sie sind schon ewig Freundinnen.«

»Wenn Ihnen zu diesen Initialen, B. C., J. R. oder Amanda R., noch etwas einfällt, dann rufen Sie uns bitte an, ja, Mrs Drummond? Egal was, in Ordnung?« Pallorino reichte der Frau ihre Karte. »Wie lautet Laras Nachname? Wo wohnt sie, und haben Sie ihre Telefonnummer?«

»Pennington. Sie wohnt in der Nähe vom Campus.« Gracies Mutter schrieb die Adresse und die Telefonnummer auf und reichte sie Pallorino.

»Und Rick Butler?«

»Er hat im Juni seinen Abschluss an der Duneagle gemacht. Er wohnt bei seinen Eltern, einen Block von der Schule entfernt.« Sie notierte auch seine Adresse.

»Können Sie uns auch sagen, wie wir Kurt Shepherd erreichen? Reine Routine, wir müssen so viele Personen wie möglich ausschließen.«

Lorna Drummond schrieb die Kontaktdaten ihres Freundes auf, und ihre Verärgerung äußerte sich in den abgehackten Bewegungen des Stifts. »Ich war mit ihm zusammen«, sagte sie, und es klang hart, als sie Pallorino den Zettel reichte. »Ich war bei meinem Freund, als meine Tochter vergewaltigt und verstümmelt wurde. Als sie brutal misshandelt wurde. Er hatte nichts damit zu tun. Ich bin diejenige, die schuld ist. Ich hätte daheim sein sollen.«

»Weiß Lara, was Gracie zugestoßen ist?«

»Die ganze Welt weiß, was mit meiner Kleinen passiert ist, dank der Zeitungen. Also ja, Lara weiß es auch. Sie hat mich heute Morgen angerufen. Sie ist genauso am Boden zerstört.«

»Wir lassen ein paar Polizisten kommen, damit sie die Sachen Ihrer Tochter abholen. Sie werden alles ordentlich dokumentieren, in Ordnung? Sind Sie den Rest des Tages zu Hause?«

Sie nickte mit zusammengepressten Lippen.

* * *

»Ein Schlüsselkind«, sagte Pallorino, während sie neben Maddocks her den Gang des alten Gebäudes entlangging. Es roch nach Essen. Die Teppiche verströmten Muffigkeit.

»Gracie hat ihr ganz eigenes Leben gelebt, von dem ihre Mutter nichts gewusst hat – die teuren Kleider, die Elektronikgeräte, ihre Freunde«, fuhr Pallorino fort.

»Oder dieser John Jacks aus dem noblen Oak Bay Country Club mit dem BMW hat ihr die Sachen geschenkt«, ergänzte Maddocks.

»Wie oft hat das Mädchen diese Übernachtungsgeschichte wohl als Tarnung verwendet, während sie in Wahrheit etwas ganz anderes getan hat?«

»Hast du Kinder, Pallorino?«

Sie geriet so kurz aus dem Tritt, dass es jemand weniger Aufmerksamem nicht aufgefallen wäre. »Nein, aber ich war auch mal ein Teenager«, gab sie sekundenschnell zurück. »Ich wette, Lara Pennington kann uns eine ganze Menge mehr über Gracie Drummond erzählen als ihre Mutter.« Dann lief sie voraus und eilte die Treppe hinab, bevor sie die Haustür aufdrückte.

Dankbar für den Stoß frischer Winterluft folgte Maddocks ihr zu seinem Auto, wo Jack-O wartete.

»Einen Rosenkranz verwendet man, um als Buße für seine Sünden Gebete aufzusagen«, erklärte sie, als sie beim Impala angekommen waren. »Nach der Beichte weist einem der Priester eine gewisse Anzahl an Ave Marias und Vater Unsers zu, je nach Schwere der sogenannten Sünde, und dann verwendet der Sünder den Rosenkranz, um sich beim Beten nicht zu verzählen.«

Mit einem Piepsen entriegelte er das Auto, und sie öffnete die Beifahrertür. »Eine Version des Ave Marias lautet: Heilige Maria, Mutter Gottes, bitte für uns Sünder jetzt und in der Stunde unseres Todes. Amen.«

»Bist du katholisch, Pallorino?«, fragte er, stieg ein und schnallte sich an.

»Agnostikerin.«

Er lächelte. »Du hältst dir also alle Optionen offen?«

»Vielleicht gibt es einen Gott, vielleicht auch nicht. Ich glaube nicht, dass sich eines davon beweisen lässt.«

»Wie schon gesagt, du hältst dir alle Optionen offen.« Er ließ den Motor an, legte den Gang ein und fuhr auf die Straße.

»Ich wurde römisch-katholisch erzogen«, fuhr sie nach einer Weile fort. »Mein Vater entstammt einer italienischen Familie mit stark religiösem Hintergrund. Meine Mutter ist irisch-katholisch, ich habe es also von beiden Seiten abbekommen.«

»Aber für dich hat es nicht gestimmt?«

»Ich habe so viele Ave Marias aufgesagt, dass es für ein ganzes Leben reicht, und ich kenne das Taufritual.« Sie schwieg eine Weile, während er fuhr. »Wir sind eines Tages einfach nicht mehr in die Kirche gegangen. Jetzt, wo ich so darüber nachdenke, weiß ich nicht einmal, warum.« Sie räusperte sich. »Jedenfalls könnte die Verbindung, die wir suchen, sehr wohl diese Kirche sein, oder der Chor. Wir sollten der Kathedrale und dem Priester einen Besuch abstatten.«

»Erst Pennington«, sagte er. »Dann der Club.«

Kapitel 25

Kjel und Leo fanden die Frau, die sich ihnen zuvor genähert hatte. Zitternd stand sie in einem Hauseingang, nicht weit von der Stelle entfernt, wo die Detectives sie zurückgelassen hatten. Kjel hielt ihr das Polizeifoto hin. »Kennst du sie? Ihr Name ist Faith Hocking.«

Sie schüttelte den Kopf, zupfte an ihrer verschorften Wange herum und vermied es, ihm in die Augen zu sehen. Er schätzte sie auf Ende zwanzig, aber möglicherweise war sie auch viel jünger. Die Drogen und das Leben auf der Straße hatten sie ausgezehrt.

»Was ist mit diesem Tattoo?«, fragte Leo und hielt sein Handy hoch, auf dem ein Foto von Hockings Medusa zu sehen war. Kjel warf seinem Partner einen scharfen Blick zu.

Der Kopf der Frau ruckte hoch. »Woher habt ihr das Foto?«

»Aus der Leichenhalle. Gehört zu Faith Hocking. Wann hast du sie zuletzt gesehen?«

Sie drehte sich von Leo weg und drückte sich tiefer in die Ecke des Hauseingangs. Kjel bedeutete Leo mit einer Handbewegung, dass er sich ein Stück entfernen sollte. Finster sah Leo ihn an, doch dann ging er ein paar Hauseingänge weiter, stellte sich unter und zündete sich eine Zigarette an.

Kjel zog seine Zigaretten aus der Brusttasche und klopfte eine aus dem Päckchen. »Das war nicht nett. Tut mir leid. Aber verstehst du, ich weiß, dass du sie kennst, weil ich nämlich Fotos von dir und Faith Hocking da hinten im Harbor House gesehen habe. Da drauf seht ihr ziemlich eng miteinander aus. Eins ist auch noch gar nicht alt, da hat sie schon ihre hübschen Zähnchen und die neue Frisur und die schicken Kleider.« Er bot ihr ebenfalls eine Zigarette an, während er sprach. Sie sah zu ihm hoch und nahm dann die Zigarette. Mit zitternden Fingern schirmte sie die Flamme vom Wind ab, als Kjel ihr das Feuerzeug hinhielt. Am ganzen Körper bebend sog sie tief den Rauch ein und blies ihn dann in die Luft, wobei sie sich ein ganz kleines bisschen entspannte. Leo hatte recht. Sie stank. Sie war nass, zu dünn und offensichtlich unterkühlt, und wahrscheinlich brauchte sie medizinische Versorgung.

»Wann hast du Faith das letzte Mal gesehen?«, fragte er sanft.

Noch einmal zog sie so fest an der Zigarette, als wäre sie ihre Rettungsleine. Sie sah wieder auf das Polizeifoto. »Und was springt für mich raus?«

»Wir sperren deinen knochigen Hintern nicht ein.«

»Verpiss dich, Drecksbulle.« Sie warf die Kippe nach ihm. »Ihr habt nichts, für das ihr mich einsperren könnt.«

»Okay, okay.« Er hob beide Hände. »Erwischt. Dann geh ich mal.«

Sie beäugte die Zigarettenpackung, die er immer noch in der Hand hielt. Er wandte sich ab. »Hey, bezahlt ihr eigentlich immer noch eure Informanten?«

»Wenn du eine V-Person sein willst, dann musst du mit aufs Revier kommen, damit wir den Papierkram erledigen können. Wie heißt du denn, Kleine?«

»Nina.«

»Und wie noch?«

»Einfach Nina.«

»Sag mir, wann du Faith das letzte Mal gesehen hast, einfach Nina.«

»Ist sie wirklich tot? Habt ihr das Foto echt aus der Leichenhalle?«

Stille.

Sie senkte den Blick, trat von einem Bein aufs andere. »Wo habt ihr sie gefunden?«

»Sie ist im Gorge getrieben.«

»Scheiße, Mann, Scheiße, Scheiße, nein …« Sie schlang sich den Arm um die Brust, begann sich vor und zurück zu wiegen und trat dann mit tränenfeuchten Augen gegen den Rinnstein. »Das Friedhofsmädchen ist auch ertrunken. War es derselbe, der das mit Faith gemacht hat?«

Kjel musterte sie einen Moment, sagte aber immer noch nichts.

»Scheiße. Verdammte, verdammte Scheiße.«

»Wir müssen ihre Freunde und ihre Familie finden und den Menschen, denen sie etwas bedeutet hat, sagen, was passiert ist. Und wir müssen den Kerl finden, der ihr das angetan hat.«

Angst blitzte in ihren Augen auf. »Familie hat sie nicht. Ich kenne niemand, der sich um sie schert.«

»Niemand schert sich um sie, was? Dann hat Faith den Sprung vom Methjunkie und Straßenprofi zur Angestellten einer Fastfoodkette also ganz allein gemacht? Und dann hatte sie auf einmal auch keinen Meth-Mund mehr, sondern diese hübschen perlweißen Beißerchen. Woher hat sie dieses Gebiss bekommen, hm? Wie hat sie sich das leisten können?« Er steckte einen Zwanziger in die Zigarettenschachtel, während er sprach. Dabei hatte er Leo den Rücken zugedreht, damit dieser nicht sah, was er da tat.

Mit wildem Ausdruck in den Augen starrte sie das Päckchen an, aus dem der Geldschein ragte. Dann kratzte sie sich über den Unterarm. »Pastor Markus hat Faith beim Entzug geholfen. Und er hat ihr einen guten Job besorgt. Hat er auch noch bei ein paar anderen gemacht.«

»Hat Pastor Markus auch ihre neuen Zähne bezahlt?«

»Keine Ahnung, woher sie die Kohle dafür hatte. Hab sie 'ne Weile nicht gesehen.«

»Wie lang?«

»Weiß nicht. Hab kein Gefühl für Zeit.«

Er nickte und reichte ihr die Zigarettenpackung. Sie schnappte sie sich und stopfte sie in ihre schmutzige Jeansjacke. Nervös flackerte ihr Blick die Straße entlang, so als könnte sich gleich jemand auf sie stürzen und ihr die Beute entreißen.

»Die Sache ist die, Nina«, fuhr Kjel fort. »Wir wollen diesen Killer von den Straßen kriegen, aber dafür müssen wir mehr über Faith wissen. Wo hat sie gewohnt? Mit wem war sie zusammen? Du kannst uns helfen. Du kannst Faith dabei helfen, Gerechtigkeit zu bekommen.«

In ihrem Gesicht kämpften unterschiedliche Gefühle miteinander: schiere Angst, Straßenloyalität, ein verzweifeltes Verlangen, an Geld für Drogen zu kommen, und der Wunsch nach Gerechtigkeit für ihre Freundin. Das alles sah Kjel. Das alles *erkannte* Kjel.

»Sie hat eine Wohnung.«

Adrenalin rauschte durch seine Adern. »Wo?«

»Esquimalt. Ein Block vom Meer weg, der Bau heißt MontBlanc Apartments. Von da sieht man die Berge über dem Wasser.« Trauer lag in ihrem Blick. »Wirklich hübsch.«

»Warst du schon mal da?«

»Hab's gehört.«

»Von wem?«

Sie sah weg.

»Hat Pastor Markus dir das erzählt?« Ein paar Männer kamen die Straße herunter. Sie wurde nur noch nervöser.

»Vielleicht. Vielleicht auch nicht.«

»War es ein gewisser John, der sie in ein Liebesnest gesetzt hat? Damit er sie ganz für sich hat?«

»Ich muss gehen.«

Kjel sah ihr nach, als sie durch den Regen davoneilte. Die Weihnachtsbeleuchtung im Gebrauchtwarenladen blinkte. Der Wind rauschte, und eine besonders finstere Wolke verdunkelte den Himmel. Tageslicht war zu dieser Jahreszeit knapp bemessen. Das Leben auf der Straße konnte echt hart sein. Kalt. Nicht so kalt wie im Rest des Landes, aber trotzdem kalt.

Leo gesellte sich wieder zu ihm, und Kjel weihte seinen Partner ein, während sie zu ihrem Wagen zurückliefen.

»Was hat sie gemeint, als sie gesagt hat, dass sie dich schon mal gesehen hat?«, fragte Kjel, als er die Fahrertür öffnete. Pallorino gab das Steuer nie aus der Hand, aber Leo war ganz zufrieden damit, es sich auf dem Beifahrersitz bequem zu machen. Das gefiel Kjel.

Über das Dach des Sedans hinweg sah Leo ihn an. »Ich bin ein Cop. Ich bin ab und zu in der Gegend.«

»Weiß sie was über dich?«

Leo hielt seinen Blick. »Was zum Teufel meinst du damit? Willst du wissen, ob ich manchmal für einen Blowjob herkomme? Was stimmt nicht mit dir?«

»Willst du's melden? Buziak sagen, dass wir wissen, wo unser Opfer gewohnt hat?«, fragte Kjel und stieg ein.

Schweigend fuhren sie nach Esquimalt zu den MontBlanc Apartments.

* * *

Aus den Schatten sah Nina zitternd den Detectives nach, als diese davonfuhren. Sie musste ihren Dealer finden und sich Nachschub besorgen, solange sie Geld hatte. Aber sie hatte

Angst. Sie hatte die Zeitungen im Harbor House gesehen, und sie wusste, was man dem Mädchen auf dem Friedhof angetan hatte. Die Vergewaltigung. Das Kreuz. Merry Winston hatte darüber in ihrem Blog geschrieben. Nina hatte auch von der weiblichen Leiche im Gorge gehört. *Faith? Mein Gott.*

Sie zog die Schultern hoch und trat wieder in den Regen hinaus. Eilig ging sie durch die Straße auf das steinerne Gebäude zu, in dem die Redaktion der Sun untergebracht war. Dichter Nebel rollte vom Wasser heran und streckte die dürren Finger nach den Straßen und Backsteingassen aus. Nebelhörner erklangen draußen auf dem Meer. Sie stieß die Glastür auf und ging über den glänzenden Marmorboden zum Empfangstresen.

Die Frau dahinter rief ihr entgegen, dass sie abhauen solle oder sie würde die Polizei rufen.

»Ich habe Informationen, für eine Story«, antwortete Nina und kratzte sich nervös über den Arm. »Ich muss mit der Reporterin sprechen, die diese Geschichte über das Friedhofsmädchen geschrieben hat.«

Die Rezeptionistin wirkte skeptisch, schickte Merry aber trotzdem eine Nachricht auf den Pager.

Merry kam nach unten. Sie wirkte erschrocken. »Nina? Was zum Teufel machst du denn hier?«

Nina sah sich um. Auf einmal war es sehr laut in ihrem Kopf, und sie presste sich die Hände auf die Schläfen.

»Na komm. Wir besorgen dir erst mal einen Kaffee und was Warmes zu essen. Ich hole nur schnell meine Jacke.«

Als Merry wieder herunterkam, hielt sie eine zweite Jacke in der Hand. »Zieh das nasse Ding aus und nimm die hier.«

Nina nahm die Jacke an. Sie war warm und trocken und dick gefüttert, und Nina war dankbar dafür. »Du kannst sie behalten«, sagte Merry und führte sie um eine Ecke zum Eingang eines kleinen Pubs.

»Ich will da nicht rein.«

Merry nickte verstehend.

»Komm, ich weiß was.«

»Nein … ich muss gehen. Ich muss mir Crissy besorgen. Aber erst musste ich dich sprechen.«

Merrys Miene veränderte sich. Mitgefühl erschien darin, sogar Mitleid. Nina hasste es, sie konnte es selbst nicht ertragen, was aus ihr geworden war. Sie hasste es, wie die Leute sie sahen.

»Scheiße, schau ja nicht auf mich runter, Merry, klar? Nur weil du rausgekommen bist. Wir kennen uns schon ewig, du und ich.«

»Das tue ich nicht. Ich schaue kein bisschen auf dich runter. Was ist los? Warum bist du zu mir gekommen?«

»Wegen Faith.«

»Warum wegen Faith? Was meinst du damit?«

»Sie ist tot. Ertrunken. Sie war die, die man im Gorge gefunden hat. Da waren ein paar Cops im Harbor House und haben mit Pastor Markus gesprochen. Sie haben nach Faith' Familie gefragt, damit sie ihr sagen können, dass sie tot ist.« Wieder suchte sie die Straße ab. Vielleicht waren die Polizisten ihr ja gefolgt oder so. »Sie wurde *ermordet,* Merry. Und dann in Plastik gewickelt und ins Meer geworfen.«

Alles Blut wich Merry aus dem Gesicht. »Bist du sicher?«

»Einer von denen hat mir ein Foto von ihr im Leichenschauhaus gezeigt – von ihrem Tattoo. Was, wenn er wieder da ist? Was, wenn *er* es ist? Ich hab gelesen, was mit dem Friedhofsmädchen passiert ist. Er ist es. Er muss es sein.«

Merrys Augen schimmerten zu hell, als sie Nina an den Schultern packte. »Hat der Polizist irgendetwas über ein Kreuz auf Faith' Stirn gesagt?«

Nina schüttelte den Kopf. »Aber er könnte es sein.«

»Warum glaubst du das?«

»Weil ich den Cop gefragt habe, ob es derselbe war, der das dem Friedhofsmädchen angetan hat, und er hat mich ganz komisch angeschaut. Er hat es nicht abgestritten.«

»Hör zu, wann hast du Faith das letzte Mal gesehen?«

Nina kratzte sich über den Schorf auf den Wangen. »Ist 'ne ganze Weile her. Vielleicht fünf Monate oder acht. Sie war mit ihrem Kerl von ganz früher zusammen, mit Damián, und mit so einem anderen blonden Typ. Stinkreich, mit einem kleinen schwarzen BMW. Noch jung, irgendwas um die Zwanzig.«

»Bist du sicher, dass es ein BMW war?«

»Meine Fresse, mit Autos kenn ich mich aus. Ich weiß, wo ich die meiste Kohle herkriege.«

Kapitel 26

»Wie schon gesagt, sie hatte eine monatliche Kündigungsfrist. Die Mieterin hat sich Ende November mit der Kündigung gemeldet – vor elf Tagen. Das war an einem Donnerstag. Am nächsten Tag sind ihre Umzugshelfer mit Bargeld von ihr aufgetaucht. Sie hat die Miete noch bis Ende Dezember bezahlt.«

Langsam ging Kjel über den Hartholzboden zum Fenster. An einigen Stellen, wo Möbel gestanden oder Teppiche gelegen hatten, war er dunkler und der Staub fehlte. Aus dem Fenster konnte man über neue Gebäude zum Wasser blicken. Sie hatten den Hausverwalter ausfindig gemacht und ihnen Hockings Polizeifoto gezeigt. Er hatte sie erkannt und ausgesagt, dass sie beinahe zwei Jahre lang hier gewohnt hatte. Sie hatte ihre Miete immer in bar bezahlt. Nun war ihre Wohnung leer.

»Hat sie Ihnen die Kündigung persönlich übergeben?«, fragte Leo, während Kjel weiter aus dem Fenster starrte und verschiedene Szenarien durchdachte.

»Sie hat per Telefon gekündigt.«

»Sind Sie sicher, dass sie es war?«

»Es war eine Frauenstimme. Ich hatte keinen Grund, daran zu zweifeln, dass sie es war.«

»Welches Umzugsunternehmen hatte sie beauftragt?«, fragte Leo.

»Ich weiß es nicht. Es war ein weißer Kleinlaster, aber da war kein Unternehmenslogo auf der Seite oder so.«

»Und der Kerl, der Ihnen die letzte Monatsmiete ausgezahlt hat? Hat der seinen Namen genannt?«

»Nein.«

»Wie hat er ausgesehen?«

»Dunkle Haare, normal groß, keine Ahnung. Vielleicht Mitte dreißig. Ganz normaler Typ.«

»Hatte der ganz normale Typ vielleicht eine Uniform an oder ein Logo am Hemd oder so?«

»Nur Jeans und eine dunkle Jacke.«

Kjel betrat die Küche und öffnete die Küchenschränke, während Leo weiterfragte. Alle leer. Er suchte unter der Spüle nach einem Mülleimer. Sauber. Er öffnete den Kühlschrank – nur eine Packung Backpulver und ein paar Flecken. Er schloss die Tür wieder und begann, den Kühlschrank aus der Lücke zwischen den Küchenschränken zu ziehen.

»Was machst du denn da?«, wollte Leo wissen.

»Manchmal heftet man Kontaktdaten, Zettel mit Verabredungsnotizen oder so an den Kühlschrank. Bei mir zu Hause fallen die Zettel ständig in die Lücke zwischen Kühlschrank und Küchenzeile, und manchmal rutscht auch was drunter. Hilf mir hier mal.« Sie zogen den Kühlschrank heraus, während der Vermieter ihnen mit mildem Interesse dabei zusah.

Ein Kamm kam inmitten von dicken Staubflocken und Schmutz zum Vorschein, dazu ein paar alte Erdnüsse, eine Heftzwecke und ein paar weitere undefinierbare ehemalige Nahrungsmittel. Und eine einst weiße, fleckige Visitenkarte. Kjel fischte sie aus dem Staub.

Dr. Jon Jacques. Kosmetische Zahnmedizin.

»Bingo«, flüsterte er und hielt Leo die Karte vor die Nase. »Ich glaube, wir haben den Zahnarzt gefunden, der Hocking die Perlweißbeißerchen verpasst hat. Immer dem Geld nach, sag ich immer. *Den* hier hat sie bestimmt nicht in bar bezahlt.«

Da sie sonst nichts weiter fanden, ließ Leo dem Hausverwalter ihre Visitenkarte da und sie fuhren im Lift wieder nach unten. Als sie den Eingangsbereich betraten, sahen sie vor den Glastüren eine Frau stehen, die auf einen der Klingelknöpfe drückte.

Kjel fluchte. »Das ist sie. Diese Reporterin.«

Als sie das Haus verließen, sah die Frau auf und schluckte dann. Sie war gespenstisch blass und ihre Augen wirkten wie tiefe schwarze Löcher. Sie sah furchtbar aus.

»Merry Winston«, sagte Kjel knapp.

Etwas in ihm reagierte auf ihren mitleiderregenden Anblick. Er trat an die Gegensprechanlage und sah, dass Faith Hockings Name am Klingelbrett stand. »Und, kommen Sie Faith oft besuchen?«, fragte er.

»War sie es?«, fragte Merry mit rauer Stimme. »War es Faith, die ihr im Gorge gefunden habt?«

Kjel wechselte einen raschen Blick mit Leo. »Wie kommen Sie darauf?«, fragte Letzterer.

»Sagen Sie es mir einfach.« Nun zitterte sie.

Kjel runzelte die Stirn, als sich ein Verdacht in ihm regte. »Was bringt Sie ausgerechnet zu diesem Zeitpunkt zu Faith' Wohnung?«

»Ich … verfolge nur eine Spur.«

»Und woher kommt diese Spur? Dieses Mal jedenfalls nicht aus dem Polizeifunk, was, Winston?«

Schweigen. Kjel trat näher an sie heran. Er überragte sie um Längen. Sie wich einen Schritt zurück. Leo sah zu. »Wer hat Ihnen von Faith Hocking erzählt? Woher wussten Sie, wo sie gewohnt hat? Wer liefert Ihnen all die Informationen?«

»Ich bin eine gute Reporterin, okay? Ich mache meine Laufarbeit.«

»Behinderung der Polizeiarbeit ist eine ernste Sache. Wenn wir herausfinden …«

»Dann sperren Sie mich doch ein. Verhaften Sie mich.« Unwillkürlich suchte sie wieder die Namen auf dem Klingelbrett ab.

»Hier werden Sie Faith Hocking nicht mehr finden, Winston«, sagte Leo. »Sie ist weg. Ihre Wohnung wurde leer geräumt.«

Sie wich einen Schritt vor ihnen zurück. »Das glaube ich nicht.«

Leo zuckte mit den Schultern.

»Wer hat die Wohnung geräumt?«, wollte sie wissen.

»Dieses Detail hat Ihre Quelle also ausgelassen?«, fragte Kjel.

Sie funkelte ihn an, drehte sich dann um und eilte den Bürgersteig entlang. Sie stieg in einen limettengrünen VW Käfer, der ein gutes Stück entfernt unter einem kahlen Kirschbaum stand. Sie sahen zu, wie der Käfer hustend zum Leben erwachte. Dann fuhr Winston los, bog an der nächsten Kreuzung rechts ab und verschwand.

»Wie zum Teufel hat sie das rausgekriegt?«, fragte Kjel, während er ihr nachsah. »Wir haben doch selbst erst heute Morgen rausgefunden, wer Hocking war. Und von dem Apartment wissen wir erst seit gerade eben – aber Winston hat genau gewusst, wonach sie auf dem Klingelbrett suchen muss.«

»Zum Henker, ich habe keine Ahnung«, gab Leo zurück.

Kjel runzelte nachdenklich die Stirn. »Wir machen jetzt mal Meldung und besuchen dann unseren Zahnarzt, oder was meinst du?«

Kapitel 27

Lara tigerte hinter den zugezogenen Gardinen ihres Wohnzimmers auf und ab. Sie fühlte sich, als müsste sie sich gleich übergeben. Gracie war tot – sie war das Friedhofsmädchen. Und jetzt ging Faith nicht ans Handy. Sie hätte auf Gracie hören sollen, als sie ihr vor zwei Wochen erzählt hatte, dass sie sich verfolgt fühlte. Dass nachts irgendein Kerl in den Schatten vor ihrem Haus herumgelungert und ihr Fenster beobachtet hatte. Gracie hatte geglaubt, dass derselbe Kerl am vorletzten Samstag mit ihr im Bus gefahren und an derselben Haltestelle ausgestiegen war. Sie hatte geglaubt, dass es einer von *ihnen* sein könnte. Und nun stand dort draußen auf der mit nassen Eichenblättern bedeckten Straße ein schwarzer Lexus mit getönten Scheiben unter den knorrigen Ästen der alten Bäume. Seit dem Morgengrauen stand er schon da. Immer wieder lief der Motor, wohl um den oder die Insassen warm zu halten. Lara war sicher, dass sie diesen Wagen auch schon letzten Donnerstag vor der Kirche gesehen hatte, als sie nach der Chorprobe zum Bus gelaufen war.

Wieder wählte sie Faith' Nummer und landete erneut auf der Mailbox.

»Faith, ich bin's. Ruf … mich einfach an, okay?«

Sie lief weiter auf und ab, dann tätigte sie noch einen Anruf. Dieses Mal ging er an Eva. Erleichterung erfüllte sie, als abgenommen wurde.

»Eva, hier ist Lara. Ich …« Auf einmal kam sie sich dumm vor. »Es ist nur … Gracie und diese schrecklichen Nachrichten. Und jetzt kann ich Faith nicht erreichen. Hast du was von ihr gehört?«

»Wahrscheinlich hat sie nur einfach nicht aufs Handy geschaut.« Eva klang, als hätte sie es eilig und wollte den Anruf knapp halten.

»Sie geht immer ans Handy – ohne geht sie gar nicht aus dem Haus.« Mit dem Handrücken öffnete sie die Gardinen einen Spaltbreit. Der Lexus war immer noch da. »Gracie hat gesagt, dass sie vielleicht jemand gestalkt hat, und jetzt steht gerade jemand draußen vor meiner Wohnung. Vielleicht ist es einer von ihnen?«

»Warum sollten sie vor deiner Wohnung stehen?«

»Hast du irgendetwas … Komisches gesehen?«

»Nein. Hör mal, es ist bestimmt alles in Ordnung. Was auch immer du tust, sprich bloß nicht mit der Polizei, sonst ist der Teufel los. Wenn du redest, dann töten sie vielleicht jemanden, weißt du noch? Das war Teil der Abmachung – kein Gerede. Niemals. Und ruf sie nicht an. Sie rufen dich an.«

»Vielleicht hat Gracie geredet«, flüsterte Lara. »Vielleicht …« Ein dunkelblauer Sedan hielt direkt vor ihrem Fenster, und Lara verstummte. Die Autotüren wurden geöffnet. Alarmiert legte Lara auf und umklammerte das Handy fester.

Ein großer, dunkelhaariger Mann und eine Frau mit langem rotem Pferdeschwanz stiegen aus. Schwarzer Mantel. Schwarze Jacke. Sie kamen den Weg zur Eingangstür hinauf und stiegen die Stufen hoch.

Sie klopften an. Laut.

Lara zögerte. Angst überflutete sie.

Sie klopften wieder. Lauter. Lara spähte durch den Türspion.

»Wer ist da?«, rief sie und musterte die Gesichter.

»Metro Victoria Police«, antwortete die tiefe Stimme des Mannes. »Detectives Maddocks und Pallorino. Wir würden gern mit Ihnen über Gracie Drummond sprechen.«

Lara schluckte, zögerte und öffnete dann die Tür einen Spaltbreit. Mit vorgelegter Sicherheitskette betrachtete sie die beiden. »Haben Sie einen Ausweis oder so?« Sie hatte keine Ahnung, wie eine echte Polizeimarke aussah, aber fragen sollte sie wohl trotzdem.

Sie hielten beide ihre Marken hoch.

»Sind Sie Lara Pennington?«, fragte die Polizistin.

Da erkannte Lara sie aus der Zeitung wieder. Ein übler Geschmack stieg ihr in den Mund. »Wie konnten Sie zulassen, dass es Gracies Mutter auf diese Art erfährt? Wie konnten Sie zulassen, dass Gracies Name überall in den Nachrichten auftaucht?«

»Können wir reinkommen, Lara?«, fragte die Polizistin, ohne sich eine Reaktion anmerken zu lassen.

Lara löste die Sicherheitskette und öffnete die Tür. Sie führte die beiden in ihr bescheidenes Wohnzimmer, das mit einem alten Secondhandsofa ausgestattet war. Lara hatte einige Sarongs aus Bali darüberdrapiert.

Sie setzte sich auf die Kante eines Sessels. Die Polizistin auf das Sofa. Ihr Kollege blieb stehen und sah sich in der Wohnung um. Ihm fielen die vorgezogenen Gardinen auf und die leere Tequilaflasche, und das machte sie nur noch nervöser.

»Ihr Verlust tut mir leid, Lara«, sagte die Frau. »Soweit ich weiß, waren Gracie und Sie seit Langem befreundet.«

Lara schwieg. In ihrem Kopf setzte ein Klingeln ein.

Sie stellten jede Menge Fragen, doch meistens antwortete sie nicht, aus Angst, etwas Falsches zu sagen.

»Hat Gracie am Dienstag hier übernachtet?«

»Nein.«

»In ihrem Kalender hat sie am vergangenen Dienstag und an mehreren Dienstagen davor Lara P., B. C. und Amanda R. eingetragen. Wer ist Amanda R.?«

Das Klingeln in ihrem Kopf wurde lauter. Jetzt würde sie sich wirklich gleich übergeben müssen. »Ich … ich habe Gracie manchmal gedeckt. Sie ist ausgegangen.«

»Wohin? Warum immer dienstags?«

»Ich weiß es nicht.«

»Sind Sie sich da sicher?«

Ihre Augäpfel wollten irgendwie nach hinten in ihren Kopf rollen. Sie drückte sich die zitternden Hände fest auf die Knie. »Sie hat es mir nicht gesagt.«

»Eine enge Freundin wie Gracie? Sie hat es Ihnen nicht gesagt?«

Lara sah auf ihre Füße hinab. Sie konzertierte sich auf den abgeschlagenen Nagellack und sagte sich, dass sie dringend eine Pediküre brauchte. Alles, um den Lärm in ihrem Kopf zum Verstummen zu bringen.

»Wofür stehen die Initialen J. R. und B. C.?«

Ihr Kopf ruckte hoch, und sofort bereute sie es, sich so verraten zu haben. »Ich weiß es nicht«, sagte sie.

Schweigend musterte die Polizistin sie, dann wechselte sie einen vielsagenden Blick mit ihrem Kollegen. Er leckte sich über die Lippen, trat dann langsam zum Fenster, teilte die Gardinen und spähte auf die Straße hinaus. Lara fragte sich, ob der Lexus wohl noch da war. Die Polizistin schlug etwas in ihrem Notizbuch nach. »Und wie steht es mit John Jacks?«

Sie schüttelte den Kopf. »Ich kenne niemanden, der so heißt.«

»Wissen Sie, wohin Gracie am vergangenen Donnerstag statt zur Chorprobe gegangen ist?«

»Nein.«

»Waren Sie denn bei der Probe?«

Sie nickte.

Der Detective beugte sich vor. »Sind Sie sicher, dass Sie keinen John Jacks kennen? Weil Gracie nach Angaben ihrer Mutter schon seit einer Weile mit ihm zusammen war. Er fährt einen kleinen schwarzen BMW. Macht es da vielleicht klick? Möglicherweise hat er Gracie lauter hübsche und teure Geschenke gemacht, vielleicht auch ein Paar Stiefel von Francesco Milano?« Er hielt kurz inne. »Gracie Drummond hat diese Stiefel getragen, als sie angegriffen wurde, Lara. Sie befinden sich jetzt im forensischen Labor bei ihren übrigen Kleidern.«

»Oh Gott … ich … ich …« Auf einmal liefen ihr die Tränen übers Gesicht, und sie konnte nichts dagegen tun.

»Reden Sie mit uns, Lara. Was wissen Sie über John Jacks?«

»Ich … ähm … Es ist – es war – eher eine zwanglose Geschichte zwischen Gracie und ihm.«

»Wo können wir ihn finden?«

»Ich weiß nicht, wo er wohnt.«

»Er ist Mitglied im Oak Bay Country Club. Hat Gracie ihn nicht dort auch kennengelernt? Während sie Rick Butler beim Tennistraining zugesehen hat. Noch vor der Trennung von Rick?«

Lara wischte sich mit dem Ärmel über das Gesicht. »Ich glaube schon. Rick weiß da sicher mehr.«

»Warum enthalten Sie der Polizei Informationen vor? Wen wollen Sie schützen?«

Ihr wurde schwindlig von dem durchdringenden Klingeln in ihrem Kopf. Gleich würde sie in Ohnmacht fallen. Auf einmal klang die Stimme der Polizistin wie von sehr weit her, und Lara konnte sie nicht mehr verstehen.

»Lara, Lara, sehen Sie mich an. Wer auch immer Gracie das angetan hat, er ist immer noch da draußen, und solange das so bleibt, könnte er auch noch jemand anderen verletzen. Wir müssen ihn finden, und zwar schnell. Wenn Sie uns nicht alles sagen, was Sie wissen, bringen Sie andere Menschen damit vielleicht in Gefahr. Wenn Sie Informationen haben …«

»Habe ich aber nicht, okay? Ich weiß nichts!«

Die Frau nickte und steckte ihr Notizbuch zurück in ihre lederne Umhängetasche. »Wir werden Gracies E-Mails und ihre Social-Media-Accounts durchgehen. Ihre Kontaktlisten, ihre Anruflisten, und wir werden vielleicht wieder mit Ihnen sprechen wollen, sollte dabei etwas Neues herauskommen.« Sie reichte Lara ihre Visitenkarte. »Sollte Ihnen in der Zwischenzeit etwas einfallen, irgendetwas, das wichtig sein könnte, ganz egal, wie unbedeutend es Ihnen vorkommt, dann rufen Sie mich bitte an. Jederzeit.« Wieder hielt sie kurz inne. »Das wäre besser, als wenn wir Sie aufs Revier bringen müssten, weil wir elektronische Nachweise dafür gefunden haben, dass Sie doch etwas wissen.«

In der Tür drehte sich die Polizistin plötzlich noch einmal um und sagte: »Ach, eines noch, Lara. Kennen Sie vielleicht Faith Hocking?«

Lara stützte sich mit der Hand auf der Stuhllehne ab. Sie schluckte. »Nein.«

»Sie sind ihr noch nie begegnet?«, fragte die Polizistin.

»Nein, ich kenne niemanden, der so heißt.«

»Na gut«, sagte sie leise. »Rufen Sie uns an, wenn Ihnen noch etwas einfällt.«

* * *

»Sie lügt«, sagte Angie zu Maddocks, als sie bei seinem Impala ankamen.

»Ja. Und sie hat schreckliche Angst, aber warum? Wovor?«

Angie sah zurück zum Fenster. Sie konnte Lara Penningtons Schatten hinter den Gardinen erkennen. Die junge Frau sah ihnen nach.

»Fragen wir mal nach, was die anderen für uns haben und was bei der Auswertung der Elektrogeräte herauskommt«, sagte Angie und öffnete die Beifahrertür. »Wir holen Pennington später für ein offizielles Verhör aufs Revier – dabei wird mehr herauskommen, wenn wir etwas haben, das wir als Hebel verwenden können.«

Angie setzte sich ins Auto. Während Maddocks seinen Hund für eine kurze Toilettenpause zu einem Grasstreifen führte, sah sie dabei zu, wie sich Lara Penningtons Silhouette hinter den Gardinen rastlos hin und her bewegte. Das Mädchen hatte wirklich grässliche Angst. Angie dachte mehrere Möglichkeiten durch und wandte ihre Aufmerksamkeit dann der anderen Straßenseite zu. Ein schimmernder schwarzer Lexus, das neueste Modell, getönte Scheiben. Langsam fuhr er davon.

Der Täufer

Er sieht die Polizisten vor Laras Wohnung. Aufregung steigt in ihm auf, als er Detective Angie Pallorino an ihrem langen roten Haar erkennt. Aber es ist nicht Detective Kjel Holgersen, der sie begleitet. Es ist ein anderer Kerl. Ein bisschen älter, kohlschwarzes Haar. Der da hat Klasse. Die Aufregung, der Kick wird noch stärker, als ihm klar wird, dass das Spiel jetzt wirklich begonnen hat. Es ist echt. Hautnah und persönlich. Das bedeutet auch, dass er sich mit Lara beeilen muss, falls sie wirklich verhört werden soll. Er muss an Lara denken. Lara mit ihrer großen Muschi. Lara, die prallere Titten hat als Gracie. Lara mit ihrem hübschen runden Hintern mit den Grübchen. Er leckt sich über die Lippen und fühlt, wie er hart wird. Denn nach Lara kommt Eva – die übereifrige, immer feuchte Eva. Doch mit der Wärme in seinen Lenden, mit dem schnellen Atem und dem galoppierenden Herzen kommt auch ein beklommenes Flüstern. Er will nicht gefasst werden. *Nein, mein Lieber, lass dich nicht erwischen, Johnny. Nein, nein, Tommy.* Er wird seine Aufgabe mit diesen Mädchen zu Ende bringen. Und danach wird es immer weitere Mädchen geben. Böse Mädchen. Die Welt wird immer voller böser, böser Mädchen sein. An anderen Orten. An weit entfernten Orten. Über das Meer und weit fort.

Er wird nur vorsichtiger und klüger vorgehen müssen, jetzt, wo sie Lara gefunden haben.

Und Petrus sprach zu ihnen: »Bereuet und lasst euch taufen im Namen von Jesus Christus, damit euch eure Sünden vergeben werden. Und ihr sollt das Geschenk des Heiligen Geistes erhalten.«

Kapitel 28

»Dr. Jacques hat gerade eine Patientin«, sagte die Frau hinterm Tresen und überprüfte die Marken, die Leo und Kjel ihr hinhielten.

»Wir können warten, wir haben nur ein paar Fragen an den Doc.«

Sie sah auf und begegnete Kjels Blick. Konservativ gekleidet, fiel ihm auf. Guter Haarschnitt. Dezentes Make-up. Teuer aussehende Designerbrille.

»Tut mir leid, aber er ist heute vollkommen ausgebucht«, erklärte sie. »Und das Wartezimmer ist voll, wie Sie sehen können.«

»Wie gesagt, wir können warten.« Kjel drehte sich um und musterte betont den ziemlich vornehmen Empfangsbereich. »Wenn Sie also gern den ganzen Tag lang zwei Cops hier sitzen haben wollen, dann ist das okay für mich.« Er machte Anstalten, sich zwischen zwei offenbar wohlhabenden Damen auf ein schmales Sofa zu quetschen, die sofort auseinanderrückten, um ihm Platz zu machen, als hätte er Läuse oder so.

Eilig schob die Empfangsdame den Stuhl zurück. »Geben Sie mir nur eine Minute.« Eiligen Schrittes verschwand sie im hinteren Bereich der Praxis und kehrte ein paar Sekunden später zurück. »Dr. Jacques kann zehn Minuten seiner Zeit erübrigen«, sagte sie knapp. »Hier entlang, bitte.«

Sie führte sie in ein Büro hinter dem Empfangsbereich. Ein großer, schimmernder Schreibtisch und Bücherregale. Schicke Kunstwerke an den Wänden. Gerahmte Fotos auf einer Kommode. Kjel nahm eines der Fotos hoch. Es zeigte einen Mann mit schütterem blondem Haar, das er sich über die kahle Stelle auf dem Kopf gekämmt und mit viel Haarspray festgeklebt hatte. Neben ihm stand eine schlanke, dunkelhaarige Frau in einem sehr tief ausgeschnittenen Hochzeitskleid. Sie sah aus, als wäre sie gerade mal halb so alt wie er. Eine Kandidatin für den Victoria's-Secret-Katalog, wie sie im Buche stand, mit dem aufgespritzten Schmollmündchen und den schrägen Katzenaugen. Er stellte den Bilderrahmen wieder ab und griff nach einem weiteren. Auf diesem Foto war ein junger Mann zu sehen, etwa Anfang zwanzig. Ebenfalls blond. Der Sohn des Haare-über-Glatze-Kämmers, wie Kjel vermutete. »Ich nehme an, das hier ist ein Kind aus erster Ehe und das da ist seine zweite Frau«, sagte er und zeigte Leo die Bilder. »Das Mädchen sieht fast selbst noch wie ein Kind aus.«

»Dritte Ehe«, kam eine Stimme von hinten.

Sie drehten sich um, Kjel hielt die Fotos immer noch in der Hand.

»Dr. Jon Jacques«, sagte Glatze und bot ihnen betont nicht die Hand an. Stattdessen schob er beide Hände in die Hosentaschen und blieb im Türrahmen stehen. »Was kann ich für Sie tun, Detectives?«

»War Faith Hocking eine Ihrer Patientinnen?«, fragte Kjel und stellte die Bilder behutsam wieder auf die Kommode.

»Ich habe viele Patienten. Ich erinnere mich nicht an alle ihre Namen.«

Leo zog den Flyer aus der Tasche und zeigte ihn Dr. Glatze. »Diese Frau«, sagte er.

Der Zahnarzt schenkte dem Bild keine Beachtung. Stattdessen sah er zwischen Leo und Kjel hin und her und sagte: »Warum kommen Sie nicht einfach zur Sache, Gentlemen? Ich bin sehr beschäftigt.«

»Wir wollen nur wissen, ob Sie ihre Zähne gerichtet haben und wer dafür bezahlt hat«, erklärte Leo.

Dr. Jacques betrachtete nun doch kurz den Flyer, seine Züge blieben unbewegt, dann sah er auf die Uhr. »Verzeihen Sie mir meine unwirsche Art, aber ausgerechnet Sie, Detectives, müssten doch wissen, dass ich weder über meine Patienten sprechen noch Informationen finanzieller Art herausgeben darf. Wenn Sie mich jetzt entschuldigen würden.«

Doch weder Leo noch Kjel rührte sich. »Sie ist ein Mordopfer, Doc. Alles, was Sie uns sagen können, hilft uns bei unseren Ermittlungen.«

»Es tut mir furchtbar leid, das zu hören. Aber …«

»Diese Frau ist von der Straße gekommen und hatte einen Meth-Mund, wie Sie sehr genau wissen«, sagte Kjel und trat zwei Schritte auf den Arzt zu, der von Nahem nach Rasierwasser roch. »Einen solchen Mund vergisst man nicht. Verraten Sie uns einfach, wer für ihre Beißerchen bezahlt hat, Doc, dann benehmen wir uns auch nicht länger wie Kletten in Ihrem … äh, Haar?«

Der Arzt lächelte ihm knapp und raubtierhaft zu und zeigte dabei sein eigenes schneeweißes Gebiss, doch sein Blick wurde flach und kalt. »Wie schon gesagt, Patienteninformationen sind vertraulich.«

»Vielleicht kommen wir dann einfach mit einem Durchsuchungsbefehl zurück.«

»Dann tun Sie das. Auf Wiedersehen, Gentlemen.«

Kjel und Leo verließen Dr. Jacques' Praxis durch den Wartebereich, und die Patientinnen sahen ihnen mit unverhohlener Neugier nach.

Als sie auf die Straße und in den Regen hinaustraten, sagte Kjel: »Der Kerl ist unheimlich.«

»Aber offenbar haben wir unseren Zahnarzt«, sagte Leo. »Und eine ehemalige Methsüchtige und Straßenhure kann sich ganz sicher kein solches Apartment und keinen wie Dr. Jon Jacques leisten. Es sei denn, sie hat's wirklich faustdick hinter den Ohren.«

»Ein Zuhälter könnte die Rechnungen bezahlt und sie rausgeputzt haben. Damit sie für ihn arbeitet und die Kosten wieder reinholt. Ich meine, auf dem neueren Foto im Harbor House konnte man immerhin sehen, dass sich Hocking verdammt gut herrichten hat lassen.«

Mit hochgezogener Braue sah Leo ihn an. »Typen, die viel Kohle dafür zahlen, dass sie den Schwanz in dieses Medusamaul stecken dürfen? Das ist doch mal ein Gedanke.«

Als sie an ihrem Auto ankamen, entriegelte Kjel das Schloss und sagte: »Tja, ohne gute Gründe bekommen wir jedenfalls keinen Durchsuchungsbefehl für Dr. Glatzes Rechnungsunterlagen.«

»Dann finden wir eben Gründe.« Leo öffnete die Beifahrertür. »Irgendjemand hat für die Zähne bezahlt, und ich verwette meinen Arsch darauf, dass Jacques auch weiß, wer.«

* * *

Als Angie und Maddocks beim Oak Bay Country Club eintrafen, wurde es bereits dunkel – der kürzeste Tag des Jahres nahte – und die Indoor-Tennisfelder leuchteten so strahlend hell durch die winterliche Düsternis, dass sie aussahen wie außerirdische Raumkapseln.

»Ohne Durchsuchungsbefehl werden sie keine Details über ihre Mitglieder rausgeben«, sagte Angie, als sie durch die großen Glastüren eintraten. Der Empfangsbereich war gefliest und leise Musik lief im Hintergrund, untermalt von dem dumpfen Aufprallen der Bälle. Eine statuenhafte, gebräunte Blondine saß an der Rezeption. Sie hob den Kopf und lächelte, wobei sie ihr makellos weißes Gebiss zeigte. Angie vermutete, dass ihre Bräune von den Sonnenbänken des Clubs herrührte.

Während Maddocks begann, Miss Schweden über John Jacks zu befragen, schlenderte Angie in die Richtung, aus der die Tennisgeräusche zu hören waren.

»Hey.« Lächelnd begrüßte sie einen Coach, der gerade mit einer Gruppe Jugendlicher aus der Einfassung eines der Trainingsplätze kam. Er sah aus wie Ende dreißig, und er hatte den wie gemeißelten Körper eines sonnengebräunten Adonis. Designerklamotten, braunes Haar mit blonden Surfersträhnchen. Sie las das Namensschild an seinem Hemd.

»Serge Radikoff. Schön, Sie kennenzulernen – wie ich höre, sind Sie Rick Butlers Coach.«

Er schätzte sie unverhohlen von Kopf bis Fuß ab. Sie hatte richtig geraten. Serge war ein Frauenheld. »Rick ist sehr talentiert, einer meiner besonderen Schüler.« Er hatte einen osteuropäischen Akzent.

»Wie ich gehört habe, ist er Ihr Protegé.«

Mit dem Zipfel eines weißen Handtuchs, das ihm um den Hals hing, wischte er sich übers Gesicht und trank einen Schluck aus seiner Wasserflasche. »Rick hat Talent. Er wird es weit bringen, aber einen Ort wie hier und meine Unterrichtsstunden könnte er sich anders nicht leisten.«

Angie trat ein paar Schritte näher an den Käfig um das Tennisfeld heran und sah zu, wie sich ein paar junge Männer mit der Ballmaschine abwechselten. »Dann möchten Sie sich also mit Rick einen Namen machen. Und John Jacks …« Sie drehte sich wieder zu ihm um. »Sind Sie auch sein Coach?«

Radikoff schwieg einen Moment, nur noch das Abprallen der Bälle war zu hören. Einer von ihnen krachte direkt neben Angies Kopf gegen das Gitter und sie fuhr zusammen.

»Ich bin der Club Coach«, sagte er, und nun wirkte er vorsichtig. »Ich werde dafür bezahlt, dass ich jeden unterrichte, der es möchte. Wer will das wissen?«

»Angie Pallorino«, antwortete sie, vertiefte ihr Lächeln und hielt ihm die Hand hin. »Metro Victoria Police. Ich habe gehört, dass Jacks mit Butler gespielt hat.«

»Worum geht es hier?«

»Jacks war mit Butlers Ex-Freundin zusammen, mit Gracie Drummond. Gracie wurde ermordet, und wir versuchen herauszubekommen, wo sie in den Wochen vor ihrem Tod war und mit wem sie sich getroffen hat.«

Mit offenem Mund starrte er sie an. »Doch nicht … das Friedhofsmädchen? Aus den Nachrichten?«

Sie hielt seinen Blick. »Drummond ist gern mit hierhergekommen, um Butler beim Training zuzusehen. So hat sie Jacks kennengelernt, wenn ich das richtig verstanden habe.«

»Was hat das mit mir zu tun?«

Aus dem Augenwinkel sah sie, dass sich Maddocks näherte. »Wo kann ich Jacks finden?«, fragte sie.

Sofort wurde sein Gesicht verschlossen. »Wenn Sie mich jetzt entschuldigen würden – es ist mir nicht gestattet, mich privat mit Mitgliedern oder Gästen des Clubs abzugeben, und mein Vertrag verbietet es mir auch, über sie zu sprechen.« Er schnappte sich seine Sporttasche und seine Schläger von der Bank und ging davon. Sie sah ihm nach. Schöne Beine. Sehr schöne Beine. Und sehr schöner Hintern.

Maddocks trat an ihre Seite und folgte ihrem Blick. Sie sah zu ihm hoch, und als er ihren Blick erwiderte, ging eine seltsame, fast greifbare Energie von ihm aus.

»Und wenn *er* in diesen Nachtclub gekommen wäre?«, fragte er.

»Fang nie wieder davon an«, sagte sie leise. Dann ging sie eilig und mit hämmerndem Puls Richtung Ausgang. Eine merkwürdige Mischung aus trotzigem Zorn und etwas, das an Scham erinnerte, rumorte in ihr. Sie fand es unerträglich, dass er diese Seite von ihr kannte; dass er sie beurteilte und dass er das Thema während der Arbeit darauf gebracht hatte. Und noch schlimmer fand sie, dass es ihr tatsächlich wichtig zu sein schien, was er dachte.

Erst nachdem sie schon eine Weile im Regen und in der Dunkelheit bei seinem Auto gewartet hatte, kam auch er aus dem Club. Als er endlich bei ihr war, triefte sie vor Nässe. Er schloss auf, und ohne ein Wort zu sagen, stieg sie ein. Er ließ sie bei laufendem Motor und aufgedrehter Heizung sitzen, während er seinen kleinen Köter auf einen weiteren kurzen Spaziergang führte. Nach seiner Rückkehr ließ er sich jede Menge Zeit dabei, eine Schale aus dem Kofferraum des Impalas zu fischen und dem Tier zu trinken zu geben.

»Und was hast du von Miss Schweden erfahren?«, wollte sie wissen, nachdem er endlich eingestiegen war.

»Nichts Wichtiges. Und du von Tennisboy?«

Sie biss die Zähne zusammen und sah aus dem Fenster, während er losfuhr. »John Jacks ist Clubmitglied, wie wir vermutet haben. Serge Radikoff ist sein Coach. Nachdem er herausgefunden hatte, dass ich Polizistin bin, hat er allerdings dichtgemacht. Von Rick Butler erfahren wir sicher mehr.«

Statt den Weg zurück zum Revier einzuschlagen, bog Maddocks links ab und kramte dabei mit einer Hand auf dem Rücksitz herum, wobei er die nasse Straße jedoch nicht aus den Augen ließ.

»Wohin fahren wir?«

»Kommst du da ran?«

»Woran?«

»An die Decke hinter meinem Sitz. Kannst du sie über Jack-O legen? Es wird immer kälter, und damit kommt er wegen dem rasierten Fell nicht gut zurecht. Ich glaube, seit der zweiten OP ist sein Immunsystem ziemlich am Boden.«

Stirnrunzelnd sah sie ihn an, dann zog sie die Decke hervor und wickelte sie um den Hund, der knurrte und nach ihr schnappte. Sie riss die Hand zurück. »Blödes kleines Mistvieh. Er wollte mich beißen.«

Maddocks lächelte.

»Findest du das lustig oder was?«

»Vielleicht spürt er, dass du ihn nicht magst.«

»Ich mag ihn wirklich nicht. Was kann man da mögen? Im Ernst, verrat mir mal, was du an ihm findest.«

»Ganz ehrlich?«

»Ja.«

»Er gibt mir ein gutes Gefühl. Er gibt mir das Gefühl, dass ich in seinem Leben wirklich etwas bewirkt habe.« Er zuckte mit den Schultern, bog um eine weitere Ecke, blieb an einer roten Ampel stehen und sah sie an. »Was mehr ist, als einem dieser Job manchmal gibt.«

Die frühere Unterhaltung mit ihrem Vater kam ihr wieder in den Sinn.

Ich sperre die Bösen ein. Darin bin ich gut, Dad. Verdammt gut. Ich kann etwas bewirken.

Ach, wirklich?

Ja, wirklich. Manchmal. Ja. Manchmal schon.

Sie dachte an Tiffy und daran, wie sie das Mädchen im Stich gelassen, wie sie versagt hatte. Sie dachte an Hash und dass sie vielleicht auch ihn im Stich gelassen hatte. Sie vermisste ihn so sehr. Sie dachte an den Schmerz und an die Schuldzuweisung in Lorna Drummonds Blick, an das Jammern, das aus ihrer Kehle gedrungen war, während sie zu Boden glitt.

»Wohin fahren wir?«, fragte sie wieder, leiser dieses Mal.

»Ich will Jack-O absetzen. Buziak spendiert heute Abend beim Debriefing Pizza, und ich habe endlich einen anderen Sitter gefunden, einen der alten Männer bei der Marina. Der nimmt ihn wenigstens so lange, bis sich die Lage mit dem Fall etwas beruhigt.«

»Bei der Marina?«

»West Bay. Ich wohne dort auf einem alten Schoner. Ich versuche, ihn zu renovieren. Relativ erfolglos, wie ich sagen muss. Jedes Mal, wenn ich etwas repariert habe, taucht ein neues Problem auf. Wenn es wärmer wird, ist es leichter – hoffe ich jedenfalls.«

»Dann segelst du also?«

Er schnaubte. »Das war immer ein Traum von uns, für die Zeit, nachdem Ginn von zu Hause ausgezogen wäre – meine Frau und ich auf einem Boot. Die Küste entlangsegeln und überall anlegen, wo es uns gerade gefällt. Kajakfahren, Angeln.« Er schwieg eine Weile. Nach ein paar Blocks fuhr er fort: »Dann ist unsere Ehe auseinandergebrochen. Dieser Job kann für Beziehungen die Hölle sein.«

Die Neugier siegte und Angie fragte: »Habt ihr euch getrennt?«

»Wir schlagen uns gerade mit einer unschönen Scheidung herum. Vielleicht ist das auch so ein Grund, warum mir der Hund ans Herz gewachsen ist – Hunde verlassen einen nicht.« Wieder schwieg er eine ganze Weile, und Angie hatte das Gefühl, gerade einen sehr persönlichen und privaten Teil dieses Cops gesehen zu haben. Zu persönlich. Sie wollte nicht mehr wissen. Sie wollte nicht, dass es ihr etwas bedeutete. Sie wollte die Dinge, die sie zu fühlen begann, nicht fühlen, aber sie konnte einfach nicht anders, als ihm noch eine Frage zu stellen.

»Warum trägst du immer noch deinen Ehering?«

»Wegen Ginn. Ich habe ihn angezogen, bevor wir uns am Sonntag zum Brunch getroffen haben. Um ihr zu zeigen … keine Ahnung, um ihr zu zeigen, dass ich immer noch nicht aufgegeben habe. Sie ist der Meinung, ich hätte die Familie kaputtgemacht.« Er lachte, aber es klang hohl. »Manchmal denke ich, dass ich ein wahres Festtagsgeschenk für einen Psychologen wäre. Wie ich versuche, die Dinge wieder in Ordnung zu bringen, von denen ich weiß, dass sie endgültig zerbrochen sind – dieses alte Boot, unser Traum, das Gefühl von Familie, das ich einmal hatte.«

Angie schlug das Herz bis zum Hals. Dann hatte er den Ehering also nicht nur abgenommen, um im Club eine Frau aufzureißen. Er hatte ihn wegen seiner Tochter wieder angezogen, kurz bevor er zum Schauplatz eines Verbrechens gerufen worden war.

»Genau deshalb hättest du mich mein eigenes Auto fahren lassen sollen«, sagte sie knapp. »Dann hätte ich schon mal zum Revier zurückfahren können, während du zu Hause vorbeischaust und … was auch immer mit diesem Köter anstellst.«

Kapitel 29

Als Maddocks in die Straße einbog, die sie zum Hafen führen würde, tauchte auf einmal die Mount-Saint-Agnes-Einrichtung vor ihnen auf. Angie sah erschrocken auf ihre Uhr. Ihr Mund wurde trocken, während sie mit sich rang. »Warte!«, rief sie dann, als sie sich dem Tor näherten. »Bieg hier bitte ein.«

Maddocks setzte den Blinker. Erst als sie sich dem Eingang der Einrichtung mit den hohen Mauern und dem großen Eisentor näherten, fragte er: »Warum?«

»Ich … ich habe versprochen, heute jemanden zu besuchen. Ich brauche nur eine halbe Stunde – du kannst in der Zwischenzeit deinen Hund absetzen und mich dann später wieder abholen.«

Maddocks bog kommentarlos auf die Zufahrt zur Mount Saint Agnes Mental Health Treatment Facility ein. Er hielt unter einem Säulenvorbau vor der Doppeltür des Eingangs. Zögerlich rieb sich Angie über die Knie, auf einmal war sie nervös. Sosehr sie ihre Mom liebte, ein Teil von ihr schreckte davor zurück, sich dem zu stellen, was mit dem Verstand ihrer Mutter geschah. Sie wusste, dass ihre Angst teilweise daher rührte, dass sie fürchtete, die Krankheit könne sich auch in ihr allmählich bemerkbar machen. Dieser große Betonbau mit den steinernen Wänden und gewaltigen Toren und weiß gekleideten Krankenpflegern lauerte möglicherweise auch am Horizont ihrer nicht allzu fernen Zukunft.

»Wer ist denn da drinnen?«, fragte Maddocks und sah sie mit einer Intensität an, dass sie sich nackt fühlte.

»Das ist persönlich«, entgegnete sie knapp und legte die Hand auf den Türgriff. »Ich bin in einer halben Stunde wieder hier.«

»Nimm dir Zeit, wenn du sie brauchst.«

»Nicht nötig.« Sie öffnete die Tür, stieg aus und warf sie hinter sich wieder zu. Sie sah nicht zurück, während sie auf den Eingang zuging.

* * *

Eine Krankenschwester führte Angie in einen großen Raum, in dem Tisch und Stühle zu mehreren kleinen Sitzgruppen zusammengestellt worden waren. Auf einigen der Stühle saßen Patienten, manche von ihnen fuchtelnd und murmelnd, andere nur vollkommen leer und verloren. An der Wand stand ein Krankenpfleger und wachte über sie. Vor einem der Fenster schimmerte ein Weihnachtsbaum in weichem Licht.

»Sie ist dort drüben, beim Erkerfenster«, sagte die Krankenschwester und deutete auf eine gebeugte Gestalt, die reglos in einem Schaukelstuhl aus Bambusrohr saß und ihre eigene Reflexion in der dunklen Fensterscheibe anzustarren schien. Angie erschrak.

»Warum ist meine Mutter hier? Warum ist sie nicht in ihrem Privatzimmer bei ihren eigenen Sachen?«

»Ich fürchte, sie hatte eine leichte Krise, als sie zum ersten Mal allein gelassen wurde. So was passiert – ein unvertrauter neuer Ort, die Angst davor, nicht zu wissen, wo man ist und wo alle anderen sind. Sie steht hier für eine Weile unter Beobachtung.« Die Krankenschwester zögerte kurz. »Ihre

Mutter steht unter schweren Medikamenten, Ms Pallorino. Ihr Denken ist nicht sehr klar, aber es könnte ihr helfen, ein vertrautes Gesicht zu sehen. Sollte sie sich aufregen, dann ziehen Sie sich bitte einfach still zurück und benachrichtigen Sie den nächsten Krankenpfleger.«

»Wer hat die Medikation angeordnet? Die Dosis?«

»Ihr Arzt, in Absprache mit ihrem nächsten Angehörigen. Ihr Ehemann war den Großteil des Tages bei ihr.«

»Danke.« Langsam ging sie zum Fenster hinüber. Das allmählich weiß werdende Haar ihrer Mutter hatte nun eher einen Pastellorangeton angenommen, von dem früheren Erdbeerblond war kaum noch etwas zu erkennen. Ein weißer Bademantel lag um ihre knochigen Schultern und sie trug anders als sonst kein Make-up. Ihre Haut wirkte fleckig, trocken und faltig. In der wenigen Zeit, die vergangen war, seit Angie sie zuletzt gesehen hatte, schien sie um Jahrzehnte gealtert zu sein.

»Mom?«

Ihre Mutter begann zu schaukeln, schneller und noch schneller.

Angie zog sich einen Stuhl heran und setzte sich ihr gegenüber. »Wie geht es dir?« Sie lächelte.

Ihre Mutter hörte mit dem Schaukeln auf und sah Angie an, als würde sie ihre Tochter nicht erkennen. Sie wirkte unfokussiert, war nicht ganz hier. »Wer sind Sie?« Ihre Aussprache klang etwas verwaschen. »Kenne ich Sie?«

»Ich bin Angie.«

»Angie?« Ihre Mutter runzelte die Stirn und saß eine Weile einfach nur reglos da. Dann erhellte langsam ein trauriges Lächeln ihr Gesicht. »Ich hatte einmal eine kleine Tochter – sie hieß Angie. So ein hübsches Mädchen. So ein wunderbares Kind. Und dann … war sie einfach weg.« Sie stöhnte und begann wieder zu schaukeln. Ihr Gesicht verzerrte sich vor

Schmerz, und ihre Hände umklammerten fest die Armlehnen. Das Stöhnen wurde lauter und das Schaukeln immer schneller.

Angie beugte sich vor und legte die Hand auf die ihrer Mutter. Das Schaukeln wurde langsamer.

»Ist schon gut, Mom. Ich bin hier.«

»Die Engel haben sie zurückgebracht. Das haben sie. Sie gehörte dort nicht hin. Sie haben sie zurückgebracht.«

»Wen? Von wem sprichst du da, Mom?«

»Angie.«

Eine dunkle Vorahnung rieselte ihr über den Rücken. »Wohin hat sie nicht gehört?«

»In den Himmel. In Italien. Zu Gott. Sie haben einen Fehler gemacht. Sie war noch nicht bereit, mit Gott zu gehen. Also haben sie Angie zurückgebracht.« Wieder dieses traurige Lächeln. Das Schaukeln hörte auf. »An Heiligabend. Da wurde sie zurückgebracht. Ich habe in der Kathedrale gesungen … So eine schöne Kathedrale. Sie war ordiniert.« Ihre Mutter schloss die Augen und begann eine Melodie zu summen, die Angie seltsam vertraut war, die sie jedoch nicht einordnen konnte. Das kalte Gefühl des Grauens kroch tiefer in ihr Inneres.

»Welche Kathedrale meinst du, Mom?«

»Draußen hat es geschneit«, erzählte sie leise. »Als sie zurückgebracht wurde. Wie ein Baby in einer Krippe war sie.«

»Mom, schau mich an. Bitte.«

Ihre Mutter öffnete die Augen, während sie verwirrt versuchte, sich auf Angie zu konzentrieren. »Wer sind Sie? Ich … ich *kenne* Sie …«

Angie lächelte sanft, doch ihr Herz hämmerte und ihre Haut war schweißnass. Sie war verwirrt. Irgendein sechster Sinn warnte sie davor, dass hinter den Worten ihrer Mutter mehr steckte. Es war nicht nur das konfuse Gerede eines desorientierten Verstandes. »Ich kenne dich auch«, sagte sie und drückte ihrer Mutter die Hand. »Aber kannst du mir noch mal verraten, wer du bist?«

Ihre Mutter schien eine Weile darüber nachzudenken. »Ich bin Angies Mutter. Ich habe ein wunderschönes kleines Mädchen.«

Tränen brannten in Angies Augen. »Ja. Das hast du.«

»Kennen Sie sie?«

»Ja.«

Das gefiel ihrer Mutter offenbar. Ihre Gedanken schweiften anscheinend ab und ihre Miene wurde heiter, als sie die Augen schloss und mit einem weichen Mezzosopran begann, die Hymne zu singen.

»Ave Maria … Gratia plena, Dominus tectum …«

Angie schluckte, und bei dem Klang wurde ihr kalt bis ins Mark.

Nun begann ihre Mutter wieder zu schaukeln, ganz langsam dieses Mal. »Benedicta tu in mulieribus …«

»Mom?«

»Et benedictus, fructus ventris tui, Jesus …«

»Mom!«

»Sancta Maria, sancta Maria, Maria …«

Angie hielt es nicht mehr aus. Sie musste hier weg. Sofort. Die Stimme einer Frau füllte ihren Kopf. Sie schrie … in einer fremden Sprache, doch die Worte schienen einen Sinn zu ergeben …

Uciekaj, uciekaj! … Lauf, lauf! … Wskakuj do srodka, szybko! … Da rein … Siedz cicho! … Bleib still!

»Ich … ich komme bald wieder«, sagte Angie, sprang auf und suchte nach dem Ausgangsschild auf der anderen Seite des Raums. »Ich komme dich wieder besuchen, sobald ich kann. Nächstes Mal ist es besser, ganz bestimmt.« Sie beugte sich hinab, um ihre Mutter auf die Wange zu küssen. Dann eilte sie mit hämmerndem Herzen zur Tür. Was zum Teufel passierte mit ihr?

* * *

Maddocks saß in seinem Auto auf dem Parkplatz von Mount Saint Agnes und wartete auf Pallorino. Der Motor lief, damit es nicht zu kalt wurde.

Plötzlich wurde die Beifahrertür aufgerissen und begleitet von einem Schwall kalter Luft stieg Pallorino ein. Sie knallte die Tür hinter sich zu und rieb sich über die Knie. »Danke fürs Warten«, sagte sie und starrte dabei stur geradeaus.

»Herrgott, hast du mich erschreckt.« Er lachte. »Ich habe dich nicht gesehen – ich dachte, du würdest aus der Tür da vorne kommen.«

Sie schnallte sich an und vermied es dabei immer noch, ihn anzusehen.

»Alles in Ordnung?«

Sie rieb sich über den Mund. »Ja. Alles bestens.« Nun wandte sie sich an ihn, ihre Polizistenmiene war intakt. »Hast du den Hund abgesetzt?«

Etwas Unausgesprochenes spielte sich zwischen ihnen ab. Dann antwortet er: »Jep, habe ich«, und legte den Gang ein.

Auf der Fahrt zurück zum Revier brachte er sie auf den neuesten Stand. »Ich habe ein Update von Buziak bekommen, während ich gewartet habe. Leo und Holgersen haben Hockings Apartment gefunden. Es wurde ausgeräumt.«

»Was soll das heißen? Wie ausgeräumt?«

»Anscheinend hat Hocking ihre Wohnung vor elf Tagen telefonisch gekündigt. Ein Umzugswagen ist angerollt und hat all ihre Sachen mitgenommen.«

»Dann hat sie also vor elf Tagen noch gelebt?«

»Oder jemand anderer hat sich für sie ausgegeben und das Mietverhältnis beendet. Holgersen und Leo haben auch den Typ gefunden, den sie für ihren Zahnarzt halten. Rate mal, wie er heißt.«

»Wie denn?«

»John Jacks. Aber man schreibt es J O N J A C Q U E S.«

»Derselbe Name wie bei Drummonds neuem Freund?«

»Offenbar hat Dr. Jacques einen Sohn. Jon Jacques junior. Zweiundzwanzig Jahre alt. Leo und Holgersen haben Jon Jacques senior mal durchleuchtet. Er ist Mitglied im Oak Bay Country Club und er wurde schon einmal auf Verbindungen zum organisierten Verbrechen abgeklopft. Es gab Anschuldigungen wegen Geldwäsche, Steuerhinterziehung, Bestechung eines Richters. Aber nichts ist hängen geblieben. Bei der Staatsanwaltschaft heißt er deswegen nur Teflon Jon.«

Sie pfiff leise. »Also könnten der Zahnarzt und sein Sohn die Verbindung zwischen unseren beiden toten Mädchen sein – zwischen Gracie Drummond und Faith Hocking.«

»Außerdem ist diese Reporterin von der Sun bei Hockings Apartment aufgetaucht. Merry Winston. Zeitgleich mit Leo und Holgersen. Irgendwie hat sie den Namen und die Adresse unserer Wasserleiche erfahren.« Maddocks hielt kurz inne. »Was denkst du darüber, dass wir ein internes Informationsleck haben könnten?«

»Wenn wir eines haben, dann muss es jemand sein, der eine Rechnung zu begleichen hat. Winstons Informant will entweder jemanden im MVPD zu Fall bringen oder er hat es auf den gesamten Polizeiapparat abgesehen.«

»Es muss nicht zwingend ein Er sein. Es könnte auch eine Sie sein.«

»Wie meinst du das?«

»Genau so, wie ich es sage.«

»Glaubst du, dass ich es bin?«

»Du bist nicht die einzige Frau im MVPD, Pallorino.«

Sie funkelte ihn an und eine wütende Energie schien sie knisternd zu umgeben. »Ich bin die einzige Frau, die über diese speziellen Informationen verfügt.«

»Nein, das bist du nicht. Es gibt auch noch unsere Techniker. Und es gibt die Familien und engen Freunde unserer anderen Officer. Cops sprechen zu Hause über ihre Arbeit – ob es einem gefällt oder nicht, so ist es nun mal.«

Sie schwieg, und nur noch das Quietschen der Scheibenwischer und das Rauschen des Gebläses waren zu hören.

»Du vertraust mir doch, oder?«, fragte sie nach einer Weile.

»Seinem Partner muss man vertrauen. Dein Partner ist der Mensch, der immer hinter dir steht.«

Kapitel 30

In der Einsatzzentrale war es warm und stickig und es roch nach vielen Menschen, nach nassen Jacken und schalem Zigarettenrauch, der in Kleidern und feuchten Haaren hing. Dazu die Aromen von Käse, Hefe, Knoblauch und Peperoni der Pizzastücke, die allmählich die Pappschachteln durchweichten. Angie war leicht übel. Sie goss sich ein Glas kaltes Wasser ein und setzte sich ganz nach vorn, vor das Whiteboard. Die seltsamen Worte ihrer Mutter gingen ihr noch immer nicht aus dem Kopf. Und diese Hymne – ein vermutlich sehr schönes Weihnachtslied zu Ehren der Jungfrau Maria. Sie hatte die Übersetzung aus dem Lateinischen mit ihrem Handy nachgeschaut, bevor sie die Einsatzzentrale betreten hatte.

Ave Maria!
Jungfrau mild,
Erhöre einer Jungfrau Flehen,
Aus diesem Felsen starr und wild
Soll mein Gebet zu dir hin wehen …

Weckte dieses Lied deshalb solches Unbehagen in ihr, weil der Fall ebenfalls religiöse Züge aufwies? Wegen der Symbolik der Jungfrau Maria? Weil man Gracie Drummond einer steinernen Madonna zu Füßen gelegt hatte? Oder mischte sich das alles – ihre Halluzinationen, die Stimmen in ihrem Kopf, ihre mögliche PTBS, ihr sexueller Konflikt mit Maddocks, ihre Angst wegen der Geisteskrankheit ihrer Mutter – mit den Fakten dieser Mordermittlung und ihrer früheren Vergewaltigungsfälle? Spielte ihre ständig wachsende Erschöpfung ihrem Verstand Streiche?

Uciekaj, uciekaj! … Lauf, lauf! … Wskakuj do srodka, szybko! … Da rein … Siedz cicho! … Bleib still!

Was zum Teufel sollte das für eine Sprache sein? Warum glaubte sie zu wissen, was die Worte bedeuteten?

Buziak nahm seinen Platz vor dem Whiteboard ein und hämmerte mit den Knöcheln auf den Tisch, um alle zur Ordnung zu rufen. Man hatte einen großen Monitor hereingebracht und neben dem Whiteboard aufgestellt, auf dem sich weitere Informationen und Abbildungen sammelten, während die Ergebnisse diverser Ermittlungszweige eintrafen. Ein Mann, der aussah wie Ende fünfzig – dunkles Haar, John-Lennon-Brille –, hantierte mit einem Laptop herum, der auf einem Tisch neben dem Monitor stand. Offenbar lud er eine Präsentation, woraufhin ein Bild auf dem Schirm erschien. Auch Fitz war da. Er saß wieder auf seinem Stuhl an der Wand und beobachtete alles um ihn herum.

Während sich die anderen Detectives Plätze suchten, blieb der Stuhl neben Angie frei, als wäre sie eine Außenseiterin. Schließlich war es Maddocks, der sich neben sie setzte. Dabei stieß er sie versehentlich mit dem Arm an, und sie zuckte unwillkürlich zusammen. Sie konnte seine Körperwärme spüren, seine feste Präsenz neben sich. Und wieder blitzte das Bild auf, wie er nackt in jenem roten Zimmer lag. Sie atmete tief durch.

Verlangen war ein tückisches Biest.

Lust war ihre Sucht. Anonymer Sex war leicht. Aber das hier … dieses andere Gefühl, das sich allmählich in ihr ausbreitete … diese Verletzlichkeit, dieser Wunsch nach Anerkennung, diese beginnende ... Zuneigung – sie musste weg von ihm. Sie brauchte einen neuen Partner. Sie könnte es nicht ertragen, einen weiteren Freund zu verlieren. Und sie durfte sich ganz eindeutig nicht wieder mit einem Kollegen einlassen. Intuitiv wusste sie, dass sie gerade nicht in der geistigen Verfassung war, um mit irgendetwas davon klarzukommen.

»Okay«, begann Buziak. »Was wissen wir bis jetzt? Fangen wir mit den Ergebnissen der Obduktionen an ...«

Die warme und stickige Luft wurde noch wärmer und stickiger, während er sprach. In Angies Kopf begann es zu summen und ihr Sichtfeld verengte sich. Buziaks Worte verschwammen zu einem monotonen Kauderwelsch. Sie zupfte am Kragen ihres Sweaters und versuchte, sich wieder auf das Geschehen zu konzentrieren.

»... unverdaute Essensreste im Verdauungstrakt weisen darauf hin, dass Hocking zwei bis drei Stunden vor ihrem Tod etwas gegessen hat«, sagte Buziak gerade. Erschrocken erkannte Angie, dass sie vollkommen den Faden verloren hatte und nicht wusste, wie lange dieser Zustand angehalten hatte. *Reiß dich zusammen, verdammt.*

»... DNS-Analyse des Mageninhalts ergab, dass ihre Mahlzeit Tuber melanosporum enthalten hat, das sind schwarze Trüffel – heimisch in Teilen Südeuropas. Dazu Koberindfleisch vom Tajima-gyu, einer Rinderart, die in der japanischen Präfektur Hyōgo gezüchtet wird.« Er sah von seinen Notizen auf. »Hocking hat zwei bis drei Stunden vor ihrem Tod ein äußerst kostspieliges Mahl genossen.« Er überflog den Bericht. »Wir warten immer noch auf die Expertenmeinungen, aber die Tierhaare, die man in der Plane gefunden hat, stammen von einer Ziege. Es handelt sich sowohl um Winterfell als auch um Unterwolle. Beim Auskämmen des Schamhaars wurde darüber hinaus menschliches Haar gefunden. Die Analyse der Kern-DNS und der mitochondriellen DNS plus Lichtmikroskopie haben ergeben, dass die Haare kaukasischen Ursprungs sind. Schwarz. Sie entstammen dem Schambereich, dem unteren Abdominalbereich oder der Oberschenkelregion zweier spezifischer männlicher Spender. Für keines der DNS-Profile gibt es einen Treffer im System. Am Leichnam der Verstorbenen wurde darüber hinaus ein Körperhaar von einem dieser Männer gefunden. Wir haben also zwei nicht identifizierte männliche Verdächtige …« Er schürzte die Lippen und überflog den Bericht weiter, blätterte eine Seite um, bis er fand, was er offenbar gesucht hatte. »Die Blätterteile gehören zu einer Pflanze namens Quercus garryana, gemeinhin bekannt unter dem Namen Oregon-Eiche. Die Samen, die man in der Plane gefunden hat, gehören zu einer agronomischen Gräserart. In Kombination mit der Oregon-Eiche ergibt sich eine hohe Trefferwahrscheinlichkeit für die seltenen Ökosysteme, in denen Busch-Eichen vorkommen. Das sind Gebiete mit einer nur recht flachen Erdschicht, wie auf den Southern Islands und den Gulf Islands. Derzeit versucht ein Botanikerteam, diesen Bereich für uns noch weiter einzugrenzen.« Er trank einen Schluck Wasser. »Bei der Überprüfung des Gebiets um die Blue Badger Bakery hat sich nichts weiter ergeben. Der Berufspendler, der an Drummonds Haltestelle aussteigt, hat ein Alibi. Den zweiten Passagier, der am vergangenen Samstagabend ebenfalls an dieser Haltestelle ausgestiegen ist, konnte niemand identifizieren. Allerdings haben die Forensiker in der Gaswerksgasse Blutspuren und Haare gefunden, die zu Drummonds DNS passen, dazu einen Knopf von ihrem Mantel. Die Spuren auf Drummonds Kleidern und etwas, das ein blondes Haupthaar sein könnte, werden noch untersucht.« Er sah auf. »Diverse Reifenspuren wurden auf dem nahe gelegenen Parkplatz gefunden, sowohl ein Sedan als auch ein SUV, frisch. Das alles passt zu der Theorie, dass Drummond in der Gaswerkgasse überrascht und angegriffen wurde. Man hat sie überwältigt und anschließend in einem Fahrzeug zu jenem Ort gebracht, wo sie vergewaltigt und verstümmelt wurde. Daraufhin hat man sie ein weiteres Mal transportiert und auf einem Grab des Ross Bay Cemetery abgelegt. Das Videomaterial einer Überwachungskamera des 7-Eleven-Shops auf der anderen Straßenseite zeigt einen dunklen SUV, der kurz vor Mitternacht langsam am Haupteingang vorbeifährt. Unsere Experten haben das Modell identifiziert, es ist ein Lexus LX 570. Neu. Teuer. Durch Vergrößerung des Bildmaterials konnte ein Teil des Nummernschilds deutlicher erkennbar gemacht werden, es beginnt möglicherweise mit BX.«

Ein Murmeln erhob sich im Raum. Dies konnte sich als der Durchbruch erweisen. Buziak heftete ein pixeliges Schwarz-Weiß-Foto des Lexus an das Board. Darauf folgte ein sogar noch unschärferes Bild des Nummernschilds.

Etwas regte sich beim Anblick des Fotos in Angies Erinnerung.

»Das Bildmaterial der Überwachungskamera des 7-Eleven-Shops passt zu der Aussage einer Anwohnerin der Gegend um den Ross Bay Cemetery«, fuhr Buziak fort. »Sie hat Schlafstörungen und sah kurz vor Mitternacht gerade aus dem Fenster, als nach ihrer Aussage ein dunkler SUV nahe dem Seiteneingang zum Friedhof parkte. Dieser Eingang befindet sich näher an der Stelle, an der Drummond gefunden wurde.«

Er stützte sich mit den Handknöcheln auf der Tischplatte ab und sein dunkler Blick ruhte auf den Ermittlern. »Die Forensik arbeitet sich derzeit durch das Bildmaterial, das eine Verkehrsüberwachungskamera an der Johnson Street Bridge aufgezeichnet hat, um zu sehen, ob der Lexus zu der Zeit, in der Drummond in Victoria West angegriffen wurde, nach Westen oder Osten gefahren ist.«

Angie räusperte sich. »Auf der gegenüberliegenden Straßenseite von Lara Penningtons Wohnung hat ein schwarzer Lexus mit getönten Scheiben geparkt, als wir sie befragt haben. Nachdem wir ihn bemerkt hatten, ist er weggefahren. Das Nummernschild habe ich nicht gesehen, aber Pennington hat die Straße von ihrem Fenster aus beobachtet, und sie wirkte auf uns nervös und ängstlich.«

»Das Kennzeichen haben Sie nicht?«, hakte Buziak nach.

»Nein, das Kennzeichen habe ich nicht«, entgegnete sie kühl.

Maddocks drehte sich zu ihr und sah sie betont an, so als wollte er sie fragen, warum sie ihm nichts von dem Lexus gesagt hatte.

An ihn gerichtet und um sich selbst zu rechtfertigen, fügte sie hinzu: »Ich habe das Auto nur deshalb bemerkt, weil ich auf Detective Maddocks gewartet habe, der mit seinem Hund Gassi gehen musste.«

Seine Augen wurden schmal. Jemand hinter ihr flüsterte etwas.

»Also gut«, sagte Buziak. »Was ebenfalls von Bedeutung sein könnte, ist die Tatsache, dass unser sogenannter Pastor Gilani aktenkundig ist und im Gefängnis gesessen hat. Er wurde wegen Fahrens unter Drogen- oder Alkoholeinfluss verhaftet, vor elf Jahren. Bei ihm befand sich eine Minderjährige, die ihn gerade oral befriedigte, als er eine Radfahrerin anfuhr und tödlich verletzte. Leo und Holgersen werden unserem Pastor einen weiteren Besuch abstatten. Jetzt übergebe ich das Wort an unseren Rechtspsychologen Dr. Reinhold Grablowski, den wir als Berater für diesen Fall angefragt haben.«

Wieder erhob sich Gemurmel unter den Zuhörern, und hinter Angie gab jemand einen unwilligen Laut von sich.

Der dunkelhaarige Mann mit der John-Lennon-Brille stand auf. Er drückte auf eine Taste an seinem Laptop und der Bildschirm erwachte zum Leben. Zu sehen war eine Karte zum Geoinformationssystem des Gebiets von Victoria.

Kapitel 31

Merry hämmerte an die Tür des Harbor House. Sie zitterte und schlang die Arme als Schutz vor der Kälte um sich. Pastor Markus öffnete die Tür, und seine Augen wurden groß.

»Merry? Was … in aller Welt machst du denn hier? Wir haben schon alle Betten für heute Nacht verlost, wenn …«

»Ich brauche keinen Schlafplatz. Ich muss nur mit Ihnen sprechen. Kann ich reinkommen?«

Er warf einen prüfenden Blick auf die Straße und antwortete dann mit gesenkter Stimme: »Du hättest nicht hierher zurückkommen sollen. Ich habe dir doch gesagt, dass es ganz normal ist, dass du … etwas empfindest, weil ich dir geholfen habe, alles durchzustehen. Aber ich bin ein verheirateter Mann. Ich bin ein Gottesmann. Meine Frau Verity ist endlich schwanger. Ich werde Vater.«

»Scheiße, *das* ist es nicht! Es geht um die Mädchen! Es geht darum, was davor passiert ist. Mit mir. Da draußen lauert ein beschissenes Raubtier. Er ist wieder da, und er hat sich das Friedhofsmädchen geholt und vielleicht auch Faith, und er ist schon eine verdammt lange Zeit da draußen.«

»Komm rein«, sagte er gehetzt, wahrscheinlich vor allem, um sie ruhigzustellen, denn sie wurde allmählich hysterisch, das merkte sie selbst. Sie hatte sich nicht mehr im Griff.

Er führte sie durch die Küche in sein kleines Büro im Hinterzimmer. Er setzte sie beim Gasofen ab und brachte ihr einen heißen Tee. Sie schloss die Hände um die warme Porzellantasse, auf der zu lesen war: »Bereue deine Sünden, und dir wird vergeben werden.« Sie nippte an dem Tee. Sie zitterte, und dahinter steckte mehr als nur die Kälte. Er holte ihr einen Sweater aus der Sammelkiste.

»Gib mir deine Jacke«, sagte er und reichte ihr den Sweater.

Sie streifte die nasse Jacke ab und er hängte sie neben den Ofen. Er kam ihr nervös vor.

»Ich habe gehört, dass die Cops hier waren und nach Faith gefragt haben«, sagte sie. »Was hast du ihnen erzählt?«

»Nichts.«

»Haben sie etwas über mich gesagt? Über das rote Kreuz auf meinem Gesicht vor fünf Jahren?«

»Nein. Ich respektiere meine Kids …«

»Das, was mit mir passiert ist, hängt mit dem zusammen, was dem Friedhofsmädchen zugestoßen ist. Er ist es. Er ist wieder da.«

»Du solltest zur Polizei gehen, Merry …«

»Und was soll ich denen sagen? Dass ich eine Ausreißerin war, die in keiner Pflegefamilie bleiben konnte, ein Methjunkie? Dass ich so high war, dass ich nicht einmal mehr genau weiß, was an dem Abend damals passiert ist? Ich erinnere mich an seine Augen und an das, was er gesagt hat, und ich weiß noch, dass ich im Hohlweg wieder aufgewacht bin. Und dass ich das rote Kreuz im Spiegel gesehen habe. Und ich weiß noch, dass ich verletzt war und geblutet habe, aber abgesehen davon bin ich mir eigentlich bei nichts hundertprozentig sicher. Ich dachte, es könnte auch nur ein schlechter Trip gewesen sein.«

»Merry«, sagte er sanft. »Nimmst du wieder Drogen?«

»Noch nicht.«

Unruhig rutschte er auf seinem Stuhl herum. »Warum bist du wirklich hier, Merry?«

»Ich hätte nicht kommen sollen.« Es klang bitter. »Ich dachte, Sie könnten vielleicht helfen. Jetzt weiß ich sicher, dass Sie es mir nicht sagen werden, aber fragen muss ich trotzdem. Gibt es noch andere wie mich, von denen Sie wissen? Kennen Sie irgendwelche Mädchen, die Ihnen von einem üblen Freier erzählt haben oder von einer Vergewaltigung in Verbindung mit einem Kreuz? Ich will genau wissen, wie lang er das schon tut.« Sie stellte die Tasse ab und strich sich über das nasse Haar. »Scheiße, ich habe Angst. Ich wusste nicht, an wen ich mich sonst wenden sollte. Vielleicht liest er meine Storys in der Zeitung und vielleicht weiß er, dass ich eines seiner Opfer bin. Er könnte mich die ganze Zeit auf dem Radar gehabt haben.«

Er erwiderte ihren Blick fest, schwieg aber, und ihr Magen schien ihr in die Kniekehlen zu sacken.

»Dann gibt es also wirklich noch andere.«

Stille.

»Verdammt. Sagen Sie es mir.«

Stille.

»Wenn Sie es mir nicht sagen, dann gehe ich zu Ihrer Frau und sage ihr, was zwischen Ihnen und mir vor all den Jahren passiert ist. Ich erzähle es auch der Gemeinde. Dann ist Schluss mit Ihnen und Ihrem Schweigen, *Pastor*.«

Er seufzte schwer, stand auf und begann, hin und her zu gehen. Dann setzte er sich wieder und fuhr sich mit der Hand hart über den Mund. »Okay«, sagte er schließlich. »Da war einmal ein Mädchen, ihr Name war Allison Fernyhough, und sie wurde auf dieselbe Weise angegriffen wie du. Es hat sie vollkommen aus der Bahn geworfen, und letztendlich hat sie Drogen genommen und ist für eine Weile auf der Straße gelandet. Sie hat ein paar Mal hier übernachtet, so habe ich sie kennengelernt. Sie hat mir davon erzählt, und ich habe ihr empfohlen, zur Polizei zu gehen, weil ich von deiner früheren Erfahrung wusste. Sie hat es getan, aber es war zu spät. Man konnte keine verwertbaren Beweise mehr finden, und die Polizei konnte ihr nicht helfen. Allison hat gesagt, dass es auf der Straße Gerüchte über weitere Opfer gäbe, aber ich habe nie wieder etwas davon gehört.«

»Und das haben Sie mir nie erzählt?«

»Wie schon gesagt, ich habe Allison erst nach dem Überfall auf dich kennengelernt, Merry. Und dann hat es aufgehört. Als wäre er einfach verschwunden.«

»Wann genau war das?«

»Zwei Jahre nach dir.«

Sie sprang auf und schnappte sich ihre immer noch nasse Jacke.

»Wohin willst du?«, fragte er und erhob sich ebenfalls. »Was hast du jetzt vor?«

»Ich werde ihn schnappen. Ich werde dieses kranke Arschloch finden und seinen Schwanz an die Wand nageln, und ich werde meinen Blog dafür benutzen. Für Faith und für all die anderen Mädchen, und für mich selbst. Ich habe inzwischen eine ganze Menge Follower. Wenn die City Sun mich feuert, ist es auch egal, die brauche ich dafür nicht. Ich brauche keine Bürokratie und keinen Chefredakteur. Das hier werde ich allein durchziehen.«

Ich werde nicht zulassen, dass er mich wieder dazu treibt, Drogen zu nehmen. Ich werde nicht zulassen, dass die ganze harte Arbeit umsonst war. Er wird mich nicht in die Gosse zurückschicken …

»Merry, du kannst das nicht auf eigene Faust angehen.«

»Wissen Sie was? Das kann ich. Für mich war nie jemand da. Abgesehen von Ihnen. Sie haben mich aus der Gosse geholt und ausgenüchtert. Die guten Mädchen retten, haben Sie gesagt. Sie haben mir nach der Vergewaltigung geholfen. Sie haben mir Ihre armselige Geschichte über das Licht am Ende des Tunnels verkauft, von Gott im Himmel und dem ganzen Kram, und eine Weile lang habe ich Ihnen geglaubt, weil ich sonst nichts hatte. Aber ich habe mich mit meiner eigenen Willensanstrengung aus diesem Loch gezogen und ich bin clean geworden. Meine eigene Entschlossenheit hat mich durch die Abendschule gebracht. Damit habe ich diese ganzen Fastfood-Jobs durchgezogen und gleichzeitig meinen Abschluss in Journalismus gemacht. Meine eigenen Fähigkeiten haben mir den Nachtjob bei der Kriminalitätsberichterstattung der Sun eingetragen, weil ich die Straße kannte und weil ich wusste, wo man so richtig gute Storys findet. Ich habe eine Hürde nach der anderen genommen. Und wissen Sie noch was? Jetzt weiß ich endlich, wer Sie wirklich sind.« Sie funkelte ihn an. Ihr Atem ging schwer, Wut und Hass und Bitterkeit wühlten in ihren Eingeweiden.

»Es gibt immer einen anderen Weg, Merry. Eine hohe Straße statt einer niederen.«

Sie schnaubte. »Ich wurde auf der niederen Straße geboren, Pastor. Genau wie Sie. Und ich traue den Cops nicht. Dieser Allison Fernyhough konnten sie ganz offensichtlich nicht helfen, und ich weiß ein paar Dinge über einige von ihnen. Einer von ihnen benutzt mich und meine Stellung bei der Zeitung, aber ich werde den Spieß umdrehen.«

Sie zog seinen armseligen Sweater aus und warf ihn zu Boden. Dann streifte sie ihre nasse Jacke über und ging zur Tür.

Kapitel 32

Dr. Reinhold Grablowski sah die Mitglieder der Task Force aus seinen kohlschwarzen Augen an, die unter den buschigen Brauen tief in ihren Höhlen ruhten. Mit seiner Hakennase, dem schmalen Gesicht und dem langen Hals erinnerte er Angie an einen Geier, ein Raubtier, das sich an den Gehirnen kranker Verbrecher gütlich tat. Sofort empfand sie Abneigung gegen den Arzt, aber in gewisser Hinsicht unterschied sich wohl niemand in diesem Raum wesentlich von ihm. Auf die eine oder andere Art versuchten sie alle, sich in die Köpfe schrecklicher Monster hineinzuversetzen, um sie aufzuspüren und zu fangen. Aus welchen persönlichen Gründen auch immer.

»Aus den Beweisen ergibt sich, dass wir nicht nach einem Vergewaltiger suchen, der seine Opfer aus Furcht davor tötet, gefasst zu werden, sondern eher nach einem lustorientierten Gewalttäter, für den der Tötungsakt und die Paraphilie eine psychosexuelle Fantasie erfüllen«, erläuterte er mit einem germanischen Akzent, den Angie nicht recht einordnen konnte. »Mit anderen Worten: Diese Opfer« – er deutete auf die Fotos der jungen Frauen am Whiteboard – »sind ihm nicht einfach zufällig über den Weg gelaufen. Sie sind keine Zufallsopfer. Sie wurden ausgewählt. Gejagt, in die Falle gelockt, angegriffen und getötet, weil sie in seine psychosexuelle Fantasie passen.

Außerdem ist unser Täter ein Psychopath, er ist sadistisch und handelt wohlüberlegt. Er geht methodisch und hinterhältig vor. Die Grausamkeit seiner Taten erregt ihn, und er könnte dazu übergehen, seine Opfer zu foltern. Üblicherweise wird er sich ein Souvenir seiner Morde mitnehmen, eine Trophäe, um seine Fantasie immer wieder durchleben zu können, bis der Drang so groß wird, dass er erneut auf die Jagd gehen muss.«

Großartige Erkenntnis, du Genie ... als ob wir das nicht längst wüssten ... Wenn Buziak sie neulich hätte ausreden lassen, dann hätte sie so ziemlich dasselbe gesagt.

»Statistisch gesehen suchen Sie nach einem Mann, der überdurchschnittlich intelligent und ein Einzelgänger ist. Es ist wahrscheinlicher, dass er ein eigenes Auto besitzt und in guter körperlicher Verfassung ist. Er ist also mobil und legt mit größerer Wahrscheinlichkeit längere Strecken zurück als der Durchschnittsmensch. Dieser Täter ist in der Lage, seine verbalen Fähigkeiten so einzusetzen, dass er seine Opfer manipulieren und sie unter seine Kontrolle bringen kann, bis er sie in seine Komfortzone gelockt hat. Falls er Kollegen hat, betrachten sie ihn vielleicht als seltsam oder in gewisser Weise als sozial inkompetent.«

Der Doc griff nach einem Glas Wasser auf dem Tisch vor ihm und trank einen großen Schluck, wobei sein auffälliger Adamsapfel auf und ab hopste. Wieder erinnerte er Angie auf komische Art an einen Raubvogel.

Er stellte das Glas wieder beiseite. »Die meisten seiner Opfer werden übereinstimmende Eigenschaften aufweisen, wie beispielsweise die körperliche Erscheinung und die Altersspanne. Diese Opfer« – wieder deutete er auf das Board – »waren zur Zeit des Angriffs alle noch Teenager. Sie sind kaukasisch und haben langes, dunkles Haar. Vermutlich waren sie dem Täter fremd, aber aus irgendeinem Grund hat er sie als Frauen eingestuft, die er kontrollieren konnte, sei es durch Körperkraft oder durch verbale Manipulation. Darüber hinaus sind sie alle ›richtig‹, was bedeutet, dass sie zu seiner psychosexuellen Fantasie passen. Die Viktimologie ist in diesem Fall demnach von entscheidender Bedeutung. Wer waren und sind diese Frauen? Was ist zur Zeit des Überfalls in ihrem Leben vorgegangen? Wie haben sie die Aufmerksamkeit des Angreifers auf sich gezogen? Wenn Sie diese Fragen beantworten, werden sich aus den Übereinstimmungen der Informationen neue Aspekte ergeben, die unsere Tätersuche weiter eingrenzen.«

»Klugscheißer«, flüsterte Leo hinter Angie. »Willkommen beim Einmaleins der Mordkommission.«

»Die menschliche Sexualität gründet stets auf Fantasien«, fuhr Grablowski fort. »Mentale Bilder, die unerfüllte oder auch erfüllte Sehnsüchte beinhalten. Wir alle haben etwas, das sich eine paraphilische Lovemap nennt. Wir beginnen, diese Lovemap kurz nach Beginn der Pubertät zu entwickeln. Aber ein Sexualverbrecher entwickelt, klinisch ausgedrückt, eine Lovemap, die entweder sozial verbotene, abschätzig bewertete, als lächerlich angesehene oder strafbare Fantasien und Praktiken beinhaltet. Teil seiner Fantasien sind meist aggressives Verhalten und der Drang, den anderen zu dominieren und zu kontrollieren. Schon der Gedanke an sexuelle Aggression erregt ihn, was er durch sadistische Pornografie oder Fantasiegeschichten, die sexuelle Gewalt beinhalten, weiter verstärkt. Diese Pornografie oder die Fantasien verstärkt er wiederum durch Masturbation. Dadurch formt sich schließlich ein ›Template‹ oder auch das, was wir bei der Strafverfolgung als Signatur des Angreifers bezeichnen.«

Er hielt inne und trank einen weiteren Schluck Wasser. Seine Lippen glänzten feucht, und Angies Gedanken wanderten zu ihrer eigenen Lovemap. Eine »Liebeslandkarte« – was für ein dämlicher Begriff. Es sollte eher »Lustlandkarte« heißen.

Diese kranken, sadistischen und brutalen Akte, von denen der Psychiater da sprach, hatten nichts mit Liebe zu tun.

»Im Fall dieses Täters hat seine Lovemap einen starken religiösen Bezug, der sich möglicherweise darauf gründet, dass er für seine sich in der Pubertät entwickelnde Sexualität bestraft wurde. Mit anderen Worten wurde sexuelle Erregung als Sünde betrachtet, für die man bestraft und von der man gereinigt werden musste. Wahrscheinlich hat er einen katholischen Hintergrund und wurde getauft. Es ist ebenfalls wahrscheinlich, dass er seine Opfer ein gutes Stück von seinem Wohnort und seiner Arbeitsstätte entfernt jagt.« Grablowski drückte auf eine Taste an seinem Computer, und auf der Karte auf dem Bildschirm erschienen rote Punkte.

»Ritter wurde hier angegriffen.« Er deutete auf einen der Punkte. »Fernyhough dort drüben. Drummond wurde wahrscheinlich hier entführt. Alles Bereiche im Westen der Stadt, westlich des Gorge. Von Hocking wissen wir noch nicht, wo sie angegriffen wurde. Aber wenn wir danach gehen, was wir bisher haben, dann befindet sich der Wohnort des Täters mit größter Wahrscheinlichkeit in diesem Gebiet.« Er drückte auf eine weitere Taste, und ein Bereich der Karte wurde gelb. Es war die Vorstadt im Osten Victorias. »Sein Jagdgebiet befindet sich dort, wo sich sein Wunsch nach Anonymität und sein Verlangen, innerhalb seiner Komfortzone zu bleiben, überlappen. Was bedeutet, dass sein nächstes Opfer vermutlich in diesem Gebiet zu finden sein wird.« Wieder drückte er auf eine Taste und der Bereich westlich des Gorges wurde rot.

Eine unglaubliche Hilfe, Doc …

»Dem Timing der letzten beiden Fälle zufolge ist es wahrscheinlich, dass der Täter in jüngerer Vergangenheit einem maßgeblichen psychologischen Trigger in seinem Leben ausgesetzt war, was zu einer zügigen Weiterentwicklung geführt hat. Er wird wieder töten, und das meiner Meinung nach schon bald. Denken Sie auch daran, dass er sich der Strafbarkeit seiner Handlung voll bewusst ist. Es macht ihn stolz, die Polizei in die Irre führen zu können. Ihm ist bewusst, dass Ermittlungen gegen ihn laufen, und er wird seine Spuren so gut es geht verwischen. Er wird seine eigenen Waffen und Unterdrückungswerkzeuge mitbringen, er wird Beerdigungen und andere öffentliche Ereignisse besuchen, die mit seinen Taten in Zusammenhang stehen. Außerdem wird er die Berichterstattung über die Ermittlungen in den Medien vermutlich sorgfältig verfolgen. Die Medienaufmerksamkeit könnte ihn dazu bringen, sein Muster zu ändern, um nicht gefasst zu werden.«

»Als bräuchten wir einen dämlichen Psychologen, der uns das sagen muss«, murmelte Leo wieder. Und ja, dieses eine Mal musste sie dem alten Misogynen zustimmen.

Fitz stand auf und trat in die Mitte des Raums. Stille senkte sich auf die Gruppe, als er begann, in seiner seltsam hohen und krächzenden Stimme zu sprechen.

»Angesichts der Tatsache, dass unser noch nicht identifizierter Täter der Medienberichterstattung folgt und so darüber informiert wird, was wir wissen, sind die Konsequenzen eines internen Informationslecks gravierend. Sie sind unvertretbar. Das muss aufhören. Daher setze ich Sie alle davon in Kenntnis, dass ich ein internes Ermittlerteam eingesetzt habe. Seien Sie bitte darauf gefasst, dass niemand über Zweifel erhaben ist und dass jeder von Ihnen jederzeit unter Beobachtung gestellt oder zum Verhör gebeten werden kann.« Nacheinander sah er jedem Mitglied der Ermittlertruppe in die Augen. Sein Blick ruhte eine Spur zu lang auf Angie. »Wir werden Sie finden. Und die volle Härte des Gesetzes wird Sie treffen.«

Kapitel 33

Dienstag, 12. Dezember

»Angie«, sagte ihr Vater, nachdem er ihr die Tür geöffnet hatte. »Was machst du denn schon so früh hier? Du siehst ja furchtbar aus. Ist alles in Ordnung?«

»Ich war gestern bei Mom.«

»Komm rein. Möchtest du einen Kaffee? Ich habe gerade eine Kanne gemacht.«

»Unbedingt.« Sie ließ die Stiefel neben der Tür stehen und folgte ihrem Vater in seinem karierten Hausmantel in die Küche. Die Fußbodenheizung wärmte ihre besockten Füße. Sie legte das Fotoalbum, das sie mitgebracht hatte, auf den Küchentisch und zog sich einen Barhocker an den Tresen. Sie setzte sich und sah ihrem Vater beim Kaffeeeinschenken zu. Sie war erschöpft. Nachdem sie gestern Nacht endlich in den Schlaf gefunden hatte, war sie schweißüberströmt wieder hochgeschreckt und hatte das Gefühl gehabt, dass sich jemand bei ihr im Zimmer befand. In der Dunkelheit hatte sie das Mädchen am Fußende ihres Bettes stehen sehen, in ein sanftes rosa Leuchten gehüllt. Das Mädchen hatte sie angesehen, dann hatte es den Zeigefinger an die Lippen gelegt und geflüstert:

Siedz cicho! … Bleib still!

Oder war es nur ein Windstoß gewesen, der durch das gekippte Fenster ihres Schlafzimmers hereingedrungen war?

Sie war aus dem Bett gesprungen und hatte alle Lichter angeschaltet. Natürlich war da kein Kind in ihrer Wohnung gewesen. Sie hatte sich mit noch mehr Wodka betäubt und danach diese fremd klingenden Wörter gegoogelt. Sie hatte sie, so gut es ging, phonetisch wiedergegeben. Dabei herausgekommen waren diverse osteuropäische und russische Seiten und Ausdrücke, aber nichts davon ergab einen Sinn. Dann hatte sie das, was sie für die englische Erklärung dieser Wörter hielt, in einen Computerübersetzer eingegeben: »Bleib still!«

Sie hatte es nach und nach mit diversen slawischen Sprachen versucht. Als sie es mit einer Übersetzung ins Polnische probiert hatte, war »Siedz cicho!« dabei herausgekommen.

Da sie die Grenzen des Google-Übersetzers kannte, hatte sie eine polnische Freundin aus ihrer Collegezeit angerufen, ehe sie an diesem Morgen zu ihrem Vater aufgebrochen war, und sie darum gebeten, ihr die Ausdrücke »Lauf, lauf! Da rein! Bleib still!« zu übersetzen.

Ihre Freundin hatte das bestätigt, was Angie bereits vermutet hatte. »Uciekaj, uciekaj! Wskakuj do srodka, szybko! Siedz cicho!« bedeutete nichts anderes als »Lauf, lauf! Da rein!« – in ein Auto oder eine Kiste oder einen Bus – und »Bleib still!«.

Entweder wurde sie verrückt oder sie erinnerte sich an etwas auf Polnisch.

Ihr Vater musterte sie kurz, dann huschte sein Blick zu dem Fotoalbum auf dem Tisch. »Wie ging es ihr?«

»Nicht gut.« Angie nahm die Tasse, die er ihr reichte, und trank einen Schluck. Dampf wärmte ihr Gesicht. »Sie hat mich nicht erkannt, und sie hat ein paar seltsame Dinge gesagt.«

»Gestern ging es ihr sehr schlecht. Sie hat halluziniert. Man hat ihr Beruhigungsmittel gegeben, neben anderen Medikamenten.«

»Ich weiß, aber …« Sie zögerte, stellte dann die Tasse ab und legte die Hände darum. »Sie hat mir erzählt, dass sie einmal eine kleine Tochter namens Angie hatte.«

Er lächelte traurig. »Das stimmt ja auch. Du warst früher einmal klein.«

»Aber dann hat sie gesagt, dass ihre Tochter einfach verschwunden ist. Von den Engeln geholt. Aber ihre Tochter hat nicht nach Italien gehört oder in den Himmel, also hat man sie zurückgebracht. Mom hat gesagt, das sei an Weihnachten gewesen. Es habe geschneit und sie habe in einer Kathedrale gesungen.« Sie zögerte. »Dann hat sie angefangen, das Ave Maria zu singen.«

Die Gesichtszüge ihres Vaters verwandelten sich. Langsam stellte er seine Tasse auf der Granitarbeitsplatte ab. »Angie, wir hätten dich bei diesem Autounfall in Italien beinahe verloren. Vielleicht hat sie das gemeint. Du … warst bewusstlos, dein Gesicht war zerschnitten und du hast viel Blut verloren.«

Sie erkannte etwas Merkwürdiges in seinem Ausdruck. Er log. Sie fühlte es, sie konnte die Zeichen deuten. Wenn man eine gewisse Zeit bei der Polizei war, bekam man ein Gespür für Lügen und Vertuschungstaktiken. Für die diversen Ticks und Übersprunghandlungen, die Menschen zeigten, wenn sie nicht die Wahrheit sagten.

»Und was ist mit Weihnachten? Und dem Schnee? Der Unfall war im März.«

Er fuhr sich durch das dichte graue Haar und sah kurz weg. »Vielleicht weil es dir erst am darauffolgenden Weihnachtsfest wieder richtig gut ging? Den ersten kosmetischen Eingriff am Mund hattest du hinter dir, und es sah so aus, als würde dich der zweite Eingriff wieder fast ganz normal aussehen lassen. Wir waren endlich zu Hause und sie ist allmählich darüber hinweggekommen.«

»Hat Mom jemals gesungen? In einem Chor in der Kirche?«

»Was wird das, Angie?«

Sie nahm das Album, schlug es auf und nahm die Fotos aus Italien heraus. Sie drehte sie um und zeigte ihrem Dad die winzige Handschrift ihrer Mutter auf den Rückseiten.

»Schau, hier steht: ›Rom. Januar 1984.‹ Und auf diesem Bild aus Neapel steht auch 1984. Aber auf diesem Foto vor dem Weihnachtsbaum hatte ich den zweiten Eingriff noch nicht hinter mir, und da steht: ›Weihnachten 1987. Victoria.‹« Sie sah auf. »Zwischen den Italienfotos und dem Weihnachtsbild fehlt eine Zeit. Dieses Weihnachtsfoto wurde im Jahr 1986 aufgenommen, oder?«

»Wie schon gesagt, deine Mutter hat wahrscheinlich einfach einen Fehler gemacht. Die ersten Zeichen der Verwirrung …«

»Hat irgendjemand Polnisch mit mir gesprochen, als ich noch klein war?«

Er runzelte die Stirn. »Das ist eine merkwürdige Frage … Ich glaube nicht. Aber es könnte schon sein. Angie, bitte, verrat mir, was das alles soll.«

Sie steckte die Fotos zurück. Auf keinen anderen standen Daten. Sie hatte in der vergangenen Nacht alle durchgesehen. Aber sie wollte ihrem Vater nichts davon erzählen, dass sie halluzinierte. Dass sie ein kleines Mädchen in einem rosa Kleid sah – niemand würde das erfahren. Wenn sie es aussprach, würde es greifbar werden. Es würde zu einer realen Möglichkeit werden, dass sie die ersten Symptome ihrer Mutter zeigte. Genetisch vorbelastet. Sie suchte nach einer leichteren Antwort, nach einer Möglichkeit, es wegzuerklären. »Mir sind nach dem, was Mom gesagt hat, nur ein paar Fragen durch den Kopf gegangen. Zur Weihnachtszeit fühle ich mich nie gut. Beim Klang der Weihnachtslieder. Die Kälte. Schnee. Ich habe … mich nur gewundert.«

Seine Miene wurde weicher und er legte seine große Hand auf ihre. »Du gräbst zu viel, Angie. Es ist dein Job, immer nach etwas Bösem zu suchen. Du solltest mal Pause machen, und ja, ganz besonders nach dem, was im Juli passiert ist. Mit dem kleinen Mädchen und Hashowsky.«

Sie stand auf, obwohl sie den Kaffee noch nicht ausgetrunken hatte. »Ja, vielleicht. Ich gehe jetzt lieber. Das wird ein langer Tag.«

* * *

Auf dem Weg zum Revier sah Angie auf die Uhr am Armaturenbrett. Die volle Stunde war gerade verstrichen, und sie schaltete das Radio ein, um das Ende der Nachrichten zu hören.

Während sie zuhörte, wurde eine Meldung über den Anstieg der Eigenheimpreise in der Stadt unterbrochen. »Es gibt eine Eilmeldung zur Entwicklung der Ermittlungen in zwei grausamen Mordfällen, die Victoria erschüttert haben …« Ihr Puls beschleunigte sich. Sie drehte lauter. »Wie die Bloggerin und Reporterin der City Sun Merry Winston auf ihrer Website berichtet, stehen die jüngsten Sexualmorde in Zusammenhang mit einigen religiös orientierten und brutalen Vergewaltigungen während der vergangenen fünf Jahre. Winston behauptet, dass es mindestens drei, wenn nicht mehr lokale Vorfälle gegeben hat, bei denen die Opfer vergewaltigt und mit einem roten Kreuz auf der Stirn gezeichnet wurden. Allen Opfern wurde an derselben Stelle eine Haarsträhne abgeschnitten. Wir werden im Laufe des Tages über weitere Entwicklungen berichten. Im Anschluss an die Nachrichten wird sich Granger Paton mit dem Professor für Kriminologie Dave Biggs unterhalten, der die Frage aufwirft: Haben wir es mit einem Serienvergewaltiger zu tun, der sich nun zu einem Serienmörder entwickelt hat? Befinden sich auch andere junge Frauen in Gefahr?«

Mist!

Angie hielt auf dem Seitenstreifen und rieb sich übers Gesicht. *Mist, Mist, Mist.* Sie griff nach ihrem Handy und rief ihren Partner an.

»Maddocks, hast du die Nachrichten gehört?«

»Noch nicht, ich …«

»Offenbar hat Winston auf ihrem Blog darüber berichtet, dass die Morde an Hocking und Drummond mit früheren Vergewaltigungsfällen in Verbindung stehen. Sie hat die roten Filzstiftkreuze erwähnt und die Haarsträhnen. Wie zum Teufel sickern diese Infos durch? Aus einer geschlossenen Task Force? Außerdem behauptet sie, dass es mindestens drei, wenn nicht mehr Vergewaltigungen gegeben hat und dass es vor *fünf* Jahren begonnen hat. Hash und ich wussten nur von zwei Fällen. Der erste davon ist vier Jahre her. Wer waren die anderen, verdammt noch mal? Stimmt das alles überhaupt?« Sie ließ ihm keine Gelegenheit zu antworten. »Ich will persönlich mit ihr sprechen.«

»Nein, warte, Pallorino! Mach das nicht. Die Chefetage steht in direktem Kontakt zu den Herausgebern der City Sun. Sie werden juristische Konsequenzen befürchten müssen. Misch dich da nicht …«

»Es ist nicht die Sun. Das steht alles auf Winstons privatem Blog.«

»Der auch nichts weiter als eine Hintertür der Sun ist. Die wissen ganz genau, was ihre Reporterin da tut.«

Auf einmal fiel ihr etwas auf. »Woher weißt du eigentlich, dass die Chefetage mit den Herausgebern spricht und mit Strafverfolgung droht?«

Darauf folgte ein kurzes Schweigen. »Fitzsimmons hat es mir erzählt.«

»Fitz? Steckst du jetzt mit Fitz unter einer Decke? Wann hat er dir das gesagt?«

»Wir haben uns über etwas anderes unterhalten, und da ist es zur Sprache gekommen.«

»Über etwas anderes? Du meinst die interne Untersuchung?«

»Angie …«

»Pallorino für dich. Und ich werde mit Winston sprechen. Sie werden mich wegen dem Informationsleck sowieso ins Visier nehmen. Leo lauert schon darauf. Falls es tatsächlich weitere Vergewaltigungsfälle gibt und Winston weiß davon, dann will ich auch davon erfahren.«

»Tu es nicht. Das ist ein Befehl.«

Sie legte auf und fuhr wieder los.

Kapitel 34

»Was soll das heißen, drei, vielleicht auch mehr Angriffe?«, sagte Angie und versuchte, dabei ruhig zu klingen. Merry Winston und sie saßen in einer Nische in einem winzigen Pub um die Ecke der Redaktion der City Sun. Dunkle Holzbänke mit hohen Rückenlehnen schirmten sie und ihre Unterhaltung von den anderen Gästen ab, die sich mit klapperndem Besteck über ihr Full English Breakfast hermachten.

Winston musterte sie über den Rand ihrer Kaffeetasse hinweg. Abwägend. Angie wurde ärgerlich, es war, als würden winzige Bienen in ihrem Schädel umhersirren und versuchen herauszukommen. »Eigentlich haben Sie gar nichts, oder?«

»Ich habe Allison Fernyhough und Sally Ritter«, sagte sie so leise, dass man es kaum verstand. »Das waren Ihre beiden Fälle – und Sie haben sie nie aufgeklärt. Und es gibt mindestens einen weiteren bestätigten Vorfall, bei dem ich Ihnen allerdings keine Namen nennen kann.«

Jeder Muskel in Angies Körper war angespannt. »Können Sie nicht oder wollen Sie nicht?«

»Das ist mein Exklusivbericht.«

»Woher haben Sie diese Information?«

»Ich habe gestern Abend Allison Fernyhough gefunden und mit ihr gesprochen. Sie hat mir erzählt, was passiert ist.

Von dem roten Kreuz, alles eben. Dass die Polizei – dass Sie nichts getan haben, um den Kerl zu erwischen. Sie hat mir auch erzählt, dass Sally Ritter ein Jahr vorher vergewaltigt wurde und dass Sie Allison darüber informiert haben, dass es derselbe Täter war. Der gleiche Modus Operandi. Sie hat mir erzählt, wie sie auf der Straße gehört hat, dass es noch weitere Opfer geben könnte.«

»Wie haben Sie Fernyhough gefunden? Wer hat Ihnen von ihr erzählt?«

»Ich bin eine gute Reporterin, ob Sie es glauben oder nicht.« Alles an ihr strahlte Trotz aus.

Angie besah sich Winston genauer. Ihre schlechten Zähne. Ihre permanente Nervosität. Das leichte Zittern ihrer Hände. Sie dachte an Faith Hockings Zähne. Die Folgen fortdauernden Drogenkonsums.

Konzentrier dich, Pallorino. Nutze das, was vor dir liegt …

Sie ließ ihre Stimme weicher klingen. »Wer ist das andere ›bestätigte Opfer‹, Merry?«

»Das kann ich Ihnen nicht sagen. Hören Sie, ich werde Allisons und Sallys Namen nicht drucken lassen, das habe ich Allison versprochen, bevor sie mit mir gesprochen hat. Ich halte meine Versprechen und ich schütze meine Quellen.«

Angie schnaubte leise. »Merry Winston hat so etwas wie Ehre?«

Wut blitzte in den Augen der jungen Reporterin auf. »Ich weiß, was mit Allison und Sally geschehen ist, und meine Quelle über das andere Opfer ist zu hundert Prozent zuverlässig.«

»Ich glaube Ihnen nicht.«

»Sie können mich mal.« Merry trank einen weiteren Schluck aus ihrer Tasse, und ihr Blick huschte dabei unruhig umher.

»Wer ist Ihre Quelle beim MVPD?«

Sie lachte kurz auf, antwortete aber nicht.

Angie stand auf, als wollte sie gehen, doch dann setzte sie sich unvermittelt wieder und brachte Winston damit aus dem Konzept. Sie beugte sich weit über den Tisch und sah Merry Winston direkt in ihr eigenartiges, etwas verlebtes kleines Elfengesicht, das Holgersen für niedlich hielt. »Wer auch immer Sie mit Polizeiinformationen füttert, führt etwas im Schilde, Winston. Fragen Sie sich, was das ist und wer damit zu Fall gebracht werden soll. Denn wenn dieses Vorhaben direkt auf die Spitze des MVPDs zielt und Sie sich in der Schusslinie befinden, wenn die Köpfe rollen, dann könnte auch Ihr Informant in die Ecke gedrängt werden, und dann wird es sehr, sehr gefährlich für Sie. Weil Sie wissen, wer er – oder sie – ist, und weil der Betreffende befürchten muss, dass Sie ihn beschuldigen oder erpressen könnten. Oder sie.« Pause. »Sie werden benutzt. Und wenn Sie nichts mehr zu geben haben, dann könnte es Sie den Kopf kosten. Sie werden hübsch verpackt und verschnürt im Gorge enden. Wie Faith Hocking.«

Winston blinzelte.

»Genießen Sie Ihren Kaffee.« Angie legte einen Schein auf den dunklen Holztisch, stand auf und wandte sich zum Gehen.

»Was geht Sie das überhaupt an?«, rief Winston ihr nach.

Angie blieb stehen – genau das hatte sie erreichen wollen. Langsam drehte sie sich wieder um, kehrte zum Tisch zurück und sah die Reporterin an. »Was haben Sie gesagt?«

»Ich … Sie sind eine verdammte Polizistin. Sie verhaften Menschen, die auch nicht schlechter sind als Sie selbst. Menschen, die am Boden sind, die süchtig sind und nur versuchen zu überleben. Ich habe schon Cops auf der Straße gesehen, die allen Mist mit Minderjährigen anstellen oder Drogen kaufen. Dieselben beschissenen Polizisten, die andere für denselben Mist verhaften. Aber ein Monster wie ihn findet ihr nicht, den sperrt ihr nicht weg. Ihr habt zu viel damit zu tun, Kindern und Prostituierten nachzujagen, die nur versuchen, an ihren nächsten Schuss zu kommen, während ihre verdammten Freier zurück nach Hause zu ihren Frauen und zu ihren Polizistenjobs gehen.«

Angies Herz hämmerte, als sie sich über Winston beugte, die Handflächen auf die Tischplatte gestützt. Die Kleine zitterte. Ihre Augen schimmerten und zornige rote Flecken leuchteten auf ihren Wangenknochen. Ihre Nase lief rot an.

Leise sagte Angie: »Ich habe einmal mit einer Neunjährigen gesprochen, die mir erzählt hat, dass sie mit einem Messer unter dem Kopfkissen schläft, weil ihr Stiefvater manchmal nachts hereinkommt, um sie zu vergewaltigen. Ein anderes Mal stand ich gerade an einer Tankstelle, als ein Truck mit offenen Fenstern angerollt kam. Die Rapmusik war auf volle Lautstärke gedreht, ›Motherfucker‹ und so weiter. Zwei große Kerle in Muscleshirts sind ausgestiegen und in den Tankstellenladen gegangen, und als ich gesehen habe, wer ihnen da folgte, hätte ich am liebsten geweint.« Sie sah Winston in die Augen, die feucht wurden. »Es war ein furchtbar süßes kleines Mädchen mit blonden Locken und schmutzigem Kleid. Sie hatte ihre Puppe im Arm und hat versucht, mit den tätowierten Muscleshirt-Typen Schritt zu halten. Sie kann nicht älter als drei gewesen sein, und ich konnte an nichts anderes denken – und ich kann es noch immer nicht – als daran, wie ihr Leben wohl aussehen musste. Jeden Tag. Was hat sie alles gesehen? Wer ist aus ihr geworden? Und dann, vor sechs Monaten, habe ich ein sterbendes Kleinkind in den Armen gehalten. Ihr Blut war überall. Ihr eigener Vater hat sie vergewaltigt und schließlich umgebracht. Sie hieß Tiffany. An dem Tag habe ich meinen Partner verloren.« Ihre Stimme brach und sie räusperte sich. »Sehen Sie? Es geht mich etwas an, Winston. Es geht mich etwas an, weil es mich dazu gebracht hat, Polizistin zu werden und mich bei der Einheit für Sexualverbrechen zu bewerben. Es ist mir so wichtig, dass ich seit sechs Jahren versuche, die Verbrecher einzusperren, die

Frauen und Kindern wehtun. Vielleicht versage ich. Vielleicht kann ich letztendlich überhaupt nichts bewirken. Aber es ist mir so wichtig, dass ich es immer weiter versuche, und wenn Sie mich davon abhalten, diesen Scheißkerl zu stoppen, wenn Sie mich davon abhalten, meinen Job zu machen, indem Sie vertrauliche Informationen veröffentlichen, woraufhin er seine Taktik ändern könnte, dann sind Sie genauso schuldig wie er, wenn er sein nächstes Opfer verletzt. Und dann wird es mir sehr wichtig sein, Sie dafür wegzusperren.« Sie richtete sich auf und straffte die Schultern. »Also lassen Sie mich meinen Job machen, verstanden?«

»Soll das eine Drohung sein, *Officer*?«

»Nein, Merry Winston. Es ist ein Versprechen.« Sie legte ihre Visitenkarte auf den Tisch und schob sie der Reporterin hin. »Rufen Sie mich an, wenn Sie so weit sind und reden wollen.« Damit wandte sie sich ab.

»Pallorino«, rief Winston ihr nach. »Glauben Sie nicht, Sie könnten mich einschüchtern und davon abhalten, *meinen* Job zu machen.«

Kapitel 35

»Was wollen Sie denn noch? Ich habe Ihnen schon beim letzten Mal alles gesagt«, beteuerte Markus, trat hinaus auf die Straße und schloss fest die Tür des Harbor House. *Dieses Mal kein Zugang*, dachte Kjel.

»Sie haben uns aber nicht gesagt, dass Sie polizeibekannt sind, oder, Gilani?«, sagte Kjel.

»Ich habe meine Zeit abgesessen. Das spielt keine Rolle mehr.«

»Sie wurden verknackt, weil Sie mit offenem Hosenstall durch die Gegend kutschiert sind, während eine Minderjährige Ihnen den Schwanz gelutscht hat. Sind Sie gekommen, bevor, während oder nachdem Sie diese Mutter von zwei Kindern umgebracht haben?«

Eine seltsame Ruhe legte sich auf das Gesicht des Mannes und er sagte nur: »Ich möchte, dass Sie jetzt gehen.«

»Oder was?«, mischte sich Leo ein.

Er zuckte mit den Schultern. »Oder Sie werden vermutlich immer nasser hier draußen im Regen.« Er wandte ihnen den Rücken zu und streckte die Hand nach dem Türgriff aus.

»Was für ein Auto fahren Sie, Gilani?«

»Ich nehme die öffentlichen Verkehrsmittel. Oder das Fahrrad«, antwortete er, ohne sich noch einmal nach ihnen umzudrehen.

»Besitzen Sie ein Fahrzeug oder haben Sie Zugang zu einem?«

Langsam wandte sich Gilani um. »Wenn Sie Ihre Hausaufgaben ordentlich erledigt hätten, dann wüssten Sie jetzt, dass ich nicht nur im Gefängnis saß, sondern auch meinen Führerschein verloren habe. Ich habe ihn nie zurückhaben wollen.«

»Also hat man Sie zwar aus dem Verkehr gezogen, aber mit Minderjährigen dürfen Sie trotzdem noch arbeiten«, folgerte Kjel. »Sooo viele verwundbare, junge Mädchen sind hier auf der Durchreise, die sich – wie Sie selbst gesagt haben – nicht an die Polizei wenden, wenn sie in Schwierigkeiten stecken. Sie können alles mit ihnen machen. Vertrauen, haben Sie gesagt. Sie vertrauen Ihnen wie einem Vater, was, *Pastor*? Sie versprechen ihnen ein Bett und Wärme und Trost, und Sie lassen sie sogar auf Ihrem Schoß sitzen, wenn Sie sich als Weihnachtsmann verkleiden, was?«

»Ich habe kein Sexualverbrechen begangen, Officers. Ein Teil meiner Resozialisierung war es, mich in eine Entzugsklinik zu begeben. Ein Teil meines Zwölf-Schritte-Programms hat mich zu Gott geführt, was mich wiederum hierhergebracht hat, in diesen Hafen, diese Gemeinde, zu diesen Kindern. Ich habe hier meine Bestimmung gefunden, und ich arbeite jeden Tag, um Buße zu tun, für das, was ich getan habe. Doch sooft ich Gott auch um Vergebung bitte, ich weiß, dass ich nur Frieden darin finden kann, dass ich anderen helfe. Selbstlos, in jeder Minute meines Lebens, in dem Versuch, meine Sünde in jeder Sekunde des Weges wiedergutzumachen. Denn sobald ich damit aufhöre …« Seine Stimme verklang und ein Ausdruck des Grauens trat in seine Augen. Er räusperte sich. »Alkohol,

Hemmungslosigkeit und ein schlechtes Urteilsvermögen waren meine Probleme. Ich war süchtig. Ich bin kein böser Mensch. Und ich bin ganz sicher kein Sexualstraftäter.« Er sah den Polizisten abwechselnd in die Augen. »Wir haben sie alle – Bewältigungsmechanismen, Süchte, Fluchtstrategien, wenn etwas zu schmerzvoll ist, um sich dem zu stellen. Der eine trinkt, der andere kauft sich Sex auf der Straße. Ein weiterer fällt Crystal Meth zum Opfer. Und wieder andere rennen Marathon. Oder klettern auf immer höhere Berge. Mein Leben ist jetzt der Abstinenz gewidmet, und meine Erlösung ist die wohltätige Arbeit hier.«

* * *

Nachdem sie gegangen waren, fuhren Kjel und Leo ein paar Minuten schweigend weiter, eine seltsame Schwere hing zwischen ihnen.

»Nimmst du ihm das ab?«, fragte Leo schließlich.

»Ja, glaub schon.« Kjel strich sich über den Kinnbart. »Er rettet nicht diese Kids, er versucht nur, sich selbst zu retten.«

Leo zündete sich eine Zigarette an, woraufhin Kjel das Fenster öffnete und die feuchte Luft hereinließ.

Leo blies eine Rauchwolke aus. »Und was ist deine? Deine Sucht? Dein Bewältigungsmechanismus?«

»Ich lebe zölibatär.«

»*Was?* Warum? Hast du irgendeine ansteckende Krankheit, von der ich wissen sollte?«

»Das gibt einem Kontrolle, verstehst du? Wenn man diesen grundlegendsten menschlichen Trieb kontrollieren kann, dann kann man auch alles andere in seinem Leben kontrollieren.«

»Du willst mich doch verarschen? Du bist echt ein Freak, weißt du das?«

»Wenigstens lasse ich mir nicht von irgendeinem Junkie in einer dunklen Gasse den Schwanz lutschen.«

»Was soll das heißen?«

Kjel zuckte mit den Schultern. »Nichts.«

Leo rauchte eine Weile schweigend weiter. Dann sagte er: »Die Hälfte der Jungs auf dem Revier tut das, weißt du? Sich einen Blowjob holen. Um Dampf abzulassen. Damit der ganze Mist bei der Arbeit nicht zu Hause bei der Ehefrau landet. Schadet niemandem. Herrgott. Erzähl mir jetzt nicht, dass du nicht auch schon mal drüber nachgedacht hast.«

Kapitel 36

Das aufgeladene Schweigen zwischen Maddocks und seiner Partnerin schien zu knistern, während sie zu Jon Jacques juniors Wohnung fuhr. Er hatte Rick Butler allein befragt, während sie gegen seinen Befehl als Ranghöherer in diesem Duo zu Merry Winston gefahren war. Falls man es denn ein Duo nennen konnte. Sie fuhren in ihrem Crown Vic, weil er seinen Impala in die Reinigung gebracht hatte, nachdem er nun einen Sitter für Jack-O hatte.

Sie stellte den Motor aus, nachdem sie auf einem Parkplatz vor dem Luxusapartmenthaus gehalten hatten, in dem Jacques jr. mit seinen zweiundzwanzig Jahren ganz allein in einer Penthouse-Suite wohnte.

»Wie ist es mit Butler gelaufen?«, fragte sie.

Langsam holte er tief Luft. »Nichts. Butler wusste, dass wir kommen würden, und er war vorbereitet. Er hat mir nur verraten, dass Drummond und er Schluss gemacht haben, und er hat behauptet, dass er seither nichts mehr mit ihr zu tun hatte. Er hat bestätigt, dass Drummond ihn im Club kennengelernt hat, und er hat zugegeben, Lara Pennington zu kennen. Er sagt, er wisse nicht, wer Amanda R. ist, und ihm würden auch keine von Drummonds Freunden einfallen, zu denen die Initialen J. R. oder B. C. passen. Er sagt, Jacques junior und er seien außerhalb des Clubs nicht befreundet, und er behauptet, nichts von Drummonds teuren Spielsachen gewusst zu haben.«

»Was ist mit Faith Hocking?«

»Er hat diesen Namen angeblich noch nie gehört.« Maddocks sah an den Wohnungsblocks herab. »Ich habe so das Gefühl, dass das hier auch nichts wird.«

Stille.

Er sah sie an. Zusammengepresste Lippen. Diese sexy Narbe. Kühle graue Augen. Knallhart. Er wollte sich vorbeugen und sie besinnungslos küssen. Vielleicht würde das die Frustration vertreiben, die sich allmählich in ihm aufbaute.

Sie sah weg und legte die Hand auf den Türgriff.

»Tu das nicht noch mal, okay?«, sagte er leise.

Langsam wandte sie sich ihm wieder zu. »Was denn? Soll ich immer auf dich hören, nur weil du einen höheren Rang hast? Ich habe die richtige Entscheidung getroffen, Maddocks, ich bin zu ihr durchgedrungen.«

»Du hast ein Kontrollproblem. Und du hast ein Problem mit Dominanz. So viel war schon vom ersten Moment an klar, Angie.«

Die Muskeln an ihrem Kiefer spannten sich, weil er wieder ihren Vornamen benutzt hatte.

»Für eine Runde Sex ist das vielleicht nicht schlecht«, fuhr er fort, unfähig, sich zu bremsen, machtlos gegen die Spannung und Frustration, die in ihm brannten, seit sie ihn nackt mit einem Ständer auf dem Bett zurückgelassen hatte. Mit ihrem Namen auf einem Stück Papier, wie ein Versprechen auf mehr. »Aber für den Job ist es nicht gut. Die Mordkommission ist etwas für Teamplayer, und ich brauche eine Partnerin, die mir den Rücken stärkt, statt einfach gegen meinen Rat und gegen meine Anweisung draufloszustürzen.«

Sie schluckte. An ihrer Schläfe pulsierte eine kleine Ader. »Vielleicht …«, sagte sie, ganz leise. »Vielleicht will ich dich ja gar nicht als Partner. Nicht wenn du dauernd davon anfängst, dass wir miteinander geschlafen haben …«

»Es geht nicht nur um Sex, verdammt. In den Club zu ziehen und irgendwelche Fremden mitzunehmen ist wie russisches Roulette.«

»Dann bist du jetzt also mein Beschützer? Und für einen Mann ist das kein Problem? Für dich ist es in Ordnung, wenn du in den Club gehst und dich von einer fremden Frau mit einem Messer in der Tasche nackt ans Bett fesseln lässt? Fängst du jetzt jedes Mal davon an, wenn dein männlicher Stolz angekratzt wird?«

Das Blut rauschte ihm heiß durch die Adern, und er befahl sich, es gut sein zu lassen. Sofort. Er musste nur zum Revier zurückfahren und um die Zuteilung eines neuen Partners ersuchen. Damit könnte ihr Ziel, in die Mordkommission aufgenommen zu werden, vielleicht vom Tisch sein, aber er schuldete ihr nichts. Er wusste nicht einmal, warum er sich überhaupt Gedanken um sie und ihren offensichtlichen Selbstzerstörungstrieb machen sollte. Aber er war wie ein Feuerball, der bergab durch einen staubtrockenen Wald rollte, und er wurde nur immer schneller und brannte immer lodernder.

»Du willst doch zur Mordkommission, richtig? Du weißt, dass ich dich bewerten soll, während wir zeitweilig miteinander arbeiten?«

Sie blinzelte.

»Tja, auf diese Art erreichst du nichts, Angie. Hier geht es nicht nur um den Club. Hier geht es um Charakter, darum, im Team zu spielen und einen Partner zu haben, dem du vertrauen kannst, wenn du nicht irgendwann umgebracht werden willst. Und ich schulde es meinen Kollegen, ehrlich zu sein, wenn ich dich als ein Risiko betrachte.«

»Drohst du mir gerade damit, mich zu sabotieren?«

»Ich glaube, das bekommst du ganz gut allein hin.«

Sie fluchte wüst. »Ist das deine Rache für dein geknicktes Ego?«

»Hörst du dir eigentlich zu? Du hast schon einmal einen Partner verloren. Wenn ich eine Beförderung wollte, dann würde ich an deiner Stelle jetzt einer ganzen Menge Leuten in den Arsch kriechen, statt mit dieser Selbstzerstörungstour weiterzumachen.«

Wütend funkelte sie ihn an. Die Luft zwischen ihnen schien zu knistern. Verdammt, am liebsten hätte er sie gepackt und gleich hier im Auto gevögelt.

»Ich bin kein Kind mehr, Maddocks. Du musst dich nicht um mich kümmern.« Damit stieg sie aus, knallte die Tür hinter sich zu und marschierte auf das Gebäude zu.

Er fluchte, stieg ebenfalls aus und folgte ihr. Als sich ein älterer Mann der Eingangstür näherte und sie mithilfe eines Elektroschlüssels öffnete, eilte sie los. Der Mann betrat das Gebäude und die Tür schwang hinter ihm zu, doch Angie hielt sie auf. Als sich der Mann umdrehte, zeigte sie ihm ihre Marke, und er ließ sie schulterzuckend eintreten. Sie ließ die Tür los, die Maddocks fast im Gesicht getroffen hätte. Beim Fahrstuhl holte er Angie ein.

Sie atmeten beide schwer und vermieden es, einander anzusehen. Schweigend fuhren sie nach oben. Kurz bevor sich die Türen wieder öffneten, sagte er: »Fordere mich nicht heraus, Pallorino. Mit mir willst du dich nicht anlegen.«

Sie sah ihn an, und er erkannte, dass sie ihre Impulsivität bereute. Es tat ihr leid, dass sie so aggressiv reagiert hatte. Auch ihm taten seine Worte leid. Für so etwas gab es keinen Leitfaden.

Die Türen glitten auf, und sie blieben zögernd stehen. Er ließ ihr den Vortritt, und sie gingen den Flur entlang zur Tür von Jon Jacques juniors Penthouse.

Pallorino klopfte an, der Rücken gerade, die Schultern gestrafft, ihr Pokerface an Ort und Stelle.

Die Tür schwang auf und ein junger Mann stand vor ihnen. Durchschnittlich groß, blond, schicker Haarschnitt, Jungengesicht. Er trug einen Bademantel und war barfuß.

»Jon Jacques?«, fragte Pallorino.

»Wer sind Sie?«

»Detectives Pallorino und Maddocks, MVPD Mordkommission.« Sie hielt ihre Marke hoch. Maddocks tat dasselbe. »Haben Sie einen Moment Zeit für uns?«

Jacques studierte mit übertriebener Gründlichkeit die Marken. Hinter ihm erstreckte sich ein schimmernder Hartholzboden bis zu einer Fensterreihe, durch die man über die ganze Stadt blicken konnte. Seine Wohnzimmermöbel waren weiß. Musik lief im Hintergrund. »Was ist los, J. J.?«, rief eine Frauenstimme.

»Nichts, Babe«, rief er über die Schulter. »Bleib heiß auf mich, ich bin gleich wieder da.« Er reichte ihnen die Marken zurück. »Wie sind Sie ins Gebäude gekommen, ohne zu klingeln?«

»Wie wir erfahren haben, kannten Sie Gracie Marie Drummond?«, fragte Angie.

»Gracie? Ja, vom Tennisclub, ja.« Seine Haltung änderte sich ganz leicht, und seine Hand legte sich um den Türknauf, wie um ihnen den Eintritt zu verwehren.

»Unser herzliches Beileid.«

Darauf folgte kurzes Schweigen. »Ich habe sie kaum gekannt.«

»Können wir reinkommen?«, fragte Maddocks.

»Nein.«

»Sie fahren einen schwarzen BMW.« Es war keine Frage, das hatte er bereits überprüft. Ein BMW Z4 E89 Slingshot lief auf diesen Schnösel.

»Und wenn schon.«

»Sie waren mit Drummond zusammen«, ergriff Pallorino das Wort. »Das ist etwas intimer als ›kaum gekannt.‹«

»Hören Sie, ich habe gerade Gesellschaft, Ihre Fragen gefallen mir überhaupt nicht und ich muss sie wirklich nicht beantworten. Mein Vater hat mir erzählt, dass Sie ihn gestern auch schon belästigt haben, wegen irgendjemand anderem. Er hat mir einen Anwalt zur Verfügung gestellt, und ...«

»Und Ihr Vater muss einen ziemlichen Gedankensprung gemacht haben, wenn er aus der Tatsache, dass die Polizei ihn wegen ›irgendjemand anderem‹ befragt hat, darauf schließt, dass wir auch hier vorbeikommen und Sie nach Gracie Drummond fragen, nicht wahr?«

Er lachte auf, aber er wirkte nervös. J. J. jr. war eindeutig nicht die hellste Kerze auf der Torte.

»Ganz und gar nicht. Mein Vater weiß nur aus Erfahrung, dass ihr seine Familie aus allen Richtungen angreift, wenn ihr erst einmal auf Hexenjagd seid – das ist Belästigung. Wenn Sie mich also nicht wegen irgendeiner erfundenen Sache verhaften wollen, dann muss ich auch nicht mit Ihnen sprechen.« Er wollte die Tür schließen.

Maddocks stellte den Fuß in den Spalt. »Nächstes Mal sehen wir uns auf dem Revier.«

* * *

»Widerlicher kleiner Drecksack«, schimpfte Maddocks, als sie zurück zum Revier fuhren. Pallorino saß am Steuer.

»Jacques, Pennington, Butler und auch Pastor Gilani, nach dem, was Holgersen und Leo erzählen – es ist, als gäbe es eine Art Schweigeabkommen«, sagte Pallorino.

»Abgesehen von den Medien, Merry Winston und ihrem gesprächigen Informanten.« Er zögerte. »Was hat sie heute Morgen gesagt?«

»Ich habe ihr erklärt, dass sie sich raushalten soll, und ich habe sie danach gefragt, wer die anderen Vergewaltigungsopfer sind und wer ihre Quelle ist.«

»Hat sie etwas verraten?«

»Nein.«

»Überrascht mich nicht. Was hast du damit gemeint, als du gesagt hast, du seist zu ihr durchgedrungen?«

Pallorino atmete tief durch, und er sah, wie sie das Steuer fester umfasste. »Ich habe ihr gesagt, dass es mir etwas bedeutet. Fernyhough und Ritter. Gerechtigkeit für Drummond und Hocking. Dass es mir wichtig ist, hilflose junge Frauen und Kinder zu beschützen, und dass ich deshalb diesen Job mache. Ich habe ihr gesagt, dass ihre Berichterstattung inklusive der vertraulichen Informationen andere Mädchen in Gefahr bringen könnte.« Sie leckte sich über die Lippen, und Maddocks hatte das Gefühl, dass sie einen winzigen Spalt in ihrer Deckung geöffnet hatte und dass er soeben einen Blick auf die echte Angie Pallorino dahinter erhaschte. »Sie hat mir zwar nichts Konkretes verraten, aber ich weiß, dass ich zu ihr durchgedrungen bin. Und da ist noch etwas: Ich glaube, sie hat einiges hinter sich. Sie war an einem sehr dunklen Ort. Wir müssen ihren Hintergrund checken. Je mehr wir über sie wissen, desto näher kommen wir ihrem Informanten, da bin ich mir sicher. Ich lasse sie durchs System laufen.«

»Meinst du nicht, dass Fitz das längst getan hat? Sie ist nicht aktenkundig.«

Ihre Augen blitzten. »Dann steckt Fitz und du also wirklich unter einer Decke, ja?«

Der einzige MVPD-Officer, mit dem ich schon unter einer Decke gesteckt habe, bist du, Angie Pallorino … Aber er sprach es nicht aus. Das Klingeln seines Handys rettete ihn.

Er ging ran. Es war Buziak.

»Wir haben einen Treffer«, legte Buziak sofort los. »Die Highway-Kameras haben einen schwarzen Lexus aufgenommen, mit dem Nummernschild BX3 99E, der am Samstag um 5:37 Uhr über die Johnson Street Bridge nach Westen gefahren ist. Derselbe Lexus wurde ein weiteres Mal um 6:52 Uhr gesehen, dieses Mal auf dem Weg nach Osten. Ich möchte, dass Sie dieser Spur nachgehen, aber seien Sie vorsichtig. Sehr vorsichtig. Alles streng nach den Regeln, verstanden? Dieser Lexus ist nämlich auf Ray Norton-Wells gemeldet.«

»Der Ehemann der stellvertretenden Generalstaatsanwältin?«, hakte Maddocks nach.

»Genau der. Die Adresse ist 5798 Stanley Road, Uplands. Behalten Sie es erst einmal für sich. Wenn Sie mit ihm sprechen, dann konzentrieren Sie sich ausschließlich auf den Lexus – stellen Sie noch keine Verbindung zu den Morden her. Nur weil man das Fahrzeug an beiden Orten gesehen hat, bedeutet das nicht, dass er auch tatsächlich etwas mit dem Angriff auf Drummond zu tun hat. Ich sage es noch einmal, und ich kann es nicht genug betonen: Seien Sie sehr vorsichtig. Sollte diese Spur wirklich irgendwohin führen, dann steht dieser Fall auf eine Weise mit der ADAG und dem Büro des Generalstaatsanwalts in Verbindung, dass wir einen speziellen Staatsanwalt an Bord brauchen. In den Medien und der Politiklandschaft würde das hochgehen wie eine Bombe. Wir müssen alle unsere Pferdchen in Reih und Glied haben.«

Kapitel 37

Kies knirschte unter Angies Stiefeln, als sie langsam an Maddocks' Seite einen bronzefarbenen Jaguar umrundete, der vor dem Haus parkte. Die Tore der Garagen neben dem Haus hatte man offen gelassen. Der Regen verdoppelte seine Anstrengungen, und der Wind peitschte eisig vom Meer heran und pfiff zwischen den Villen dieser Gegend hindurch. Noch immer schwelte eine erotische Spannung zwischen Maddocks und ihr. Es machte sie nervös, denn sie wusste, dass sie eine Grenze übertreten hatte, und es machte ihr Angst, dass er recht hatte, dass er in ihr lesen konnte wie in einem offenen Buch. Dass er sich traute, Dinge zu ihr zu sagen, die kein anderer auszusprechen wagte. Sie war tatsächlich selbstzerstörerisch. Es war wie eine krankhafte Sucht. Aber sie war wehrlos dagegen. Sie wusste ja nicht einmal, was sie wirklich antrieb. Auch in einem weiteren Punkt hatte er recht: Ein Wort von ihm, und sie könnte ihre Karriere bei der Mordkommission abhaken. Es machte sie wütend, dass er diese Macht über sie hatte.

»Das ist kein Haus mehr, das ist ja groß genug, um ein kleines Hotel zu sein«, sagte sie, als sie vor dem dreistöckigen Gebäude standen.

In der Garage war ein kleiner 2016er Porsche 911 Turbo abgestellt, die drei weiteren Parkplätze waren leer.

Keine Überraschung. Es war Dienstagnachmittag. Die Hauseigentümer waren vermutlich bei der Arbeit.

»Kann ich Ihnen helfen?«, kam eine raue Stimme von hinter ihnen.

Ein Mann in einem Regenmantel über dem Anzug, mit einer Aktentasche in der Hand und schimmernden Schuhen stand neben dem Jaguar.

»Ray Norton-Wells?«, fragte Maddocks im Näherkommen.

»Wer will das wissen?«

»Detectives Maddocks und Pallorino, MVPD.« Er hob seine Marke. Der Regen schimmerte in Norton-Wells' Haar und lief ihm übers Gesicht.

»Worum geht es?«

»Auf Ihren Namen ist ein schwarzer Lexus gemeldet, aber ich sehe ihn hier nirgendwo.«

Der Mann runzelte die Stirn. Eine Bewegung hinter einem der Fenster im linken Gebäudeflügel fiel Angie ins Auge. Ein junger Mann in weißem T-Shirt stand dort und sah zu ihnen hinunter.

»Weil er gestohlen wurde«, sagte Norton-Wells.

Angies Interesse war geweckt.

»Wann?«, fragte Maddocks.

»Vor etwa zwei Wochen. Hören Sie, ich muss jetzt zurück in mein Büro …«

»Haben Sie den Diebstahl gemeldet, Mr Norton-Wells?«, hakte Maddocks nach.

»Mein Sohn Jayden hat das getan. Ich habe ihm den Lexus überlassen. Er fährt ihn schon seit etwa einem halben Jahr.«

»Aber die Versicherung läuft auf Ihren Namen.«

Ärgerlich wischte er sich Regenwasser von der Stirn. »Ja.«

»Und als der Wagen gestohlen wurde, haben Sie ihn nicht abgemeldet?«

»Jayden hat gesagt, er würde sich darum kümmern.«

»Ist Ihr Sohn zu Hause, Mr Norton-Wells?«, mischte sich Angie ein.

»Ich muss Sie fragen, warum Sie sich für sein Auto interessieren.«

»Es könnte in Verbindung mit einer Straftat eingesetzt worden sein«, erklärte Maddocks.

Norton-Wells starrte sie einen Moment lang an, dann flackerte sein Blick zum Fenster im Westflügel. Der junge Mann stand nicht mehr dort und einen Moment lang dachte Angie, Norton-Wells würde lügen.

»Sie haben ihn an einem seiner Krankentage erwischt, was nicht ungewöhnlich ist.« Er ruckte mit dem Kopf in Richtung Westflügel. »Er wohnt in der Suite. Der Eingang ist da drüben. Wenn Sie mich jetzt entschuldigen würden, ich bin spät dran.« Er wandte sich ab und entriegelte den Jaguar, der daraufhin einen Piepston von sich gab. »Sollten Sie noch etwas von mir brauchen, rufen Sie meine Assistentin an.« Er faltete sich in seinen Wagen und ließ den Motor an.

»Vater und Sohn scheinen sich ja nicht sonderlich zu mögen«, kommentierte Angie, als Maddocks und sie auf die Eingangstür der Suite zugingen.

»Nicht wirklich.« Maddocks klopfte.

Langsam wurde die Tür geöffnet und eine jüngere Ausgabe des Mannes, mit dem sie gerade gesprochen hatten, stand vor ihnen. Doch seine Augen glänzten fiebrig und ein dünner Schweißfilm überzog seine Haut. Sein Haar war feucht und so dunkel wie das von Maddocks. Die Achselhöhlen des eng anliegenden weißen Shirts waren ebenfalls schweißnass. Ein Goldkettchen verschwand im Ausschnitt, und am Handgelenk des Mannes schimmerte eine Golduhr.

»Jayden Norton-Wells?«, fragte Maddocks.

»Ja.«

Maddocks erklärte ihm, wer sie waren und was sie hier wollten. »Können wir einen Moment reinkommen?«

Jayden kam ihnen lethargisch vor. Angie fragte sich, ob er wohl Medikamente oder Drogen genommen hatte. Er öffnete die Tür, ging ihnen barfuß voraus und sackte aufs Sofa. Er ließ das Gesicht in die Hände sinken und rieb kräftig darüber, dann sah er auf. »Tut mir leid, ich habe wohl eine Grippe oder so. Ich stehe schon seit ein paar Tagen etwas neben mir.«

Angie und Maddocks blieben stehen. Es roch nach Schweiß und schalem Alkohol. Die Heizung war voll aufgedreht worden. Die Fenster waren geschlossen. Während Maddocks die Befragung übernahm, trat Angie an eine Wand, an der gerahmte Bilder hingen. Eines davon zeigte ein Abschlusszertifikat für Jayden Royce Norton-Wells.

J. R. Norton-Wells? Ihr Puls legte etwas zu, während sie zu einem Foto trat, das einen jungen Jayden – etwa elf Jahre alt – in einem weißen Anzug zeigte. Lächelnd stand er neben seiner Mom, der jetzigen ADAG, seinem Dad und einem Bischof. Unter dem Foto stand: *Jayden Royce Norton-Wells, Heilige Kommunion.*

»Ihr Vater sagt, Sie hätten den Lexus als gestohlen gemeldet?«, fragte Maddocks.

»Ich habe es vergessen.«

»Ein Lexus. Und Sie haben es *vergessen*?«

»Ich hatte alle Hände voll mit meinem Jurastudium zu tun. Ich … ich bin einfach noch nicht dazu gekommen.«

»Wann genau wurde er gestohlen?«

Norton-Wells kratzte sich durch das feuchte Haar den Kopf. »Ich … vor zehn, vierzehn Tagen vielleicht. Keine Ahnung.«

»Welcher Wochentag war das? Was haben Sie gerade gemacht? Von wo hat man ihn entwendet?«

»Ich … es war an einem Dienstag. Ja. Jetzt fällt es mir wieder ein. Am achtundzwanzigsten November. Genau. Am Anfang dieses Kälteeinbruchs. Wir … waren in einem Restaurant in der Innenstadt und ich hatte ihn ein Stück die Straße hoch auf einem Parkplatz abgestellt. Ich bin bis spät geblieben und hatte etwas getrunken, also habe ich mir ein Taxi nach Hause genommen. Als ich den SUV am nächsten Tag holen wollte, war er weg.«

»Welches Restaurant?«

Er zögerte kurz, dann sagte er: »Das Auberge.«

»Welcher Parkplatz?«

»Der einen Block die Straße hoch.«

»Hatten Sie eine Tischreservierung?«

»Nein.«

»Wie haben Sie bezahlt? Mit der Kreditkarte?«

»Ja, nein … Moment, ich glaube, ich habe an dem Abend bar bezahlt.«

»Warum?«

Er zuckte mit den Schultern. »Das tue ich öfter.«

»Haben Sie die Rechnung aufgehoben?«

»Nein, habe ich nicht. Was soll das eigentlich? Warum fragen Sie mich das alles?«

»Ihr Fahrzeug wurde möglicherweise im Zusammenhang mit einem Verbrechen benutzt.«

Er wurde blass und riss die Augen auf, seine Pupillen waren sehr groß. Da war eindeutig irgendeine Chemikalie in seinem Blutkreislauf.

»Was für ein Verbrechen?«

»Es steht mir nicht frei, Ihnen das zu diesem Zeitpunkt zu sagen«, entgegnete Maddocks. »Mit wem haben Sie an diesem Abend gegessen? Sie haben ›wir‹ gesagt.«

Norton-Wells rang einen Moment mit sich, als würde er versuchen, seine Geschichte auf die Reihe zu kriegen. Dann sagte er: »Ich werde meine Freunde da nicht mit reinziehen.

Wenn das Auto bei einem Verbrechen benutzt wurde, dann hat das nichts mit mir zu tun. Ich habe dazu nichts mehr zu sagen.«

Vorsichtig. Er ist der Sohn der ADAG …

»In Ordnung«, sagte Maddocks freundlich. »Allerdings möchten wir Sie bitten, aufs Revier zu kommen und eine offizielle Aussage zu machen. Können Sie das tun?«

»Ich … sobald es mir besser geht. Ich fühle mich im Moment wirklich nicht dazu in der Lage, das Haus zu verlassen.«

»Okay. Wir melden uns wieder. Bald.«

Als Angie und Maddocks zur Tür gingen, drehte sich Angie unvermittelt zu Norton-Wells um, der sich gerade vom Sofa hochstemmte.

»Die Kette, die Sie da tragen …« Sie nickte in Richtung seines Ausschnitts. »Ist das der heilige Christophorus?«

Ihm klappte für einen Moment der Mund auf. »Ähm, ja, warum?«

»Ihre Familie ist katholisch?« Sie deutete auf das Foto seiner Kommunion.

»Bekanntermaßen.«

Sie befeuchtete sich die Lippen und wandte sich zum Gehen, doch dann drehte sie sich ein weiteres Mal zu ihm um – so als wäre ihr gerade noch etwas eingefallen. Ein Trick, um ihn aus dem Konzept zu bringen. »Ihr Zweitname ist Royce.«

»Ja, stimmt.«

»Jayden Royce. Nennt man Sie manchmal J. R.?«

Er zögerte. »Manchmal.«

»Haben Sie jemals jemandem einen Anhänger des heiligen Christophorus geschenkt, auf dem ›In Liebe, J. R.‹ steht?«

Alles Blut wich ihm aus dem Gesicht. »Nein. Nein, habe ich nicht. Ich möchte, dass Sie jetzt gehen.«

* * *

Maddocks fuhr aus der Einfahrt der Norton-Wells-Familie und hielt unter einer alten Eiche am Straßenrand gegenüber dem Anwesen. Pallorino hatte ihm das Steuer überlassen, ihre Art eines Friedensangebots, nahm er an.

»Guter Einfall«, sagte er und musterte die steinernen Torstützen. An einer davon prangte eine Bronzeplakette, auf der das Wort AKASHA in Großbuchstaben stand. »Aber riskant. Buziak hat uns angewiesen, uns an diesem Punkt nur auf das Fahrzeug zu konzentrieren.«

»Das Foto von seiner Kommunion war klar und deutlich zu sehen, genau wie sein Zertifikat mit seinem vollen Namen. Es war offensichtlich. J. R. Norton-Wells, gläubiger Katholik mit einer Goldkette um den Hals. Und dann verschwindet wie von Zauberhand sein Lexus. Es geht ihm ganz offensichtlich nicht gut. Wir hätten ihn nach Drummond und Hocking fragen sollen.«

»So will es Buziak nun mal.«

»Der Sohn der ADAG«, sagte sie ungläubig. »Wie wahrscheinlich ist so was? Das könnte eine richtig große Sache werden.«

Als Maddocks gerade etwas erwidern wollte, kam der kleine rote Porsche röhrend die Einfahrt herunter, schoss durch das Tor, schlitterte um die Kurve und raste die Straße hinunter.

»Er haut ab!«, sagte sie.

Maddocks legte den Gang ein, legte eine reifenquietschende Kehrtwendung hin und nahm die Verfolgung auf.

Kapitel 38

»Was zum …? Das ist … Zach Raddison, der Berater des Bürgermeisters.« Angie spähte durch das Teleobjektiv der Kamera und beobachtete, wie ein großer dunkelhaariger Mann eilig an Jaydens Seite das Rathaus verließ. Die beiden Männer blieben stehen und begannen, im Regen mit wild fuchtelnden Armen zu diskutieren. Sie schoss eine Reihe Fotos. Norton-Wells stieß Raddison vor die Brust. Der stolperte einen Schritt zurück, machte dann jedoch einen Satz und packte Norton-Wells bei den Schultern. Er hielt ihn fest, während er beschwörend auf ihn einredete. Angie schoss ein paar weitere Bilder, ihre Digitalkamera gab ein stakkatohaftes Klick, Klick, Klick von sich.

Maddocks und sie hatten gegenüber dem Rathaus geparkt. Norton-Wells, der gerade noch behauptet hatte, zu krank zu sein, um das Haus zu verlassen, war in seinem Porsche auf direktem Weg hierhergefahren. Er war quer auf dem Parkplatz stehen geblieben und hineingerannt, wobei er trotz der Kälte nur Jeans und T-Shirt getragen hatte. Kaum zehn Minuten später war er mit Raddison im Schlepptau wieder aufgetaucht.

»Also«, sagte Maddocks. »Der Sohn der ADAG, der Drummond möglicherweise einen Anhänger des heiligen Christophorus geschenkt hat und dessen Auto mit einem

Verbrechen in Verbindung gebracht wird, hat eine brisante Verbindung zum Manager von Jack Killions Wahlkampagne, Zach Raddison, der nun die rechte Hand unseres Bürgermeisters ist.«

»Wie man so schön sagt, wir sind alle um weniger als sechs Ecken miteinander verbunden.« Wieder drückte Angie auf den Auslöser, als Raddison gerade Norton-Wells am Oberarm packte und ihn zu seinem schlecht geparkten Porsche zurückführte.

»Dann hat Norton-Wells unser Besuch also aufgeschreckt, und er ist hierhergerast, vermutlich auf direktem Weg ins Bürgermeisterbüro, um Raddison zu finden. Warum?«

Norton-Wells stieg wieder ein. Raddison warf die Tür hinter ihm zu und Norton-Wells fuhr los, dieses Mal langsam. Raddison stand in Hemdsärmeln auf dem Bürgersteig im Regen und sah dem Porsche nach, bis dieser verschwunden war. Erst dann drehte er sich wieder um und ging zurück ins Rathaus. Er wirkte sichtlich verstört.

Angie ließ die Kamera sinken. »Folgen wir Norton-Wells oder statten wir Raddison und dem Bürgermeisterbüro einen Besuch ab?«

Maddocks legte die Hand an den Türgriff. »Bürgermeisterbüro. Solange Raddison noch durcheinander ist.«

* * *

Zach Raddison war nach allen Maßstäben ein verflucht gut aussehender Kerl. Dunkler mediterraner Typ. Glänzend schwarze Augen und ein unfassbar weißes und blendendes Lächeln. Dazu strahlte er die Art von Arroganz aus, die einem Geld und die Bewunderung zu vieler Frauen einbrachte. Angie und Maddocks standen in seinem Büro, einer Art Vorzimmer zu Killions Büro. Der Regen lief in Rinnsalen hinter ihm die Fensterscheibe hinab. Er bot ihnen an, sich zu setzen, aber sie lehnten ab, also pflanzte er seinen wohlgeformten Hintern auf die Kante seines schimmernden Schreibtischs und verschränkte die Arme vor der Brust. Dann wartete er auf eine Erklärung.

»Sie sind ein bisschen nass geworden, wie ich sehe«, sagte Maddocks und deutete mit dem Kinn auf Raddisons frisches weißes Hemd und die königsblaue Krawatte.

Raddison lächelte, ohne sich etwas anmerken zu lassen. »Wir haben heute Abend ein Eröffnungsmeeting, bei dem Jack Killion offiziell als neuer Bürgermeister der Stadt vereidigt wird. Wenn Sie bitte zur Sache kommen könnten, Detectives, damit ich mich wieder meiner Arbeit widmen kann.«

Angie wanderte wieder einmal durchs Zimmer, betrachtete die Kunstwerke an den Wänden und die Dinge, die auf den Regalen standen, während sich Maddocks den Verdächtigen aus der Nähe ansah. Sie brannte darauf, Raddison direkt nach Drummond und Hocking zu fragen, aber sie hatten ihre Befehle von Buziak: *Bleibt beim Lexus.* Und sie musste sich nach dem Streit mit ihrem Partner an die Regeln halten.

»Kennen Sie Jayden Norton-Wells?«, fragte Maddocks.

Wieder zögerte Raddison keinen Moment. »Wir sind befreundet. Wir kennen uns schon seit der Highschool. Unsere Eltern kennen sich ebenfalls gut.«

»Eine Privatschule?«

»Und wohin soll uns das führen?«

Angie entdeckte eine Porzellanschale auf einem Regal neben der Tür. Sie war im Stil der First-Nation-Kunst bemalt. Darin lagen Visitenkarten und ein paar Streichholzbriefchen. Sie strich darüber und verrückte ein paar der Karten, dann ergriff sie eines der Streichholzbriefchen. Ihr Herz schlug schneller.

»Könnten Sie bitte nichts anfassen, Detective? Danke schön«, rief Raddison über Maddocks Schulter hinweg. Aha, endlich war da ein Anflug von Gereiztheit in seiner Stimme zu hören.

»Klar.« Sie legte die Streichhölzer zurück und trat an Maddocks Seite, wobei sie die Hände in die Taschen steckte.

»Haben Sie vielleicht mit Jayden im Auberge zu Abend gegessen, am Dienstag, dem achtundzwanzigsten November?«, fragte Maddocks.

Ein Flackern in seinem Blick. »Nein, warum?«

»Offenbar hat sich Jayden dort mit Freunden getroffen, ein wenig zu viel getrunken und seinen Lexus stehen lassen, der nun verschwunden ist.«

»Verschwunden?«

»Jayden behauptet, er sei gestohlen worden.«

Raddison senkte die Brauen. »Und Sie glauben ihm nicht?«

»Wussten Sie, dass der Wagen gestohlen wurde?«

»Natürlich. Er hat es mir erzählt.«

»Draußen, vor ein paar Minuten?«

Stille. Sein Adamsapfel hüpfte auf und ab. Seine Augen wurden eine Spur schmaler. *Bingo.*

»Warum war Jayden bei Ihnen? Er wirkte etwas … aufgeregt.«

»Es war etwas Persönliches«, antwortete Raddison ruhig.

»Hatte es etwas mit dem Lexus zu tun?«

»Wie schon gesagt, es war persönlich.«

»Nur aus Interesse, Mr Raddison, wo waren Sie am Dienstagabend, dem achtundzwanzigsten November?«

Zum ersten Mal geriet er ins Wanken. »Ich weiß wirklich nicht, wohin das führen soll, aber ehrlich gesagt verschwenden Sie gerade meine Zeit. Und daraus folgend auch die des Bürgermeisters. Wenn Sie also nichts …«

»Wofür stehen die Initialen B. C.?«, fiel Angie ihm ins Wort.

»Wie bitte?«

Auf einmal schwang die Tür zum Bürgermeisterbüro weit auf und Jack Killion persönlich erschien. »Zach, hast du mal eine Sekunde, bitte?«

»Ich bin gleich da.«

Killion sah erst Maddocks, dann Angie an und begegnete dann mit erhobenen Brauen dem Blick seines Beraters.

»Diese beiden gehören zur Metro«, erklärte Raddison.

Killions Augen wurden schmaler, als er die Detectives genauer in Augenschein nahm. »Worum geht es?«

»Das haben sie mir noch nicht verraten.«

Der Bürgermeister zögerte, dann sagte er zu Maddocks und Angie: »Wir müssen uns auf die Vereidigung vorbereiten, Officers. Ich brauche meinen Berater. Könnten Sie sich vielleicht ein wenig beeilen?« Damit verschwand er wieder und schloss die Tür.

Arschloch, dachte Angie und fühlte sich Chief Gunnar mit einem Mal viel verbundener. Wenn das die neue Verwaltung war, dann roch es nach Ärger.

Raddison stieß sich von seinem Schreibtisch ab und schlenderte auf die Tür zu. Er machte eine auffordernde Geste Richtung Ausgang. »Wenn Sie sich darüber einig geworden sind, was Sie überhaupt wollen, oder wenn Sie weitere Fragen haben, dann vereinbaren Sie bitte einen Termin mit meiner Assistentin.«

Angie blieb unbeeindruckt. »B. C.«, wiederholte sie. »Wofür stehen die Initialen?«

»Ich habe keine Ahnung. British Columbia? Basketball-Club? Tausend andere Dinge?«

Sie fischte ein geöffnetes Streichholzbriefchen aus der Schale. Es war dasselbe, das sie sich schon vorher angesehen hatte. Sie hielt es Raddison hin. In schlichtem Weiß gehalten, mit zwei verschlungenen Lettern darauf – einem B und einem C.

Er starrte es an, schob die Hände in die Taschen seiner maßgeschneiderten Hose und schürzte seinen fast mädchenhaften Mund. Dann schüttelte er langsam den Kopf. »Tut mir leid, keine Ahnung. Die Leute legen hauptsächlich ihre Visitenkarten da rein, aber wie es aussieht, kommt auch das eine oder andere Streichholzbriefchen dazu. Das hätte jeder dalassen können.«

»Rauchen Sie?«

»Manchmal.«

Beiläufig klappte sie das Streichholzbriefchen auf und zeigte Raddison die Nummer, die auf der Innenseite stand und die sie zuvor schon gesehen hatte. »Wer verteilt heutzutage überhaupt noch Streichholzbriefchen?«

Ärger verdunkelte seine Miene, und er schnappte ihr das Briefchen weg. »Wenn Sie sich noch andere Dinge in diesem Büro ansehen wollen, dann kommen Sie besser mit einem Durchsuchungsbefehl zurück.«

Sie sah hinauf in seine schwarzen Augen. Er hatte die Lippen fest aufeinandergepresst, seine Halsmuskeln waren gespannt. Offenbar gefiel es Raddison gar nicht, von einer Frau herausgefordert zu werden. Oder von irgendjemandem.

»Vielleicht werden wir das, Zach«, sagte sie freundlich. »Vielleicht.«

* * *

Als sie das Gebäude verlassen hatten, duckte sich Angie unter einen Dachvorsprung, um Schutz vor dem Regen zu suchen. Sie zog ihr Notizbuch aus der Tasche und überprüfte die Nummer, die Drummonds Mutter ihr im Saint Jude's gegeben hatte, kurz bevor ihre Tochter gestorben war. »Verdammt«, murmelte sie.

»Was ist?«, fragte Maddocks.

Sie sah auf und spürte das Adrenalin im Blut. »Es ist ihre«, sagte sie. »Die Nummer in diesem Streichholzbriefchen ist die von Gracie Drummond. Und das Logo auf dem Briefchen bestand aus den Buchstaben B und C.« Sie sah ihn an. »B. C., wie in ihrem Kalender. Die Verabredungen, die sie mit Amanda R. und Lara P. hatte.«

Kapitel 39

Als Zach sich umdrehte, stand Killion in der Tür. Ein seltsamer Ausdruck lag auf dem Gesicht seines Chefs.

»Worum ging es da?«, fragte Killion.

Zach holte tief Luft, seine Gedanken rasten, Fragen sausten knisternd an synaptischen Verbindungen entlang, drehten eine Runde und starteten dann erneut durch, um ein weiteres Mal gestellt zu werden. »Diese Detectives hatten ein paar Fragen über einen Freund von mir. Jayden Norton-Wells. Offenbar suchen sie nach seinem Lexus, der vor etwa zwei Wochen gestohlen wurde.«

»Warum kommen sie dann zu dir? Warum ausgerechnet hierher, in *dieses* Büro?«

»Wie gesagt, Jay ist mein Freund. Sie wollten wissen, ob ich mit ihm an dem Abend essen war, an dem sein Auto gestohlen wurde. Sieht so aus, als wäre Jay ein bisschen zu betrunken gewesen, um sich daran zu erinnern, wer alles dabei war.«

Stille. Eine merkwürdige Energie ging vom Bürgermeister aus. Unruhe überkam Zach.

»Und diese Sache mit den Initialen B. C.?«

Dann hatte Killion die Unterhaltung also gehört. Nervös betastete Zach das Streichholzbriefchen, das nun in seiner Tasche steckte. »Ich habe keine Ahnung.«

»Wenn es irgendetwas gibt, das ich wissen sollte …«

»Gibt es nicht.«

Der Bürgermeister blieb einen Moment abwartend stehen, dann räusperte er sich. »Sind die Agenda-Updates schon an die Presse rausgegangen?«

»Schon vor einer Weile.«

Abrupt schloss Killion die Tür wieder. Zach starrte das Holz an und die düstere Unruhe grub sich noch tiefer in seine Brust.

* * *

Jack Killion zückte sein Handy, vergewisserte sich, dass seine Bürotür geschlossen war, und wählte rasch eine Nummer. Ihre besondere Nummer. Als es läutete, drehte er sich auf seinem Stuhl herum, um dem silbrigen Prasseln des Regens gegen seine Fensterscheibe zuzusehen.

»Was ist los?«, fragte die rauchige Stimme, die ihm so gefiel.

Er leckte sich über die Lippen. »Die Polizei war gerade hier.«

»In *deinem* Büro?«

»Zwei Detectives, ein Mann und eine Frau. Sie haben Zach Fragen über einen gestohlenen Lexus und deinen Sohn gestellt.«

»Jayden?«

»Ja.«

»Was … warum?«

»Wurde ihm ein Lexus gestohlen?«

»Ich … ja, ich habe gehört, wie er mit seinem Vater darüber gesprochen hat. Ich mische mich da nicht ein. Das geht nie gut. Immerhin machen die Cops ihre Arbeit und suchen nach dem verdammten Ding.«

»Warum sind sie dann zu Zach gekommen und warum in mein Büro? Zu diesem Zeitpunkt – kurz vor meiner Vereidigung.«

»Hältst du es für Schikane? So eine Art Vendetta?«

»Ich habe mir unter den Gesetzeshütern keine Freunde gemacht mit meinem Wahlversprechen, das MVPD zu säubern. Und ich leite morgen meine erste Klausursitzung mit den Polizeivertretern. Sie alle erwarten Veränderungen.«

Eine lange Pause entstand. »Ich spreche mit Jay, sobald er heute Abend heimkommt. Wahrscheinlich steckt wirklich nicht mehr dahinter, als es den Anschein hat.«

»Joyce, welchen Eindruck macht das? Die Polizei geht einer Straftat nach, die in Verbindung mit dem Sohn der ADAG steht – das reicht an sich schon für ein Medienspektakel. Wenn Detectives in das Büro des Bürgermeisters kommen, dann bringt mich das mit deiner Familie und mit einer polizeilichen Ermittlung in Zusammenhang. Herrgott, wenn man bedenkt, dass das MVPD nicht einmal die Lecks in seiner eigenen Organisation in den Griff bekommt, dann bringt die Sun das vielleicht morgen auf der Titelseite oder diese Frau schreibt es auf ihrem Blog. Als Nächstes zielen sie mit ihren Teleobjektiven auf unsere Fenster und die Medien beobachten uns von Booten im Hafen aus.«

»Vielleicht ist es an der Zeit«, sagte sie. »Setz Gunnar an die Luft und bring dafür Antoni Moreno ins Spiel. Er kann aufpassen und sich um alles kümmern. Er kann diesen Informanten finden und unschädlich machen. Vielleicht hast du jetzt einfach keine andere Wahl mehr, Jack. Du kannst das alles bei dem Treffen mit den Polizeivertretern in die Wege leiten, oder? Mindestens drei von ihnen stehen auf deiner Seite, richtig? Vielleicht sogar vier.«

»Ja.«

»Dann tu es, Jack. Setz die Sache in Gang. Es ist Zeit.«

»Was ist mit dieser Serienmördersache? Wollten wir Gunnar nicht so lang am Ball lassen, bis die Festnahme kurz bevorsteht?«

»Du musst es anders angehen. Jetzt übernimmst du die Führung und die Verantwortung, sobald du im Amt bist.

Du leitest umgehend eine Verbesserung ein, indem du frischen Wind in die Polizeibehörde bringst. Zugunsten dieser wichtigen Ermittlung und um die Verräter in den Reihen der Ordnungshüter loszuwerden. Um die Stadt sicherer zu machen für all die jungen Frauen, die jetzt Angst haben, abends noch allein auf die Straße zu gehen.«

* * *

Angie saß neben Maddocks vor Buziaks Schreibtisch. Buziak hatte die Tür geschlossen und die Jalousien der Fenster heruntergelassen, die ins Großraumbüro der Mordkommission zeigten. Immer wieder ließ er seinen Kugelschreiber klicken, während er Maddocks' und Angies Bericht lauschte, die ihn von ihrem Gespräch mit Norton-Wells und der anschließenden Begegnung mit Zach Raddison in Kenntnis setzten.

Vor diesem Treffen hatten sie überprüft, ob der Lexus tatsächlich nicht als gestohlen gemeldet worden war. War er nicht. Sie hatten eine Fahndung in die Wege geleitet.

Nachdem sie Buziak alles erzählt hatten, lehnte sich dieser auf seinem Stuhl zurück, den Stift noch immer in der Hand.

»Dann haben wir also eine Verbindung zwischen Gracie Drummond, Jayden Norton-Wells und Zach Raddison im Büro des Bürgermeisters. Beide Männer sind kaukasisch und haben schwarzes Haar. Raddison hat ein Streichholzbriefchen in seinem Büro, auf dem Drummonds Telefonnummer und die Buchstaben B. C. stehen. Das Streichholzbriefchen könnte ihm gehören oder vielleicht auch nicht. Das Logo könnte sich auf einen Eintrag in Drummonds Kalender beziehen oder vielleicht auch nicht. Aber kurz nachdem Sie Jayden Norton-Wells wegen des Lexus befragt haben, rast dieser auf direktem Weg zu Raddison und hat augenscheinlich eine Auseinandersetzung mit ihm. Norton-Wells, der Sohn der ADAG, ist praktizierender

Katholik und trägt ein Medaillon des heiligen Christophorus um den Hals. Seine Initialen lauten J. R., was zur Inschrift auf Drummonds Medaillon passt. Außerdem hat er den Lexus seines Vaters nie als gestohlen gemeldet oder die Versicherung gekündigt, und wir haben keinen Beweis dafür, dass er wirklich im Auberge gegessen hat an dem Abend, an dem sein Auto angeblich verschwunden ist. Wir haben auch keinen Beweis dafür, dass der Lexus jemals wirklich auf dem Parkplatz beim Auberge stand.« Wieder ließ er den Kugelschreiber klicken. »Und dann ist da noch sein Vater, der Bauunternehmer Ray Norton-Wells, der Killions Wahlkampagne unterstützt hat, woraufhin Killion seinem Bauvorhaben unten an der Wasserfront grünes Licht gegeben hat. Angeblich war er zu beschäftigt, um die Versicherung des vermissten Fahrzeugs selbst zu kündigen. Außerdem hat er genau wie sein Sohn schwarzes Haar. Dann hätten wir noch die ADAG, Mutter und Ehefrau … Was für ein Chaos.« Abrupt beugte er sich vor und klickte rasant mit dem Kugelschreiber auf der Schreibtischplatte herum.

Angie musste sich zusammenreißen, um den Stift nicht einfach festzuhalten. Das Klicken ließ alles in ihrem Kopf umhersirren, als würden winzige Stromkabel hindurchlaufen. Als Buziak gerade wieder den Mund öffnete, klopfte es an der Tür.

»Diese Verbindung zwischen der Familie Norton-Wells, dem Bürgermeisterbüro und dem Fahrzeug, das möglicherweise in Verbindung mit einem Mord steht, verlässt bis auf Weiteres nicht diesen Raum. Das bleibt unter uns dreien. Verstanden?«

Sie nickten beide. Er hob den Blick. »Herein!«

Die Tür ging auf. Es war Leo. Der grauhaarige Officer musste zweimal hingucken, als er Angie und Maddocks bemerkte. Dann verfinsterte sich seine Miene.

»Was gibt es, Leo?«, fragte ihr Chef.

»Der Bericht der Botaniker ist reingekommen. Diese spezielle Kombination aus Oregon-Eiche und agronomischem

Gras stammt aus einem seltenen Ökosystem – ein System, in dem sich die einheimische Eiche an flaches Erdreich angepasst und eine gewisse Windresistenz entwickelt hat. Und es gibt nur einen einzigen Ort in diesem Ökosystem, an dem es dazu noch Ziegen gibt. Wildziegen. Thetisby Island.«

Angie und Maddocks sahen sich vielsagend an.

»Meteorologen bestätigen außerdem, dass kräftige Strömungen, der anlandige Wind in der letzten Zeit und eine hohe Flut eine Leiche von Thetisby aus in den Hafen treiben könnten. Das würde auch zu den Goldfliegenlarven passen, wenn die Leiche erst eine Weile an Land gelegen hat, bevor sie ins Wasser gelangte.«

Angie fuhr hoch. »Es gibt ein verlassenes Gehöft auf Thetisby Island«, sagte sie. »Es stammt noch aus der Zeit der Pockenepidemie im Jahr 1862. Ein paar Menschen haben damals das Festland verlassen und eine kleine Gemeinschaft auf der Insel gegründet, um der Krankheit auszuweichen. Es war ein kleiner Farmbetrieb, in dem es auch Ziegen gab. Nachdem die Pocken diese Aussiedler dann aber trotzdem erwischt haben, ist alles zerfallen, und seitdem gibt es dort eine kleine Herde wilder Ziegen.« Als sie verstummte, war die Aufregung im Raum fast greifbar.

»Vielleicht haben wir soeben unseren Tatort für den Mord an Hocking gefunden«, schloss Buziak und stand nachdrücklich auf. »Packen wir's an!«

Kapitel 40

Mittwoch, 13. Dezember

Angie stand in Tyvek-Überziehschuhen neben Maddocks, Holgersen und Buziak im eiskalten und gewaltigen Rübenkeller der Gehöftruinen auf Thetisby Island. Schweigend sahen sie Barb O'Hagan dabei zu, wie sie den Ort mithilfe der Spurensicherung bearbeitete, während die Fotografen alles haarklein festhielten. Die Kriminaltechniker trugen weiße Schutzanzüge und Nitrilhandschuhe und bewegten sich wie in Zeitlupe, während immer wieder weiße Kamerablitze aufflammten. Es tauchte die unterirdische Szene in eine unwirkliche Atmosphäre. Abgesehen von dem Klicken der Kameras und dem dünnen gespenstischen Heulen des Windes war es vollkommen still.

Sie hatten nicht wie geplant beim ersten Morgengrauen loslegen können. Eine weitere Sturmfront, dichter Nebel und die hohe Brandung hatten sie bis zum Nachmittag aufgehalten. Die Fahrt auf die Insel, die mit dem Boot des MVPDs etwa zwanzig Minuten hätte dauern sollen, war viel länger gewesen, da sie gegen den Westwind und die hohen Wellen hatten ankämpfen müssen. Leo befand sich ebenfalls auf der Insel, aber da er seekrank geworden war, hatte er beschlossen, draußen zu bleiben, zu rauchen und zu versuchen, sich nicht noch einmal zu übergeben. Er fluchte wie ein Matrose, weil er nicht mit hinunter in den Keller hatte kommen dürfen, doch die Gefahr, dass er sich übergab und so seine DNS gleichmäßig über den ganzen Tatort verteilte, war zu groß.

Als sie auf der Insel eingetroffen waren, hatte es in diesem Erdloch so gut wie kein Licht mehr gegeben. Und es war kalt. »Kalt wie die Titten einer Hexe«, wie Holgersen treffend bemerkt hatte. Kalt wie in einem Fleischkühlraum, hatte Angie gedacht. In Kombination mit den Temperaturen weit unter dem Gefrierpunkt, die sie dank der arktischen Winde während der vergangenen zwei Wochen fest im Griff gehabt hatten, hatte Faith Hockings Leiche durchaus einige Zeit hier unten gelegen haben können. Angesichts dieser neuen Informationen hatte O'Hagan den Todeszeitpunkt auf vor zehn Tagen bis vor zwei Wochen geschätzt. Hier unten hätte sich die Leiche ebenso gut gehalten wie im Kühlraum der Leichenhalle. Selbst jetzt noch mit dem stürmischen, feuchten und wärmeren Wettercharakter fühlten sie sich hier wie in einem eisigen Erdmaul, dessen Atem von weit unten aus dem Untergrund zu kommen schien.

Sie hatten ein tragbares, batteriebetriebenes LED-Lichtsystem mitgebracht, das alles in grelles, unnatürliches Licht tauchte und Hinweise darauf enthüllte, welches Grauen sich hier unten abgespielt haben mochte. Während sie zusah, versuchte Angie zu enträtseln, was Faith Hocking in diesem Keller zugestoßen sein mochte.

Sie hatten frische Kratzspuren in dem schleimigen Belag des hölzernen Anlegers gefunden, als sie mit den Polizeibooten dort festgemacht hatten. Es war das erste Zeichen dafür, dass auf der Insel vor Kurzem noch jemand gewesen war. Ein Boot war am Anleger vertäut gewesen. Und es war unwahrscheinlich, dass es eine Vergnügungsfahrt gewesen war, wenn man an das Wetter dachte. Spuren hatten vom Anleger weggeführt – Fußspuren im kürzlich noch gefrorenen Schlamm, neben einer seltsamen Schleifspur. Moos und Flechten waren von den Felsen geschabt worden.

Draußen vor dem Eingang zum Gehöft hatte es noch weitere Spuren gegeben. Und in den Ruinen des Gebäudes hatten ein paar Ziegen Zuflucht gesucht. Es war kein Problem, sich vorzustellen, wie Ziegenhaar, Eichenlaub, Grassamen und weitere Überreste in Hockings Planenkokon geraten waren.

Aber erst unten im Rübenkeller waren sie wirklich fündig geworden.

Polypropylenseile hingen von einem Balken herab und schwangen sacht in der Brise, die durch die offene Falltür hereingelangte – eben so ein Seil war verwendet worden, um Hockings Leiche einzuwickeln. Luminolleuchten hatten Spuren menschlichen Bluts an den Seilen sichtbar gemacht, und zwischen den Seilfasern hatten die Techniker menschliches Haar gefunden – schwarze, braune und dunkelblonde Haare. Angie vermutete, dass die braunen Haare von Hocking stammten. Die anderen Haarspuren waren nun von besonderem Interesse. Bei einigen davon handelte es sich vermutlich um Schamhaar oder männliches Körperhaar. Alles war in Beweismittelbeuteln gesichert worden, und Angie konnte es kaum erwarten zu hören, ob die Haare zu denen passten, die man an Drummonds Kleidung gefunden hatte, denn das würde die beiden Mordopfer miteinander verbinden.

Einer der Techniker ging neben der Wand in die Hocke und kratzte Kerzenwachs vom Boden. Einige bis zum Boden niedergebrannte Kerzenstummel waren ebenfalls bereits in Beweismittelbeuteln gesichert und nach oben in einen von einem Zelt überdachten Bereitstellungsraum gebracht worden, den man vor dem Gebäude eingerichtet hatte.

In einer Ecke des Kellers lag ein Bündel der gleichen Kunststoffplane, in die man Hockings Leiche gewickelt hatte, neben Überresten zerfallender Säcke, Holzkisten und kleinen Haufen von trockenem Eichenlaub, Eicheln, Grashalmen, Rindenstückchen und Flechten, die der Wind von den Kiefern gerissen hatte, die auf der windzugewandten Seite der Insel wuchsen. Außerdem hatte das Luminol Blutflecken auf den Zedernplanken gezeigt, die über dem Tonboden lagen.

O'Hagan war neben den Flecken in die Hocke gegangen. Gerade deutete sie auf einen auf dem Holz. »Größe und Maserung der Planken stimmen mit einigen der Leichenflecke auf Hockings Rücken überein.« Sie schürzte die Lippen. In ihrem übergroßen weißen Schutzanzug und mit der Haube sah sie ein bisschen wie ein Michelinmännchen aus.

»Was ist los?«, fragte Buziak.

Die Pathologin sah hoch zu den herabhängenden Seilen über den Stützbalken. »Der Umfang des Seils passt zu den Fesselungsspuren um ihren Hals, aber …« Sie bearbeitete ihre Unterlippe mit den Zähnen. »Ich denke gerade an den Mageninhalt. Sie hat ein Gourmetmahl zu sich genommen. Und es gibt keinen Nachweis dafür, dass sie es hier gegessen hat.«

»Das verleiht ihrem letzten Mahl eine ganz neue Bedeutung«, warf Holgersen ein. »Hab das ja immer für Verschwendung gehalten, dieses ganze Getue um das letzte Essen der Todeskandidaten. Dann liegt der ganze Kram unverdaut in ihrem Magen rum, während sie ins Gras beißen.«

Ohne auf Holgersen zu achten, sagte Maddocks: »Sie könnte auch irgendwo anders umgebracht und dann kurz nach dem Mord mit dem Boot hergebracht worden sein. Bevor sich die Leichenflecke gebildet haben. Oder sie hätte direkt nach der Mahlzeit hergebracht und mit diesen Seilen erwürgt worden sein können.« Mit dem Kinn ruckte er in Richtung der Seile.

»Ja, sie hätte überall entlang der Küste essen und dann mit dem Boot hierhergefahren worden sein können«, pflichtete

Holgersen ihm bei. »Oder man hat sie auf dem Boot auf dem Weg hierher erwürgt. Das grenzt die Dinge nicht sonderlich ein.«

Der Wind draußen heulte plötzlich auf, und ein sichtbarer Schauer überlief den Techniker, der das Wachs vom Boden abschabte. Mit großen Augen sah er auf, als wären auf einmal die Geister der Pockenepidemieopfer vor ihm aufgetaucht. Die Seile schwangen, und oben knarrte ein Dielenbrett. Irgendwo klapperte ein Fensterladen.

Und auf einmal war da das kleine Mädchen – sie stand neben dem Techniker und schimmerte in einem sanften Rosaton. Das Mädchen rannte mit wehendem Haar und flatterndem Rock direkt durch die Wand aus schwarzer Erde. Angie starrte den Punkt an, an dem das Mädchen verschwunden war, und ihr brach am ganzen Körper der Schweiß aus. Ihr Herz trommelte ein gleichmäßiges *Bumm, Bumm, Bumm.* Aus der Ferne drang wie durch einen Tunnel Holgersens Stimme zu ihr durch.

»Tja, also bringt er sie hier runter, wo sie stirbt, oder sie ist da schon tot. Vielleicht kehrt er noch ein paar Mal zu ihr zurück. Nachdem er mit seiner Fantasiesache durch ist und die Beschneidung erledigt hat und vielleicht auch findet, dass sie ein bisschen zu stinken anfängt, rollt er sie in die Plane, trägt sie runter zum Boot, das am Anleger festgemacht ist, und fährt aufs Meer hinaus. Dann wirft er sie auf der Leeseite von Thetisby Island über Bord. Er glaubt, dass sie untergehen wird, aber … die Strömung und das Wetter tragen sie in den Inner Harbour. Dann treibt sie vielleicht ein Stück nach oben und die Seile verfangen sich in einer Schiffsschraube. Wahrscheinlich dachte der Skipper, es wäre ein Baumstamm gewesen oder so was. Die Dinger schwimmen da schließlich überall rum – echte Bootskiller hierzulande. Dann wird sie wie bei einem gruseligen Abschleppdienst in den Hafen gezogen, bis die Seile reißen und sie von der Strömung in den Gorge getrieben wird, gerade rechtzeitig, damit der Obdachlose sie unter der Brücke auftauchen sehen kann.«

Er redete immer weiter, doch allmählich wurde seine Stimme von dem Tunnel verschluckt. Der Keller wurde immer dunkler und alles Licht sammelte sich in einem winzigen Punkt …

Pallorino … alles in Ordnung … Pallorino …

»Angie!«

Sie riss die Augen auf. Allmählich kehrte ihre Sicht zurück.

»Geht's dir gut?« Es war Maddocks, er hatte den Arm um sie gelegt und hielt sie aufrecht. Sie versuchte zu schlucken, aber ihr Mund war staubtrocken.

»Äh, ja. Alles in Ordnung.« Sie machte sich von ihm los und umfasste stattdessen Halt suchend die Leiter, die von der Falltür herabführte. Sie schwankte leicht.

»Deine Pupillen sind stark geweitet und du bist kreideweiß.«

Auch Buziak und Holgersen starrten sie an. O'Hagan musterte sie von unten. Sorge mischte sich in die Züge der betagten Ärztin, was Angie nur noch mehr erschreckte. Sie brauchte frische Luft. Sie musste hier raus, und zwar schnell. Jede Faser ihres Körpers schrie. Flieh! Lauf! *Uciekaj, uciekaj!* Sie blinzelte und ein roter Blitz flammte vor ihren Augen auf, dann ein Silberblitz, der sich irgendwie anfühlte wie Eisbrand auf ihrem Mund. Ihre Hand schoss hoch zu ihrer Narbe, und als sie danach die Fingerspitzen betrachtete, erwartete sie halb, Blut zu sehen.

»Angie?« Maddocks rief sie beim Vornamen und umfasste wieder stützend ihren Arm. »Komm, wir schaffen dich hier raus an die frische Luft.« Er half ihr auf die unterste Sprosse der Leiter. Seine Arme waren kraftvoll, sein Körper war warm. Sie sehnte sich danach, sich seiner Stärke zu überlassen, seiner so realen, fassbaren Gegenwart. Sie wollte sich gestatten, verletzlich zu sein, sie wollte ihm erlauben, sich um sie zu kümmern.

Trotzdem riss sie sich los und wich zurück, außerhalb seiner Reichweite und fort von der Leiter.

»Mir geht's gut, wirklich, danke.« Sie wischte sich den Mund ab und vergewisserte sich noch einmal, dass da kein Blut war. Die Narbe schmerzte, was ungewöhnlich war.

»Was ist passiert? Sprich mit mir.«

Immer noch waren alle Augen auf sie gerichtet.

Ihr war kalt, also zog sie sich die Wollmütze tiefer über die Ohren. »Ich habe gesagt, mir geht es gut.« Sie wandte sich wieder dem Schauplatz des Verbrechens zu. »Also, warum hat er sie hierhergebracht?« Sie sprach schnell und versuchte so zu wirken, als hätte sie alles mitbekommen, obwohl sie sich in Wahrheit so fühlte, als fehlten ihr mehrere Stunden oder gar Wochen. »Aus irgendeinem Grund passten sowohl Hocking als auch dieser Keller in die paraphilische Lovemap des Verdächtigen, wie Grablowski es genannt hat. Sie und dieser Ort haben seine Fantasien befriedigt.« Sie wandte sich an ihre Kollegen. »Vielleicht ist er vermögend – sogar reich. Entweder besitzt er ein Boot oder er hat Zugang zu einem. Irgendwie steht er in Verbindung zu einer Bevölkerungsschicht, die es sich leisten kann, schwarze Trüffel zu servieren und Koberindfleisch aus Japan einzufliegen.«

»Oder er arbeitet für reiche Menschen«, sagte Buziak.

»Er muss diesen Ort gekannt haben«, sagte Angie leise. »Aus irgendeinem Grund ist er vermutlich mit dieser Insel vertraut, mit diesem alten Gehöft, mit diesen Gewässern. Er muss sich hier sicher genug gefühlt haben, um sie eine Weile hierzulassen, und ganz egal, ob er reich ist oder nicht, vermutlich hat er einen Bootsführerschein und kann gut genug mit einem Boot umgehen, um auch bei heftigen Wellen und üblem Wetter auf die Insel fahren zu können.«

»Hey, hier drüben!«, rief einer der Techniker auf einmal und schwenkte eine der tragbaren Leuchten. »Zwischen den

Zedernplanken steckt etwas.« Mithilfe einer Pinzette zog er ein gebrauchtes Kondom zwischen den Planken hervor. Als der Techniker aufsah, funkelte in den Augen die Erkenntnis über die Wichtigkeit seines Fundes. »Er hat vermutlich versucht, hinter sich aufzuräumen, aber das hier hat er übersehen.«

»Jetzt haben wir ihn«, sagte Holgersen.

»Nur wenn er im System ist«, warf Maddocks ein.

»Klar, Mann, aber jetzt haben wir sein DNS-Profil. Scheiße, egal wie, wenn wir einen brauchbaren Verdächtigen finden, der zu der Samenspende in dem Beutelchen da passt, dann haben wir unseren Täufer.«

Der Täufer

Sie sind allesamt Sünder und ermangeln des Ruhmes, den sie vor Gott haben sollen …
Römer 3,23

Nackt sitzt er auf einem schmalen Metallstuhl mitten im Keller. Er hat den Ofen voll aufgedreht und im Raum ist es heiß wie in der Hölle. Seine blasse Haut glänzt vor Schweiß. Es ist dunkel, aber er hat des Effekts wegen weiße Kerzen angezündet. Wie in der Kirche. Wie im Rübenkeller. Jetzt flackern die Kerzen in kleinen Gläsern. So wie sie in jenen Nächten auf der Insel geflackert und getanzt hatten.

Er stellt die Füße gerade auf den Boden und spreizt die muskulösen Oberschenkel weit, um seinen Genitalbereich zu entblößen. Seine Mutter sitzt auf einem bequemeren Stuhl direkt vor ihm, damit sie zusehen, ihn aber nicht berühren kann.

Sanft streicht er mit Gracies Haarlocke über seinen Penis. Schon bei der ersten Berührung wird er steif, die ohnehin schon sensible Haut in dieser Region prickelt von einer Muskelcreme namens »Heißkalt«.

Er schließt die Augen und stöhnt leise, während er ein weiteres Mal mit seiner Trophäe über seinen Penis streichelt, und jetzt kann er sie schmecken, sie sehen, fühlen und riechen. Seine brennende Erektion erhebt sich wie ein stolzer, starrer Wächter zwischen seinen Hoden, die einer stacheligen Frucht ähneln, da die Haare nach seiner letzten Intimrasur nachzuwachsen beginnen. Er will keine Schamhaare an einem Tatort zurücklassen. Er rasiert sich am ganzen Körper. Nur nicht am Kopf. Auf sein Haupthaar ist er zu stolz. Dafür setzte er eine enge Mütze auf.

Er holt tief Luft und presst die Augen zusammen, während er wächst, immer größer, heißer, schmerzvoller – die Empfindungen setzen ihn in Flammen und pulsieren durch seine Adern wie sein Herzschlag. Das Blut dröhnt ihm in den Ohren, in jenem urwüchsigen Rhythmus der Welt, als er die Hand um seine Erektion schließt und sie im Rhythmus auf und ab gleiten lässt. Er lässt seine Gedanken zurückwandern, weiter, weiter, weiter … Er hält die Luft an. Er ist wieder da, mit ihr. Auf einmal geht sein Atem flacher, abgehackter, und er bewegt die Hand schneller, fester, seine Welt engt sich ein, kreist spiralförmig hinab in den Keller zu … Faith …

Jetzt ist er dort … Er wirft das Seil über den Balken und verknotet es fest. Ihr Körper ist schlaff, ihr Fleisch noch immer warm und nachgiebig unter seinen Fingern. Er zieht sie zu den Seilenden, die vom Balken herabhängen. Der Kerzenschein flackert und bebt in der Brise, die sich hereingeschlichen hat. Aber es gefällt ihm. Es ist weit weg und verfallen und romantisch und unterirdisch und … geheiligt. Das ist es. Ja. Das ist es. Er fasst sie unter den Achseln und zieht sie in eine sitzende Haltung hoch. Ihr Kopf rollt nach vorn, ihr Kinn sackt auf die Brust, und ihr langes Haar fällt ihr über die Brüste. Das Piercing in der Brustwarze blinkt im Kerzenschein auf, und es erregt ihn, dieses Piercing. Gekonnt bindet er das Seil um ihren Oberkörper – oberhalb der nackten Brüste –, dann um ihren Rücken und ihren Hals. Er wirft das Seil wieder über den Balken und zieht. Wie ein Flaschenzug. Sie gleitet in die richtige Position, ihre

Fersen schleifen über die Zedernplanken. Er zieht sie noch ein wenig höher und bindet das Seil dann gründlich fest.

Dann tritt er zurück und begutachtet sein Werk. Stolz wächst in seiner Brust.

Wie sie dort hängt, sieht es aus, als würde sie einfach auf dem Boden sitzen, hübsch und lebensecht, Fersen nach unten, Zehen nach oben, die schlanken Oberschenkel gespreizt wie bei einer Puppe.

Er starrt eine Weile auf die Schlangen auf ihrem Unterbauch, auf das mit Fangzähnen versehene Vampirmaul der Medusa, das ihre rosa Vagina umschließt. Ein Windstoß rauscht in den Keller. Die Kerzen flackern, und für einen merkwürdigen Moment scheint die Medusa zum Leben zu erwachen. Die Schlangen winden sich auf ihrem Unterleib und die Medusa leckt sich über die echten Lippen. *Komm rein, Johnny Boy, ich will deinen Schwanz fressen, John, du Spanner … Sie ist ein böses Mädchen, Johnny, sie hat dich dazu gebracht, sie anzusehen. Sie hat dich dazu gebracht, ihr zuzusehen … Mach sie wieder gut …*

Er greift nach seinem X-Acto-Präzisionsmesser und zieht es aus der Scheide. Dann legt er es sorgfältig neben die Kerzen. Das kommt später.

Kapitel 41

Maddocks saß an der Bar, mit hochgerollten Hemdsärmeln, ohne Krawatte, die Ellbogen auf den abgenutzten Kupfertresen gestützt, während er einen Schluck von seinem Bier trank. Er konzentrierte sich auf Angie, die Pool mit Holgersen und zwei weiteren Detectives von der Abteilung Hochrisikotäter spielte, die ihre Ermittlungen unterstützen sollten. Und ja, in Gedanken nannte er sie Angie, nicht Pallorino. Was bedeutete … Verdammt, er wollte es gar nicht wissen.

Die Musik war laut – ein ausgelassenes Fiedelduo – und die Stimmung gelöst. Sie befanden sich im Flying Pig Pub nur ein Stück die Straße runter vom MVPD entfernt. Die Task Force war nach der Entdeckung auf Thetisby Island in Feierlaune, und nach einer stürmischen Bootsfahrt zurück, einem ausführlichen Debriefing, bei dem Theorien erläutert, Beweise debattiert und die nächsten Schritte der Ermittlung diskutiert worden waren, hatten sie sich alle in die »Polizeikneipe« begeben. Alle außer Buziak. Und Fitz. Maddocks konnte keinen der beiden in der Menge ausfindig machen, obwohl sie gesagt hatten, sie würden ebenfalls dazukommen.

Er kippte den Rest seines Biers und machte Colm McGregor, dem Wirt, ein Zeichen, ihm ein weiteres zu bringen. Es war spät, fast schon Mitternacht. Er hatte den ganzen

Tag nichts gegessen, und die Pubküche war mit dem Ansturm ausgehungerter Polizeibeamter vollkommen überfordert. Es würde noch eine Weile dauern, bis sein Essen endlich kam. Was bedeutete, dass ihm das Bier zu Kopf stieg und er einen angenehmen Schwips hatte.

McGregor schob ihm eine weitere Flasche zu und Maddocks trank einen Schluck. Er genoss das kühle Prickeln und die weiche Schaumexplosion im Mund. Dann sah er wieder zu Angie hinüber, die sich über den Pooltisch beugte. Sein Blick landete auf ihrem Hintern in den engen Jeans, und auf einmal war die Vorstellung, wie sie nackt auf ihm saß, überdeutlich, heiß und unausweichlich. Er zwang sich dazu, stattdessen an die Ergebnisse des heutigen Tags zu denken, an die Spuren menschlicher Haare – blond, schwarz, braun – und das benutzte Kondom, das zwischen die Zedernplanken gerutscht war. Das war der entscheidende Durchbruch. Schon bald sollten die Ergebnisse der forensischen Analyse eintreffen.

Angie trat auf die gegenüberliegende Seite des Tisches, beugte sich in der Hüfte vor und lehnte das Becken gegen die Tischkante, während sie sich streckte, um die Kugel mit dem Queue zu erreichen. Sie konzentrierte sich ganz auf ihr Ziel, ihr rotes Haar fiel ihr über die Schulter. Es war warm im Pub, und der oberste Knopf ihres Shirts war offen. Maddocks sah wieder ihre hüpfenden Brüste, als sie ihn geritten hatte. Gottverflucht – ganz egal, wie sehr er sich bemühte, er konnte die Erinnerung an ihren Sex einfach nicht auslöschen. Er trank einen weiteren Schluck Bier und musste nun an ihren seltsamen Ohnmachtsanfall im Keller denken. Etwas stimmte nicht mit ihr, und das verstärkte seine Neugier auf diese Frau nur noch. Außerdem machte es ihm Sorgen. In diesem Moment ertönte ein Brummen an seiner Seite und riss ihn aus den Gedanken. Als er sich umwandte, sah er Leo, der zwei Barhocker weiter saß, an einem Whiskey nippte und ihn musterte, ein leichtes

Grinsen auf den Lippen. Maddocks verspürte einen Funken Ärger. »Amüsieren Sie sich gut, Leo?«

Leo glitt vom Barhocker, kam zu ihm und setzte sich auf den freien Hocker neben Maddocks. Er leerte sein Glas, knallte es auf den Tresen und rief nach McGregor. »Hey, mein Großer, einen Dreifachen, ja? Und bring unserem Pferdefreund hier noch eins von dem, was er da trinkt.« Er räusperte sich, was allerdings nichts an seiner kratzigen Raucherstimme änderte. »Das ist mal ein netter Hintern, was, Sergeant?«, sagte er und zeigte mit dem Kinn zu Angie hinüber.

Maddocks ignorierte ihn und wandte sich stattdessen an McGregor, als dieser die Getränke vor sie hinstellte. »Wie steht's mit dem Burger und den Pommes?«

»Kommt in zwei Minuten«, antwortete der riesige rothaarige Schotte in seinem heimischen Zungenschlag.

Leo setzte das Whiskeyglas an die Lippen, die Augen noch immer auf Angie gerichtet. »Ich würde an Ihrer Stelle auch versuchen, in ihre Jeans zu kommen.« Er lachte leise. »Wahrscheinlich hat sie auch eine Möse mit Fangzähnen, wie diese Medusa, die wir bei Hocking gesehen haben, und sie beißt Ihnen den Schwanz ab, wenn Sie versuchen, ihn da reinzustecken.«

Jeder Muskel in Maddocks Körper spannte sich, und sein Kiefer mahlte. Im Stillen zählte er ganz langsam bis drei, dann trank er einen weiteren großen Schluck Bier. Trotzdem konnte er sich einen Kommentar nicht verkneifen. »Haben Sie es selbst mal bei ihr versucht, Leo? Sie hat Sie abblitzen lassen, und jetzt ist Ihr dickes, fettarschiges Ego geknickt – kommt Ihre Bemerkung aus dieser Ecke?«

Leos Grinsen verschwand, seine Augen wurden schmal, und Röte stieg ihm ins Gesicht.

»Ja«, sagte Maddocks und ließ ihn nicht aus dem Blick. »Habe ich mir gedacht. Warum machen Sie sich nicht ein bisschen locker, Detective? Sie sehen ein bisschen erhitzt und frustriert aus.«

»Sie können mich mal«, murmelte Leo und wandte seine Aufmerksamkeit stattdessen einem Hockeyspiel auf dem Fernseher hinter der Bar zu. Aber der alte Cop schien einfach nicht den Mund halten zu können. »Sie ist ein echtes Mannweib, das wissen Sie genau. Wenn Sie mich fragen, dann ist sie unser verdammtes Informationsleck – nur eins ihrer Spielchen. Sie will der alten Chefriege eins auswischen, weil sie nicht in die Mordkommission gelassen wurde. Nur aus Trotz.« Er leerte sein Glas zur Hälfte, hustete, wischte sich mit dem Handrücken über den Mund und fragte dann: »Was ist denn mit Ihren Handgelenken passiert? Sieht aus, als wären Sie schlimmer verschnürt worden als unsere Wasserleiche.«

»Wurde ich auch.«

Leos Blick schoss zu ihm. »Warum?«

»Sex.«

Leo starrte ihn an.

»Sind Sie noch nie ans Bett gefesselt und so richtig benutzt worden, Detective?«

»Sie wollen mich doch verarschen.«

»Hätten Sie wohl gern.«

Leo öffnete den Mund, aber bevor er etwas sagen konnte, kam McGregor mit dem Burger und den Pommes und stellte beides dampfend heiß vor Maddocks ab. Erleichtert stopfte sich Maddocks gleich mehrere Pommes auf einmal in den Mund. Während er kaute, flog die Pubtür auf und Doc O'Hagan kam mit einem Schwall Winterluft hereingeweht. Sie trug eine weite, bequem aussehende Jeans und kam direkt auf die Bar zu.

Leo nickte in ihre Richtung. »Noch so ein Mannweib. Vielleicht läuft da ja was zwischen Pallorino und ihr, was meinen Sie?«

»Wie geht's, Leo?«, fragte O'Hagan und schlug dem alten Cop so hart auf den Rücken, dass er sich an seinem Whiskey verschluckte und husten musste. Seine Augen tränten und sein Gesicht wurde noch röter. O'Hagan grinste breit und fröhlich und winkte McGregor heran. Sie bestellte sich einen Guinnesseintopf und ein Glas Pale Ale. Dann wandte sie sich an Maddocks.

»Also, Sie Frischling, wie waren Ihre ersten Tage in diesem Job so?« Sie schenkte ihm ein offenes Zahnlückenlächeln.

»Mir gefällt's«, antwortete er und erwiderte ihr Lächeln. »Großer Fall, die Zeit vergeht wie im Flug.«

»Dann hatten Sie es also nicht auf einen Schreibtischjob abgesehen? Das Management?«

Er griff nach seinem Burger. »Ich wollte mir mal eine Weile lang wieder so richtig die Hände schmutzig machen.« Er biss in sein Essen und kaute, während O'Hagan vermutlich eine ganze Menge mehr in seine Aussage hineininterpretierte, als es die meisten anderen getan hätten.

»Tja, das ist es jedenfalls – schmutzig.« Sie ließ den Blick durch den überfüllten, lärmenden Raum schweifen. »Wo ist Buziak?«

»Gunnar hat ihn zu irgendeinem Treffen gebeten«, murmelte Leo.

»Ein Treffen mit dem Chief? So spät noch?«, fragte O'Hagan.

Leo zuckte mit den Schultern und widmete sich zunehmend mürrisch wieder seinem Drink. O'Hagan nickte Maddocks zu und ging zu Angie hinüber.

»Kratzbürste«, brummte Leo in seinen Whiskey.

Maddocks drehte sich zum Tresen und aß schweigend seine Pommes und seinen Burger. Er wollte so bald wie möglich gehen. Doch dann sah er im Spiegel hinter der Bar, wie Angie ihren Queue weglegte und sich zu O'Hagan in eine Nische setzte.

McGregor brachte ihnen Drinks, und Angies Lächeln vertiefte sich, während sie O'Hagan zuhörte. Dann warf sie den Kopf in den Nacken und lachte über eine Bemerkung von McGregor. In diesem Moment war sie für Maddocks die schönste Frau, die er jemals gekannt hatte. Zum ersten Mal sah er sie lächeln und lachen, und auf einmal sehnte er sich danach, der Grund für dieses Lächeln zu sein. Mist. Er war betrunkener, als er geglaubt hatte. Er musste hier raus. Sofort.

Eilig aß er auf, legte ein paar Scheine auf die Theke, winkte McGregor zu und machte sich auf den Weg zur Herrentoilette, bevor er ging.

Doch als er die Toilette kurz darauf wieder verließ, hörte er Leos Raucherstimme im Gang.

»Du bist es, *du* bist das beschissene Leck.«

Mit wenigen Schritten umrundete er einen Wandschirm und sah, dass der alte Detective Angie in dem schmalen Gang in die Enge getrieben hatte, nachdem sie offenbar die Damentoilette verlassen hatte. »Du willst uns alle reinlegen, weil du es nicht mit uns aufnehmen kannst, wie ein echter Polizist …«

»Hey! Weg da, Leo«, rief Maddocks und ging auf die beiden zu. Aber Angie warf ihm einen warnenden Blick zu, der ihn innehalten ließ.

»Hör zu, Leo«, sagte sie, und es klang kühl und gefasst. »Ich werde das heute noch einmal durchgehen lassen, okay? Weil du ein paar Gläser zu viel hattest und weil ich weiß, dass es dir morgen leidtun wird, was du da gesagt hast. Und jetzt mach einfach Platz und lass mich gehen.«

In diesem Moment bewunderte Maddocks sie.

Aber Leo stieß ihr den Zeigefinger fast ins Gesicht. »Du lässt uns alle den Bach runtergehen – du musst doch nur mal wieder so richtig …«

»Ich habe gesagt, du sollst mich durchlassen, Leo.« Während sie sprach, stellte sie den rechten Fuß etwas weiter nach hinten und verlagerte ihr Gewicht darauf. Sie machte sich bereit, Detective Harvey Leo umzuhauen. Maddocks spannte sich an, seine Hände ballten sich zu Fäusten und instinktiv straffte er die Schultern.

»Wie ich höre, hat man dich gestern mit dieser kleinen Reporterschlampe gesehen. Was hast du ihr dieses Mal geliefert, Pallorino?«

»Das ist meine letzte Warnung. Geh beiseite. Sofort.«

Leo schnaubte und beugte sich mit einem lauernden Ausdruck in den Augen noch weiter zu ihr vor. »Warum? Was willst du denn tun? Mich wegen sexueller Belästigung verklagen? Willst du dich dann beim Chef ausheulen?« Er fasste ihr an die Brust. »Lass mal sehen, aus welchem Stoff …«

Bevor Maddocks auch nur blinzeln konnte, ließ Angie die Hand vorschießen und packte Leo an den Eiern. Er erstarrte. Sie hielt ihn fest. Dann drückte sie zu, während sie dem alten Cop fest in die Augen sah.

»Scheiße, Scheiße! Du Schlampe!«, brüllte er und krümmte sich mit schmerzverzerrter Miene vor, als sie ihn losließ.

Angie stieß ihn mit der Schulter beiseite, schob sich an ihm vorbei und drehte sich im Gehen noch einmal zu ihm um. »Und was willst du jetzt machen, Leo? Mich wegen sexueller Belästigung verklagen?«

»Arschloch«, murmelte Maddocks, als er an Leo vorbeiging und Angie durch den schmalen Gang folgte, den man vom Schankraum aus nicht sehen konnte. Doch bevor er bei ihr war, riss sie ihre Jacke vom Haken neben dem Ausgang und stieß die Pubtüren auf. Dann stürmte auf einmal Leo an ihm vorbei wie ein wütender Bulle und folgte Angie mit mörderischem Gesichtsausdruck hinaus.

Scheiße.

Maddocks eilte ihm in Hemdsärmeln nach, hinaus in die Nacht und den Winterregen.

Maddocks sah, wie Leo Angie einholte und sie an der Jacke packte. Sie fuhr herum, aber bevor ihr Ellbogen ihn im Gesicht erwischen konnte, war auch Maddocks bei Leo und riss ihn an den Schultern zurück. Leo stolperte zur Seite und Maddocks versetzte ihm einen heftigen linken Haken gegen den Kiefer. Es knackte.

Leo fiel nach hinten und stürzte wüst fluchend auf den Asphalt. Er kämpfte sich wieder hoch, beugte sich vor und ging wie ein verwundetes wütendes Tier auf Maddocks los. Wie der dazugehörige Matador drehte sich Maddocks in der Hüfte zur Seite und entging so Leos Ansturm, woraufhin dieser in seinem betrunkenen Zustand ins Stolpern geriet und mit Händen und Knien auf dem nassen Asphalt aufschlug.

Maddocks setzte ihm nach.

»Hey!« Angie packte Maddocks am Arm. »*Das reicht*!«

Sein Atem ging schwer, Adrenalin donnerte wie ein Güterzug durch seine Adern. Auf einmal war ihr Gesicht seinem ganz nah, ihr Atem ging ebenso schnell wie seiner. Sie hielt ihn weiter am Arm fest. Der Regen hüllte sie in einen weichen, eisigen Schleier. Sein Hemd war durchnässt und klebte ihm am Oberkörper. Hinter ihnen stolperte Leo in die Dunkelheit davon. Und auf einmal waren sie allein und alles war still, abgesehen von dem Tropfen des Wassers und dem fernen Verkehrsrauschen.

»Lass ihn gehen«, flüsterte sie und ihr Mund kam noch näher. Dann räusperte sie sich und fügte hinzu: »Geh heim, Detective.«

Er sah ihr in die Augen und fand darin all das, was er auch schon im Club gesehen hatte, als er ihr zum ersten Mal begegnet war. Strahlkraft. Hunger. Wildheit. Eine brodelnde, kaum im Zaum gehaltene Sexualität, bei der es mehr um Macht als um Unterwerfung ging. Doch nun, da er sie besser kannte, wusste er, dass ein Teil in ihr zerbrochen war, und das faszinierte ihn und feuerte die Lust in ihm noch weiter an. Es sprach den Detective in ihm an, den Problemlöser, den Beschützer und Retter. Und noch mehr … Er legte die Hand auf ihre feucht schimmernde Wange. »Komm mit, Angie«, sagte er leise. »Komm mit auf mein Boot. Lass uns beenden, was wir angefangen haben.«

Sie öffnete den Mund, doch bevor sie etwas sagen konnte, beugte er sich vor und presste den Mund auf ihren.

Kapitel 42

Angie wurde starr, dann packte sie eine blinde, urwüchsige Wildheit und löschte jeden Funken von Vernunft aus. Sie öffnete sich seinem Kuss, drückte sich an ihn, presste ihre Brüste und ihr Becken gegen ihn, gegen die festen Muskeln seines Körpers.

Schlaf nie mit einem Kollegen. Niemals küssen. Geh zuerst. Geh früh. Keine Namen. Bleib nie über Nacht. Bleib nie zum Frühstück. Nimm nie einen, der dir das Gefühl gibt, auf irgendeine Weise verletzlich zu sein … Behalte immer die Kontrolle …

Die Regeln gingen in einem heißen Strudel des Vergessens unter, als ihr Mund, ihr Hunger, ihre Wut gegen ihn brandeten. Ihre Zungen umspielten einander, rau, fordernd. Er ballte die Hand in ihrem Haar zur Faust, zog ihren Kopf noch weiter in den Nacken und strich ihr mit der anderen Hand über den Rücken. Er umfasste ihren Hintern und zog sie hart an sich. Sein Hemd klebte eng an seinem Körper und durch den nassen Stoff konnte sie jede Muskelfaser spüren. Sie fühlte die Härte seines großen, herrlichen Schwanzes, der gegen den Reißverschluss der Hose drückte. Wärme sammelte sich zwischen ihren Schenkeln. Ihr war schwindlig und ihre Knie drohten nachzugeben. Sie wollte ihn. Alles an ihm. In ihr. Tief und schnell und hart und rau. Hier draußen. Gleich jetzt. Sie biss ihm in die Lippe und schmeckte Blut, während sie an seinem Gürtel zerrte, ihn öffnete und sich dann an seinem Reißverschluss zu schaffen machte. Doch dann hörte sie etwas. Sie wurde langsamer. Ihr Herz hämmerte.

Die Pubtüren schwangen auf und Licht und Gelächter ergossen sich in die Nacht. Angie riss sich los und wich zurück, während allmählich die Realität zurückkehrte. Die Lust stand ihm ins Gesicht geschrieben, etwas schien in ihm zu glühen, und er wirkte machtvoll und gefährlich. Er leckte sich das Blut von der Lippe. Einen Moment lang war sie sprachlos, atemlos. Verwirrt. Genau wie er. Sie beide waren wie vom Donner gerührt wegen dem, was da gerade zwischen ihnen explodiert war. Wegen dieser Büchse der Pandora, die sie im Foxy Motel geöffnet hatten. Wahrscheinlich hatten sie nie eine Chance gehabt – nicht seit sich ihre Blicke über die überfüllte Tanzfläche hinweg getroffen hatten. Sie hatte sich etwas vorgemacht, sie hatte niemals die Kontrolle gehabt. Denn genau jetzt, in diesem Moment, hatte sie es nicht im Griff. Fast wollte sie es auch gar nicht. Sie wusste nur, dass sie hier wegmusste. Schnell. Sie musste nachdenken.

»Ich … Das darf nicht noch mal passieren«, flüsterte sie. Damit wandte sie sich ab und eilte in den Nebel davon, wobei sie ihn in seinem klitschnassen Hemd zurückließ. Das Blut donnerte in ihren Ohren. Es pulsierte zwischen ihren Schenkeln. Als sie bei ihrem Auto angekommen war, begann sie zu zittern.

Sie stieg ein, ließ den Motor an und saß einen Moment lang nur da, bei laufender Heizung. Sie versuchte, warm zu werden, aber das Zittern wurde immer schlimmer. Tränen traten ihr in die Augen. Sie wollte nicht nachdenken. Oder fühlen. Abrupt beugte sie sich vor und legte den Gang ein. Sie wusste genau, wohin sie jetzt musste.

* * *

Maddocks sah ihr nach, als sie im Regen und in der Dunkelheit verschwand. Sein Herz schlug im Rhythmus zum Regen, der von einer Dachtraufe tropfte. In der Ferne heulte eine Sirene. Der Verkehr rauschte vorbei. Und irgendwo da draußen war ein Mörder auf der Jagd.

Er wusste, wohin sie gehen würde.

Seine Hände ballten sich zu Fäusten, während das Verlangen weiter durch seinen Körper pulsierte. Sein Schwanz war hart, und er war vollkommen verwirrt. Sie war die Droge, die er brauchte, um alles wieder in Ordnung zu bringen. Aber wie bei einer Droge würde ein Schuss die Sucht nur noch verschlimmern. Auch das wusste er.

Sie hatte recht. Sie mussten aufhören, sie mussten das stoppen, solange sie noch konnten. *Falls* sie es noch konnten. Er atmete tief durch, drehte sich um und kehrte in den Pub zurück. Er holte seinen Mantel und ging zum Impala.

Aber auf dem Heimweg konnte er sich einfach nicht beherrschen – er bog auf die Straße ab, die ihn nicht zur Marina, sondern auf den Highway 1 führen würde. Sie würde einen anderen vögeln, und das schien ihn von innen aufzufressen. Er wollte es nicht glauben. Es ging ihn nichts an. Aber der Drang, sich das zu beweisen, brachte ihn auf den Highway, und er hielt nach den Rücklichtern ihres Crown Vics Ausschau.

Der Regen wurde immer heftiger, während Maddocks auf die Berge zuhielt, doch der Verkehr ließ nach, je weiter er sich von der Stadt entfernte. Dann glaubte er auf einmal, ihr Auto vor sich zu sehen. Er ging vom Gas.

Als der Crown Vic vor ihm bei der nächsten Ausfahrt rechts blinkte, sank ihm das Herz und ein bitterer Geschmack füllte seinen Mund. Er folgte dem Wagen auf den rissigen Parkplatz des Foxy Clubs. Das rote X pulsierte durch die Nacht und versprach erotische Unterhaltung für Erwachsene.

Er hielt am Randstein auf der gegenüberliegenden Seite des Parkplatzes und sah zu, wie der Crown Vic geparkt wurde. Aus diesem Blickwinkel konnte er das Nummernschild nicht erkennen, und er konnte nur hoffen, dass er einen Fehler gemacht hatte. Dass es doch nicht ihr Auto war … Doch dann ging die Tür auf und sie stieg aus.

Verdammt.

Maddocks sah ihr nach, während sie den Empfangsbereich des Motels betrat. Kurz darauf verließ sie das Gebäude wieder und steuerte den Eingang des Clubs an. Sie sprach mit dem Türsteher und er ließ sie hinein. Ein glühend heißer Stab schien Maddocks zu durchbohren. Hart schlug er auf das Armaturenbrett seines Impalas und fluchte wieder. Sein Verstand, sein Körper, jede Faser vibrierte, als er sich an die Dinge erinnerte, die in jenem Motelzimmer geschehen waren, für das sie gerade im Voraus bezahlt hatte. Und nun war sie auf der Jagd nach einer weiteren Eroberung. In einer halben Stunde würde sie ihr nächstes Opfer in diesem Zimmer, auf diesem Bett vögeln.

Er ballte die Hände um das Lenkrad zu Fäusten und rang mit sich. Sollte er ihr folgen und sie aus dem Club schleifen? Oder … sie selbst in dieses Zimmer bringen? Es war eine Art Wahnsinn, die in seinem Schädel umherschwirrte, gemischt mit dem Feuersturm sexueller Frustration, der ihn vollkommen aufzehrte. Er schluckte all das hinunter, legte den Gang ein und fuhr wieder auf den Highway. Er fuhr zu schnell, in dem Versuch, seinen Gefühlen davonzulaufen. Seiner brennenden Eifersucht. Seiner Wut auf sie, weil sie das tat. Wobei er zugleich genau wusste, dass es ihn nichts anging.

* * *

Es kam Angie vor, als würden ihre Nervenenden sirren und Funken sprühen, wie lose Stromkabel, die auf nassen Boden fielen. Seit sie Maddocks' Kuss gekostet hatte, war eine Veränderung in ihr vorgegangen. Ihre Lust hatte sich in ein blutrünstiges und fangzähniges Ding tief in ihrem Bauch, in ihrer Brust verwandelt, und dieses Ding hatte sie hierhergetrieben. Zu ihren alten Jagdgründen, obwohl sie wusste, dass sie die ersehnte Erleichterung vielleicht nicht finden würde. Nicht dieses Mal. Nicht nach diesem Kuss.

Grablowskis Worte hallten in ihrem Kopf wider, während sie die Tanzfläche überschaute.

Sein Jagdgebiet befindet sich dort, wo sich sein Wunsch nach Anonymität und sein Verlangen, innerhalb seiner Komfortzone zu bleiben, überlappen …

Die Parallele beunruhigte sie zutiefst, denn dies hier war ihre Komfortzone, gerade weit genug von der Stadt entfernt, aber gleichzeitig nicht zu weit. Ausreichend anonym zu dieser Zeit an einem Wochentag. Und hier war sie und eskalierte selbst in gewisser Weise. Lenkte sich ab.

Der Barkeeper lächelte sie an, als sie sich setzte. »Wie immer?«

Sie nickte. Aber in dieser Nacht war nichts wie immer, dachte sie, als er ihr einen Wodka Tonic hinstellte. Der Barkeeper trug kein Shirt, nur eine schwarze Fliege um seinen muskulösen Hals. Er hatte sich den Oberkörper eingeölt, und seine Muskeln spannten sich wie bei einem schönen Tier unter der gebräunten Haut. Sie holte tief Luft und versuchte, diesen Anblick zu genießen und das Gefühl von Maddocks' Oberkörper unter ihrer Handfläche loszuwerden, von seinem durchnässten Hemd … von dem wunderbaren Geschmack seines Mundes. Dem Verlangen in seinen Augen. Als sich der Barkeeper umdrehte, um nach einer Flasche zu greifen, sah sie, dass am Hintern seiner Hose zwei herzförmige Löcher ausgestanzt waren. Herrgott.

Sie sah weg. *Finde deine Eroberung. Krieg das aus dem Kopf. Fahr heim. Schlaf. Fang morgen neu an.*

Nicht viel los heute. Dieser Abend war einem Rockstar gewidmet, der an einer Überdosis gestorben war, und die Discokugel warf lila Funken auf die Tänzer, die sich wie kranke Liebende bewegten. Die Hüften aneinandergeschmiegt, wiegten sie sich im Takt der langsamen, verführerischen Songs. Die Lyrics erzählten von der Liebe … *Engaged with a kiss, the sweat of your body covering mine …*

Angie gab sich einen Ruck, griff nach ihrem Drink und nippte daran. Aber selbst der Wodka schmeckte falsch. Ihr fiel ein Mann auf, der am anderen Ende der Bar saß. Groß. Dunkelblond. Herrlicher Körper. Gemeißeltes Kinn. Schöner, breiter Mund. Blassblaue Augen, die sie an einen Alaskan Malamute denken ließen. Ihr Herz schlug schneller und sie holte langsam Luft. Das war er. Sie trank einen weiteren Schluck, ohne ihn dabei aus den Augen zu lassen, und schluckte. Sofort weckte ihre unverhohlene Art seine Aufmerksamkeit, und er kam zu ihr herüber.

Das war das Ritual. Die Wahl des Opfers. Der sanfte Rausch der Macht, als er ihrem Willen gehorchte und zu ihr kam … aber dieses Mal setzte das Gefühl nicht ein. Wieder gingen ihr Grablowskis Worte durch den Kopf.

Wir alle haben etwas, das sich eine paraphilische Lovemap nennt. Wir beginnen, diese Lovemaps kurz nach der Pubertät zu entwickeln. Aber ein Sexualverbrecher entwickelt, klinisch ausgedrückt, eine Lovemap, die entweder sozial verbotene, abschätzig bewertete, als lächerlich angesehene oder strafbare Fantasien und Praktiken beinhaltet. Teil seiner Fantasien sind meist aggressives Verhalten und der Drang, den anderen zu dominieren und zu kontrollieren. Schon der Gedanke an sexuelle Aggression erregt ihn …

Wieder gab sie sich einen Ruck, konnte das Echo von Grablowskis Worten jedoch nicht vertreiben, ebenso wenig wie die Echos, die sie mit einem Mal so deutlich in sich selbst erkannte, oder das ungute Gefühl, das diese Gedanken mit sich brachten. Denn in *ihrer* Kindheit hatte es nichts Seltsames gegeben, das sie so hätte werden lassen können. Es war etwas, das sich erst später entwickelt hatte, nach ihrer desaströsen Affäre, und nach und nach hatte sie Gefallen daran gefunden. Sie brauchte es.

Ein anderer, schnellerer Song setzte ein, als sich ihr Opfer näherte.

»Hey.« Er legte die Hand auf die Bar und neigte sich leicht zur Seite, ein Spiegelbild ihrer eigenen Haltung, genau wie bei Maddocks in jener Nacht. »Was kann ich dir spendieren?« Er nickte zu ihrem Drink hinüber.

Angie sah ihm in die Augen. So eiskalt, dass sie ihr beinahe unmenschlich erschienen.

Auf einmal stützte sie sich mit beiden Händen am Tresen ab, sammelte sich und stieß sich dann entschieden vom Barhocker. »Danke, aber ich bin mit jemandem zusammen.« Damit schob sie sich durch die Menge und trat durch die Tür in die dunkle Winterkälte hinaus. Als sie jedoch fast bei ihrem Crown Vic angekommen war, packte sie der Frust und sie trat wütend mit ihren Stahlkappenstiefeln nach einem Mülleimer, der an der Mauer hing. Nicht nur einmal, sondern gleich mehrmals. Sie verjagte die Furcht aus ihrem Kopf, während das Knirschen des Metalls die Nacht zerteilte. *Scheiße, Scheiße, Scheiße.* Tränen brannten ihr in den Augen. Sie brannte. Es tat weh. Sie brauchte einen Schuss. Wie ein gottverdammter Junkie. Aber nach ihrer Begegnung mit Maddocks war sie dazu nicht mehr in der Lage. Er hatte ihr die einzige Form der Erlösung geraubt.

Und er hatte ihr dafür eine einsetzende Sehnsucht eingepflanzt, Sehnsucht nach einem Ort, an den sie nie würde gehen können … Seinetwegen sehnte sie sich schmerzlich nach mehr. Sie wollte ein Mensch sein, von dem sie wusste, dass sie es nicht sein konnte.

Kapitel 43

Donnerstag, 14. Dezember

Es war später Nachmittag, als Maddocks mit Pallorino vor der Saint Auburn's Cathedral neben dem katholisch geführten Saint Jude's Hospital hielt. Und ja, von jetzt an würde er als »Pallorino« von seiner temporären Partnerin denken. Er würde mit ihr diesen Fall abschließen, dann würde sie zu den Sexualverbrechen zurückkehren, und er würde nichts mehr mit ihr zu tun haben.

Sie waren hier, um Drummonds Beerdigungsfeier zu beobachten. Wie Grablowski angemerkt hatte, gehörte ihr Täter vermutlich zu jenen, die der Medienberichterstattung folgten, die Tatorte wieder aufsuchten und aus statistischer Sicht wahrscheinlich bei derlei Anlässen anwesend sein würden, um sich in den Nachwirkungen ihrer Taten zu sonnen. Außerdem wollten sie später mit dem Priester sprechen. Normalerweise war dies die Zeit, in der die Proben des Collegechors in der Kathedrale stattfanden, doch an diesem Donnerstag würde der Chor stattdessen zu Ehren eines verstorbenen Mitglieds singen.

Den Großteil des Tages waren Pallorino und er einander aus dem Weg gegangen und hatten Augenkontakt vermieden. Sie hatten den Papierkram erledigt und über Theorien, Notizen und Beweise diskutiert. Maddocks hatte sich darüber hinaus mit Buziak und einem vertrauenswürdigen Mitglied der Staatsanwaltschaft getroffen, um zu beratschlagen, ob sie genug in der Hand hatten, um DNS-Proben von Jayden Norton-Wells und Zach Raddison einfordern zu können, die beide schwarzhaarig und verdächtig waren. Doch dafür würden sie besonders in Anbetracht des hohen Ansehens der Familien der beiden jungen Männer mehr brauchen, nämlich solide Beweise. Sie mussten ihre Hausaufgaben gründlich erledigen, bevor sie an dieser Stelle fortfahren konnten.

Hoffentlich würden ihnen die Ergebnisse der forensischen Analysen des Thetisby-Island-Tatorts weitere Munition liefern.

Pallorino und er hatten allerdings herausgefunden, dass sowohl Jon Jacques senior und junior als auch Zach Raddison und Jayden Norton-Wells einen gültigen Bootsführerschein für Freizeitboote besaßen – was bedeutete, dass sie zumindest über Basiswissen verfügten, was Boote betraf, und dass sie potenziell in der Lage waren, durch die lokalen Gewässer zu den nahe gelegenen Inseln zu navigieren. Sie alle hatten außerdem Zugang zu Booten.

Trotzdem wollte keiner von ihnen so recht zu Grablowskis Profil eines einsamen, sadistischen und psychopathischen Sexualverbrechers passen. Allerdings hatten sie alle eindeutig etwas zu verbergen.

Holgersen und Leo waren damit beschäftigt, Jon Jacques zu überwachen. Leo war an diesem Morgen schweigsam und übellaunig erschienen, mit einem blau angelaufenen Kinn und einem Mordskater. Er hatte den Kopf gesenkt und den Mund gehalten und jede Interaktion mit Maddocks oder Pallorino vermieden. Es war klar, dass niemand ein Interesse daran hatte, den Vorfall noch einmal zu erwähnen.

»Wir könnten Norton-Wells und Raddison einfach fragen, ob sie bereit wären, uns freiwillig eine DNS-Probe zur Verfügung zu stellen, um sie als Verdächtige ausschließen zu können«, schlug Pallorino vor, nachdem Maddocks geparkt hatte. Seit sie allein mit ihm im Auto saß, wirkte sie nervös. Ihre Worte klangen abgehackt, und sie vermied es, ihm in die Augen zu sehen. »Wenigstens würden wir so herausfinden, ob ihre Profile zu dem schwarzen Haar passen, das an Hockings Leiche gefunden wurde.«

Maddocks schaltete den Motor aus und atmete tief durch. Er starrte durch die regenverschmierte Windschutzscheibe nach draußen und sagte: »Das haben wir auch überlegt, aber Buziak will nicht riskieren, dass sich ihre Anwälte in Stellung bringen, bevor wir bereit dafür sind. Wenn sie anfangen, Schadensbegrenzung zu betreiben, dann könnte das die Ermittlung behindern und uns mögliche Wege der Nachforschung verschließen. Buziak will weitere Beweise – er möchte eine vernünftige und belastbare Grundlage. Und er will immer noch, dass die Verbindung zum Sohn der ADAG und zum Berater des Bürgermeisters strenger Geheimhaltung unterliegt, teilweise wegen unseres Informationslecks.«

»Wann hat er dir das gesagt?«

»Heute Mittag. Wir haben uns mit einem Staatsanwalt getroffen.«

»Und warum war ich dieses Mal nicht dabei? Traut er mir nicht?«

»Ich habe keine Ahnung, wem er traut und wem nicht. Ich leite die Ermittlung. Es ist nur logisch, dass er sich mit mir trifft.«

»Und wieso hast du mir nichts davon erzählt?«

»Habe ich doch gerade.«

Sie fluchte, stieg aus und schlug die Tür hinter sich zu. Dann öffnete sie einen schwarzen Regenschirm und erklomm die Stufen zum Eingang der Kathedrale. Maddocks folgte ihr. Von ihrem Aussichtspunkt neben der Tür aus beobachteten sie, wie die Trauernden eintrafen und in die Kirche kamen.

Weitere Officers waren ebenfalls im Einsatz, in Zivil ein Stück die Straße runter. Zwei davon filmten die Menge. Die Beerdigung des Friedhofsmädchens würde vermutlich viele Menschen anziehen, darunter auch die Presse. Bürgermeister Killion hatte den Medien gegenüber ebenfalls angedeutet, dass er anwesend sein würde, um der Verstorbenen seinen Respekt zu erweisen. Natürlich nutzte er die Gelegenheit, um zu betonen, dass er sofort Maßnahmen ergreifen würde, um die Kriminalitätsbekämpfung zu verschärfen und die Stadt sicherer zu machen.

»Da, das dort ist Killions Wagen«, sagte Maddocks und nickte zu einer schwarzen Limousine hinüber.

»Mistkerl«, flüsterte Pallorino, während sie zusahen, wie der Bürgermeister mit Raddison ausstieg. »Sie benutzen die Beerdigung dieses armen Mädchens für ein politisches Statement.«

Die Menge wurde immer größer, doch weder Norton-Wells noch Jon Jacques senior oder junior ließen sich blicken. Auf einmal zuckte Pallorino fast unmerklich zusammen, und Maddocks sah sie fragend an.

»Was ist los?«

»Ich … nichts.«

»Nichts ist nichts. Was hast du gesehen?«

»Dieser Typ – der große Blonde da neben dem Westtor, der mit der Mütze und der schwarzen Jacke –, den habe ich schon mal gesehen.« Als hätte er gespürt, dass über ihn geredet wurde, sah der Mann zu ihnen herüber. Er verharrte ganz still. Selbst von hier aus konnte Maddocks erkennen, wie hell seine Augen waren.

»Wo?«, fragte er leise.

»Erst … erst gestern Nacht. Ich bin noch ausgegangen.«

»Warum bist du gegangen? Und warum in den Club?«

»Was bringt dich auf den Gedanken, dass ich dort war?«

»Ich bin dir gefolgt.«

»Was? Du bist mir *gefolgt*? Es geht dich nichts an, wo ich hingehe.«

»Du hast dafür gesorgt, dass es mich etwas angeht.«

»Ach, verdammt noch mal«, flüsterte sie und ihre Augen sprühten vor Zorn. Rote Flecken erschienen auf ihren Wangen. »Verpiss dich einfach aus meinem Leben, klar? Hör auf, mich zu verfolgen.«

»Hast du ihn gevögelt? Diesen blonden Typ da? Schaut er dich deshalb so an?« Nun entfernte sich der Mann, er ging die Treppe hinab und verschwand in der Menge, die den Bürgersteig säumte.

»Ich habe gesagt, das geht dich nichts an.«

Maddocks spürte ein Brennen im Bauch. Seine Muskeln waren gespannt. Er kämpfte darum, nicht die Hände zu Fäusten zu ballen, er kämpfte darum, sich auf seinen Job und auf die Trauernden zu konzentrieren. Er konnte den blonden Adonis nicht mehr sehen. Er wollte sich nicht vorstellen, wie sie nackt auf ihm saß.

»Außerdem bist du auch kein Heiliger«, fuhr sie leise fort.

»Dass ich in diesem Club aufgetaucht bin, war eine Ausnahme.«

»Ja, klar.«

»War es wirklich. Mein Freund wollte vom Festland rüberkommen. Er meinte, ich müsste mehr unter die Leute kommen und dass ich wieder ein Leben bräuchte, also wollten wir uns dort treffen. Er ist aber nicht aufgetaucht. Ich wollte gerade wieder gehen, aber dann warst du da.«

»Und ich war billiger als eine Hure.«

»Du hast mir ein Angebot gemacht, das ich nicht ablehnen konnte. Verklag mich doch.«

Die Dunkelheit sickerte zwischen sie. Die Klänge einer Orgel drangen nach draußen, und der Regen prasselte noch lauter auf die Schirme.

»Dad!« Sie fuhren beide herum.

»Ginny?« Maddocks hatte damit gerechnet, seine Tochter hier zu sehen, da sie ebenfalls im Chor war, aber er hatte nicht damit gerechnet, in welcher Gesellschaft sie sich befinden würde – Lara Pennington. Lara murmelte Ginn etwas zu und ging schon mal voraus in die Kirche.

»Was machst du denn hier?«, fragte Ginny, sah dabei aber weiter Pallorino an.

»Es ist mein Fall …«

»Es ist eine Beerdigung, Dad.«

»Wie lang kennst du Lara schon?«, fragte er und versuchte dabei gleichzeitig, die Menge im Auge zu behalten. »Wie *gut* kennst du sie?«

Seine Tochter senkte die Brauen. »Warum?«

»Antworte einfach auf die Frage, Ginny.«

»Ich habe sie gerade erst im Bus hierher kennengelernt. Sie war eine gute Freundin von Gracie. Sie ist auch an der UVic, und sie singt im Chor. Wir …«

»Ginny, ich will nicht, dass du dich mit ihr abgibst …«

»Wie bitte?«

»Nur bis der Fall gelöst ist. Ich möchte, dass du dich von ihr fernhältst.«

Ihr klappte der Mund auf und sie starrte ihn fassungslos an. Auch Pallorino warf ihm einen Seitenblick zu.

»Ginn«, fing er noch mal an, dieses Mal leiser. »Da draußen streift ein sehr böser Mann herum, und er hat es auf …«

»Ach, und jetzt glaubst du, dass er auf einmal hinter mir her sein könnte? Mein Gott.« Die Tore der Kathedrale wurden langsam geschlossen. Die Messe würde gleich beginnen.

»Hör zu, wenn die Messe vorbei ist und du mit dem Singen fertig bist, dann warte bitte hier draußen auf mich. Ich fahre dich nach Hause. Okay?«

»Manchmal wünsche ich mir fast, dass du nicht nach Victoria gezogen wärst.« Damit drehte sie sich um, eilte die Stufen hinauf und verschwand in der Kirche.

»Du solltest es etwas entspannter angehen«, kommentierte Pallorino.

»Oh, klasse, und das von jemandem, der selbst keine Kinder hat.«

»Ich war aber auch mal siebzehn. Mein Vater war genauso überfürsorglich wie du.«

»Und sieh nur, was aus dir geworden ist.«

Sie funkelte ihn an, wandte sich dann ebenfalls ab und marschierte die Stufen hinauf in die Kirche. Die Tore schlossen sich hinter ihr.

Der Regen wurde immer heftiger und verwandelte sich allmählich in Graupel, doch Maddocks beschloss, weiter draußen zu warten, um zu sehen, ob ein Verdächtiger später eintraf. Oder ob der blonde Adonis zurückkehrte. Als die Minuten verstrichen und es immer kälter wurde, stellte er den Kragen auf und steckte die Hände in die Hosentaschen. Er verfluchte sich selbst dafür, wie er die Sache mit Ginny wieder einmal vermasselt hatte.

Er war abgelenkt gewesen von seiner Aufgabe. Besorgt. Sie sah dem Opfer so ähnlich, dessen Beerdigung sie gerade besuchten. Etwa im selben Alter. Dieselben Interessen, wenn es um den Chor ging. Und Lara Pennington war eine Verbindung. Sie war seit der Grundschule Drummonds engste Freundin gewesen. Sie hatte etwas zu verbergen und sie fürchtete sich vor etwas. Außerdem wurde sie möglicherweise von jemandem in einem schwarzen Lexus beschattet. Also, warum war es so falsch, wenn er wollte, dass Ginny sich von ihr fernhielt?

Der Täufer

Gegrüßet seist du, Maria, voll der Gnade,
der Herr ist mit dir.
Du bist gebenedeit unter den Frauen,
und gebenedeit ist die Frucht deines Leibes, Jesus.
Heilige Maria, Mutter Gottes,
bitte für uns Sünder jetzt und in der Stunde unseres Todes.
Amen

Es ist dunkel. An der Bushaltestelle bei der Ecke wartet er auf die Mädchen. Ein gutes Stück abseits von der Menge und der Polizeipräsenz. Er ist Lara an diesem Morgen zum Campus gefolgt, und er hat gewartet, bis sie mit ihren Vorlesungen fertig war. Er sucht immer noch nach dem richtigen Ort, um sie sich zu holen, nach dem richtigen Moment in ihrem Terminplan, aber es wird immer schwerer, denn das MVPD schickt immer wieder Streifenwagen in ihre Straße.

Er weiß, dass Lara an diesem Abend im Chor singt. Und die Zeitungen waren voll davon, dass Gracies Beerdigung in der Kathedrale stattfinden würde. Er will es mit eigenen Augen sehen. Das Risiko, Lara zu folgen, war es wert gewesen, einfach nur, um das schiere Ausmaß dessen zu erleben, was er vollbracht hatte. Für den Kick.

Der Wind weht Frauenstimmen heran. Sie kommen. Sein Puls schnellt in die Höhe.

Während der Busfahrt hat er es gewagt, sich hinter Lara und ihre neue Freundin zu setzen. Er war ihnen so nahe, dass er sie riechen konnte. Wenn er gewollt hätte, dann hätte er auch über ihr Haar streichen können. Lara war in letzter Zeit nervös, sie war sich ihrer Umgebung übertrieben bewusst und ständig sah sie sich um. Auch das machte die Situation herausfordernder. Aber an diesem Abend war sie weniger aufmerksam, weil sie sich so angeregt mit ihrer neuen Freundin unterhielt.

Von seinem Platz hinter ihnen hatte er das Geplapper über den Chor mit anhören können. Darüber, dass sie zu Gracies Beerdigung in dieser großen, schönen Kathedrale unterwegs waren, mit ihren polierten Holzbänken, bei deren Instandhaltung er selbst in seiner Jugend geholfen hatte, wenn seine Mutter zur Beichte ging und dem Priester Lebensmittel mitbrachte. Auch er hatte beichten sollen.

Vergib mir, Vater, denn ich habe gesündigt … Aber ich habe dem Vater nichts davon gesagt, dass ich ein Spanner bin, ein böser Junge, der in der Schule die Mädchen in der Umkleidekabine beobachtet hat …

In Saint Auburn's hatte er seine Berufung gefunden, durch seine Freiwilligenarbeit in der Kirche. Beim Polieren des Holzes. *Eine noble Berufung, mein Sohn … Joseph, der Vater unseres Heilands, war auch Zimmermann. Sogar Jesus selbst hat das Handwerk eine Weile ausgeübt, bevor er das Werk Gottes getan hat …*

Die Mädchen sind jetzt fast schon an der Ecke. Er weicht in einen Türbogen zurück und bleibt im Schatten stehen. Aufregung streicht über seine Haut. Das andere Mädchen heißt Ginny. Während der Busfahrt erfährt er, dass sie die Tochter von Detective Maddocks ist, dem Polizisten, der gemeinsam mit Detective Pallorino an seinem Fall arbeitet – dem Mann, den er neulich vor Laras Haus gesehen hat. Es war wie ein Zeichen des Himmels.

Und da begann ein Plan in seinem Kopf zu reifen – etwas Größeres, etwas Großartiges. Etwas, das weit über den Kreis der Mädchen hinausreicht, die er retten muss. Es erfüllt sein Denken und weckt seine Libido. Ein gewaltiger, wunderschöner Plan, der Ginny Maddocks einschließt.

Kapitel 44

»Ja, ich kannte Gracie persönlich«, antwortete Vater Simon und zog sich das gewaltige lila Messgewand über den Kopf. Er lächelte traurig, öffnete einen Schrank und hängte das Kleidungsstück auf einen Bügel neben identischen Messgewändern in Rot, Schwarz, Grün und Weiß. »Lorna Drummond hat um das lila Gewand gebeten«, erklärte er und strich sich das in Unordnung geratene Haar glatt. »Sie dachte, Schwarz wäre zu ernst für die Trauerfeier ihrer Gracie.«

Aus der Zeit, als ihre eigene Familie ebenfalls noch gläubig gewesen war, wusste Angie, dass jede Farbe der Roben für andere Ereignisse im liturgischen Jahr stand. Grün war für gewöhnliche Messen bestimmt. Weiß für Feierlichkeiten wie die Wiederauferstehung von Jesus Christus. Rot war die Farbe von Feuer und Blut und symbolisierte das Pfingstfest, die Flammen und das Blut, das von den Märtyrern im Namen Gottes vergossen worden war. Schwarz stand im Allgemeinen für die ernsten Beerdigungsmessen.

Maddocks und sie standen mit dem Priester in der Sakristei, einem Raum im Annex des Hauptteils der Kathedrale, in dem traditionell die Roben der Priester neben anderen Kirchengütern, geweihten Gefäßen und den Gemeindeaufzeichnungen aufbewahrt wurden. Vater Simon stand nun in einem klassisch weißen

Messhemd vor ihnen, das an der Hüfte mit einem Zingulum gegürtet worden war – einer Kordel, die für die Keuschheit stand. Er war überraschend jung und gut aussehend, mit dem Körper eines Triathleten und hellbraunen Augen. In diesen Augen funkelten Klugheit und Vitalität, die Angie erotisch und anziehend fand, was so gar nicht zu jenem Gürtel um seine Taille passte. Sie hätte ihren Hintern darauf verwettet, dass eine ganze Menge Frauen in dieser Pfarrei, jung wie alt, Vater Simon ebenso attraktiv fanden. Was vielleicht noch durch die Tatsache verstärkt wurde, dass er dem Sex – der Sünde des Fleisches – abgeschworen hatte, um sein Leben ganz und vollkommen Gott zu widmen.

Was, fragte sie sich, hatte diesen lebensstrotzenden Mann zum Glauben geführt? Wie lautete seine Geschichte?

»Gracie hat meinen Rat erstmals gesucht, nachdem sie beschlossen hatte, wieder in vollem Umfang zur Kirche zurückzukehren«, sagte er, legte das Zingulum und das Messhemd ab und stand schließlich in schwarzer Hose und einem schwarzen Button-Down-Shirt vor ihnen. Und ja, der Körper darunter war eindeutig trainiert. Er rückte seinen weißen Kragen zurecht. »Von diesem Moment an hat sie nie eine Sonntagsmesse verpasst, es sei denn, sie war ernsthaft krank. Und sie hat mit dem Collegechor hier gesungen.«

»Glauben Sie also, dass Sie bei Gracies Errettung eine entscheidende Rolle gespielt haben, Vater?«, fragte Maddocks.

Vater Simons Blick wurde ernst. »Meinen Sie, ob ich sie in den Schwitzkasten genommen und ihr mit Hölle und Verdammung gedroht habe, wenn sie nicht zum katholischen Glauben zurückkehrt?«

Maddocks wartete schweigend ab.

Simon holte tief Luft. »Es war Gracies Wunsch, zur Kirche zurückzukehren. Es war der Wille Gottes.« Er hängte sein Messhemd auf.

»Hat sie Ihnen gegenüber je darüber gesprochen, dass sie sich verfolgt oder gestalkt fühlte? Hat sie sich Sorgen gemacht?« Angie fragte sich ein weiteres Mal, warum ihre eigene Familie den Glauben praktisch an den Nagel gehängt hatte.

»Nein«, antwortete er und schloss den Schrank.

»Gibt es irgendwas, das Sie uns sagen können, damit wir uns ein besseres Bild von ihr machen können?«, fragte Angie.

Ein Schatten huschte über sein Gesicht. Oder hatte sie sich das nur eingebildet? Sie suchte aufmerksam nach weiteren Anzeichen in seinen Zügen.

»Eigentlich nicht. Ich kann Ihnen nur sagen, dass sie freundlich und sanft war. Tiefgläubig. Sie hatte große Pläne für die Zukunft.«

»Welche zum Beispiel?«, hakte Maddocks nach.

»Hauptsächlich reisen.«

»Mit einem bestimmten Freund vielleicht? Gab es in ihrem Leben einen Mann, von dem Sie wissen?«

»Das kann ich Ihnen nicht sagen.«

»Können Sie nicht oder wollen Sie nicht?«

Vater Simons Haltung blieb freundlich. Sogar gütig. Trotzdem fing Angie eine unterschwellige Schwingung zwischen den Männern auf. Oder vielleicht benahm sich Maddocks auch nur wie ein Idiot, weil er sich immer noch über ihren vorherigen Schlagabtausch ärgerte. »Ich glaube, es gab jemand Besonderen in ihrem Leben, ja«, antwortete Vater Simon schließlich. »Ich weiß allerdings nicht, wer das war.« Gelassen wartete er darauf, dass sie ihn mit weiteren Fragen traktierten, so als fügte er sich dem Willen ungeduldiger Kinder, die es mit der Zeit schon noch lernen würden. Das Gewicht der Kirche, die ganze uralte Geschichte, schien auf einmal auf Angie zu lasten, und ein klaustrophobisches Gefühl senkte sich auf sie herab. Sie räusperte sich und kämpfte gegen die Empfindung an, besorgt, es könnte sich um die Vorstufe einer weiteren Halluzination handeln.

»Gibt es in dieser Gemeinde vielleicht jemanden, der ein unnatürliches Interesse an Gracie Drummond gezeigt hat?«, fragte Angie. »Vielleicht auch jemand, der in der Restauration tätig ist oder sich um den Garten kümmert oder irgendwelche administrativen Aufgaben übernimmt.«

»Sie glauben, jemand aus dieser Gemeinde hat ihr das angetan?«

»Wer auch immer es war, Vater, er lebt eine tödliche Sexualfantasie mit eindeutig religiösen Bezügen aus, und vermutlich sind es spezifisch katholische Bezüge.«

»Warum das?«

Sie sah Maddocks an, der ihr knapp zunickte. »Wir glauben, dass er seine weiblichen Opfer, nachdem er sie brutal angegriffen und sexuell missbraucht hat, in Wasser taucht, um die Taufe zu symbolisieren. Er will sie im Namen des Herrn reinigen. Danach zeichnet er sie mit einem Kreuz und entfernt die Teile ihrer weiblichen Anatomie, die ausschließlich für die Freude am Sex da sind. Und in Gracies Fall hat er sie zu Füßen der Jungfrau Maria abgelegt.«

Er blinzelte nicht. »Diese Symbolik – das Kreuz und die Taufe – ist nicht unbedingt katholisch. Viele christliche Religionen verwenden Wasser zur Taufe. Oder sie haben es früher getan.«

Wieder sah sie Maddocks an, um sich zu vergewissern, dass er damit einverstanden war, Vater Simon Informationen zu geben, die eigentlich zurückgehalten werden sollten, auch wenn bisher so ziemlich alles an die Presse durchsickerte. Ein weiteres Mal nickte er knapp, doch er machte immer noch einen wütenden Eindruck.

»Er hat während der Angriffe eine bestimmte Formulierung verwendet und seine Opfer dazu gezwungen, auf bestimmte

Weise zu antworten, bevor er sie vergewaltigt hat«, erklärte sie. »Diese Fragen und Antworten gehören zur offiziellen katholischen Taufzeremonie. Unter anderem stellt der Täufer den Eltern des zu taufenden Kindes die folgende Frage: ›Entsagst du dem Teufel, dem Vater der Sünde, dem Prinz der Dunkelheit?‹ Woraufhin die Paten des Täuflings mit ›Ich entsage ihm‹ antworten sollen, bevor der Täufling mit Weihwasser übergossen wird und der Priester dem Kind das Zeichen des Kreuzes auf die Stirn malt. Richtig?«

Langsam nickte der Priester, dann sagte er: »Aber das bedeutet nicht, dass er zwangsläufig aus dieser Gemeinde kommt, oder?«

»Das hier war Gracies Kirche, Vater. Sie hat *hier* Zeit verbracht. Sie hat *hier* gesungen. Den religiösen und katholischen Bezügen des Verbrechens nach zu urteilen, ist es durchaus wahrscheinlich, dass sie *hier* jemandem begegnet ist, der eine starke Verbindung zum Glauben hat und der möglicherweise in einem tiefen Konflikt steckt, was Sünde und Lust betrifft.« Die Unruhe, die sie im Club wegen ihres eigenen Verhaltens empfunden hatte, regte sich wieder in ihr.

Der Priester holte tief Luft und rieb sich das Kinn, seine Augen wurden kaum merklich schmaler und strahlten nicht mehr ganz so lebhaft.

»Gibt es da jemanden, auf den diese Charakterisierung zutreffen könnte?«, fragte sie.

Langsam schüttelte er den Kopf. »Es tut mir sehr leid, aber ich fürchte, ich kann Ihnen nicht weiterhelfen.« Er warf einen Blick auf die Uhr an der Wand. »Und in nicht einmal mehr zehn Minuten habe ich eine Verabredung, Detectives. Wird es noch lange dauern? Oder kann ich Sie hinausbegleiten?«

Angie hatte das deutliche Gefühl, dass er etwas wusste, das er ihnen aber nicht mitteilen konnte oder wollte. Unwillkürlich schlug ihr Herz schneller. »Nur noch ein paar Fragen, Vater, wenn es Ihnen recht ist. Kennen Sie vielleicht einen Jon Jacques?« Sie legte zwei Fotos vor ihn hin, die sie aus Onlinereportagen entnommen hatten – eines von Jon Jacques senior und eines vom dazugehörigen Junior.

Vater Simon betrachtete die Bilder. »Ich glaube nicht, nein.«

»Was ist mit Jayden Norton-Wells?« Sie legte ein weiteres Foto neben die beiden anderen.

»Die Familie Norton-Wells kenne ich recht gut«, sagte er und betrachtete das Bild. »Sie beten nicht in dieser Kirche, aber sie sind Angehörige der katholischen Gemeinschaft. Und großzügige Spender.«

»Gracie ist also nie mit Jayden hierhergekommen?«

»Nicht dass ich wüsste.«

»Hat sie jemals erwähnt, wer ihr den Anhänger des heiligen Christophorus geschenkt hat?«

Er runzelte leicht die Stirn. »Nein.«

»Kennen Sie Faith Hocking?«

»Aus den Medien.« Er seufzte. »Gott segne ihre Seele. Und jetzt, wenn es Ihnen nichts ausmacht, darf ich Sie hinausbegleiten?« Er streckte den Arm Richtung Tür aus.

Angie und Maddocks verließen die Sakristei mit Vater Simon, der mit ihnen die Kathedrale durchquerte und den Mittelgang zwischen den Bankreihen entlangging. Die Angst begann in Angies Kopf zu sirren wie Wasserdampf, der durch Ritzen zischte.

Konzentrier dich. Konzentrier dich.

In der letzten Reihe kniete eine Frau mit gesenktem Kopf, während sie die Perlen eines Rosenkranzes durch die Finger gleiten ließ. Eine schwache Erinnerung erwachte in Angie, als sie den Beichtstuhl neben der hintersten Bank erblickte. Die Lichter darüber leuchteten grünlich weiß, was bedeutete, dass man für die Beichte eintreten konnte. Ein rotes Licht zeigte dagegen an, dass sich bereits jemand darin befand und seine

Sünden beichtete. Angie blieb stehen und wandte sich noch einmal dem Priester zu. »Haben Sie Gracie je die Beichte abgenommen, Vater?«

Er sah zu der Betenden hinüber und antwortete leise: »Lassen Sie uns hier drüben weiterreden.« Damit führte er sie in das Vorzimmer, das der Kirche als eine Art Eingangsbereich diente. Neben einer Schale mit Weihwasser blieb er stehen. »Detective Pallorino, ich bin mir sicher, dass Sie die Bedeutung des Beichtgeheimnisses kennen. Als Geistlicher ist es unsere Pflicht, vollkommenes Stillschweigen über das zu bewahren, was wir während der Beichte erfahren.«

Wieder klopfte ihr Herz etwas schneller. Er wusste wirklich etwas. Sie hatte es im Gefühl und sie sah es in seinen Augen.

»Wenn Gracie Ihnen etwas anvertraut hat, das uns dabei helfen könnte herauszufinden, wer das getan hat, dann würden dadurch weitere junge Frauen vor einem schrecklichen …«

»Ich würde exkommuniziert werden«, sagte er scharf. »Ich würde lieber sterben, als meine Schweigepflicht zu brechen.«

Sie fühlte, dass auch Maddocks begriffen hatte.

»Und nicht einmal das höchste Gericht kann mich dazu zwingen, das zu tun«, fügte er hinzu. »Ich bin in diesem Punkt rechtlich abgesichert.«

»Schon möglich«, räumte Angie ein. »Aber die Gerichte haben auch verfügt, dass Geistliche trotzdem die Pflicht haben, verdächtiges Verhalten zu melden, das sie außerhalb der Beichte vielleicht beobachtet haben. Möglicherweise hat Gracie einmal etwas erwähnt, während sie einfach Ihren Rat gesucht hat. Da hätte die Schweigepflicht ihre Grenzen.«

Sie spürte, dass dieser schöne junge Mann mit einem Konflikt rang.

»Ihre Aufgabe ist es, einen Mörder zu fangen«, antwortete er leise. »Meine ist es, Seelen zu retten.«

»Ach, dann haben Sie also Gracies Seele gerettet?«, gab sie zurück. »Denken Sie daran, was sie erleiden musste – die Angst, die Folter, den Schmerz, als ein kranker und perverser Mann ihre Seele auf seine ganz eigene Art retten wollte. Sie hat gelitten, Vater, glauben Sie mir. Sie hat gelitten. Davor haben Sie sie nicht gerettet. Aber Sie könnten andere retten, wenn Sie uns nichts Entscheidendes vorenthalten.«

»Wir haben alle unser Kreuz zu tragen, Detective.«

Ärger packte sie und sie öffnete den Mund, um ihm eine weitere Frage zu stellen, aber da begannen die Kirchenglocken zu läuten und sie verlor komplett den Faden. Weitere Glocken setzten ein, und der Klang schwoll geradezu monströs an, stieg in den Kirchturm hinauf und hallte in der gewaltigen Steinkirche wider. Sie war verwirrt. Maddocks sah sie an und auf einmal wirkte er besorgt.

»Ich glaube, wir sind fertig«, sagte er, ohne Angie aus dem Blick zu lassen. »Danke, Vater.«

Gerade als Maddocks die schwere Holztür aufstieß, die sie in die dunkle Winternacht führte, sagte Vater Simon auf einmal: »Gracie fühlte sich hin- und hergerissen. So viel kann ich Ihnen sagen.«

»Zwischen was hin- und hergerissen?«, fragte Maddocks und hielt noch immer die Tür auf. Das Läuten, das nun auch von draußen hereinklang, schien vor der Kirche noch lauter zu sein. Im Licht einer Straßenlaterne sah Angie, dass sich der Graupel in Schnee verwandelt hatte.

Vaters Simons Stimme schien aus weiter Ferne heranzuwehen. »Durch das, was ich als Gracies spiritueller Ratgeber weiß, unter Ausschluss dessen, was sie mir in der Beichte anvertraut hat, kann ich sagen, dass Gracie ihre eigene Promiskuität zu schaffen machte.«

Angie versuchte sich darauf zu konzentrieren, die nächste Frage zu finden, aber ihre Gedanken waren wirr. Das

Glockenläuten, der Schnee, der Geruch, der durch die offene Tür hereindrang, das alles mischte sich zu einer aufsteigenden Panik. Die Zeit schien sich zu dehnen und alles zu umspannen wie ein Gummiband.

»Was soll das heißen?«, hakte Maddocks nach.

»Das bedeutet, dass ich glaube, sie hatte mit vielen verschiedenen Partnern Geschlechtsverkehr und dass ihr das Sorgen gemacht hat.«

»Das hat sie Ihnen erzählt? Außerhalb der Beichte?«

»Ja.«

»Das ist eine sehr intime Sache, über die sie da mit einem männlichen Priester außerhalb der Beichte gesprochen hat. Wie ist es dazu gekommen? Welche Art von Beziehung hatten Sie zu Gracie?«, wollte Maddocks wissen.

»Sie hat ihren weiblichen Charme an mir ausprobiert.«

»Sie hat versucht, Sie zu *verführen*?« Das Läuten wurde noch lauter.

»Als ich sie danach fragte, warum sie das tat, habe ich erfahren, dass Gracie … bedürftig war. Sie sehnte sich nach Liebe und Akzeptanz. Ich glaube, sie fühlte sich von ihrem Vater im Stich gelassen und allein bei ihrer so oft abwesenden Mutter. Früher hatte sie außerdem Probleme damit, in der Schule akzeptiert zu werden. Daraus, was sie mir erzählt hat, schließe ich, dass sie durch Sex, durch die Hingabe ihres Körpers mit Jungen in Beziehung treten konnte, was ihr wiederum das Interesse der beliebten Mädchen an der Schule einbrachte. Es gab ihr das Gefühl, dazuzugehören. Jedenfalls glaube ich, dass es mit ihrem früheren Freund so war.«

»Mit Rick Butler?«, fragte Maddocks.

»Ich glaube, so heißt er, ja.«

»Hat sie Ihnen irgendetwas über einen neuen Freund erzählt? Über andere Männer, mit denen sie angeblich geschlafen hat?«

»Ich habe Ihnen gesagt, was ich konnte, Detectives. Aber jetzt muss ich gehen.«

»Wann haben Sie Gracie das letzte Mal gesehen?«, wollte Maddocks noch wissen.

Die Tür zum inneren Teil der Kathedrale öffnete sich hinter ihnen und die Frau mit dem Rosenkranz trat hindurch. Während die Tür langsam wieder zuschwang, gesellte sich zu den Klängen der Orgel eine hohe, liebliche Stimme – ein Junge, der zu singen begann … *Ave Marie-aaaah …*

Grauen stieg in Angie auf.

Sie hielt nach dem Spalt zwischen den Ausgangstüren Ausschau, das Herz hämmerte ihr gegen die Rippen.

»Am vorletzten Sonntag«, antwortete der Priester. »Bei der Messe, während der Heiligen Kommunion.«

»Danke, Vater«, murmelte sie, stieß die Türen ganz auf und trat in den Schnee hinaus. Dicke Flocken trieben sanft durch den Schein der Straßenlaternen. Das Glockengeläut hallte in den Häuserschluchten wider und wurde zu einer ohrenbetäubenden Kakophonie. Lauter … lauter … lauter. Angie starrte das rote Notfallzeichen des Krankenhauses auf der anderen Straßenseite an, durch das Chaos der wirbelnden Flocken, der Glocken, der lieblichen Stimme. Das rote Zeichen, das Kreuz, der Schnee … das alles wuchs zu einem Brüllen in ihrem Schädel an …

Lauf! … Uciekaj! Uciekaj!

Maddocks Stimme klang dumpf und wie von weit weg. »Was hältst du davon? Von diesem zölibatären Priester und seiner Beziehung zu Gracie? Davon, dass sie über Sex gesprochen haben?«

Sie gingen unter den Wasserspeiern hindurch auf das Krankenhauszeichen zu. Wie waren sie dorthin gekommen? Sie näherten sich dem roten Notfallsymbol.

Da rein! Wskakuj do srodka, szybko!

Siedz cicho! Bleib still!

Das schrille Kreischen einer Frau drang durch den Lärm. Dann wurde alles still. Angie hörte nichts mehr. Sie sah nichts mehr, nur noch das rote Zeichen hinter dem fallenden Schnee. Sie war blind. Gefahr. Schmerz. Überall. *Sie kommen …*

Ihre Hand schob sich unter die Jacke zu ihrer Hüfte. In einer einzigen fließenden und geübten Bewegung zog sie ihr Messer, klappte es auf … ging in die Hocke …

Kapitel 45

Maddocks erstarrte vor Schreck. Angie war neben ihm in die Hocke gesunken. Es war, als wären ihre Stiefel am Boden festgewachsen. Ihr Gesicht war gespenstisch weiß geworden. Ihre Augen waren wie große schwarze Löcher, und sie schien blicklos den Eingang der Notaufnahme anzustarren. Langsam wiegte sie sich hin und her und hielt dabei das Messer vor sich.

»Pallorino?«

Beim Klang seiner Stimme drehte sie sich zu ihm. Sie hatte den Mund geöffnet und keuchte leicht. Nun richtete sie die Klinge auf ihn.

»Angie? Alles in Ordnung?«

Sie machte einen Satz nach vorn, und er wich überrascht aus. »Herrgott, Pallorino, was ist los?«

Ihre Haut war schweißbedeckt. Er begann sich ernsthaft Sorgen zu machen.

»*Angie!* Hörst du mich? Sprich mit mir!«

Sie bewegte sich schnell und stieß mit dem Messer vor, auf seinen Bauch zu. Er packte ihr Handgelenk, riss ihre Arme nach rechts und brachte sich außer Reichweite der Klinge. Dann verdrehte er ihr den Arm. Erbarmungslos.

»Lass das Messer fallen!«

Sie schrie etwas Unverständliches, es klang nach einer fremden Sprache. Maddocks hielt noch immer ihre Handgelenke fest, verlagerte sein Gewicht und brachte sie damit aus der Balance, sodass sie sich vorbeugen musste. Dann überraschte sie ihn damit, dass sie seine Bewegung mitmachte, anstatt sich dagegen zu wehren, gleichzeitig riss sie den Ellbogen hoch und traf ihn auf die Nase. Schmerz raste durch seinen Kopf. Er schmeckte Blut. Seine Augen brannten.

Sie riss sich los, sprang zurück und nahm wieder Kampfhaltung ein. Mit wild funkelnden Augen richtete sie erneut das Messer auf ihn. Nun hatte sie ihn in einem Alkoven in die Enge getrieben. Wenn sie konnte, würde sie ihn töten, daran hatte er keinen Zweifel. Er dachte an die Pistole in seinem Holster.

Stattdessen hob er beide Hände, seine Augen tränten und Blut floss ihm aus der Nase. Gleichzeitig stellte er sich so hin, dass er, falls nötig, mit einem Griff an seine Waffe kam. »Schon gut«, rief er. »Ist schon gut. Ich bin es nur. Maddocks. James Maddocks. Dein Partner, Angie. Pallorino! Um Himmels willen, komm zu dir!«

Sie sprang vor und stieß zu. Die schwarze Messerklinge durchschnitt den dicken Ärmel seines Wollmantels. Er nutzte ihre Bewegung, um sie herumzuwirbeln und erneut zu packen, dann schleuderte er sie mit der Schulter gegen die Steinmauer, riss ihr die Arme nach hinten und verdrehte ihr die Hand, bis sie das Messer losließ und es klappernd zu Boden fiel.

Das Herz schlug ihm bis zum Hals. Er hustete und würgte, verschluckte sich an seinem eigenen Blut. Aber er drückte sie weiter gegen die Wand und tastete in seiner Tasche nach den Kabelbindern. Genau diese Sorte hatte sie verwendet, um ihn an das Motelbett zu fesseln. Er zog sie um ihre Handgelenke fest und drückte Angie weiter gegen die Mauer, während er ihr Messer aufhob und es zuklappte. Er steckte es ein und zog die Dienstwaffe aus ihrem Holster.

Sie begann am ganzen Körper zu zittern.

»Angie?« Seine Stimme bebte. Wieder hustete er. Sie wandte das Gesicht zur Seite, so als würde sie nach seiner Stimme suchen.

Vorsichtig drehte er sie herum, damit sie ihn ansehen konnte. Allmählich schrumpften ihre Pupillen zu normaler Größe und sie schien wieder etwas zu sehen. Sie starrte ihn an, sie starrte das Blut auf seinem Gesicht an. Dann entdeckte sie die Waffe in seiner Hand. Langsam hob sie wieder den Kopf. Entsetzen malte sich in ihre Züge und die ersten Tränen liefen ihr über die Wangen. Ihr Zittern wurde zu einem heftigen Beben.

»Schon gut, Angie«, sagte er weich und steckte ihre Waffe ein. »Alles wird gut.« Er nahm sie in die Arme. Ihre Handgelenke waren noch immer auf dem Rücken gefesselt, und er blutete ihr die Jacke voll, aber sie lehnte sich an ihn, ließ sich gegen ihn sinken. Er streichelte ihr über das nasse Haar. »Das wird schon.« Während er sprach, wanderte sein Blick zu dem Zeichen der Notaufnahme. »Ganz langsam jetzt, okay? Ich bringe dich rüber zum Krankenhaus, da holen wir uns Hilfe.«

Auf einmal wurde sie stockstarr und riss den Kopf hoch. »Nein«, flüsterte sie heiser. »Nein, bitte nicht dahin.« Die Wildheit in ihren Augen kehrte zurück.

Wieder würgte er, weil ihm das Blut den Rachen hinabrann. Er spuckte Schleim und Blut aus.

»Da gehe ich nicht hin«, wiederholte sie.

»Doch, das tust du. Für mich. Du musst für mich da rein, okay? Ich glaube, du hast mir die Nase gebrochen. Ich brauche deine Hilfe, in Ordnung?«

»Oh Gott … Scheiße … Scheiße.«

»Komm …«

Er legte ihr den Arm um die Schultern und führte sie zum Eingang der Notaufnahme des Saint Jude's.

Kapitel 46

Es war dunkel in der Marina, abgesehen von ein paar Lichterketten, die man um Taue gewickelt hatte, und von dem Schein, der aus den Kabinenfenstern drang. Inzwischen war der Schnee wieder in Graupel übergegangen und wurde seitwärts gegen die Boote getrieben, die auf den unruhigen Wellen schaukelten. Das Wasser gluckste und plätscherte und die Fallen stießen klappernd gegen die Masten.

»Vorsicht, das Deck ist rutschig«, warnte Maddocks und hielt Angie den Arm hin.

Sie blieb stehen und sah auf seine Hand hinab. Auf einmal hatte sie das Gefühl, dass es kein Zurück mehr geben würde, wenn sie diese Hand ergriff. Wenn sie ihm erlaubte, sie auf seine alte, hölzerne Jacht zu führen. Sie würde ihre Geheimnisse und ihre Ängste, die sie vor jedem Menschen auf dieser Welt verbarg, mit ihm teilen müssen. Und es würde sie ihren Job kosten.

Aber sie wusste auch, dass es sie ebenfalls ihren Job kosten würde, wenn sie *nicht* mit ihm ging.

»Angie?« Er nannte sie beim Vornamen. Sie waren nun weit jenseits jeder Fassade von Professionalität. Sie hatte ihn angegriffen und versucht, ihn umzubringen. Sie hatte ihm fast die Nase gebrochen, die nun anschwoll und sein Gesicht dunkelviolett verfärbte. Sie konnte ihm nicht genug dafür danken, dass er nicht darauf bestanden hatte, sie in ärztliche Behandlung zu übergeben, als sie gemeinsam das Krankenhaus betreten hatten. Stattdessen hatte er sie mit hierhergenommen, weil er sie, wie er sagte, im Auge behalten wollte, während sie darüber nachdachte, wie es weitergehen sollte …

Du musst dich jemandem anvertrauen, Angie … Ich kann nicht mit dir arbeiten. Ich kann dir als meiner Partnerin nicht vertrauen, wenn du jederzeit ausflippen und versuchen könntest, mich umzubringen. Du könntest für deinen eigenen Partner zu einer größeren Gefahr werden als für die bösen Jungs, hinter denen wir her sind … Das hier kann ich nicht einfach vergessen – und das will ich auch nicht.

Sie holte tief Luft und sah ihm in die Augen, die in dieser Dunkelheit tintenschwarz wirkten. Dann tat sie es, sie nahm seine Hand und stieg an Bord. Er führte sie in die Kabine hinab.

Nachdem sie die Kajütenleiter hinabgestiegen war, erkannte sie Jack-O, der sich auf einem Schaffell zusammengerollt hatte. Er knurrte, als wollte er sagen: Solange du aus meinem Bereich hier draußen bleibst, greife ich dich vielleicht nicht an.

Maddocks kam ihr in dem kleinen Wohnbereich größer vor. Auch eine ordentliche kleine Bordküche gab es hier. Er sah sie an. Seine Augen waren über dem Verband, der seine Nase bedeckte, blutunterlaufen. Keine Ahnung, wie er das morgen den Kollegen erklären wollte. Ihr Magen krampfte sich zusammen bei dem Gedanken, was sie ihm angetan hatte, ohne es auch nur zu begreifen. Bei dem Gedanken, was Maddocks vielleicht bei der Arbeit erzählen würde. »Es tut mir so leid«, sagte sie zum x-ten Mal.

Sie las Sorge in seinem Blick, und noch etwas. Seit sie das Krankenhaus verlassen hatten, waren sie still geblieben. Er hatte noch immer ihr Messer und ihre Dienstwaffe. Sie wollte ihm trotzen, sie wollte ihn hassen, weil er sie so gesehen hatte, sie wollte einfach gehen und so tun, als wäre nichts geschehen.

Doch sie wusste, dass sie wirklich Hilfe brauchte. Was sie nicht wusste, war, wie sie Hilfe bekommen konnte, ohne dabei ihre Karriere zu riskieren.

»Setz dich«, sagte er, drehte die Gasheizung hoch und öffnete einen der Küchenschränke.

Sie atmete tief durch, strich sich das feuchte Haar aus der Stirn und zog sich die Jacke aus. Dann ließ sie sich auf einem kleinen Sofa im Wohnbereich nieder und streifte auch die Stiefel ab. Er nahm zwei Gläser und eine Flasche Scotch aus dem Schrank und goss ihnen beiden einen ordentlichen Drink ein. Dann kam er zu ihr. Jack-O beäugte sie misstrauisch von seinem Schaffell aus und knurrte erneut, als Maddocks ihr das Glas reichte.

»Danke.« Angie musste es mit beiden Händen festhalten und zum Mund führen, so sehr zitterten ihre Finger. Sie brachte es fertig, einen großen, brennenden Schluck zu nehmen, ohne etwas zu verschütten. Sie trank noch einen Schluck und schloss die Augen, während der Alkohol ihre Kehle hinabrann. Ihr Zittern ließ nach. Sie hob die Lider und sah ihn unverwandt an. Noch immer brannten Fragen, Sorge und Mitgefühl in seinem Blick.

Sie klappte den Mund auf, um etwas zu sagen, schloss ihn dann jedoch wieder. Er drängte sie nicht. Stattdessen zog er den Mantel aus und hängte ihn und ihre Jacke an einen Haken neben der Leiter. Er ging in die Kombüse zurück, öffnete eine Packung Hundefutter und ließ die Trockenfutterbrocken in einen Napf klappern. Dann stellte er den Napf neben eine Wasserschüssel auf den Boden und pfiff.

Jack-O erhob sich und wuselte auf drei Beinen hinüber. Er behielt Angie im Auge, während er fraß.

Der Wind pfiff, das Boot schaukelte und die Fallen klapperten. Es fühlte sich gemütlich und sicher an hier drin, kein bisschen eingeengt, wie sie erwartet hatte. Fotos von Maddocks und Ginny klebten an dem kleinen Kühlschrank. Bücher und Papiere lagen auf dem Esstisch herum. Er setzte sich neben sie und nippte an seinem Drink.

»Ist das schon einmal passiert?«

Sie legte die Hände um das Glas und hielt es auf dem Schoß. »Nicht so. So noch nie.«

Er wartete.

Auf einmal fühlte es sich an, als würde ihr die Luft abgeschnürt. Sie wollte fliehen. Sie warf einen Blick zur Leiter.

Du musst dich dem stellen …

»Ich glaube, ich habe Halluzinationen«, sagte sie schließlich. Sie beschrieb ihm das kleine Mädchen in Rosa bis ins Detail. Sie sagte ihm, wann und wo es ihr erschienen war, was das Kind vermeintlich sagte und in welcher Sprache. Sie erzählte ihm von der Krankheit ihrer Mutter und davon, dass die Symptome ihrer Mutter etwa in dem Alter begonnen hatten, in dem sich Angie nun befand.

Sie trank einen weiteren Schluck Scotch und schnaubte leise. »Ich werde verrückt. So, jetzt habe ich es gesagt. Es ist mir bestimmt, irgendwann in einem Schaukelstuhl zu enden und mein Spiegelbild anzustarren, und zwar in den verschlossenen Räumlichkeiten der Mount Saint Agnes Mental Health Treatment Facility, überwacht von weiß gekleideten Pflegern.«

»Dann hast du dort also deine Mutter besucht?«

Angie nickte. Nun war es heraus. Sie hatte die Kontrolle über diese Information abgegeben. Mit Geheimnissen war es so eine Sache – wenn man sie wirklich geheim halten wollte, dann erzählte man niemandem davon. Der Gedanke, ein Geheimnis mit jemandem zu »teilen«, war für sie ein Witz.

Er schwieg. Nur der Wind und das Wasser draußen waren zu hören.

»Es ist möglich, dass du eine Schizophrenie entwickelst«, sagte er.

»Tja, vielen Dank auch.«

Er nahm ihr das Glas ab und stellte es neben sein eigenes auf das Tischchen vor ihnen. Dann ergriff er ihre Hände. Sanft strich er ihr mit dem Daumen über die Haut, was eine Sehnsucht in ihr weckte. Auf einmal wollte sie nichts mehr, als sich an ihn zu schmiegen, wie ein kleines Mädchen. Sie wollte gehalten werden. Geliebt. Das Bedürfnis, sich von jemandem umsorgen zu lassen, hatte sie nicht mehr verspürt, seit sie ein Kind gewesen war.

Jack-O hatte fertig gefressen und legte sich neben Maddocks' Füße, die Schnauze deutete auf Angies Beine.

»Oder es könnte eine PTBS sein, Angie. Für mich klingt das wahrscheinlicher, wenn man bedenkt, was du mit Hash und diesem kleinen Mädchen durchgemacht hast. Sie ist zurückgekehrt, um dich heimzusuchen.«

»Wie viel weißt du über den Vorfall mit Hash?«

»Ich habe die Akte gelesen.«

»Warum?«

Er zuckte mit den Schultern.

»Hast du dir Sorgen gemacht, weil ich deine Partnerin bin? Ist es das, worauf du vor Jon Jacques' Penthouse hinauswolltest? Zweifelst du an meinem Urteilsvermögen, weil du glaubst, dass ich irgendetwas getan habe, das zu Hashs Tod geführt hat?«

»Im Gegenteil. Ich war fasziniert von der Frau, die mich im Foxy Motel ans Bett gefesselt hat.« Er lächelte, doch das Lächeln erreichte seine Augen nicht ganz, und er schien vor seinem eigenen schlechten Scherz zurückzuzucken.

»Wenn das ein Witz sein soll, dann ist er nicht komisch.«

Langsam nickte er und wurde wieder ernst.

»Und was ist mit der Sprache?«

»Hmm. Hast du mal darüber nachgedacht, dass es auch eine lang verschüttete Erinnerung sein könnte?«

Sie sah weg, überlegte, dachte an die vergangenen paar Tage.

»Vielleicht hat der Vorfall mit Hash, die PTBS etwas Tieferes an die Oberfläche gebracht, Angie.«

»Ich weiß nicht. Ich glaube, ich erinnere mich vielleicht an den Autounfall, der passiert ist, als ich vier war. Ich wurde dabei schwer verletzt und bin fast gestorben.«

»Ist daher die Narbe an deinem Mund?«

Sie nickte.

»Erzähl mir davon.«

Das tat sie. Von Italien. Dem Sabbatical ihres Vaters. »Aber als ich mir die Fotos angeschaut habe, konnte irgendetwas mit den Daten nicht stimmen.« Sie berichtete ihm von der Beschriftung auf der Rückseite der Fotos. Von der Diskrepanz, die sie entdeckt hatte. Sie erwähnte auch die seltsamen Bemerkungen ihrer Mutter über Engel und darüber, wie Angie an einem Weihnachtsabend zurückgebracht worden war, während es schneite. Sie erzählte ihm davon, wie sehr es sie erschüttert hatte, als ihre Mutter mit ihrem sanften Mezzosopran begonnen hatte, »Ave Maria« zu singen.

Seine Augen wurden schmal. »Und all diese Trigger sind heute Nacht zusammengekommen? Ist es so passiert? Die Kathedrale, die Glocken, die Weihnachtszeit, der Schnee und der Junge, der gesungen hat, so wie deine Mutter?«

Sie holte tief Luft und rieb sich das Gesicht. »Ich glaube schon. Ich … ich habe Angst bekommen. Sogar Panik, als ich … als wir aus der Kirche gekommen sind. Dann habe ich das rote Zeichen der Notaufnahme gesehen, und dann weiß ich nichts mehr.«

Er stieß ein trockenes Lachen aus. »Du hast versucht, mich umzubringen.«

»Tut mir leid. Ich bin ein Wrack.« Sie griff nach ihrem Glas und trank einen großen Schluck.

»Du musst mit jemandem sprechen, Angie, mit einem Psychologen …«

»Und wenn das Metro PD erfährt, dass ich nicht mehr alle Tassen im Schrank habe, bin ich meinen Job los?«

Sie las das Unausgesprochene in seinen Augen: *Du bist eine Gefahr in deinem Job, solange du nicht alle Tassen im Schrank hast.*

»Du schuldest es dir selbst«, antwortete er leise. »Und du schuldest es allen, mit denen du in einer Hochrisikosituation zusammenarbeitest.«

Als er diese Tatsache aussprach, wurde ihr übel. Sie war ein Risiko. Für sich selbst. Für andere. Sie hätte ihn umbringen können.

Er legte die Hände um ihr Gesicht. Ganz sanft strich er ihr mit dem Daumen über die Lippen, über die Narbe. »Es könnte etwas ganz Simples sein, Angie. Erinnerungen – vielleicht ist das schon alles. Dinge, die du als Kind verdrängt hast. Etwas, das mit dem Unfall zu tun hat und das jetzt wegen der stressbeladenen Umstände wieder an die Oberfläche drängt. Deine Mutter wurde eingewiesen. Hash und das Mädchen sind vor deinen Augen gestorben. Dieser Täuferfall. Das sind Trigger.«

»Und das Mädchen in Rosa?«

»Du hast gesagt, dass sie langes rotes Haar hat. Vielleicht ist sie die Verkörperung von dir selbst in dem Alter, in dem du den brutalen Unfall erlebt hast. Vielleicht verstärkt von Tiffanys Schicksal.«

»Und die polnische Sprache?«

»Vielleicht noch etwas, das in deiner Erinnerung eingeschlossen war. Vor dem Krankenhaus hast du mich angeschrien, und es klang wie eine fremde Sprache. Es könnte Polnisch gewesen sein.«

Sie schloss die Augen und gab sich dem Gefühl hin, während er ihr Gesicht streichelte. Dem Gefühl seines festen, verlässlichen Körpers neben sich. Dem Gefühl, in diesem Boot in einer Art Kokon eingesponnen zu sein. Selbst sein übellauniger kleiner Schützling hatte sich dazu durchgerungen, die Nase an ihren Fuß zu drücken. Er schnarchte. Es klang nicht schön, aber irgendwie entspannte es sie.

»Was, wenn ich erfahre, dass ich die Krankheit meiner Mutter geerbt habe?«

»Dann musst du es wissen. So oder so. Wie du selbst gesagt hast, ist deine Mutter viele Jahre lang damit zurechtgekommen. Du kannst dich behandeln lassen und auch damit zurechtkommen.«

»Ich könnte keine Polizistin mehr sein.«

»Polizist zu sein ist nicht gerade das Maß der Dinge. Sieh dir an, was es mir eingebracht hat.«

Sie sah sich in seinem Boot um, in dieser Verkörperung seines Lebens als Alleinstehendem. Sie dachte daran, dass er versuchte, dieses alte Boot zu reparieren und damit auch irgendwie seinen alten Traum von Familie und Ruhestand wieder zu kitten. Sie betrachtete die Fotos von Ginny und ihm am Kühlschrank, und auf einmal öffnete sie diesem Mann ihr Herz. Sie strich über seinen Ring. Er senkte den Blick und sah, was sie tat. Schweigend entzog er ihr die Hand und streifte den Goldreif ab. Er legte ihn neben sein Glas auf den Tisch und sah sie an. Sie schluckte.

Dann beugte er sich vor und küsste sie.

Seine Lippen waren weich und verführerisch. Die Bartstoppeln strichen rau über ihre Haut. Dann öffnete er den Mund und fuhr mit der Zungenspitze über ihre Narbe, streichelte sie. Angie legte ihm die Hand auf die Wange, ganz sanft, um ihm nicht wehzutun, dann ließ sie den Kopf in den Nacken sinken und der Kuss wurde tiefer. Maddocks begann, ihr Shirt aufzuknöpfen, ohne den Kuss zu unterbrechen. Er streifte es ihr von den Schultern und öffnete ihren BH. Sie hörte, wie ihm der Atem stockte.

»Komm«, flüsterte er, ganz nah an ihrem Mund, und umfasste mit der rauen Hand ihre Brust. »Komm ins Bett.«

Kapitel 47

Nackt saß Angie auf der Bettkante. Maddocks stand zwischen ihren Knien, während sie seine Hose öffnete. Sie spürte, wie die Lust tief in ihr anschwoll. Dann zog sie ihm die Hose über die Hüfte hinab und befreite seinen herrlichen Schwanz. Sie streichelte ihn, nahm ihn in den Mund. Sie umfasste Maddocks Hüften, während sie ihn mit Lippen und Zunge liebkoste. Er packte ihre Schultern, seine Finger bohrten sich in ihre Haut, während sie immer weitermachte, bis er stöhnte und die Hand in ihrem Haar vergrub. Plötzlich zog er ihren Kopf zurück, sodass sie aufhören musste. Sein Penis glänzte feucht. Er sah ihr in die Augen und sein Blick war dunkel, bedrohlich. Dann schubste er sie zurück aufs Bett.

Federnd landete sie auf der Matratze, ihr zerzaustes Haar umgab ihren Kopf und sie öffnete die Schenkel. Sie wollte ihn. Sie war so bereit für ihn. Verlangend hob sie das Becken. Langsam, qualvoll langsam ließ er den Blick über ihren Körper wandern. Er schluckte und seine indigoblauen Augen über der Bandage wurden schwarz vor Lust. Der Puls pochte rasend an seinem Hals. Ganz leicht ließ sie die Hüfte kreisen, was »Komm her, ich will dich« heißen sollte. Sie brannte darauf zu spüren, wie er in sie eindrang, wie er tief in ihr war und sie dehnte. Ein anerkennendes Lächeln umspielte seinen Mund, aber er ließ sich Zeit. Er hob seine Hose vom Boden auf und holte ein Kondom aus der Tasche.

Angie sah zu, wie er es überstreifte, und Nervosität strich am Rande ihres Bewusstseins entlang. Normalerweise war immer sie es, die ein Kondom mitbrachte und es ihrem Partner überstreifte. Aber er hatte selbst eines dabei, in seiner Hosentasche. Im Grunde hatte es wohl nichts zu bedeuten, aber es nahm ihr das Gefühl absoluter Kontrolle. Er kniete über ihr, stemmte die Hände zu beiden Seiten ihres Kopfes ab und öffnete ihre Schenkel mit den Knien noch weiter. Er senkte den Kopf, leckte ihr über den Hals, reizte sie und ließ die Lippen langsam hinab zu ihren Brüsten gleiten. Als er ihre Brustwarze zwischen die Zähne nahm, zog sie sich zusammen. Es war ein erlesenes Gefühl. Hitze floss durch Angies Adern. Blut pulsierte wie geschmolzene Lava durch ihren Unterbauch, ließ ihre Lust anschwellen und ihre Klitoris hart werden. Alles prickelte wie in Vorfreude auf seine Berührung. Er ließ den Mund noch tiefer hinabwandern, über ihren Bauch. Er tauchte die Zunge in ihren Nabel. Noch tiefer hinab, zwischen ihre Schenkel. Seine Zunge glitt warm und feucht über sie, teilte ihre Schamlippen und umkreiste das Zentrum ihrer Lust. Ganz sanft schloss er die Zähne darum und sog. Ein stummer Schrei, ein Druck baute sich in ihrer Brust auf, in ihrem Kopf, in ihrer Vagina, und sie glaubte, sie müsse explodieren, während ihre ganze Welt auf diesen Moment zusammenzuschrumpfen schien, auf ihn, auf dieses Boot, dieses Bett. Sie öffnete die Beine, so weit sie konnte, bog den Rücken durch und wölbte sich ihm entgegen, während seine Zunge immer tiefer vordrang, in sie hinein- und wieder hinausglitt. Sie schloss die Augen, warf den Kopf hin und her und stöhnte, bis sie es nicht mehr aushielt. Sie brauchte ihn, seine Härte, tief in sich. Sie musste ihn vögeln, hart und schnell. In wachsender Verzweiflung begannen ihre Muskeln zu zittern, ihre Haut war schweißnass. Sie fasste ihn unter den

Achseln und zog ihn hoch. Dabei hob sie ein Knie, umschlang seine Hüfte und wollte ihn auf den Rücken drehen, damit sie sich auf ihn sinken lassen konnte, damit sie sich wiegen und sich an seinem rauen Schamhaar reiben konnte. Damit sie jene herrliche Rauheit fühlen konnte, an die sie sich aus der Nacht im Club erinnerte. Aber er wehrte sich gegen sie.

Stattdessen packte er sie an den Handgelenken, zog ihr die Hände über den Kopf und legte sich auf sie. Angie spürte die Spitze seiner Erektion in ihr. Ihr Herz hämmerte. Ihr Atem ging flach und schnell, und ihr wurde schwindlig. Sie war ihm vollkommen ausgeliefert. Sie wand sich, versuchte die Hände freizubekommen, aber er war stark. Viel stärker als sie, viel stärker, als sie jemals sein konnte. Angie schloss die Augen, das Rauschen ihres Blutes dröhnte ihr in den Ohren, während ein Chaos widersprüchlicher Gefühle auf einmal in ihr toste wie ein Flächenbrand. Gib nach, sagte sie sich. Es fühlte sich gut an. Sie wollte es.

Erst bewegte er sich langsam, qualvoll langsam, und eine Spannung ganz anderer Art baute sich in ihr auf. Wieder wollte sie die Hände freibekommen, schaffte es aber nicht. Sie riss die Augen auf, rang nach Atem.

Ein machtvoller Stoß und er war in ihr, ganz tief. Sie keuchte, und er bewegte die Hüfte immer schneller, seine Stöße wurden härter, tiefer. Ihre Augen tränten, während er sie vögelte. Sein schwerer, muskulöser Körper drückte sie tief in die Matratze, während er ihr immer noch die Hände über dem Kopf festhielt. Sie war nah dran. Doch gleichzeitig wuchs die Angst in ihrer Brust. Verzweifelt wehrte sie sich gegen ihn, wand sich, bockte unter ihm. Er hielt es für Zeichen ihrer Lust, für einen wilden Hunger, und er stieß immer fester in sie hinein. Ein tiefes Grollen drang aus seiner Brust und der Schweiß brach ihm aus.

»Stopp«, flüsterte sie auf einmal. »Stopp, stopp!« Er hielt inne, erwiderte ihren Blick, dunkel und wild. Verwirrung malte sich in seine Züge. Sie spürte, wie er in ihr bebte.

»Bitte, Maddocks«, flüsterte sie. »Bitte.« Er schluckte, seine Muskeln begannen zu beben, während er darum kämpfte, sich im Griff zu behalten. Dann keuchte er auf und kam machtvoll, unaufhaltbar in ihr. Seine Finger gruben sich in sie, als sein Körper die Kontrolle übernahm und heftig erzitterte. Tränen füllten ihre Augen, als Maddocks erschöpft auf sie herabsank, sich dann auf die Seite rollte und von ihr löste.

»Angie?«, flüsterte er und versuchte sichtlich, sich zu konzentrieren.

Tränen sickerten ihr aus den Augenwinkeln und tropften aufs Kissen. Sie wollte ihn immer noch, aber gleichzeitig fühlte sie Scham, Demütigung, Schuld. Er streichelte ihr über die Wange und strich ihr eine feuchte Haarsträhne aus dem Gesicht. »Habe ich dir wehgetan? Was ist los?«

Sie schüttelte den Kopf, konnte es nicht in Worte fassen, konnte ihm nicht erklären, was los war, konnte es selbst nicht begreifen.

»Es tut mir leid«, murmelte er. »So leid.«

Wieder schüttelte sie den Kopf, sie wollte sagen: *Es liegt an mir. Nicht an dir. Du bist so schön.* Aber ihre Kehle war wie zugeschnürt und sie konnte nicht sprechen. Sie sah den Schmerz, die Enttäuschung in seinen Augen. Er beugte sich über sie und küsste sie sanft auf die Lippen, dann schaltete er die Nachttischlampe aus. In der Dunkelheit breitete er die Decke über sie beide. Dann hielt er sie einfach fest, zog sie an sich, während das Boot schaukelte und Jack-O auf seinem Schaffell in der Kabine schnarchte.

Kapitel 48

Freitag, 15. Dezember

Angie tauchte wie aus einem schwarzen, sirupartigen Sumpf auf. Das kleine Mädchen rannte in einen rosa Schimmer getaucht durch die Schwärze. Sie war barfuß, ihr Haar wehte hinter ihr her. Dieses Mal hielt sie einen Korb in der Hand. Auf einmal waren da Bäume, groß, sie ragten weit, weit hinauf in den Himmel. Licht sickerte durch die Blätter und sprenkelte das sanfte Frühlingsgras auf der Erde. Osterglocken. Sie befanden sich in Italien. Da war Rom. Der funkelnde Ozean, gelbes Sonnenlicht. Dann die sanften Hügel der Toskana. Auf einmal wurde der Himmel tintenschwarz. Das Krachen bei einem Unfall, das Gefühl, umhergeschleudert zu werden. Sie kämpfte darum, aus dem zerberstenden Metall zu entkommen, fort von den Schreien … Die Stimme ihrer Mutter. *Lauf! Da rein! Nein. Raus!* Sie kämpfte sich an die Oberfläche ihres Bewusstseins und ihre Augen flogen auf.

Ein Traum. Nur ein Traum.

Sie lag auf etwas, das leicht schaukelte. Der Duft nach frischem Kaffee drang ihr in die Nase.

Kabine. Maddocks. Boot.

Sex.

Oh Gott. Sie fuhr hoch. Der Hund schlief auf der Bettdecke neben ihren Füßen. Er hob den Kopf und sah sie aus seinen glänzend braunen Hundeaugen an. Sie fühlte sich genauso mitgenommen wie der kleine Streuner. Sie war nur ein weiterer Jack-O, ein zerbrochenes Ding, das James Maddocks von einer metaphorischen Straße gekratzt hatte. Zaghaft streckte sie die Hand aus und berührte den Kopf des Hundes. Das Fell war überraschend weich. Sie strich es glatt, und Jack-O knurrte nicht. Stattdessen schloss er mit einem kleinen Seufzen die Augen und ließ den Kopf wieder auf die Decke sinken. Ihr Magen tat einen seltsamen kleinen Hüpfer.

Dann wandte sie ihre Aufmerksamkeit dem warmen Lichtstreifen zu, der durch die halb geöffnete Tür drang. Sie konnte ihn hören. Maddocks. Wie er in seiner kleinen Kajüte hantierte. Sie hörte den Wind, der noch immer an den Tauen und Fallen zerrte und Wellen gegen die Bootswand warf. Durch das kleine Bullauge konnte sie erkennen, dass es draußen noch immer dunkel war.

Sie sah zur Digitaluhr. Die Ziffern 5:55 leuchteten dort. Freitag. Arbeit. Angie musste – sie beide mussten zum Revier. Sie sammelte ihre Kleider vom Boden auf und zog sich an. Dann band sie sich das Haar zurück und betrat das kleine Wohnzimmer. Maddocks hatte ihr den Rücken zugewandt. Er trug seine Arbeitshose und ein Hemd. Krawatte.

»Hey.« Ein Lächeln malte sich auf sein herrliches Gesicht, dann zuckte er leicht zusammen. Sofort waren Reue, Scham, Selbsthass – Angst – wieder da, als ihr der Verband erneut auffiel; die schwarzvioletten Verfärbungen unter seinen Augen.

»Kaffee?«

»Ich würde töten für eine Tasse, danke.«

»Bitte nicht.« Sein Lächeln vertiefte sich, dann schnitt er eine Grimasse, da sein geschwollenes Gesicht schmerzen musste. Er drehte sich um und goss ihr eine Tasse voll. »Wie trinkst du ihn?«

Schlaf nie mit einem Kollegen.

Niemals küssen.

Geh zuerst. Geh früh. Keine Namen. Bleib nie über Nacht. Bleib nie zum Frühstück. Nimm nie einen, der dir das Gefühl gibt, auf irgendeine Weise verletzlich zu sein … Behalte immer die Kontrolle …

»Eigentlich möchte ich lieber doch nichts«, redete sie sich heraus, holte ihre Stiefel und setzte sich, um sie anzuziehen.

»Keinen Kaffee?« Er stand da, die dampfende Tasse in der Hand.

Sie stand auf und schnappte sich ihre Jacke vom Haken. »Ich hole mir unterwegs einen.«

»Angie?«

Bei seinem Tonfall hielt sie inne.

»Was glaubst du, wo du hingehst?«

»Nach Hause. Duschen. Umziehen. Arbeit.« Auf einmal fiel ihr wieder ein, dass er ihr die Dienstwaffe abgenommen hatte. Und ihr Messer. Die Stille wuchs zwischen ihnen, noch betont durch die Geräusche der Marina, den Motor eines Bootes und das Rauschen der Wellen.

»Nein«, sagte er leise.

Sie starrte ihn an und ihr Herz begann wieder zu rasen.

»Wir haben darüber gesprochen, weißt du noch?«

Mist. Es war real. Sie warf einen Blick durch das Bullauge über der winzigen Spüle. Draußen dämmerte ein dumpf grauer Tag heran. Sie strich sich übers Haar und zog ihren Pferdeschwanz fest.

»Angie. Schau mich an.«

Sie holte tief Luft und sah ihm endlich in die Augen.

»Melde dich krank. Nimm dir eine Auszeit. Geh zu einem Psychologen.«

»Ich kann mich nicht einfach krankmelden. Der Fall …«

»Du hast zwei Möglichkeiten, Pallorino. Melde dich krank und geh zu einem Psychologen. Oder geh zur Arbeit, und ich gebe deine Dienstwaffe ab und erzähle, was passiert ist.«

Unwillkürlich ballte sie die Hände zu Fäusten.

»Ich will dich gerade nicht in meinem Team haben. Oder in irgendeinem Team.«

Ihr Gesicht wurde heiß, während sie sein verschwollenes, verfärbtes Gesicht betrachtete. Sie konnte nicht leugnen, was sie ihm angetan hatte. Da begriff sie, dass sie dieses Mal nicht einfach alles unter den Teppich kehren konnte, ganz gleich, wie sehr sie sich wünschte, dass alles einfach verschwinden würde. Ganz gleich, wie sehr sie sich wünschte, es wäre nie passiert. Er würde zur Arbeit gehen und das, was mit seinem Gesicht passiert war, irgendwie erklären müssen.

»Bring mich nicht in diese Lage, Angie. Ich will das nicht melden müssen.« Er hielt inne. »Lass mich dir helfen.«

Also würde er es verheimlichen? Fürs Erste. Er würde für sie irgendetwas erfinden?

»Warum?«, fragte sie leise. »Warum tust du das für mich? Warum willst du es riskieren?«

Er schwieg lange. Regen prasselte gegen das dicke Glas des Bullauges.

»Weil du mir wichtig bist«, sagte er gemessen. Als müsste er es selbst erst ergründen. Da war eine Ehrlichkeit in seiner Stimme, die ihr das Herz bis zum Hals schlagen ließ. Sie war das nicht wert. Sie war ihn nicht wert.

Uciekaj! Lauf …

Sie konnte damit nicht umgehen. Sie wollte es nicht. Sie wollte ihn nicht. Sie wollte Unabhängigkeit. Die Schlinge der

Angst zog sich enger zu. Sie schürzte die Lippen, wandte ihm den Rücken zu, zögerte und stieg dann die Leiter hinauf auf das dunkle, nasse Deck. Kurz blieb sie stehen, als sie der Eisregen ins Gesicht traf. Dann kletterte sie über Bord und ging das Dock entlang in den grauen Tag hinaus. Ihn ließ sie zurück in der warmen Kajüte, mit der Kaffeetasse in der Hand. Innerlich zitterte sie.

Kapitel 49

»Und, wo steckt Pallorino?«

Maddocks sah von seinem Metallschreibtisch in der Einsatzzentrale auf. Vor ihm stand Kjel Holgersen in seiner schmutzig grauen Röhrenjeans, die um seinen dürren Hintern schlackerte, wie es vermutlich gerade in Mode war. Selbst wenn er sich überhaupt nicht bewegte, wirkte der Typ hibbelig.

»Was?«, fragte Maddocks, irritiert von der Unterbrechung. Er war früh aufs Revier gekommen, um seine Notizen zur Beerdigung Drummonds und der Befragung von Vater Simon durchzugehen. Der Priester hatte etwas potenziell Entscheidendes über Gracie Drummonds Promiskuität preisgegeben. Außerdem versuchte er, sich auf die Arbeit zu konzentrieren statt auf Angie.

Holgersen wich unwillkürlich einen Schritt zurück, als Maddocks den Kopf hob. »Ey, Mann, was zum Teufel ist denn mit Ihrem Gesicht passiert? Mit Ihrer Nase? Sie sehen echt beschissen aus.«

»Die Riemen haben sich gestern Abend auf der Jacht gelöst, wegen dem Sturm. Der Baum ist herumgeschwungen und hat mich im Gesicht erwischt, während ich durch Schnee und Meerwasser übers Deck geschlittert bin und versucht habe, alles wieder zu sichern.«

Maddocks begegnete Holgersens unverblümtem Blick, ohne zu blinzeln, trotz des pochenden Schmerzes in seiner Nase und seiner tränenden Augen. Aus Holgersens Frage nach Angie schloss Maddocks, dass dieser Kerl etwas ahnte und in seiner Reaktion nach Hinweisen suchte. Es gab einen Grund dafür, dass man ihm trotz seiner eigenwilligen Art die höchsten Empfehlungen für diesen Job ausgesprochen hatte. Er war clever. Er hatte eine untrügliche Menschenkenntnis, und die meisten neigten dazu, ihn zu unterschätzen, der Art wegen, wie er sprach, sich kleidete und bewegte. Wie Maddocks nun schlagartig begriff, war genau das Kjel Holgersens großer Vorteil, und vermutlich setzte er ihn gezielt ein, um seine Mitmenschen auf dem falschen Fuß zu erwischen.

»Was brennt Ihnen auf den Nägeln, Detective?«, fragte Maddocks aalglatt. »Sehen Sie nicht, dass ich beschäftigt bin?«

Holgersen griff in seine Brusttasche und fischte eine Packung Nikotinkaugummis heraus. »Hab ich doch schon gesagt, wo is Pallorino?«

»Keine Ahnung.« Maddocks wandte sich wieder den Notizen zu, aber er war unruhig geworden. Holgersen blieb einfach stehen und knisterte mit dem Kaugummipäckchen herum.

»Meine Güte, Holgersen.« Maddocks sah wieder auf. »Was wollen Sie? Ich muss vor Buziaks Morgenbesprechung mit diesen Notizen durch sein.«

Endlich gelang es Holgersen, einen grünen Kaugummi aus seinem Zellophangefängnis zu befreien. Grinsend schob er ihn sich in den Mund, zog sich kauend einen Stuhl an Maddocks Schreibtisch, setzte sich und deutete auf seinen Mund. »Ich hör nich mit dem Rauchen auf, ist nur für den Notfall. Beruhigt mich, wenn ich irgendwo drinnen nich rauchen kann. Mach ich schon seit Mittwoch so.«

Zwei Detectives kamen herein und brachten den Duft nach Kaffee mit, der aus den Pappbechern in ihren Händen drang.

Holgersen senkte die Stimme. »Hab sie angerufen. Sie hat nich abgenommen.«

Maddocks zuckte mit den Schultern und wandte sich ein weiteres Mal seinen Notizen zu. Seine Schultern spannten sich jedoch zusehends an.

»Ein paar Mal.«

»Okay, Herrgott.« Er knallte den Stift auf den Tisch und richtete sich auf. »Jetzt gehen Sie mir wirklich auf die Nerven. Es ist verdammt früh. Vielleicht will sie ja einfach nicht mit Ihnen sprechen. Vielleicht steht sie unter der Dusche. Also, warum warten Sie nicht einfach, bis sie hier ist?«

Er strich sich über den Kinnbart, seine flinken, dumpf braunen Augen waren auf Maddocks' Gesicht gerichtet. »Hab gehört, dass sie sich heute krankgemeldet hat.«

»Woher haben Sie das denn?«

Holgersens Blick huschte zu den beiden Detectives hinüber, die sich mittlerweile in einer Ecke mit zwei weiteren Ermittlern unterhielten, die gerade hereingekommen waren. Er senkte die Stimme noch weiter. »Hab mitgehört, wie Fitz das einem dieser Anzugträger von der internen Ermittlung erzählt hat. Sie waren in Buziaks Büro. Das, was Fitz da so gesagt hat, klang ganz danach, als würd er Pallorino für den Spitzel halten. Ich glaub, er will ihre Marke. Wollt sie nur warnen deswegen. Schon komisch – Buziak war nich mit im Büro. Nur Fitz und der Anzugtyp. Vielleicht ist Buze ja auch krank. Vielleicht war da was bei der späten Besprechung, zu der er gerufen wurde, während wir alle im Pig gefeiert und gebechert haben.«

Maddocks fühlte, wie ihm das Blut aus dem Gesicht wich und sein Ärger erwachte. »Haben Leo und Sie das ausgeheckt? Wollen Sie Pallorino wieder eins auswischen?«

Holgersen schnaubte und wollte gerade antworten, als die Tür der Einsatzzentrale aufflog.

»Sergeant Maddocks?«, rief Frank Fitzsimmons in seiner kratzigen, hohen Stimme. Eine Hand ruhte noch auf der Türklinke. Hinter ihm lungerte ein dürrer Mann in einem schlecht sitzenden Anzug herum. Maddocks kannte ihn nicht. »Auf ein Wort in mein Büro, bitte, Sergeant?«

Alle Augen richteten sich auf Maddocks und sein zerschundenes Gesicht. Sein Magen krampfte sich zusammen.

»Was hab ich Ihnen gesagt, Mann?«, murmelte Holgersen, als Maddocks den Stuhl zurückschob, aufstand und sich die Krawatte glatt strich.

»Viel Glück«, sagte Holgersen und erhob sich ebenfalls.

Dann, als Maddocks die Tür ansteuerte, murmelte Holgersen noch: »Und Leo wurde Mittwochnacht wahrscheinlich auch von einem Schiffsbaum im Gesicht erwischt, was?«

Das traf Maddocks wie ein Schlag: Holgersen hatte Angie, ihn und Leo vor dem Flying Pig gesehen. Wahrscheinlich hatte er unter irgendeinem Dachvorsprung gelauert und in den Schatten geraucht. Er hatte gesehen, wie Angie und er sich geküsst hatten.

Und er wollte auch Maddocks warnen, nicht nur Angie. Vielleicht wussten es inzwischen auch andere. Und vielleicht würde diese Information zu bestimmten Zwecken eingesetzt.

Oder vielleicht spielte er auch ein ganz anderes dunkles Spiel.

Kapitel 50

»Das ist Sergeant Charles Tillerman«, stellte Fitz den anderen Mann vor, drückte sich die Krawatte gegen den Bauch und nahm hinter dem Schreibtisch Platz. Tillerman setzte sich neben Fitz. Maddocks nahm den einzigen verbleibenden Stuhl, direkt vor Fitz' Schreibtisch.

Fitz hatte hinter ihnen die Tür geschlossen. Die Jalousien der Fenster zu den angrenzenden Räumen waren heruntergelassen.

»Tillerman kommt aus dem Vancouver PD«, erklärte Fitz. »Vielleicht kennen Sie beide einander ja, da Sie beide aus dem Großraum Vancouver stammen.«

»Ich war bei der RCMP, bei der Mordkommission, und obwohl die iHit mit dem VPD zusammenarbeitet, haben wir einander nie kennengelernt.« Er sah Tillerman an, der still und mit steinerner Miene dasaß.

»Ich verstehe«, sagte Fitz, und Maddocks begriff, dass er abgeschätzt wurde. Er wurde noch vorsichtiger, misstrauischer. Im Stillen dankte er Holgersen für die Warnung, wenn es denn eine gewesen war.

»Was ist mit Ihrem Gesicht passiert, Sergeant Maddocks?«, wollte Fitz wissen.

Er wiederholte das Märchen vom Schiffsbaum.

»Ich verstehe.«

Schweigend wartete Maddocks ab. Schweigen wurde immer unterschätzt.

Fitz räusperte sich. »Und Ihre Partnerin, Detective Pallorino, sie hat sich heute krankgemeldet?«

Er wappnete sich. »Darüber wurde ich noch nicht informiert.«

»Lebensmittelvergiftung.« Er winkte ab. »Oder so etwas. Sie hat eine Nachricht auf Buziaks Mailbox hinterlassen.«

»Ich verstehe«, sagte Maddocks und ahmte damit Fitz nach. »Sir, bei allem Respekt, aber wenn Sie mir verraten, warum ich hier bin, dann könnte ich die Dinge beschleunigen. Andernfalls muss ich mich jetzt auf die Präsentation meiner Ermittlungsfortschritte für Buziaks Briefing vorbereiten.« Er schaute auf seine Armbanduhr. »In sechs Minuten.«

»Ja, nun.« Fitz rieb sich das Kinn. »Sie, und gelegentlich auch Detective Pallorino, haben sich einige Male vertraulich mit Buziak besprochen. Abseits der Task Force.«

Leo. Hinter dem musste Leo stecken. Er hatte sie alle angeschwärzt.

»Korrekt. Wenn das alles ist?« Maddocks machte Anstalten, sich zu erheben.

Fitz hob die Hand, um ihn aufzuhalten. »Worum ging es bei diesen privaten Besprechungen?«

»Noch einmal, bei allem Respekt, Sir, aber warum werden mir in Anwesenheit eines internen Ermittlers diese Fragen gestellt, wenn Sie doch meinen Vorgesetzten Buziak selbst befragen können? Es sei denn natürlich, dass gegen mich ermittelt wird, in welchem Fall ich …«

»O nein, nein. Nichts dergleichen.« Fitz lächelte knapp. »Ich habe Sie hergerufen, weil ich möchte, dass Sie heute Morgen Sergeant Buziaks Briefing leiten.«

»Wie bitte?«

Fitz beugte sich vor und faltete die Hände auf der Schreibunterlage. »Tatsächlich möchte ich Ihnen die temporäre Leitung der Task Force anbieten.«

»Wo ist Buziak?«

Fitz sah Tillerman an. Der Mann behielt sein Pokerface bei, nickte jedoch einmal. Fitz fuhr fort. »Sergeant Buziak ist vorübergehend beurlaubt, bis Klarheit über einen Aspekt der internen Ermittlung besteht.«

»Sie halten ihn für den Informanten? Er soll Details über seinen eigenen Fall verraten haben?«

Fitz rieb sich über die Adlernase. »Im Vertrauen gesagt gibt es scheinbar … wie soll ich es ausdrücken … Hinweise auf mögliche Absprachen unter den altgedienten MVPD-Officers, die zum Ziel haben, die Organisation zu unterminieren.«

»Eine Verschwörung?«

Schweigen.

Herrgott.

»Außerdem möchten wir, dass Sie Pallorinos Arbeitsweise während der kommenden Wochen, in denen Sie mit ihr zusammenarbeiten werden, formal evaluieren. Wir hätten gern einen zweiwöchentlichen Bericht. Hier in meinem Büro. Es gab Schwierigkeiten mit ihr, darunter auch einen Vorfall, bei dem ihr Senior-Partner ums Leben gekommen ist. Sergeant Hash Hashowsky war einer unserer dienstältesten Detectives. Er wurde in höchstem Maß respektiert und war sehr beliebt. Ich würde ihn als einen Freund bezeichnen.«

Das war also Fitz' Motiv? Rache. Er gab Angie die Schuld an Hashs Tod. Genau wie Leo. Und auch einige andere. Und Fitz wollte Vergeltung. Er wollte sie zu Fall bringen, koste es, was es wolle. Die reine Selbstjustiz. Und er wollte diese interne Untersuchung – und Maddocks – benutzen, um etwas, irgendetwas herauszufinden, das er gegen Angie einsetzen konnte.

Das war etwas ganz anderes als Buziaks Bitte, er solle Angie im Auge behalten, um festzustellen, ob sie für die Mordkommission geeignet war. Das hier war Rache. Ungerechtfertigt. Und vermutlich lagen dem darüber hinaus noch frauenfeindliche Motive zugrunde.

Kein Wunder, dass Angie paranoid war. Sie hatte allen Grund dazu. Kein Wunder, dass sie gegen diese Psychospielchen ankämpfte.

Dieser Kerl war eine Schlange.

Maddocks räusperte sich und sagte in gleichgültigem Tonfall: »Wie ich es verstanden habe, wurde Pallorino von jedem Vorwurf des Fehlverhaltens freigesprochen.«

»Offiziell.« Fitz leckte sich über die Lippen. »Allerdings bleibt die Behauptung bestehen, dass Detective Pallorino, eine wenig erfahrene und junge Ermittlerin, unter Stress Fehler gemacht und die Situation falsch eingeschätzt hat, was ihren Partner das Leben kostete.«

Verdammt.

Wenn nun herauskam, dass er Angies jüngsten Zusammenbruch geheim hielt und sie deckte … Wenn herauskam, dass er ihr Messer und ihre Dienstwaffe konfisziert hatte, weil er – ihr neuer Partner – um sein Leben oder um das Leben anderer hatte fürchten müssen … Er war hin- und hergerissen. Doch alles wurde von dem fiebrigen Wunsch überlagert, sie zu beschützen, und von der Entschlossenheit, ihr beizustehen. Weiß glühender Zorn entbrannte in ihm auf diesen höckernasigen, dürren, unsicheren kleinen Mann mit seiner Fistelstimme, der keine Eier in der Hose, dafür aber eine Vorliebe für Titel hatte und niemanden einfach nur beim Namen nennen konnte. Er musste Angie erreichen. Sofort. Er musste ihr sagen, dass sie sich auf die Reihe kriegen und zurückkommen musste, bevor Tillerman nach ihr suchte. Und ihn selbst dabei gleich mit über die Klinge springen ließ.

»Ist das akzeptabel für Sie?«, fragte Fitz. »Übernehmen Sie Buziaks Position, bis die weiteren Schritte eingeleitet sind? Ihr Gehalt wird natürlich angepasst. Wie aus Ihrem Lebenslauf deutlich wird, haben Sie in der Vergangenheit bereits ähnliche Aufgaben übernommen, in einer größeren Polizeieinheit, außerdem haben Sie schon in mehreren Mordserien ermittelt. Sie sind äußerst geeignet.« Ein kurzes Lächeln blitzte auf.

Maddocks Gedanken rasten, er suchte nach Handlungsmöglichkeiten, nach einem Ausweg. Dieser Mann war gefährlich. Wahrscheinlich hatte er in seinem ganzen Leben noch niemandem vertraut. Die Mitarbeiter im Team Napfschnecke würden es Maddocks verübeln, dem Neuen, der an ihnen allen vorbeizog und in Buziaks Fußstapfen trat. Der mit Inspektor Frank Fitzsimmons und den internen Ermittlern unter einer Decke steckte. Verdammt … und dann war da noch die Sache, dass er Angie ausspionieren sollte. Die Frau, mit der er geschlafen hatte und die er deckte … Das genaue Gegenteil einer Win-win-Situation.

»Oder … gibt es da etwas, das ich wissen sollte?«

»Das ist akzeptabel«, sagte Maddocks und stand auf. »Wenn Sie mich jetzt entschuldigen würden, ich muss mich auf die Leitung des Briefings vorbereiten.«

»Gut, gut. Je nachdem, wie die Sache ausgeht, besteht natürlich die Möglichkeit, dass Sie die Position dauerhaft bekleiden. Ich glaube, wir können gut zusammenarbeiten.«

»Sir«, sagte Maddocks und nickte. Dann ging er auf die Tür zu. Am Ausgang drehte er sich jedoch noch einmal um. »Eine Bedingung habe ich noch. Ich bin kein Büromensch. Ich möchte mit den Officers raus auf die Straße und mich an den Ermittlungen beteiligen. So kann ich mein Team besser leiten.«

»Gut«, sagte Fitz sehr langsam. »Sergeant Tillerman und ich werden Sie in zwei Wochen um sieben Uhr morgens wieder in diesem Büro erwarten, mit Ihrem ersten Bericht über Detective

Pallorino. Es sei denn natürlich, dass irgendetwas vorfällt, von dem wir früher erfahren sollten.«

»Eins noch«, fuhr Maddocks fort. »Ich möchte, dass Sie dem Team die Nachrichten über Buziak mitteilen und mich als temporären Stellvertreter bis zu seiner Rückkehr vorstellen. Ich werde das Briefing um eine Dreiviertelstunde nach hinten verschieben, damit wir uns beide vorbereiten können. Von Ihnen werden sie diese Nachricht besser aufnehmen, Sir. Ich brauche den Rückhalt der Ermittler im Fall Napfschnecke.«

»Einverstanden. Ach, bevor Sie gehen, der schwarze Lexus, der auf Ray Norton-Wells, den Bauunternehmer und Ehemann der stellvertretenden Staatsanwältin, angemeldet ist, wurde zur Fahndung ausgeschrieben.«

»Korrekt.«

»Seither wurde der Lexus als gestohlen gemeldet.«

Maddocks fühlte, wie ihm die Galle überging. Er ahnte, worauf das hinauslief. »Ja.«

»Wir sind hinter dem Dieb her, Sergeant Maddocks. Das hat nichts mit Ray Norton-Wells und seiner Familie zu tun. Korrekt?«

Maddocks' Blick bohrte sich in den von Fitz. »Einige Aspekte dieser Ermittlung sind heikel, ja. Deshalb auch die Treffen hinter verschlossenen Türen, besonders in Anbetracht unseres Informationslecks.«

»Hmm, ich verstehe. Tja, dann halten wir diese Türen besser auch weiterhin geschlossen, einverstanden? Und nichts geschieht an dieser Front ohne meine Zustimmung. Verstanden?«

»Ich verstehe«, antwortete Maddocks. Dann ging er, schloss leise die Tür hinter sich, atmete tief durch und lief dann auf die Feuertreppe zu. Während er immer zwei Stufen nehmend hinabeilte, wählte er Angies Nummer.

Sie nahm nicht ab. Sein Anruf wurde auf die Mailbox weitergeleitet.

Am Fuß der Treppe angekommen versuchte er es noch einmal.

Mailbox. Er zögerte, bevor er ihr eine Nachricht hinterließ. Ihm war sehr bewusst, dass er ein Handy benutzte, das für den Polizeidienst gedacht war, und dass er möglicherweise selbst unter Beobachtung stand. »Pallorino, hier ist Sergeant Maddocks. Ich habe gehört, dass du dich krankgemeldet hast. Ruf mich zurück und bring mich auf den neuesten Stand, sobald du kannst.«

Kapitel 51

Angies Lunge brannte, während ihre Füße auf das Laufband trommelten. Mit den Armen verstärkte sie den Schwung noch weiter, ihr Shirt war schweißgetränkt. Sie war bereits sechs Kilometer gerannt und hatte das Tempo nicht einen Moment gedrosselt.

Ihre Gedanken kehrten zu Gracie Drummond zurück, zu Faith Hocking und zu der Tatsache, dass sie sich hatte krankmelden müssen und nun aus einer der wichtigsten Ermittlungen in der Geschichte des MVPDs ausgeschlossen war. Was würde dieses Chaos in ihrem Kopf auf lange Sicht für sie bedeuten? Sie wollte sich nicht einmal vorstellen, was Leo und Holgersen und die anderen sich gerade ausmalten, denn bisher hatte sie sich nur ein einziges Mal krankgemeldet, und das war nach Hashs Tod gewesen. Und auch dann nur für einen Tag.

Sie drehte das Tempo noch weiter hoch, rannte noch schneller, während sie versuchte, vor diesen verdammten polnischen Wörtern davonzulaufen, die sie nicht einordnen konnte.

Schon wieder klingelte ihr Handy auf dem Küchentresen. Langsam drosselte sie die Geschwindigkeit, Schweiß brannte ihr in den Augen. Schließlich ging sie nur noch. Ihre Waden schmerzten, ihre Hüfte tat weh. Ihre Schultern waren verkrampft. Sie stieg vom Laufband, schnappte sich ihr Telefon und sah nach, von wem der Anruf gekommen war.

Schon wieder Maddocks.

Sie konnte nicht mit ihm sprechen – nicht bevor sie Ordnung in ihre Gedanken gebracht hatte.

Die vorherigen Anrufe waren von Holgersen gekommen. Auch mit ihm würde sie nicht sprechen, und wenn es um ihr Leben ginge. Sie hatte Buziak eine Nachricht hinterlassen und ihm erklärt, sie sei krank. Das war alles.

Sie schaltete ihr Handy aus und stieg wieder aufs Laufband. Immer höher steigerte sie das Tempo, und dieses Mal verstärkte sie dazu auch die Steigung. Immer schneller. Immer steiler. Gleich würde sie sich übergeben müssen. Trotzdem machte sie weiter. Noch steiler.

Die Übelkeit krampfte ihr den Magen zusammen. Gegen den Brechreiz ankämpfend stolperte sie zum Bad, stützte sich mit beiden Händen auf der Kloschüssel ab, beugte sich darüber und würgte.

Wie viel weiter konnte sie sich noch treiben?

Wie war sie nur hier gelandet?

Wann hatte es begonnen?

Was versuchte sie alles zu leugnen?

Sie fluchte und musste wieder würgen. Sie litt. Es war schlimm. Körperlich. Geistig. Emotional – tief in ihrem Herzen. Der Gedanke an ihre Mutter tat weh. Der Gedanke daran, wie allein ihr Vater jetzt war. Der Gedanke an Hash. Fort. Und was hatte sie Maddocks angetan? Beinahe hätte sie ihn getötet oder ernstlich verletzt. Sie konnte das nicht mehr tun – sie durfte diesen ganzen Mist nicht länger mit eisgekühltem Wodka und sinnlosem Sex bekämpfen.

Sie schuldete es Maddocks. Außerdem hatte er es in der Hand, ob sie ihren Job behalten und weiter an den Ermittlungen beteiligt sein würde. Es brachte sie schier um, davon ausgeschlossen zu sein. Die Polizeiarbeit war ihr Leben. So einfach war das.

Angie stieß sich von der Klobrille ab und humpelte zu der Schiebeglastür, von der aus man über den Gorge blicken konnte. Die Tür glitt zur Seite und Angie trat in die kalte Luft auf ihren kleinen Balkon hinaus. Sie umfasste das Geländer, hob das Gesicht der schwachen Wintersonne entgegen und schloss die Augen.

Langsam, während sie in der kaum wärmenden Sonne stand und den Geräuschen der Stadt und des Wassers lauschte – den hereinkommenden Booten, den Möwen, dem Schrei eines Adlers hoch in der Luft, dem Klang der Schiffshörner und den Stimmen der Bootsführer, die ihre Befehle bellten –, begriff sie, dass es das hier war.

Sie wollte leben. Wirklich leben. Sie wollte diese Stadt erleben. Präsent sein.

Sie wollte ihren Job.

Trotzdem war sie in diesem Moment drauf und dran, alles zu verlieren. Sie wischte sich den Schweiß von der Stirn, kehrte in die Wohnung zurück und kramte in ihrer Schreibtischschublade. Schließlich fand sie, wonach sie suchte. Eine alte Visitenkarte. Sie schaltete ihr Handy wieder ein und wählte die Nummer auf der Karte, wobei sie sich fragte, ob es überhaupt noch die richtige war.

Als es zu läuten begann, spannte sie sich an. Um sich von ihrem schmerzenden Körper abzulenken, lief sie in ihrer winzigen Wohnung auf und ab. Es wurde abgehoben. Sie hielt den Atem an.

»Hallo?«, meldete sich eine Männerstimme.

Einen Moment lang bekam sie kein Wort heraus. Dann räusperte sie sich. »Alex? Hey. Hier ist Angie. Angie Pallorino.«

»Angie … Pallorino? Herrje.« Pause. »Wie lang ist das jetzt her? Wie geht's dir, verdammt?«

»Hast du kurz Zeit für eine alte Freundin?«

»Immer.« Wieder ein kurzes Zögern. »Beruflich oder persönlich?«

»Ich ... vielleicht von beidem etwas. Ich weiß es noch nicht. Ich ... muss nur mit jemandem reden, ein paar Dinge aussprechen.«

»Möchtest du zu mir ins Büro kommen? Ich bin gerade nicht in der Stadt, aber morgen komme ich zurück.«

»Morgen früh wäre super.«

»Früher Nachmittag könnte ich hinkriegen. Wie wär's um halb drei? Ich setze eine Kanne Tee auf. Wie in alten Zeiten.«

Sie lächelte, als lieb gewonnene Erinnerungen an ihren früheren Psychologieprofessor – Mentor, akademischer Berater und Freund – wiederauftauchten. An die zahllosen Kannen mit Darjeeling, Earl Grey und Ceylontee, die sie während lebhafter Debatten geleert hatten. »Stimmt die Adresse noch?«, fragte sie.

»Immer noch das Cottage. James Bay. Bis morgen.«

»Danke, Alex.« Sie legte auf und fühlte sich schon ein wenig leichter.

Sie hatte den ersten Schritt gemacht.

Kapitel 52

Das morgendliche Briefing war genauso verlaufen, wie es Maddocks erwartet hatte. Die Nachricht von Buziaks Fehlen war eisig aufgenommen worden. Ihm selbst war Misstrauen entgegengeschlagen. Leo hatte seinen Unmut vernehmlich geäußert. Die Stimmung war gedrückt gewesen, als die Ermittler zu ihren Tagesaufgaben aufgebrochen waren. Der einzige Trost war vermutlich die Tatsache, dass Maddocks – der Neue – nun wohl als Sündenbock würde herhalten müssen, falls sie versagten und den Mörder nicht vor Weihnachten fassten.

Fitz' Hexenjagd richtete den zu erwartenden Schaden an. Die Ermittlungen würden darunter leiden. Außerdem gab es da wahrscheinlich immer noch einen Spitzel unter ihnen – Maddocks glaubte nicht daran, dass es Buziak sein sollte. Er glaubte auch nicht an eine Verschwörung der alten Riege, die sich um Gunnar scharte. Warum sollte die alte Riege Informationen verbreiten, die Gunnar auf politischer Ebene schadeten und Killion damit in die Hände spielten?

Dazu kam noch der Gordische Knoten aus seinen komplizierten Gefühlen Angie gegenüber und der schwierigen Situation mit Ginny. Deshalb war seine Laune auch nicht allzu fröhlich, als er freitagabends das Labor der Forensik betrat, dessen Leiterin Dr. Sunni Padachaya sich bereit erklärt hatte, ihn auch zu so später Stunde noch zu empfangen, um die Ergebnisse der Haare, die sie an den Seilen auf Thetisby Island gefunden hatten, mit ihm zu besprechen.

Maddocks stieß die Tür auf. So spät war hier niemand mehr außer der kleinen dunkelhäutigen Frau im Laborkittel, die sich am anderen Ende des Raums über ein Mikroskop beugte. Als er eintrat, sah sie auf und lächelte.

»Detective Maddocks«, begrüßte sie ihn, stand auf und kam zu ihm. Und ja, vielleicht lag es an ihrem fröhlich klingenden Namen oder an ihrem aufrichtigen Lächeln und dem Leuchten in ihren schwarzen Augen oder daran, wie lustig die Wissenschaftlerin mit der durchsichtigen blauen Duschhaube aussah, die auf ihrem schwarzen Haar saß, aber er erwiderte ihr Lächeln unwillkürlich. Diese kleine Frau hatte einen hervorragenden Ruf und war viel jünger, als er erwartet hatte.

»Danke, dass Sie extra so lang geblieben sind«, sagte er. »Ich würde Ihnen ja die Hand geben, aber …« Er nickte zu ihren Latexhandschuhen hinab.

»Keine Sorge. Ich bleibe immer lang. Offensichtlich habe ich sonst kein Leben.« Sie zog sich die Handschuhe aus und warf sie in einen Mülleimer. »Kommen Sie, schauen Sie es sich an.«

Sie führte ihn zu einem Lightboard, auf das sie Vergrößerungen der Haaraufnahmen unter dem Mikroskop geheftet hatte.

Sie schaltete das Licht ein und die Bilder erstrahlten.

»Da es ein so breites Spektrum interpersoneller Variationen der Kopf- und Schamhaare gibt, wird in diesem Bereich bis heute die meiste forensische Arbeit geleistet.« Sie griff nach ihrem Zeigestock. »Trotzdem können wir auch bestimmen, von welchem Körperteil andere Haare stammen, wenn wir einen Blick auf die allgemeine Morphologie werfen – Länge, Form, Größe, Farbe, Festigkeit, Lockigkeit und Erscheinungsbild unter dem Mikroskop, das alles trägt zur Bestimmung der Körperregion bei. Genau wie die Pigmentierung und die medulläre Erscheinung. Also haben wir hier die diversen Ergebnisse der Analyse unter ›schwarzhaariger Mann eins‹, ›schwarzhaariger Mann zwei‹ und ›blonder Mann‹ aufgereiht.«

»Und die Gruppe da drüben?« Maddocks deutete auf einige Aufnahmen, die rötlich braune Haarschäfte zeigten.

»Das ist ›weiblich brünett‹. Die DNS-Ergebnisse passen zu Faith Hocking, also haben wir die Gruppe einfach ›Hocking‹ genannt.«

»Verstehe. Und die stammen alle vom Thetisby-Tatort?«

»Dazu komme ich noch.« Sie lächelte und sah dabei aus wie die Grinsekatze, weshalb er den Eindruck gewann, dass sie sich das Beste für den Schluss aufheben wollte. Maddocks mochte sie sofort.

»Okay, also kommen wir zu ›schwarzhaariger Mann eins‹.« Sie deutete mit dem Stock auf die erste Bildergruppe. »Wir haben Kopfhaar, Körperhaar und Schamhaar. ›Schwarzhaariger Mann zwei‹. Dasselbe Set: Schamhaar, Körperhaar, Kopfhaar. ›Blonder Mann‹. Nur Kopfhaar.«

»Alle kaukasisch?«

»Korrekt.«

»Nun, dies sind die Kopfhaare, üblicherweise die längste Behaarung am menschlichen Körper. Sehen Sie, dass sie durch einen konstant gleichbleibenden Durchmesser charakterisiert werden und wie auf dem Bild da drüben durch eine Schnittfläche an einem Ende?«

Maddocks nickte.

»Die meisten der Kopfhaare wurden gewaltsam entfernt. Haar, das ausgefallen ist, weist eine knüppelförmige Wurzel auf, wie diese hier. Aber die anderen weisen Dehnungen im Wurzelbereich auf und es haftet noch follikulares Gewebe daran.«

Was auf einen Streit hindeuten könnte, dachte Maddocks, oder vielleicht hatten sich die Haare auch einfach nur in dem rauen Seil verfangen.

»Das dort sind Körperhaare.« Sie tippte auf einige Aufnahmen in der Gruppe »schwarzhaariger Mann eins« und »schwarzhaariger Mann zwei«. »Und das dort sind Schamhaare – üblicherweise kraus und drahtig im Erscheinungsbild. Sie weisen beträchtliche Variationen im Durchmesser auf und oft eine kontinuierliche bis diskontinuierliche Medulla in der Mitte des Haarschafts. All diese Schamhaare wurden gewaltsam entfernt und weisen Reste von Follikelgewebe auf.«

»Was beispielsweise bei grobem Geschlechtsverkehr passiert sein könnte.«

»Das ist Ihre Schlussfolgerung, Detective. Ich bin nur Wissenschaftlerin und sage Ihnen, was ich sehe.«

Ja, er mochte diese kleine, sonnige Wissenschaftlerin. Sunni machte seinen verdammt düsteren Tag ein wenig heller, und Wissenschaftlerin hin oder her, sie steigerte die Spannung wie eine Meisterin im Geschichtenerzählen.

»Kommen wir zu Hocking. Hier haben wir Schamhaar vom Kellerboden.« Sie deutete mit dem Zeigestock auf die Aufnahmen. »Und hier Kopfhaar vom Seil. Alles gewaltsam entfernt. Nachweislich wurde eine chemische Behandlung am Kopfhaar vorgenommen. Sie hat es etwas dunkler gefärbt.«

Sunni Padachaya trat an das nächste Lightboard und schaltete auch dieses ein. »Hier haben wir das DNS-Profil von ›schwarzhaariger Mann eins‹ und ›schwarzhaariger Mann zwei‹.«

»Die Zusammenfassung?«

»Für den Laien ausgedrückt lässt sich zusammenfassend sagen, dass sowohl ›schwarzhaariger Mann eins‹ als auch ›schwarzhaariger Mann zwei‹ zu den DNS-Profilen der Haare passen, die man an Hockings Leichnam gefunden hat.« Sie sah Maddocks an, ein Funkeln lag in ihren Augen. »Und

›schwarzhaariger Mann eins‹ passt außerdem zu der DNS der Haare, die an Gracie Drummonds Kleidung gefunden wurden.«

Er pfiff leise. »Gute Arbeit, Dr. Padachaya. Damit haben Sie ›schwarzhaariger Mann eins‹ soeben mit beiden Mordopfern in Verbindung gebracht.«

Sie lachte. »Bitte nennen Sie mich Sunni. Das tun alle. Und Sie können sich bei meinem Team bedanken – wir machen nur unsere Arbeit.«

Maddocks sah sich die Aufnahmen der Haare genauer an. »Und wie es aussieht – wenn diese männlichen Schamhaare beim Auskämmen von Hockings Schamhaar gefunden wurden –, besteht die Möglichkeit, dass beide Männer Geschlechtsverkehr mit Hocking hatten.«

»Zumindest deutet es auf einen Kontakt der Intimbereiche hin, bei dem möglicherweise durch starke Reibung Schamhaar ausgerissen wurde«, antwortete sie.

»Und Mr Blond? Bei ihm gibt es keine Verbindung?«

Schweigen.

Er drehte sich zu ihr um und sah sie an. Bei ihrer Geheimniskrämerei legte sein Puls einen Zahn zu. »Okay, Doc, spucken Sie's aus. Was haben Sie sich bis zum Schluss aufgehoben?«

»Er passt zu der DNS des Spermas im Kondom. Auch Hockings DNS findet sich darauf. Außerdem haben die Forensiker eines seiner blonden Haare außen an Drummonds Mantel gefunden.«

»Heilige …«

»Ich weiß.«

»Drei Männer, einer blond, zwei dunkel«, sagte er leise und starrte die Aufnahmen auf den Lightboards an. »Wobei die DNS von Mr Blond und Mr Schwarz eins mit beiden Mordopfern in Verbindung gebracht werden kann.«

»Bisher haben wir leider noch keinen Treffer für diese drei männlichen Profile – nichts in CODIS, der National DNA Data Bank. Sie sind nicht im System.«

Maddocks dachte an Jayden Norton-Wells und Zach Raddison – schwarzhaarig. Jon Jacques junior und senior – beide blond. Adrenalin rauschte durch seine Adern. Sie brauchten DNS-Proben dieser Männer. Um sie ausschließen zu können oder eben nicht.

Allerdings hatten sie noch immer keine Beweise, die es ihnen ermöglichen würden, die Männer zu einer DNS-Abgabe zu zwingen. Sie mussten etwas finden, das einen Richter davon überzeugen würde, dass einer der Männer die Angriffe wahrscheinlich begangen hatte. Oder zumindest dabei gewesen war. Das war im Augenblick der Knackpunkt. Das war es, was sie brauchten. Sie hatten noch eine Menge Arbeit vor sich.

»Ich schulde Ihnen was, Sunni«, sagte er.

»Ich werd's mir merken, Detective.« Wieder lächelte sie.

Kapitel 53

Merry bewegte sich, um keinen Krampf im Bein zu bekommen. Sie war dankbar für ihre Daunenjacke und die Mütze. Die Nacht war klar, was für die Sicht zwar gut war, aber gleichzeitig auch bedeutete, dass es kalt werden würde.

Der zunehmende Mond warf sein Licht aufs Wasser, sodass es aussah, als würde ein Weg aus gehämmertem Metall darüberführen. Die weißen Jachten schimmerten unheimlich in der Marina. Sie zoomte mit dem Teleobjektiv näher heran und schoss eine weitere Reihe Fotos, auf der sie den Namen der Luxusjacht deutlich einfing – die *Amanda Rose* –, genauso wie die gehisste Flagge.

An Bord des großen Boots herrschte reger Betrieb. Die Silhouetten von Menschen bewegten sich hinter den erleuchteten Fenstern. Einige von ihnen kamen gelegentlich an Deck, um zu rauchen. Die Zigaretten glühten orangerot in der Dunkelheit. Schwach drangen Musik und Gelächter zu ihr herauf, dorthin, wo sie zwischen einem Dodge und einem Kia Sorento kauerte, die man am Rand der Küstenstraße geparkt hatte. Ihr VW Käfer stand nur ein kleines Stück weiter, auf der anderen Straßenseite, aber von hier war die Sicht besser.

Allmählich wurde alles ruhiger, während die Minuten verstrichen, Mitternacht verging und der Samstagmorgen anbrach.

Die Kälte kroch ihr mittlerweile bis in die Knochen. So mussten sich Cops bei einer Überwachung fühlen. Stunden, in denen nichts passierte, in denen man nur wartete und Krämpfe bekam. Sie dachte wieder an den Streit am Nachmittag, als sie Damián Yorick suchen gegangen war.

Damián war der Kerl, den Nina vor ein paar Wochen mit Faith gesehen hatte. Merry hatte ihn nach dem blonden Typ mit dem BMW gefragt.

Sie war mit ihrem Kerl von ganz früher zusammen, mit Damián, und mit so einem anderen blonden Typ. Stinkreich, mit einem kleinen schwarzen BMW. Noch jung, irgendwas um die zwanzig …

Damián hatte allerdings behauptet, dass er Faith zum letzten Mal vor fast zwei Jahren gesehen hatte. Er hatte gelogen. Sie würde Nina jederzeit eher glauben als diesem miesen Zuhälter. Das hatte sie ihm ins Gesicht gesagt. Der Streit spielte sich noch einmal in ihrer Erinnerung ab, während sie weiter die *Amanda Rose* im Auge behielt.

Halt dich aus meinen Geschäften raus, du kleine Methnutte. Willst du auch mit aufgeschlitzter Kehle im Gorge rumtreiben wie deine Freundin? Das hier ist richtig groß, zu groß für dich, du Möchtegernreporterin. Verpiss dich, bevor ich etwas mit dir anstelle, was mir später leidtun würde …

Sie hatte es sich gemerkt … *aus meinen Geschäften … das hier ist richtig groß, zu groß für dich …* Diese Worte hatten sie zu dem Schluss gebracht, dass Damián tatsächlich auf irgendeine Weise mit Faith' Tod in Verbindung stand. Und dass es irgendetwas mit diesem blonden Typ zu tun hatte. Also hatte sie vor seinem Haus gewartet, bis er gegen zehn Uhr abends sein Grundstück verlassen hatte. Dann war sie ihm zur Marina nachgefahren. Er war auf den Privatparkplatz eingebogen, während sie ein Stück weiter um die nordöstliche Seite der kleinen Bucht herumgefahren war. Von ihrem Aussichtspunkt aus hatte sie beobachtet, wie Damián durch die Kontrolle am Eingang der Marina gelangte, das Dock entlanggegangen und schließlich an Bord der *Amanda Rose* gelandet war.

Auf einmal spannte sich Merry an, als ein weiterer Mann entschlossenen Schritts das Dock entlang auf die Jacht zuging. Sie zoomte ihn näher heran. Dunkles Haar – vielleicht schwarz. Etwa in Damiáns Alter. Groß. Gut gebaut. Sie schoss eine weitere Fotoserie, während er die Gangway hinauf an Bord ging.

Die Sekunden verstrichen. Es wurde noch ruhiger. Die Kälte wurde beißend, und Merry begann zu zittern, trotz ihrer Jacke und der Mütze. Sie wollte gerade zusammenpacken und gehen, um vielleicht am Morgen wiederzukommen und mehr über die Jacht herauszufinden, als sie sah, wie Damián mit dem Dunkelhaarigen zur Gangway zurückkehrte.

Die beiden Männer gingen nebeneinanderher das Dock entlang in Richtung Ausgang, die Köpfe zusammengesteckt, offenbar in einer Unterhaltung versunken. Sie fotografierte, als sie durch das Tor und dann zum Parkplatz gingen. Sie zoomte immer näher heran. Die Männer blieben vor Damiáns Wagen stehen. Der andere Mann wandte ihr das Gesicht zu und sie drückte auf den Auslöser. Dann ging er zu einem dunklen Porsche weiter. In diesem Licht wirkte er rot. Der Fremde öffnete die Fahrertür und stieg ein. Merrys Puls schnellte in die Höhe. Sie konnte geduckt hinter der Reihe geparkter Fahrzeuge entlanglaufen, in ihren Käfer steigen und Damián folgen, der gerade vom Parkplatz fuhr. Oder sie konnte dem Porsche folgen und versuchen herauszufinden, wer der Fremde war. Sie entschied sich für den Porsche. Tief nach vorn gebeugt rannte sie los, erreichte ihren Käfer, stieg ein und ließ den Motor an. Sie fuhr an und hatte die kleine Bucht gerade umrundet, als der Porsche vom Parkplatz schoss. Die Bremslichter flammten rot auf und der Wagen bog in die Straße ein, die in die noble Wohngegend der Uplands führte.

Weil die Straßen so leer waren und die Nacht so klar war, ließ sie sich weit zurückfallen, passte aber auf, ihn nicht zu verlieren.

Er bog links ab, dann wieder rechts, eine baumgesäumte Straße hinauf, in der sich herrschaftliche Anwesen aneinanderreihten. Dann flammte sein Rücklicht ein weiteres Mal auf und er bog abrupt in eine Auffahrt ein. Damit war er aus ihrer Sicht verschwunden.

Merry fuhr an der Auffahrt vorbei und hielt dahinter am Straßenrand. Sie betrachtete die goldene Plakette auf der Steinsäule neben der Auffahrt, und auf einmal wurde ihr Mund vor Aufregung ganz trocken.

AKASHA.

Mit wild klopfendem Herz fotografierte sie den Namenszug, doch gerade in diesem Moment kam ein weiteres Auto – ein weißer Audi – die Straße herauf und hielt unter einer Straßenlaterne ein paar Meter vor der Auffahrt. Merry ließ sich tief in den Sitz sinken und spähte über den unteren Rand des Fensters. Im Audi saßen ein Mann und eine Frau. Der Mann beugte sich vor, und die beiden küssten sich lange und leidenschaftlich. Langsam hob Merry die Kamera und drückte auf den Auslöser. Noch einmal. Und noch einmal. Die Fensterscheiben des Audis begannen zu beschlagen. Dann flammte auf einmal das Innenlicht auf und die Beifahrertür wurde geöffnet. Eine Frau stieg aus. Merry blieb fast das Herz stehen, als sich die Frau noch einmal vorbeugte, um noch etwas zu sagen.

Der Mann war Jack Killion. Der Bürgermeister höchstpersönlich. Und die Frau war ADAG Joyce Norton-Wells.

Sie hielt den Kopf gesenkt und schoss mit vor Aufregung zitternden Händen eine weitere Fotoserie. Die ADAG schloss die Autotür und der Audi fuhr davon. Dann ging Joyce Norton-Wells mit ihrer Aktentasche in der Hand die Auffahrt von AKASHA hinauf.

Kapitel 54

Samstag, 16. Dezember

Es war halb sechs Uhr morgens. Maddocks war früh zur Arbeit gegangen, da er wusste, dass um diese Zeit auf dem Revier noch alles ruhig sein würde, nur eine Handvoll Ermittler, die am Fall Napfschnecke arbeiteten. Immerhin würden Fitz und seine Leute nicht hier sein. Und er wollte Fitz auch nicht hier haben für das, was er vorhatte. Er wollte Jayden Norton-Wells dazu bringen, freiwillig eine DNS-Probe abzugeben.

Der Gedanke war ihm in der vergangenen Nacht gekommen, während er schlaflos an Bord seines Bootes gelegen und über Angie und den Fall nachgegrübelt hatte. Sie hatte seine Anrufe nicht erwidert, und er hatte nicht bei ihr vorbeigehen wollen. Er war zu dem Schluss gekommen, dass es ungeachtet ihrer Entscheidungen für die Zukunft das Beste sein würde, wenn er das tat, was am allerschwierigsten war – warten, bis sie zu ihm kam.

Er schob die Hände tief in die Taschen und blieb vor dem Whiteboard stehen. Leicht auf der Innenseite seiner Wange kauend, musterte er die Verbindungslinie, die er zwischen Drummond und Hocking und »schwarzhaariger Mann eins«,

»schwarzhaariger Mann zwei« und »blonder Mann« gezogen hatte.

Hinter ihm hustete jemand, und Maddocks fuhr herum.

Holgersen. Der ihn stumm beobachtete.

»Wie lange stehen Sie schon da?«, fragte Maddocks, etwas aus der Fassung gebracht. Er hatte Holgersen nicht hereinkommen hören.

Holgersen kam zu ihm. Im harten Neonlicht wirkten die Schatten unter seinen Augen noch dunkler und seine Wangen noch eingefallener. »Sie hab'n mich doch herbestellt, Boss«, sagte er und spielte damit auf Maddocks neue Position an. »Sie hab'n mir mitten in der Nacht eine Nachricht hinterlassen und mir von den DNS-Profilen dieser schwarzhaarigen Kerle erzählt. Und Sie hab'n gesagt, ich soll herkommen und Ihnen mit einem Plan helfen. Wissen Sie noch?«

»Ich habe nichts von halb sechs Uhr morgens gesagt.«

Holgersen zuckte beiläufig mit den Schultern. »Dachte, ich komme mal her und denke in Ruhe über alles nach.« Er ruckte mit dem Kinn zum Whiteboard. »Aber Sie war'n schneller.«

»Schlafen Sie überhaupt irgendwann mal, Holgersen?«

Ein weiteres Schulterzucken. »Ach, Sie wissen doch selbst, was so ein Fall mit einem anstellt. Also … da haben wir die DNS-Profile.« Er trat nahe ans Board und betrachtete die neuen Verbindungen und Informationen. Ohne sich umzudrehen, sagte er: »Fitz also, hm. Buziak. Und Sie sind jetzt der neue Boss.«

Maddocks schwieg weiter.

Holgersen drehte sich um und hob eine Braue. »Wie geht's Pallorino?«

»Keine Ahnung.«

Er nickte. »Und ich nehme an, Fitz wird mit Ihrem Plan nich einverstanden sein?«

Stille.

»Und warum glauben Sie, dass Schönling Jayden uns heute ganz freiwillig eine Probe seiner Körpersäfte überlässt?«

Maddocks ging zur Arbeitsfläche hinüber, wo er zuvor Kaffee aufgesetzt hatte. Er goss sich eine dampfend heiße Tasse ein und hielt Holgersen die Kanne hin. »Auch was?«

»Nee, ich hol mir später lieber was Anständiges, danke.«

Maddocks kehrte zum Board zurück, nippte an seinem Kaffee und betrachtete das Foto von Jayden Norton-Wells. Mit der Tasse deutete er darauf. »Er ist der schwache Punkt. Und die Verbindung. Der Lexus. Das Medaillon des heiligen Christophorus. Außerdem hat er sich zu Raddison geflüchtet, der in seinem Büro ein Streichholzbriefchen mit Drummonds Nummer darin hatte. Er ist die Verbindung. Ich weiß nicht, wie – aber er ist es. Wenn wir ihn festnageln können, dann fangen die Dominosteine an, einer nach dem anderen umzufallen.«

»Aber die Sache ist die«, setzte Holgersen an und fischte in seiner Brusttasche nach seinen Nikotinkaugummis. »Wenn Norton-Wells was damit zu tun hat, wird er uns freiwillig gar nichts geben. Und selbst wenn er nichts mit allem am Hut hat, der Junge ist Jurastudent. Die Typen sind ganz scharf auf persönliche Rechte, Privatsphäre und den ganzen Kram. Megalomanie und so.«

Maddocks hob eine Braue. »Lösen Sie jetzt mit Leo Kreuzworträtsel?«

Ein Grinsen erschien auf Holgersens Gesicht, und er klemmte sich einen grünen Kaugummi zwischen die Zähne und nuschelte darum herum: »Ich weiß auch ein paar Sachen, Boss.«

Rekalibrieren. Das war es, was Maddocks jedes Mal aufs Neue tun musste, wenn er mit Kjel Holgersen zu tun hatte. Dieser Kerl reizte den Rätsellöser in ihm. Was, fragte er sich, war es gewesen, das Holgersen dazu bewogen hatte, Polizist zu werden? Wie tickte er? Welches Motiv hatte er gehabt, als er

Angie und ihn vor Fitz gewarnt hatte? Das war zum Teil der Grund, warum er beschlossen hatte, ihn an diesem Tag mitzunehmen. Behalte deine Freunde nah bei dir, sagte man, aber deine Feinde sogar noch näher. Und er wollte herausfinden, was Holgersen war, Freund oder Feind.

»Motiv«, sagte Maddocks langsam, ohne Holgersen aus den Augen zu lassen. »So gehe ich an alles und jeden heran. Norton-Wells studiert zwar Jura, aber er ist eine Enttäuschung für seinen Vater. Vermutlich auch für seine Mutter – eine Topanwältin und Politikerin. Falls er Jura studiert, um sich die Anerkennung seiner Eltern zu verdienen, dann ist er bedürftig. Er ist nicht in seinem Element. Ich wette, er gehört auch nicht gerade zu den klügsten und ehrgeizigsten Studenten.« Er betrachtete wieder das Foto und trank einen weiteren Schluck Kaffee.

»Er ist tiefreligiös«, fuhr er leise fort und versuchte das Gesicht des jungen Mannes genauer zu analysieren. »In seinem Kopf herrscht eine klar umrissene Moral. Richtig und falsch. Gut und böse. Seinem Glauben nach bedeutet böse, dass man in die Hölle kommt. Und Jayden Norton-Wells hat eine Heidenangst davor, in der Hölle zu landen. Als wir bei ihm waren, kurz nachdem die Nachricht über Drummond bekannt geworden ist, war er total durch den Wind. Krank vor Furcht, es ist ihm aus allen Poren gekommen. Man konnte die Angst an ihm förmlich riechen.«

»Jep, also passt vielleicht der religiöse Aspekt der Morde, und vielleicht hat er unsere Gracie gekannt, und er hat wegen dem Lexus gelogen … aber er passt nicht in Grablowskis Bild vom einsamen Wolf und lustgetriebenen, verschlagenen, sadistischen Serienkiller. So wie ich das sehe, hat er unserer Gracie den Anhänger geschenkt, weil sie ihm wichtig war. Diese Heiligen soll'n doch auf einen aufpassen. Softie Jayden würde sie nicht vergewaltigen und zerschneiden und dann Hölle und Verdammnis riskieren und seine Opfergabe um Mitternacht auf den Friedhof schleifen und sie blutend und sterbend der Jungfrau Maria zu Füßen legen. Keine Chance, Kumpel.«

»Ganz genau. Aber er weiß etwas. Er verbirgt etwas. Er hat eine Scheißangst. Und wenn Norton-Wells Angst hat, dann verliert er den Kopf. Er hat uns eine richtig schlechte Lüge über den Lexus aufgetischt, und er ist völlig überstürzt zu Raddison gerast, um mit ihm im Rathaus irgendwas auszudiskutieren. Er hat nicht einmal daran gedacht, sich eine Jacke anzuziehen, und es war ihm egal, wer ihn sehen könnte. *So* denkt kein angehender Anwalt.« Maddocks stellte seine Tasse ab. »Panik ist wie ein wildes Pferd. Keine Logik mehr da, die es zügeln könnte. Man verliert tatsächlich die Fähigkeit, klar zu denken – man agiert aus dem Stammhirn heraus. Wir gehen Norton-Wells wegen dem Mord an seiner liebsten Gracie Drummond an. Wir versetzen ihn in Panik – dann bietet er uns vielleicht eine DNS-Probe an, nur um seinen Arsch zu retten. Ich glaube nämlich auch nicht, dass er Gracie Drummond das angetan hat. Aber vielleicht weiß er, wer es war. Oder er hat zumindest eine Vermutung.«

»Und was, wenn er schnurstracks zu Mommy und Daddy rennt und die dann richtig dicke Geschütze auffahren? Dann kriegen wir gar nichts.«

»Ich glaube nicht, dass er das tun wird. Und diese Geschütze werden früher oder später sowieso ausgepackt. Auf diese Art kommen wir ihnen wenigstens zuvor. Uns rennt die Zeit davon. Einen Versuch ist es wert.«

»Und Fitz auf die Palme zu bringen? Ist es das auch wert?«

»Wir haben sonst nichts anderes.« Er sah Holgersen in die Augen. »Ich leite die Ermittlungen. Nicht Fitz.«

Holgersen atmete tief durch, strich sich den Kinnbart glatt und grinste dann breit. »Sacken wir Jurajunge ein, Boss.«

Kapitel 55

Dr. Alex Strauss reichte Angie einen Tee samt Tasse und Untertasse. Draußen, vor der Scheibe des Erkerfensters seines Hauses aus dem späten neunzehnten Jahrhundert in James Bay, hüllte der Regen alles in seinen düsteren Silberschleier. »Ceylon«, sagte er. »Weißt du noch? All die Nachmittage, an denen wir den immer getrunken haben?«

Angie lächelte. »Ist schon eine ganze Weile her.« Sie nippte an dem Tee, und die Erinnerungen kamen zurückgeströmt. An die Zeit in seinem Büro an der Uni, an die vielen Stunden, die sie miteinander diskutiert hatten. Dr. Strauss war zuerst ihr akademischer Berater gewesen und dann ihr Freund geworden. Vor vier Jahren hatte er die Universität verlassen und vertrieb sich nun die Zeit bis zum Ruhestand damit, eine Psychologiezeitschrift herauszugeben.

»Zu lange.« Er setzte sich in einen Ohrensessel ihr gegenüber und trank selbst einen Schluck. Vor ihnen prasselte ein Feuer im Kamin.

»Du siehst gut aus, Alex.« Sie meinte es ernst. Er mochte die siebzig mittlerweile schon überschritten haben, aber er hatte sich kaum verändert. Wenn man sich in seiner Gesellschaft aufhielt, war das immer, als würde man einen Teller mit seinem Lieblingsessen vorgesetzt bekommen. Seelenfutter. Warum war sie nicht schon früher zu ihm gegangen? »Fährst du immer noch Rad?«, fragte sie.

»Du willst mir jedenfalls immer noch schmeicheln.« Dann verblasste sein Lächeln allmählich. »Warum ist es so lange her?«

»Das Leben, der Job.« Sie hielt inne. »Ich weiß es nicht, Alex. Ich hatte so viel um die Ohren.«

Er dachte einen Moment darüber nach. Am liebsten wäre sie auf ihrem Stuhl herumgerutscht, aber sie rührte sich nicht.

»Du hast mir nie richtig erklärt, warum du zur Polizei gegangen bist«, sagte er schließlich. »Was hat dich dazu gebracht, die akademische Welt hinter dir zu lassen und dich stattdessen der Polizeiarbeit zu widmen?«

Sie leckte sich über die Lippen. »Du klingst wie mein Dad. Ich … wollte helfen. Ich wollte für diejenigen, die verwundbar sind, etwas verändern. Ich wollte diejenigen wegsperren, die ihnen wehtun.« Unwillkürlich musste sie wieder an Maddocks denken und daran, was er über den Grund gesagt hatte, aus dem er sich um Jack-O kümmerte. Warum er einen Streuner aufgenommen hatte. Weil er hatte sehen wollen, dass er etwas bewirken, dass er helfen konnte – denn nur zu oft gab einem die Arbeit genau das nicht. Er war ein Retter. Ein guter Mensch. Sie verdiente einen solchen Mann nicht …

»Was bedeutet, besonders Männer wegzusperren – in deiner Einheit zumindest«, sagte Alex.

Angie kehrte in die Gegenwart zurück. »Sexualverbrechen. Ja, statistisch gesehen sind vor allem Männer die Bösen. So ist das nun mal.«

Langsam nickte der Psychologe. »Also, was ist der Grund für diesen Notfallbesuch, Angie? Was macht dir zu schaffen?« Wie immer kam er direkt zur Sache. Und vermutlich hatte sie bereits mehr über sich preisgegeben, als sie beabsichtigt hatte. Wahrscheinlich war genau das der Grund, warum sie Alex gemieden hatte. Seit sie das College verlassen hatte, war sie emotional immer verschlossener geworden. Seit sie zur Polizei gegangen war, seit sie gelernt hatte, ihr Leben in verschiedene Bereiche zu unterteilen und auch bei brutalen, verstörenden Fällen objektiv zu bleiben. Seit es in ihrem Leben immer mehr anonymen Sex gegeben hatte. Diese innere Veränderung hatte sich so allmählich vollzogen, dass sie es selbst gar nicht richtig bemerkt hatte. Doch nun, da sie dem alten Psychologen gegenübersaß, begriff sie, dass Menschen wie er, Menschen, die ihr so tief in die Augen und in die Seele blickten, Menschen, die Dinge sahen, die anderen verborgen blieben, sie zunehmend nervös gemacht hatten.

Vorsichtig stellte sie die Tasse auf dem Tischchen neben ihrem Sessel ab und begann, ihm von der Krankheit ihrer Mutter und der darauf gefolgten Einweisung zu erzählen. Von ihrer Angst, dass sie genetisch vorbelastet sein könnte und dass nun dieselben Symptome auch bei ihr auftauchen könnten – die visuellen und auditiven Halluzinationen. Das kleine Mädchen in Rosa. Die seltsamen Worte in einer fremden Sprache. Und das Grauen, das diese Halluzinationen begleitete, eine primitive Form der Angst, der verzweifelte Drang zu fliehen, als ginge es um ihr Leben. Sie erklärte ihm, dass sie an Weihnachten und wenn es schneite, immer unruhig wurde. Sie berichtete von ihrer Reaktion, als ihre Mutter diese Hymne gesungen hatte, und sie erzählte ihm davon, wie sie schließlich jeden Bezug zur Realität verloren und vor der Kirche einen Kollegen angegriffen hatte.

Sie sagte Alex auch geradeheraus, dass sie nach dem traumatischen Erlebnis mit Hash und der kleinen Tiffy keine psychologische Hilfe in Anspruch genommen hatte und dass sie sich davor fürchtete, irgendwelche medizinischen Maßnahmen zu ergreifen, weil das eine schriftliche Spur hinterlassen würde, ein Zeugnis ihrer mentalen Instabilität, was sie den Job kosten konnte. Der im Grunde ihr ganzes Leben war.

»Angie«, sagte er sanft. »Ich kenne jemanden, einen Therapeuten, der einen fantastischen Ruf hat und der …«

»Ich möchte keine offizielle Therapie, Alex. Du hast mir nicht zugehört. Ich möchte zuerst deinen Rat als Freund, bevor ich entscheide, was ich tun werde.« Sie fingerte nervös am Armband ihrer Uhr herum. »Ich habe jemanden kennengelernt, und ich … glaube, dass er mir etwas bedeutet. Er ist derjenige, den ich vor der Kirche erstechen wollte. Das hat mich völlig aus der Bahn geworfen, und er hat mich davon überzeugt, dass ich es ihm und meinen Kollegen schuldig bin, der Sache auf den Grund zu gehen. Sollte ich wirklich krank sein, dann muss ich gehen.«

»Genau da liegt dein Konflikt. Du willst keine Hilfe, aber dieser Mann treibt dich dazu, dir Hilfe zu suchen. Also bist du zu mir gekommen, als eine Art gedrosselter Therapieersatz, ein einfacher Ausweg.«

Sie hielt seinen Blick, und ihre Abwehrmechanismen rasteten ein. »Ja, vielleicht war das ein Fehler. Tut mir leid.« Sie stand auf. »Ich sollte …«

»Ich habe die Nachrichten gesehen, Angie. Ich weiß aus den Medien, dass du an den Ermittlungen zu diesen Sexualmorden beteiligt bist. So etwas ist hart. Für jeden. Das allein könnte reichen …«

»So ist das nicht. Der Druck ist mir nicht zu viel …«

Er hob die Hände. »Gib es zu. In Filmen sind die Cops gegen so etwas natürlich immun. Die Zuschauer werden der Gewalt gegenüber immer abgestumpfter, aber das hier ist das wahre Leben. Echte Menschen. Wir sind nicht dafür geschaffen, uns ständig mit diesem Ansturm an Dingen auseinanderzusetzen, mit denen du es bei den Sexualverbrechen zu tun hast – und ganz sicher funktioniert so etwas nicht ohne fortlaufenden psychologischen Rat und ohne geistige Gesundheitsvorsorge. Und ohne jemanden, der die Symptome einer posttraumatischen

Belastungsstörung früh genug erkennt.« Er hielt inne. »Dieser Vorfall im Juli, bei dem du deinen Partner Hash verloren hast – darüber habe ich auch gelesen. Ich habe das Zeitungsfoto von dir gesehen, wie du das tote Kind auf den Armen trägst, blutüberströmt ... Der Schmerz in deinem Gesicht.« Er lächelte traurig. »Ich habe deine Karriere verfolgt.«

Daraufhin fühlte sie sich nur noch schuldiger, weil sie Alex nicht mehr besucht hatte. Sie griff nach ihrer Tasche und hängte sie sich über die Schulter. »Ich sollte wirklich lieber gehen. Du hast recht. Ich wollte einen Ausweg.«

»Setz dich hin, Angie. Leg die Tasche ab. Das hier könnte viel leichter werden, als du glaubst.« Sie horchte in sich hinein und setzte sich dann langsam wieder.

Er beugte sich vor. »Unter der Prämisse, dass dies hier keine Therapiestunde ist, und nach allem, was du mir bisher erzählt hast über die massiven Stressereignisse in deinem Leben während der vergangenen sechs Monate – angesichts dieser Umstände ist es meiner Meinung nach möglich, dass die geballte Wirkung all dessen vergrabene Kindheitserinnerungen an die Oberfläche bringt.«

Sie holte tief Luft. »Das hat mein Kollege auch vermutet. Vielleicht erinnere ich mich sogar wirklich an einige Dinge – ich bin über ein paar Ungereimtheiten bei dem Autounfall in Italien gestolpert, bei dem ich fast ums Leben gekommen bin und von dem ich diese Narbe im Gesicht habe. Außerdem glaube ich, dass einige dieser Erinnerungen aus der Sicht einer Vierjährigen stammen könnten. Aber ehrlich, ich hatte eine ziemliche Bilderbuchkindheit, Alex.«

Er stand auf, griff nach dem Schürhaken, fachte das Feuer an und legte ein Holzscheit nach.

Nachdem er zu seinem Sessel zurückgekehrt war, sagte er: »Der klassische Ansatz, dass man Erinnerungen ›besitzt‹, verändert sich. Es gibt eine neuere Theorie, nach der Erinnerungen keine unveränderlichen Besitztümer sind, die man abheftet wie Akten und die man nach Lust und Laune wieder aufschlagen, betrachten und wenn nötig ersetzen kann«, erklärte er. »Es ist vielmehr so, dass wir die Geschichte jedes Mal neu erzählen, wenn wir uns daran erinnern. Wenn man uns bittet, uns ein Ereignis ins Gedächtnis zu rufen, greifen wir auf Schlüsselelemente aus unserer Vergangenheit zurück und benutzen diese Elemente, um unsere Erfahrungen neu zu konstruieren.« Er beugte sich vor und hielt ihren Blick. »Und manchmal kommt es vor, dass wir beim Prozess dieser autobiografischen Neukonstruktion etwas hinzufügen, Angie. Gefühle, Glaubenssätze oder sogar Wissen, obwohl das alles erst sehr viel später, nach besagtem Ereignis in unser Leben getreten ist. Wir verflechten dieses neue Material mit der Geschichte des Ereignisses und nennen dieses neue Konstrukt eine Erinnerung.« Er griff nach seiner Tasse und trank einen weiteren Schluck, bevor er sie wieder abstellte. »Bei dem Versuch, die Geschichte unserer Vergangenheit mit den Anforderungen der Gegenwart in Einklang zu bringen, können sich Fehler und Brüche einschleichen. Ganze Geschichten, die sich nie ereignet haben, können implantiert werden – das alles gehört zu dem komplexen Prozess, anhand dessen wir Menschen versuchen, unserer Existenz Sinn zu verleihen. Aber …« Er hielt inne. »Dieser Prozess kann auch psychologische Dissonanzen hervorrufen, wenn die Geschichte, die du zu erzählen versuchst, im krassen Gegensatz dazu steht, was wirklich passiert ist. Vielleicht versucht dein Unterbewusstsein mit allen Mitteln, dir etwas mitzuteilen, Angie.«

»Du meinst, in Gestalt eines kleinen rosa Mädchens?«

»Mit langem rotem Haar?« Er lächelte. »Ja, natürlich meine ich das, und ich glaube, du weißt es selbst. Als Teil dieser Dissonanzen, die ich erwähnt habe – wenn die Erinnerungen nicht mit der eigenen Wahrnehmung der Realität übereinstimmen –, kann die Psyche sehr, sehr kreativ werden, sogar unlogisch in ihren Vermeidungsstrategien.«

Er trank seinen Tee aus. »Ich würde gern ein paar Hypnosetechniken bei dir versuchen, wenn du dafür offen bist. Nichts Ernstes, nur Entspannungsübungen, bei denen ich dich etwas weiter in das Szenario mit dem kleinen Mädchen hineinführe. Wir werfen mal einen Blick unter die Oberfläche. Das ist ungefähr so wie unter die Motorhaube, damit wir sehen, was für ein Motor da unten alles antreibt.«

Angie verspürte einen weiteren Stich der Angst. Sie drückte die Hände fest auf die Sessellehnen. »Aber du kannst mich jederzeit zurückholen, oder? Ich werde nicht …«

»Da unten verloren gehen?« Er lächelte. »Nein. Es wird alles gut gehen. Ich gebe dir klare Anweisungen, die dich zurückholen, falls du zu irgendeinem Zeitpunkt Anzeichen von Stress zeigen solltest.«

Kapitel 56

»Macht's Ihnen was aus, wenn ich rauche?«

»Kauen Sie Kaugummi«, antwortete Maddocks.

Es war Spätnachmittag und es wurde bereits langsam dunkel. Holgersen und er hatten unter einem kahlen Kirschbaum geparkt und bewachten den Eingang der juristischen Fakultät der UVic. Regen prasselte gegen die Fensterscheiben. Maddocks fragte sich, wo Ginny wohl gerade war und ob sie vielleicht gleich über den mit totem Laub bedeckten Rasen laufen würde. Angie hatte recht. Er war zu beschützerisch. Sein Plan bestand darin, Ginn ein paar Tage in Ruhe zu lassen und dann wieder zu versuchen, ihr ein besserer Vater zu sein.

Holgersen knisterte mit dem Kaugummipapier herum, und Maddocks wünschte, Norton-Wells würde verdammt noch mal endlich auftauchen. Nach so vielen Stunden hatte er mehr als genug davon, mit Holgersen zusammengepfercht zu sein. Weil sie Jaydens Eltern nicht auf die Sache aufmerksam machen wollten, hatten sie sich am Morgen vor dem AKASHA-Anwesen auf die Lauer gelegt und gewartet, bis der kleine rote Porsche das Grundstück verlassen hatte. Sie waren ihm hierher gefolgt.

»Vielleicht hat er schon vor Stunden einen anderen Ausgang genommen«, kommentierte Holgersen, begleitet von weiterem Geknister.

»Aber sein Auto steht immer noch da drüben.«

»Vielleicht is er ohne weg. Hat uns geleimt.«

»Ganz bestimmt nicht.«

Es knisterte weiter und allmählich wurde Maddocks ärgerlich.

»Mit Sex is es doch so«, sagte Holgersen, ließ das Päckchen fallen und kramte im Fußraum des Beifahrersitzes danach herum. Maddocks packte das Lenkrad fester – jetzt kam es. Jetzt würde Holgersen damit herausrücken, dass er gesehen hatte, wie Angie und er sich geküsst und es fast auf dem Parkplatz miteinander getrieben hätten. Holgersen fand das Päckchen und drückte weiter darauf herum. »Der versaut einem den klaren Verstand. Man fängt an, krumme Deals mit dem Teufel einzugehen.«

»Wovon reden Sie da?«

»Sex. Ich meine …«

»Okay, Holgersen, was auch immer Sie mir zu sagen versuchen, spucken Sie's aus. Sie standen vor dem Pig im Dunkeln. Sie haben Leo gehen sehen …«

»Ja.«

»Und?«

»Ich spuck's aus. Sehen Sie? Genau das mein ich – Pallorino … uuuh, heiß und gefährlich. Man versteht sie nich. Aber man will es. Man berührt sie. Und man verbrennt sich die Finger. Ein Funke, und das war's. Man will immer mehr. Aber man kriegt nich mehr. Und dann macht man einen krummen Deal mit Teufel Fitz … und bumm, man kriegt voll eine auf die Nase.«

Stille. Maddocks Herz hämmerte. Angie. Selbst wenn nur über sie gesprochen wurde. Das war viel ernster, als er gedacht hatte. Herz, Kopf und Körper. Mist. Und jetzt hatte Holgersen ein Druckmittel.

»Was wollen Sie, Holgersen?«

»Keine Sorge, Boss. Ich kann den Rand halten.«

»Ja. Klar. Wie am Freitagmorgen, als Sie mich vor Fitz gewarnt haben.«

»Man muss wissen, wo seine Loyalität liegt, stimmt schon. Zufällig mag ich Pallorino. Die ganze knallharte, kaputte Tour. Sicher, dass ich keine rauchen darf? Ich kann das Fenster aufmachen …«

»Nein.«

Er begann wieder, mit dem Papier herumzuknistern. Maddocks sah auf Holgersens Hände hinab. Ein Werkzeug. Dieses Knisterpapier. Eine Verhörmethode. Dieses verdammte kleine Genie. *Er verhört mich … er versucht herauszufinden, wie ich ticke …*

»Behalten Sie gefälligst den Eingang im Auge, klar?«, knurrte Maddocks. »Sobald wir ihn sehen, legen wir los. Ich will ihn vor seinen Freunden, Kollegen oder Professoren kriegen.«

»But not meeee. It's freeeee …«, begann Holgersen mit einer überraschend weichen und schönen Bassstimme zu singen. »No deal with the devil for meee …«

Herrgott. Maddocks strich sich übers Haar. *Jayden, mach schon …*

»Ich bin zölibatär seit zwei Jahren, einer Woche … fünf Tagen …« Der Kaugummi ploppte heraus. »Ah, hab ihn!« Triumphierend hielt er das kleine grüne Ding hoch. »Muss so 'ne Art Kindersicherung in der Verpackung sein.« Er steckte sich den Kaugummi in den Mund und sah auf die Uhr. »Sechs Stunden und siebenundzwanzig Minuten«, sagte er kauend.

Maddocks Kopf fuhr zu ihm herum, und wieder einmal begann er mit der Neukalibrierung. Schweigend saßen sie eine Weile da. »Okay«, sagte er schließlich, die Aufmerksamkeit wieder auf den Fakultätseingang gerichtet. »Dann haben Sie Ihren Pakt mit dem Teufel also schon geschlossen. Jetzt befinden Sie sich in einem Zwölf-Schritte-Programm. Sie reden wie ein Süchtiger. Sie sind nicht ›geheilt‹, Sie arbeiten sich nur von Minute zu Minute vor.«

Holgersen erwiderte nichts, trommelte dafür aber mit den Fingern auf dem Armaturenbrett herum und summte vor sich hin. Er streckte sich und sein Nacken knackte.

Langsam atmete Maddocks durch.

»Also, warum haben Sie heute Morgen mich angerufen und keinen der anderen?«, fragte Holgersen irgendwann.

»Quality Time, Holgersen. Sie und ich. Dachte, das könnte lustig werden.«

Holgersen schnaubte, dann fuhr er hoch. »Da! Da ist er!« Er stieß die Tür auf und eilte unfassbar schnellen Schrittes auf seinen langen, dünnen Beinen über den Rasen. Schleunigst stieg Maddocks aus und folgte ihm.

Kapitel 57

»Deine Arme fühlen sich schwer an, deine Augenlider sind schwer … sie senken sich herab. Du sinkst, tiefer, tiefer, warm und weich, tiefer, noch tiefer in deinen Sessel.«

Angie lauschte der ruhigen sonoren Stimme ihres Freundes und dem sanften Knistern des Feuers. Er hatte die Lichter gedimmt und die Vorhänge zugezogen. Sie trug keine Schuhe und hatte ihr Handy auf lautlos gestellt. Sie war nicht sicher, ob es funktionieren würde. Trotzdem schloss sie die Augen und konzentrierte sich auf seine Worte.

»Dein Atem wird entspannter, langsamer, ein und aus, ein, aus. Die Luft strömt tiefer in deine Lunge, tiefer und tiefer. Du fühlst, wie sich der Schlaf wie eine warme Decke um deine Schultern legt. Es ist angenehm. Es gefällt dir, und du heißt die Trance willkommen, gibst dich ihrer weichen Umarmung hin, während sie dich hinab, hinab an einen gemütlichen Ort bringt. Ein Bett … du fühlst dich wie ein kleines Kind, das die Mutter nach einem langen, glücklichen Tag zudeckt. Sie liest dir vor, aber du kannst ihre Worte nicht verstehen, weil du so müde bist, so müde …« Er sprach weiter, und Angie fühlte, wie sie auf dem Rücken lag. In einem dunklen Raum. Auf ihrem Bett. Neben ihr spürte sie eine Präsenz. Jemand, der in der Dunkelheit auf sie achtgab. Es war sicher hier. Eine Hand hielt ihre. Worte. Ein Lied, das sanft in ihr Bewusstsein drang. Ein zärtliches Schlaflied. Es war eine Frau, die ihre Hand hielt. Sie sang das Lied. Wärme und Vertrautheit erblühten in Angies Brust, und sie spürte, dass sie lächelte.

»Was siehst du?«, fragte Alex sanft.

»Dunkelheit«, flüsterte sie. »Alles ist dunkel. Sie hält meine Hand.«

»Wer, Angie?«

»Sicherheit. Sie passt auf mich auf. Sie singt, leise, damit es die anderen nicht hören.«

»Welche anderen?«

Eine Dissonanz zerriss die Worte. Sie schüttelte den Kopf. »Ich weiß es nicht. Ich kann sie nicht sehen. Nur Dunkelheit. Sie hat aufgehört.«

»Okay, atme ein und aus und entspann dich wieder. Sie ist bei dir. Sicherheit. Da sind jetzt keine anderen. Sie singt wieder. Was hörst du?«

Weich und süß drangen die Worte aus Angies Mund, der Klang einer Kinderstimme …

»A-a-a, a-a-a,
były sobie kotki dwa …
A-a-a, kotki dwa,
Szarobure, szarobure obydwa …«

»Was haben diese Worte zu bedeuten, Angie? Kannst du sie verstehen?«

Sie summte die Melodie, und Sonnenflecken erschienen hinter ihren Augen. *»Es … waren einmal zwei kleine Kätzchen. A-a-a, a-a-a, zwei kleine Kätzchen … beide gräulich braun. Oh, schlafe, mein Schatz. Wenn du einen Stern vom Himmel willst, dann hole ich ihn dir. Alle Kinder, auch die bösen, schlafen tief und fest, nur nicht du …«*

»Ein Wiegenlied«, sagte er sanft, und seine Stimme schien von weit fort zu kommen, aus einer anderen Zeit, einem anderen Ort. »Es macht dich sogar noch schläfriger. Du gehst noch tiefer hinein. Wer singt da?«

»Sie singt.«

»Und wer ist sie?«

Licht ließ die Dunkelheit zerspringen wie einen Spiegel. Ihr Herz klopfte schneller. Sie kämpfte darum, aufzutauchen. Es war nicht schön da unten, nicht sicher …

»Schon gut, Angie, schon gut. Es ist alles in Ordnung. Du bist in Sicherheit. Sie singt das Wiegenlied. Kannst du es wieder hören? Die Worte, die Melodie? Sing noch ein bisschen.«

Sie nickte, die Wärme kehrte zurück, und sie flüsterte: »Oh, schlafe, denn der Mond gähnt und ihm fallen bald die Augen zu. Und wenn der Morgen kommt, wird er sich sehr schämen, weil er eingeschlafen ist und nicht du …«

»A gdy rano przyjdzie wit
ksizycowi bdzie wstyd,
ze on zasnl, a nie ty …«

Sie verstummte, verwirrt.

»Was tut sie jetzt?«

»Sie hält meine Hand.«

»Wie sieht sie aus?«

Angie begann, den Kopf hin und her zu drehen. Dunkel. Sehr dunkel. Ein Bild sprang sie an. »Ein Mann ist im Zimmer. Auf ihr. Auf ihr drauf. Er …« Tränen brannten. Sie packte die Armlehnen, drückte zu. »Er grunzt wie ein Hund. Er ist … wie ein Hund auf ihr drauf. Er atmet komisch … nicht schön. *Nicht schön*!« Sie drückte sich die Hände auf die Ohren. »Geh weg. Runter! Hör auf!«

»Ist schon gut, lass uns jetzt aus dem Zimmer gehen. Geh zur Tür. Mach sie auf. Kannst du das?«

Sie schüttelte den Kopf. »Verschlossen.« Ihr Atem ging schneller. »Geh weg.«

»Gut, schon gut, du bekommst einen Zauberschlüssel von mir. Ich möchte, dass du mit diesem Schlüssel die Tür öffnest, und ich möchte, dass du hinausgehst.«

Angie nahm den Schlüssel, der auf einmal in ihrer Hand aufgetaucht war. Ein großer Bronzeschlüssel, wie auf dem Bild in ihrem Märchenbuch. Sie drehte ihn im Schloss und die große Tür schwang ein Stück auf. Licht – so weiß, dass es sie blendete – fiel durch den Spalt.

»Geh durch die Tür, Angie.«

Aber stattdessen drehte sie sich um und blickte zurück in den dunklen Raum. Sie streckte die Hand aus. »Komm«, flüsterte sie.

»Komm spielum dum Wald.« Auf einmal hielt sie einen Korb in der Hand. »Jestemy jagódki, czarne jagódki«, sagte sie.

»Was bedeutet das, Angie?«

Sie begann wieder zu singen. »Wir sind kleine Beeren, kleine schwarze Beeren … Wir sind kleine Beeren, schwarze Beeren.«

»Wem singst du da vor?«

»Sie muss spielen kommen. Wir gehen dum Wald. Runter indum Bäumen. Bring einen Korb mit. Beeren.«

»Wer muss spielen kommen? Die Frau, die gesungen hat?«

Nein, nein, nein … Angies Brust krampfte sich zusammen. Gleich würde ihr Kopf explodieren. Sie warf ihn hin und her, immer heftiger. Ihre Beine pumpten, Gräser und Dornenranken rissen ihr die Haut auf. Sie kämpfte sich durch die Büsche, rannte in den Schatten der Bäume, dann auf eine kalte, verschneite Straße hinaus. Da waren Weihnachtslichter … *flieh, lauf, lauf!* Es schneite. Sie begann zu keuchen.

»Was passiert gerade?«

»Er kommt. Der große rote Mann und die anderen. Sie jagen.«

»Wohin rennst du?«

»Dunkel. Es ist dunkel. Los. Da rein! Ich muss da rein und still bleiben wie eine Maus!«

»Okay, geh rein und sag mir, wo du bist.«

Sie schüttelte den Kopf. Tränen liefen ihr nun über die Wangen. Sie bekam keine Luft mehr. »Ein großes, glänzendes Silbermesser – er hat ein Messer …«

Sie schrie. Presste sich beide Hände auf die Ohren. Schmerz zerschnitt ihr Gesicht. »Blut! Überall – Blut!«

Von fern drang ein Wort zu ihr. *Drei.* Dann lauter. *Drei!*

Zwei.

Eins.

»Du tauchst auf, Angie«, sagte er. »Wach auf. Schön langsam. Du sitzt bequem in deinem Sessel. Du bist im Haus von Alex Strauss. In Sicherheit. Alles ist gut.«

Ihre Augen flogen auf. Sie starrte ihre Hände an. Das Blut, das sie bedeckt hatte, klebrig, warm und nass, war auf einmal verschwunden. Langsam hob sie den Blick und sah Alex an.

Er wirkte aufgewühlt.

Sie hob die Hand an die Lippen. »Mein Mund«, sagte sie. »Ich wurde geschnitten. Mit einem Messer.«

»Von wem?«, fragte er. »Wer hat dich geschnitten?«

Ihr Atem ging zittrig. Schweiß perlte auf ihrer Oberlippe. »Ich weiß es nicht, Alex. Ich weiß nicht, was hier los ist. Mir wurde immer erzählt, dass ich bei einem Autounfall verletzt wurde.«

Er kochte noch eine Kanne Tee. Dann saßen sie eine Weile schweigend da. Angie starrte ins Feuer, beobachtete den Tanz der Flammen im Kamin. Sie war erschöpft und versuchte zu verstehen, was gerade passiert war, wo sie in Gedanken hingereist war.

»Du hattest zuvor noch nie solche Erinnerungen?«, fragte er und reichte ihr eine weitere Tasse Tee.

»Nur an das kleine Mädchen. Aber das waren eher Halluzinationen als Erinnerungen.«

»Und die Frau? Die Lieder?«

Sie schüttelte den Kopf. »Nur diese polnischen Wörter, die mir in den Kopf kommen, wenn ich das rosa Mädchen sehe.«

»Da ist etwas passiert, Angie. Irgendetwas, als du noch ein kleines Kind warst, in dem Alter, in dem das rosa Mädchen ist.«

Scharf sah sie ihn an. »Du glaubst, meine Eltern haben mich belogen? Über den Unfall?«

»Wie schon gesagt, jedes Mal, wenn wir uns ein Ereignis aus der Vergangenheit ins Gedächtnis rufen, konstruieren wir damit neue autobiografische Erinnerungen. Und kognitive Dissonanzen.«

Sie wischte sich über die Oberlippe. Ihre Hände zitterten leicht.

»Wir können jederzeit eine weitere Sitzung vereinbaren, wenn du das möchtest. Wir könnten versuchen, noch tiefer hineinzugehen und länger zu bleiben. Aber ich musste dich aufwecken. Du hast starke Stresszeichen gezeigt.«

Geistesabwesend nippte sie an ihrem Tee und dachte darüber nach, was man ihr über den Autounfall erzählt hatte. Über Italien. Sie dachte an die Daten auf den Rückseiten der Fotos. Die Nervosität, die sie in der Miene ihres Vaters zu sehen geglaubt hatte, als sie ihn auf die Unstimmigkeiten angesprochen hatte. Die seltsamen Worte ihrer Mutter in der Klinik.

»Ich weiß nicht«, sagte sie leise. »Ich habe immer gedacht, ich hätte eine normale Kindheit gehabt. Und warum passiert das gerade jetzt?«

»Wie schon gesagt, eine PTBS, die durch die Tragödie mit Hash und Tiffany ausgelöst wurde, könnte der Trigger sein. Oder vielleicht hat es sich auch nur im Laufe der Zeit aufgebaut und wurde permanent verstärkt durch den täglichen Stress, dem du bei der Einheit für Sexualverbrechen ausgesetzt bist.«

Angies Gedanken kehrten zu Grablowski zurück und zu dem, was er über die Entwicklung einer paraphilischen Lovemap gesagt hatte und über sexuelle Devianz. Gab es etwas in ihrer vorpubertären Vergangenheit, das ihre Probleme mit Sex und Kontrolle erklären könnte? Ihr Widerstand gegen – oder ihre Angst vor der Liebe? Die emotionalen Mauern, die sie um sich errichtete, seit sie Polizistin geworden war?

Konnte das die Erklärung dafür sein, warum sie sich so seltsam distanziert von ihren Eltern fühlte und warum Hash mehr Mentor und Vaterfigur für sie gewesen war als ihr eigener Dad?

»Ich muss noch einmal mit meinem Vater sprechen«, sagte sie leise.

Alex nickte. »Ich kann dir dazu noch etwas sagen. Etwas Schlimmes ist dem kleinen Mädchen zugestoßen, in einer Vergangenheit, die du ausgeblendet hast. Ich nehme aber an, dass du unterbewusst dein ganzes Erwachsenenleben damit verbracht hast, das wieder in Ordnung bringen zu wollen, was auch immer da geschehen ist. Um sie zu retten. Um es wiedergutzumachen. Ich glaube, das ist der Grund, warum du Polizistin geworden bist.« Er zögerte einen Moment. »Und warum du dich ausgerechnet für die Sexualverbrechen entschieden hast.«

Ein Schauer rieselte ihr über den Rücken. Sie dachte daran, was sie Merry Winston gesagt hatte. Dass es ihr wichtig war. Wegen dem neunjährigen Mädchen, das mit einem Messer unter dem Kissen schlief. Wegen dem kleinen Mädchen an der Tankstelle, das ihre Puppe im Arm gehalten hatte. Für Tiffy Bennett, missbraucht und getötet von ihrem eigenen Vater. Die Worte waren nur so aus ihr herausgeflossen, ein stiller, aber leidenschaftlicher Ausbruch. Und nun begriff sie, dass Alex Strauss vielleicht recht hatte.

Mit allem, was sie als Polizistin tat, versuchte sie, das kleine rosa Mädchen mit dem langen roten Haar zu retten.

Dann hatte sie Hash verloren. Eine Vaterfigur und einen echten Freund. Sie hatte Tiffy nicht retten können und damit auch nicht das kleine rosa Mädchen. Und nun wollte sich dieses kleine Mädchen nicht mehr in Angie verstecken. Sie wollte ihren Platz in der Welt.

Kapitel 58

»Was zum Teufel … Verfolgen Sie mich? Ich muss nicht mehr mit Ihnen sprechen. Ich muss gar nichts sagen. Die Anwälte meines Vaters …«

»Oh, wir glauben, dass Sie uns doch etwas zu sagen haben, Jayden«, entgegnete Maddocks, als Holgersen und er bei Norton-Wells ankamen.

»Das ist Belästigung.« Norton-Wells' Pupillen weiteten sich bereits, als Maddocks und Holgersen von zwei Seiten auf ihn zukamen und ihn immer weiter zurückdrängten, bis er mit dem Rücken zur Wand stand.

Der Junge sah verzweifelt zu den anderen Studenten, die gerade das Gebäude verließen, so als könnte ihm einer von ihnen eine Rettungsleine zuwerfen.

»Jayden!«, rief jemand und kam in ihre Richtung.

»Ich … ich muss geh…«, setzte Norton-Wells an.

Aber Holgersen verstellte ihm den Weg und verdeckte ihm die Sicht auf den anderen jungen Mann.

»Sie sind nicht aufs Revier gekommen wegen dem gestohlenen Auto«, sagte Holgersen und baute sich vor Norton-Wells auf. »Krank, haben Sie gesagt, aber für mich sehen Sie ganz gut aus, was meinen Sie, Maddocks?«

»Er ist nicht gekommen, weil der Lexus überhaupt nicht gestohlen wurde, stimmt's, Jayden?«

»Jay?«, sagte der Student, der nun fast bei ihnen war. »Ist alles in Ordnung?«

»Wollen Sie, dass Ihre zukünftigen Rechtskollegen sehen, wie Sie verhaftet werden, Jayden?«, fragte Maddocks.

Norton-Wells wurde blass. Er begann zu schwitzen – Anzeichen von Stress. Kortisol breitete sich in seinen Adern aus. »Was soll das heißen?«

»Wegen Vergewaltigung, Verstümmelung und Mord an Gracie Drummond.«

Er riss die Augen auf. »Geh schon mal vor«, rief er seinem Freund zu. »Alles … alles in Ordnung. Ich komme gleich nach.«

Der Student zögerte.

»Geh schon. Ich komm klar.«

Der Student blieb noch einen unschlüssigen Moment reglos stehen, dann drehte er sich um und ging. Norton-Wells schluckte, offenbar wurde ihm der Mund trocken. Ein weiteres Stressanzeichen. Gut so, dachte Maddocks.

»Wir wissen, dass Sie nicht im Auberge waren – Sie kennen sich doch mit Überwachungskamerasystemen aus, Mr Jurastudent?«

»Sie haben da keine …«

Holgersen lachte. »Er denkt, dass die da keine Überwachungskameras haben, Maddocks, ham Sie das gehört?«

»Hab ich.«

»Die sind jetzt überall. In Restaurants. Auf Parkplätzen. Wir wissen, wer an welchem Tag welches Auto gefahren hat. Oder eben nich. Wie auf der Eisenbrücke – ein Lexus ist kurz vor dem Angriff auf Gracie über die Brücke gefahren und kurz danach wieder zurück.« Holgersen kam Norton-Wells so nah, dass sich ihre Nasen fast berührten. »Ihr Lexus, Jurajunge. Der ist nämlich nie vom Parkplatz verschwunden.«

Norton-Wells sackte gegen die Wand, seine Beine knickten leicht ein und er wurde weiß wie ein Laken. Sein Atem ging flach und schnell. »Haben … haben Sie das damit gemeint, als Sie gesagt haben, dass der Lexus mit einem Verbrechen in Verbindung gebracht werden kann?«

Holgersen schnaubte. »Irgendjemand hat Gracie in diesen Lexus geladen. Wir haben Sie, Jurajunge.« Er nahm das Amulett an Norton-Wells' Hals in die Hand. »Ah. Hübsch. Der heilige Christophorus. Genau wie bei Gracie, stimmt's, Maddocks?«

»Genau so.«

Holgersen drehte das Goldmedaillon um. »Bei Gracie steht auf der Rückseite ›In Liebe, J. R.‹.« Er schnalzte mit der Zunge. »Er hat ihr ein Amulett geschenkt, das auf sie aufpassen sollte, Maddocks. Warum hat er das wohl getan? Und dann hat er sie sich geschnappt, sie zusammengeschnürt und ihren Kopf unter Wasser gedrückt, sie vergewaltigt und die Teile ihrer hübschen Pussy abgeschnitten, die sie dazu bringen, immer mehr und mehr von den Männern zu wollen … ihre Klitoris, ihre …«

»Stopp! Oh Gott, bitte … bitte … hören Sie auf.« Tränen stiegen ihm in die Augen und er lehnte den Kopf an die Wand.

Maddocks beobachtete ihn genau und gestattete Holgersen, so weit zu gehen. Sie kamen besser voran, als er angenommen hatte, denn für Norton-Wells war es eindeutig ein Schock gewesen, zu erfahren, dass sein Lexus möglicherweise eine Rolle beim Mord an einer Frau gespielt hatte, die ihm etwas bedeutete.

»Ich sage dir, warum er das getan hat, Maddocks«, fuhr Holgersen leise fort. »Wut. Blinde Wut. Weil du vielleicht Wind davon bekommen hast, dass es deine Gracie mit anderen getrieben hat, was? Mit vielen anderen. Und dann hast du sie mit Mr Blond und seinem BMW erwischt oder vielleicht mit diesem Bürgermeisterjungen Zach Raddison, hm? Und das hat dich so richtig sauer gemacht, und dann …«

»Nein!« Er keuchte leicht. »Nein«, wiederholte er, so leise, dass man es kaum hören konnte. »So war es nicht – ich habe es nicht getan.« Er würgte und schüttelte wieder den Kopf. »Ich würde Gracie nie etwas tun. *Ich habe sie geliebt.*«

Bingo!

Maddocks und Holgersen tauschten einen kurzen Blick.

»Okay, okay«, sagte Holgersen. »Wir wissen, dass Sie sie kannten. Und mochten. Dann waren Sie es also nicht? Sie haben Gracie nicht umgebracht und aufgeschlitzt?«

Er schüttelte den Kopf.

»Also, die Sache ist die. Wir können Ihnen das Leben wirklich schwer machen … Sie verhaften, sagen wir mal, wegen Behinderung einer Mordermittlung, weil Sie wegen dem Auberge und dem Parkplatz und dem gestohlenen Lexus gelogen haben, dann steht das alles in Ihrer Akte … das würde Mommy und Daddy gar nicht gefallen … Oder wir können Sie ausschließen. Und zwar folgendermaßen: Sie kommen jetzt mit aufs Revier und geben einem qualifizierten Officer freiwillig eine DNS-Probe ab. Ganz easy. Wie wäre das?«

Er nickte. »Okay … okay … ich mach's.« Er holte tief Luft. Er weinte heftig.

»Was machen Sie?«

»Ich gebe Ihnen freiwillig eine DNS-Probe.«

Die Detectives tauschten einen weiteren Blick.

»Guter Junge.« Holgersen legte ihm tröstend einen Arm um die Schultern. »Das ist die richtige Entscheidung.«

Kapitel 59

Hastig kramte Angie in den Schubladen ihres Vaters herum, auf der Suche nach dem Schlüssel zu seinem Safe, in dem er alle wichtigen Unterlagen aufbewahrte. Der Wind draußen frischte wieder auf und die Wolken ballten sich schwarz über dem Wasser zusammen. Die Bäume am Ufer beugten sich unter dem Sturm und der Himmel wurde finster. Ihr Handy piepste – ein weiterer Anruf, eine weitere Nachricht, aber es war ihr egal.

Ihr Vater war nicht zu Hause, also hatte sie sich selbst hereingelassen und war in sein Büro gegangen. Sie suchte nach Unterlagen, Informationen, nach irgendetwas über ihre Kindheit. Italien. Den Unfall. Sein Sabbatical. Irgendwas, das die Daten bestätigen könnte.

Ich bin nicht verrückt. Ich habe keine Halluzinationen. Erinnerungen. Es sind Erinnerungen …

Sie schaltete die Schreibtischlampe ein, da es im Büro allmählich dunkel wurde. Endlich fand sie den Schlüssel unter einer Stifteschachtel in der untersten Schublade. Sie schnappte ihn sich und trat an die Kommode unter den Bücherborden, wo ihr Dad einen kleinen Feuersafe aufbewahrte. Sie schloss ihn auf. Nachdem sie eine weitere Lampe eingeschaltet hatte, setzte sie sich auf den Boden und begann, die Papiere auf dem Teppich auszubreiten. Sie sah die Pässe durch, die Versicherungsunterlagen, Kopien und Berichtigungen der Testamente ihrer Eltern, ihren Ehevertrag, die Unterlagen des Hauskaufs, medizinische Rezepte … Auf einmal hielt sie inne. Ein Zeitungsausschnitt. Auf Italienisch. In einer Plastikhülle.

Über dem Text war ein Foto abgedruckt, auf dem ein zerbeulter weißer Sedan zu sehen war, der eine Uferböschung hinabgestürzt sein musste. Über dem Wrack auf der Straße standen ein Krankenwagen und ein Feuerwehrfahrzeug. Die Sanitäter und Feuerwehrmänner waren ausgestiegen und starrten zum Sedan hinab. Angie las die Bildunterschrift.

La bambina di due cittadini Canadesi Miriam e Joseph Pallorino è morta Mercoledì in un incidente stradale nella Toscana. La bambina, Angela Pallorino, aveva quattro anni …

Bei dem Wort »morta« runzelte sie die Stirn.

Ein Stück weiter unten im Text war das Foto eines kleinen Mädchens in den Text eingelassen. Darunter stand: Angela Pallorino (4).

Der Artikel stammte aus dem März des Jahres 1984.

Angies Knie wurden weich – im Jahr 1986 war sie fünf Jahre alt geworden. Was auch immer das hier war – die Daten und das Alter des Kindes passten einfach nicht zusammen. Der Wind schleuderte einen Zweig gegen die großen Fenster, und Angie zuckte zusammen. Regen trommelte auf das Metalldach. Sie griff nach dem Handy in ihrer Tasche und wählte die Nummer ihres Lieblingsitalieners, von dem sie sich regelmäßig etwas zu essen mitnahm. Sie fragte nach Mario, dem Besitzer.

Er kam ans Telefon.

»Hallo!«, rief er. Sie konnte das Klappern von Töpfen und Pfannen hören und Stimmen im Hintergrund.

»Mario.« Sie sprach laut und schnell und deutlich. »Hier ist Angie Pallorino. Ich muss dich um einen großen Gefallen bitten, jetzt sofort. Kann ich einen Moment mit dir sprechen?«

»Bleib dran, Angie, ich nehme das Telefon mit in mein Büro.«

Als er sich wieder meldete, war es ruhiger im Hintergrund und er musste nicht mehr brüllen.

»Was kann ich für dich tun?«

»Ich brauche eine Übersetzung aus dem Italienischen – ein alter Zeitungsartikel.«

»Ah, no problemo. Willst du ihn rüberfaxen?«

»Ich … Hast du ein Handy da? Oder eine Mailadresse, damit ich dir ein Foto vom Artikel schicken kann?«

Er gab ihr seine Mailadresse.

»Und … Mario, es ist persönlich. Wenn …«

»Keine Sorge, Angie. Keine Sorge. Was du Mario erzählst, bleibt auch bei Mario.«

Sie lächelte. »Okay. Bis gleich.«

Mit dem Handy schoss sie eine Nahaufnahme von dem Artikel und schickte ihm das Bild. Während sie wartete, bis er ihn gelesen hatte, tigerte sie im Wohnzimmer ihres Vaters auf und ab. Als ihr Handy läutete, spannten sich ihre Muskeln. Sie nahm den Anruf entgegen.

»Das ist ja wirklich seltsam, Angie. Was *ist* das?«

»Was steht denn da, Mario? Sag mir einfach, worüber der Artikel berichtet.«

»Da steht: Die Tochter der kanadischen Staatsbürger Miriam und Joseph Pallorino kam bei einem Autounfall in der Toskana ums Leben. Das Mädchen Angela Pallorino war vier Jahre alt.« Er hielt inne. »Da steht, das tote Kind hieß Angela Pallorino«, wiederholte er. »Ist das ein Fehler?«

Ein Schauer lief Angie über den Rücken. Sie schwieg. Ihr Hirn fühlte sich wie ein Strudel an, und alles, was sie zu wissen geglaubt hatte, ging in einem wilden Farbwirbel unter. Wie Wasser, das in einen Abfluss gesogen wurde.

»Angie?«

»Das … das Datum … Wann ist dieser Unfall passiert?«

»Am 12. März 1984.«

»Mario, kannst du das bitte für dich behalten? Es ist … sehr persönlich. Und ich … ich muss darüber nachdenken.«

»Natürlich, Angie. Wie schon gesagt, was du Mario anvertraust …«

»Danke. Ich schulde dir was.« Sie legte auf und starrte wie leer auf das regenverhangene Fenster, auf ihr eigenes schwach reflektiertes Spiegelbild.

Angie Pallorino. Tot. Vier Jahre alt. Dem Zeitungsausschnitt zufolge.

Das musste doch ein Fehler sein. Oder wessen Spiegelbild sah ihr da aus der Fensterscheibe entgegen?

Die Zeit verstrich, und noch immer sah sie aus dem Fenster. Sie konnte es einfach nicht begreifen. Sie hatte geglaubt, dass sie sich allmählich wieder an den Unfall erinnerte – der Schmerz an ihrem Mund, der Versuch, aus dem zermalmten Autowrack zu entkommen. Waren diese Erinnerungen falsch? Was hatte sie während der Hypnose bei Alex gesehen? Der Mann, das Messer? Was zum Teufel hatte das zu bedeuten?

Abrupt drehte sie sich wieder zu den Papieren, die auf dem Teppich verteilt lagen. Sie ging auf die Knie und durchsuchte alles, bis sie endlich fand, wonach sie gesucht hatte. Ihre Geburtsurkunde. Sie las das Datum.

14. Februar 1980.

Es war, als würde ihr ein kalter, harter Stein in den Magen fallen. Das war überhaupt nicht ihre Geburtsurkunde …

Hinter ihr wurde die Tür geöffnet. Angie fühlte sich ertappt.

Ihr Vater stand vor ihr. Seine Gesichtszüge entglitten ihm, als er sah, was sie da in der Hand hielt und welche Papiere auf dem Teppich vor ihr lagen.

»Angie?«

»Wer war sie?«, fragte Angie fordernd. »Wessen Geburtsurkunde ist das und wer war das kleine Mädchen, das damals bei dem Autounfall gestorben ist? Warum trage ich denselben Namen wie sie? Wer zum Teufel bin ich?«

Kapitel 60

Der Jurajunge war weiß wie ein Laken, öffnete aber brav weit den Mund und zuckte nur leicht zurück, als ein Officer ein Wattestäbchen hineinsteckte und an der Innenseite seiner Wange rieb, um Hautzellen zu sammeln. Kjel, der neben seinem neuen Boss stand, verspürte eine stille Implosion der Erleichterung, als der Officer das Wattestäbchen vorsichtig in ein dafür vorgesehenes DNS-Proben-Kit steckte und beschriftete, damit es an die Datenbank geschickt werden konnte.

Als Nächstes kam die Blutprobe – ein kurzer Stich mit einer Lanzette und der austretende Blutstropfen wurde auf eine Beweiskarte gedrückt. Auch die Karte wanderte in das dafür vorgesehene Kit, und die Probe wurde beschrieben. Seine Fingerabdrücke hatte Norton-Wells bereits abgegeben. Acht seiner Kopfhaare waren ihm ausgezupft worden und würden ebenfalls an die DNS-Datenbank gehen.

Kjel warf Boss Maddocks einen Blick zu. Verdammt, am liebsten hätte er sich hier und jetzt mit ihm abgeklatscht und ein kleines Siegestänzchen im Raum aufgeführt. Er war aufs Ganze gegangen und hatte den Prozess auch noch auf Video aufzeichnen lassen. Doch der Sergeant zeigte keinerlei Gefühlsregung. Er sah nur zu. Reglos wie eine Statue.

Sobald die DNS-Proben unterwegs ins Labor waren und Jurajunge mit einem uniformierten Polizisten unterwegs zurück zum Campus war, gingen sie einfach die Treppe hinunter zur Einsatzzentrale und schnappten sich ihre Jacken. Als Kjel seine Bomberjacke überstreifte, sagte er: »Und? Wie wär's mit 'nem Bier im Flying Pig, Big Boss?«

»Nächstes Mal, danke«, lehnte sein Boss zerstreut ab und knöpfte sich den Mantel zu, offenbar tief in Gedanken versunken.

»Noch 'n Date mit einem Schiffsbaum?«

Der Blick dieser gruselig blauen Augen traf ihn, und einen Moment lang sah der Typ so gefährlich aus, als könnte er glatt jemanden umbringen. Dann lächelte er, und der Eindruck war verflogen. »Na gut, warum nicht? Ich könnte ein paar Drinks vertragen, um Fitz' drohenden Zornesausbruch etwas abzupuffern.«

»Und, was macht Ihnen so zu schaffen?«, fragte Kjel, als sie das Revier verließen und bei dem kurzen Gang zum Pig durch den Regen die Schultern hochzogen.

»Die Tatsache, dass er uns die Probe wirklich gegeben hat.«

»Fast wär er uns wieder abgehauen – war eine knappe Sache. Offenbar hat sich sein Verstand auf dem Weg zum Revier doch wieder in den Sattel geschwungen, nachdem kurz die Panik mit ihm durchgegangen ist.«

Kapitel 61

Hölzern ging ihr Vater auf das Wohnzimmer zu, wo er in seinen Sessel fiel und den Kopf in die großen Hände sinken ließ. Ihm gegenüber, auf der anderen Seite des Kamins, stand der Sessel ihrer Mutter. Leer. Angie stand einfach da und wartete.

Lange sagte er nichts. Der Sturm toste ums Haus und Zweige kratzten über die Dachtraufen.

»Dad, sprich mit mir.«

»Könntest du bitte das Feuer anzünden, Angie?«

Sie starrte ihn an, wie vom Donner gerührt. Dann tat sie es. Zornig brach sie das Anzündholz in Stücke, zerknüllte Zeitungspapier und stapelte die Scheite im Kamin. Dabei hatte sie das Gefühl, sich in einem Alternativuniversum zu befinden, da war eine Leere, die an ihr fraß. Sie zündete das Papier an. Zischend flammte es auf. Die Feuerzungen leckten über das Anzündholz und begannen es aufzufressen.

Sobald das Feuer laut prasselte, schenkte sie ihnen beiden Whiskey ein. Reichlich. Sie drückte ihm ein Glas in die Hand und setzte sich ihm gegenüber in den Sessel auf der anderen Seite des Kamins. Von dort aus betrachtete sie ihn.

Endlich, nach ein paar Schlucken, begann er zu sprechen.

»Ich liebe sie – deine Mutter.« Er sah auf und begegnete ihrem Blick. Und das, was sie in seinen Augen erkannte, traf sie mitten ins Herz. Es war ein hohler, gehetzter Ausdruck. Schmerz. Verlorene Liebe. Sie schluckte.

»Das weiß ich, Dad. Das weiß ich.«

»Sie ist an jenem Tag damals gefahren. In der Toskana. Es war ein sonniger Tag. Klarer Himmel. Alles war perfekt. Du saßt hinten auf dem Rücksitz ...« Er zögerte, geriet ins Stocken, und es dauerte ein paar Sekunden, bis er sich wieder im Griff hatte. »Angie saß hinten auf dem Rücksitz.«

»Angie«, wiederholte sie. »Ich bin Angie. Mein Name ist Angela Pallorino.« Ihr war übel. »Oder?«

Er sah fort, zum Feuer. »Deine Mutter hat nach ihrer Sonnenbrille gegriffen, die auf dem Armaturenbrett lag. Wir waren gerade über eine Hügelkuppe gekommen, und die Sonne blendete sie. Aber die Brille fiel in den Fußraum, und als sie danach tastete ... Einen Moment lang war sie von der Straße abgelenkt. Wir sind in eine Kurve gefahren, und sie hat die Kontrolle über den Wagen verloren. Wir sind durch die Leitplanke gebrochen und einen steilen Abhang hinuntergestürzt.« Er sah ins Feuer, gedankenverloren, als wäre er wieder dort, in Italien, vor so langer Zeit. Er trank einen weiteren tiefen Schluck.

»Sie wurde bei dem Unfall schwer verletzt, unsere kleine Angie ... Oh Gott, Angie ... Oh Gott ... Wie soll ich das wiedergutmachen?« Er sah sie an. »Ich will das nicht tun, ich will diese Dinge nicht sagen – ich will dich nicht verletzen. *Du* bist Angie. Du bist Angie geworden.«

Sie versuchte, seine Worte zu begreifen, die geflüsterte Bedeutung, die allem zugrunde lag. Ein Teil von ihr wollte sich abwenden, die Ohren davor verschließen, einfach ignorieren, was sie da hörte. Der andere Teil wünschte sich verzweifelt, dass er es unmissverständlich aussprach, dass er ihr alles erzählte, so brutal und unverblümt wie möglich.

»Was soll das heißen, ich bin Angie geworden?«, fragte sie kühl.

Er schüttelte den Kopf und rieb sich kräftig über die Stirn.

»Dad, sprich mit mir. In dem Zeitungsartikel stand, dass Angela Pallorino, vier Jahre alt, bei dem Autounfall in der Toskana ums Leben gekommen ist. Im Jahr vierundachtzig. Mom und du habt mir erzählt, dass der Unfall in der Toskana im Jahr sechsundachtzig passiert ist. Ihr habt gesagt, dass ich *fast* gestorben bin und dass ich daher diese Narbe habe. In dem Jahr war ich vier und bin fünf geworden.« Sie deutete auf ihren Mund. Ihr Vater schaute weg.

»Sieh mich an, Dad. *Diese* Narbe.« Langsam drehte er den Kopf wieder zu ihr. »*Wer* ist gestorben?«

»Unser erstes Baby. Unser erstes Kind.«

Sie öffnete den Mund, konnte aber nicht sprechen. Sie sprang auf, trat ans Fenster und drehte ihrem Vater den Rücken zu. Der da vor dem Feuer neben dem Weihnachtsbaum saß. Ein Baum genau wie der auf dem Foto, vor dem sie drei Jahre nach ihrer angeblichen Rückkehr aus Italien gesessen hatten. Nach dem Unfall.

»Wer bin ich?«, fragte sie leise.

»Ich habe deine Mutter geliebt. Ich *liebe* sie so sehr. Ich … Es war nicht falsch, Angie. Was wir getan haben, war nicht falsch. Es ist … einfach passiert.«

Innerlich bebend kehrte sie zum Kamin zurück und setzte sich wieder ihrem Vater gegenüber. »Erzähl es mir einfach. Erzähl es mir in chronologischer Reihenfolge. Wenn es nicht anders geht, dann in Stichpunkten. Ich muss es wissen. Was auch immer es ist, es macht mich krank. Ich habe nämlich … Ich erinnere mich an Dinge, die nicht dazu passen, was ich für meine Kindheit gehalten habe.«

Seine Schultern sackten hinab und er nickte langsam. »Mein Sabbatical war im Jahr vierundachtzig. Damals ist der Unfall passiert. Unsere vierjährige kleine Angie ist im Krankenhaus ihren Verletzungen erlegen. Deine Mutter hat furchtbar gelitten. Mental. Eine schreckliche klinische Depression. Dann ging es mit ihren Halluzinationen los. Ich habe alles versucht. Alles. Wir sind nach Kanada zurückgekehrt und haben in Vancouver gelebt, wo sie eine gute Behandlung bekommen hat. Ich habe einen Lehrauftrag an der Simon Fraser University bekommen. Aber es war schwer, sie tagsüber allein zu lassen. Sie war wie taub. Abwesend. Fort. Es war, als wäre ein Teil von ihr mit Angie gestorben. Erst als ich sie in die Kirche mitnahm, begann ich wieder Hoffnung zu schöpfen. Sie betete für ihr verlorenes Kind und sie schien ein kleines bisschen aufzuleben, so als wäre sie wieder mit ihrer Tochter in Kontakt getreten. Der Priester dort, Gott segne ihn, brachte deine Mutter dazu, sich freiwillig zu engagieren. Sie begann auch wieder zu singen. Sie trat dem katholischen Kirchenchor bei, und sie sangen oft in der Kathedrale in Downtown Vancouver. Neben dem Krankenhaus.« Er hob sein Glas und leerte es. Dann saß er schweigend ein paar Augenblicke einfach nur da, als müsste er Kraft sammeln für das, was jetzt kam. »Es war Heiligabend. Zwei Jahre nach Italien und nach dem Unfall.«

Die seltsamen Worte ihrer Mutter geisterten durch Angies Kopf, während ihr Vater weitersprach: *An Heiligabend. Da wurde sie zurückgebracht. Ich habe in der Kathedrale gesungen … so eine schöne Kathedrale.*

»Neben der Kathedrale liegt das Saint Joseph's Hospital, dort gibt es eine Babyklappe«, fuhr ihr Vater fort. »Es ist eine katholische Einrichtung, und das Krankenhauspersonal wollte genau wie die Polizei, dass keine jungen, unverheirateten und verängstigten Mütter ihre Neugeborenen zum Sterben in öffentlichen Toiletten oder in Mülltonnen ablegen mussten. Also hatten sie die Idee, einen sicheren Ort zu schaffen, zu dem die Mütter ihre Babys bringen konnten, ohne strafrechtliche Verfolgung fürchten zu müssen. Die Polizei hat sich darauf geeinigt, dass sie die Mütter, die ihre Kinder an diesem sicheren Ort ablegten, nicht verfolgen würde. Zu diesem Zweck wurde die Babyklappe konstruiert. So sagt man jedenfalls …« Er verstummte.

»Erzähl bitte weiter«, sagte sie leise.

Er räusperte sich und atmete tief durch. »Die Babyklappe ist eine winzige Kabine mit einem Bettchen darin. Auf Hüfthöhe gibt es eine Tür, die sich zur Straße hin öffnen lässt. Eine Mutter muss nur diese Klappe öffnen, ihr Baby hineinlegen und die Klappe wieder schließen. Dann kann sie gehen. Ein paar Minuten später wird im Krankenhaus ein Alarm ausgelöst und die Krankenschwestern öffnen die Kabine von der Innenseite aus. Sie finden und betreuen das Baby. Dann wird das Kind zur Adoption freigegeben.«

Die Engel haben sie zurückgebracht. Das haben sie. Sie gehörte dort nicht hin. Sie haben sie zurückgebracht …

Nein. Das konnte nicht sein.

Sie konnte nicht als Neugeborenes in die Babyklappe gelegt worden sein – das war unmöglich. Das Timing passte nicht zusammen.

Ihr Vater griff nach der Whiskey-Flasche, die Angie auf dem Wandtischchen hatte stehen lassen, und schenkte sich nach. Er nahm das Glas in beide Hände und vertiefte sich in das Spiel der Flammen, die sich in der Flüssigkeit spiegelten.

»Am Weihnachtsabend des Jahres sechsundachtzig, als deine Mutter mit dem Chor die Mitternachtsmesse sang, eskalierte ein Bandenkrieg in der Innenstadt. Ein brutaler Kampf, der sich auch auf die Straßen um die Kirche herum erstreckte. In der Kathedrale hörten wir die Schüsse, die Schreie, das Reifenquietschen. Dann nichts mehr. Als wir hinausgingen, war alles still. Sehr still, denn es hatte zu schneien begonnen. Später erfuhren wir jedoch, dass in dieser Nacht der Alarm der Babyklappe ausgelöst wurde, gegen Mitternacht. In der

Klappe fand man ein kleines Mädchen, etwa vier Jahre alt. Sie blutete heftig aus einer Schnittwunde am Mund.« Er zögerte. »Eine Messerwunde, glaubte man. In Verbindung mit dem Bandenkrieg.«

Sie hob die Hand an den Mund.

Uciekaj, uciekaj! … Wskakuj do srodka, szybko! … Siedz cicho!

Lauf, lauf! Da rein!

»Das Mädchen konnte nicht sprechen«, erzählte ihr Vater weiter. »Stumm vor Schreck, dachte man. Später fragte man sich, ob du Englisch überhaupt verstehen konntest …«

»Das war ich?«

Tränen glänzten in den Augen ihres Vaters. »Langes rotes Haar. Du hattest nicht einmal Schuhe an. Es war Winter, und du hattest keine Schuhe. Nur ein rosa Kleidchen. Wie ein Festtagskleid, aber alt und zerrissen und voller Blut.« Er trank noch einen Schluck. Der Alkohol schien es ihm zu erleichtern, die Worte auszusprechen, die für sie immer schwerer zu begreifen waren.

»Als die Geschichte schließlich in den Zeitungen landete und die Details allmählich ans Licht kamen und als die Polizei niemanden finden konnte, der irgendwie mit dir in Beziehung stand, wurdest du dem System überstellt und schließlich zur Adoption freigegeben.«

Sie blinzelte, unfähig, wirklich zu verstehen, was er da sagte. Wie Puzzleteile fügten sich die Dinge zusammen und ergaben allmählich ein hartes, klares Bild. Und auch wieder nicht.

»Es war ein Rätsel, Ange. Ein Fall, der nie gelöst wurde. Aber auf den Fotos in den Medien sahst du *genauso* aus wie unsere vier Jahre alte Angie, als sie uns genommen wurde. Das rote Haar. Das Alter stimmte. Es war unheimlich, dass sie – ich meine, dass du direkt vor der Kirche gefunden wurdest, in der deine Mutter gesungen hat, wo sie durch ihre Gebete wieder eine Verbindung zu dir aufnehmen konnte …«

»Zu Angie, meinst du«, sagte sie. »Nicht zu mir.«

»Sie hatte das Gefühl, dass du es warst, Angie. Zurückgekehrt, an Heiligabend, wie ein Kind in der Krippe. Für deine Mutter war es ein Zeichen. Ein sehr mächtiges Zeichen. Sie glaubte, die Engel hätten dich zurückgeschickt und dass wir alles in unserer Macht Stehende tun müssten, um dich zu adoptieren und wieder zu uns nach Hause zu holen.«

»Das ist verrückt – das ist wahnsinnig.«

Wieder senkte er den Blick auf sein Glas. »Es ging ihr damals nicht gut. Ich weiß. Ich … ich erwarte nicht, dass du verstehst, was damals passiert ist – wie es passiert ist. Aber in dem Glauben, dass du ihre zurückgekehrte Tochter warst, und dadurch, dass wir den Adoptionsprozess bewältigen und die Behörden davon überzeugen mussten, dass wir taugliche Adoptiveltern sein würden, hat sie sich zusammengerissen. Es ist ihr gelungen, wieder einen vollkommen normalen Eindruck zu machen, und ihre Depressionen wurden einer PTBS und der tiefen, alles umfassenden Trauer zugeschrieben. Eine Weile waren wir deine Pflegeeltern, und als wir schließlich als deine Adoptiveltern ausgewählt wurden …«

»Weil mich sonst niemand wollte, richtig?«, fiel sie ihm ins Wort. »Eine Vierjährige ist nicht gerade leicht vermittelbar. Außerdem waren da noch mein fragwürdiger Hintergrund und meine Unfähigkeit zu sprechen oder mich an irgendetwas zu erinnern. Also hattet ihr Glück.«

Er ging nicht auf diese Sticheleien ein. »Nachdem wir dich nach Hause geholt hatten, begann deine Mutter wieder zu strahlen. Sie hatte wieder einen Lebenssinn. Sie hatte Liebe in sich, Lachen und Energie. Meine Miriam war wieder ins Leben zurückgekehrt, Angie. Du hast sie mir zurückgebracht. Und ich … ich weiß nicht, ob du je verstehen kannst, wie sehr ich sie liebe, aber sie … sie ist mein Ein und Alles. Sie ist meine Welt. Und zu sehen, wie sie wieder ganz wurde …« Seine Stimme verlor sich. Dann räusperte er sich. »Ich habe es einfach zugelassen. Ich habe sie glauben lassen.«

»Ihr habt mich Angie genannt?« Es klang angewidert. »Ihr habt mir den Namen eurer toten Tochter gegeben? Wie konntet ihr das tun?«

»Ich habe nichts Falsches darin gesehen«, sagte er, auf einmal sehr kleinlaut. »Deiner Mutter ging es besser, und du bist allmählich aufgeblüht. Du hast sprechen gelernt, du hast gesungen. Gelacht. Ich …«

»Ihr habt ein verlassenes Kind in das Leben einer Toten eingesetzt? Wie kann das *normal* sein? Wie kann es *nicht schaden*?«

»Es hat niemandem geschadet – du bist aufgeblüht. Wir sind eine Familie geworden. Wir sind aus der Stadt weg auf die Insel gezogen – nach Victoria, kurz vor Weihnachten des Jahres siebenundachtzig, und nachdem wir erst einmal hier waren, warst du einfach unsere Angie.«

»Und so habt ihr mich allen vorgestellt? Als das Kind in den Fotoalben? All diese frühen Bilder von der Geburt bis zu der Zeit in Italien – das bin nicht ich? Und dann habt ihr einfach Bilder von mir dazugeklebt, nachdem die echte Angie gestorben war?«

Stille.

»Und du wolltest mir nie erzählen, dass Mom und du nicht meine biologischen Eltern seid?«

Er rieb sich übers Knie. »Ich dachte, wir könnten es dir eines Tages erzählen, wenn du älter wärst. Oder wenn es aus irgendwelchen Gründen medizinisch relevant werden sollte. Aber … es ist einfach nie dazu gekommen. Für uns warst du einfach unsere Angie, und warum hätten wir dir mit dieser furchtbaren Geschichte wehtun sollen? Mit der Wahrheit über deine Herkunft? Es wusste ohnehin niemand davon. Alle Spuren zu diesem alten Fall sind einfach zu Staub zerfallen. Also warum sollten wir das alles nicht einfach ruhen lassen?«

»Weil es nicht die Wahrheit ist.« Sie sprang wieder auf, fuhr sich übers Haar, ihre ganze Welt schien zu kippen. Alles, was sie gewusst hatte, stimmte auf einmal nicht mehr. Sie würde ihr ganzes Leben durch einen anderen Blickwinkel betrachten müssen. Der Mensch, den sie im Spiegel sah, war jemand anderes. Ihr Selbstgefühl musste neu kalibriert werden. Sie wollte rennen. Fliehen. Sie wollte aus ihrem eigenen Körper hinaus, sich bewusstlos trinken oder sich im Club die Seele aus dem Leib vögeln.

»Also habe ich irgendwo da draußen echte Eltern – biologische Eltern.« Es war keine Frage. Sie sprach es nur laut aus, um es zu begreifen. »Vielleicht sind sie tot. Aber vielleicht leben sie noch.« Zorn loderte in ihr, durchzogen von Mitleid, von Mitgefühl ihrem Vater gegenüber, denn auch er war jetzt ganz allein. Es war, als hätten sie ihre ganze Vergangenheit als Familie an diesem Abend zerschmettert. Und nun war es vorbei. Für immer verloren.

»Was glaubst *du*, woher ich komme? Du musst doch eine Theorie haben. War meine Mutter Polin? Habe ich je Polnisch gesprochen, nachdem ich wieder mit dem Reden angefangen habe?«

Er schüttelte den Kopf. »Nein. Nur Englisch. Du hattest alles vergessen, was vor jenem Heiligabend passiert ist, an dem man dich in der Klappe gefunden hat. Niemand weiß es, Angie. Die Polizei, Interpol, andere Behörden – sie alle haben an dem Fall gearbeitet, aber es hat sich nie jemand gemeldet, der Anspruch auf dich erhoben oder eine DNS-Probe abgegeben hat. Es wurde auch nie jemand ausfindig gemacht. Du warst einfach da, Angie. Das Kind aus der Babyklappe. Das auf uns gewartet hat.«

Auf einmal fiel ihr noch etwas ein. »Sag mir noch eins. Warum sind wir auf einmal nicht mehr in die Kirche gegangen?«

»Weil deine Mutter bei einer Messe kurz vor Weihnachten einmal einen erschrockenen Ausdruck in deinem Gesicht bemerkt hat, als die Kirchenglocken zu läuten begannen, und sie … Ich glaube, sie hat sich Sorgen gemacht, dass du dich wieder an etwas erinnern könntest. Danach sind wir nie wieder in die Kirche gegangen.«

Kapitel 62

Merry öffnete die Tür zu ihrer winzigen Wohnung und blieb noch im Türrahmen stehen. Die Luft fühlte sich anders an. Irgendjemand war hier gewesen. Sie schaltete das Licht im Flur und im Wohnzimmer ein. Ein Vorhang wehte leicht in einem Luftzug.

Schnell trat sie ans Fenster und zog den Vorhang zurück. Das Fenster stand einen Spaltbreit offen und die kalte Nachtluft drang herein. Ihr Herz stolperte und stockte. Sie hatte das Fenster nicht offen gelassen. Sie schlug es zu. Ihre Gedanken begannen sich zu drehen. Dann maß sie den kleinen Raum mit den Augen ab. Horchte.

Nichts. Abgesehen von dem Dröhnen des Blutes in ihren Ohren und ihrem eigenen gehetzten Atem. Sie musterte die Eingangstür von der anderen Seite des Wohnzimmers aus, und auf einmal kam ihr die Distanz bis dorthin gewaltig vor. Vielleicht sollte sie losrennen. Falls sich jemand im Badezimmer versteckte oder in ihrem Schlafzimmer …

Vorsichtig bewegte sie sich, und eine Bodendiele knarrte unter ihren Füßen. Sie erstarrte wieder. Nichts. Dann sah sie es.

Auf ihrem winzigen Esstisch, der an den Küchentresen anschloss, lag ein kleines Tütchen mit weißen Kristallen. Daneben entdeckte sie eine Glaspfeife und ein Feuerzeug.

Sie schluckte, und ihr Blick flog zu ihrer Schlafzimmertür. Sie wartete. Horchte. Als sich nichts regte, durchquerte sie vorsichtig den Raum und öffnete die Schlafzimmertür. Nichts. Sie sah im Badezimmer nach, hinter dem Duschvorhang, den Schränken, unter dem Bett. Dann kehrte sie zum Tisch zurück. Unter dem Tütchen lag ein weißer Umschlag. Sie musste das Tütchen berühren, um an den Umschlag heranzukommen. Merry hob ihn auf und öffnete ihn.

Darin befanden sich zwei grobkörnige Fotografien, bei Nacht aufgenommen. Eines zeigte sie in ihrem VW Käfer, wie sie bei der Uplands Marina die Küstenstraße entlangfuhr. Auf dem anderen Foto war sie mit Mütze und Daunenjacke zu sehen, wie sie zwischen einem Truck und einem Sorento kauerte. Ihr riesiges Teleobjektiv war genau auf denjenigen gerichtet, der dieses Foto aufgenommen hatte. Sie drehte es um.

DU BIST TOT

Merry begann zu zittern. Sie starrte auf das Tütchen hinab. Der vertraute, scharfkantige Hunger brüllte in ihrem Kopf, wütend wie ein Drache, der aus dem Schlaf erwachte. Panik schnürte ihr die Kehle zu wie ein Seil. Hastig lief sie zur Eingangstür, wo sie ihren Rucksack hatte liegen lassen. Ungeschickt öffnete sie eines der Seitenfächer, in das sie Angie Pallorinos Karte gesteckt hatte. Endlich fand sie das Ding und wählte die Nummer darauf.

Es läutete, dann ging der Anruf an die Mailbox. Merry legte auf, ging auf und ab, blieb stehen, schaute wieder die Drogen an. *Nein. Nein. Nein.* Mit zitternden Fingern wählte sie noch einmal die Nummer der Polizistin. Wieder wurde der Anruf auf die Mailbox weitergeleitet.

Kapitel 63

Es war fast Mitternacht, als Maddocks auf dem Parkplatz der West Bay Marina hielt und sich durch Wind und Regen zum Eingang durchkämpfte. Die Biere mit Holgersen und den anderen im Flying Pig hatten das Cortisol, das noch immer durch seine Adern rauschte, kein bisschen heruntergefahren. Das waren zwei richtig heftige Tage gewesen. Und er machte sich nach wie vor Sorgen um Angie. Er sehnte sich nach ihr. Er war nervös wegen ihr. Sie nahm seine Gedanken vollkommen gefangen. Auf dem Heimweg war er an ihrem Wohnhaus vorbeigefahren und hatte zum obersten Stockwerk hinaufgespäht, wo ihre Wohnung lag, wie Holgersen ihm verraten hatte. Kein Licht.

Er kam beim Tor an, als er aber seinen Code eingeben wollte, nahm er eine Bewegung in den Schatten zu seiner Linken wahr. Er drehte sich in die Richtung, die Hand bereits an der Dienstwaffe. Der Schreck schoss ihm in die Glieder, als sich eine Gestalt aus der nassen Schwärze löste.

»Angie?«

Sie sagte kein Wort. Ihre Jacke glänzte vom Regen. Sie trug ein schwarzes Baseballcap, und ihre Haut wirkte gespenstisch weiß in der Nacht. Mit ihren Augen schien irgendetwas nicht zu stimmen. Sie waren größer, schwärzer, tiefer, als wären sie mit

Wimperntusche verschmiert. Sorge erwachte in ihm, gefolgt von einem Absacken in der Magengrube bei dem Gedanken, dass sie im Club gewesen sein könnte.

»Was machst du hier so spät noch? Alles in Ordnung?«

Ohne zu antworten, kam sie auf ihn zu, legte ihm die eiskalte Hand um den Nacken und schob die Finger in sein Haar. Sie sah ihm in die Augen – ganz tief.

Maddocks schluckte. »Wie lange wartest du schon hier?«, flüsterte er.

Still zog sie ihn an sich, und ihre kühlen Lippen – nass vom Regen – berührten seinen Mund. Sie streckte sich, schmiegte sich an ihn und bewegte die Lippen in einem sanften, erkundenden, alles ertränkenden Kuss, der ihm die Sinne raubte. Sein Atem wurde schneller, als er ihre Hand unter seiner Jacke spürte, auf seinem Bauch, dann tiefer. Sie ließ die Hand zwischen seine Schenkel gleiten. Ein Stöhnen baute sich in seiner Brust auf, während er ihren Kuss erwiderte, ihre Lippen teilte, ihren Mund noch weiter öffnete und sie schmeckte, während ihre Zungen einander umschlangen. Sie massierte seine wachsende Erektion durch den Stoff der Hose. Angie blendete ihn, raubte ihm den Verstand, während all sein Blut hinab in seine Lenden strömte. Doch gleichzeitig war da eine kleine Stimme in seinem Hinterkopf, die ihm zuflüsterte, dass dies hier falsch war. Sie wollte etwas anderes. Es war nicht dieselbe heiße, raue Lust – die sexuelle Aggression –, die sie bisher angetrieben hatte. Er zog sich zurück, atmete schwer.

»Angie?«, flüsterte er. »Du hast mich nicht zurückgerufen. Was ist passiert?«

»Lässt du mich rein, James Maddocks?« Ihre Stimme klang heiser. Maddocks zögerte, dann nahm er ihre Hand, schloss das Tor der Marina auf und führte sie das Dock entlang, das unter den Wellen schwankte. Sein Herz pochte laut vor Vorfreude. Aber da war auch Angst.

Außerdem möchten wir, dass Sie Pallorinos Arbeitsweise während der kommenden Wochen, während denen Sie mit ihr zusammenarbeiten werden, formal evaluieren. Wir hätten gern einen zweiwöchentlichen Bericht. Hier in meinem Büro. Es gab Schwierigkeiten mit ihr, darunter auch einen Vorfall, bei dem ihr Senior-Partner ums Leben gekommen ist. Sergeant Hash Hashowsky war einer unserer dienstältesten Detectives. Er wurde in höchstem Maß respektiert und war sehr beliebt. Ich würde ihn als einen Freund bezeichnen …

»Möchtest du etwas trinken?«, fragte er, sobald sie sein Boot betreten hatten.

Sie schüttelte den Kopf und streifte die Jacke ab, die zu Boden fiel. Sie nahm seine Hände in ihre und führte ihn rückwärts in die Schlafkabine. Halb erwartete er, dass sie ihn aufs Bett stieß, an seinen Knöpfen und Reißverschlüssen riss und ihn so wild entkleidete wie in jener Nacht im Club. Dass sie sich auf ihn setzte und ihn schnell und heftig vögelte.

Stattdessen drückte sie ihn voll bekleidet auf die Matratze hinab und zog sich schweigend selbst aus, vor ihm, im hellen Schein der Lampen. Als wollte sie nichts mehr im Verborgenen lassen, keine Spielchen mehr spielen. Nackt stand sie vor ihm – blasse Brüste, aufgerichtete Brustwarzen, der Flaum zwischen ihren Schenkeln von derselben Farbe wie das lange, dunkelrote Haar, das ihr über die Schultern fiel. Eine Schmerzlichkeit umgab sie, eine Art Verletzlichkeit. Eine Zerbrechlichkeit, die Maddocks an makelloses Glas denken ließ – etwas Vollkommenes, das unter seiner Berührung zerbrechen würde. Das Hämmern seines Herzens dröhnte ihm in den Ohren. Er fühlte das Pochen seiner Erektion. Zaghaft, unsicher streckte er die Hände vor, um sie auf ihre Hüfte zu legen, doch sie entzog sich ihm. Dann begann sie, ihn zu entkleiden – mit qualvoller, exquisiter Langsamkeit.

Sobald sie beide nackt waren, legte sie sich neben ihn und zog ihn auf sich. Ihre hellgrauen Augen wurden beinahe verschlungen von den geweiteten schwarzen Pupillen, wodurch sie riesig und dunkel wirkten. Gehetzt? Schockstarr?

»Angie«, sagte er wieder und kämpfte um Konzentration, kämpfte gegen die Wildheit an, die unter seiner Haut knisterte, als sie das Becken neigte, ihn umfasste und zwischen ihre Schenkel führte. »Was ... was zum Teufel ist passiert?«

Ihre Augen begannen zu glänzen, aber sie schüttelte den Kopf. *Nicht jetzt.* Sie öffnete die Beine, bog den Rücken durch, und nun lag eine gewisse Dringlichkeit in ihren Bewegungen, während sie sich ihm entgegenwölbte. Ihr Atem wurde schneller, ihre Haut warm.

Alles verschwamm ihm vor den Augen, als er in ihre feuchte Wärme eindrang. Sie seufzte leise, wie vor Erleichterung. Er bewegte sich langsam, zaghaft erst, während er tiefer vordrang. Sie begegnete jedem seiner Stöße mit weichen, sicheren Bewegungen der Hüfte – ein Rhythmus, so alt wie die Zeit, ein Wiegen, das zum Schaukeln der Wellen passte. In ihm begann sich ein alles verzehrender Druck aufzubauen. Er spürte, wie sie wärmer wurde, hungriger, und er begann, sich schneller zu bewegen. Er stieß härter zu, noch schneller. Sie schlang die Beine um ihn, verschränkte die Knöchel hinter seinem Rücken, nahm ihn in die Arme, als könnte sie ihn gar nicht tief genug in sich spüren. Als wollte sie ihn mit Haut und Haaren verschlingen.

Auf einmal keuchte sie und spannte sich in seinen Armen an. Ihre Nägel gruben sich ihm in die Haut. Sie hielt ihn fest, atmete nicht, regte sich nicht. Dann schrie sie auf und er spürte, wie sich ihre Muskeln zusammenzogen. Welle um Welle brach sich, sie bog den Rücken durch, den Mund geöffnet, die Augen weit aufgerissen. Er konnte sich nicht länger zurückhalten. Ein weiterer harter Stoß, so tief er konnte, dann kam er selbst inmitten der anbrandenden Wogen und brach schließlich auf ihr zusammen.

Danach lagen sie eine Weile einfach da, ineinander verschlungen, schwer atmend, die Haut feucht. Dann spürte er ihre nassen Tränen am Hals. Ruckartig drehte er den Kopf und sah sie an. Sie weinte, Nase und Wangen wurden rosa.

»Angie?«

Sie schüttelte den Kopf, legte die Hand an sein Kinn. »Das war schön«, flüsterte sie und zog ihn zu sich herab, küsste ihn wieder durch das Salz ihrer Tränen hindurch. »So schön. Danke.« Sie murmelte die Worte an seinen Lippen. »Danke.«

Kapitel 64

Angie sah hinauf in diese unmöglich blauen Augen, die sie in jener ersten Nacht so angezogen hatten, und eine leise, weit entfernte Stimme in ihr flüsterte: *Du könntest lernen, diesen Mann zu lieben …*

Er glitt aus ihr heraus, rollte sich auf die Seite und stützte sich auf einem Ellbogen ab, während er sie betrachtete. Den Verband über seiner Nase trug er nicht mehr, aber die Schwellung war immer noch nicht zu übersehen. Genau wie die Blutergüsse. Ihr zog sich das Herz zusammen.

Du könntest wirklich lernen …

Doch gleichzeitig wusste sie, dass sie dazu nicht bereit war. Noch nicht. Erst musste sie zu sich selbst finden, lernen, wer sie war. Die Polizei mochte den Fall vor all diesen Jahren geschlossen haben, aber sie war entschlossen, ihn wieder aufzurollen.

Du hast dir erlaubt, verletzlich und unterwürfig in seinen Armen zu sein, und da war Lust statt Angst. Es war ein Geschenk … du könntest ein ganz neuer Mensch werden …

»Sprich mit mir, Angie«, flüsterte er und berührte ihre Lippen, ihre Narbe. Zeichnete die Linie über ihren Lippen nach. »Erzähl mir, wo du warst – was passiert ist.«

»Wie steht es mit dem Fall?«, antwortete sie stattdessen, auf einmal ein wenig nervös. Es vor ihm auszusprechen würde alles erst real werden lassen. »Es bringt mich schier um, ausgeschlossen zu sein. In den Medien habe ich auch nichts darüber gesehen.«

»Wir hängen fest«, sagte er und strich ihr über die Brust. Er streichelte ihre Brustwarze, die sich daraufhin aufrichtete und wieder zu prickeln begann. Angie erbebte leicht. Er zog die Decke über sie beide. »Und du hältst mich hin. Was ist passiert? Was hat sich verändert?«

Sie holte tief Luft und sagte schließlich: »Ich habe mich mit jemandem getroffen. Inoffiziell sozusagen. Dr. Alex Strauss. Ich habe Psychologie studiert, bevor ich beschlossen habe, zur Polizei zu gehen – Alex war mein akademischer Ratgeber, und er ist zu einem Freund geworden.«

Sie erklärte ihm alles, was mit Alex und dann mit ihrem Vater vorgefallen war.

Maddocks hörte ihr zu, spielte sanft mit ihrem Haar und begegnete ihrem Blick voller Intensität.

»Wenn Miriam Pallorino also nicht meine biologische Mutter ist, dann kann ich auch nicht ihre genetische Präposition geerbt haben, was die Schizophrenie angeht. Das ist immerhin etwas. Außerdem hat Alex angeboten, es mit einer weiteren Hypnoseeinheit zu probieren, um herauszufinden, ob ich mich an noch mehr erinnern kann.«

»Wie fühlst du dich dabei?«

Eine Woge der Emotion wallte in ihr auf, und sie brauchte einen Moment, um sich wieder zu fassen. Sie wandte den Kopf ab und musterte Jack-O, der sich auf seinem Schaffell zu einem Ball zusammengerollt hatte. Die Präsenz des Tieres wärmte sie. »Entschlossen«, antwortete sie leise. »Ich bin entschlossen, nach meinen biologischen Eltern zu suchen. Herauszufinden, woher ich komme, wer ich bin, was mit mir passiert ist und wie ich in dieser Babyklappe gelandet bin. Warum ich Polnisch verstehe.« Sie sah ihn an. »Ich glaube … meiner biologischen

Mutter wurde etwas Schreckliches angetan – oder uns beiden –, weshalb ich die Erinnerung an diesen Teil meines Lebens so vollständig ausgeblendet habe.«

Sorge mischte sich in seine Züge. Und sie hatte ein ungutes Gefühl dabei, denn sie wollte wieder in den Fall der ertrunkenen Mädchen zurückkehren. Maddocks war ihr Torwächter – sie musste ihn davon überzeugen, dass mit ihr nun alles wieder in Ordnung war.

»Erzähl mir von dem Fall«, sagte sie. Es war ein Versuch, das Thema wieder auf die richtige Spur zu lenken. »Was haben Leo und Holgersen über meine Abwesenheit gesagt und über deine Nase?«

»Wir sprechen morgen früh.«

Das ungute Gefühl verstärkte sich – da war etwas in seinem Blick, etwas, das er ihr nicht sagte. »Warum?«

»Hast du mal auf die Uhr geschaut, Angie? Wir schlafen jetzt.«

»Ich möchte morgen zur Arbeit zurückkehren, Maddocks – ich muss. Ich war zwei volle Tage weg. Wenn das noch länger dauert, werden Fragen laut.«

»Was ist mit dem psychologischen Gutachten?«, fragte er leise.

Ihr zog sich der Magen zusammen. »Ich tu's. Ich mache einen Termin – ich komme jetzt wieder in Ordnung.«

»Und die Tatsache, dass du einen weiteren Flashback bekommen könntest?«

»Das werde ich nicht. Es ist … es ist, als hätte ich mein ganzes Leben unter Druck gestanden, als hätte unter der Kruste meines Bewusstseins ein Lavastrom gebrodelt. Als hätte mein Bewusstsein darum gekämpft, die Lava zu unterdrücken und verborgen zu halten. Jetzt ist diese Kruste aufgebrochen und der Druck lässt nach, weil die Lava hinausströmen kann.«

Das Schweigen lastete schwer, während er sie betrachtete.

»Maddocks«, fuhr sie ruhig fort. »Ich komme klar. Du *musst* mir das glauben.«

»Wir reden morgen weiter.« Er küsste sie sanft und löschte das Licht.

Aber als Angie endlich in seinen Armen in den Schlaf driftete, nackt und warm auf dem schaukelnden Boot, während Jack-O schnarchte und die alte Propangasheizung klackte, sobald der Thermostat registrierte, dass es in der Kabine zu kalt wurde, da drang ein geflüstertes Wiegenlied in ihre Gedanken vor. Dazu erklang eine kleine Melodie. Sie wurde lauter und lauter …

Zwei kleine Kätzchen … Zwei kleine Kätzchen … Alle Kinder, auch die Bösen, schlafen tief und fest, nur nicht du …

Eine tiefe und unspezifische Angst entfaltete sich in ihr beim Klang dieser Musik. Begleitet von einer kalten, geistigen Schwärze. Und sie war sich ganz und gar nicht sicher, dass sich wirklich alles zum Guten wenden würde.

Kapitel 65

Sonntag, 17. Dezember

Angie betrat die Kajüte. Sie trug die Kleider vom Vortag und hatte sich das Haar zu einem ordentlichen Pferdeschwanz zurückgebunden. Sie sehnte sich nach einer Dusche, aber noch dringender wollte sie reden.

Maddocks hatte den kleinen Tisch für zwei gedeckt. Er stand mit dem Rücken zu ihr, wendete gerade ein Omelett in der Pfanne um und hatte eine Kanne mit kochend heißem Kaffee aufgesetzt. Jack-O kaute krachend auf seinem Trockenfutter herum.

»Hey«, sagte sie.

»Guten Morgen. Gut geschlafen?« Mit der Pfanne in der Hand drehte er sich zu ihr um, trat an den Tisch und halbierte und verteilte das Omelett.

»Ja, prima«, log sie. Albträume von jenem tiefen Ort, an den sie mit Alex gereist war, hatten sie die ganze Nacht hindurch gequält.

»Hau rein«, sagte er und setzte sich auf die Bank vor dem Tisch. Endlich sah er sie an und lächelte. »Das hat mein Dad immer gesagt. Komm, setz dich. Iss, solange es noch warm ist.« Das Lächeln erreichte seine Augen nicht. Er trug Jeans. Ein schickes Shirt. Keine Krawatte. Er war für die Arbeit gekleidet, aber ein wenig zwangloser. Ihr fiel ein, dass Sonntag war.

»Maddocks …«

»Setz dich«, wiederholte er und goss ihnen beiden Kaffee ein. Dann, als hätte er sich wieder gefangen, sah er auf und sagte: »Alles in Ordnung mit dir heute Morgen?«

»Super. Und mit dir?«

Er hielt inne. Sein Lächeln verblasste.

»Wir müssen reden«, sagte sie leise.

»Ich weiß. Beim Essen.« Sein Blick huschte zur Uhr und er griff nach Messer und Gabel.

Langsam setzte sie sich ihm gegenüber. »Du gehst zur Arbeit«, stellte sie fest. »Du achtest auf die Uhrzeit. Irgendetwas ist mit dem Fall, und du willst so schnell wie möglich aufs Revier.« Sie fühlte sich ausgeschlossen. Ein klaffender Riss in ihr. Ein ungutes Gefühl, das den Riss füllte.

»Stimmt.« Er nahm seine Kaffeetasse, trank einen Schluck und schob sich dann eine Gabel voll Omelett in den Mund. »Jayden Norton-Wells hat gestern Abend freiwillig eine DNS-Probe abgegeben. Sunni sagt, sie hat heute Morgen das Profil für uns.«

Sie starrte ihn an. »Was?«

»Iss«, wiederholte er und deutete mit dem Kinn auf ihren Teller.

»Warum? Habe ich es auch eilig? Begleite ich dich … Maddocks?«

Langsam und sorgfältig legte er das Besteck beiseite. Tiefe Linien hatten sich auf seiner Stirn und um seinen Mund gebildet. Seine angespannte Miene verriet, welcher Konflikt sich in ihm abspielen musste.

»Du gehst dem Problem aus dem Weg. Mir. Du ignorierst diesen verdammten Elefanten im Zimmer … und das macht mir Angst, weil ich dich nämlich noch nie so gesehen habe. Ich habe dich für jemanden gehalten, der die Dinge direkt angeht und so ausspricht, wie sie eben sind. Wir müssen über eine ganze Menge reden.«

»Es … es tut mir leid, Angie. Ich …« Er holte tief Luft. Der Wind ließ das Boot schaukeln. »Ich weiß auch nicht, wie man so etwas macht«, gab er schließlich zu. »Ich habe keinen Plan für so etwas. Ich … ich möchte für dich da sein, aber ich …«

»Aber du weißt nicht recht, was du mit mir anfangen sollst? Du hast meine Waffen an dich genommen. Du weißt Dinge über meinen Geisteszustand, die du eigentlich deinen Vorgesetzten erzählen solltest. Wir haben miteinander geschlafen. Wir sind Partner. Und mir wird vorgeworfen, schon vorher einmal einen meiner Partner umgebracht zu haben. Ist es das, was auf dem Revier über mich erzählt wird? Was hast du ihnen wegen deiner Nase gesagt? Über mich? Was haben Leo und Holgersen und die anderen dazu gemeint, dass ich nicht aufgetaucht bin? Haben sie mich bei erster Gelegenheit in Stücke gerissen wie ein Rudel Schakale?« Ihre Stimme war zu hart, ihre Augen brannten. Der Mist mit der metaphorischen Lava, die durch die Risse in ihrem Bewusstsein drang, war der, dass sie nun wieder *fühlen* musste. Es machte sie verletzlich. Es brachte sie dazu, sich nach seiner Unterstützung zu sehnen. Sie wollte, dass er an sie glaubte. Und ja, sie hatte auch schon in der Nacht Verletzlichkeit und Unterwerfung gekostet, und das war etwas Wunderbares, Schimmerndes und Zerbrechliches, aber sie wusste nicht, ob sie das immer ertragen konnte. Sie spürte, wie sie sich vor ihm verschloss.

»Ich finde es grässlich«, sagte sie. »Scheiße, ich finde es grässlich, etwas von irgendjemandem zu brauchen. Ich brauche dich nicht – es tut mir leid, dass ich dich in diese Situation gebracht habe … es ist nicht fair, das weiß ich.« Sie wollte aufstehen. »Am besten mache ich jetzt einfach, dass ich …«

Er legte seine große, warme Hand auf ihre. »Angie.«

Bumm, bumm, bumm. Sie spürte das Pulsieren ihres Blutes. Sie hörte das Klackern der Takelage draußen. Das Plätschern der

Wellen, die gegen den Bug schlugen. Die Zeit schien auf sie herabzudrücken. Vergangenheit. Gegenwart. Zukunft … Unsicherheit.

»Sag es einfach, Maddocks. In Stichpunkten, wenn es sein muss. Genau, wie mir mein Vater alles gesagt hat. Ich kann es ertragen. Geradeheraus ist es mir am liebsten, anders kann ich damit nicht umgehen – mit den Fragen und Andeutungen. Mit dem Nichtwissen.«

Er nickte, schob seinen Teller beiseite, seufzte schwer und fuhr sich übers Haar. »Buziak ist zeitweilig beurlaubt, bis das Ergebnis der internen Untersuchung feststeht.«

Sie blinzelte, dann setzte sie sich langsam wieder. »Weiter.«

»Ich habe keine Ahnung, was sie gegen ihn in der Hand haben, aber die Neuigkeit ist am Freitag reingekommen. Das war einer der Gründe, warum ich beschlossen habe, Norton-Wells wegen der freiwilligen DNS-Probe anzugehen.«

»Wer übernimmt solange seinen Posten?«

Stille.

»Du?« Wieder schien sich die Welt zur Seite zu neigen. Sofort fühlte sie sich betrogen. »Du bist mein *Boss*?«

»Ich weiß, wie du dich jetzt fühlen musst. Ich …«

»Nein, das weißt du nicht.«

»Ich glaube doch. Ich habe mit dir geschlafen. Ich weiß gewisse Dinge über dich. Ich habe es dir letzte Nacht nicht gesagt, weil ich mir hauptsächlich Sorgen darum gemacht habe, was mit dir passiert ist. Außerdem hattest du eine Menge zu verarbeiten, und ich wollte nicht …«

»Bist du jetzt auf einmal mein Beschützer? Entscheidest du, was gut für mich ist und was nicht?«

Kontrollverlust und Hingabe beim Sex war eine Sache, aber … das hier. Das war etwas ganz anderes. Sie schluckte. Druck baute sich in ihren Ohren auf. Ein klaustrophobisches Gefühl wollte sie einkreisen. *Konzentrier dich. Behalte die Kontrolle.* Sie stand auf, sie konnte nicht länger in dieser kleinen Kombüse sitzen, auf diesem Winzboot …

»Außerdem will Fitz, dass ich dich ausspioniere.«

Das traf sie mit der Wucht eines Vorschlaghammers. »*Was*?«

Stille.

»Du steckst mit Fitz unter einer Decke?«

»Hätte ich dir das erzählt, wenn ich mit ihm unter einer Decke stecken würde?«

Sie funkelte ihn an. Die altvertraute Wut, der scharfe Zorn begann in ihr anzuwachsen und schob die Angst beiseite. Angie war froh darüber. »Ausspionieren? Wegen dem, was mit Hash passiert ist?«

Er nickte. »Und weil er ein frauenfeindlicher kleiner Scheißkerl mit Napoleon-Komplex ist.«

»Das habe ich also auch noch auf dem Gewissen … ich habe deinen Interessenkonflikt noch verschärft. Ich habe dich in eine Situation gebracht, in der du meine Tauglichkeit für diesen Job bewerten sollst, obwohl du ja schon weißt, dass ich einen psychischen Knacks habe. Ich habe dich beinahe umgebracht. Hast du ihm *das* gesagt?«

»Was glaubst du denn?«

»Ich weiß nicht mehr, was ich glauben soll, Maddocks. Ich habe dich in diese Lage gebracht, und jetzt bin ich von deiner Gnade abhängig. Verdammt. Mit Haut und Haar, Herz und Seele …« Beim Klang ihrer eigenen Worte verstummte sie.

Herz.

Seele.

Ihre Augen brannten. Sie schluckte. Auch in seinen Augen lag ein verräterischer Glanz.

Jetzt war es raus. Wie ein vibrierendes Ding, das zwischen ihnen in der Luft hing – diese Sache, die sie füreinander zu empfinden begannen. Die schwerwiegenden Folgen. Die schillernden Möglichkeiten. Die Herausforderungen.

Eine Art lautlose Woge des Grauens schwoll in ihr an und verschlang die Wut. Was übrig blieb, war etwas sehr viel Komplexeres.

»Ich decke dir den Rücken, Angie«, flüsterte er. »Das musst du wissen.«

»Das wird dich teuer zu stehen kommen, Maddocks.« Sie sah weg, beschäftigte ihre Finger mit dem Buttermesser neben ihrem unberührten Frühstück. Sie drehte das Silberding herum und herum und herum. Sie sollte einfach gehen. Ihm zuliebe. Sie sollte kündigen oder so etwas. Es war ihm gegenüber nicht fair. Aber sie wollte der Auseinandersetzung auch nicht aus dem Weg gehen. Angie mochte es nicht zu verlieren. Niemals. Widersprüchliche Gefühle stritten in ihr, rissen sie hin und her. Gestern hatte sie einen Weg nach vorn gesehen. Sie wollte vorwärtsgehen, aber auf einmal hatte die Welt beschlossen, es ihr nicht so leicht zu machen.

Und sie wollte ihn.

Sie konnte ihm nicht den Rücken kehren. Obwohl es wirklich besser wäre.

»Und da bin ich nicht der Einzige«, fuhr er fort.

»Wie meinst du das?«

»Holgersen steht auch hinter dir.«

»Er weiß Bescheid?«

»Nicht über den Vorfall vor der Kirche. Aber er hat uns vorm Pig gesehen.«

Sie schluckte. Erinnerungen an jenen Kuss stiegen in ihr auf. An den Club danach. An ihre Frustration. Ihre Unfähigkeit, mit diesem blonden Adonis mit den Eisaugen ins Bett zu gehen. An Maddocks, der ihr ohne ihr Wissen gefolgt war …

»Holgersen hat mich davor gewarnt, dass Fitz es auf dich abgesehen hat. Er hat auch versucht, dich anzurufen. Mehrmals.« Er ließ einen Moment verstreichen. »Angie, du hast Freunde. Du musst dich damit auseinandersetzen. Trotz deiner Reizbarkeit und obwohl du alles getan hast, um deinen neuen Partnern das Rückgrat zu brechen, *mag* Holgersen dich. O'Hagan mag dich. Ich … ich …«

»Du traust Holgersen?«, fragte sie.

Er zögerte. »Ich glaube schon. Er ist ein stilles Wasser, er hat wohl so einiges durchgemacht, aber … aber ich denke, man kann sich auf ihn verlassen. Vielleicht sogar mehr.« Er beugte sich vor. »Hör zu, Fitz hat es nicht nur auf dich abgesehen. Sondern genauso auf mich, er benutzt mich. Er spielt mit mir. Ich verwette meinen Arsch darauf, dass er mich den Geiern zum Fraß vorwirft, wenn dieser Fall nicht vor Weihnachten gelöst ist. Und wenn wir ihn lösen, dann wird er persönlich die Lorbeeren dafür einstreichen. Er ist ein paranoider kleiner Kontrollfreak auf Hexenjagd – er hat eine Lücke gesehen, und er will sie nutzen, um selbst die Karriereleiter hochzuklettern.«

»Vertraust du mir?«, fragte sie.

Vertraust du mir genug, um wieder mit mir zusammenzuarbeiten? Vertraust du mir genug, um mich mit anderen zusammenarbeiten zu lassen?

Er schwieg. Die bedeutungsschwere Frage hing zwischen ihnen. Gerade als er antworten wollte, klingelte ihr Handy. Hastig zog sie es aus der Tasche, als wäre es eine Art Notausgang aus dieser Situation. Unbekannter Anrufer. Doch dieselbe Nummer hatte schon zuvor ein paar Mal angerufen.

»Ich muss da rangehen«, sagte sie und nahm den Anruf entgegen. »Pallorino.«

»Detective … hier … hier ist Merry Winston.« Die Stimme am anderen Ende klang schwach, seltsam, leicht undeutlich.

»Was ist los?«, fragte sie und wandte sich leicht ab.

»Seit gestern habe ich dauernd versucht, Sie anzurufen. Können wir uns treffen? Ich habe etwas für Sie. Es ist … dringend.«

»Was ist dringend?«

»Das zeige ich Ihnen, wenn Sie hier sind.«

»Wo, Merry?«

»Es gibt da ein Bistro am Ogden Point. Das Wharf Bistro, ganz am oberen Ende des Piers. Das macht früh auf. Es hat viele Fenster – man sieht jeden, der sich von der Straße aus nähert. Sie müssen allein kommen. Versprechen Sie mir, dass Sie allein kommen, oder ich bin raus und Sie haben gar nichts.« Damit legte sie auf.

»Das war Winston«, sagte Angie. »Sie … klang merkwürdig. Als hätte sie Angst. Sie will sich mit mir treffen. Allein. Im Café am Ogden Point.«

»Warum?«

»Sie sagt, sie hat dringende Informationen.« Angie stand auf. »Ich muss los.«

»Meinst du, es geht um den Fall Napfschnecke?«

»Ich weiß es nicht.«

Die unterschwellige Frage schwebte noch immer um sie. *Vertraust du mir …*

»Ich muss zu ihr, Maddocks«, sagte sie weich. »Ich habe dir doch gesagt, dass ich zu ihr durchgedrungen bin, als ich mich neulich mit ihr getroffen habe. Ich muss es sein, die zu ihr geht, und zwar allein.«

Er holte tief Luft, stand auf, trat an ein offenes Wandfach mit einem Waffensafe darin. Er öffnete den Safe und holte ihre Dienstwaffe heraus, dann die Munition und ihr Messer.

Er legte alles vor ihr auf den Tisch und sah sie an.

»Pass auf dich auf«, sagte er.

Eine seltsame Intensität ging von ihm aus, und da wusste Angie es. Dies hier war es. Er überschritt die Grenze. Er setzte auf sie, gegen alle Widrigkeiten. Sie waren ein Team. Und sie würde ihn nicht enttäuschen.

Sie nahm ihre Waffe, lud sie, schob sie ins Holster und steckte auch ihr Messer ein. »Danke«, flüsterte sie.

Kapitel 66

Angie fand Winston tief über einen Holztisch gebeugt auf der verglasten Veranda des Bistros am Odgen Point. Sie hatte beide Hände flach auf einem braunen Umschlag abgelegt, während sie nervös den Weg kontrollierte, der von der Straße am Wasser entlang zum Eingang führte. Im Hauptraum prasselte ein Feuer, und es duftete nach frisch gemahlenem Kaffee und süßem Gebäck.

Die übrigen Tische waren zu dieser frühen Stunde noch alle leer, abgesehen von einer Sitzecke in der Nähe der Toiletten, wo ein Rentner saß und mit zittrigen, altersfleckigen Händen die Seiten der heutigen Zeitungsausgabe umblätterte. Angie vermutete, dass der Hund, der draußen am Geländer angebunden war und dessen schwarzes Fell von der salzigen Brise verwuschelt wurde, ihm gehörte.

»Warum hier?«, fragte Angie, zog sich Jacke und Mütze aus und setzte sich der schmächtigen Reporterin gegenüber. Die Augen der Frau waren blutunterlaufen und schossen umher, als könnte sie ihre Konzentration nicht auf etwas Bestimmtes fokussieren. Ihre Haut glänzte und ihr Teint war totenblass. Drogen, dachte Angie.

»Wie ich gesagt habe, es ist … offen. Es entgeht einem nichts. Man sieht, wer kommt.« Während sie sprach, nahm sie zwei grobkörnige Schwarz-Weiß-Fotos aus dem Umschlag auf dem Tisch. Auf einem war ein dunkelhaariger Mann in Lederjacke zu sehen, der ein Dock entlangging. Das zweite Foto zeigte denselben Mann, wie er an Bord einer Luxusjacht ging.

»Was ist das?«

Winston holte zittrig Luft, rieb sich über den Mund, ihr Blick zuckte zwischen den Fenstern und den Fotos auf und ab. »Faith hatte einmal einen Zuhälter. Ist schon lang her. Damián Yorick. Jemand auf der Straße hat mir vor ein paar Tagen gesteckt, dass man Faith wieder mit ihm zusammen gesehen hat, erst vor Kurzem, mit noch einem blonden Typ in einem schwarzen BMW. Das ist er, Damián.« Sie nickte zu den Fotos hinab.

»Können Sie den blonden Mann beschreiben, der auch mit Faith zusammen war?«

»Offenbar recht jung.«

»Wie jung.«

»Ungefähr Anfang zwanzig.«

»Und Sie sind sicher, dass dieser blonde Mann einen schwarzen BMW gefahren hat? Hat sich Ihr Kontakt das Kennzeichen notiert?«

»Kein Kennzeichen – sie ist eine Obdachlose und süchtig nach Chrystal Meth. Aber was den BMW angeht, war sie sich sicher. Eines dieser kleinen Sportmodelle. Schwarz.«

»Wie heißt sie, Ihre Kontaktperson?«

»Ich …« Winston schloss die Augen, als würde sie mit sich ringen, dann traf sie eine Entscheidung. »Nina. Manchmal schläft sie im Harbor House – dort habe ich Faith und sie kennengelernt.« Sie räusperte sich und sah nervös umher. »Ich habe auch einmal auf der Straße gelebt, verstehen Sie? Ich bin von einer Pflegefamilie zur nächsten gewandert und schließlich als Ausreißerin auf der Straße gelandet. Pastor Markus hat mich sozusagen unter seine Fittiche genommen. Und Nina und Faith.

Wir standen uns recht nahe. Haben auf der Straße aufeinander aufgepasst. Ich hab's da rausgeschafft. Bin clean geworden. Nina konnte es nicht. Faith – sie ist im Escort-Business gelandet. Zuerst bei Damián, dann weiß ich es nicht. Irgendjemand hat sie einigen sehr viel betuchteren Kunden vorgestellt, und sie schien dienstagabends einen gut bezahlten regelmäßigen Auftrag zu haben.« Winston schniefte und wischte sich mit dem Ärmel über die Nase. »Sie hat nicht darüber gesprochen, aber irgendwann ist sie in dieser hübschen Wohnung gelandet und hat sich die Zähne richten lassen. Dazu schicke Kleider. Faith war immer noch hübsch, wissen Sie, nachdem sie vom Meth weg war. Sie sieht – sie sah sehr jung aus, und das hat den älteren Kunden gefallen.«

Angie spürte das Adrenalin in den Adern. Sie hatte Winston richtig eingeschätzt. Dieses Mädchen hatte ein paar gewaltige Probleme und kämpfte immer noch darum, ihre Vergangenheit hinter sich zu lassen. Das erklärte ihre ruppige, abweisende Art. Merry Winston hatte guten Grund, der Welt den Stinkefinger zu zeigen, und sie tat es mithilfe ihrer Tastatur. Widerstrebende Bewunderung mischte sich in Angies Bild von der kleinen Reporterin mit den schlechten Zähnen. Winston mochte vom Meth losgekommen sein, doch diese Zähne waren das Vermächtnis. »Reden Sie weiter.«

»Ich bin zu Damián gegangen, um ihn zu konfrontieren. Um ihn nach dem Blonden und nach Faith zu fragen. Aber er hat gelogen und behauptet, er hätte Faith nicht gesehen. Seit über einem Jahr nicht mehr, hat er gemeint.« Wieder rieb sich Winston über den Mund. »Also habe ich gewartet, habe seine Wohnung beobachtet, und als er gegangen ist, bin ich ihm bis dahin nachgefahren.« Sie nickte wieder zum Foto hinab. »Uplands Marina.«

Angies Puls legte noch etwas zu.

»Wann war das?«

»Freitagabend bis Samstagmorgen.«

Angie sah sich das Bild, auf dem Damián Yorick die Jacht betrat, genauer an. Die *Amanda Rose* – der Name war auf dem Foto deutlich zu lesen. Es traf sie wie eine Kugel in den Kopf. *Amanda Rose.*

Amanda R. Der Name in Gracie Drummonds Kalender, neben dem von Lara Pennington und den Initialen B. C. Eine Erinnerung an die abendlichen Treffen – üblicherweise dienstags.

»Was wollte Damián Yorick auf dieser Jacht?«

»Ich weiß es nicht. Aber er ist ein Zuhälter, oder? Er bewegt sich in fragwürdigen Kreisen. Er kauft und verkauft Frauen und Sex, und er nimmt sich seinen Anteil. Also habe ich gewartet. Es waren Leute an Bord, irgendeine Art Party ist da abgelaufen. Die Lichter haben gebrannt, und an Deck standen zwei Typen, die aussahen wie Security-Personal, deshalb wollte ich nicht näher ran. Dann ist dieser andere Typ gekommen, während ich gewartet habe.« Winston zog ein drittes Foto aus dem Umschlag. Noch eine unscharfe Nachtaufnahme. Diese zeigte, wie ein weiterer Mann an Bord der *Amanda Rose* ging. Dunkles Haar. Schlank. Muskulös.

»Wer ist das?«, fragte Angie.

Winston presste die Lippen aufeinander. Wieder zog sie ein Foto hervor und schob es Angie hin. Darauf waren die beiden jungen Männer zu sehen, wie sie gemeinsam das Dock entlanggingen, die Köpfe zusammengesteckt, als würden sie sich angeregt und privat unterhalten. Angie spürte Aufregung in sich hochsteigen – der zweite Mann sah aus wie Jayden Norton-Wells.

»Sie sind mit zwei unterschiedlichen Autos abgefahren. Ich habe beschlossen, dem zweiten zu folgen, weil ich herausfinden wollte, wer er ist und wohin er wollte. Er fährt dieses Auto.« Aus dem Umschlag holte sie die Aufnahme eines roten Porsche.

»Und wohin ist der gefahren?«

Winston legte ein Bild vor Angie hin, das zeigte, wie der rote Porsche in eine Auffahrt einbog, die von zwei Steinsäulen flankiert wurde. Auf einer der Säulen war eine Plakette befestigt. Der Name darauf war deutlich zu lesen – AKASHA.

Es fühlte sich an wie ein Stromstoß – es war wirklich Norton-Wells. Sie schluckte und starrte das Bild an.

»Kaffee? Möchten Sie etwas bestellen?«, fragte die Bedienung, die wie von Zauberhand an ihrem Tisch auftauchte. Mit einer schnellen Bewegung drehte Angie die Fotos um. »Wir brauchen noch eine Minute.« Die Kellnerin ging wieder.

Angie beugte sich vor. Mit gesenkter Stimme fragte sie: »Wissen Sie, wessen Anwesen das ist?«

Die Reporterin nickte. Schweigend legte sie ein weiteres Bild vor Angie. Das Foto eines Mannes und einer Frau, die sich leidenschaftlich in einem weißen Audi küssten, der unter einer Straßenlaterne parkte.

»Ich habe gegenüber der Auffahrt gehalten, als plötzlich dieser Audi aufgetaucht ist. Das Paar hat sich geküsst, und dann ist die Frau ausgestiegen.« Winston legte noch ein Bild auf den Tisch. Angie starrte es an, ihre Gedanken überschlugen sich. *Joyce Norton-Wells.* Sie hatte die Hand auf die Autotür gelegt und beugte sich vor, um mit dem Mann zu sprechen, der hinter dem Steuer saß. Das Licht im Wageninneren beschien die markanten, unverkennbaren Züge seines Gesichts.

Bürgermeister Jack Killion.

»Verdammtes Kuddelmuddel, was?«, sagte Winston, und ihr Blick zuckte wieder zu dem Weg vor dem Fenster. Sie rutschte auf ihrem Platz herum. Ihr Knie begann zu wippen. »Die da sind für Sie.«

Langsam ging Angie die Fotos noch einmal durch.

Aus der Jackentasche zog Winston einen Memorystick und legte ihn vor Angie hin. »Und das auch. Das ist eine Kopie der digitalen Aufnahmen, die ich von den Telefonaten mit meiner anonymen Quelle gemacht habe. Ich glaube, dass es jemand aus dem MVPD ist.«

Angies Kopf ruckte hoch. »Wer ist er?«

»Ich weiß es nicht. Ich weiß nicht einmal, ob es ein Er oder eine Sie ist. Er oder sie hat einen Stimmverzerrer verwendet. Dadrauf ist auch der Mitschnitt meines Gesprächs mit Damián.«

Etwas Endgültiges schwang in Winstons Ton mit, und bei Angie läuteten die Alarmglocken.

»Warum, Merry?«, sagte sie und verwendete bewusst den Vornamen der Reporterin. »Warum kommen Sie jetzt mit all dem zu mir, obwohl Sie damit einen riesigen Treffer hätten landen können? Das wäre doch eher Ihr Stil gewesen.«

»Weil ich auch noch das hier bekommen habe.« Sie schob ihr die letzten beiden Fotos aus dem Umschlag zu. »Das da bin ich«, sagte sie und deutete auf eine kleine Gestalt, die in einer riesigen dunklen Jacke zwischen einem Truck und einem Sedan kauerte, ein gewaltiges Teleobjektiv in den Händen und mit einer eng anliegenden Mütze auf dem Kopf.

»Jemand auf dem Boot hat mich gesehen«, sagte sie. »Sie haben mich fotografiert, während ich sie fotografiert habe. Diese Security-Typen müssen gewusst haben, dass ich dort war und sie die ganze Zeit über beobachtet habe.«

»Wie sind Sie an diese Aufnahmen gekommen?«

»Jemand hat das Foto auf dem Tisch in meiner Wohnung liegen gelassen, zusammen mit dem da.«

Angie betrachtete das letzte Bild. Ein kleines Tütchen voller weißer Kristalle, eine Pfeife und ein Feuerzeug.

»Jemand ist in meine Wohnung eingebrochen, Detective, und hat Crack und alles Zubehör auf meinem Tisch liegen gelassen. Und diese Aufnahme von mir. Lesen Sie mal, was hinten draufsteht.«

Angie drehte das Foto um.

DU BIST TOT

Auf einmal glänzten Winstons Augen. »Ich bin zu Ihnen gekommen, weil Sie gesagt haben, dass Ihnen die Opfer etwas bedeuten. Und weil ich Ihnen geglaubt habe. Ich weiß nicht, was zum Teufel da los ist, aber ich will, dass Sie die Scheißkerle festnageln, die Faith das angetan haben.« Sie schob ihren Stuhl zurück und stand auf. »Noch was. Ich *habe* meine Geschichte aufgeschrieben. Alles, was ich weiß. Über den Verräter. Faith. Ihren Zuhälter. Den Blonden mit dem BMW. Wie hübsch man Faith zurechtgemacht hat, mit den Zähnen und so. Über die Vergewaltigungen vor ein paar Jahren. Die roten Filzstiftkreuze. Die Worte, die der Vergewaltiger über den Satan gesagt hat, den Vater der Sünde und den Prinzen der Dunkelheit. Über diese …« Sie schlang sich die Arme um die Brust und nickte zu den Fotos und dem Memorystick auf dem Tisch. »Die *Amanda Rose*. Die ADAG und den Bürgermeister. Den roten Porsche, der die Auffahrt von AKASHA hochgefahren ist … über das alles. Mit Fotos. Und ich habe festgelegt, dass der Bericht an Heiligabend erscheinen soll.« Damit wandte sie sich zum Gehen.

»Warten Sie!« Angie griff nach Winstons Handgelenk, um sie aufzuhalten. »Warum haben Sie das Erscheinungsdatum so weit nach hinten geschoben?«

Sie sah Angie in die Augen. »Um Ihnen die Chance zu geben, ihn vorher zu kriegen. Und falls mir etwas passiert.«

»Merry, was haben Sie mit den Drogen gemacht?«, fragte sie sanft.

»Ich habe sie nicht genommen, falls Sie das meinen. Ich … ich bin clean.«

»Was haben Sie dann damit gemacht?«

»Sie liegen bei mir zu Hause.«

»Schaffen Sie das Zeug aus Ihrer Wohnung, Merry. Bringen Sie es zu mir. Es ist ein Beweismittel. Vielleicht können wir es zurückverfolgen …«

In diesem Moment ging die Tür auf und Winston zuckte zusammen. Ein Pärchen trat ein, und hinter ihnen flog ein kleiner Vogel durch die offene Tür. Er war gefangen, flatterte in den verglasten Bereich und prallte immer wieder gegen die Fensterscheiben. Entsetzt riss sich Winston los. »Ich muss gehen.«

»Kommen Sie aufs Revier, wir können Sie beschützen …«

»Nein«, flüsterte sie. »Auf keinen Fall. Dieser Informant, ich weiß nicht, wer er ist, aber er ist da, irgendwo in den Reihen der Metro PD. Vielleicht war es sogar er, der das Zeug in meine Wohnung gebracht hat. Er könnte mit den Typen von der Jacht zusammenarbeiten. Wenn Damián und die Leute auf der Jacht etwas damit zu tun haben, was mit Faith passiert ist, und wenn Damián dicke mit dem Sohn der ADAG ist, und wenn die ADAG mit dem Bürgermeister schläft – Herrgott, ich weiß selbst schon nicht mehr, wo die Verbindungen anfangen und aufhören. Ich vertraue niemandem, besonders nicht den Cops. Ich muss auf mich selbst aufpassen. Ich bin alles, was ich habe.«

»Trotzdem haben Sie diese Fotos und die Aufnahmen zu mir gebracht.«

Merry sah dem Vogel zu, der weiterhin versuchte, ins Freie zu gelangen. »Wegen dem, was Sie neulich gesagt haben …« Sie schluckte. »Sie haben gesagt, es sei Ihnen wirklich wichtig.«

»Was ist mit den Vergewaltigungen, Merry? Sie *müssen* mir die Details darüber verraten.«

Sie beugte sich zu Angie vor und senkte die Stimme, bis sie kaum noch ein Flüstern war. »Ich weiß davon, weil ich eines seiner Opfer war, okay? *Ich* bin es, der das zugestoßen ist. Vor fünf Jahren. Rotes Kreuz. Messer an der Kehle. Fehlende Haarsträhne. Und nur deshalb hat sich Allison Fernyhough bereit erklärt, mit mir zu sprechen. Sie hat mir auch von Sally Ritter erzählt.«

»Was ist mit der anderen …« Eine Frau mittleren Alters kam den Weg entlang und stieg die Eingangsstufen des Bistros herauf. Panik flackerte in Winstons Gesicht auf, als sie eintrat.

»Ich muss gehen.« Sie machte auf dem Absatz kehrt, und schon war sie weg. Aus der Tür hinaus. Die Stufen hinunter. Durch die Fenster sah Angie, wie Winston am Wasser entlang zur Straße eilte, die schwarze Kapuze über den Kopf gezogen, um ihr Gesicht zu verstecken. Sie näherte sich einem grünen VW Käfer und stieg ein. Angie griff nach ihrem Handy.

Nach dem zweiten Läuten nahm Maddocks ab.

»Ich hab's«, sagte sie leise, während sie weiterhin Merry Winston in ihrem Käfer beobachtete. »Die *Amanda Rose*. Das ist eine Luxusjacht. Und ich habe einen Fotobeweis, dass Norton-Wells am Freitagabend in Begleitung mit Hockings Zuhälter auf dieser Jacht war. Den Zuhälter hat man außerdem zusammen mit einem blonden Mann Anfang zwanzig gesehen, der einen schwarzen BMW fährt.«

Kapitel 67

Angie straffte die Schultern, zögerte, holte tief Luft und betrat die Einsatzzentrale der Ermittlungstruppe Napfschnecke, den Umschlag, den Merry Winston ihr im Wharf Bistro gegeben hatte, fest in der Hand.

Es herrschte rege Geschäftigkeit im Raum, Detectives, die Akten durchgingen, sich mit Technikern unterhielten, die fieberhaft an den Computern arbeiteten, die auf einer Tischreihe an einer Seite des Raums standen. Die Luft war warm, und es roch nach verbranntem Kaffee und Donuts, die jemand zum Sonntagsfrühstück mitgebracht hatte. Niemand hob auch nur den Kopf, als sie eintrat – ihre Abwesenheit war in der Aufregung längst vergessen worden, da sich nun die investigativen Ergebnisse mit Warpgeschwindigkeit vor ihnen entfalteten. Sie alle wussten von ihrem Telefonat mit Maddocks und dass die Uhr der Deadline entgegentickte, zu der Merry Winstons Artikel samt Fotografien erscheinen würde. An Heiligabend. Die Erleichterung traf sie schwer im Magen.

Maddocks sah von einem Stapel Papiere auf, die er gemeinsam mit Holgersen an einem Tisch ganz vorn im Raum durchging. Er winkte sie zu sich und lächelte ihr entgegen. Sie las Anerkennung in seinem Blick. Sie hatte den Ball im Bistro ins Rollen gebracht, dann hatte sie einen Abstecher zu Hause gemacht, um sich zu duschen und umzuziehen – es würde mehr als ein langer Tag werden, und der Gedanke, aufs Revier zurückzukehren und sich den prüfenden Blicken ihrer Kollegen auszusetzen, hatte sie nervös gemacht. Außerdem hatte sie sich frisch fühlen und so energiegeladen wie möglich aussehen wollen.

Maddocks nahm ihr den Umschlag ab und begann, Winstons Fotografien auf dem Tisch auszubreiten.

»Wo ist Leo?«, fragte sie in die hektische Betriebsamkeit.

»Ich habe ihn mit Smith zur *Amanda Rose* geschickt, damit er dort alles im Auge behält«, sagte Maddocks, während er die Aufnahmen betrachtete. »Ich habe die Techniker drangesetzt, sie sollen sich mal anschauen, wem die Jacht bisher so alles gehört hat. Sie ist auf den Caymans registriert, das könnte also schwierig werden, aber ich will, dass sie rund um die Uhr überwacht wird, damit sie nicht plötzlich unbemerkt den Anker lichtet. Nicht, dass sie uns in internationale Gewässer abtaucht, bevor wir die Lage im Griff haben. Eine Einheit der Hafenpolizei steht in der nächsten Bucht bereit, falls es einen Fluchtversuch gibt.«

Angie lächelte in sich hinein. Leo bei einem Überwachungseinsatz. Sie konnte sich sein Gemotze darüber, aufs Abstellgleis abgeschoben worden zu sein, bestens vorstellen. Eins zu null für Maddocks. Er sah von den Fotos auf.

»Gut gemacht, danke«, sagte er.

Sie dachte an seinen Vertrauensbeweis, als er ihr ihre Dienstwaffe zurückgegeben hatte, trotz des erheblichen Risikos für ihn selbst. Sie war es, die ihm zu danken hatte, nicht andersherum.

Er nickte knapp, pinnte Winstons Fotos ans Whiteboard, griff nach einem Filzstift und wandte sich dann an seine Kollegen im Raum. »Okay, legen wir los. Bitte nach vorne schauen.«

Das Team sammelte sich, und alle Augen ruhten auf dem Board.

»Werden wir versuchen, Winstons Veröffentlichung zu stoppen, Sir?«, rief jemand.

»Dazu haben wir nicht das Recht«, antwortete ein anderer Detective an Maddocks Stelle. »Freie Meinungsäußerung und Berichterstattung und so weiter.«

»Doch, wir haben das Recht dazu, wenn das, was sie veröffentlicht, unsere Ermittlungen gefährdet.«

»Wir wissen aber nicht genau, was sie veröffentlichen wird«, fügte ein weiterer hinzu.

Maddocks klopfte auf den Tisch. »Wir machen es folgendermaßen: Bis Heiligabend und damit bis zum Veröffentlichungstermin sind es noch acht Tage, wenn wir heute mitzählen. Wir konzentrieren uns darauf, den Fall einfach vorher zu lösen. Verstanden?«

Allgemeines Gemurmel.

»Gut.« Mit dem Endstück seines Filzstifts tippte er auf Winstons Fotografien von Jayden Norton-Wells und Damián Yorick, die gerade an Bord der *Amanda Rose* gingen.

»Norton-Wells ist der Sohn der ADAG. Schwarzes Haar. Hier sieht man ihn dabei, wie er in Begleitung von Faith Hockings Zuhälter Yorick eine auf den Cayman Islands registrierte Luxusjacht betritt. Das war am Freitagabend, dem fünfzehnten Dezember. Yorick ist polizeibekannt, er hat eine Vorgeschichte: Straßendealerei, tätliche Angriffe, er hat gesessen. Er ist ebenfalls schwarzhaarig. Angeblich wurde er auch in Begleitung eines blonden Mannes Anfang zwanzig gesehen, der einen schwarzen BMW fährt.« Maddocks zog eine Linie von Yoricks Foto zu dem von Jon Jacques junior und malte ein Fragezeichen darunter. »Wir überprüfen gerade die Vermutung, dass es sich bei diesem blonden Mann um den Sohn eines Zahnarztes namens Jon Jacques senior, ebenfalls blond, handelt.« Er zog eine weitere Verbindungslinie. »Unser blonder BMW-Fahrer scheint Gracie Drummond im Oak Country

Club aufgerissen zu haben, nachdem ihr Freund aus der Schule mit ihr Schluss gemacht hat.« Er zog eine Linie, die Drummond und Jon Jacques junior miteinander verband, und wandte sich dann wieder dem Raum zu.

»Nach der Begegnung mit Jacques junior scheint Drummond an Geld gekommen zu sein. Sie tätigte eine Menge kostspieliger und unerklärter Käufe. Außerdem hat sie einem Priester gegenüber von ihren Schuldgefühlen gesprochen, weil sie offenbar mit vielen verschiedenen Männern geschlafen hat. Wir überprüfen gerade die These, dass sie ins Sexgewerbe rekrutiert wurde.«

»Und zwar von Baby Jacques«, fügte Holgersen hinzu. »Er könnte der Scout sein. Er bringt Mädchen wie Drummond zu Yorick, der sie vermutlich einarbeitet. Wenn eine von ihnen etwas aufgemöbelt werden muss, wie Hocking, dann springt Daddy Dentist gern ein.«

»Was ist denn für ihn dabei drin?«, fragte jemand aus der Gruppe.

»Vielleicht ein Anteil am Gewinn«, vermutete ein anderer. »Das ist der Typ, der schon diverse Male wegen seiner finanziellen Verbindungen zum organisierten Verbrechen unter die Lupe genommen wurde, sich aber immer wieder herauswinden konnte.«

Maddocks ergriff das Wort: »Unsere Techniker gehen gerade die Akten dieser Ermittlungen durch. Bisher scheint Dr. Jon Jacques mit mehreren Konten auf den Caymans in Verbindung gebracht werden zu können, und eines dieser Konten scheint sich Geschäftsinteressen mit einem weiteren Konto zu teilen, das wiederum dem Eigentümer der *Amanda Rose* zugeschrieben werden kann.«

»Verdammte Scheiße«, flüsterte jemand und Energie durchlief den Raum wie ein Flächenbrand. Allmählich fügten sich die Dinge zusammen. Zu etwas Großem.

»Also wird auf der *Amanda Rose* möglicherweise so etwas wie ein Luxusbordell betrieben?«, fragte jemand. »Was ist mit dieser Lara Pennington? War sie auch an Bord?«

Angie räusperte sich und dachte an den Club und den Sex, den sie sich dort geholt hatte. »In Drummonds Kalender finden sich regelmäßige Einträge für Treffen mit Lara P.« Sie nahm einen Filzstift vom Tisch und schrieb unter Penningtons Foto: »Lara P., Amanda R., B. C.«

Dann wandte sie sich an die Detectives. »Wir ermitteln gerade, ob Pennington ebenfalls an dem vermeintlichen Prostitutionsring auf der *Amanda Rose* beteiligt ist. Wir wissen bisher noch nicht, wofür die Initialen B. C. stehen, aber im Laufe der Ermittlungen sind wir auf ein Streichholzbriefchen gestoßen, auf dem ›B. C.‹ stand. Auf der Innenseite der Klappe stand Drummonds Handynummer.« Sie hielt inne und steigerte damit die Spannung noch ein wenig mehr. »Dieses Streichholzbriefchen stammte aus dem Büro von Zach Raddison, dem persönlichen Berater von Bürgermeister Jack Killion.«

Ein Pfeifen kam von hinten im Raum, gefolgt von einer weiteren Energiewelle, als sich die Ermittler unter dem Ansturm des Adrenalins regten.

»Und Bürgermeister Killion …«, fuhr Holgersen fort und nickte zu dem Foto hinüber, das Winston vor der Auffahrt zu AKASHA aufgenommen hatte. »Er hat eine Affäre mit ADAG Joyce Norton-Wells, der Mutter von Jayden Norton-Wells, der dabei gesehen wurde, wie er mit Yorick die *Amanda Rose* betrat.«

»So ein Kuddelmuddel«, kommentierte jemand.

»Ja, das wird allmählich zum Schlagwort für die Ermittlung«, antwortete ein anderer. »Das wird die beiden da – den Bürgermeister und die ADAG – auf die eine oder andere Weise über die Klinge springen lassen. Vielleicht hat die ADAG

Druck auf ihren Geliebten ausgeübt, damit er dieses gewaltige Bauvorhaben ihres Mannes unten am Wasser unterstützt.«

»Und unser Jurajunge Jayden Norton-Wells hat zugegeben, dass er Gefühle für Drummond gehegt hat und dass seine Freunde ihn J. R. nennen«, warf Holgersen ein. »Wahrscheinlich war er es, der Drummond das Amulett des heiligen Christophorus geschenkt hat – damit sie eine sichere Reise hat. Was auch immer das für ihn bedeutet. Außerdem hat er gelogen, was den Diebstahl des mysteriösen verschwundenen Lexus angeht, der kurz vor und kurz nach Drummonds Entführung vor der Blue Badger Bakery auf der Eisenbrücke aufgetaucht ist und dazu noch auf den Aufnahmen der Überwachungskamera des 7-Eleven-Supermarkts vor dem Ross Bay Cemetery, wo Drummond gefunden wurde.«

Angie war überrascht von der Tatsache, dass der Kerl tatsächlich in grammatikalisch korrekten Sätzen sprechen konnte, wenn es darauf ankam. Hatte er sich gerade verraten? War dies der echte Holgersen? Oder gab er sich nur wirklich Mühe, den Veteranen im Raum zu gefallen?

Als hätte er seinen Fauxpas gerade selbst bemerkt, fuhr Holgersen in diesem Moment fort: »Und als Jurajunge aufgetischt bekommt, dass wir ihm die Geschichte mit seinem gestohlenen Lexus nich abkaufen, kriegt er Schiss und zack, rast er mit seinem roten Handtaschenporsche ins Rathaus zu unserem Bürgermeisterlehrling Zach Raddison hier …« Er deutete auf das Foto von Raddison. »Der mit den schwarzen Haaren, dem B.-C.-Streichholzbriefchen und Drummonds Handynummer.«

»Wie passt Ihrer Meinung nach die Affäre des Bürgermeisters da rein?«, wollte Dundurn wissen – den man gemeinsam mit Smith, der mit Leo bei der Uplands Marina war, von den Sexualverbrechen mit ins Boot geholt hatte.

»Wahrscheinlich ist diese Entdeckung einfach nur Pech«, antwortete Angie. »Eines dieser Familiengeheimnisse, die ans

Licht gezerrt werden, wenn ein Verbrechen passiert und die Polizei eine Schicht nach der anderen abträgt und untersucht.«

Es klopfte an der Tür und kurz darauf wurde sie geöffnet. Alle wandten den Kopf.

»Dr. Padachaya?«, fragte Maddocks, und sofort senkte sich erwartungsvolles Schweigen herab. Alle warteten auf die Ergebnisse von Jayden Norton-Wells' DNS-Analyse.

Lächelnd und mit funkelnden Augen trat sie vor, was Angie verriet, dass Sunni Padachaya ihn hatte – sie hatten Norton-Wells.

Dr. Padachaya reichte Maddocks einen Ordner. »Kopien der Ergebnisse – von seinen Haaren, seinem Blut und den Speichelproben.«

Er wartete, immer ganz der Gentleman, und gestattete der kleinen Wissenschaftlerin, die Bombe selbst platzen zu lassen.

»Er ist es«, sagte sie. »Jayden Norton-Wells ist ›schwarzhaariger Mann eins‹. Seine Körperhaare wurden beim Auskämmen von Hockings Schambereich gefunden, außerdem noch innerhalb ihres Planenkokons, zwischen den Fasern der Seile von Thetisby Island und auf Drummonds Kleidern.«

»Hey, hey, Jurajunge, wir haben dich«, rief Holgersen und stieß triumphierend mit der Faust in die Luft. »Wir haben ihn bei den schwarzen Löckchen. Kassieren wir ihn ein!«

»Nicht so schnell«, meldete sich eine dünne, kratzige Stimme zu Wort.

Inspektor Frank Fitzsimmons stand ganz hinten im Raum.

Wie lange stand dieser Freak schon da?

Er trat vor, seine Miene war sturmumwölkt und er hatte die Hände zu Fäusten geballt. Sein Blick schien Maddocks zu durchbohren. Während er den Raum durchquerte, sah Angie, dass er tatsächlich zitterte vor Wut. Er hielt ein paar Papiere in der Hand, die deutlich sichtbar bebten.

»Sergeant Maddocks«, sagte er und blieb vor Maddocks stehen. »Ray Norton-Wells und sein Anwaltsteam haben soeben eine Antragsschrift von Richter Lofland erhalten, die besagt, dass die DNS-Ergebnisse seines Sohnes vernichtet werden sollen. Sie behaupten, er wäre zur Abgabe der Proben genötigt worden. Sie dürfen nichts verwenden, was auf den Ergebnissen der DNS-Analyse basiert.«

»Das ist doch Bullshit«, fluchte Holgersen. »Der ganze Scheiß wurde dokumentiert. Er hat eine Einverständniserklärung unterschrieben …«

»Es kann Berufung eingelegt werden«, gab Fitz zurück. »Aber im Moment sind diese Beweismittel vom Tisch.«

»Scheiße«, murmelte Holgersen und sah Angie an.

»Sergeant, auf ein Wort unter vier Augen.« Damit machte Fitz kehrt und verließ den Raum wieder. Nachdem die Tür hinter ihm ins Schloss gefallen war, wandte sich Maddocks an Angie.

»Macht den Wagen bereit. Wir holen ihn uns. Sofort. Er ist jetzt sicher in der Kirche.«

»Was ist mit Fitz?«

»Sofort!« Er wandte sich an Holgersen. »Sie schnappen sich Dundurn und heften sich an Raddisons Fersen. Nicht eingreifen. Folgen Sie ihm einfach nur. Falls es irgendetwas Ungewöhnliches gibt, dann will ich umgehend davon erfahren. Und Sie, Hazleton«, sagte er zu einem weiteren Detective. »Rufen Sie Vedder an. Ich will, dass die Abteilung für Sexualverbrechen voll mit an Bord ist und in den Startlöchern steht. Sagen Sie ihm, dass wir ein Notfalleinsatzteam brauchen. Außerdem will ich noch heute ein SWAT-Team an Bord der *Amanda Rose* haben.« Er schnappte sich seinen Mantel von der Rückenlehne seines Stuhls und eilte Fitz nach.

* * *

Maddocks fand Fitz wutschnaubend vor der Einsatzzentrale.

»Ich lasse ihn herholen«, verkündete er Fitz, bevor dieser auch nur den Mund aufmachen konnte.

»Sergeant, ich habe Sie angewiesen, mich zu informieren, bevor …«

Maddocks deutete auf die Tür. »Wir sind da vielleicht an einem internationalen Prostitutionsring dran, an einem Verein, in dem die Dienste von minderjährigen Mädchen verkauft werden, und zwar auf einer Jacht, die auf den Cayman Islands registriert ist und die wiederum über einen ansässigen Zahnarzt, gegen den die RCMP seit Jahren ermittelt, mit dem organisierten Verbrechen in Verbindung stehen könnte. Irgendwo in diesem Milieu sind Hocking und Drummond einem kranken Triebtäter über den Weg gelaufen. Wenn wir uns Norton-Wells jetzt durch die Finger schlüpfen lassen – wenn er Alarm schlägt –, dann könnte die *Amanda Rose* heute Abend vielleicht schon in internationale Gewässer entkommen, und dann haben wir ganz andere Probleme. Unser Serienmörder könnte sich auf dieser Jacht befinden. Und wenn es noch weitere junge Frauen an Bord gibt, dann könnte ihr Leben in Gefahr sein – es besteht akute Verdunklungsgefahr.«

»Wir haben keine Grundlage, auf der wir ihn festnehmen …«

»Doch, die haben wir. Wir haben Fotos und eine Zeugenaussage, die Norton-Wells mit der *Amanda Rose* und mit Faith Hockings Zuhälter in Verbindung bringen, wobei Letzterer mit Jon Jacques junior verkehrt, der wiederum direkt mit Drummond in Zusammenhang gebracht werden kann. Außerdem haben wir Norton-Wells' Aussage, dass er Drummond kannte und Gefühle für sie gehegt hat. Und dann gibt es da noch den Lexus. Diese Fotobeweise könnten uns jetzt dazu berechtigen, eine DNS-Probe von ihm zu fordern, dank Winston. Wir machen einfach alles noch mal mit neuen Proben.«

»Sergeant, ich bestehe darauf …«

»Bevor Sie weitersprechen, Sir, möchte ich Sie noch auf etwas hinweisen.« Maddocks senkte die Stimme. »Wir haben Aufnahmen, die beweisen, dass Bürgermeister Killion und ADAG Joyce Norton-Wells eine außereheliche Affäre miteinander haben.« Er hielt inne und hielt den Blick dieser scharfen kleinen Käferaugen. »In der Politik dreht sich alles darum, wie die Dinge wahrgenommen werden. Angesichts der Gerüchte, dass Bürgermeister Killion vorhat, Chief Gunnar durch seinen eigenen Mann zu ersetzen, und zwar bald, was zweifellos zu weiteren Entlassungen und Aufstiegsmöglichkeiten bei der MVPD führen wird, wäre es doch sehr unvorteilhaft, wenn man Sie für denjenigen halten würde, der diesen Fall sabotiert hat, einen Fall, in den Killion persönlich verwickelt ist. Und der Sohn der ADAG. Wahrscheinlich im Tausch gegen eine Beförderung.« Er wartete einen Moment ab. Fitz vibrierte vor Wut und starrte Maddocks zornentbrannt an. Maddocks vermutete, dass es jetzt mit seinem Job bei der MVPD aus war, aber er würde sich diese Jacht nicht durch die Lappen gehen lassen. Auf keinen Fall. »Winstons Story ist bereits angekündigt«, fuhr er ruhig fort und bot ihnen beiden damit einen Ausweg an. »Mitsamt Fotos. An Heiligabend soll sie erscheinen. Ich möchte diesen Fall vorher abschließen. Unter Ihrer Schirmherrschaft.«

Der Täufer

Es ist Sonntagmorgen, als er die Küstenstraße entlangfährt. Er braucht heute das Auto. Dies ist der Tag, an dem er sich Lara holen will, und er kann es kaum noch erwarten. Vor Sonnenaufgang hat er bereits sein Hanteltraining absolviert, dann ist er zwölf Kilometer gerannt – alles als Vorbereitung. Er hatte sich am vergangenen Abend den Genitalbereich rasiert. Lara ist jetzt in der Kirche. Er ist nervös, er muss irgendetwas tun, bevor es dunkel wird. Also fährt er die Straße entlang, die an der Uplands Marina vorbeiführt. Nur um zu sehen, ob die *Amanda Rose* noch dort liegt. Seit Faith ist er oft hier vorbeigefahren. Er betrachtet diesen leuchtenden Palast gern bei Nacht und stellt sich vor, dass er ihnen wieder zusieht – Gracie, Lara, Faith … Eva … und die anderen mit den Barcodes im Nacken … Auf einmal sieht er den Streifenwagen und bremst ab.

Das Auto parkt am Straßenrand, darin sitzen zwei Polizisten. Er schluckt, konzentriert sich auf die Straße, die Hände vorschriftsmäßig auf dem Lenkrad. Er blinkt und biegt spontan links ab, weg vom Wasser.

Dann hält er am Straßenrand und parkt unter einem Baum. Sein Puls rast. Seine Handflächen sind feucht. Nein. Kein Grund zur Sorge. Alles ist gut, alles ist bestens. Aber weil er neugierig ist und weil all seine Sinne heute Nacht geschärft sind wie die eines Jägers in der Wildnis, steigt er aus und geht einen Pfad entlang zurück zur Küstenstraße. Auf einer mit dichten braunen Grasbüscheln und Eichen bewachsenen Anhöhe kommt er heraus. Von hier aus kann er die Marina sehen. Dort liegt die *Amanda Rose*. In all ihrer Pracht. Die Flaggen wehen sachte in der winterlichen Brise. Er bleibt stehen, sieht nur zu, kostet die Luft. Der Anblick beruhigt ihn. Er denkt an die wunderschönen Holzvertäfelungen darin. An die Frauen, deren Pussys auf die Männer warten … Da entdeckt er sie – sie sind zu zweit. Ein älterer Mann mit weißem Haar und Quadratschädel. Und ein anderer, dünn und etwas größer. Sie sitzen auf einer Bank am Weg oberhalb der Marina. Er inspiziert sie eine Weile. Einer von ihnen hält sich ein kleines Feldglas vor die Augen. Er bewacht die *Amanda Rose* unten in der Bucht.

Der Magen zieht sich ihm zusammen, und er muss schlucken. Er weicht in das Dickicht des Eichengehölzes und in die Schatten zurück und beobachtet die beiden eine lange Zeit. Sie wirken falsch in ihren Anzügen. Cops – es sind Cops.

Er macht auf dem Absatz kehrt und eilt zu seinem Auto zurück, dabei ballt er die Hände immer wieder zu Fäusten.

Dummer Junge, Johnny Boy, natürlich sind es Cops. Tommy, du dummer Johnny … sie wollen Tommy fangen … du machst dich besser aus dem Staub, Johnny, sie nähern sich Tommy …

Als er wieder beim Auto ist, weiß er, was er zu tun hat. Sein Plan hat sich geändert. Er muss schnell sein. Nicht Lara heute Nacht. Die andere heute Nacht … Das Endspiel heute Nacht.

Schon gut, Johnny. Einfach weitermachen, Tommy … Letztendlich ist Dummheit die größte Sünde, Junge …

Kapitel 68

Angie entschied sich dafür, stehen zu bleiben. Sie verschränkte die Arme vor der Brust und lehnte sich mit der Schulter gegen die Wand des kleinen Verhörraums hinter Jayden Norton-Wells und seiner Rechtsberaterin, die an einem im Boden verschraubten Tisch saßen. Ihre Haltung sollte die beiden verunsichern.

Die Einrichtung des Zimmers war steril gehalten – die Wände waren mit mattweißen, schalldämpfenden Kacheln verkleidet. Links von Angie war die Tür, ansonsten gab es nur noch einen Polizeispiegel. Hinter dem Spiegel sahen Fitz, Vedder, ein Staatsanwalt und Holgersen dem Verhör zu.

Maddocks saß am Tisch vor Norton-Wells und seiner Anwältin. Angie und Maddocks hatten sich Norton-Wells geschnappt, als er nach der Sonntagsmesse aus der Kirche gekommen war. Er war gefügig gewesen und hatte keinen Widerstand geleistet, er hatte nur nach seiner Anwältin verlangt.

Nun, da seine Rechtsberaterin anwesend war – eine Topanwältin, die Norton-Wells' Vater eingeschaltet hatte –, begannen sie mit der Befragung.

»Warum haben Sie freiwillig eine DNS-Probe abgegeben, Jayden?«, fragte Maddocks.

Norton-Wells sah seine Anwältin an – eine Frau Ende fünfzig mit undeutbarer Miene, deren Mont Blanc und Notizblock vor ihr auf dem Tisch lagen. »Das habe ich nicht«, behauptete er. »Ich wurde dazu genötigt.«

In dem erbarmungslosen Neonlicht wirkte Norton-Wells' Gesicht wächsern. Er sah erschöpft und gebrochen aus. Angie spürte die Aufregung durch ihre Adern rauschen.

Maddocks öffnete die Akte und schob ihm die Fotografien zu, die zeigten, wie er die *Amanda Rose* betrat und wie Damián Yorick auf ihn zuging.

»Sehen Sie sich die Fotos an, Jayden«, sagte Maddocks. »Das da sind Sie.« Er tippte auf das erste. »Es zeigt Sie in Begleitung von Faith Hockings Zuhälter Damián Yorick. Und das da sind wieder Sie mit Yorick. Und das da – da steigen Sie gerade in Ihren roten Porsche, das Nummernschild ist deutlich zu erkennen. Und hier – da fahren Sie mit Ihrem Porsche die Auffahrt von AKASHA hinauf, nachdem Sie die *Amanda Rose* verlassen haben.« Maddocks beugte sich vor.

»Wir wissen, dass Gracie und Sie einander nahestanden, Jayden«, sagte er. »Wir wissen vom heiligen Christophorus und davon, dass Sie die Geschichte über den gestohlenen Lexus erfunden haben. Dass Sie nie im Auberge gewesen sind. Und nie auf dem Parkplatz die Straße hoch geparkt haben …«

»Das sind bestenfalls Indizien …«, begann die Anwältin.

»Diese Fotos da nicht«, sagte Angie hinter ihnen. »Das ist der Beweis, dass Sie auf der *Amanda Rose* waren, mit Faith' Zuhälter. War er auch Gracies Zuhälter? Ist Faith auf dieser Jacht gestorben, Jayden? Nachdem Sie mit ihr fertig waren?«

»Detective!«, warf die Anwältin ein. »Wir haben …«

»Wir können Sie zu einer weiteren Abgabe von DNS-Proben zwingen, Jayden«, fuhr sie fort. »Basierend auf dem, was wir bisher haben. Und wir wissen alle, was uns die Proben verraten werden, nicht wahr? Nämlich, dass Sie Sex mit Faith Hocking hatten, bevor sie gestorben ist. Vielleicht auch danach. Sie haben sie hart rangenommen, was, Jayden?«

Tränen traten ihm in die Augen. Er öffnete den Mund.

Seine Anwältin legte ihm rasch die Hand auf den Arm. »Sie müssen gar nichts sagen, Jayden. Wir …«

»Schon gut, Jayden«, sagte Angie und ging langsam um den Tisch herum zu Maddocks. Die Arme hielt sie immer noch lässig verschränkt. »Sie müssen nicht antworten. Wie schon gesagt, wir warten nur noch auf das Okay – dann wird Ihre DNS uns alle Antworten liefern.«

Norton-Wells begann unkontrolliert zu zucken. Die Hand seiner Anwältin ruhte fest auf seinem Arm. »Das reicht, Detectives. Wir sind hier fertig. Jayden, kommen Sie mit.« Sie erhob sich von ihrem Stuhl und zog Norton-Wells mit sich auf die Füße.

»Eins macht mich dabei allerdings stutzig«, sagte Angie noch, als sie auf die Tür zugingen. »Wenn man bedenkt, was Sie getan haben, warum haben Sie uns dann überhaupt freiwillig DNS-Proben gegeben?«

An der Tür blieb er stehen.

»Vermutlich, weil er Faith und Gracie nicht getötet hat«, sagte Maddocks. »Er hat für den netten, gepflegten Geschlechtsverkehr mit Faith bezahlt – und wir wissen, dass die Gerichte bei so etwas gern ein Auge zudrücken. Aber hat er diese Mädchen auch vergewaltigt und aufgeschlitzt? Hat er ihnen den Kopf unter Wasser gedrückt und sie festgehalten? Hat er der kleinen Gracie die Klitoris abgeschnitten und sie blutend mit gespreizten Schenkeln auf dem Grab liegen lassen? Hat er ihr das Kreuz in die Stirn geschnitten?«

Norton-Wells' Knie gaben nach, und ein leiser Laut drang aus seiner Kehle.

»Jayden, kommen Sie jetzt«, sagte die Anwältin. Doch er blieb wie festgewurzelt stehen.

»Tja, wenn er nicht reden will«, sagte Maddocks. »Dann wird das seine DNS für ihn übernehmen, und dann wird er für einen Doppelmord eingesperrt – Sexualserienmörder Norton-Wells, wow, das ist doch mal was. Sie fahren auf direktem Weg zur Hölle, mein Junge.«

»Ich war es nicht. *Ich war es nicht. Ich war es nicht. Ich war es nicht*!«

Er löste sich von seiner Anwältin.

»Jayden!« Sie wollte wieder seinen Arm nehmen.

»Nein, lassen Sie mich – ich sage es ihnen! Ich *muss* es ihnen sagen. Ich … ich kann das nicht mehr. Ich war es nicht – ich habe es nicht getan.«

»Wer war es dann, Jayden?«, fragte Maddocks. »Was ist *wirklich* passiert?«

»Zach war es. Zach hat Faith umgebracht.«

Kapitel 69

»Ich bin nur in den Club gegangen, um Sex zu haben. Bezahlten Sex. Das ist alles. So habe ich sie kennengelernt. Gracie.«

»In welchen Club?«, fragte Maddocks.

»Der Bacchanalian Club. Auf der *Amanda Rose.*«

»Und das Logo dieses Clubs ist ein verschlungenes B und C?«, hakte Angie nach.

Er nickte. Die Tränen liefen ihm nun über die Wangen. »Sie verteilen Streichholzbriefchen mit diesem Logo. Es ist ein privater Gentlemen's Club – so nennen sie es jedenfalls. Gehobene Klientel, sehr gehoben. Gracie hat ihre Handynummer für mich auf eines dieser Streichholzbriefchen geschrieben. Sie sollen uns eigentlich keine privaten Informationen geben, aber … Oh Gott, ich kann einfach nicht fassen, dass das wirklich passiert.«

»Weiter, Jayden«, forderte Maddocks. »Wer sind ›sie‹?«

»Die Mädchen.«

»Prostituierte?«

Er nickte. »Begleiterinnen werden sie genannt. Gracie und ich … wir sind uns nähergekommen.« Er schniefte und wischte sich über das Gesicht.

»Sind Sie ein Mitglied des B. C.?«

»Ich bin immer noch ein Gast auf Probezeit. Man muss sich bewähren. Mitglieder können Freunde als Gäste mitnehmen, und nach einer gewissen Zahl an Gastbesuchen wird man selbst zum Mitglied, solange die Zahlungen funktionieren, nichts schiefgeht und die Mädchen einverstanden sind.«

»Dann waren Sie also noch Gast, als Sie Gracie kennengelernt haben?«, folgerte Angie. »Es war ein Dienstagabend – Gracie hat B. C. und Amanda R. in ihren Kalender geschrieben.«

»Ich habe Gracie bekommen, ja, an meinem ersten Abend. Sie hat in der PPN gearbeitet.«

»Wofür steht das?«, hakte Angie nach.

Er ließ den Kopf in den Nacken sinken und seine Augen rollten wild umher. Sein Atem ging flach und schnell, und er schwitzte, als würde er gleich in Ohnmacht fallen. Die Anwältin, die sich wieder neben ihren Klienten gesetzt hatte, sprang auf. »Ich muss das hier beenden, Detectives. Mein Mandant hat gesundheitliche Probleme. Ich brauche Hilfe hier drinnen.«

Sie mussten diese Sache so schnell wie möglich unter Dach und Fach kriegen. Angie nickte dem Polizeispiegel zu, hinter dem Fitz, Vedder, ein Staatsanwalt und ein paar weitere Ermittler saßen und zusahen.

»Jemand muss sofort einen Sanitäter herholen«, sagte sie und legte Jayden leicht die Hand auf den Arm. »Jayden«, sagte sie leise. »Wenn Sie wirklich nur einen Fehler gemacht haben, dann ist es umso besser, je mehr Sie uns erzählen.«

Er schluckte, nickte, wischte sich wieder übers Gesicht.

»Also, was ist PPN?«, fragte sie.

»Pralle-Pussy-Nacht.« Er verschluckte sich fast an den Worten. »Normalerweise immer dienstags. Masken für die Männer. Roben und auf Wunsch andere Kostüme. Sexspielsachen und anderes Zubehör.«

»Zubehör wie Seile?«, wollte Maddocks wissen.

Er nickte. »Es *war* ein Versehen, das schwöre ich. Ich habe nur zugesehen. Das Seil hat sich zu fest um ihren Hals zugezogen – um Faith' Hals. Er wollte das nicht. Dann haben wir auf einmal gemerkt, dass sie nicht mehr geatmet hat. Ich … Wir haben Panik bekommen, wir wollten sie losbinden. Ich habe die Knoten einfach nicht aufbekommen. Oh Gott, hilf mir.« Er drehte sich von ihnen weg.

»Wem haben Sie zugesehen, Jayden?«, fragte Maddocks.

»Zach«, sagte er mit versagender Stimme.

»Zach Raddison?«

»Er ist es, der mich dorthin mitgenommen hat.«

»Warum hat er Sie mitgenommen?«

»Wir … wir sind schon seit der Highschool befreundet.« Norton-Wells holte tief Luft. »Zach hatte schon immer den Ruf weg, dass er die Frauen gern ein bisschen härter rannimmt. Er steht auf rauen Sex.«

»Was bedeutet rau?«, hakte Maddocks nach. »Können Sie mir ein Beispiel geben?«

Er schluckte und rieb sich übers Knie. »Er mochte es gern, wenn eine nackte Frau vor ihm auf alle viere ging. Er hat Hundehalsbänder mit Nieten verwendet und sie sehr eng zugezogen. Dann hat er eine Leine an dem Halsband befestigt und die Frauen herumgeführt, während er sie beschimpft und erniedrigt hat.«

»Erniedrigt?«, übernahm Angie wieder die Befragung. »Wie das?«

Er räusperte sich und fuhr fort: »Er hat sie als läufige Hündinnen bezeichnet, als dreckige Schlampen, so was eben. Und er mag es, ihnen ein bisschen wehzutun, sie zum Weinen zu bringen. Dann sagt er ihnen, dass sie lauter winseln sollen, wie Tiere, und dann nimmt er sie von hinten. Manchmal hat er ein neues Mädchen erst einmal schick zum Essen ausgeführt und war der reinste Gentleman, aber sobald sie dann bei ihm zu Hause waren, hat er die Tür hinter ihnen abgeschlossen und sie auf einmal hart gegen die Wand geschleudert und sie an der

Kehle gepackt. Er ist darauf abgefahren, den Schock in ihren Augen zu sehen.«

»Und das macht er seit der Highschool?«

»Ja.« Er putzte sich die Nase.

»Gab es Beschwerden?«

Er schüttelte den Kopf. »Es gab einmal ein Gerücht, dass dem Vater einer Frau, die ihn anzeigen wollte, eine Topposition bei Raddison Industries angeboten wurde. Die Klage wurde fallen gelassen. Bei seinem früheren Job gab es außerdem einige Beschwerden wegen sexueller Belästigung, aber auch die wurden aus welchen Gründen auch immer fallen gelassen. Als er Killions Wahlkampagnenteam beigetreten ist, wusste er, dass er im Rampenlicht stehen würde und dass er deshalb seine Hosen anbehalten oder wenigstens diskret sein musste. Da hat er vom Bacchanalian Club erfahren – einem Sexclub, in dem man … etwas andere Dinge bekam, in einer exklusiven Umgebung, zu einem bestimmten Preis. Saubere Mädchen mit Klasse. Exzellentes Essen und Unterhaltung. Sadomasokram.« Er wischte sich über den Mund. »Zach war ein paar Mal als Gast dort, ist dann Mitglied geworden und hat mich mitgenommen. Man bekommt ein Bonusmädchen, etwas ganz Besonderes, wenn man ein neues zahlendes Mitglied mitbringt.«

»Warum Sie?«

»Es war ein Geburtstagsgeschenk. Zach war der Meinung, ich würde nicht genug Sex bekommen oder keinen guten Sex.« Er verfiel in Schweigen, und als er weitersprach, klang seine Stimme verändert. Vollkommen geschlagen. »Ich glaube … er wollte nur ein Publikum. Er wollte jemandem aus seiner echten Welt zeigen, was er im Club tat. Das ist der Exhibitionist in ihm. Es gibt ihm einen Kick. Und es schmeichelt seinem Ego.« Er räusperte sich und sah zum Spiegel, dann zur Tür.

»Reden Sie weiter, Jayden«, drängte Angie ihn sanft. Auch sie blickte zum Spiegel und malte sich aus, dass Fitz oder Vedder mittlerweile Holgersen damit beauftragt hatten, Raddison herzuholen.

Seine Anwältin hatte einen seltsamen Ausdruck im Gesicht. »Jayden«, sagte sie und legte ihm wieder die Hand auf den Arm.

Er schüttelte den Kopf. »Nein. Mir ist egal, was mein Vater sagt. Oder meine Mutter. Ich … ich *muss* das tun. Alles. Für Gracie.« Er stieß die Luft aus. »Zach hat mich zu PPN mitgenommen. Eingeschriebene Mitglieder bekommen ein paar Tage vorher eine Textnachricht, wenn eine PPN stattfindet. Die Nachricht kommt von einem anonymen Server, was den Mitgliedern das Gefühl gibt, sie wären Teil irgendeiner Untergrundorganisation. So hat es Zach jedenfalls beschrieben. Die PPN-Mädchen sind jung.«

»Wie jung?«

»Gracie war gerade sechzehn geworden, als sie dort angefangen hat. Sie hat gesagt, dass es mindestens noch drei andere gibt, die jünger sind, als sie es war. Aber die kommen nicht von hier. Sie wurden auf die *Amanda Rose* gebracht. Die anderen haben sich nur sehr jung zurechtgemacht. Mit Pferdeschwanz und Schulmädchenuniformen. Die Röcke waren sehr kurz und sie hatten darunter nichts an. Sie haben Dildos in Form von riesigen Schnullern um den Hals getragen.« Er räusperte sich und starrte auf die Tischplatte hinab. »Sie sind überall in der Kabine gesessen und haben mit den Dildos gespielt, während die Männer zugesehen haben, oder sie haben zusammen ein paar Drinks genommen oder was auch immer.« Er verstummte wieder für ein paar Sekunden. »So was eben.«

»Und diese jungen Mädchen, die nicht von hier sind – woher kommen die?«

»Ich weiß es nicht. Sie wohnen auf der Jacht, glaube ich. Die *Amanda Rose* bleibt immer nur etwa drei Monate lang in ein und demselben Hafen. Sie kehrt jedes Jahr zurück. Die Clubmitglieder nennen das die Victoria-Saison. Vorher lag sie in Vancouver und davor in Portland, glaube ich. Gracie hat mir erzählt, dass die *Amanda Rose* davor durch Südamerika gefahren ist. Diese anderen jungen Mädchen könnten in irgendeinem dieser Häfen aufgesammelt worden sein. Ich habe nie mit einer der drei gesprochen.«

»Was ist mit den Frauen von hier, die auf der Jacht arbeiten?«

»Da war Gracie.« Er amtete tief durch. »Und Lara. Eva – ich weiß nicht, ob das ihre echten Namen sind, aber von den beiden hat Gracie mir erzählt. Sie hat Lara und Eva mit an Bord gebracht. Dafür hat sie Geld bekommen.«

»Und warum hat Gracie Ihnen das alles erzählt, Jayden?«

Er presste die Lippen aufeinander. Dann würgte er, und kurz sah es so aus, als würde er sich übergeben.

»Wie … ich schon gesagt habe, ich … ich habe Gracie in der ersten Nacht bekommen, als ich Zach begleitet habe. Wir haben Liebe gemacht, und …«

»Sie haben nicht Liebe gemacht, Jayden«, fauchte Angie. »Sie haben für Sex bezahlt.«

»Es war etwas Besonderes. Ich … ich bin in der nächsten Woche mit Zach zurückgekommen. Wegen Gracie. Und dann jede Woche, in der es eine PPN gab, nur wegen ihr. Sie mochte mich. Wir haben geredet. Sie hat mein Medaillon gesehen und mich nach meinem Glauben gefragt, und dann hat sie mir davon erzählt, dass sie auch wieder zum Glauben zurückgefunden hatte. Sie hat auch von ihrem Chor erzählt. Manchmal habe ich bezahlt und wir haben einfach die ganze Nacht geredet. Sie mochte das.« Er senkte den Blick auf die Tischplatte und begann, mit dem Zeigefinger kleine Kreise darauf zu malen. »Irgendwann haben wir angefangen, über … später zu sprechen.«

»Später?«

»Die Zukunft. Nachdem sie beim B. C. aufgehört haben würde. Wenn sie genug Geld hätte. Wir haben übers Reisen gesprochen und darüber, eine Weile im Ausland zu leben. Über die Städte, die sie gern sehen wollte. Wir wollten zusammen losziehen, sobald ich meinen Abschluss hätte.« Er zögerte, sah wieder auf. »Ich wollte, dass sie dort aufhörte. Um mit mir zusammen zu sein. Ich habe ihr gesagt, dass ich sie finanziell unterstützen wollte, wenn sie diesen Job aufgeben würde.«

»Waren Sie jemals eifersüchtig, weil sie auch mit anderen Männern zusammen war?«

»Sie war zu gut für diesen Job, und das habe ich ihr auch gesagt. Sie hatte etwas Besseres verdient. Ich hätte ihr etwas Besseres bieten können.«

»Aber sie hat Ihnen nicht vertraut, oder, Jayden?«, sagte Angie. »Sie waren einfach nur irgendein Freier.«

»Das mit uns war etwas Besonderes.«

Ja, klar. Nichts ging über einen Orgasmus, wenn man jemanden von seiner Liebe überzeugen wollte.

»Sie wollte aufhören. Aber das war nicht so leicht.« Seine Hände begannen zu zittern, und seine Stimme bebte. »Sie bekam allmählich Angst, weil der B. C. sie immer mehr kontrollieren wollte. Sie haben ihr gedroht. Sie haben ihr gesagt, sie sei tot, wenn sie den Mund aufmachen oder auf irgendeine andere Art ihre Geheimhaltungserklärung brechen würde.«

»Wie war das gemeint?«, übernahm wieder Maddocks.

»Ich … ich hatte den Eindruck, dass sie Angst davor hatte, sie würden ihr etwas antun.«

»Sie meinen, sie würden sie töten?«

Er nickte. »Sie haben auch mit ihr darüber gesprochen, sie mit auf See zu nehmen. Sie haben ihr erklärt, wie lukrativ das für sie wäre …« Seine Stimme brach. Er hustete. »Deshalb habe ich ihr das Medaillon des heiligen Christophorus gegeben. Um sie zu beschützen, während sie über diese … Reise verhandelte.«

»Wie ist Gracie überhaupt zum Bacchanalian Club gekommen?«, wollte Maddocks wissen. »Hat sie Ihnen das verraten?«

»Über ihren Freund. Oder jedenfalls hat sie damals geglaubt, er wäre ihr Freund. Ein Typ, den sie J. J. genannt hat.«

Angies Blick flackerte zum Licht des Aufnahmegeräts, um sich zu vergewissern, dass es alles mitschnitt.

»Jon Jacques?«, fragte Maddocks.

»Ich glaube, so heißt er. Anscheinend hat er sie in irgendeinem Tennisclub kennengelernt, wo ihr früherer Freund aus der Schule trainierte. Nachdem sie sich von diesem Freund getrennt hatte, kam der Neue ins Spiel. Er führte sie aus, machte ihr Geschenke, gab ihr Geld. Eine ganze Menge. Sie hat gesagt, dass er sie an wirklich elegante Orte mitnahm und ihr das Gefühl gab, etwas ganz Besonderes zu sein. Dann hat er eines Abends einen anderen mit zu ihrem Date gebracht. Sie sind alle drei in ein Hotel gefahren. Wie sich herausgestellt hat, war das Damián. Er …«

»Damián und wie weiter?«, unterbrach ihn Maddocks. »Für die Aufzeichnung.«

»Damián Yorick. Gracies Freund wollte, dass sie Sex mit Damián hätte, während er ihr dabei zusah. Sie wollte das nicht, aber dieser J. J. hat sie überredet. Er hat gesagt, sie tue es für ihn und es würde zeigen, wie sehr sie ihn liebte und ihm vertraute. Also hat sie es getan. Dann hatte sie schließlich Sex mit beiden. Das nächste Mal hat sie sich geweigert, aber J. J. hat ihr so lange zugesetzt, bis sie zu weinen angefangen und dann doch nachgegeben hat. Danach hat er ihr die großzügigsten Geschenke gemacht und war unheimlich lieb zu ihr und so. Das ist noch ein paar Mal passiert. Dann hat Damián sie beide zur *Amanda Rose* mitgenommen, wo J. J. sie mit ein paar Drinks – in die irgendwas reingemischt war – gefügig gemacht und von ihr verlangt hat, sie solle in der Lounge mit einem der Clubmitglieder Sex haben, während ein paar andere Männer dabei zusahen. Er hat ihr erklärt, es sei ein ganz besonderer Nachtclub. Das Clubmitglied hat ihr ein Vermögen bezahlt, und die Typen, die zugeschaut haben, auch. Danach haben J. J. und Damián sie wie eine Prinzessin behandelt. Am nächsten Dienstag haben sie Gracie wieder dorthin gebracht, damit sie mit zwei weiteren Clubmitgliedern Sex haben sollte.«

»Und was ist mit Zach? Mochte er Faith?«

»Ja. Sie war auch bei den härteren Sachen dabei. Für einen gewissen Preis.«

»Dann hat er ihr also wehgetan, wie den anderen?«

»Er hat sie geohrfeigt. Einmal hat er ihr die Lippe aufgeschlagen. Und er hat diese Hündchentour durchgezogen. Er hat die Ausrüstung benutzt, die der B. C. in einem besonderen Raum zur Verfügung stellt. Peitschen. Seile. Handschellen. Strapse. Nieten – anderes Sexspielzeug, das ihr nach seiner Aussage wehgetan hat. Er hat versucht, mich mit diesen Details zu schockieren. Er hat es genossen – er hat mich genau beobachtet, während er mir das alles erzählt hat.«

»Und für das Management des B. C. war es in Ordnung, was er da getrieben hat?«

Er zupfte an seinem Daumennagel herum. »Ich glaube schon. Ich meine, sie haben ihm Faith zugeteilt, die angeblich damit zurechtkommen würde.«

»Wer leitet diesen Club?«

»Madame. Und ihre Assistentin.«

»Madame?«

»Madame Vee. Mehr weiß ich nicht. Und ihre Assistentin Zina – sie ist cross-gender und sehr groß. Etwa zwei Meter zehn. Merkwürdige Hautfarbe – weiß wie Asche. Farblose Augen. Silbern gefärbtes Haar.«

»Diese Madame Vee – ist sie alt oder jung? Nationalität? Akzent?«

»Ich habe sie und ihre Assistentin nie gesehen bis zu der Nacht, in der Faith aufgehört hat zu atmen. Nachdem das passiert war, ist Zina gekommen, um aufzuräumen, und er – ich meine, sie – hat uns in Madames Büro geschickt, die sich dann um uns gekümmert hat.«

»Reizend«, sagte Angie.

Er sah zu ihr auf. »Ich meine, sie hat sich darum gekümmert, dass wir es nicht der Polizei sagen würden.«

»Ah, wie ein Debriefing«, folgerte sie. »›Wenn ihr etwas sagt, wandert ihr für Mord in den Knast‹ – so was in der Art?«

Er konnte Angie nicht in die Augen sehen.

»Erzählen Sie uns von der Nacht, in der Faith getötet wurde«, verlangte Maddocks. »Wann war das?«

»Am Dienstag, dem achtundzwanzigsten November.«

»Was ist genau passiert?«

»Zach hat mich gebeten, in seine Kabine zu kommen und Faith und ihm zuzusehen. Er hatte eine Linie Koks genommen und war high. Es hat ihn geil gemacht, wenn ihm jemand zugesehen hat, und er meinte, vielleicht könnte ich dabei ja auch noch was lernen. Er hat sie gefesselt, um Arme, Beine und Hals, und dann hatte er Sex mit ihr. Die Fesseln haben sich immer enger zusammengezogen. Sie hat versucht, ihm zu sagen, dass er aufhören soll, und dann hat sie angefangen zu weinen, und … und da ist er irgendwie total durchgedreht. Ich habe ihn angeschrien, damit er aufhörte. Das habe ich wirklich, ich schwöre es, aber da hat er sich ein Steakmesser geschnappt und so getan, als würde er sie verletzen, wenn ich näher kommen würde. Das war Teil seines Spiels, seiner Fantasie, schätze ich. Und … dann hat sie auf einmal nicht mehr geatmet. Er dachte, sie wolle ihn hereinlegen. Dann hat er kapiert, dass es kein Spiel war, und Panik bekommen. Er hat versucht, ihr das Seil mit dem Messer vom Hals zu schneiden, aber er hat es nicht durchgeschnitten bekommen. Ich habe versucht, ihm zu helfen.« Norton-Wells rang um einen gleichmäßigen, tiefen Atemzug. »Dann haben wir um Hilfe gerufen.«

»Ein Steakmesser?«

»An diesem Abend hatten sie Rindfleisch mit schwarzen Trüffeln serviert. Ich …« Bei der Erinnerung musste er wieder würgen. Er schloss die Augen, saß still da und versuchte, die Übelkeit niederzuringen.

»Dann haben Sie also versucht, die Seile zu lösen?«, fuhr Maddocks fort, bevor sie ihn verloren.

Er nickte. »Und dann wieder, als Zina reingekommen ist. Zina hat die Lage erfasst und uns gesagt, wir sollten nach oben aufs Mitteldeck in Madame Vees Büro gehen und mit niemandem sprechen.«

»Was ist in Madame Vees Büro passiert?«

»Sie hat uns einen Brandy aus ihrer besonderen Sammlung eingeschenkt und uns über eine Stunde dabehalten. Sie hat gesagt, es gäbe keinen Grund, sich Sorgen zu machen. Sie hätten solche Situationen schon früher geregelt. Und wenn wir erst zu Hause wären, wäre alles aufgeräumt und längst vorbei. Unter den Teppich gekehrt. Und sie hat gesagt, dass wir vielleicht einfach eine Weile den Ball flachhalten sollten. Und erst einmal nicht wiederkommen.«

»Und dann?«

»Sind wir gegangen.«

»Direkt nach Hause?«

»Nein. Sobald Zach und ich auf dem Parkplatz der Marina waren, bin ich ausgeflippt und habe Zach gesagt, dass wir vielleicht zur Polizei gehen sollten. Ich … ich war total kopflos. Ich hatte Angst. Er hat gesagt, ich sei ein Idiot und dass wir beide im Gefängnis landen würden. Ich habe versucht, in meinen Lexus zu steigen, der neben Zachs Acura stand, aber er hat mich gepackt. Er hatte Angst, dass ich direkt zur Polizei fahren würde. Wir haben gekämpft, bis er mir einen Faustschlag aufs Kinn verpasst hat. Dann bin ich weinend zusammengebrochen. Wir haben in Zachs Auto gesessen. Ich habe keine Ahnung, wie lang. Bei laufendem Motor. Wir haben Whiskey getrunken

– er hatte einen Flachmann dabei. Es war kalt, und dann hat es zu schneien begonnen. Dieser arktische Kaltlufteinbruch ist allmählich angerollt. Der Schnee ist auf der Windschutzscheibe liegen geblieben, und die Scheiben haben beschlagen. Dann hat Zach auf einmal … geschrien. Da war ein Gesicht vor dem Fahrerfenster, direkt vor dem Glas. Es hat uns nur angestarrt.« Er räusperte sich, und Maddocks schob ihm einen Becher Wasser hin. Er trank einen kleinen Schluck. »Dann haben wir kapiert, dass es einer der Deckarbeiter war – ein Typ, den wir schon mal auf der *Amanda Rose* gesehen hatten.«

»Hat dieser Deckarbeiter auch einen Namen?«

»Ich weiß nicht, wie er heißt. Ich habe ihn nur im Vorbeigehen gesehen, während er an Bord gearbeitet hat. Er ist aufgefallen – total durchtrainiert und muskulös. Gut aussehend.« Wieder holte Norton-Wells tief Luft, und Angie erkannte, dass er allmählich erschöpft war. Sie sah auf die Uhr. Aus Erfahrung wusste sie, dass ihnen nicht mehr viel Zeit blieb, bis er dichtmachen würde. Sie wurde nervös.

»Zach hat das Fenster runtergelassen und gefragt, was zum Teufel er wolle«, fuhr Norton-Wells fort. »Warum er wie ein Trottel das Auto anstarren würde. Und da hat dieser Typ gesagt, dass er Bescheid wüsste. Er wusste, was passiert war und was Zach und ich mit Faith gemacht hatten. Er hat es alles bis ins Detail beschrieben, so als hätte er es selbst gesehen. Jedes Detail. Bis zu dem, was Zach zu mir gesagt hat. Das Steakmesser. Faith' Schluchzen. Zach, der sie so hart gevögelt hat, dass ihre Beine immer weiter gespreizt wurden, wodurch sich das Seil um ihre Kehle immer fester zugezogen hat. Der Typ meinte, er wäre für uns die Leiche losgeworden. Dann hat er einfach abgewartet und uns angestarrt. Zach hat ihm gesagt, er solle sich verpissen. Aber ich habe gemerkt, dass sich Zach gefürchtet hat – dieser Typ hat ihm Angst gemacht. Dann meinte der Kerl, okay, wenn es das sei, was wir wollten, wenn das der Dank sei, dann könne er ja genauso gut herumerzählen, was wir getan hatten. Es war, als würde er ein bisschen mit uns spielen, nur um unsere Reaktion abzuwarten.« Er schluckte und nippte wieder an dem Becher mit Wasser. »Ich habe auch Angst bekommen – er war unheimlich. Ich habe ihn gefragt, was er denn wolle, nur damit er die Klappe halten würde. Damit er verschwinden würde. Er hat meinen Lexus angeschaut, der direkt neben Zachs Auto stand, und dann hat er gesagt, dass er immer schon so einen haben wollte.« Norton-Wells hielt inne, fasste sich. »Also habe ich ihm gesagt, er solle ihn nehmen und einfach abhauen. Ich habe ihm die Schlüssel zugeworfen. Er hat sie aufgefangen, ist in den Lexus gestiegen, und dann habe ich nie wieder von ihm gehört. Und ihn nie wiedergesehen. Natürlich habe ich das Auto nicht als gestohlen gemeldet – wenn man ihn fassen würde, dann würde er der Polizei verraten, was wir getan hatten.«

Angie und Maddocks musterten ihn schweigend und ließen die Stille schwer in dem kleinen, überheizten Raum lasten.

Dann fragte Maddocks leise: »Und Gracie?«

Seine Miene verzog sich. »Ich habe in den Nachrichten gehört, was mit ihr passiert ist. Und als ich dann auch noch erfahren habe, dass Faith' Leiche aufgetaucht ist, da habe ich mir sofort gedacht, dass er es sein musste – dieser kranke Freak, der sich meinen Lexus gekrallt hatte. Ich meine, er hat an Bord gearbeitet. Er wusste alles, was in der Kabine zwischen Zach und Faith passiert ist. Er hat Faith' Leiche mitgenommen. Er muss auch von Gracie gewusst haben. Und dann sind Sie beide gekommen und haben Fragen über den Lexus gestellt, weil er mit einem Verbrechen in Verbindung gebracht werden konnte.«

»Wohnt dieser Kerl an Bord der *Amanda Rose*?«

»Ich weiß nur, was Madame Vee mir am Freitag erzählt hat. Dass er eigentlich als Zimmermann eingestellt worden ist, dann aber auch Aufgaben als Deckarbeiter übernommen hat. Aber er ist in der Nacht verschwunden, in der Faith gestorben ist – und er ist nie zurückgekehrt.«

»Ein Zimmermann?«

»Ja. Er hat sich um das ganze Holz auf der *Amanda Rose* gekümmert, davon gibt es dort eine ganze Menge. Die Holzdecks, die Relings, die Wandvertäfelungen. Er hat auch Schränke gebaut und repariert. So was eben.«

»Warum sind Sie am Freitag noch einmal auf die *Amanda Rose* zurückgekehrt, Jayden?« Angie verlagerte ihr Gewicht und lehnte sich mit der anderen Schulter gegen die Wand.

Dieses Mal rieb er sich mit den Händen so hart übers Gesicht, dass es danach ganz rot und fleckig war. »Weil ich langsam durchgedreht bin. Es war *mein* Lexus, über den Sie gesprochen haben. Ich wusste, dass er es sein musste, der unheimliche Zimmermann, der sich mein Auto genommen hatte. Und ich habe den Psychologen im Radio gehört, der gesagt hat, Gracies Mörder würde wieder töten, und zwar bald, und dass er erst aufhören würde, wenn man ihn wegsperrte. In der Zeitung stand, dass diese Morde in Zusammenhang mit früheren Vergewaltigungen standen. Und niemand hat ihn aufgehalten. Zach ruft mich nicht mehr zurück – er hat mich einfach ausgeschlossen. Ich … ich musste es den Leuten vom Bacchanalian Club erzählen, ich musste ihnen sagen, dass er es war – ihr Zimmermann. Dass er sich meinen Wagen genommen hatte und jetzt diese Dinge tat und dass sie dieses Monster aufhalten mussten. Aber Madame hat nur gesagt, ich solle die Sache vergessen. Sie hat gesagt, der Zimmermann sei weg und nicht mehr unser Problem. Und dass wir alle wegen Mordes an Faith Hocking dran wären, wenn ich mit diesen Informationen zur Polizei ginge.« Sein Blick huschte zu seiner Anwältin. »Madame hat gesagt, ihre Klientel sei sehr umfangreich und es seien ein paar unglaublich mächtige Personen darunter – Richter, Anwälte, Topgeschäftsleute, sogar Rechtsvertreter. Und ich weiß, dass das stimmt, weil ich auf der Jacht ein paar Gesichter gesehen habe, die ich aus der Politik und aus den Medien wiedererkannt habe. Madame hat gesagt, sie würden alle mit drinhängen und die Karrieren meiner Eltern wären vorbei. Und dann hat sie mich lange angeschaut und gefragt, ob ich diese Sache durchstehen könne.«

Er hob beide Hände und drückte sie sich fest gegen den Schädel, als könnten all die Informationen darin jederzeit explodieren. »Ich glaube, sie kam zu dem Schluss, dass ich das nicht könne. Deshalb hat Zina dann Damián herzitiert. Sie haben gesagt, er würde ›aufräumen‹ und dass ich mich an ihn wenden könne, nachdem sie den Anker gelichtet hätten – sie wollten, dass ich mich mit ihm treffe.«

»Nachdem sie den Anker gelichtet hätten?«

»Die *Amanda Rose* sticht morgen in See.«

Angies Blick schoss erst zu Maddocks, dann zum Polizeispiegel.

»Wohin fährt sie?«, fragte Maddocks, der auf einmal abgehackt klang.

»Ich weiß es nicht. Über den Pazifik, glaube ich. Sie haben irgendwas über den Transport der ›Barcode-Ware‹ gesagt. Normalerweise fahren sie nie vor dem zweiten Weihnachtsfeiertag ab, aber ich glaube, es wird ihnen hier zu heiß wegen der Morde, die mit der *Amanda Rose* in Verbindung gebracht werden können. Ich glaube, sobald sie ausgelaufen sind, könnte Damián versuchen … mich zum Schweigen zu bringen. Weshalb ich auch nicht länger einfach herumsitzen und nichts sagen kann.«

»Sie haben Angst.«

Er nickte.

»Sie hätten früher zu uns kommen sollen, Jayden«, sagte Angie.

Er hob den Kopf und sah sie an. Schmerz. Reue. Schuld. Das alles verzerrte sein junges Gesicht. Mit glänzenden Augen sagte er: »Jetzt bin ich hier.«

* * *

»Pallorino.« Holgersen zog Angie beiseite, nachdem sie den Verhörraum verlassen hatte. Maddocks ging weiter den Gang entlang, auf die Einsatzzentrale zu.

»Was ist los?«, fauchte sie, vollgepumpt mit Adrenalin. Sie wollte nicht hinter Maddocks zurückbleiben. Dann erkannte sie den Ausdruck in Holgersens Gesicht und das Blut gefror ihr in den Adern.

»Holgersen?« Auf einmal klang ihre Stimme belegt.

»Es ist Winston. Man hat sie in einer Kluft in der Nähe des Gorge gefunden. Vor einer halben Stunde. Sieht nach einer Überdosis Fentanyl aus.«

Ihr wurde schwindlig. »Wie … geht es ihr?«

»Sie ist tot.«

Angie starrte ihn an.

Jemand ist in meine Wohnung eingebrochen, Detective, und hat Crack und alles Zubehör auf meinem Tisch liegen gelassen. Und diese Aufnahme von mir. Lesen Sie mal, was hinten draufsteht …

DU BIST TOT

Ich bin zu Ihnen gekommen, weil Sie gesagt haben, dass Ihnen die Opfer etwas bedeuten. Und weil ich Ihnen geglaubt habe … ich habe festgelegt, dass der Bericht an Heiligabend erscheinen soll … falls mir etwas passiert …

»Sind Sie sicher, dass es Fentanyl war?«

»Tut mir leid. Aber ja. Der Officer vor Ort hat ein gefaltetes Papierbriefchen bei ihrer Leiche gefunden. Er hat es geöffnet, und da hat ihm der Wind ein weißes Pulver ins Gesicht geweht – es ging ihm sofort schlecht. Er musste einen Krankenwagen rufen und sich Naloxon geben lassen.«

Ein höchst wirkungsvoller Opioid-Antagonist.

Wieder ein Officer, dem das passiert war. Fentanyl breitete sich rasant auf der Straße aus, alle möglichen Drogen wurden damit verschnitten. Zu gefährlich, um es anzufassen, weshalb die Polizeifahrzeuge nun mit Naloxon-Notfallsets ausgestattet wurden.

»Yorick – hat man ihn verhaftet?«

»Ja. Er wird gerade festgenommen. Genau wie Jacques. Raddison ist schon hier.«

»Sie sollen Yoricks Wohnung durchsuchen. Der Kerl ist ein Dealer und Zuhälter. Sucht nach Stoff, dessen Zusammensetzung zu dem des Pulvers bei Winston passt. Herrgott.« Sie wandte sich ab. »Ich hätte sie festnehmen sollen.«

Holgersen wollte sie am Arm berühren, aber sie wehrte ihn ab und stürmte auf die Treppe zu. Bevor er den verräterischen Glanz in ihren Augen sah.

Ich hätte dich mit aufs Revier nehmen sollen … ich habe dich im Stich gelassen, Merry, ich habe dich im Stich gelassen. Scheiße … ich habe dich im Stich gelassen …

Kapitel 70

Montag, 18. Dezember

Angie rückte ihre schusssichere Weste zurecht. Es war kurz nach Mitternacht. Der andauernde Regen hatte ausgesetzt. Der Wind trieb Wolkenfetzen über den Himmel und spielte Verstecken mit dem blassen Dreiviertelmond, dessen Licht auf dem Wasser schimmerte. Die Lichter der Marina leuchteten. Der Parkplatz war voll, aber alles war ruhig. Angie lag Schulter an Schulter mit Maddocks hinter einer leichten Anhöhe, von der aus sie den Einsatz überwachen und auf das Signal der ERT-Leute warten konnten, das ihnen sagen würde, dass die Lage geklärt war und sie an Bord der *Amanda Rose* gehen konnten.

Die Planung für diesen Einsatz war angelaufen, sobald Maddocks und sie sich Norton-Wells vorgenommen hatten. Fitz und Vedder überwachten alles von ihrem Kommandoposten aus.

Angie spähte durch ihr Nachtsichtgerät und beobachtete, wie langsam eine schwarze Limousine auf den Parkplatz fuhr. Drei Männer stiegen aus. Der Wagen fuhr wieder an, während die Männer lachend und leicht schwankend das Dock entlang zu dem leuchtenden weißen Schiff gingen. Andere waren zuvor schon gekommen und gegangen. Mit dem Taxi, in ihren Limousinen oder mit Privatfahrzeugen. Jene, die wieder abfahren und die Marina verlassen wollten, wurden durch Straßensperren aufgehalten, durch die sämtliche Fluchtwege abgeschnitten waren.

Durch das Nachtsichtgerät beobachtete Angie die *Amanda Rose*. Hinter der Jacht glitten die Boote der MVPD-Hafenpolizei in Sicht – schwarze Schatten auf dem Meer. Zwei Hochgeschwindigkeitsboote hielten sich im Hintergrund, einsatzbereit für den Fall, dass die Crewmitglieder der *Amanda Rose* versuchen sollten, in den kleineren Booten zu fliehen, die an Bord der Jacht entdeckt worden waren. Ein Helikopter wartete auf seine Befehle. Erwartungsvolle Spannung sirrte durch ihre Adern, als sie die Gestalten der ERT-Leute sah, die sich wie schwarze Ninjas der Jacht näherten, die Waffen im Anschlag.

Krankenwagen und Sozialhelfer standen ebenfalls bereit.

Auf einmal zerrissen Schüsse die Nacht. Ein schriller Schrei. Das Brüllen von Männern waberte über das Wasser.

»Sie kommen auf die Decks herausgerannt«, sagte Maddocks, der alles durch sein eigenes Nachtsichtgerät beobachtete. Schatten huschten umher, rennende Menschen. Ein Lichtblitz explodierte in der Dunkelheit und das Krachen einer kleinen Explosion drang zu ihnen herauf. Ein weiterer Schrei – der einer Frau. Noch mehr Schüsse. Dann wurde alles allmählich wieder ruhiger. Angie hörte, wie Befehle gebellt wurden. Widerspruch. Weiteres Gebrüll von Männern. Die Nachtluft trug die Geräusche fetzenweise heran.

Sie bekamen das Entwarnungssignal. Maddocks und sie sprangen auf und rannten geduckt über das Dock auf die Jacht zu. Oben an der Gangway nahm sie ein ERT-Officer in voller Ausrüstung in Empfang und führte sie zu den Niedergängen. Die Luxusausstattung der Jacht war atemberaubend – poliertes Holz, schimmernd weiße und verchromte Lampenhalterungen, teure Kunst an den Wänden. Die Musik spielte noch immer. Angie roch Pfefferspray in der Luft.

Am Fußende des Niedergangs begegneten sie weiteren ERT-Männern, die den Crewmitgliedern Handschellen anlegten. In Decken gewickelte Frauen wurden die Treppen hinauf auf das obere Deck geführt. Viele von ihnen weinten. Weitere Männer wurden aus den Boudoirs der unteren Decks gescheucht, in diversen Stadien der Entkleidung. Einige von ihnen trugen noch immer groteske barockhafte Karnevalsmasken, um ihre Identität zu verheimlichen – lange gebogene Nasen, Teufelshörner, ein Stierkopf.

Als Angie und Maddocks eines der unteren Decks erreichten, wies man ihnen den Weg zu einer Kabine, in der »Madame Vee« und ihre Assistentin festgehalten wurden. Ein Officer mit einer Automatikwaffe stand vor der Tür Wache. Er öffnete sie für Angie und Maddocks, und dahinter kam eine Kabine mit einem schimmernden Holztisch zum Vorschein. Hinter dem Tisch stand ein weiterer Officer, der eine Frau deutlich über sechzig im Auge behielt. Sie saß auf einem Stuhl, man hatte ihr die Hände hinter dem Rücken in Handschellen gelegt. Neben ihr saß ebenfalls in Handschellen ihre Transgender-Assistentin, von der Norton-Wells gesprochen hatte. Sie kam Angie vor wie aus einer anderen Welt mit ihrem silberweißen Haar, den farblosen Augen und der seltsam ascheweißen Haut.

Der Blick dieser farblosen Augen begegnete Angies, gab jedoch keine Emotion preis. Madame Vees Augen dagegen blitzten trotzig, und sie hatte die blutroten Lippen vor Wut fest aufeinandergepresst. Angie bemerkte, dass neben ihr ein Aktenvernichter mitten im Schreddern angehalten worden war.

»Geben Sie uns einen Moment«, sagte Maddocks zu dem ERT-Officer, der nickte, hinausging und die Tür hinter sich schloss. Während es die Aufgabe der ERTs gewesen war, die *Amanda Rose* zu sichern, hatten Angie und Maddocks nur ein Ziel – sie wollten Informationen über den Zimmermann haben. Er war immer noch da draußen, und die Uhr tickte die Sekunden bis zu seinem nächsten Mord verdammt schnell herunter, wenn Grablowski recht hatte.

»Sie können sich an meine Anwälte wenden«, fauchte die Frau und hob das Kinn. »Sie haben kein Recht dazu. Sie stören ein vollkommen legales Unternehmen. Ich leite einen exklusiven Gentlemen's Club, der einen Rahmen für die Interaktionen der Mitglieder bietet. Sie kommen wegen der Küche und der Unterhaltung, und was immer sie in der Privatsphäre ihrer Kabinen tun, geschieht einvernehmlich zwischen Volljährigen.«

»Ich brauche eine Liste Ihrer Mitarbeiter«, sagte Maddocks.

Die Frau presste wieder die Lippen aufeinander und drehte den Kopf weg. Ihre Assistentin blieb vollkommen reglos – ein kaltes und gefährliches Tier, dachte Angie.

»Wie lautet der Name des Zimmermanns, der bis vor Kurzem für Sie gearbeitet hat?«, fuhr Maddocks fort, während er die Schubladen durchstöberte, um sie zu beunruhigen. »Wie lautet Ihr Firmenname?«

»Ich wiederhole, Sie können sich an meine Anwälte wenden.«

Grob riss er ihren Drehstuhl herum, um sie zu erschrecken. Dann brachte er sein Gesicht ganz nahe an sie heran. »Ich will nur den Namen des Zimmermanns. Wenn Sie uns diese Information über Ihren Mitarbeiter vorenthalten, wird Sie das vor Gericht teuer zu stehen kommen. Sehr teuer. Glauben Sie mir. Was auch immer Sie hier treiben.«

Stille.

Frustration packte Angie, und sie musste ihre aufbrausende Wut zügeln, einen heftigen Drang, diese Zuhälterin in der Luft zu zerreißen. Maddocks wandte sich an Angie und ruckte mit dem Kopf Richtung Tür. Sie waren hier fertig. Er ging auf den Ausgang zu. Sie folgte ihm hinaus.

»Wir verschwenden hier unsere Zeit«, sagte er und wandte sich an den Mann, der die Tür bewachte. »Wo wird der Rest der Mannschaft festgehalten?«

»Wir haben sie im Aufenthaltsraum im unteren Deck zusammengetrieben, Sir.«

Sie eilten die Treppe hinab. Draußen fanden sie ERTs vor, die mehrere Crewmitglieder in einen Bereich im Achterschiff führten. Eine Polizistin winkte Angie und Maddocks zu sich.

»Ich habe hier jemanden, der bereit ist zu reden. Jemand vom Reinigungspersonal.« Sie deutete auf eine Frau, die aussah wie Anfang zwanzig. Sofort nahmen sie die junge Frau beiseite.

»Ich wusste nicht, was hier vor sich geht«, sagte sie atemlos, die Augen vor Angst weit aufgerissen. »Das schwöre ich. Ich bin neu. Ich …«

»Wie heißen Sie?«, fragte Angie und reichte ihr ein Taschentuch. Der Wind wehte auf dieser Seite der Jacht kalt vom Meer heran und frischte wieder auf, während sich eine weitere Wetterfront am Horizont zusammenballte.

Die Frau putzte sich die Nase, sie zitterte wie Espenlaub. »Katie Collins. Ich … ich bin neu auf der Jacht«, wiederholte sie.

»Wie neu?«

»Ein Monat.«

»So neu also auch wieder nicht, hm? Nicht zu neu, um zu begreifen, was hier vor sich geht. Sie räumen die Zimmer auf?«

Sie nickte.

»Dann müssen Sie die Überbleibsel der vorangegangenen Nächte zu Gesicht bekommen haben. Was gab es da? Benutzte Kondome, Sexspielzeug, vielleicht auch Blut? Haben Sie je die Frauen gesehen? Haben Sie gesehen, wie man sie geschlagen hat?«

Sie schluckte. »Ich habe die Frauen nie gesehen. Keine von ihnen. In den unteren Kabinen, wo sich der Club trifft, ist kein Personal erlaubt, abgesehen von den Kellnern. Wenn wir zum

Aufräumen gekommen sind, waren alle anderen immer schon weg. So war es auch in den Kabinen der Frauen – sie bringen die Mädchen immer in einen anderen Teil des Schiffs, wenn wir dort aufräumen sollen.«

»Dann befinden sich also tatsächlich immer junge Frauen an Bord?«

Collins nickte. »Sie … Ich habe gehört, wie man sie die Barcode-Mädchen genannt hat. Ich habe gehört, dass sie alle Ausländerinnen sind. Sie bleiben immer auf der Jacht. Selbst habe ich sie nie gesehen. Es gibt auch drei sogar noch jüngere Mädchen in einem anderen Bereich des Schiffs. Und dann sind da die Frauen, die von den Fahrern des Clubs hergebracht und wieder wegchauffiert werden.« Sie sah auf ihre Füße hinab. »Ich … wir werden so gut bezahlt. Ich … war mir nicht sicher. Ich habe einfach versucht, mich im Hintergrund zu halten.«

»Helfen Sie uns hier, Katie, damit helfen Sie auch sich selbst. Es gab einen Mann, der bis vor etwa zwei Wochen auf der *Amanda Rose* gearbeitet hat – ein Deckarbeiter und Zimmermann. Blond, vielleicht Mitte dreißig. Gut aussehend, aber möglicherweise etwas merkwürdig. Erinnern Sie sich an so jemanden, der inzwischen nicht mehr hier arbeitet?«

»Ähm … ja. Er hat gekündigt. Sie haben uns gesagt, dass er gekündigt hat. Spencer.«

Adrenalin rauschte durch Angies Adern. »Spencer und wie weiter?«

»Ich weiß es nicht.«

»Wissen Sie, wo er wohnt?«, mischte sich Maddocks ein. »Ist er Ausländer? Ist er mit der Crew aus einem der anderen Häfen gekommen?«

»Ich weiß es nicht …« Abrupt deutete sie auf ein Crewmitglied in Handschellen, das eine weiße Kochuniform trug und gerade hereingeführt wurde. »Der da. Er weiß mehr.«

Angie und Maddocks zogen den Mann aus der Reihe. Er war groß, pockennarbig, mit derben Gesichtszügen. Blutflecken prangten auf seiner Kochjacke.

»Ich will einen Anwalt«, sagte er sofort.

»Hören Sie zu, Kumpel, Sie wollen wir nicht – für Sie interessiert sich niemand«, erklärte Maddocks knapp. »Ich will mehr über Spencer hören. Erzählen Sie mir von ihm, dann wird alles sehr viel leichter für Sie. Wenn Sie aber schweigen, dann mache ich Ihnen das Leben zur Hölle.«

Seine Augen weiteten sich leicht bei Spencers Erwähnung. »Können wir da reingehen?«, fragte er und deutete auf eine Tür. Als Angie sie öffnete, entdeckte sie dahinter eine kleine Sitzecke. Der Pausenraum für das Personal, vermutete sie.

Der Mann trat mit ihnen ein und warf dabei einen Blick über die Schulter. »Spencer ist gegangen«, sagte er, sobald sie die Tür hinter ihnen geschlossen hatten.

»Das wissen wir. Warum ist er gegangen?«

»Irgendetwas ist vor ein paar Wochen in einer der Clubkabinen passiert. Ich weiß nicht, was – irgendwas Schlimmes. Spencer wurde gerufen, um zu helfen. Danach haben wir ihn nie wiedergesehen.«

»Hat Spencer auch einen Nachnamen? Wissen Sie, wo er wohnt, woher er kommt und wie lang er auf der *Amanda Rose* gearbeitet hat?«

»Addams. Er heißt Spencer Addams. Er ist von hier, aus Victoria. Er hat ein paar Jahre lang auf der Jacht gearbeitet. Er war bei ein paar der Fahrten in die Karibik und die Mittelmeerländer dabei. Saisonarbeit. Er hat mir erzählt, dass er sich vor ein paar Jahren auf eine Anzeige gemeldet hat, durch die ein Zimmermann auf einer Jacht gesucht wurde. Er wohnt in James Bay mit seiner Mutter. Hat nie viel geredet – ist für sich geblieben. Sehr talentiert in seinem Handwerk. Hat seine

Arbeit geliebt, es war für ihn fast wie eine … Religion. Er war ein bisschen … seltsam. Hat oft aus der Bibel zitiert.«

Angies Puls hämmerte. »Wo in James Bay?«

»Ich weiß es nicht.«

Die Tür ging auf. Es war einer der ERT-Officer. »Hey, Detectives, ich glaube, das wollen Sie sehen.«

Der Officer führte sie aufs untere Deck zu etwas, das wie ein Vorratsschrank aussah. Er öffnete die Tür und zeigte ihnen eine etwa zwei mal zwei Meter große Kammer. »Wir mussten das Schloss aufbrechen, um hier reinzukommen«, sagte der Officer.

Angie und Maddocks traten in die enge Kabine. Die Wände waren holzverkleidet. In der Mitte stand ein Drehhocker. Entlang der Wände verlief auf Hüfthöhe ein schmaler Tresen. Kabel führten durch Löcher in der Verkleidung zu den USB-Ports eines Laptops, der auf dem schmalen Tresen stand.

Maddocks zog sich Handschuhe über. Dann folgte er einem der Kabel bis zu dem Loch in der Wand. »Am Kabel ist ein abnehmbarer Holzpropfen befestigt«, sagte er und öffnete ein kleines Fach, das sorgfältig in die Verkleidung eingelassen worden war. Er fluchte leise und zog einen weiteren Holzpropfen heraus.

»Kameras«, sagte er und nahm den Laptop in Augenschein. »Diese Kabel führen alle von Kameras zu diesem Computer.«

Angie zog ein Paar Latexhandschuhe aus der Tasche, streifte sie über und öffnete den Laptop. Dann schaltete sie das Gerät ein.

»Scheiße«, flüsterte sie, als sie nacheinander mehrere Dateien öffnete, die Bildmaterial aus diversen Kabinen enthielten. Männer beim Sex mit Frauen. »Er hat sie von hier ausspioniert. Der Mistkerl hat alles mit angesehen, alles gefilmt.« Sie sah auf. Vier Wände. Löcher in jeder davon. Alle Kabel führten zu diesem Laptop. »Er kann von hier aus mehrere

Kabinen überwachen. Das hier ist eine Art Nervenknoten im Bauch dieses Schiffsmonsters.« Sie öffnete eine weitere Datei. Eine Videodatei lief ab – ein schwarzhaariger nackter junger Mann, der eine nackte Frau auf allen vieren an einer Leine herumführte. Angies Herz setzte einen Schlag aus. Sie drückte auf vorspulen.

»Wir haben ihn«, flüsterte sie und ihr wurde übel, während sie dabei zusah, wie der junge Mann die Frau an allen vieren fesselte, das Seil auch um ihren Hals band und dann von hinten grob in sie hineinstieß. Das Haar fiel der Frau übers Gesicht, das der Kamera zugewandt war. Tränen liefen ihr über die Wangen, und ihr Gesicht verzerrte sich vor Angst, während sich das Seil immer fester um ihre Kehle zusammenzog. Hinter ihnen, in der hinteren Ecke, stand Norton-Wells. »Wir haben sie beide«, sagte Angie leise. »Mit Faith Hocking.«

Die Zeit- und Datumsangabe der Kamera zeigte den achtundzwanzigsten November. Während Angie zusah, begann Hocking zu keuchen und die Augen traten ihr aus den Höhlen. Dann sackte sie zusammen. Raddison hörte nicht auf. Galle stieg in Angies Kehle auf, während sie der jungen Frau beim Sterben zusah und sich das Video in ein echtes Snuff Movie verwandelte.

»Er muss überstürzt geflohen sein, sonst hätte er das hier nicht zurückgelassen«, sagte Maddocks und sah sie von der Seite an.

»Oder er hat einfach alles in eine Cloud hochgeladen, damit er es sich nach Lust und Laune wieder runterladen und ansehen kann.« Diese ganze Verdorbenheit setzte ihr zu. »Wenn das, was uns Norton-Wells erzählt hat, stimmt, dann wurde dieser Spencer Addams sofort zu seinen Chefs bestellt, nachdem das hier passiert ist. Um Hockings Leiche loszuwerden. Sobald er sie auf Thetisby Island abgeladen hatte, ist er vermutlich in einem kleinen Boot zur *Amanda Rose* zurückgekehrt, und als er die Marina verlassen wollte, hat er Norton-Wells und Raddison auf dem Parkplatz entdeckt und die Gelegenheit genutzt. Er hat sich den Lexus geholt, mit dem er später Drummond entführt hat. Dann, als Hockings Leiche schließlich wiederaufgetaucht und die Nachricht ihrer Verstümmelung in den Medien gelandet ist, was sie wiederum mit dem Mord und der Verstümmelung Drummonds in Verbindung gebracht hat, *konnte* er nicht wieder zurückkehren.« Sie sah Maddocks an. »Weil seine Arbeitgeber gewusst haben mussten, dass er es gewesen war, der Hocking post mortem verstümmelt hat. Sie waren es immerhin, die ihn damit beauftragt haben, die Leiche loszuwerden, was er aber nicht getan hat.«

Maddocks wandte sich an den Officer, der direkt vor der Tür stand. »Lassen Sie diesen Raum versiegeln, wir lassen die Spurensicherung so schnell wie möglich herkommen.« Er griff nach seinem Handy und rief Fitz an.

»Wir brauchen eine Adresse, und zwar sofort«, sagte er in sein Telefon, wobei er Angie ansah. »Spencer Addams. Er ist unser Mann. James Bay. Offenbar wohnt er bei seiner Mutter. Wir machen uns jetzt auf den Weg und sind auf Stand-by für die Adresse und für Verstärkung.«

Kapitel 71

Das zweite Einsatzteam war leise angerückt. Keine Sirenen. Das Haus in der James Bay war in Dunkelheit gehüllt gewesen. Die ERTs hatten die Tür aufgebrochen, aber Spencer Addams und seine Mutter waren nicht dort gewesen. Die Forensiker waren auf dem Weg.

Nachdem Angie und Maddocks das Entwarnungssignal erhalten hatten, waren sie langsam durch die Garage eingetreten, die zu der ruhigen, idyllischen Straße mit den weißen Lattenzäunen und ordentlichen Blumenbeeten hinausführte. Es war dunkel und windig, der wächserne Mond schien auf die schlafende Nachbarschaft. In der Ferne ballten sich schwarze Wolken zusammen. Die Häuser in diesem Stadtteil befanden sich alle in Laufentfernung zum Wasser und zum Pier, an dem sich Angie mit Merry Winston getroffen hatte. Zu den Legislaturgebäuden und dem Inner Harbour – dem betriebsamen Kern der Stadt. Das Grauen dieses Ortes lag in dem Wissen, dass ein brutaler Mörder genau hier aufgewachsen war, dass er mitten unter ihnen hatte gedeihen können, dass er hier zur Schule gegangen war, dass er auf der Lauer gelegen hatte und im Laufe der Zeit immer abartiger und sadistischer geworden war.

Angie nickte zu dem schwachen Ölfleck auf dem Garagenboden hinunter, wo ein Fahrzeug gestanden haben musste. Es war warm in der Garage, und der Geruch nach Auspuffgasen hing noch immer in der abgestandenen Luft, so als wären die Hausbewohner gerade erst mit dem Auto davongefahren. Metallregale reihten sich an den Wänden. Plastikkisten, Gartengeräte, Putzsachen und Vorräte standen darauf. An einer Pinnwand hingen Werkzeuge ordentlich an ihren Haken.

»Er ist ein echter Spinner«, sagte Maddocks, während sie sich einer Tür in der hinteren Garagenwand näherten. Sie öffnete sich zu einem Steinpfad, der zum Haupthaus führte.

Angie blieb stehen. »Warte, da drüben«, sagte sie. »Das ist ein Waffenschrank.«

Die Tür des Safes stand offen. Er war für Gewehre gebaut, aber leer. Auf einem Tresen lag eine umgekippte Schachtel mit Munition. Auch leer. »Zweiundzwanziger Kaliber«, sagte sie, nachdem sie den Aufdruck gelesen hatte. »Er ist da draußen, und er hat ein Gewehr.«

Sie verließen die Garage durch die Hintertür und gingen einen schmalen Pfad entlang zum weißen Giebelhaus mit Buntglaseinlassungen über den Fenstern. Das Außenlicht war eingeschaltet und beleuchtete einen gut gepflegten Rasen und hübsch gestutzte Büsche.

Während sie auf Verstärkung gewartet hatten, hatte Vedder Suchläufe zu dem Namen Spencer Addams gestartet. Sein Zweitname war John. Er war nicht aktenkundig. Seine DNS und seine Fingerabdrücke waren nicht in der Datenbank. Der Name seiner Mutter lautete Beulah Lee Addams geborene Cartwright. Dieses Haus war auf ihren Namen gemeldet. Spencer war hier aufgewachsen. Sein Vater John Addams war als vermisst gemeldet worden, als Spencer fünf Jahre alt gewesen war. Dieser Fall war nie aufgeklärt worden – der Vater war nie wieder aufgetaucht. Danach war Spencer von seiner alleinerziehenden

Mutter großgezogen worden und hatte die Schulen in der Nähe besucht. Schließlich hatte er eine Zimmermannslehre begonnen. Beulah schien sich über lange Zeit aktiv in katholischen Hilfsorganisationen betätigt zu haben, und sie gehörte zu Vater Simons Gemeinde. Das alles hatte man auf dem Revier bisher herausfinden können.

Die Forensiker fuhren gerade vor, als Maddocks und Angie das Haus mit Stiefelüberziehern und Handschuhen betraten. Auch im Haus war es warm, und es schien, als wären die Bewohner überstürzt aufgebrochen, denn der Fernseher lief noch und zeigte eine aufgezeichnete Folge von *Coronation Street*. In einem alten Kamin glühten noch die Kohlen und eine Mentholzigarette war brennend im Aschenbecher liegen gelassen worden, wie man an der langen intakten Aschesäule im Aschenbecher voller Zigarettenstummel erkennen konnte. Roter Lippenstift haftete noch an den Stummeln. Neben dem Aschenbecher lagen eine Schachtel mit blauen Latexhandschuhen und eine Einkaufstüte mit der Aufschrift »Druggie Mart«. An diesem Laden waren sie auf dem Weg die Straße hinunter vorbeigekommen.

An Haken neben der Tür hingen Jacken. Ein Schirm mit Blumenmuster stand in einem Ständer neben einem Paar Salomon-Joggingschuhen für Männer und einem Paar Rocksport-Wanderschuhen für Frauen. In der Luft hing der beißende, minzige Gestank der Mentholzigaretten.

Angie nahm all das in sich auf.

Während die Spurensicherung alles sorgfältig unter die Lupe nahm, hatten Maddocks und sie ein dringlicheres Ziel – sie durchstreiften eilig das Haus auf der Suche nach einem Zeichen, das ihnen verraten könnte, wohin die Bewohner verschwunden waren. Die Uhr tickte immer noch. Ihr Verdächtiger war bewaffnet und auf der Flucht. Wenn er sich in die Ecke getrieben fühlte, würde er vielleicht noch gefährlicher werden.

Ob seine Mutter freiwillig mit ihm gegangen war, blieb eine Schlüsselfrage.

Maddocks und Angie gingen den Flur hinunter und betraten ein kleines Badezimmer auf der linken Seite. Angie stockte der Atem.

Neben den Spiegel über dem weißen Waschbecken waren Fotos der nackten Gracie Drummond geklebt, auf denen sie Sex mit verschiedenen Männern hatte. Über dem Spiegel stand mit grellrotem Lippenstift geschrieben: *Rette die Mädchen.* Rechts davon war ein roter Pfeil gemalt worden, der auf das Foto einer weiteren nackten Frau zeigte. Der bärtige Mann, mit dem sie gerade Geschlechtsverkehr hatte, musste etwa Ende fünfzig sein.

»Lara Pennington«, sagte Angie.

Unter der Aufnahme von Pennington und dem Mann stand geschrieben: *Die Nächste. Sie soll im Namen des Herrn getauft werden. Rette sie alle. Hinfort mit Satan.*

Angies Herz schlug schneller. »Das sind Standfotos«, sagte sie und beugte sich näher heran. »Aus seinen Aufnahmen von der Jacht. Addams hat Drummond, Hocking und Pennington beobachtet, mitsamt den anderen Mädchen aus dem Club. Deshalb war er auf sie fixiert. Vielleicht hat er sich Drummond geholt, nachdem er den Kick mit Hockings Leiche erlebt hatte.«

»Er wollte eine, die noch lebt«, sagte Maddocks leise.

»Und Pennington ist die Nächste.« Angie fielen ein Paar Peeling-Handschuhe auf, die im Waschbecken lagen. Mit seiner behandschuhten Hand hob Maddocks einen davon hoch. Die Finger des Handschuhs waren mit einer getrockneten Substanz verklebt.

»Sperma?«, überlegte er laut.

Am Rand des Waschbeckens lagen mehrere offene Sicherheitsnadeln, ein Rasierer und eine Salbentube, auf der »Heißkalt« stand – eine Salbe gegen Muskelschmerzen.

Außerdem erkannte sie ein paar Flecken, die ganz nach Blut aussahen.

Maddocks Aufmerksamkeit wanderte von den Handschuhen zu den Nadeln, dem Rasierer und hinauf zu den Fotos. »Denkst du, was ich denke?«

Sie holte tief Luft. Eine ungute Vorahnung, das Gefühl, das Schlimmste würde erst noch kommen, sickerte in ihren Bauch. »Sieht so aus, als hätte er sich hier einen runtergeholt und die Fotos von Drummond und Pennington mit anderen Männern als Stimulus benutzt. Wenn er dabei diese Handschuhe getragen und dazu noch die Muskelcreme auf seine Genitalien aufgetragen hat, dann muss es höllisch gebrannt haben.«

»Und dann haben wir hier noch die Nadeln und den Rasierer«, fuhr Maddocks fort. »Schmerz turnt diesen Dreckskerl an. Was wohl seine Mutter zu diesen Fotos gesagt hat? Wenn sie zusammenwohnen, dann muss sie die Aufnahmen gesehen haben.«

»Vielleicht ist sie Teil des Ganzen.« Angie nickte zu der roten Schrift hinüber. »Das sieht ganz nach ihrem Lippenstift aus – dieselbe Farbe wie die Abdrücke auf den Mentholzigaretten. Und sie ist mit ihm verschwunden.«

Sie gingen den Flur weiter entlang zum ersten Schlafzimmer und betraten es. Es war asketisch eingerichtet – schmucklose Wände abgesehen von einem hölzernen Kreuz, das über einem schlichten Doppelbett mit einer marineblauen Decke hing. Nackter Holzfußboden. Keine Vorhänge.

Die böse Vorahnung wurde stärker, während Angie ihrem Partner ins zweite Schlafzimmer folgte.

Dieses hier war größer – rüschig und blumig. Ein Queensize-Bett mit rosa geblümter Bettwäsche und mehreren Kissen. Eine gehäkelte Überwurfdecke lag ordentlich zusammengelegt am Fußende. Ein gerahmter Druck von Emily Carr, der eine alte Kirche zeigte, hing an der Wand. Eine Kommode mit Spiegel – dunkles Holz und nierenförmig – stand unter einem Fenster, das von bauschigen Gazevorhängen geziert wurde. Auf der Kommode lag ein Rosenkranz zwischen mehreren gerahmten Fotos, dazu eine Sammlung Lippenstifte, eine Dose mit Rouge, blaue Wimperntusche, Gesichtspuder und eine offene Packung Bonbons vom *Olde Sweet Shoppe.* Dem Kassenzettel zufolge waren die Süßigkeiten vor fünf Tagen gekauft worden. Angie hob einen der Bilderrahmen hoch und musterte das Foto. Es zeigte einen niedlichen Jungen, der etwa zehn Jahre alt sein musste. Zerzaustes blondes Haar und ein freches Grinsen. Strahlend blaue Augen. Dünne Beine mit knubbeligen Knien, die aus zu großen Shorts herausragten. Die Frau neben ihm hatte ein irgendwie verkniffenes Gesicht. Sie trug eine Katzenaugenbrille.

»Das könnte Spencer als kleiner Junge sein, mit seiner Mutter.« Sie stellte das Bild wieder hin.

In diesem Raum und im angrenzenden Badezimmer gab es keine Spuren, die auf einen männlichen Besucher oder Mitbewohner hindeuteten.

Maddocks und sie gingen an den Spurensicherern vorbei und eilten in den Keller hinab. Eine nackte Glühbirne hing über der Treppe und erleuchtete ihnen den Weg.

Am Fuß der Treppe blieben sie stehen. Der Keller war so lang wie das ganze Haus, und am anderen Ende war ein Hobbyfitnessraum eingerichtet worden, mit Drückerbank, Hanteln, Tretrad und Laufband.

Langsam gingen sie vorwärts, und ein kaltes Gefühl machte sich in Angies Magen breit. Es war, als könnte sie ihn hier fühlen. Als würden seine abgestreiften Hautschuppen noch immer in der Luft hängen und ihr in den Mund dringen, in die Nase und die Lunge.

Vom Fitnessraum ging es weiter in die Wäschekammer und in ein Bad. In der Wäschekammer stand ein Trog aus Edelstahl, groß genug, um Gracie Drummonds Kopf unter Wasser zu drücken. Am anderen Ende des Kellers standen ein Kühlschrank und eine große Gefriertruhe. In der Mitte des Raums war ein schlichter Metallstuhl aufgestellt worden, gegenüber von einem bequem aussehenden Ohrensessel. Seile hingen von einem Stützbalken herab bis auf den Boden um den Sessel herum. Eine ganz ähnliche Konstruktion wie in dem Rübenkeller auf Thetisby Island. Neben dem Sessel standen ein Fernseher und eine Kameraausrüstung. Maddocks schaltete beides ein.

Es knisterte, dann erwachte der Bildschirm zum Leben. Angie starrte darauf. Gracie Drummond. Gefesselt. Mit Klebeband über dem Mund. Ein blonder, durchtrainierter nackter Mann vergewaltigte sie. Angie musste sich wegdrehen, als die Worte von Alex Strauss wieder durch ihren Kopf schossen.

So etwas ist hart. Für jeden … Gib es zu. In Filmen sind die Cops gegen so etwas natürlich immun. Die Zuschauer werden der Gewalt gegenüber immer abgestumpfter, aber das hier ist das wahre Leben. Echte Menschen. Wir sind nicht dafür geschaffen, uns ständig mit diesem Ansturm an Dingen auseinanderzusetzen, mit denen du es bei den Sexualverbrechen zu tun hast …

Sie entfernte sich vom Bildschirm und ging zu einem Tresen, der an der Wand entlang zwischen dem Kühlschrank und der Tiefkühltruhe verlief. Darauf stand ein großes Nähkästchen. Sie hob den Deckel und entdeckte eine bunte Palette von Garnröllchen. Als sie den Deckel noch weiter hob, glitt das oberste Fach zurück, um den Blick auf den Boden des Kästchens freizugeben.

»Maddocks.«

Er kam zu ihr. »Trophäen«, sagte sie und betrachtete die Haarsträhnen – alle am oberen Ende zusammengeklebt und mit verschiedenfarbigen Garnen zusammengebunden. »Das müssen über zwanzig Strähnen da drin sein. Und an jeder hängt ein

Schild mit Namen, Daten und Orten.« Sie beugte sich näher heran, da sie diese Beweisstücke nicht berühren und durcheinanderbringen wollte. Sie versuchte, die winzige Handschrift auf einem der Schilder zu lesen. »Da steht Malaga«, sagte sie. »Und auf dem da … Toulon. Und da Nizza.« Sie sah Maddocks an. »Orte entlang der Côte d'Azur und der französischen Riviera? Er macht das schon seit Jahren.«

Irgendjemand kam die Treppe herunter. Mit einem Ruck öffnete Angie den Kühlschrank. Er war voller Mineralwasserflaschen, Vitamin- und Sportlergetränken. Sie ging zur Tiefkühltruhe weiter. Maddocks Handy klingelte. Er trat beiseite, um den Anruf entgegenzunehmen, als die Leute der Spurensicherung und ein Fotograf den Keller betraten. Angie hob den Deckel der Truhe an.

»Scheiße!« Sie keuchte, wich zurück und ließ den Deckel beinahe wieder fallen. Ihr Magen zog sich heftig zusammen.

Das blaue, überfrostete Gesicht einer Frau starrte aus blicklosen, gefrorenen Augen zu ihr hoch. Ihre Lippen trugen denselben grellroten Lippenstift, den sie schon auf den Zigarettenstummeln und am Spiegel gesehen hatten. Kopf und Torso der offenbar älteren Frau waren noch verbunden, aber ihre Arme und Beine waren abgetrennt und neben sie gelegt worden.

»Seine Mutter?«, flüsterte sie, das Grauen in der Kehle. »Beulah Addams? Herrgott. Wie lange liegt sie schon da drin?« Ihr Blick schoss zu Maddocks, während die Spurensicherer auf sie zukamen.

Alle Farbe war aus seinem Gesicht gewichen. Er trat nicht einmal an die Kühltruhe heran, sondern hielt stattdessen sein Handy umklammert.

»Es ist Ginny«, sagte er mit rauer Stimme. »Sie braucht meine Hilfe.«

»Was?«

»Sie … sie sagt, sie ist mit Freunden ausgegangen und hat zu viel getrunken, und sie glaubt, dass ihr etwas ins Getränk gemischt wurde.«

Angie gab den anderen Männern ein kurzes Zeichen, sich um die Kühltruhe zu kümmern, und ging zu Maddocks. Er sah krank aus.

»Sie hat Angst … sie klingt nicht gut, Angie. Sie braucht mich. Sofort. Sie hat mich gebeten zu kommen.« Seine Augen glänzten. »Ich habe sie vernachlässigt. Ich dachte, ich gebe ihr einfach etwas Zeit, damit sie von selbst zu mir kommen kann, aber … aber doch nicht so.«

Die Dringlichkeit und den Konflikt – sie beide spürten es.

»Das hier ist unser größter Fall, Maddocks«, sagte sie leise.

»Aber sie ist meine Tochter. Nur deshalb bin ich überhaupt hier. Ich bin für sie nach Victoria gezogen. Das ist meine Welt, Angie. Ich bin hergekommen, um ein besserer Vater zu sein, um die verlorene Zeit wiedergutzumachen.« Er sah zur Kühltruhe, zum Fotografen, der gerade Bilder von der Leiche darin schoss. »Kommst du von hier an allein klar? Kannst du eine Einheit schicken, die Lara Pennington abholt, bevor dieses Monster bei ihr ist? Falls es noch nicht zu spät ist. Kannst du herausfinden, wer vielleicht sonst noch in Gefahr ist?«

Sie presste die Lippen aufeinander und sah ihren Partner an. Ihren Boss. Ihren Liebhaber. Diesen schönen Mann. Er war ein Retter. Und sie glaubte, dass sie ihn liebte. Der Schmerz in seinem Gesicht tat ihr weh. Tränen brannten in ihren Augen, und sie nickte. »Ja. Ich mach das schon. Geh. Geh und kümmere dich um sie.«

Dann war er verschwunden. Das Flattern seines schwarzen Mantels auf der Treppe war das Letzte, was sie von ihm sah.

Kapitel 72

Maddocks fuhr zu schnell in dem unmarkierten Auto der MVPD, das er vom Tatort mitgenommen hatte. Ginnys leise, verwaschene Stimme und ihre Worte stolperten durch seinen Verstand.

»Daddy … kannst du kommen? Ich hab Mist gebaut … Es … es tut mir so, so leid …«

Seine Kehle war wie zugeschnürt, als er am Randstein vor ihrem Wohnungsblock hielt. Er ließ das Auto offen, rannte immer drei Stufen auf einmal nehmend die Treppe hinauf und klopfte laut an die Wohnungstür seiner Tochter. Dann versuchte er die Tür zu öffnen. Sie schwang auf. In der Wohnung war es dunkel. Es stank. Es roch nach Schweiß – Männerschweiß. Die Alarmglocken in seinem Kopf begannen zu schrillen.

»Ginny?« Er schaltete das Licht ein und verharrte dann reglos, als er das Wohnzimmer erblickte. Ein umgekippter Stuhl. Eine Tasse auf dem Boden. Eine Pfütze. Ginnys Handtasche – ihr Handy lag daneben. Wie von Sinnen rannte er durch die kleine Wohnung. *»Ginny!«*

Sein Herz hämmerte wie verrückt.

Sie war nicht hier.

Er eilte zurück zum Tisch, öffnete ihre Handtasche, kramte darin herum. Ihre Schlüssel, ihr Geldbeutel, Ausweis, alles noch da. Ein Übelkeit erregendes, kaltes Gefühl fiel wie ein Stein in seinen Bauch. Er fuhr herum. Und da sah er es.

Ein Zettel. Eine Nachricht. Mit schwarzem Filzstift geschrieben. Auf dem Küchentresen. Daneben eine Strähne dunkelbraunen Haars. Ein Speer in seinem Herzen.

Maddocks stürzte sich auf die Nachricht.

Kommen Sie allein,
Dann könnte es sein,
Dass Ihnen Zeit bleibt,
Vor dem Auseinandergehen …
Um sie sterben zu sehen …
Beim alten Brückengerüst bei Skookum Gorge.
Ticktack … Detective Maddocks,
Erscheinen Sie, sonst weinen Sie!
Johnny, der Täufer

Oh Gott, bitte nicht. Hatte er sie schon vergewaltigt? Verstümmelt? Das war sein Modus Operandi – erst die sexuelle Gewalt, dann die Taufe, und erst dann holte er sich seine Trophäe. Er starrte die Haarlocke seiner Tochter an.

Atmen. Konzentrier dich. Denk nach.

Wieder las er die Nachricht.

… Dass Ihnen Zeit bleibt … Vor dem Auseinandergehen …

Zeit. Spencer Addams hatte ein Gewehr und Ersatzmunition mitgenommen. Er wollte Maddocks zu sich locken, und seine Tochter war der Köder. *Warum?* Weil er eine Konfrontation wollte? Weil er einen der Cops töten wollte, die ihn jagten? Weil sie ihn in die Ecke gedrängt hatten und er sich nun zu etwas anderem weiterentwickelte? Weil er sich in eine Art Blutrausch hineinsteigerte? Oder wollte er nur ein Druckmittel in der Hand haben, um entkommen zu können? Daran musste Maddocks glauben – daran, dass es Ginny gut ging – dass alles wieder in Ordnung kommen würde. Er musste nur rechtzeitig bei ihr sein.

Er wählte Angies Nummer, während er auf die Wohnungstür zurannte.

Sie hob sofort ab.

»Er hat sie – Spencer Addams hat Ginny. Er hält sie bei dem alten Brückengerüst bei Skookum Gorge fest. Er hat eine Nachricht in ihrer Wohnung zurückgelassen.« Maddocks rannte die Treppe hinab, stieg ins Auto und ließ den Motor an, während er sich weiter das Handy ans Ohr hielt.

»Das ist eine Falle, Maddocks«, sagte sie. »Er lockt dich in eine Falle …«

»Ich weiß. Fordere noch ein SWAT-Team an – alle, die verfügbar sind. Wir sind nicht mehr viele Leute wegen der Einsätze auf der Jacht und in dem Haus in James Bay, also bitte um Unterstützung aus anderen Zuständigkeitsbereichen, wenn es nicht anders geht, dann ruf das Militär. Und wir brauchen medizinische Notfallkräfte. Hier geht es nicht nur um meine Tochter, Angie.« Er trat aufs Gas. »Wir haben es mit einem bewaffneten und gefährlichen Serientäter zu tun, der getötet und Frauen in mehreren Ländern angegriffen hat.« Er überfuhr eine rote Ampel und raste mit quietschenden Reifen auf eine mehrspurige Straße. Hupen ertönten und Bremsen kreischten, als er dem entgegenkommenden Verkehr um Haaresbreite entging. Selbst auf einer leeren Autobahn und mit Höchstgeschwindigkeit würde es über eine halbe Stunde dauern, bis er Skookum erreichte.

»Ich komme …«

»Nein! Und das ist ein Befehl, Pallorino. Bleib bei der Spurensicherung in Addams' Haus. Hilf mir, indem du den Einsatz koordinierst. Die Teams sollen mit dem Helikopter nach Skookum rausfliegen. Sie werden lange vor dir beim Meeresarm dort ankommen, und sie können viel mehr ausrichten als du. Nutze die Zeit und nagle diesen Scheißkerl anhand der Beweise fest.« Er legte auf, schaltete Sirene und Blaulicht ein und trat das Gaspedal voll durch. Er würde nicht auch noch Angie in Gefahr bringen.

Bitte, bitte ... lass nicht zu, dass er ihr wehtut, sie vergewaltigt und verstümmelt wie diese jungen nackten Frauen im Leichenschauhaus ...

Endlich erreichte er die Ausfahrt, die vom Highway auf eine schmale, gewundene und von moosbewachsenen Bäumen flankierte dunkle Straße führte. Es war die einzige Straße entlang des Skookum Gorges. Eines Meeresarms, der für seine tosenden Stromschnellen und Strudel bekannt war, die entstanden, weil die Flut gewaltige Wassermassen durch die Enge trieb und den Pegel innerhalb weniger Minuten um mehr als drei Meter ansteigen ließ. So entstanden gewaltige Strömungen. Der Skookum Gorge war berüchtigt.

Für die vielen Ertrunkenen hier.

* * *

Angie tätigte die Anrufe. Über mehrere Zuständigkeitsbereiche wurden in Windeseile Einsatzkräfte mobilisiert. Sie hatte acht Minuten gebraucht, um die Dinge in Gang zu bringen, und nun hatte sie Fitz in der Leitung und brachte ihn über den Tatort in Addams' Haus auf den neuesten Stand. Über den zerstückelten Leichnam der Frau in der Tiefkühltruhe, bei der es sich möglicherweise um Beulah Addams handelte. Barb O'Hagan und Coroner Charlie Alphonse waren unterwegs. »Wir haben weitere Fotos im Keller gefunden«, sagte sie, in Gedanken nur noch teilweise bei diesem Haus des Grauens. Der andere Teil war bei Maddocks, der in eine Falle raste, weil er seine Tochter retten wollte. Sie checkte die Uhrzeit. Neun Minuten seit Maddocks' Anruf.

»Diverse Aufnahmen zeigen die gefrorene Frauenleiche in dem Sessel im Keller sitzend«, erklärte sie Fitz. »Er hat Seile benutzt, die vom Dachbalken hängen, um sie festzubinden, damit es so aussah, als würde sie aus eigener Kraft dort sitzen. Die gefrorenen Beine hat er an den Sessel gelehnt.« Angie nickte einem der Techniker zu und zeigte ihm den Weg zur Kellertreppe. Sie stand inzwischen in Addams' Wohnzimmer.

»Offenbar hat er sie aus der Tiefkühltruhe geholt und zur Gesellschaft neben sich gesetzt, während er sich von seinem Metallstuhl aus die Videoaufnahmen angesehen hat, die er durch seine Gucklöcher im Bacchanalian Club gemacht hat.«

Durch das Wohnzimmerfenster sah Angie den Kleinbus des Coroners unter einer Straßenlaterne parken. Der ganze Straßenblock war abgesperrt worden. Nachrichtenhelikopter flogen wummernd über sie hinweg in diesen dunklen Stunden des neuen Morgens.

Neuneinhalb Minuten, seit Maddocks angerufen hatte …

»Pallorino«, sagte Fitz, und seine kümmerliche Stimme veränderte sich auf eine Weise, bei der sich ihr die Nackenhaare sträubten. »Ich will, dass Sie sich von den Skookum-Stromschnellen fernhalten, verstanden? Bleiben Sie vor Ort.«

Sie umklammerte das Handy fester. Er hatte erkannt, dass irgendetwas zwischen Maddocks und ihr war. Wahrscheinlich hatten das alle. Er ahnte, was sie vorhatte – nämlich mit fliegenden Fahnen dort rauszurasen. Alles zu tun, um nicht noch einen Partner zu verlieren, der ihr immer wichtiger wurde.

»Wie lautet die geschätzte Ankunftszeit des Einsatzteams?«, fragte sie. »Wann sind sie losgeflogen?«

»Pallorino …«

»Sie sind noch gar nicht in der Luft, oder?«

»Halten Sie sich zurück. Machen Sie Ihre Arbeit.«

»Sir.« Sie legte auf, verschränkte die Arme fest vor der Brust und hielt das Handy umklammert, während sie O'Hagan und Alphonse entgegensah, die auf dem schmalen Pfad auf das Haus zukamen.

Sie schienen sich im grellen Licht der Scheinwerfer, die man hergebracht hatte, wie in Zeitlupe zu bewegen. Alles um sie herum hatte sich verlangsamt. Selbst die Geräusche klangen verzerrt und in die Länge gezogen.

Manchmal, dachte Angie wieder, manchmal machen nur die Menschen den Unterschied zwischen Himmel und Hölle aus. Und manchmal macht man selbst keinen Unterschied, ganz gleich, wie sehr man sich bemüht. Sie dachte an Gracie Drummond und an die Qual im Gesicht ihrer Mutter.

Da glaubt man, man hat alle Zeit der Welt, und dann … dann wünscht man sich einfach nur …

Dann wünscht man sich, man hätte etwas getan.

Draußen peitschten die Zweige der Bäume im stärker werdenden Wind, der Nebel wurde herangetrieben und bildete Heiligenscheine um die Straßenlaternen – die nächste Sturmfront rollte vom Meer heran. Die Helikopter würden mit diesem Wetter zu kämpfen haben.

Sie kannte den Skookum Provincial Park gut. Während ihrer Zeit am College war sie oft dort zum Wandern und Campen gewesen. Bei der Brücke gab es keinen Platz, an dem ein Hubschrauber landen konnte. Es sei denn, der Pilot versuchte, auf der alten Konstruktion aus Holz und Stein selbst zu landen, ohne dass die Rotorblätter dabei gegen die Bäume oder die Felswände krachten. Dafür müsste der Pilot unglaublich fähig und das Wetter zudem ruhig sein. Bei schlechtem Wetter war es unmöglich. Es bei Nebel zu versuchen würde bedeuten, das Leben aller Insassen zu gefährden – diese Entscheidung würde der Team Captain treffen müssen. Alternativ könnten die Teammitglieder abgeseilt werden, was aber wiederum große Geschicklichkeit von allen Beteiligten erforderte, besonders bei dichtem Nebel.

Und es würde Zeit kosten.

Zeit, die Maddocks und seine Tochter vielleicht nicht hatten.

Draußen fuhren weitere Autos vor. Aus einem davon stiegen Holgersen und Leo. Beide blickten zum Haus. Aus einem weiteren Fahrzeug tauchten Fitz und zwei altgediente Mitglieder des Ermittlerteams ihres Falls auf. Ein Uniformierter deutete auf das Addams-Haus. Angie atmete tief durch.

Er war ihr Partner. Er war ganz allein da draußen. Niemand würde kommen. Nicht bei diesem Wetter.

Sie sah wieder auf die Uhr. Elf Minuten, seit Maddocks angerufen hatte.

Sie hörte, wie O'Hagan und Alphonse den Flur betraten.

Die Entscheidung fiel im Bruchteil einer Sekunde. Angie eilte los durch den Hintereingang des Hauses ins Freie.

Dann rannte sie die Stufen in den Garten hinab, überquerte den Rasen und duckte sich weg in eine Seitengasse.

Ich will, dass Sie sich von den Skookum-Stromschnellen fernhalten, verstanden? Bleiben Sie vor Ort …

»Scheiß drauf«, murmelte sie vor sich hin. Maddocks hatte alles für sie aufs Spiel gesetzt. Was wäre das wert, wenn er jetzt ums Leben kam? Oder wenn er seine Tochter verlor? Sie sprintete los, als sie den Gehweg erreichte, auf ihr Auto zu, das ein Stück weiter unten am Straßenrand parkte.

Dreizehn Minuten seit seinem Anruf. Angie raste über den Highway, nur einen Gedanken im Kopf.

Sie musste ihrem Partner helfen. Ihrem Geliebten.

Kapitel 73

Maddocks' Reifen knirschten auf dem nassen Asphalt, als er so nahe wie möglich an den Beginn des Wanderwegs heranfuhr, der hinab zu den Stromschnellen führte. Seine Scheibenwischer kämpften gegen den gallertartigen Schneematsch, der mittlerweile herabfiel. Dichter Nebel trieb zwischen den alten Bäumen umher.

Der Parkplatz war groß genug, um ganzen Busladungen voller Touristen Platz zu bieten, die herkamen, um von den Aussichtsplattformen, die man in die Klippen gebaut hatte, die Lachswanderungen zu beobachten. Doch nun war alles leer und verlassen.

Maddocks' Scheinwerfer streiften ein einsames Fahrzeug auf dem Parkplatz, direkt am Beginn des Wanderpfads. *Lexus.* Auf dem Nummernschild stand BX3 99E. Addams war hier.

Angst schnürte ihm die Kehle zu, als er neben dem Lexus scharf abbremste. Er überprüfte seine Waffe und öffnete per Knopfdruck den Kofferraum. Er stieg aus, Schneeregen prasselte auf ihn nieder. In der Ferne hörte er das Donnern der Brandung – Wellen, die gegen Felsen schlugen, während die Flut hereinkam. Bei zunehmendem Mond würde das Wasser sogar noch heftiger steigen. Im Kofferraum fand er eine Taschenlampe, ein Gewehr und Munition. Er lud die Waffe, steckte die Taschenlampe und zusätzliche Munition ein und schlang sich das Gewehr über die Schultern.

Seine schusssichere Weste trug er bereits vom Einsatz auf der *Amanda Rose*. Bevor er den Wanderweg betrat, überprüfte er den Lexus. Verschlossen. Mit der Taschenlampe leuchtete er hinein. Leer, abgesehen von einigen aufgewickelten Seilen und ein paar Werkzeugen.

Vom kräftigen Strahl der Taschenlampe geleitet, trat er in den Schatten der Bäume und eilte den schmalen Pfad entlang. Seine Stiefel versanken im Schlamm, und er rutschte auf dem glitschigen, moosbewachsenen Felsen aus. Es roch nach Erde und Kiefern, nach altem Herbstlaub und nach dem Salz des Meeres. Er konnte Fußspuren im Schlamm erkennen, doch bei dieser Dunkelheit und dem Regen war es schwer, daraus irgendetwas abzuleiten.

Er lief schneller.

Der Strahl der Taschenlampe prallte von Baumstämmen ab. Schatten lauerten, duckten sich weg und schossen umher. Wie Gespenster wand sich der Nebel zwischen den Bäumen hindurch. Wie lebendig streckte er sich nach ihm aus und zog sich dann wieder zurück. Ein Gefühl von der Weite dieses Ortes, der schieren Größe und Ausdehnung dieses alten Waldes drückte auf ihn herab. Im Umkreis von vielen Meilen keine Menschenseele. Der Weg begann nun anzusteigen, wurde immer steiler, als er eine Felsanhöhe erreichte. Das Tosen des Wassers wurde lauter.

Maddocks kämpfte sich auf die Anhöhe und trat auf eine hölzerne Aussichtsplattform hinaus. Ein Metallgeländer führte um die Plattform herum. Dahinter fiel ein Hang steil zum Wasser ab. Weit unter ihm kam die Flut herein, weiß gekrönte Wellen rollten heimtückisch heran, so als wären die Stufen auf das schmale Kliff ein Tor zur Trichtermündung unter ihm gewesen. Eine Windböe traf Maddocks, als er ans Geländer trat.

Rechts von ihm konnte er durch den Nebel den Umriss der alten Eisenbahnbrücke ausmachen, durch die beide Klippen an der engsten Stelle miteinander verbunden wurden.

Dann sah er es: Ein kleines Licht huschte auf der anderen Seite des Wassers unter den Bäumen umher. Er schaltete seine eigene Taschenlampe aus. Addams war mit einem .22er-Gewehr bewaffnet, wenn er nicht noch weitere Waffen bei sich hatte. Er schnallte sich sein eigenes Gewehr vom Rücken, lud eine Kugel in den Lauf und tastete sich am Geländer entlang, während sich seine Augen an die Dunkelheit gewöhnten. Langsam bewegte er sich über die Plattform und entfernte sich von seiner vorherigen Position, für den Fall, dass Addams blind feuerte.

Er spähte durch Dunkelheit und Nebel und versuchte, ein weiteres Aufflackern des Lichts zu erhaschen, aber es war verschwunden. Aus dem Augenwinkel machte er eine Bewegung aus, und sein Blick schoss hinab zum Wasser unter der Brücke, wo der Schaum auf dem Wasser weiß fluoreszierte. Dann teilte sich der Nebel und Maddocks erkannte eine Gestalt über dem Wasser.

Sein Verstand versuchte verzweifelt, dem, was er da sah, einen Sinn zu geben. Dann erstarrte sein Blut zu Eis. Addams hatte Seile benutzt. Wie auf Thetisby Island, wie im Keller seines Hauses – er hatte Ginny in eine Plane gewickelt und sie von der verrottenden Brücke herabgelassen, sodass sie direkt über dem Wasser hing. Die Flut stieg schnell.

Addams hatte ihn hierhergeholt, damit er zusehen konnte, wie seine Tochter ertrank.

Kapitel 74

An der Nordseite der Plattform ging Maddocks in die Hocke. Von hier aus schien ein beinahe vertikaler Pfad die Klippe hinabzuführen. Offenbar führte ein weiterer Pfad ein kleines Stück in den Wald und dann möglicherweise in einem Bogen zur alten Brücke.

Doch während Maddocks diesen Weg entlangeilte, zerriss ein Schuss die Luft. Er duckte sich. Eine Kugel zischte an ihm vorbei und schlug in einen Baum hinter ihm ein. Die Rinde explodierte. Sein Herz hämmerte. Das war also die Falle.

Wenn er versuchte, zur Brücke zu kommen, um seine Tochter zu retten, würde Addams von der anderen Seite der schmalen Schlucht auf ihn anlegen. Er würde erschossen werden und Ginny würde ertrinken.

Oder er konnte hier in Sicherheit bleiben und zusehen, wie sie ertrank.

Er *musste* einfach daran glauben, dass sie noch lebte.

Seine Gedanken rasten. Er blickte auf seine Uhr. Hatte es Angie geschafft, ein Einsatzteam zu mobilisieren? Ihm lief die Zeit davon. Die Flut stieg. Zeit und Flut – beides wartete nicht. Auf niemanden. Noch nie hatte er das so deutlich empfunden. Eine weitere Nebelbank wehte heran und verschluckte die gegenüberliegende Klippe. Irgendwo hoch über ihm in den

Wolken erklang auf einmal das Dröhnen eines Hubschraubers. Maddocks schickte ein stummes Dankgebet zum Himmel, bevor er begriff, in welcher Lage er sich befand.

Zwischen den Klippen, den gewaltigen, turmhohen Bäumen und der dichten Nebelsuppe gab es keine Stelle, an der ein Helikopter landen konnte.

Trotzdem wurde das Wummern der Rotorblätter immer lauter, wurde von den Felswänden zurückgeworfen und entwickelte sich zu einem anschwellenden Brüllen. Ein weiterer Schuss krachte, dann noch einer.

Maddocks fluchte. Addams feuerte auf den Hubschrauber. Der stieg wieder auf und das Wummern wurde leiser, als er nach Westen abdrehte. Noch nie hatte sich Maddocks so einsam gefühlt.

Da draußen war Hilfe, aber sie konnte ihn nicht erreichen. Und die Zeit arbeitete gegen sie.

Die Minuten verstrichen. Das Wummern des Helikopters war verklungen. Wieder sah Maddocks auf die Uhr. Er konnte nicht länger warten. Er musste es auf eigene Faust tun.

Aber wie? Ein Knacken erklang im Wald hinter ihm. Er drehte sich ruckartig um und hob das Gewehr.

»Maddocks?«, flüsterte jemand. »Bist du da?« Ein Schatten mit Stirn- und Taschenlampe tauchte unter den Bäumen auf. Angie.

Der Schuss kam sofort und die explodierende Rinde traf mit einem hellen Klingen auf das Metallgeländer.

»Mach die Lichter aus!«, befahl er. »Runter, auf den Boden!«

Sie tat es, doch zuvor zischte bereits eine weitere Kugel heran. Angie ließ sich fallen. Dann war alles still. Er hörte sie schwer atmen.

»Alles in Ordnung?«, fragte er.

»Wo ist er?«, fragte sie und kroch über die Plattform auf ihn zu.

»Auf der anderen Seite der Schlucht.«

»Und Ginny? Ist sie bei ihm?«

Es aussprechen zu müssen, brachte ihm die kranke Realität all dessen voll zu Bewusstsein und machte das Grauen dieses Albtraums nur umso gnadenloser.

»Sie hängt von der Brücke. Direkt über dem steigenden Wasser.«

Vorsichtig richtete sich Angie neben ihm auf. Ihr Atem kondensierte in der Luft, ihre Schulter drückte gegen seine, als er ihr zeigte, wo genau Ginny hing. Sie war schnell gelaufen, und Maddocks spürte ihre Wärme. Ein schwacher Blumenduft und der Geruch nach Seife stiegen von ihrer Haut auf. Noch nie zuvor hatte sich die Berührung einer Frau, hatte sich ihr Duft so menschlich, so willkommen angefühlt. Dass er auf einmal eine Verbündete hatte, bedeutete ihm alles.

»Was zum Teufel machst du eigentlich hier?«, knurrte er.

»Ich bin deine Partnerin.« Sie streifte sich ein zusammengerolltes Seil von der Schulter, während sie sprach. »Ich bin kurz nach dir losgefahren. Ich stehe hinter dir – das Einsatzteam wird es nämlich nicht herschaffen.« Sie befreite sich von einem Rucksack auf ihrem Rücken und öffnete ihn. »Wir müssen das alleine tun.«

»Angie, du wirst nicht …«

»Halt verdammt noch mal die Klappe, klar? Sie werden es nicht riskieren, einen Helikopter voller Menschen bei dem Versuch zu verlieren, einen Detective und seine Tochter zu retten, das weißt du genauso gut wie ich. Ihnen ist klar, dass Addams irgendwo da draußen ist. Sie wissen, dass sie ihn tagelang mit Hunden verfolgen und militärische Ausrüstung und Fährtenleser herschaffen können. Letztendlich werden sie ihn kriegen, ihn aufstöbern. Oder er wird in der Wildnis sterben. Sie können es sich leisten, auf die bestmöglichen Umstände zu warten. Wir nicht.«

Er starrte ihr in die Augen, dunkel und glänzend im schwachen Licht des Morgengrauens, das allmählich ihre Welt erhellte, während die längste Nacht des Jahres näher rückte. In diesem Moment glaubte Maddocks, dass er sie liebte. Und dass er ihr Leben nicht riskieren wollte – nicht riskieren konnte. Er wusste ja nicht einmal, ob Ginny überhaupt noch atmete.

Als hätte sie seine Gedanken gelesen, sagte Angie: »Sie lebt, Maddocks. Sie lebt. Daran musst du glauben. Wir werden sie retten. Und zwar folgendermaßen …« Bevor sie ihren Satz zu Ende gebracht hatte, knallte ein weiterer Schuss, und sie beide duckten sich instinktiv.

Zusammengekauert, die Köpfe nah beieinander lauschten sie, warteten, während ihr Atem sie in eine Wolke hüllte. Wieder trieb der Nebel heran und schenkte ihnen ein paar Augenblicke. Nicht nur die Flut stieg, auch der anbrechende Tag drängte sie zur Eile, da er sie nach und nach zu Zielscheiben machte.

»Ich kenne mich hier aus«, sagte sie und kramte in ihrem Rucksack herum. Sie zog ein paar ineinander verhakte Karabiner hervor. »Ich war hier als Studentin immer wandern und campen. Und als ich noch klein war, ist mein Dad …« Sie zögerte, löste jedoch weiterhin mit schnellen, gekonnten Bewegungen die Karabiner voneinander. »Ist Joseph Pallorino immer mit mir hier rausgefahren. Wir haben Krabbenfallen aufgestellt und bei Ebbe im Watt Muscheln gesammelt. Ich weiß, wie schnell die Flut hier steigt.« Sie kniete sich hin und sah ihn an. Eine intensive Energie schien von ihr auszugehen.

»Bist du ein guter Schwimmer?«, fragte sie.

»Ziemlich gut.«

»Dann bist du besser als ich.« Sie reichte ihm eine Schlaufe des Kletterseils, das sie mitgebracht hatte, zusammen mit einigen Karabinern.

»Du gehst da runter. Nimm den Klettersteig am anderen Ende der Plattform. Halt dich am Halteseil fest und stoß dich mit den Füßen vom Felsen ab, um runter zum Wasser zu kommen. Kurz über dem Flutpegel kommst du auf eine breite Felskante, die bis zur Brücke führt. Sobald du unten bist, lauf das Felssims entlang bis zu einer Stelle ein paar Meter vor der Brücke, wo du einen Eisenring in der Felswand findest. Den hat vor Jahren mal jemand da reingedreht, um so eine Art Anlegeplatz zu schaffen. Wenigstens hoffe ich, dass der Ring noch da ist. Bei ruhigem Wasser haben da früher immer Flöße festgemacht. Bind das Seil an einem Ende an den Ring und am anderen um dich selbst. Dann kannst du ins Wasser steigen und dich auch gegen die Strömung halten. Das Seil sollte lang genug sein, damit du Ginny erreichen kannst.« Sie kam auf die Füße und zog den Rucksack wieder an, dann hob sie das andere Seil auf.

»Ich gehe auf die Brücke und versuche, Ginny loszuschneiden. Es gibt einen Pfad um die Felsanhöhe hier herum, der nach unten führt.«

»Sobald sich der Nebel lichtet, wird er auf dich schießen.«

»Auf dich da unten an der Felswand auch. Beten wir darum, dass der Nebel noch eine Weile hängen bleibt. Ich versuche, ihn von oben abzulenken, während du dich von unten näherst. Hier.« Sie reichte ihm eine Trillerpfeife. »Zwei schnelle Pfiffe, und ich weiß, dass du unter ihr bist. Sobald du mir das Signal gibst, versuche ich, sie von oben loszuschneiden. Gib mir dein Gewehr.«

»Angie, ich kann nicht zulassen, dass du …«

»Hör auf«, flüsterte sie und drückte ihm die behandschuhten Finger auf den Mund. »Bitte, hör auf. Und konzentrier dich. Maddocks, ich habe sonst nichts. Ich *muss* das tun.« Sie zögerte. »Ich muss es versuchen.«

Er hörte, was sie nicht aussprach. Sie hatte schon einmal einen Partner verloren. Sie hatte das Mädchen verloren. Sie hatte Merry Winston verloren, für die sie sich verantwortlich gefühlt hatte. Sie hatte ihre Identität verloren. Und sie konnte es nicht ertragen, noch einmal jemanden zu verlieren.

»Ich werde das mit dir oder ohne dich tun, Sergeant James Maddocks, verstanden? Aber dieses Gewehr könnte ich wirklich gut gebrauchen. Außerdem hilft es mir auf der Brücke mehr als dir, wenn du bis zum Hals in den Stromschnellen steckst.«

Er reichte es ihr und dazu noch die zusätzliche Munition. Sie steckte sie ein und schlang sich das Gewehr und das Seil um den Körper. »Pass auf dich auf«, flüsterte sie, bevor sie im Wald und im Nebel verschwand. Sein Herz hämmerte gegen die Rippen, als er ihr nachsah. Dann drang das Rauschen der steigenden Wellen an sein Ohr. Er schlang sich das andere Seil selbst um den Körper. Dann drehte er sich um und ließ sich vorsichtig über den Rand der Plattform sinken, bis er das Eisenkabel des Klettersteigs erreichte. Wenn er abrutschte, würde er hinab in den Tod stürzen.

Genau wie Angie, wenn sie auf der zerfallenen Eisenbahnbrücke einen Fehltritt tat.

Oder wenn die Brücke unter ihr nachgab.

Kapitel 75

Angie sah auf die Uhr. Kurz nach sieben und immer noch dunkel. Mithilfe der Stirn- und der Taschenlampe eilte sie den Hohlweg entlang, geschützt vom dichten Wald um sie herum.

Sie erreichte das Ende des Wegs, schaltete die Lichter aus und ging in die Hocke. Die alte Eisenbahnbrücke verlor sich vor ihr in Dunkelheit und Nebel. Maddocks hatte ihr gezeigt, dass Ginny ziemlich genau in der Mitte der Brücke festgebunden und herabgelassen worden war. Angie streifte das Seil ab. Sie würde nicht erst ein Tragegestell daraus knoten können, da sie rasch für eine Ablenkung sorgen musste. Damit wollte sie Addams' Aufmerksamkeit auf die Brücke und weg von Maddocks lenken, der gerade an der Klippe hinabkletterte.

Sie nahm die Stirnlampe ab, band sie an das Seil und schlang es sich über die Schulter. Dann schob sie sich langsam in die Dunkelheit und auf die Brücke hinaus.

Zwischen den Schienenschwellen klafften breite Lücken. Wenn sie ausrutschte, würde sie abstürzen. Unter ihr gähnte die Leere, und ihr wurde schwindlig. Das Herz schlug ihr bis zum Hals. Sie hielt inne und wartete, bis sich ihre Augen an die Dunkelheit gewöhnt hatten. Sie holte tief Luft. Ganz tief. Dann ließ sie die Luft langsam und kontrolliert entweichen, sank auf Hände und Knie und krabbelte über die Brücke. Sie mochte keine Höhen. Für ihren letzten Kurs beim Justice Institute hatte sie sich der Höhe aussetzen müssen, weshalb sie auch immer noch die Seile im Kofferraum ihres Crown Vics gehabt hatte. Allerdings war sie im Schwimmen noch schlechter. Stück für Stück schob sie sich voran und versuchte sich seitlich zu halten, wo sich die Schienen mit dem Geländer verbanden und eine solide Holzkonstruktion formten. Das Holz sah morsch und rutschig aus, und tatsächlich glitt ihre Hand plötzlich ab. Sie keuchte, richtete sich wieder auf und schloss einen Moment die Augen, um sich wieder unter Kontrolle zu bekommen. Sie kroch weiter, immer weiter über den Abgrund zwischen den Klippen. Der Wind wurde stärker, je weiter sie sich in diese aus Nebel und Dunkelheit bestehende Leere hinauswagte. Unter ihr brüllte die Brandung.

Als sie etwa ein Viertel der Brücke hinter sich gebracht haben musste, blieb Angie stehen. Vorsichtig streifte sie das Seil ab, atmete ein und aus, wählte einen beruhigenden Rhythmus, um sich von dem klaffenden Maul unter ihr abzulenken. Sie band das Seil an die Schienenstützen. Das andere Ende mit ihrer Stirnlampe daran behielt sie in der Hand und kroch weiter auf die Mitte der Brücke zu. Ihre Finger landeten auf etwas, das sich wie ein dickes Polyesterseil anfühlte.

Sie tastete sich am Seil entlang, es war am Brückengerüst befestigt und verschwand unter ihr in der Finsternis.

Ginny.

Angie schluckte und griff nach dem Messer in ihrer Tasche. Sie klappte es auf und wartete. Wartete auf Maddocks' Pfeifsignal. Die Sekunden vertickten. Die Zeit dehnte sich. Ihre Muskeln begannen sich zu verkrampfen, dann begann sie zu zittern. Sie betete, dass es Maddocks hinunter zum Wasser geschafft und den Eisenring gefunden hatte, dass er in die Stromschnellen unter ihr gestiegen war. Sie betete, dass sich der Nebel hielt und sie weiter verbarg, denn allmählich, fast unmerklich, sickerte dumpfes, graues Morgenlicht in den Wald.

Da hörte sie es. Ein Pfiff, dann noch einer. Tränen schossen ihr in die Augen.

Rasch schaltete sie die Stirnlampe auf Blinkmodus und ließ sie in den Abgrund fallen. Am Seil schwang sie hin und her, und ihr Licht pulsierte durch den Nebel.

Sofort fiel ein Schuss. Dann ein weiterer. Addams feuerte auf das umherschwingende Licht. Schweiß prickelte auf ihrer Oberlippe, als Angie verzweifelt versuchte, das Seil mit ebenjener Klinge zu durchtrennen, mit der sie in der ersten Nacht im Motel Maddocks' Fesseln durchtrennt hatte – mit der sie versucht hatte, ihn umzubringen. Nun flehte sie darum, dass diese Klinge seine Tochter retten würde. Ein weiterer Schuss krachte, während das Licht immer noch unter der Brücke umherschwang. Sie arbeitete schneller. Früher oder später würde Addams begreifen, dass es ein Trick war.

Er begriff es früher als später. Noch ein Schuss hallte durch die Schlucht. Dieses Mal hatte Addams nicht auf die Brücke gezielt, sondern tiefer, dorthin, wo er Ginny gefesselt hatte. Ein Schrei – der markerschütternde Schrei einer Frau – zerriss die Luft, als die letzten Fasern des Seils nachgaben und das Ende in der Dunkelheit verschwand. Angie klammerte sich an die Brücke. Horchte. Ein weiterer Schuss. Dann nur noch das Tosen der Brandung.

Sie versuchte den finsteren Wald zu überblicken, als plötzlich ein Licht darin aufglomm. Das Licht bewegte sich schwankend langsam die Klippe hinab. Addams. Er lief von der gegenüberliegenden Seite hinunter zum Wasser. Vorsichtig balancierend, während ihr das Herz bis zum Hals schlug, griff Angie nach dem Gewehr auf ihrem Rücken. Dann ließ sie sich auf den Bauch sinken und legte die Finger um den Abzug. Sie zielte sorgfältig auf das Licht – und feuerte. Der Gewehrkolben schlug ihr gegen Wange und Schulter. Sie schluckte. Das Licht bewegte sich immer noch, schneller jetzt und nach oben, fort. Sie hatte ihn verfehlt, aber immerhin hatte sie ihn in die Flucht geschlagen. Sie zielte noch einmal und drückte ab. Das Licht huschte noch schneller umher. Er erklomm den Pfad, von dem sie wusste, dass er ihn nach Westen in die Wildnis führen würde. Er floh. Angie richtete sich auf Hände und Knie auf, schlang sich das Gewehr wieder um und kroch so schnell sie konnte den Rest der Brücke entlang zur bewaldeten Klippe auf der Westseite.

Kapitel 76

Wie ein Vorschlaghammer traf ihn die Kugel in die Brust. Verwirrt und benommen hörte Maddocks einen Schrei, während er in den tosenden Wellen versank. Er konnte nicht atmen, er konnte sich nicht gegen das Wasser wehren, das ihn verschluckte. Da erkannte er Ginny, in eine Plane eingewickelt, die auf ihn zustürzte. Platschend landete sie im Wasser. Jede Faser in seinem Körper schrie instinktiv danach, sie zu fassen zu bekommen, bevor sie unterging und ertrank, da sie sich mit ihren gefesselten Armen in dieser Plane nicht selbst retten konnte. Er kämpfte um Luft, während der Schmerz ihm die Brust zerriss. Er ruderte mit den Armen, in einem jämmerlichen Versuch, das Seil zu fassen zu bekommen, das auf sie beide hinabgefallen war. Es gelang ihm tatsächlich, und er hangelte sich an dem Seil entlang und zog seine Tochter gleichzeitig zu sich her. Endlich erreichte er ihren Kokon, gerade als sie in tieferes, schnelleres Wasser trieben, das wild umherwirbelte. Wie wahnsinnig trat er mit den Beinen nach unten, um sie beide über der Oberfläche zu halten, während seine nassen Kleider und Stiefel ihn erbarmungslos nach unten zogen. Er sah Ginnys Gesicht. Weiß wie Papier. Blut floss aus einem Schnitt an ihrer Stirn. Aber ihre Augen … ihre Augen waren weit aufgerissen, genau wie ihr Mund. Nackte Panik loderte in ihrem Blick. Sie schrie. Der

Klang war überall um ihn herum, ertränkt von der Brandung. Seine Ginny lebte und schrie und blutete. Die Strömung erfasste sie beide, und auf einmal wurden sie wild umhergewirbelt, wie bei einer irren Achterbahnfahrt, während sie in einem Strudel brüllender Wellen auf die Trichtermündung zugespült wurden.

* * *

Angie erreichte das andere Ende der Brücke. Zittrig richtete sie sich auf, ihre Muskeln bebten von der Anstrengung, die Balance zu halten und sich zu konzentrieren. Ihr war übel vor Angst, dass Maddocks vielleicht erschossen worden war. Oder Ginny. Oder beide. Dass sie unter ihr ertrunken waren.

Sie schaltete ihre Taschenlampe ein. Eine Spur aus Schlamm und Fels und Moos führte steil zwischen den Bäumen hinauf. Ein frischer Abdruck war im Matsch zu erkennen. Sie ließ das Licht der Lampe noch ein Stück emporklettern. Noch mehr Spuren. Die weiter hinauf in den Wald führten.

Sie würde auf keinen Fall schnell genug unten beim Wasser sein, um Maddocks und Ginny helfen zu können. Sie hatte Ginny losgeschnitten und ins Wasser fallen lassen. Sowohl Maddocks als auch sie würden binnen Sekunden in die Trichtermündung getrieben worden sein. Wenn sich Maddocks mit dem Seil gesichert hatte und noch am Leben war, würde er sich selbst und Ginny vielleicht an Land in Sicherheit bringen können. Sie beschloss zu glauben, dass es so war, ließ den Rucksack fallen und kämpfte mit tauben Fingern darum, die Halterung zu lösen, in der ihr Funksprechgerät steckte. Wenn niemand in Reichweite war, dann war es nutzlos, und es war unwahrscheinlich, dass sie die Einsatzkräfte würde erreichen können – falls diese überhaupt versuchten, dieses Gebiet zu Fuß zu erreichen. Aber vielleicht würde *irgendjemand* sie hören.

Sie schaltete das Gerät ein. »Mayday, Mayday. Eisenbahnbrücke, Skookum Narrows. Mayday, Mayday, Skookum Narrows.«

Sie wartete. Versuchte es noch einmal. Nichts. Sie versuchte es noch ein weiteres Mal. Immer noch keine Antwort. Sie steckte das Gerät zurück, zog ihre Ersatzstirnlampe heraus und schwang sich Rucksack und Gewehr wieder auf den Rücken. Sie folgte dem Strahl der Taschenlampe den Pfad hinauf, so schnell sie konnte. Graupelschauer gingen auf sie nieder und der Schlamm war glitschig.

Immer wieder stürzte sie, rappelte sich jedoch jedes Mal wieder auf. Sie begann zu keuchen und zu schwitzen, doch sie konzentrierte sich einzig und allein darauf, ihn zu kriegen, ihn aufzuhalten, bevor er für immer in der Wildnis verschwand.

Addams wusste nicht, dass sie hinter ihm her war, das war ihr Vorteil.

Stundenlang ging es so weiter. Ihre Muskeln krampften, ihre Zehen wurden taub. Ihr Herz trommelte einen schnellen, tiefen Rhythmus in ihrer Brust. Tageslicht erhellte den Wald, aber unter den alten Bäumen und zwischen den tief hängenden Wolken war die Sicht nicht gut. Angie stolperte immer öfter, ging aber weiter, folgte seiner Spur, verlor allen Sinn für Zeit. Der Wald wurde wieder dunkler.

Auf einmal endeten die Spuren.

Sie blieb stehen, spannte sich. Schaltete dann die Taschenlampe aus. Zu spät. Der Knall eines Gewehrs ließ sie herumfahren, aber gleichzeitig spürte sie einen Schlag auf den Arm. Der Aufprall schleuderte sie zur Seite und ihr Stiefel verfing sich unter einer Wurzel. Schwer fiel sie auf Felsen und Schlamm. Schmerz jagte durch ihren linken Oberarm. Sie hörte das Krachen von Zweigen, hörte, wie er floh. Mit dem unverletzten Arm zog sie sich an Ästen und Zweigen hoch und hob ihr Gewehr vom Boden auf. Dann stolperte sie ihm hinterher.

Ihre Augen tränten vor Schmerz, und sie spürte, wie ihr Blut warm ihren Ärmel tränkte und klebrig herabfloss. Ihr Atem wurde immer rauer. Der dunkle Wald drehte sich um sie. Sie blieb stehen. Keuchte. Lauschte. Sie hörte ihn wieder, wie er durchs Unterholz brach. Auf einmal tauchte sein Licht vor ihr auf. Er bewegte sich von ihr weg einen steilen, moosigen Abhang hinauf. Er war ohne Deckung.

Umständlich wegen ihres verletzten Arms legte sie das Gewehr an. Sie versuchte, tief einzuatmen, während ihr Blick am Lauf entlanglief. Sie zielte auf den dunklen Fleck seines Rumpfes, krümmte den Finger um den Abzug, atmete aus und drückte ab. Das Gewehr bockte. Das Krachen dröhnte durch den Wald. Schweiß und Schmelzwasser rannen ihr in die Augen, trübten ihren Blick. Sie sah, wie er stolperte und fiel. Aber er blieb nicht liegen. Er kroch noch ein Stück weiter den Hang hinauf, dann kam er taumelnd wieder auf die Füße und wankte weiter bergauf.

Ein wildes Tier erwachte brüllend in Angies Brust. Sie sah Drummonds Leiche auf der Bahre vor sich. Faith Hockings verstümmelten Körper. Sie sah vor sich, was er ihnen angetan hatte. Weil sie Frauen waren. Weil sie in seine kranke Sexfantasie gepasst hatten.

Ich bin zu Ihnen gekommen, weil Sie gesagt haben, dass Ihnen die Opfer etwas bedeuten.

Sie hatte Merry Winston im Stich gelassen.

Und all die Mädchen vor Merry … und Ginny und Maddocks …

Und auf einmal war es wieder da – das kleine, rosa schillernde Mädchen. Es schwebte mit dem Nebel zwischen den Bäumen hindurch. Der Wald war wieder vollkommen dunkel – war es wieder Nacht?

Worte, wie ein rauschender Fluss, wie der Wind, wie der Klang der Ozeanwellen, hallten in Angies Kopf wider. Sie schienen aus ihrem eigenen Kopf zu kommen, aus dem Wald um sie, aus den Wolken …

Komm spielum dum Wald … komm …

Das kleine Mädchen lachte und rannte zwischen die Bäume, hinter Addams her.

Angie sah nur noch das rosa Leuchten. Es zog sie nach vorn wie an Fäden, die um ihr Herz geschlungen waren. Keuchend stolperte sie voran, stürzte, kroch und kämpfte sich wieder hoch, während das rosa Leuchten sie weiterzog. Weil sie es unbedingt beschützen musste, weil sie verhindern musste, dass es noch näher an das Böse herankam, das Addams verkörperte.

Sie erreichte den Gipfel der Anhöhe. Und sah ihn.

Addams.

Er saß auf einem Felsblock und hielt seinen Schenkel umklammert, den Kopf hatte er darübergebeugt. Seine Waffe lag am Boden neben seinen Stiefeln. Sie hatte ihn verwundet.

»Spencer Addams!«, schrie sie.

Sein Kopf ruckte hoch.

Sie sah sein Gesicht, weiß im Licht ihrer Stirnlampe. Ihre Blicke trafen sich. Er regte sich nicht. Sie hob das Gewehr und legte an, sie fühlte keinen Schmerz mehr, überhaupt keine körperliche Empfindung.

»Treten Sie von der Waffe zurück und legen Sie sich auf den Boden! Sofort!« Während sie diese Worte rief, trat sie vor. »Runter auf den Bauch!«

Ganz langsam, ohne sie aus den Augen zu lassen, ließ er sich auf den Boden sinken.

Das kleine Mädchen duckte sich hinter ihm, hinter dem Felsen. Angie blinzelte und versuchte sich zu konzentrieren. Wasser und Schweiß liefen ihr in die Augen. Er erwiderte ihren Blick, sah sie einfach nur an. Es kam ihr vor, als würde sich die Zeit strecken und winden. »Schieben Sie die Waffe weg! Sofort!« Ihre Stimme brach. Sie schloss die Finger fester um ihr Gewehr.

Die Melodie des kleinen Kinderlieds begann in ihrem Kopf zu spielen – erst leise und fern, dann immer lauter, misstönender und schief, wie bei einer Karussellfahrt … *Es … waren einmal zwei kleine Kätzchen. A-a-a, a-a, zwei kleine Kätzchen …*

Sie schluckte. Ihr Finger lag am Abzug. Sie starrte weiter in seine Teufelsaugen, während die Wirklichkeit zu verschwimmen schien. Auf einmal warf er sich auf seine Waffe und richtete sich auf die Knie auf. Sie drückte ab.

Sein Kopf flog zurück. Er ließ die Waffe fallen. Sein Körper schien schwerelos in der Luft zu hängen, während er sie weiter ansah. Blut, schwarz im Schein ihrer Stirnlampe, erblühte um seinen Mund. Er sah aus wie ein verrückter, lachender Clown. Dann sackte er zusammen.

Schwer keuchend eilte sie zu ihm.

Er lag auf dem Rücken vor dem Felsen und wand sich im Schlamm. Sie hatte ihn auf der linken Seite des Mundes in den Kiefer getroffen. Er streckte die Hand nach ihr aus wie eine Klaue. Als wollte er um Gnade bitten, als wollte er sich an ihr festhalten. Er sagte etwas … rief es durch seinen blutigen Schlund … versuchte rückwärts durch den Dreck davonzukriechen.

Eis erfüllte ihr Herz. Wut stieg in ihrem Körper empor, fegte jeden Rest von Logik in ihrem erschöpften Verstand hinfort. *Zwei kleine Kätzchen … es waren einmal zwei kleine Kätzchen …*

Angie hob das Gewehr. Und feuerte. Noch einmal. In sein Gesicht. Und noch einmal. Und noch einmal. Bis das Magazin leer war. Dann ließ sie sich auf die Knie fallen. Zitternd kauerte sie im Schlamm.

Tränen liefen ihr übers Gesicht.

Kapitel 77

Mittwoch, 20. Dezember

Allmählich wurde Angie bewusst, dass sie in einem Bett lag. Ihr ganzer Körper tat weh. Sie versuchte, die Augen zu öffnen. Das Licht war grell – Schmerz. Schwerfällig schloss sie die Augen wieder, als Übelkeit in ihrem Magen aufstieg. Ihr Mund war trocken, ein übler Geschmack lag ihr auf der Zunge. Verwirrung. Dann traf sie auf einmal die Erinnerung. Ihr Herz begann wild zu klopfen. *Spencer Addams.*

Sie hatte ihn durch den Wald gejagt.

Sie riss die Augen auf. Krankenhaus – sie lag in einem Krankenhausbett. Sie kämpfte sich in eine sitzende Haltung hoch. Sofort wurde ihr schwindlig und sie ließ sich stöhnend wieder ins Kissen sinken.

»Hey, hey, langsam. Immer langsam.«

Stückchen für Stückchen drehte sie den Kopf und versuchte blinzelnd zu erkennen, wer da gesprochen hatte. Er saß auf einem Stuhl in der Zimmerecke.

»Holgersen?«

Er warf die Decke, in die er sich gewickelt hatte, beiseite und stand auf.

»Wo bin ich?« Wieder richtete sie sich auf, vorsichtiger diesmal, bis sie gegen die Kissen gelehnt beinahe saß. Da erkannte sie, dass ihr linker Oberarm verbunden war. Er pochte wie die Hölle. Genau wie ihr Kopf.

Holgersen trat ans Bett. »Die Kugel hat dir Muskeln und Fleisch zerfetzt, aber keine Knochen getroffen. Der Doc sagt, du kannst den Arm wieder voll gebrauchen, aber das wird 'ne Weile dauern. Freu dich auf jede Menge Physiotherapie.«

Sie fasste sich an den Kopf und berührte vorsichtig eine empfindliche Beule, die sich anfühlte wie ein Golfball.

»Hast auch was auf den Kopf gekriegt, was? Vielleicht, als du umgekippt bist.«

»Was … was ist passiert?«

»Ich weiß nur, dass die SAR-Truppe dich neben Addams' Leiche gefunden hat. Blutend, bewusstlos, unterkühlt und dehydriert.«

Ihre Gedanken überschlugen sich, während sie versuchte, sich zu erinnern, sich darauf zu konzentrieren, was geschehen war. Sie wusste noch, dass sie ihn gejagt hatte. Doch nicht, wie lange. Sie hatte ihn eingeholt. Ihn angeschrien, dass er sich mit dem Gesicht auf den Boden legen sollte. Dann … dann nichts mehr. Schwärze. Sie öffnete die Augen.

Holgersen strich sich über den Kinnbart und musterte sie aufmerksam.

»Addams?«

»Du hast ihn erwischt. Volle Kanne. Er ist tot.«

»Was ist mit Maddocks? Mit Ginny?«

»Sind auch hier im Krankenhaus.« Er lächelte. »Er kommt in Ordnung, Pallorino. Wurde in die Trichtermündung gespült. Bisschen zerbeult – Schuss in die Brust, aber seine Weste hat ihn gerettet. Kollabierte Lunge, gebrochene Rippen, aber auf dem Weg der Besserung. Ginny hat eine Schnittwunde am Kopf abgekriegt. Ausgekugelte Schulter. Ihre Verletzungen sind eher mental als physisch. Eine Therapeutin ist bei ihr.«

»Hat er … hat er sie sexuell …«

»Addams hat sie nicht angerührt. Er hat ihr kein Kreuz eingeschnitten. Ginny hat er für etwas anderes gebraucht.«

Tränen traten ihr in die Augen. Sie schloss sie einen Moment, während sie darum rang, sich an die Kette von Ereignissen zu erinnern, die sie hierhergeführt hatten.

»Wie ist Addams an sie herangekommen?«

»Er hat in ihrer Wohnung gewartet, als sie nach Hause gekommen ist.«

»Welcher Tag ist heute? Wie spät ist es?«

»Mittwochmorgen. Als sie dich den Berg runtergebracht haben, war es fast Mitternacht am Montag. Die SAR-Leute haben dich bewusstlos aufgefunden. Sie haben dich vor Ort stabilisiert und dich dann runtergetragen. Das Wetter war immer noch so schlecht, dass nirgendwo in der Nähe ein Helikopter landen konnte. Wie Erbsensuppe – sie konnten nicht mal auf dem Skookum-Parkplatz runtergehen. Die Ärzte haben deinen Arm am Dienstagmorgen operiert und die Kugel rausgeholt. Sie haben dich hydriert und aufgewärmt. Dann warst du den Rest des Tages weggetreten. Sie sagen, es ist schon erstaunlich, dass du überhaupt noch lebst.«

Angie versuchte Ordnung in ihre Gedanken und Erinnerungen zu bringen.

»Da draußen tobt ein Medien-Shitstorm«, fuhr Holgersen fort. »Jede Menge Fragen … und jede Menge Scheiß.«

»Wie meinst du das?«

»Über Addams und darüber, wie er gestorben ist und so. Das MVPD hat eine Erklärung rausgebracht, in der steht, dass der Verdächtige, der in Verbindung mit Drummonds und Hockings Tod gesucht wurde, nun identifiziert und tot aufgefunden wurde. Mehr haben sie nicht gesagt – nichts von dir und davon, dass du ihn erschossen hast. Aber du hast ihn voll erwischt, Pallorino. Mitten ins Gesicht. In den Hals. In die Brust. Wie ein Zielscheibenmännchen. Du hast dein ganzes Magazin in den Kerl gepumpt.«

Aus der Dunkelheit wirbelten Fetzen von Bildern in ihre Gedanken. »Von vorn?«

»Ja … er lag auf dem Rücken, wie's aussieht. Auf den Fotos jedenfalls.«

Kalte Finger griffen in Angies Brust, als die Wahrheit allmählich klarer hervortrat. Schusswechsel mit Polizeibeteiligung. »Wurde eine Untersuchung eingeleitet?«

»Ja. Sofort. Unter den SAR-Typen waren auch zwei Officers, und die haben den Tatort gesichert, als sie gesehen haben, was passiert war. Am nächsten Tag hat das Independent Investigations Office seine Leute losgeschickt, um den Tatort zu untersuchen – das IIO ist jetzt offiziell für diesen Vorfall zuständig.« Er zögerte. »Sie haben ein paar Fragen an dich.«

Schweigend saß Angie da. Das Independent Investigations Office. Jetzt würden die Leute dort entscheiden, ob sie ein Verbrechen begangen hatte. Und wenn sie das getan hatte, würde der Fall an den Crown Counsel gehen, der gerichtlich über sie entscheiden würde. »Bin ich denn immer noch im Dienst?«

»Schätze mal, das müssen Fitz und seine Leute entscheiden.«

Vor Angst und Übelkeit zog sich ihr der Magen zusammen. »Ich erinnere mich nicht daran, ihn erschossen zu haben«, sagte sie leise.

Holgersen nickte, schwieg jedoch.

Auf einmal warf sie die Decke beiseite und schwang die Beine über die Bettkante. »Ich will Maddocks sehen.« Doch da traf sie der Schwindel mit voller Wucht und sie wankte.

»Hey, hey, nicht jetzt – du brauchst Ruhe.«

»Ich muss ihn sehen. Besorg mir einen Rollstuhl, Holgersen. Hol mir meine Klamotten.«

Er schnaubte. »Deine Klamotten sind hinüber, Pallorino. Die haben die IIO-Typen mitgenommen.« Er trat an den kleinen Schrank an der Wand und holte eine Plastiktüte hervor. Daraus förderte er ein graues Sweatshirt und eine Jogginghose zutage. Er legte beides zu ihr aufs Bett. »Ich hab dir was von mir mitgebracht. Leihweise.« Er zögerte kurz. »Ich geh dir einen Rollstuhl besorgen.« Er zog den Vorhang um das Bett zu, damit sie ein wenig Privatsphäre hatte.

Angie griff nach den Kleidern, streifte das Krankenhausnachthemd ab und kämpfte mit Holgersens zu großen Joggingsachen. Sie musste die Beine und Ärmel aufrollen und war erschöpft, als er, einen Rollstuhl vor sich herschiebend, zurückkehrte.

Schweigend half er ihr und schob sie dann aus dem Zimmer und den Gang entlang.

* * *

»Ginny?«

Langsam öffnete sie die Augen und wandte den Kopf, suchte nach seiner Stimme.

»Daddy?«

Maddocks kamen die Tränen. Er griff nach ihrer Hand. Schmal und kühl lag sie in seiner. Sein kleines Mädchen. Sein Kind. Inzwischen eine schöne junge Frau. Dies war es, was er in seinem Leben zustande gebracht hatte – die eine gute Sache. Das eine Wahrhaftige, was aus seiner Ehe hervorgegangen war. Und da begriff er, dass dies allein alles wert gewesen war. Dass die Jahre *nicht* verschwendet gewesen waren. Dass sie lebte, genau wie er, und dass die Zukunft noch immer schimmernd vor ihnen lag. Addams hatte sie nicht vergewaltigt. Vor ihr lag ein steiniger Weg. Das wusste er. Aber sie würden ihn gemeinsam gehen. Sie hatten immer noch einander.

»Es tut mir so leid, Daddy.«

Er richtete sich auf, kämpfte darum, seine Gefühle im Zaum zu halten. »Du hast nichts falsch gemacht, Ginn. Das wird alles wieder.«

»Danke, dass du gekommen bist«, flüsterte sie. »Dass du mich gerettet hast. Er … er hat mich dazu gezwungen, dich anzurufen. Er wollte dich ködern, und ich … ich wusste, dass er dich umbringen wollte. Ich wusste nicht, was ich tun sollte, und …«

»Schhh.« Er strich ihr das Haar aus dem Gesicht. Die Ärzte hatten den Schnitt auf ihrer Stirn genäht. Zuerst hatte er schon geglaubt, es wäre ein Kreuz – und er hatte schon das Schlimmste befürchtet. »Du hast das gut gemacht, Ginn. Er ist weg.«

»Wie geht es Angie?«

»Sie schläft noch.« Er hatte bereits ein Dutzend Mal nach ihr gesehen. »Sie kommt wieder in Ordnung.«

»Sie hat uns gerettet – sie hat ihn erwischt.«

»Das hat sie. Er kann nie wieder jemandem wehtun.« Er zögerte, schluckte und fuhr dann fort: »Deine Mutter ist hier. Die Krankenschwestern haben mir gesagt, dass sie draußen wartet, bis sie dich sehen darf. Soll ich sie reinholen?«

»Mit Peter? Ist er auch hier?«

»Ich weiß es nicht.«

Seine Tochter sah ihm in die Augen. »Die ganzen Sachen, die ich gesagt habe, tun mir leid.«

»Ich verstehe das schon.«

»Wir kriegen das hin, Dad. Ich verspreche es. Ich …«

»Ich weiß, Ginn. Ich weiß, dass wir das hinkriegen.«

»Ich liebe dich.«

Er konnte dem Ansturm der Gefühle nicht länger standhalten, und die Stimme blieb ihm im Hals stecken, als er sagte: »Ich liebe dich auch, Kleines. Ich bin für dich da. Immer.«

Tränen traten ihr in die Augen. Sie hatten dieselbe Farbe wie seine. Sie presste die Lippen zusammen, nickte und drückte seine Hand.

* * *

Maddocks war nicht in seinem Zimmer, sein Bett war leer, die Decke zurückgeschlagen.

Sie musste ihn einfach mit eigenen Augen sehen, ihn berühren, sich davon überzeugen, dass es ihm gut ging. *Verdammt.* Diese Sache würde sie teuer zu stehen kommen. Sie hatte einen direkten Befehl missachtet, als sie ihm allein nachgefahren war. Aber sie wusste auch, dass sie es ohne Zögern wieder genauso machen würde. Wenn sie es nicht getan hätte, dann wären Maddocks und Ginny jetzt wahrscheinlich tot.

»Wahrscheinlich ist er bei Ginny«, sagte Holgersen.

»Wo ist Ginnys Zimmer? Im selben Stockwerk?«

»Ja.«

»Bring mich hin.«

»Das ist jetzt vielleicht keine so gute Idee ...«

»Herrgott, Holgersen, schieb mich einfach hin, okay? Ich kann meinen Arm nicht benutzen, sonst würde ich es verdammt noch mal selbst tun.«

»Schön, dass du wieder auf dem Damm bist, Pallorino«, sagte er, umfasste die Haltegriffe und drehte schwungvoll mit ihr um. »Du wirst mal eine verdammt zickige Oma abgeben, weißt du das?«

Angie schluckte, als sie schuldbewusst an ihre Mutter denken musste. Sie fühlte sich verraten. Ein langer Weg lag vor ihr, und sie hatte noch keine Ahnung, wie sie sich vorankämpfen sollte.

Sie kamen bei Ginnys Zimmer an. Durch das Sichtfenster sah sie Maddocks, der an ihrem Bett stand. Auch er trug Joggingkleider. Bei ihm war eine Frau. Schlank, groß. Blond. »Warte«, sagte Angie. »Stopp.«

Sie starrte die Frau an – extrem gut angezogen in einer maßgeschneiderten Hose und einem weichen, korallenroten Jackett. Perfekt frisiertes schulterlanges Haar. Sie wandte den Kopf. Sehr attraktiv, klassisches Profil. Sie schien Anfang bis Mitte vierzig zu sein.

»Wer ist das?«, fragte Angie.

»Mrs Maddocks.«

Sie schluckte schwer. »Wie heißt sie?«

»Sabrina.«

Angie beobachtete die kleine Familie einen Moment durch die Glasscheibe. Ginny mit ihrem dunklen Haar, das sich über das Kissen breitete. Ihre Tochter. Die beiden Eltern, besorgt um ihr Kind. Vereint in dieser Tragödie. Sabrina Maddocks hob die Hand und legte sie auf Maddocks' Schulter. Er drehte sich zu ihr um und sah auf sie herab. Sabrina – seine Frau – seine Noch-nicht-Exfrau – strich ihm zärtlich etwas aus dem Augenwinkel. Dann beugte sie sich vor und küsste ihn auf die Wange.

Angies Magen machte einen unangenehmen Salto. Sie umfasste die Armstützen des Rollstuhls fester.

»Gehen wir«, sagte sie zu Holgersen. »Gehen wir einfach.«

»Bist du sicher, dass du …«

»Ich habe gesagt, du sollst losgehen, verdammt. Sofort. Wird's bald?«

»Meine Güte, Pallorino.« Schwungvoll eilten sie den Gang wieder zurück.

»Stopp. Da drüben. Schieb mich dahin – zu den Stühlen da, beim Fenster.«

Er tat, wie ihm geheißen, und blieb bei einer kleinen Sitznische stehen.

Ihr Herz klopfte heftig und diese Reaktion ihres Körpers gefiel ihr gar nicht.

»Du hättest mir sagen sollen, dass sie da ist.«

»Ich hab dir gesagt, es wäre besser …«

Sie versuchte aufzustehen, musste sich aber gleich wieder setzen, weil sich alles drehte. Sie bekam schlecht Luft.

»Pallorino, bleib einfach sitzen, klar? Entspann dich.«

Angie schloss die Augen und versuchte ein weiteres Mal, sich daran zu erinnern, wie es zu ihrer angeblichen Schießerei mit Spencer Addams gekommen war. Ein Aufblitzen der Brücke. Im Nebel. Schüsse. Sie war auf die andere Seite gekrochen. Sie hatte ihn durch den alten, nebelverhangenen Wald gejagt. Stundenlang … Ihr blieb das Herz stehen. Das kleine Mädchen – sie hatte wieder den Geist des kleinen Mädchens gesehen.

Sie war dem Mädchen gefolgt … dann … nur noch Schwärze.

Holgersens Handy klingelte, und er nahm den Anruf entgegen. Angie sah aus dem Fenster, während er telefonierte. Draußen trudelten inzwischen winzige weiße Flöckchen über den grauen Himmel. Ungewöhnlicher Winter, dachte sie.

»Ja, sie ist wach«, sagte Holgersen gerade. »Ja, okay.« Er reichte ihr das Handy.

»Vedder. Er will mit dir sprechen.«

»Die IIO-Untersuchung?«

Er nickte.

Sie griff nach dem Telefon und fragte: »Hat er – hat dich das MVPD geschickt, damit du auf mich aufpasst? Damit du ihnen verraten kannst, wenn ich wieder wach bin?«

»Scheiße, nein, Pallorino.«

»Lüg mich nicht an, Holgersen.«

Er fuhr sich durch das stumpfbraune Haar. »Okay. Sie wollten jemanden hierhaben. Wollten eine der Streifen schicken, aber ich bin lieber selbst gekommen, okay? Jetzt geh einfach ans Handy.«

Sie hielt es sich ans Ohr und ein Kälteschauer rieselte ihr über den Rücken.

Sie hörte zu, während Vedder ihr all die richtigen Fragen über ihr Befinden stellte und die angemessenen Plattitüden vom Stapel ließ. Dann erklärte er, dass er in ihrem Fall als Verbindungs-Officer zwischen dem IIO und dem MVPD fungieren würde und dass sie, sobald sie könne, mit den externen Ermittlern sprechen solle.

»Verstanden, Sir«, entgegnete sie kühl. »Ich komme morgen aufs Revier. Bis dahin geht es mir sicher wieder gut.«

Sie legte auf und reichte Holgersen das Handy zurück.

Dies war der zweite ernste Zwischenfall in sechs Monaten. Und sie wusste nichts mehr von dem Schusswechsel. Sie steckte echt in der Scheiße.

»Jeder von uns hätte das getan«, sagte Holgersen, während er das Telefon entgegennahm. »Ihn durchsiebt.«

»Habe ich das?«

Er hielt ihren Blick.

»Scheiße«, flüsterte sie, schob sich das Haar aus der Stirn und sah weg.

»Na, wenigstens leben sie noch – Maddocks und Ginny.«

»Ja.« Sie starrte ihre Reflexion in der Fensterscheibe an. »Wenigstens das.«

Spieglein, Spieglein an der Wand, wer magst du sein, mir bist du gänzlich unbekannt.

Kapitel 78

Dienstag, 21. Dezember

Angie saß Vedder an seinem Schreibtisch gegenüber. Es war schon nach sieben Uhr abends, und sie war körperlich, emotional und mental erschöpft, nachdem sie den ganzen Tag die Fragen der IIO-Ermittler über den Tod von Spencer Addams und die Ereignisse, die dazu geführt hatten, beantwortet hatte … *Warum haben Sie sich der direkten Anweisung von Inspector Frank Fitzsimmons widersetzt und sind Sergeant Maddocks gefolgt? Was ist auf der Brücke passiert? Wie lange haben Sie Addams verfolgt? Was ist geschehen, nachdem Sie den Betroffenen gesichtet haben? Haben Sie ihn gewarnt? Haben Sie ihn angewiesen, seine Waffe fallen zu lassen? Haben Sie ihn als signifikante Bedrohung für Ihre Sicherheit betrachtet? Haben Sie zuerst mit anderen Mitteln versucht, eine Festnahme durchzuführen? Hat er sich widersetzt? Wie hat er sich widersetzt? Warum haben Sie geschossen? Was haben Sie dann getan?*

Es war nicht gerade hilfreich, dass sie sich an den Schusswechsel nicht mehr erinnern konnte.

Genauso wenig hilfreich war das Wissen, dass Maddocks, Fitz und auch alle anderen Personen, die in einem Bezug zu den Ereignissen standen, die zu der Schießerei geführt hatten, als Zeugen befragt wurden. Und dass ein anderer Pathologe als Barb O'Hagan die Autopsie an Spencer Addams durchführte.

Man hatte ihr einen Rechtsberater zur Seite gestellt. Außerdem hatte sie als das Subjekt der Investigation das Recht, sich auf die Charter of Rights and Freedoms zu beziehen und zu schweigen. Aber sie wusste auch, dass die anderen befragten Zeugen dieses Recht nicht hatten. Sie mochte bei Addams am Schluss die Fassung verloren haben, aber sie war nicht der Meinung, eine kriminelle Handlung ausgeführt zu haben. Dieses Risiko musste sie eingehen, wenn sie offiziell freigesprochen werden wollte.

Die Ermittler hatten ihr Diagramme gezeigt, Tatortfotos, Patronenhülsen – offenbar hatte sie ihr ganzes Magazin geleert, sie hatte Addams ins Gesicht getroffen, in den Hals, in die Brust, während er ausgestreckt auf dem Rücken gelegen hatte. Die Wut, die in diesen Bildern zum Ausdruck kam, erschreckte sie. Da war eine wilde Bestie in ihr, und sie hatte die Kontrolle über ihren Verstand übernommen. Sie wusste nicht, ob sie sich selbst in einer vergleichbaren Situation je wieder trauen konnte.

Vedder hatte ihr die Dienstwaffe abgenommen und sie vom aktiven Dienst freigestellt, bis das Ergebnis der Untersuchung feststand. Angie hatte kein gutes Gefühl, was den Ausgang dieser Geschichte betraf. Vedder hatte sie zu sich bestellt – wie immer war er bis spätabends noch auf dem Revier –, um sie zu fragen, wie es ihr ging.

»Kommen Sie zurecht?«, fragte er und in seinen Augen lag Mitgefühl. Er war immer freundlich zu ihr gewesen. Er war derjenige gewesen, der in der feindlichen Atmosphäre für sie eingetreten war, als sie zu den Sexualverbrechen gekommen war. Sie war ihm etwas schuldig, und das nahm sie ohne Groll zur Kenntnis.

»Ich glaube schon. Wie geht es mit der Forensik in Addams' Haus voran?«, fragte sie. »Gibt es etwas Neues über die Haartrophäen?«

Er rieb sich übers Kinn, so als würde er darüber nachdenken, wie viel er ihr erzählen sollte – oder konnte. »Bisher konnten wir Haarproben von Merry Winston, Allison Fernyhough und Sally Ritter zuordnen. Wir arbeiten mit Interpol zusammen und sehen uns Vergewaltigungsfälle in den Hafenstädten an, in denen Addams als Crewmitglied angelegt hatte.«

»Dann gehen Sie also davon aus, dass Drummond sein erstes Mordopfer war?«

»Das ist unsere Hypothese – dass er ein Vergewaltiger war, bis sich ihm die Möglichkeit geboten hat, mit Hockings Leiche zu experimentieren und sie zu beschneiden.«

»Und seine Mutter?«

»O'Hagans Bericht steht noch aus, aber bisher deutet alles darauf hin, dass sie eines natürlichen Todes gestorben ist. Weil Addams so auf sie fixiert war, hat er ihre Leiche behalten. Die Ermittlungen um Beulah Addams werden wohl noch einige Zeit in Anspruch nehmen, aber wahrscheinlich hat sie ihn missbraucht, als er noch ein Kind war.«

»Sie hat ihn für sexuelle Erregung bestraft.«

»Das ist Grablowskis Ansatz.«

»Die Peeling-Handschuhe?«

Sie nickte. »Wahrscheinlich hat sie die an ihrem Sohn benutzt. Was sowohl erregend als auch schmerzvoll war …«

»Und so hat sich seine kranke paraphilische Lovemap gebildet.«

»So würde es Grablowski ausdrücken. Ihr Tod hätte der Auslöser sein können, dazu kam die Tatsache, dass er sich mit Hockings Leiche beschäftigen musste. Gemeinsam könnte ihn das getriggert haben und er ist zum Mörder geworden.«

»Also war *sie* das wahre Monster.«

»Auf jeden Fall hat sie mit Sicherheit ihren Beitrag dazu geleistet, dass in ihrem Haus ein Monster herangewachsen ist. Anlage und Umwelt und so. Außerdem haben die Forensiker ein männliches Skelett unter dem Betonboden des Kellers gefunden, möglicherweise Addams Vater. Der forensische Bericht und die Ergebnisse der Autopsie in diesem Fall stehen ebenfalls noch aus.«

»Dann hat seine Mutter also möglicherweise seinen Vater umgebracht?«

Er zuckte mit einer Schulter. »Auch das ist zurzeit noch eine Hypothese.«

»Dann ist die vermisste Studentin Annelise Janssen also nicht in diesen Fall verstrickt?«

»Bisher nicht, dass wir wüssten. Ihr Fall ist noch offen. Allerdings ist sie eine Blondine und passt damit nicht in Addams' Opferprofil. Auch sonst bringt sie nichts mit Addams in Verbindung.«

»Was ist mit der *Amanda Rose*, dem Bacchanalian Club, Madame Vee, den Freiern, den anderen Mädchen …?«

»Eine ressortübergreifende Task Force formiert sich derzeit, um sich um den Fortgang dieser Ermittlungen zu kümmern. Das wird eine langwierige Sache. Bis die ersten Anklagen erhoben werden, könnte es noch Jahre dauern.«

»Und Winstons Fall?«

»Wir haben mit Fentanyl verschnittenes Crystal Meth in Damián Yoricks Wohnung gefunden. Außerdem haben die Techniker auch seine Fingerabdrücke in Winstons Wohnung entdeckt – am Fenster und auf dem Tisch. Am Küchentresen. Yorick wird verurteilt werden, und nicht nur er. Das Foto von Winston muss er von den Security-Leuten der *Amanda Rose* erhalten haben. Es gibt Hinweise auf eine Verschwörung mit dem Ziel, Merry Winston zum Schweigen zu bringen.«

»Und die Tonaufnahmen ihres Informanten? Und Buziak – er ist immer noch nicht wieder da. Was haben Fitz und die internen Ermittler gegen ihn in der Hand?«

Vedder zögerte und wandte einen Moment den Blick ab. Als er sie wieder ansah, sagte er: »Das wird immer noch untersucht, Angie. Es steht mir nicht frei, darüber mit Ihnen zu sprechen.«

Sie sah ihn an und ein kaltes Gefühl der Isolation begann sie einzukreisen. Sie war ausgeschlossen. Sie war jetzt eine Persona non grata in der MVPD. Sie nickte und stand auf.

»Danke für alles, was Sie mir erzählt haben, Vedder.« Sie wandte sich zum Gehen.

»Angie – Sie sehen echt mies aus.«

Mit der Hand auf dem Türgriff hielt sie inne. »Ja. Ich weiß. Danke.«

»Was haben Sie jetzt vor?«

»Während ich darauf warte, ob ich gefeuert werde oder nicht?«

Er schwieg.

»Ich weiß es nicht – da gibt es einen … Cold Case. Etwas Persönliches, das ich mir näher ansehen möchte. Gute Nacht, Vedder.«

Sie ging hinaus, schloss die Tür hinter sich, atmete tief durch und ging die Reihe der Büros entlang, die zu dieser späten Stunde fast alle leer waren. Als sie den Ausgang fast erreicht hatte, stand eine Frau von einem der Stühle neben der Tür auf.

»Detective Pallorino?«

Lorna Drummond. Mit einem Päckchen in den Händen.

Wie erstarrt blieb Angie stehen und wappnete sich für einen weiteren Angriff – verbal oder andersartig.

Drummond kam zu ihr. »Gracie hat mir ein Weihnachtsgeschenk hinterlassen. Ich habe es unter ihrem Bett gefunden.« Die Frau hielt inne und rang offensichtlich damit, ihre Gefühle wieder unter Kontrolle zu bekommen. Sie räusperte sich und streckte Angie das Päckchen hin.

»Ich möchte, dass Sie es bekommen. Gracie würde es so wollen. Für alles, was Sie für sie getan haben. Und für Faith. Und für all die anderen Mädchen.«

Angie brachte kein Wort heraus.

»Bitte, nehmen Sie es.«

Behutsam nahm sie das Geschenk von Lorna Drummond entgegen. Sie öffnete es. Darin befand sich etwas, das aussah wie ein reich verziertes, cremeweißes Schmuckkästchen. Angie sah auf.

»Klappen Sie es auf«, sagte Lorna Drummond. Tränen glitzerten in ihren Augen.

Angie hob den Deckel. Eine winzige Tänzerin in einem rosa Tutu tauchte auf und begann Pirouetten zu drehen, während eine liebliche Schlafmusik erklang. Das Spielwerk war offensichtlich alt.

»Es ist ein antikes Stück«, sagte Drummond. »Ich hatte einmal ein ganz ähnliches, als ich noch ein kleines Mädchen war. Mein Vater hat es mir geschenkt. Er ist kurz danach gestorben und das Schmuckkästchen ist bei einem Hausbrand verloren gegangen. Ich habe Gracie oft davon erzählt und auch davon, dass es das Letzte war, was ich von meinem Vater noch gehabt hatte. Vor ein paar Monaten war ich mit Gracie in einem Antiquitätengeschäft und habe das da gesehen. Ich … ich war ganz gerührt, und sie hat es bemerkt. Sie muss zurückgegangen sein und das Kästchen gekauft haben …« Ihre Stimme brach. Sie zog ein Taschentuch hervor und schnäuzte sich. »Sie … hat es versteckt … unter dem Bett. Bis Weihnachten.«

Ein Weihnachten, das Gracie Drummond nicht mehr erleben durfte.

Wir alle lügen.

Wir alle hüten Geheimnisse – manchmal schreckliche Geheimnisse. Da ist etwas so Dunkles, so Schändliches in uns, dass wir rasch die Augen abwenden, aus Angst vor dem Schatten, den wir im Spiegel sehen könnten.

Stattdessen sperren wir unsere dunklen Seiten tief in den Keller unserer Seele und arbeiten an der Oberfläche unseres Lebens emsig daran, die öffentliche Darstellung unser selbst zu entwerfen …

Angie starrte die Tänzerin an. Sie drehte sich immer langsamer, die Musik machte noch einmal pling-plong, dann verstummte sie. Angie schluckte. Sie konnte Lorna Drummond jetzt nicht in die Augen sehen, da sie der Frau sonst zu viel über sich selbst enthüllen würde.

»Ich kann das nicht annehmen, Mrs Drummond.« Ihre Stimme war kaum mehr als ein heiseres Flüstern. »Ich kann nicht.«

Lorna Drummond berührte ihre Hand. »Bitte. Ich kann es auch nicht behalten. Ich möchte … ich möchte, dass Sie es haben. Als Erinnerung an sie und an alle anderen Mädchen wie sie.« Dann verstummte sie, und Angie sah auf.

Tränen schimmerten auf Lorna Drummonds Gesicht. »Machen Sie weiter, Detective«, flüsterte sie. »Menschen wie Sie … das ist alles, was wir haben. Alles, was zwischen dem steht, was gut und richtig ist, und dem, was falsch ist.« Sie hielt inne, als müsste sie um Worte ringen. »Danke, dass Sie ihn gefunden haben, dass Sie ihn aufgehalten haben, bevor er noch jemandem etwas antun konnte.«

Dann drehte sie sich um und war fort. Durch die Tür hinaus in die regnerische Dunkelheit.

Angie sah ihr nach, unfähig, sich zu rühren, das Kästchen mit der kleinen Tänzerin in den Händen.

* * *

Freitag, 22. Dezember

»Angie, bist du das?«

Ein Ansturm widerstreitender Gefühle flutete ihre Brust, als sie sich dem Schaukelstuhl ihrer Mutter gegenübersetzte. Die Worte ihres Vaters fielen ihr wieder ein.

Meine Miriam war wieder ins Leben zurückgekehrt, Angie. Du hast sie mir zurückgebracht. Und ich … ich weiß nicht, ob du je verstehen kannst, wie sehr ich sie liebe, aber sie … sie ist mein Ein und Alles. Sie ist meine Welt. Und zu sehen, wie sie wieder ganz wurde … Ich habe es einfach zugelassen. Ich habe sie glauben lassen.

Ihre Mutter streckte die Hand aus und berührte Angies Hand. Ihre Haut war kühl. »Schön, dich zu sehen, Angie.«

»Ich habe dir etwas mitgebracht, Mom.«

»Ein Weihnachtsgeschenk? Was ist es denn?«, fragte sie begeistert und klatschte in die Hände wie ein kleines Mädchen.

Angie lächelte. Die vertraute Liebe zu ihrer Mutter rang mit den neuen Informationen, den enthüllten Geheimnissen, ihren komplizierten Gefühlen deswegen. Sie spürte immer noch den drängenden Wunsch, diese Frau als ihre Mutter zu betrachten, doch daneben war eine Leere in ihrem Herzen, weil sie wusste, dass ihre biologische Mutter immer noch irgendwo da draußen war. Tot oder lebendig. Unbekannt. Ein ungelöstes Rätsel.

»So etwas Ähnliches«, antwortete sie. »Es ist etwas Besonderes für mich, von einer ganz besonderen jungen Frau. Ich dachte, du könntest eine Weile für mich darauf aufpassen und dich daran freuen.«

Angie konnte das Kästchen nicht in ihrer Wohnung aufbewahren – diese kleine Tänzerin in dem rosa Tutu war dem kleinen rosa Mädchen in ihrem Kopf einfach zu ähnlich. Es fühlte sich richtig an, das Kästchen ihrer Mutter zu geben. Angie hatte den Wunsch, etwas von sich selbst – von ihrer Arbeit und ihrem

Leben – mit ihrer Adoptivmutter zu teilen, denn sie konnte ihr die Dinge nicht mehr einfach erzählen, sie musste sich ihr auf andere Art mitteilen. Angie hoffte, dieses Symbol, diese Geste könnte diesen Zweck erfüllen. Mütter und Töchter. Es war eine komplizierte Liebesbeziehung.

Verwirrt runzelte ihre Mutter die Stirn. »Aber ist es von Angie?«

»Ihr Name war Gracie.«

Sie öffnete das Kästchen. Die Musik klimperte und die kleine Tänzerin drehte ihre wackeligen Pirouetten. Tränen traten ihrer Mutter in die Augen. Wieder klatschte sie in die Hände, wie ein Kind und wie eine Frau, die ihre eigenen Erinnerungen verwirrten.

Als sich Angie von ihrer Mutter verabschiedete, fühlte sie sich leer.

»Frohe Weihnachten«, rief ihr eine der Pflegerinnen zu, als sie ging.

Sie nickte. Genau. »Frohe Weihnachten.«

Wenigstens begriff sie ihre eigenen Gefühle um die Weihnachtszeit jetzt, dachte sie und trat in die kalte Nacht hinaus.

* * *

Sonntag, 24. Dezember

Sie hielten eine Trauerfeier für Merry Winston auf einem Felsvorsprung ab, der zwischen zwei Buchten ins Meer hinausragte. Offenbar war Merry manchmal hierhergekommen, um einfach dazusitzen und aufs Wasser hinauszuschauen.

Auf dem Weg dorthin hielt Angie vor dem Haus, in dem sie aufgewachsen war. Einen Moment blieb sie im Auto sitzen und betrachtete diese Haushülle, das Gefäß so vieler Erinnerungen.

Echter Erinnerungen. Falscher Erinnerungen. Lügen. Missverstandene und fehlgeleitete Liebe. Sie holte tief Luft, stieg aus und holte einen großen Weidenkorb vom Rücksitz.

Der Wind zerrte an ihrem Haar und an ihrer Jacke, als sie den Korb vor der Tür abstellte.

Gerade wollte sie wieder gehen, als die Tür aufschwang.

»Angie?«

»Dad. Hey.« Sie schob die Hände tief in die Taschen ihrer Jacke. Er sah alt aus. Er trug eine weite Jeans und seinen zu großen, weichen Pulli mit den Lederaufnähern an den Ellbogen. Ihn so in voller Lebensgröße vor sich zu sehen, war ein weiterer emotionaler Schlag.

»Ich … ähm …« Angie sah zum Himmel hinauf, als könnte sie dort die Antworten finden. Alles war gerade so verdammt nah an der Oberfläche. »Ich habe dir einen kleinen Truthahn und Füllung und so gebracht.« Sie nickte zu dem Korb hinunter. »Ich … weiß, dass du heute Abend zu Mom willst. Die Pfleger haben es mir erzählt. Sie haben auch gesagt, dass ein paar Familien ihr eigenes Festessen mitbringen und es mit allen teilen.« Sie schluckte und dachte an das alte Foto von ihnen dreien vor dem Weihnachtsbaum. Mit dem Bild tauchte auch wieder das Gefühl auf, verraten worden zu sein.

»Komm heute Abend mit, Angie«, sagte er.

Sie presste die Lippen aufeinander und schüttelte den Kopf. »Ich kann nicht. Nicht jetzt … noch nicht.«

Er betrachtete sie lang und intensiv. »Wir wollten nichts Schlechtes tun.«

Sie nickte und schob die Hände noch tiefer in die Taschen. »Ich weiß.«

»Wir haben dich geliebt … wir lieben dich immer noch.«

Wieder nickte sie. Eine kalte Böe wehte ihr das Haar übers Gesicht. »Ich muss jetzt los.«

»Wieder die Arbeit.«

»Eine Trauerfeier. Für eine Freundin.«

»Frohe Weihnachten, Angie.«

»Ja. Pass auf dich auf, Dad.«

* * *

Die Anhöhe, die ins Meer hinausragte, strotzte vor alten Geschichten. Langes, goldenes Gras, ein Totempfahl, der hier als stiller Wächter stand. Ein Weißkopfseeadler saß auf dem Pfahl und der salzige Wind zerzauste ihm die Federn, während er auf die Versammlung unter ihm hinabblickte. Angie war dabei. Sie stand allein etwas abseits.

»Blätter sollten nicht im Frühling welken und sterben«, sagte der Pastor der United Church, während Merry Winstons Asche in den Wind gestreut und zum blassen winterlichen Horizont getragen wurde. »Der Winter sollte nicht vor der Zeit kommen ...«

Pastor Markus vom Harbor House war ebenfalls hier. Genau wie Merrys Freundin Nina und ein paar weitere abgerissen aussehende Frauen, die sich über die laufenden Nasen rieben und in der Kälte zitterten. Holgersen aber nicht. Leo nicht. Niemand sonst vom MVPD. In diesem ergreifenden Moment fühlte sie sich dieser bunt zusammengewürfelten Gruppe zugehörig – auch sie führte im Augenblick ein Leben am Rand. Draußen in der Kälte. Allein.

»... denn auf den Tod gibt es keine andere Antwort, besonders nicht auf den vorzeitigen Tod, als die Großartigkeit und Schönheit des Lebens ...«

Angie wandte sich ab und ging den schmalen grasbewachsenen Pfad zum Parkplatz hinauf.

Eine Gestalt wartete dort auf sie. Groß. Schwarzer Mantel. Blauschwarzes Haar, vom Wind zerzaust wie die Federn des Adlers.

Maddocks.

Angie blieb stehen, fasste sich und ging dann zu ihm.

Sein Gesicht war blass und dunkle Schatten lagen unter seinen Augen und Wangenknochen.

»Du bist mir aus dem Weg gegangen«, sagte er, als sie sich näherte. Es klang streng, beinahe ärgerlich. Frustriert vielleicht. »Du hast mich nicht zurückgerufen. Warum nicht?«

»Ich wollte dir Raum geben. Ich …«

»Verarsch mich nicht, Angie. Ich brauche keinen Raum, und das weißt du genau.«

»Wie geht es Ginny?«

»Ginny geht es gut, also wechsle nicht das Thema.«

»Und Sabrina?«

»Angie …«

»Ich habe dich mit ihr gesehen, Maddocks, im Krankenhaus.«

»Sie ist Ginnys Mutter … das wird sie immer sein.«

»Ich weiß. Ihr musstet zusammen sein. Ich … möchte mich nicht dazwischendrängen. Ich weiß, dass du deinen Traum heilen wolltest, deine Vergangenheit. Ich habe schon mal Mist gebaut, Maddocks, ich habe mich mit einem verheirateten Mann eingelassen und seine Ehe ruiniert. Seither bereue ich das jeden Moment meines Lebens. Das … ist der Grund für …«

»Den Club?«

Und ihre Sexregeln …

Sie schnaubte und blickte aufs Meer hinaus, auf die kleine Gruppe von Menschen, die durch das hohe Gras die Felszunge verließen. »Ja.«

»Musst du immer gleich so extrem werden? Ich habe die Papiere unterschrieben, Angie.« Pause. »Meine Scheidung ist endgültig.«

Ihr Blick zuckte zu seinem nackten Ringfinger, dann zu seinem Gesicht.

»Ich will dich in meinem Leben haben.«

»Nicht, Maddocks, nicht jetzt. Ich …«

»Wenn das alles vorbei ist, wenn du wieder bei der Arbeit bist, dann werden wir unsere Vorgesetzten darüber informieren, dass wir zusammen sind, damit sie die erforderlichen Maßnahmen ergreifen können. Das ist Standard. Kein Hexenwerk.«

»Ich habe eine Menge Arbeit vor mir. Und die Untersuchung läuft noch. Vielleicht wird es sogar eine gerichtliche Untersuchung geben. Das könnte …«

»Angie.« Fest legte er ihr die Hände auf die Schultern. »Schau mich an. Ich bin für dich da. Ich verdanke dir mein Leben. Du hast Ginny gerettet. Und ich brauche dich. Jack-O auch. Er vermisst dich.«

Trotz des brennenden Gefühlschaos in ihr musste sie lächeln.

»Wo ist er?«

»Bei seinem Sitter. Wir beide haben heute Abend nämlich etwas vor.«

Sie versuchte zurückzurudern. Sie hatte Angst vor dem, was sie für diesen Mann empfand – vor der Macht der Gefühle. »Ich glaube nicht …«

»Komm schon.« Er legte ihr den Arm um die Schultern, drehte sie um und führte sie zu seinem Auto auf dem Parkplatz. »Wir können dein Auto hierlassen und es später holen.«

Er öffnete ihr die Beifahrertür. Sie zögerte.

»Steig ein, Angie.«

»Wohin fahren wir?«

»Es ist Heiligabend. Das muss gefeiert werden. Ich möchte etwas zu Ehren deiner Taten tun, dafür, dass du mir das Leben gerettet hast, dass du Ginny das Leben gerettet hast – dass du dein eigenes Leben und deine Karriere aufs Spiel gesetzt hast. Für mich. Für meine Tochter. Gegen alle Befehle. Ich stehe in deiner Schuld.«

Nachdem sie eingestiegen war, schloss er ihre Tür und ging zur Fahrerseite hinüber.

Er stieg ein und sagte: »Ich habe einen Termin beim Polizeipsychologen gemacht.« Er hielt inne und sah sie an. Tränen glänzten in ihren Augen.

»Wir werden das durchstehen, Angie«, sagte er leise.

Wir.

An diesem Wort hielt sie sich fest, als er vom Parkplatz und zurück in die Stadt fuhr.

Kapitel 79

Als Maddocks auf die Straße einbog, die um den Inner Harbour herumführte, sah Angie ihn an und sagte: »Hast du den IIO-Leuten erzählt, dass du mir befohlen hast, dir nicht nachzufahren?«

»Das ist irgendwie nicht zur Sprache gekommen.«

Schweigend musterte sie sein Profil und begriff, dass er schon wieder versuchte, sie zu decken, sie zu schützen. Auf eigenes Risiko. Ihr Herz fühlte sich plötzlich größer an. Es tat weh. Zum Selbstschutz drehte sie sich weg und sah aus dem regenstreifigen Fenster.

»Dann bist du also gerade mit den fortlaufenden Ermittlungen beschäftigt?«

Sein Zögern dauerte einen Moment zu lang, und ihr krampfte sich ein wenig der Magen zusammen.

»Ja. Das Team wird immer größer. Jetzt haben wir die Staatsanwaltschaft an Bord. Ich soll mich auf die Barcode-Mädchen konzentrieren …«

»Erzähl weiter.«

»Aber das bleibt unter uns.«

»Meine Güte, Maddocks, wem sollte ich denn davon erzählen?«

»Man hat sechs von ihnen auf der *Amanda Rose* gefunden. Vier mit osteuropäischen Wurzeln und zwei Syrerinnen. Wir halten sie für Flüchtlinge, die man in irgendeinem Lager gefunden, gekauft und an die Eigentümer der *Amanda Rose* weitergegeben hat. Wir schätzen, dass sie zwischen dreizehn und siebzehn Jahre alt sind. Keine von ihnen wird reden – sie wurden missbraucht und einer Gehirnwäsche unterzogen. Sie haben panische Angst. Ihnen allen wurde ein Barcode eintätowiert.«

»Ich sollte an diesem Fall arbeiten«, gab Angie frustriert zurück. »Das ist ein Sexualverbrechen.«

»Das kannst du immer noch tun, wenn du wieder da bist. Das wird schneller gehen, als du glaubst.«

»Mach mir nichts vor, Maddocks. Ich weiß, wie ich meine Lage einzuschätzen habe. Du schuldest mir mehr als ein paar Plattitüden.«

Er schnaubte und bog in die Government Road ein. »Tut mir leid, aber ich glaube wirklich, dass alles gut geht. Du hast Unterstützung, Freunde.«

»Das ändert nichts daran, dass der Fall … Moment mal, was wollen wir denn hier?« Er hatte vorm Flying Pig gehalten.

»Da geh ich nicht rein.«

»Oh doch, das wirst du.«

* * *

Maddocks hielt Angie die Tür auf. Ausgelassene Musik drang aus dem Pub. Sie zögerte. »Ich kann nicht fassen, dass du mich dazu zwingst«, sagte sie.

Er grinste, und in diesen herrlich blauen Augen lag ein Funkeln.

»Dich *zwingen*? Ich glaube nicht, dass irgendjemand Angie Pallorino zu irgendetwas zwingen kann.«

Angie betrat das Pub. Sie war nervös. Auf einer kleinen Bühne in der hinteren Ecke spielte eine Liveband.

Maddocks nahm ihr die Jacke ab. Als sie Leos Blick auffing, spannte sie sich an. Leos Hand schoss hoch in die Luft, und die Band hörte abrupt auf zu spielen. Alle drehten sich zu ihr um. Er ließ die Hand wieder sinken, woraufhin die Band zu einer anderen Melodie ansetzte und Luftballons von der Decke herabschwebten. Alle begannen zu singen:

For she's a jolly good fellow, for she's a jolly good fellow … and so say all of us! Three cheers for Pallorino!

Jubelrufe ertönten und Leo kam auf sie zu. Er klopfte ihr hart auf den Rücken. »Willkommen zurück, Pallorino!«

Rasch wischte sich Angie die Tränen aus den Augen, verlegen, weil ihre Gefühle so offen zutage traten. »Herrgott, Leo, ich bin *nicht* zurück. Ich bin suspendiert, verdammt noch mal.«

»Ach, du bist so gut wie zurück. Die nächste Runde geht auf mich, was willst du trinken?«

Maddocks neben ihr lächelte dümmlich und so breit wie die Grinsekatze.

»Ist das hier auf deinem Mist gewachsen?«, fauchte sie ihn an.

»So was nennt man Freundschaft, Pallorino«, entgegnete Maddocks, dann wandte er sich an Leo. »Hol uns eine schöne Flasche Rotwein, ja?«

»Kommt sofort.«

»Yo, Leute«, sagte Holgersen und gesellte sich zu ihnen. »*You gots a tribe in blue that's rootin' for yoooo!*«, sang er mit verblüffend schöner Bassstimme. Dann wurde seine Miene ernst. »Schön, dich wiederzusehen, Partner.«

»Du bist betrunken.«

»Aye …« Er breitete die Arme aus und neigte den Kopf zur Seite. »Schuldig im Sinne der Anklage. Aber kein Sex. Immer noch voll und ganz zölibatär.«

»Freak«, murmelte Leo und drängte sich zu Colm McGregor durch, der hinter dem Tresen stand.

Barb O'Hagan winkte von einer Nische im hinteren, stilleren Teil des Pubs herüber. Über den Tischen hing Lamettaschmuck. Es roch nach Bier, gebratenem Truthahn und schnapsigem Weihnachtspudding.

Maddocks führte Angie durch das Gedränge zur Nische hinüber. Bei Barb O'Hagan saßen Sunni Padachaya aus dem Labor und Alphonse, Dundurn und Smith von der Abteilung Sexualverbrechen.

»Hey, Lady«, rief O'Hagan ihr zu und schenkte ihr ein Zahnlückengrinsen. »Zieh dir einen Hocker ran.«

Leo brachte die Weingläser, und Holgersen setzte sich mit einem vollen Krug Bier neben sie.

»Habt ihr schon die Gerüchte über Fitz gehört?«, fragte Leo.

»Welche Gerüchte?«, wollte Maddocks wissen.

Leo beugte sich vor. »Ein Freund bei der Technik hat mir das erzählt – da gab es doch diese Aufnahme, die Winston von dem Informanten gemacht hat, wisst ihr noch?«

»Spuck's schon aus, Leo«, sagte Holgersen, hob den Krug und trank einen schaumigen Schluck.

»Die Aufnahme kann Fitzsimmons zugeordnet werden.«

Alle starrten ihn an.

»*Fitz*?«, rief Holgersen.

»Jep. Unverkennbares Sprachmuster, und dazu noch seine komisch kratzige Fistelstimme – sie glauben, dass er es ist. Passt zu dem, was sie von ihm haben.«

»Aber bisher ist noch nichts bewiesen«, fuhr Maddocks leise fort. »Verurteilen wir ihn nicht vorschnell – unschuldig bis zum Beweis der Schuld.«

Leo schnaubte, lehnte sich zurück und trank einen Schluck Whiskey. »Hätte nicht gedacht, dass ausgerechnet *du* ihn in

Schutz nimmst. Nicht nach der kleinen Auseinandersetzung, die ihr neulich vor der Einsatzzentrale hattet.«

»Warum sollte Fitz vertrauliche Informationen rausgeben?«, fragte Padachaya.

»Weil er nicht ganz richtig im Kopf ist, das sag ich euch«, gab Leo zurück. »Er ist ein Spinner.«

O'Hagan lachte trocken auf. »Er ist schon genauso lang dabei wie Gunnar. Er wurde bei praktisch jeder Beförderung übergangen, während Gunnar die Karriereleiter immer weiter hinaufgeklettert ist. Er ist ein verbitterter kleiner Mann.«

»Und er ist auf Rache aus«, fügte Maddocks mit einem Blick auf Angie hinzu. »Warten wir in dieser Sache noch ein bisschen ab und sehen, was passiert, einverstanden?«

»Ganz unter uns«, brummelte Leo. »Dieser Scheißkerl hat verdient, was jetzt auf ihn zukommt. Das würde jedenfalls erklären, warum er den Kram über den Bürgermeister und die ADAG unter den Teppich kehren und sich bei Killion und seinen Lieblingen einschleimen wollte.« Er lachte harsch auf. »Wahrscheinlich hat er gedacht, er könnte Gunnar aus dem Chefsessel werfen und dann selbst ganz oben Platz nehmen, was?«

Maddocks schenkte Angie ein Glas Wein ein. Sie nippte daran und ließ den Blick dabei über den Raum schweifen. Sie erkannte den dunkelhaarigen, raubvogelartigen Mann in einer Sitznische auf der anderen Seite.

»Grablowski ist auch hier«, sagte sie.

»Jep«, antwortete Holgersen. »Alle sind eingeladen.« Dann fügte er noch hinzu: »Er ist der Einzige, der einen Wirbel veranstaltet, weil du Addams erschossen hast.«

O'Hagan schmunzelte. »Stimmt. Angie, offenbar hast du ihm die Möglichkeit genommen, ein echtes einheimisches Monster zu studieren, das quasi bei ihm um die Ecke aufgewachsen ist. Er hatte schon einen Buchvertrag zu dem Thema abgeschlossen, aber das hat sich jetzt natürlich erledigt.«

»Tja«, sagte Angie und trank einen weiteren Schluck Wein. »Ich würde ja gern sagen, dass er dazu bestimmt noch Gelegenheit bekommt … Aber er wird aus der Sache sicher trotzdem noch etwas herausholen.«

Die Musik wurde lauter und die Menge drehte auf. Vor der kleinen Bühne wurde getanzt. Angie musste die Stimme heben. »Was wisst ihr über Buziak? Kommt er zurück?«

»Hast du es noch nicht gehört?«, fragte Maddocks ganz nah an ihrem Ohr.

Sie sah ihn an. Sein Mund war ihrem so nah. Sie spürte seine Wärme. Hitze sammelte sich in ihrem Bauch. »Nein«, antwortete sie. »Vedder wollte mir nichts verraten.«

»Er hat sich in Fitz' Netz verfangen – im Rahmen der internen Untersuchung wurden auch alle PCs durchleuchtet. Wie's aussieht, hatte Buziak ein Problem mit Onlineglücksspiel. Er hat Seiten besucht, die hier nicht legal sind, und er hat regelmäßig von der Arbeit aus gespielt.«

»O Mann«, sagte Angie. »Mist. Er war ein guter Polizist.«

»Ein verdammt guter Polizist«, ergänzte Leo. »Wurde respektiert, der Kerl.«

Colm McGregor schob sich, gefolgt von zwei seiner Köche in Weiß, durch die Gästeschar zu ihrem Tisch durch. Sie trugen Tabletts voller Truthahn und Beilagen und dampfender Bratensoße.

Sie stellten alles auf dem Tisch ab, dann folgten weitere Tabletts, die auf die anderen Tische verteilt wurden. Hungrig machten sich die Polizisten und Gesetzeshüter darüber her, während die Musik etwas gedämpfter spielte.

Gläser wurden erhoben und Trinksprüche ausgebracht, es wurde gejubelt und gelacht. Maddocks und Angie sahen einander an und prosteten sich zu. »Frohe Weihnachten, Angie.«

Sie spürte, wie sein Blick sie direkt ins Herz traf. »Dir auch, Detective.« Jene Nacht, in der sie ihn im Club abgeschleppt hatte, fühlte sich eine Million Jahre entfernt an.

»Hier ist sie«, rief McGregor und winkte mit einer Zeitung durch die Luft, während er wieder zu ihrem Tisch zurückkehrte. »Heiligabend-Sonderausgabe – druckfrisch.« Er legte eine Ausgabe der City Sun vor sie hin. Die Schlagzeile lautete:

BÜRGERMEISTER UND ADAG GEFANGEN IM NETZ DES SERIENKILLERS

Darunter prangte Winstons Foto von Jack Killion und Joyce Norton-Wells, die sich im Auto vor dem Haus der ADAG küssten.

»Scheiße«, murmelte Holgersen. »Winstons Deadline ist abgelaufen – jetzt ist alles raus.« Er betrachtete das Foto. »Glaubt ihr, das übersteht einer der beiden? Sie sind beide verheiratet.«

»Norton-Wells ist als ADAG bereits zurückgetreten«, kommentierte Padachaya. »Ob sie sich je davon erholt – wer weiß? Nach dem, was ich gehört habe, hat die Festnahme ihres Sohnes sie schwer getroffen. Wie ironisch, die stellvertretende Generalstaatsanwältin muss ihren eigenen Sohn strafrechtlich verfolgen.«

»In den Medien wird mit Frauen, die eine Affäre haben, immer gnadenloser umgesprungen als mit den Männern«, sagte O'Hagan. »Killion wird vermutlich ein Comeback schaffen, oder vielleicht gelingt es ihm, die Sache irgendwie zum Guten zu drehen. Wir werden im Laufe der nächsten Monate sehen, wie sich das entwickelt und ob seine Frau und seine Kinder zu ihm stehen.«

»Komm schon, lies vor, Holgersen«, forderte Leo und deutete mit dem Glas auf die Titelseite.

»Nicht er«, sagte O'Hagan und griff nach der Zeitung. »Da versteht man doch kein Wort.« Sie überflog den Text. »Im Grunde steht alles drin, was wir erwartet haben …« Sie machte eine Pause. »Und dann ist da noch ein persönlicher Kommentar.« O'Hagan begann vorzulesen:

»Killions Affäre mit Joyce Norton-Wells unterstreicht, welche Risiken man einzugehen bereit ist, um sexuelle Erfüllung zu finden. Diese verbotene Affäre ist nur ein Punkt im Spektrum der Lust. An einem Ende steht pure, gesunde menschliche Intimität. Wenn man dem Spektrum aber in die andere Richtung folgt, wird es zunehmend dunkler. Lust verbindet sich mit sexueller Devianz, mit Fehlverhalten und Sucht. Mit Verbrechen. Und das äußerste, tiefschwarze Ende des Spektrums ist tödlich – Gewalt und sexuell motivierter Mord.«

Stille senkte sich herab. Angie dachte an ihre eigene Sucht und an den Sexclub. Holgersen starrte in seinen leeren Krug. »Scheiße. Das Mädel hatte Tiefgang.«

»Und sie hat recht«, sagte O'Hagan. »Dieses Spektrum der Lust entfaltet sich täglich auf meinem Seziertisch.«

»Das ist es, was uns menschlich macht«, warf Padachaya ein.

»Oder unmenschlich«, fügte Angie hinzu.

Ein weiterer Moment bedeutungsschwerer Stille.

»Tja«, warf Leo schließlich ein. »Ich nenne das Arbeitsplatzsicherheit.« Er hob sein Glas. »Trinken wir darauf, hm?«

»Auf Merry Winston«, sagte Angie und hob ebenfalls ihr Glas. »Toughes Mädchen. Möge sie endlich in Frieden ruhen.«

Maddocks legte die Hand auf ihre, während die anderen der Gruppe weitere beschwipste Trinksprüche ausbrachten. Sie alle konnten sehen, dass er ihre Hand hielt. Er hatte keine Angst – keine Angst davor, seine Zuneigung zu zeigen. Sie war ihm wichtig.

Du hast Freunde …

Mord ist nichts für Einzelkämpfer …

In diesem Moment gab sich Angie selbst ein Versprechen – sie beschloss zu kämpfen für ihren Platz in dieser Gemeinschaft, unter diesen Brüdern und Schwestern in Polizeiblau. Dafür, eine bessere Teamspielerin zu werden.

Und sie würde ihre biologischen Eltern ausfindig machen und herausbekommen, wie sie in der Babyklappe gelandet war. Sie hatte so viel verloren, als sie das dunkle Geheimnis ihrer Familie enthüllt hatte. Aber sie hatte auch so viel gewonnen, als sie Maddocks begegnet war.

Sie wusste immer noch nicht, warum sie Polnisch verstand oder was jene kindlichen Worte in ihrem Kopf zu bedeuten hatten, aber sie würden sie ins neue Jahr führen.

Komm … spielum dum Wald … komm runter dem …

… komm.

Danksagung

Wieder einmal vielen Dank an Marlin Beswetherick, weil du mit mir durch die Straßen von Victoria geschlendert bist, und das an diesem furchtbar kalten Winterwochenende, als unser Atem in der Luft gefroren und der salzige Wind vom Meer herangeweht ist. Danke für den Blick in die Kathedrale, die winzigen Restaurants, deine Geschichten über die Clubs und die Menschen und über die Universität. Du hast der Angie-Pallorino-Reihe Leben eingehaucht. Die Stadt Victoria gibt es zwar tatsächlich, aber Angies Victoria entspringt einer erweiterten Realität und ihre Polizeidienststelle soll kein Abbild der hervorragenden Strafverfolgungsbehörden Victorias sein.

Vielen Dank auch an Ewa Drozdel für die polnischen Einsprengsel und an Dario Cirello für das Italienische.

Was die editorische Seite betrifft, so gilt mein tief empfundener Dank Alison Dasho, Charlotte Herscher und dem Rest des Montlake-Teams, das unermüdlich hinter den Kulissen daran arbeitet, Bücher wie dieses hier zu veröffentlichen. Danke an die unerschütterliche Jessica Poore, die uns Autoren geradezu lächerlich glücklich und zufrieden macht. Ganz besonders möchte ich auch Rex Bonomelli danken, dafür, dass er den Tonfall und die Metaphorik dieses Romans so schön in ein kunstvolles Cover gebannt hat.

Angies Job ist nichts für Einzelkämpfer – Bücher schreiben aber auch nicht.